Biblioteca Era

Elena Poniatowska

■

Tinísima

Elena Poniatowska

Tinísima

NOVELA

Ediciones Era

Primera edición: 1992
Decimoprimera reimpresión: 2013
ISBN: 978-968-411-305-3
DR © 1992, Ediciones Era, S. A. de C. V.
Calle del Trabajo 31, 14269 México, D.F.
Impreso y hecho en México
Printed and made in Mexico

www.edicionesera.com.mx

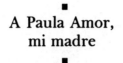

A Paula Amor,
mi madre

•Julio Antonio Mella•
Fotografía de Tina Modotti

Y a viene su sonrisa bajo el ala del sombrero. En cuatro zancadas cruza la oficina de cables. En Tina disminuye la opresión. Se adelantan dos brazos que pronto han de envolverla.

—¿Cómo estuvo, Julio?

—Bien. ¿Pusiste mientras el telegrama?

—Sí, Julio, pero ¿qué te dijo?

—Vámonos.

—¿De qué hablaron?

—En la casa te platico.

—Dímelo ya.

—Bueno, pues han venido a México dos matones cubanos. Magriñá me advirtió que andan tras de mí.

La opresión vuelve a doler en el pecho de Tina; tanto, que debe detenerse. Julio Antonio le echa el brazo izquierdo alrededor de los hombros, junta su cabeza con la de ella: "No te pongas así". Van cada vez más aprisa. El frío arrecia los pasos.

—Ves, Tinísima, ese asno con garras que gobierna Cuba me considera más peligroso aquí que en La Habana —intenta bromear, pero se le cae la voz. Por cada dos pasos suyos Tina da cuatro.

Cruzan Balderas. México, qué ciudad tan vacía, qué desierto. Desde que suenan las ocho campanadas de Catedral, su millón y medio de habitantes echan cerrojo y se parapetan en su casa. No pasa un alma por la calle Independencia; hasta el azul marino de los gendarmes fue a dormir.

—Vámonos por Morelos, Julio. Es más ancha, menos oscura.

Julio le ciñe la cintura bajo la chaqueta negra. Tina quisiera hundirse en su costado, ser con él un solo aroma nocturno. Ojalá tuviera las piernas más largas, caminarían enlazados. "Falta poco", piensa. A unos metros los espera el abrazo.

Al doblar a la izquierda en Abraham González, un estampido, una raya de fuego la inmoviliza. Otra detonación casi simultánea. "Es contra él", piensa Tina. Se da cuenta de que ya no sujeta el brazo de Julio. "Julio, Julio", ¿grita, nombra, calla? Una sombra se aleja a sus espaldas —"Julio"—, allá va adelante. Lo ve dar tres pasos, otro más y desplomarse. "Julio", corre hacia él. Grita en todas direcciones. Auxilio, auxilio, Julio, auxilio. Un automóvil, ayuden por favor, un médico, por caridad. Lo único real en la calle es el olor a pólvora en la manga quemada de su chaqueta y entre sus brazos la cabeza de Julio murmurante: "Pepe Magriñá tiene que ver en esto". Julio desangrándose, y en un supremo esfuerzo: "Muero por la revolución".

—No, Julio, vas a estar bien, Julio, ahorita —lo besa en la frente.

Las rodillas de Tina se empapan en sangre, Julio no pesa. Se le va, ya casi no es él.

—¡Pronto, señor, un automóvil por favor! ¿Usted no es médico? Señor, ¿no hay un médico por aquí? ¡Hay que llevarlo al hospital!

Ya no está sola. En la oscuridad miradas los rodean.

—Mi amor.

Tina lo besa una y otra vez, le acaricia la frente, los cabellos.

—Señor, su sombrero, se quedó tirado, es aquél. Démelo, por favor.

En la Cruz Roja, los familiares de los internos no luchan; postrados, se tiran al suelo y esperan lo que Dios quiera. Tina exige, ningún poder humano va a impedírselo. Va y viene. La mala noticia corre por los barrios como el viento de enero. Los compañeros del partido comunista comienzan a llegar.

Rosendo Gómez Lorenzo, el Canario, a media noche va por café a la esquina de El Oro: "Anda, Tina, traje para todos". El frío se ata al miedo y Tina no deja de estremecerse. Junto a ella, Enea Sormenti le devuelve el idioma de su infancia, la serena con golpecitos en el brazo; ya, ya, ya, ya, caricias suaves, ya, ya, idénticas, ya, ya, ya, hasta que Tina rendida recarga la cabeza en su hombro y parece sufrir menos; se da cuenta de que las lágrimas le escurren hasta el cuello, de que trae el pelo en desorden, de que siente tanto frío.

—Non si può fare altro, aspettiamo, Tina, aspettiamo.

El doctor Díaz Infante sale del quirófano, a Tina le parece normal escuchar que "técnicamente, la operación ha resultado un éxito". La noticia tiene el tamaño de su esperanza.

—Suturamos con siete puntos la herida de proyectil. El orificio de ocho milímetros en el tórax atravesó el epigastrio y la cavidad abdominal. Otro proyectil entró en el eje medio del brazo, pero esa herida es de menor importancia.

—¿Habló?

—No. Lo recibimos inconsciente... Mire, son poquísimas las esperanzas, su estado es grave en extremo, pero resistió la intervención; es un atleta, quizá con la ayuda de Dios salga adelante; tenemos que darle un plazo...

Tina deja que el llanto la anegue por esa mínima esperanza. Que viva, reza, aunque yo jamás vuelva a verlo, que viva. Ofrenda todo en un momento brevísimo. Entre los batientes de vidrio opaco sale otro de los cirujanos y, al encontrar sus ojos, Tina presiente sus palabras:

—Ha muerto.

Son casi las dos de la mañana. Los amigos la rodean, se abrazan entre sí, Luz Ardizana no pierde uno solo de sus movimientos, Tina es su dueña, Sormenti se quita el sombrero de fieltro negro, parecido al que Julio acostumbraba y dice con voz grave en el idioma de su infancia:

—Devi essere forte d'ora in avanti.

• 11 •

—¿Podrían dármelo, doctor?

—Lo siento, señora, es contra la ley.

—Oh Dio —Tina aprieta los puños...—, quiero entrar a verlo.

—Tiene que esperar, señora.

—El cuerpo —insiste ella, crispadas las manos—, el cuerpo, quiero su cuerpo...

—De aquí, lo llevarán al hospital Juárez, allá después de la autopsia se lo darán.

—La señora quiere verlo —interviene el Ratón Velasco— un ratito, mi Doc.

—No es petición, es exigencia. Soy su esposa —miente Tina—, tengo derecho a verlo.

El médico retrocede, incómodo.

—Con su permiso.

—¿Puedo pasar?

—No, pero mire, póngase abusada. Cuando se lo lleven al Juárez, pídales a los de la camilla que la dejen verlo. ¿Trajeron sábana?

¿Cómo van a traer sábana? ¿Quién anda por las calles con una sábana para envolver a su muerto? Sandalio Junco ofrece: "Voy por una a mi casa". "¡No hombre, Peralvillo está muy lejos!" "Vivo por el Reloj Chino", informa el Ratón Velasco, "yo la traigo." "¿Qué hora es?" "Fíjate bien que nadie te siga." "Mejor compramos una nueva." "No; todo está cerrado." "Por fin, ¿quién va?" Hay temor en la voz de Alejandro Barreiro: "Seguro nos andan siguiendo. Si esto le pasó a Julio, qué no nos pasará a nosotros. Es mejor que no nos vean en la calle". "Podríamos pedir aquí una prestada, luego la devolvemos."

El comisario, señor Carrillo Rodríguez, y el empleado de la comisaría, señor Palancares, llegan desde el fondo de un pasillo con sus largos cuadernos de cartón bajo el brazo. Frente a Tina conservan sus sombreros puestos, nada tienen que ver con el interfecto, mucho menos con sus deudos. Con voz de subastador, el comisario enumera en medio del silencio:

Un pantalón negro.

Un saco negro.

Una combinación color morado.

Una camisa.

Un suéter café.

Unos tirantes.

Un abrigo color rata.

Un cinturón negro.

Una libreta roja, con lápiz.

Un periódico: *El Machete*.

—A ver, Palancares, apunte usted: "...Al registrar la ropa del occiso se encontró claro un orificio de proyectil en la espalda del abrigo color rata, de tela corriente; igualmente en la espalda del saco de casimir negro, en la parte trasera de un suéter de estambre, en la de la camisa, y en la de la camiseta color morado..."

El comisario toma cada prenda, manoseándola. Al mencionar cada orificio introduce su meñique por el agujero para mostrarlo y luego avienta la prenda sobre el escritorio, en un montón de desamparo.

"...La salida del proyectil se nota en la combinación y en la camisa, pero no en el suéter ni en el saco, tampoco en el abrigo. Esto denota que el proyectil, después de haber traspasado el cuerpo, debió quedarse en el estambre del suéter y caer, probablemente al ser recogido el lesionado..."

—¿Me van a entregar su ropa? —inquiere Tina con voz neutra.

—Usted, ¿quién es?

—Soy su compañera. ¿Puedo llevarme su ropa?

—A usted se le va a citar para que declare y no le vamos a dar la ropa. Desde ahora va a ser muy acuciosa en sus respuestas, porque van a quedar asentadas en el expediente. Diga usted si reconoce en esta agenda la letra de su marido o compañero.

—Sí.

—No hay nada en ella, sólo este nombre garabateado y este número. Diga usted si sabe quién es Magriñá.

—Sí, y ése es el número de su teléfono.

—¿Dónde está el arma?

—¿Cuál arma?

—La que mató a su marido o compañero.

—¿Cómo voy a saberlo?

—¿Recogió usted el proyectil que lo mató?

—¿Qué? No pensé en eso. Yo buscaba su sombrero, él lo necesitaba.

—Señora, el cadáver queda a disposición del Servicio Médico

Forense en el hospital Juárez y usted a disposición del Ministerio Público.

—En el Juárez trabaja un cuate mío —recuerda el Canario.

—Quiero tomarle a Julio una fotografía. ¡Mi cámara!, que alguien vaya por ella, tengo que dejar una constancia. Luz, ¿puedes traerla de mi casa? Tienes llave.

Luz sale corriendo como los voceadores de Bucareli.

—¿Quiénes están esperando el cuerpo? —chilla una voz.

—Nosotros —salta el Canario.

—Bueno, ya mero.

Desde las tres de la mañana el grupo se trasladó al corredor de la sala de autopsias del hospital Juárez. En la rueda del infortunio giran sangre, orina, vapor de cloroformo, gargajos. Cerca del baño de mujeres se desborda un tambo atascado con vendajes, papel de excusado y las porquerías ensangrentadas de todo el día que nadie se ha ocupado de retirar. Sormenti mira a Tina recargada en la pared de mosaico blanco, Graflex en mano, mortalmente cansada. Ya no llora. Tiembla. Sormenti se quita el saco y se lo acomoda en los hombros.

—No tengo frío.

—Quédatelo.

Le permitieron tomar la fotografía de Julio Antonio, su cabeza. No la dejaron sola, ni siquiera en ese instante. Disparó el obturador y salió erguida. No iba a darles a los cuicos el gusto de que la vieran derrotada. Más tarde le contaría a Luz Ardizana: "Con el pretexto de la toma, acaricié su mejilla. Sólo eso, mi mano sobre su mejilla, un segundo, sin que se dieran cuenta".

Tina le pasa la Graflex a Sormenti y enciende otro cigarro raspando el cerillo en la pared. Toda la noche, a la altura de las sienes, la cabeza le ha latido tanto que pensó con alivio: "Se me va a reventar", y eso le dio esperanza; la tenderían junto al cuerpo de Julio, la amortajarían con él. Pero sigue viva. La eternidad se junta con la mañana.

—¿Quién es el responsable? —se asoma un enfermero.

—La señora... bueno, nosotros; todos somos responsables.

—Ah, bueno, porque ya mero.

—Hombre, estamos aquí desde las tres de la mañana, ya son

casi las dos de la tarde, no es posible que una necropsia dure once horas.

—Es que no namás es el de ustedes, tenemos muchos, y van por turno.

Tina aplasta el cigarro contra un radiador, la colilla rueda al piso; la patea y la destroza con el zapato. Automáticamente toma otro, se lo pone en un ángulo de la boca y lo prende, ocultando el cerillo en el hueco de su mano.

Entre los que esperan el cadáver de Mella, destaca por negro Sandalio Junco. Cada vez que los batientes de la puerta se abren, Sandalio se precipita, con Teurbe Tolón y el cigarrero Alejandro Barreiro Olivera. "Son buenos compañeros", solía decir Julio, "los tres." Y ahora Tina busca en ellos algo de Julio, los "no, chico" en su conversación rápida y desolada. No se han sentado un minuto; fuman los ojos enrojecidos, las cabezas juntas.

"Así que la vida es esto", piensa Tina, "este tránsito, esta espera." Recorre el pasillo una y otra vez, cigarro en mano. "Has fumado ya una cajetilla", le reprocha Sormenti. "Toma tu saco." "Sigues temblando, Tina." "Sí, pero no de frío, de rabia." "Claro, es comprensible. Te has portado como una verdadera comunista. Tu valentía..." Al ver su mirada se detiene.

Su valentía... Cuando más la necesitó fue al verlo en la plancha. Tina cierra los ojos, oye en sordina la voz de los compañeros. De pronto un portazo la vuelve a la realidad: está en un corredor, espera el cuerpo de Julio como se espera una maleta: ahorita sale su bulto.

—¿Usted se lo va a llevar? —se asoma un guardia.

—Hace horas que llegó la funeraria —reclama exasperado Gómez Lorenzo—, y como nosotros, también espera el cuerpo, ya ni la amuelan.

—Ah carajo, bueno... pues ya mero.

Tina encaja sus dedos en la palma de sus manos; tiene que enfrentarse al simple hecho de seguir viviendo. Siente que no puede mover los dedos, ni sus piernas.

El Canario advierte:

—¿Saben qué? Sin mordida, no hay celeridad. La única manera de apresurarlos es con un billete. ¿Cuánto traen?

El único que trae dinero es Sormenti.

Los compañeros deciden velar a Julio en el salón principal de la sede del partido comunista en Mesones 54. Visten el féretro, paños rojos y negros cubren las ventanas y los muros del salón. Los focos apenas escurren luz, todo invita al recogimiento. Tina busca la penumbra de un rincón y por un momento se tranquiliza con sonidos familiares. Empieza a verlos a todos en lontananza, una que otra silueta se perfila en la sombra y cuando se acercan a abrazarla renace el dolor lacerante. Es por Julio todo esto, es por Julio, y así como él van a morir ellos, los de la Liga Antimperialista de las Américas, los del Socorro Rojo Internacional, los de la Liga Nacional Campesina, los de la Federación Comunista de México, todos condenados, los que aspiran a liberarse del hambre. Y liberar a los demás: al pueblo. Porque los otros, los que no son el pueblo, ésos sí van a salvarse, a ellos nadie los cazará como a ratas callejeras, nadie los verá desplomarse y rodar, la sangre encharcándose bajo su cuerpo.

Jacobo Hurwitz se sienta a su lado, extrañamente presuroso. Habla también con rapidez, y de súbito Tina advierte efervescencia en el partido, siempre tan lento en arrancar.

La atmósfera ha cambiado; ahora es un campo de batalla. En la sala de velación hay silencio, pero en la escalera, en los pasillos, en la recepción, en la calle, el movimiento es evidente. Tina se acerca al balcón, observa y dice para Julio: "¡Cuánto esfuerzo, fíjate cuánto! Pintan mantas, reparten volantes que huelen a tinta fresca. En pocas horas han organizado más actos de protesta que en los pasados tres meses. Cómo luchabas, Julio, por sacar adelante un mitin, la cantidad de reuniones preliminares, tus idas a la imprenta, tu rabia de que la gente no acudiera. Miedosos, decías, miedosos. ¡Míralos nomás ahora, Julio, hay un hervidero de gente aquí abajo!"

Son muchos los telegramas, las delegaciones de provincia que anuncian su llegada. Por la noche se hará la primera manifestación de protesta. Una comisión, integrada por Monzón, Cerda, Crespo, Ortega y Hurwitz, organiza las guardias junto al féretro. Varias agrupaciones esperan en los pasillos y solicitan la presencia de la compañera Modotti.

Acostumbrada a la disciplina, Tina se pone de pie. Junto a

ella, Luz hace lo mismo sin dejar de mirarla. "Tengo que tomarme entre manos, tengo que rehacerme", quiere ser la mujer reservada y serena que los compañeros conocen. No se dejará vencer, el cansancio amortiguará el dolor, así la ayudará.

—Tina —aconseja Luz Ardizana—, deberías ir a cambiarte. Tienes la falda manchada.

—¡Dio!

Ve la sangre seca de Julio, siente la cabeza de Julio en sus brazos, escucha la voz de Julio: "Muero por la revolución". ¿O fue ella quien imaginó estas palabras? Porque Julio y ella habían llegado a ser uno solo, inmenso, indivisible. Como la vida que es una, inmensa, indivisible, aunque ahora se le astilla en calles y banquetas que sus zapatos negros de trabita recorren solos rumbo a su casa, sin las zancadas de Julio a su lado.

—¿Y Tina? —pregunta el Canario.

—Fue a su casa, a cambiarse.

—¿Sola?

—Se me adelantó, ya no la vi.

—Hombre, Luz, es imprudente dejarla sola.

—Ella es fuerte.

—No me refiero a eso.

A los veinte minutos Tina regresa sofocada y busca el rostro de Luz Ardizana.

—No pude entrar a mi casa. Hay policías.

—¿Qué?

—Están cateando mi casa. No sabían quién era yo, les pregunté qué pasaba, y me dijeron —Tina palidece de pronto— que hubo un crimen pasional; vi todos los libros tirados, mis medias en el suelo. Han vaciado los cajones, Luz, lo esculcan todo. No sé ni cómo regresé. No sé ni en qué camión me subí.

—Tranquilízate, Tina, siéntate. Ahorita te consigo una falda.

—¿Qué va a ser de mí, Luz? ¿Qué hago?

Luz mira hacia la puerta; han entrado dos hombres de sombrero que no conoce. Examina al gentío. El local del partido es la segunda casa de los compañeros. Pero ahora ve caras nuevas. Ninguno habla. Los desafía en voz alta.

—Ten, Tina, esto nos protege —y Luz Ardizana le pone, sobre la manga del brazo izquierdo, el brazalete negro con la estrella roja. Ven, hay que decírselo a los compañeros. Vamos a denunciar esta infamia.

—Canario, aquéllos son agentes.

—Siempre han sido muy notorios. De secreta no tienen nada. Vienen por Tina. Vigilan hace horas.

En un rincón se agrupan Teurbe Tolón, Sandalio Junco, Alejandro Barreiro y varios cubanos más. Hacen memoria de Julio, de La Habana, de la lucha.

Rafael Carrillo —informa Gómez Lorenzo— se ha ido a enviarle un telegrama a los Wolfe, en Nueva York, para que le notifiquen al *Daily Worker* "el crimen y la situación gravísima para masas trabajadoras América Latina".

•La máquina de escribir de Mella•
Fotografía de Tina Modotti

Los estudiantes de la Universidad de La Habana subían de prisa la larga escalinata. Enfundados en trajes de dril cien con chalecos de ojales y corbata bien anudada se detenían a posar como maniquíes para un invisible fotógrafo en lo alto de la colina universitaria, un pie sobre un escalón, el brazo con el sombrero de pajilla levantado, a modo de saludo, la sonrisa al futuro porque un luminoso porvenir ascendía desde las calles de La Habana hacia ellos. Tres mil alumnos inscritos en las facultades de derecho y medicina ejercerían las carreras de mayor prestigio, gozarían de week-ends en Varadero, membresía del Havana Yatch Club, viajarían a Europa.

En la colina, un círculo se formaba en torno a Julio Antonio Mella, algunos se abrían camino a codazos para quedar más cerca de él o por lo menos oírlo; otros, muy pocos, seguían de largo.

—¿Vamos a tolerar que le den el doctorado honoris causa al procónsul Crowder? Es un insulto a la patria.

El pelo crespo de Mella se insubordinaba; el traje, mejor cortado que el de sus compañeros, le caía bien de los hombros a las largas piernas y por los puños de la camisa de seda escapaba la llama de sus manos.

—El gobierno de Washington tiene nuestra isla convertida en colonia. ¡Y todavía queremos honrar a su procónsul!

—Hablemos con el rector, chico.

—¡Qué rector ni qué nada! —gritó Mella—. Hay que llegar al presidente. ¿Cómo es posible que nuestra universidad acceda a darle lo mejor que tenemos a un generalote de West Point? ¡El sólo hecho nos deshoooooooooonra, nos deshonraaaaaaaaaaaa! ¡Tenemos que impedirlo! —se desgañitaba Mella.

Arrebataba a sus oyentes. Los viejos profesores se miraban. ¿Quién era ese mozalbete tan rudo en su rechazo a los yanquis? "Hay que tenerle cuidado a Mella." "Un apasionado de la revolución de octubre y estamos a miles de millas de los rusos y nadie sabe en claro qué sucede allá, pero éste habla sin cesar del triunfo del proletariado." "Conoce a Martí. Lo cita bien." "No estudia. Lo único que hace es política." "Es un provocador. No sé de dónde saca su odio a los americanos, su padre es un sastre de polendas, el más próspero de La Habana." "Es un fanático; todo fanatismo es aberración."

Los terratenientes y los empresarios se disputaban el honor de ser recibidos en el *USS Minnesota*. Como lapas adherían sus embarcaciones al cuerpo del acorazado. Beber un martini con Crowder, definitivo; él podía imponer y destituir secretarios de estado. *The World* había publicado: "Esperamos que la visita del general Crowder despierte al pueblo cubano y le haga ver la posibilidad de una intervención".

Mella propagó su rebeldía no sólo a sus compañeros de derecho sino a los de medicina y farmacia. De la colina universitaria bajaron apiñados: "¡Fuera yanquis! ¡Crowder go home! ¡Únete pueblo!" Al verlos pasar, los obreros se incorporaban. Era bueno desahogarse a mentadas de madre.

El presidente, de ojos plisados —le decían el Chino Zayas—, aceptó recibir una comisión de quince estudiantes. En su presencia enmudecieron. Mella rompió el silencio, reclamó el derecho a tomar parte activa en el gobierno de la universidad, denunció a los profesores fósiles. "No hay ni siquiera formol en los laboratorios de anatomía y disección." En la universidad habían enraizado el verbalismo, la rutina, la corrupción, copia fiel de la corrupción del país. Y para rematar, ahora le regalaban un doctorado a Crowder.

Tomado por sorpresa, Zayas respondió que citaría al rector y al secretario de Educación y los despachó.

Apenas ayer el zorro de Crowder le había dicho: "Me pregunto cómo podrán salir del atolladero sin el préstamo de J.P. Morgan". Echarse encima un enemigo del tamaño de los Estados Unidos era suicida. ¡Imbéciles! ¿Iban a enseñarle a él estos críos todavía en pañales a manejar el país?

Mella tenía dieciocho años. Al mirar sus ojos incendiados, el Chino Zayas supo que lo recordaría muchos años. La imagen le produjo insomnio. "Parece una pira", se dijo, "no le importa quemar su propia vida."

Temerario, Mella lo fue desde niño, desde que Longina, la mujer que lo cuidó, lo llevó de la mano por el malecón de La Habana. "Sólo se teme lo que no se entiende, tú puedes hacer cualquier cosa que te propongas." Una tarde ella subió una pequeña cuesta. Él se quedó abajo llorando. "Tú puedes, ven tú hasta acá, chico." A gatas, berreando de rabia, el niño iba trepando. A veces resbalaba y las piedritas rodaban presagiando su caída. Arriba, Longina le tendía la mano. Cuando llegó, arrastrándose como gusano, temblaba de felicidad y Longina besó sus mejillas empapadas. Julio Antonio jamás olvidó la lección. Así aprendió a nadar a los cuatro años, y aún adolescente sería campeón de remo.

Entre los muros de su casa la voz de Longina era el único estímulo a la vida. En la sala, de cortinas corridas para que no entrara el sol, su madre, Cecilia, aguardaba. Miraba siempre por la ventana hacia un mar que nada tenía que ver con el mar gris que se recarga pesado en las costas de Irlanda. Si salía, un parasol y un sombrero de paja de anchas alas aislaban del trópico sus cabellos rizados. Odiaba el sol de Cuba, por él permanecía encerrada, a la espera. Miraba a sus hijos, Julio Antonio y Cecilio, sin verlos, y se dirigía a ellos en inglés. O no hablaba. Esperaba rabiosa. Su impaciencia permeaba toda la casa. Una bomba de tiempo, esa casa; un detonador, su madre. Cuando los niños sentados a sus pies se volvían turbulentos —sobre todo Julio Antonio—, decía en su mal español: "Vayan a su manejadora". Algunas tardes, hacia las seis, hora en que cede el sol, llegaba Nicanor Mella. Longina servía té o naranjada y Mella besaba a sus hijos. Luego Cecilia ordenaba pasearlos y lo último que Julio veía era la cortés inclinación de su padre que inquiría:

— How are you today, Cecily?

— Not well —respondía vindicativa.

— Can I do anything about it?

— It's up to you —la voz se hacía hiriente.

Aunque no entendía esas palabras, el rencor materno habría de enraizar en su memoria. Y durante todos sus años huiría de las mujeres que no se sienten bien, las de suaves chalinas, las vaporosas, las que alargan sus piernas demasiado blancas como manecillas de un reloj de tedio, siempre en espera de un tic-tac ajeno.

Tres veces por semana, Martínez Villena daba un seminario de marxismo, en el que además de hablar de Lenin y Martí, Rubén los increpaba: "Díganme, sin Cuba, ¿qué son ustedes? ¿Para qué quieren su vida?" Entre otros, lo escuchaban Julio, Sarah, Olivín.

Julio sintió una enorme simpatía por Sarah Pascual, porque nunca se enfermaba, se veía dispuesta a llevar a imprimir los volantes, o a recaudar las firmas de protesta. Aunque era delicada, grácil, de huesos delgados, como que no se hacía caso. Desde muy joven, Sarah aprendió a vivir vuelta hacia los demás, de lleno en la realidad. Una noche, le dijo a Julio: "Sabes, soy muy afortunada, tengo un concepto real del mundo". Sarah no planteaba problemas de índole emocional o doméstico: "Sólo tengo esta vida y quiero vivirla comprometida con las causas de los hombres".

Olivín Zaldívar también era batalladora, se enfrentaba a los profesores y eso atraía a Julio. Nada retenido en ella, desbordaba mieles, juguitos, perfumes, esencias. También su voz era sabrosa, escurría y había que chuparla. Atrabancada, su forma de adelantarse a los demás la hizo ser la primera en cortarse el pelo a la garçon, y ¡qué bonita se veía su cara redonda, los hoyuelos en sus mejillas, el pelo negro corto!

"¡Vamos chicas!" Mella enlazaba la esbeltez de la cintura de Olivín y de Sarah y en el malecón los estibadores veían aparecer, entre las grandes pencas de plátano machino, al trío redentor. Venían caminando de prisa sobre el piso resbaladizo y humeante. "Aquí todos somos desempleados", le decía un encamisetado. "Se ha restablecido la libre contratación en el puerto y nos pagan lo que se les da la gana." Sarita compungida hablaba con ellos; Olivín Zaldívar se iba familiarizando con los changadores, ocupados en estibar bultos de azúcar y pacas apretadas de tabaco en rama. Rubén Martínez Villena abrazaba al líder Alfredo López; Alfredo palmeaba a Julio, cómo te va chico, lo tomaba del brazo, ¿tienes sed? Julio sorbía el jugo de piña de un jalón, Alfredo le ofrecía otro, ustedes los jóvenes, son capaces de tragarse el mar. Olivín bebía café con ron entre los carretilleros. Sarita, buena chica esa, con su voz delgadita y sus inmensas ganas de ayudar, no aceptaba ni un vaso de agua. Julio llegaba rodeado de chicas; se veía a leguas su avidez por las mujeres, el gusto por el óvalo de su rostro, la redondez de sus nalgas. La juventud sudorosa y ardiente de los tres restauraba al fatigado Alfredo López; lo envolvían en su euforia.

Siempre de saco blanco y de camisa y corbata de moñito blanca, Alfredo López se mantenía impoluto entre cáscaras y barriles, hedor y fermentación. Mella anteponía el "maestro" a cualquier pregunta a Alfredo López y éste lo aquilataba con su mirada profunda. "¿Cuántos ingenios yanquis hay en nuestro país, a ver, ustedes lo saben mejor que nadie, a ver?", se inflamaba Julio. "Todas las minas de hierro, oro, el asfalto, los depósitos de cobre, petróleo, cromo y manganeso pertenecen a compañías yanquis. Cuban Asphalt Company, Havana Petroleum Corporation, Antillan Corporation, Cuban Cane ¿es esto español? Cuba es la azucarera del mundo pero cuatro de cada cinco terrones pertenecen a los yanquis. Ellos fijan los precios. Los yanquis nos compraron como a Nicaragua y a Haití, nuestro gobierno nos vendió."

Julio manejaba cifras, porcentajes, el número de toneladas obtenidas en cada zafra, "un millón de toneladas más que la India", aseguraba. Este muchacho era de confianza. "¿Por qué no somos los dueños de la riqueza?" Su lenguaje lo entendían los torcedores, chaveta en mano, los despalilladores, los jornaleros, las mujeres de servicio que con sus amplias canastas del brazo se detenían a escucharlo en el mercado mientras Olivín se perdía entre los puestos de verduras y volvía a aparecer, argüendera y pidonguera, cachonda. Reía por encima de las naranjas a punto de desparramarse. Ponía una piña encima de su cabeza y movía las caderas entre las montañas de ciruelas campechanas amarillas. Olivín decía que hasta en la fruta había música; las sandías daban vuelta sobre sí mismas, refulgían sobre los doce costados. "Mira qué fruta bomba. Baila chica, baila." El aire traía olores de malanga con chicharrón, tasajo, boniato bien cocido, ajiaco con ñame. Las negras zambombas exhibían sus viandas en cacerolas de peltre. Sarah, cohibida por Olivín, le advertía que algún día el pueblo ya no pediría baile sino un techo, educación y medicinas para sus hijos, educación sí, ésa sí, verdadera fruta bomba.

Julio hacía revolotear la lucha social entre el fino polvo del frijol negro que produce tos al pasar del costal al cucurucho de papel periódico; el tabaco etiquetado: Cuban Land and Leaf Tobacco Company, y las ideas se iban posando en cada cubano. Sin embargo, no lograban penetrar en los gremios de tabacaleros y portuarios. Éste es mi país, se repetía y lo sabía porque su vida misma era esa muchedumbre cuya ondulación lo fascinaba. Hubiese querido gritarles: "Vivo para ustedes, soy de ustedes, doy mi vida por su vida, son ustedes mi razón de ser" al mar de gente, la mar de cubanos entretejidos en la plaza y el mercado, sacudiendo sus huesos, su carne, su costal humano entre los peines de carey y el coral en rama, recién sacado del mar como un rojo arbolito del deseo.

La Habana era su casa, pero más la universidad. La amaba con su sexo ardiendo, su corazón insatisfecho, la profundidad de sus pulmones de remero. Los cubanos aman con su sexo. Salen a buscar a las mujeres; las alientan con su sexo. Mella así amaba a la universidad. La tomaba en brazos, la detenía en la esquina, la poseía, filtraba el sol por sus ventanas. Cuando los demás llegaban Julio Antonio ya estaba allí; era el último en irse. Muchas noches las dormía en una banca, tres o cuatro horas de sueño le eran suficientes. A todos les impresionaba su entrega; para muchos estudiantes, la universidad era Mella, presente en su paso rápido por los corredores, en el arrebato de su palabra. "Va a hablar Mella" y los profesores veían vaciarse las aulas. "Este chico es una calamidad" gruñía el maestro Loredo. "Ha confundido la universidad con un partido político; hace proselitismo."

Nicanor Mella ya no aguantaba a Julio. "Estoy perdiendo mi clientela. Tú juegas a la política como jugabas con Cecilio al cachumbubé. Gasta tu energía remando, vete al Havana Yatch Club, no te metas en líos. ¿Qué tienes tú que ver con un guajiro, tú, educado en colegios católicos? Si sigues, te vas de casa."

—Nuestro gobierno es tan sucio, tan torpe, tan inepto que hasta el procónsul yanqui se propone implantar la honradez y la eficacia en nuestra administración para que Cuba pueda pagar su deuda. Entre otras medidas, Crowder exigió que la lotería cubana deje de ser un antro de inmoralidades.

Sarah Pascual se comía a Julio con los ojos, para ella la vida era un mitin cálido, fogoso, en vez de las cátedras de los profesores cuya expulsión Mella exigía. Hubiera podido exclamar de no ser tan pudorosa: "Julio es mi alma mater".

A Sarah le apasionaban los planteamientos de Mella pero era Rubén Martínez Villena quien tenía la palabra final. Conocía a fondo la ley, sabía lo que se podía hacer, calculaba la reacción del gobierno, preveía las consecuencias: "Serán implacables".

Después de acompañar a Sarah a su tranvía, a Julio le daban las tres de la mañana en el local del Centro Obrero escuchando a Alfredo López, el tipógrafo de traje blanco que se veía como un general ordenando la batalla entre los linotipos y las mesas de formación. "Qué gran estratega", pensaba Julio. "Este taller es la mejor escuela y Alfredo López el maestro que siempre esperé."

Volvía a su casa codo con codo con Alfredo López y Rubén Martínez Villena. Antonio Penichet se ufanaba: "Con veinte años de retraso pero lo hicimos. Fundamos la Federación Obrera de la Habana".

—En la lucha contra los yanquis, la fuerza obrera debe ser la clase dirigente —decía Rubén.

—¿Y la estudiantil?

—La estudiantil no puede ser una clase, Julio. Su transitoriedad lo impide. Yo ya no soy estudiante y dentro de dos años tampoco lo serás tú.

Alfredo López se entusiasmó con la idea de Mella: crear una universidad para los obreros.

—Tendrás todo el respaldo de la Federación Obrera.

Un mes después del Congreso Estudiantil, quinientas obreras y obreros se inscribieron en la Universidad Popular José Martí inaugurada en el aula magna de la universidad, con la presencia de Raúl Haya de la Torre, recién deportado del Perú.

Julio Antonio se dedicó a reclutar trabajadores y campesinos en Santiago de las Vegas, Guanabacoa, Bejucal, San Antonio de los Baños, Guantánamo, Manzanillo, Cárdenas, Matanzas. Nadie más receptivo que los guajiros abandonados en el campo por el gobierno.

Al llegar a algún ingenio, Julio, Sarah Pascual, Rubén, Antonio Puerta, Gustavo Aldereguía y otros montaban su tablado: "Compañerito, ayúdame; compañera, ven para acá, vamos a encimar estas cajas". Rubén cautivaba a sus oyentes. ¿Cómo era posible que tanto ardor saliera de un cuerpo tan frágil? Afiebrado, repetía a Martí: "Con los pobres de la tierra quiero yo mi suerte echar" y advertía: "De vez en cuando es necesario sacudir al mundo para que lo podrido caiga a tierra... Ha llegado la hora. Porque no tenemos nada, estamos dispuestos a todo".

Ante los campesinos de la Media Luna, de Palma Soriano, de Bayamo, la figura de Sarah era una aparición sobre la improvisada tarima. Sarah los oía corear: "Sara, Sarita, Sara, Sarita, Sara", sus voces la cimbraban de la cabeza a los pies. Pedían tan poco, vivían con tan poco y a cambio de nada daban su vida, sus duras jornadas y ahora le entregaban su espera confiada. A Sarah se le ocurrió ponerse a recitar de pie frente a ellos *Bandera roja*. Esto, dicho como discurso, habría provocado encarcelamiento, pero Sarah lo entonaba meciéndose en su vestido blanco. Los propios campesinos la prevenían: "Aquel de la camisa celeste, no lo conocemos" o "Vinieron dos mamalones, mira, son los que fingen esperar el acto". Después de *Bandera roja* Sarah explicaba quién era su autor, Carlos Baliño, cuya cabeza blanqueaba, compañero de lucha de Martí, fundador con Mella del partido comunista cubano, poeta y traductor de obras marxistas. Entonces, muchos ensombrerados se formaban para afiliarse al partido. Una noche oscura, al despedirse Sarah, los guajiros sacaron sus machetes y aplaudieron con ellos en alto. Al chocar las hojas se produjo un rumor de fragua que primero atemorizó a Sarah y luego la llenó de asombro. Asociaba ese rumor con el rostro móvil de Mella.

Aquella tarde en la plazuela de Cristo, sobre la banca desvencijada en la que Julio y ella se sentaron —una tregua entre dos obligaciones inaplazables—, él tomó su mano, jugueteó con su anillo de perla, su cabeza rizada pegada a la suya, su color trigueño rosado al lado de su mejilla blanca, sus labios muy rojos, su aliento tierno junto al de ella y le dijo sonriente: "Algún día, esta sortija será mía", y siguió haciéndola girar entre sus dedos como a ella la hacía girar en la universidad. Ambos rieron, ella de felicidad, pero él, Julio, ¿de qué se había reído?

Cuando el *Italia* atracó en La Habana, se veían los camisas negras afanándose en la cubierta de proa y en el puente.

—Fuera de Cuba los camisas negras. ¡Abajo Mussolini! ¡Muera el fascismo! —los agredió Julio Antonio.

Cecilio advirtió a su hermano:

—Nuestro padre está furioso.

Lo mismo sucedió cuando llegó a La Habana Vicente Blasco Ibáñez. Mella se opuso violentamente a que diera una conferencia en el aula magna. Nicanor lo conminó: "¿Qué puede importar que hable un novelista viejo y famoso? No seas sectario". "¿Qué, no has leído su *El militarismo en México*, papá, editado por los yanquis, tú que querías que entrara yo en México al Heroico Colegio Militar?" "Eres tan obcecado como tu madre." "Tengo sangre irlandesa, padre." "La sangre irlandesa lleva al martirologio. ¿Eso buscas?"

El colmo fue cuando Julio no quiso unirse a la celebración pública de agradecimiento a los Estados Unidos, porque el senado norteamericano había reconocido el derecho de Cuba a la Isla de Pinos.

—Isla de Pinos es nuestra. ¿Por qué Estados Unidos no les da su libertad a Puerto Rico y a Filipinas? ¿Por qué no devuelve los territorios robados a México y a Panamá? ¿Por qué promueve la guerra entre Chile y Perú violando el laudo de Tacna y de Arica? Hemos acordado alterar el desfile.

—Me has colmado la paciencia, pero lo más grave es que también se la has colmado al gobierno.

Anticipándose a la manifestación oficial, Mella y sus compañeros entregaron su protesta impresa en tinta roja en el palacio presidencial. El Chino Zayas se sulfuró. ¡En qué términos se expresaban de él y de los diplomáticos extranjeros! Mella era hijo natural; con razón los mal nacidos estaban infestados por la lepra roja. "¡Detengan al bastardo y a sus secuaces!", ordenó.

El Chino Zayas, el Caco Crowder, como lo conocía el pueblo, Gerardo Machado y las autoridades civiles encabezaron el desfile. "¡Procesión de arrodillados!" gritó Rubén Martínez Villena. "¡Servilismo!" hizo eco Juan Marinello. "Los estudiantes y los hombres libres repudiamos la farsa." Cecilio junto a su hermano: "¡Isla de Pinos siempre fue cubana! ¡Muera el imperialismo yanqui! ¡Abajo el gobierno lacayo! ¡Abajo Zayas! ¡Abajo Machado! ¡Crowder go home!" Zayas, Machado y Crowder, que planeaban llegar a pie a palacio, abordaron sus automóviles y en los toldos negros cayó la rechifla. "Zayas baila el fox trot que le tocan los yanquis." "Crowder, lárgate en tu Minnesota." Alfredo López enardecía a los obreros.

Resguardado en el palacio presidencial, Crowder preguntó: "Tell me, whatever happened to that student Mella?" "¡Abajo el imperialismo yanqui!" contestó por arte de magia el grito de Mella que llegó al balcón. "Ésta es una farsa inmunda, el gobierno está vendido a los yanquis... Tiranos, polichinelas, Zayas lacayooo, lacayoooo lacayoooooo..."

El juez, impresionado por la multitud en el recinto de Cuatro Caminos y la presencia de catedráticos como Emilio Roig de Leuchsenring, Juan Marinello y Rubén Martínez Villena, sancionó a los treinta detenidos con una multa de doscientos pesos o ciento ochenta días de cárcel.

—Con mi dinero no alimento parásitos —gritó Mella.

Pagaron la multa entre todos. Mella, la frente abierta por una ancha herida, siguió arengándolos. Cecilio no lo perdía de vista, veía peligrar su vida. "Hermano, has avanzado mucho, ya cállate, hay que curarte, hermano, por favor, tranquilízate, vamos al 105 de la calle Obispo... Nuestro padre..."

—Yo no vuelvo a la sastrería.

Julio se había casado con Olivín Zaldívar, y a Sarah le dolió el alma porque Olivín nunca hizo nada para que Julio la amara.

Mientras ella hacía doble jornada, Olivín cuidaba los hoyuelos en su cara bonita y lo que menos le interesó fue que su redonda persona desapareciera tras un ideal. ¡Cuántas noches ella frente al mimeógrafo y Olivín en el cine! Olivín se imponía como individuo y a Sarah le parecía sorprendente que Julio aceptara sus caprichos que habrían de apartarlo de los demás. Julio está enculado, oyó decir Sarah.

Machado sustituyó a Zayas en la presidencia. "Cárceles, palizas, persecuciones, a Mella no le hacen mella", coreaban los muchachos. Olivín tuvo una hija, Natasha, después de un primer hijo que nació muerto.

La fama de Mella se extendía hasta la provincia, no había brote de descontento en el que no interviniera. "Él está detrás de cada acto contra el gobierno." "Bastardo." "Tiene padre, es dominicano." "Ya ves chico, ese provocador no es ni cubano." La policía hizo estallar tres petardos en distintos lugares de La Habana para acusar a los comunistas. Machado ordenó encerrarlo en la galera 5 de la cárcel de La Habana junto con Alfredo López, Sandalio Junco, Antonio Penichet, Alejandro Barreiro, Carlos Baliño y treinta y cuatro más. En respuesta, la Liga Antimperialista y el partido comunista repartieron volantes en las calles: "Cuarenta hombres están en la cárcel no por poner una bomba sino porque se teme su influencia sobre los obreros".

—Vamos a convertirla en casa de estudio; la prisión política es una buena escuela de combate.

—Como nos tendrán aquí durante años, Julito, podemos, teóricamente, derribar a Machado y a todos los títeres a sueldo de América Latina —rio Sandalio Junco.

En una mesa coja, al centro de la galera, Julio Antonio y sus compañeros iniciaron su círculo político y social, una extensión de la Universidad Popular José Martí para los presos. "Aquí, camarada, te enseñamos a leer, a escribir." Julio no dejaba de teclear en su máquina portátil; escribía el artículo "La unidad de América" para la revista *Venezuela Libre* y ya Rubén le había pedido otro. En esos primeros días ninguno se sintió preso. Discutían, tomaban el sol; la cárcel era una experiencia formativa. Sin embargo Alfredo López, que llevaba varios encierros, decía que sólo era un alto en el camino y como hombre fogueado sabía que la lucha no debe detenerse. "Se diluye el entusiasmo; los militantes se dispersan."

5 DE DICIEMBRE DE 1925

—Mella ha decidido no comer hasta que salgamos libres.

Alfredo López fue a la celda a convencerlo de que era inútil:

—Miren compañeros, la jugada de Machado es dejar que corran las semanas hasta que la gente nos olvide. Pero mi huelga de hambre levantará un movimiento de protesta popular. Voy a ayunar hasta arrancarle a Machado la orden de libertad.

Rubén Martínez Villena, Jacobo Hurwitz, exiliado del Perú, y otros activistas, atizaron la huelga general. El gabinete se alarmó:

—Si estalla la huelga general, las garantías que hemos dado a los norteamericanos caerán al suelo.

Campesinos y obreros de los centros azucareros preguntaban por Mella. Rubén Martínez Villena entregó una carta al presidente Machado pidiéndole que fijara fianza a los presos. Hasta a los delincuentes comunes se les otorgaba libertad bajo palabra. Firmaban Juan Marinello, Porfirio Barba Jacob, de paso por Cuba, Enrique Roig de Leuchsenring, Enrique J. Varona y Manuel Márquez Sterling, quien años antes intentó salvar a Madero en México.

Las mujeres del partido hubieran querido turnarse junto al camastro de Julio para cuidarlo, sin embargo Sarah Pascual no iba a la cárcel. La sola idea de visitarlo le hacía el efecto de una mano apretándole las entrañas.

Sarah conservaba sus ademanes, traía los mismos zapatos, llevaba a los mítines su vestido blanco, su cuaderno rayado, pero interiormente había cambiado. Algo se había roto, algo que hacía su vida atrozmente distinta. Le resultaba intolerable ver en primera plana la fotografía de Mella con el rostro adelgazado y barbudo. El derrumbe físico era evidente; cada mañana amanecía con menos fuerza, su musculatura de remero se derretía a ojos vistas. A los diez días, Gustavo Aldereguía, quien consiguió ser nombrado médico de Mella, lo trasladó al hospital.

Ya las protestas venían no sólo de Sagua la Grande y Tejadillos sino de América Latina. Intelectuales, estudiantes, el presidente de México Emilio Portes Gil, el senado de México, el senado argentino, demandaban su libertad. Los jóvenes apedrearon las embajadas de Cuba. El cuadro clínico de Mella se hizo más crítico. Había perdido dieciocho kilos.

—Gustavo, ya no puedo pensar ni decidir. Te pido que veles por mi dignidad de revolucionario.

Aldereguía envió un mensaje al partido comunista: "Si no se pone fin a la huelga de hambre en veinticuatro horas, Mella morirá. El dilema es aceptar su muerte o alimentarlo a la fuerza".

José Peña Vilaboa, secretario general del partido comunista, protestó:

—No consultó, violó la disciplina partidaria. Se lanzó a la huelga de hambre sin autorización del comité central.

—Es cierto —respondió Carlos Baliño—, el recurso de Mella es extremo, pero lo ha convertido en un héroe.

El Heraldo anunció huelga general, decretada por el comité ejecutivo de la Confederación Nacional Obrera.

La tenacidad de Mella había volteado a la población en contra del régimen. Era un escándalo ya nacional. El gabinete en pleno aconsejó a Machado liberar al rebelde y, al día siguiente, el juez dictó su libertad mediante una fianza de mil pesos.

A las cinco de la tarde, sostenido por Martínez Villena y Aldereguía, Mella salió libre. En su primera entrevista de prensa, atacó a Machado. En los días que siguieron, no dejó de injuriar al régimen machadista.

—Chico, corres peligro —le advirtió Rubén—, debemos organizar tu salida de Cuba a la mayor brevedad.

Dejar Cuba, nunca lo había pensado. Olivín llorosa, la anchura de su vientre, su hija Natasha; salir de su país. Cecilio, Nicanor, el malecón, los espacios abiertos, el calor y sobre todo el mar, las colosales palmeras.

Gustavo Aldereguía lo acompañó hasta la pequeña estación de Aguadulce a tomar el tren a Cienfuegos. En el andén se abrazaron. Desde la plataforma del tren, Julio le gritó: "Hasta la vista en Cuba libre".

En el muelle esperaba el carguero *Cumanayagua*, de la Flota Blanca, empresa naviera de la United Fruit.

Mella enseñó su pasaporte a nombre de Juan López. El capitán, puesto sobre aviso, lo encerró en un camarote hasta llegar a mar abierto. Al abrirle, el capitán oyó el tecleo de una máquina de escribir. Durante toda la travesía, Julio no dejaría de escribir ni de leer.

En Puerto Cortés, Honduras, la policía bajó a Mella y lo encarceló durante quince días. Viajó entonces en un barco de vela hasta Puerto Barrios, Guatemala. El *Boletín de Torcedores* habría de publicar en Cuba un fragmento del diario que Mella escribía en su cabina: "...de destierro en destierro, la peste roja es la más peligrosa de las enfermedades de esta época. Los que estamos atacados por ella no tenemos perdón en ninguna parte del mundo". De Guatemala también lo deportaron. En la frontera mexicana sobre el río Suchiate, desde Marista, Julio pudo enviar telegramas a dos mexicanos amigos, Enrique Flores Magón y Carlos León, que le consiguieron permiso de entrada. "Veremos lo que nos depara en México nuestra calidad de apestados por la peste roja", anotó Mella. A Alejandro Barreiro le escribió: "No dejes de enviarme todas las noticias, periódicos obreros, etcétera, que tú sepas son de interés para mí".

17 DE FEBRERO DE 1926

Julio Antonio descendió del tren en la estación de Buenavista. Las calles del centro de la ciudad de México le parecieron vacías. No vio a nadie, no se oía el mar, el aire no era salitroso. Después del bullicio de La Habana, que vivía de cara al mar y con el corazón en las calles, México era mudo, una ciudad cerrada, de párpados de concreto. En su recorrido, Julio sólo encontró a una manada de perros tras de una perra exhausta. ¡Cuántos perros sin dueño! Desaparecieron en un rebumbio de patas en la neblina del amanecer.

Cansado de caminar durante horas, en una fonda en la calle de Dolores, pidió un café con leche en vaso. "Es lo primero que tomé en México cuando vine a los diecisiete años a ver si podía ingresar al Colegio Militar", le explicó al chino que le llevó los bisquets.

Con su máquina de escribir en la mano caminó hasta la sede del periódico *El Machete*, en la calle de Mesones 54. El recibimiento no pudo ser más caluroso. Xavier Guerrero, de natural reservado, lo abrazó. El Canario, Tachuela, el Tapón, Evelio Vadillo, el Ratón Velasco, Fausto Pomar lo saludaron efusivamente. Xavier Guerrero le enseñó un artículo publicado durante su huelga de hambre. "Mira, estos dibujos los hice yo", le dijo Guerrero enseñándole una colección de *El Machete*. "Estamos muy familiarizados con todo lo que sucede en Cuba. Tienes que colaborar en el periódico. Lee cuanto hemos escrito sobre tu huelga de hambre, la cubrimos por entero." "Julio Antonio Mella, el primer estudiante proletario de la América Latina, está en peligro de ser sacrificado. Enviad protestas, organizad manifestaciones y mítines pro-libertad de Mella. El sordo presidente de Cuba tendrá que oírnos; tendrán que oírnos sus amos, los imperialistas gringos. Y si Mella muere juramos que su muerte será vengada."

—Enviamos telegramas al cabrón de Machado —intervino el Canario Gómez Lorenzo viéndolo tras de sus anteojos de arillo. Protestamos frente a la embajada de Cuba, organizamos una manifestación.

Miguel Ángel Velasco, con su sonrisa de hombre bueno, le dijo:

—Vas a estar bien entre nosotros, ya verás.

El Ratón Velasco recordaría esa bienvenida al entrar al local del partido a ver el ataúd de su amigo aquel 11 de enero de 1929.

•Campesinos leyendo El Machete •
Fotografía de Tina Modotti

14 DE DICIEMBRE DE 1927

Gran fiesta en el campo aéreo con desfile militar y la presencia de Plutarco Elías Calles, presidente de la república. En un avión de alas forradas de lona impermeabilizada con parafina y sebo, en un vuelo sin escalas desde Washington, aterrizó el joven piloto Charles Lindbergh. Es el mismo avión con el que cruzó el Atlántico, en treinta y tres y media horas, el *Spirit of St. Louis*. El embajador de los Estados Unidos Dwight Whitney Morrow, lo invitó para estrechar los lazos de amistad entre los dos países. Cuando el héroe Charles Lindbergh desdobló su impresionante estatura para salir de la carlinga, la multitud lo vitoreó. Muchas banderolas agitadas al aire decían: "Washington-México".

Tina, Enea Sormenti y Juan de la Cabada aplaudieron felices:

—¡Ese hombre tiene la edad mía, Sormenti, la edad mía, te das cuenta, yo podría ser él, y llegar en veinte minutos a Campeche!

Enea y Tina ríen.

—Hace un año, Mella y yo oímos las noticias por radio cuando el yanqui ese espiritifláutico atravesó el Atlántico. Mella no cabía en sí de la furia: "¡Ya va a llegar, ya va a llegar!... Podríamos ser nosotros los primeros, carajo, Juanito. ¡Qué rabia que estos cabrones hagan los viajes antes; nosotros estamos capacitados, lo impide nuestra situación de país hipotecado, nuestro atraso, caray!" Golpeaba la radio. "En parte son nuestras carencias que nos hacen depender del imperialismo, en nuestra América no hay ni con qué investigar."

—Inteligente ese muchacho Mella, ya me he fijado en él. Lo escuché en la Liga Anticlerical Revolucionaria de esa catalana Zárraga.

—Mella vive muy mal en la casa de huéspedes de San Antonio Abad, no tiene ni en qué caerse muerto, Sormenti.

—¿Y tú sí tienes?

—Yo tampoco, pero mi cuarto de alquiler en Topacio no está infestado por las ratas. Cuando Mella y yo no tenemos para el café de chinos, nos sentamos en cualquier acera. A veces, compramos plátanos y dos bolillos de a dos por cinco, así grandotes, les metemos los plátanos adentro, en la lechería nos venden un litro de leche a diez centavos y pum pas pum, pa dentro, ya está, vámonos, ya listos. Cuando ni a quince centavos llegamos, vamos a ver al chaparrito Antonio Puerta, el de la hermandad ferroviaria de Cuba, y nos ayuda, ¿ya sabes cuál? Ése que da pasitos chiquitos, tin, tin, tin, tin, tin... Si no, buscamos a Siqueiros que siempre trae más que nosotros.

—Miren, miren —señala Tina—, lo va a abrazar Calles, miren la valla, miren, lo quiere besar la muchacha de blanco pero no lo alcanza, miren, allá va la afición con un ramo de flores, miren a los pilotos mexicanos, qué alborotados. ¡Ya le echaron serpentinas y confeti en los ojos! ¡Pobre del altote! ¡Se ve muy buena gente!

—Hiciste muy mal en ir a recibir a Lindbergh, Juan —se molestó Gómez Lorenzo—. ¿No ves que le haces el caldo gordo a Morrow y compañía? O ¿no te has dado cuenta cómo se mete el embajador en la política mexicana? Sormenti es libre de hacer lo que se le da la gana, es internacional, pero ¿tú? Y ¿para qué diablos se llevaron a Tina? Me quedé solo con el montonal de trabajo en *El Machete*.

Enea Sormenti desaparecía continuamente. Salía en misión. De

Moscú recibía una orden misteriosa. A veces se ausentaba durante tres, cuatro meses. A su regreso, el relato de sus aventuras se convertía en un acontecimiento en la redacción de *El Machete*. En su último viaje a la Conferencia Panamericana en La Habana, apenas si salvó el pellejo. Calvin Coolidge previno a Gerardo Machado: "Aquí está un tal Enea Sormenti, italiano, que quiere matarlo".

Era del dominio público que el dictador cubano tiraba a sus enemigos políticos desde el Castillo del Morro a la bahía infestada de tiburones. Dos hombres pescaron un tiburón y encontraron en él un prendedor de corbata y un anillo. Se averiguó que el anillo pertenecía a un comunista de nombre Cabrera.

De Cuba, Sormenti había viajado a Moscú, regresado a Cuba y organizado la juventud comunista cubana con Fabio Grobart. A Fabio lo tomaron preso. Sormenti se salvó gracias a Rubén Martínez Villena, quien lo puso en un carguero. "Si te quedas te matan."

Tina lo escuchaba incrédula. Sormenti, gestudo y vehemente, la hacía reír.

De provincia, Juan de la Cabada traía pésimas noticias, lo habían metido al bote por hablar mal de los cristeros y del gobierno. "Es una pura robadera la del movimiento cristero, los cristeros roban, los del gobierno roban. La cristiada es una fuerza ciega, bruta, que los curas conducen. ¿Qué campesino se va a levantar en armas para defender a los terratenientes? ¿Tú crees, Tina, que si a los trabajadores les hubieran dado tierra y educación habría cristeros? ¡No mujer!"

Juan de la Cabada insistía:

—Hay que darle en la madre al líder Luis N. Morones quien controla el movimiento obrero. No sé qué le ve Sormenti a ese Lombardo, si es lugarteniente de Morones.

Mella no se quedaba atrás en cuanto a viajes. Muy pronto destacó y el comité lo escogía. En febrero de 1927, Julio había ido al Congreso Mundial Antimperialista en Bruselas con José Vasconcelos y Ramón P. de Negri en representación de México. Era el delegado de la Liga Antimperialista de las Américas y de la Liga Nacional Campesina de México; también de la sección salvadoreña de la Liga Antimperialista.

Firmaba junto a Henri Barbusse, Nehru, los luchadores alemanes Willi Münzenberg y Alfonso Goldsmith, y Carlos Quijano, representante de la Asociación de Estudiantes Latinoamericanos de París. Allí, en el palacio belga de Egmont se encontró a Vittorio Codovilla, del Socorro Obrero Internacional y a Víctor Raúl Haya de la Torre, del Frente Único de Trabajadores del Perú. En esos días, los chinos campesinos y obreros le quitaron Shanghai a los ingleses. Los delegados lo celebraron. Chiang Kai-shek envió un telegrama de felicitación al Congreso; ahora sí la revolución china resplandecía.

Julio se unió a Roger Baldwin para exigir la libertad de los pueblos africanos y de origen africano, la igualdad de la raza negra con las otras, y propuso medidas contra el imperialismo, el chauvinismo, el fascismo, el kukluxklanismo y los prejuicios de raza. Apoyado por su amigo Leonardo Fernández Sánchez, las intervenciones de Julio fueron muy aplaudidas. Henri Barbusse lo invitó al Segundo Congreso que tendría lugar en París, el 20 de julio de 1929. "Es usted un delegado de una brillantez poco común." "Es demasiado visceral e individualista", criticó Vittorio Codovilla. "Necesitamos militantes disciplinados, no próceres."

De Bruselas muchos delegados viajaron a la Unión Soviética, entre ellos Mella, para asistir al IV Congreso de la Internacional Sindical en el palacio de los sindicatos de Moscú. Mella volvió a destacar el 4 de marzo, cuando rindió su informe sobre los trabajadores antillanos en los ingenios azucareros. El argentino Vittorio Codovilla se prometió informarle a Sormenti que había visto a Mella conversar con Andrés Nin, acusado de desviacionismo. Por iniciativa de Codovilla expulsaron a Nin, y de buena gana el argentino habría expulsado a Mella porque tenía muchas simpatías entre los asistentes. "¿Cómo van a elegirlo representante de nuestro continente y del Caribe si no tiene experiencia?", alegó Codovilla. Ismael Martínez, del sindicato de obreros y campesinos de Tampico y Tamaulipas, seguía a Mella como perro a su dueño. Los delegados de Haití, de Panamá, Alfonso Goldsmith, representante del partido Revolucionario Socialista, se inclinaban por Mella y eso Codovilla no podía tolerarlo.

Rafael Carrillo les escribió a los Lobos, los Wolfe, Bertram, "El Coyote", y Ella, "La Ardillita" a "Gringolandia", el 4 de diciembre de 1928:

"... Al regreso Sormenti y Ramírez, pasaron por Cuba y allí vieron durante una semana al comité central del partido comunista de Cuba. Éste les entregó una resolución por medio de la cual se pedía que el grupo cubano en México se subordinase al CC del PCM y no escribiese y obrase por su cuenta y riesgo, comprometiendo de una manera verdaderamente criminal a nuestros compañeros que trabajan en Cuba. Nosotros les hicimos saber esa resolución a Mella y sus secuaces y él se desató con furia contra el comité central del partido comunista cubano y contra nosotros enviándonos una renuncia insultante. Nosotros estamos listos a publicar una resolución sobre su caso y circularla por toda la América Latina y EEUU inclusive, pero ayer mismo me hizo llegar una carta arrepentida donde retira la renuncia y promete seguir trabajando en el partido. Esta misma semana resolveremos el asunto. Sobre esto yo les escribiré más largo. Mella ha tenido siempre debilidades trotskistas."

4 DE JUNIO DE 1928

La primera vez que Tina y Julio se quedaron solos en la redacción de *El Machete*, el cuerpo entero de ella entró en expectativa, como perro de caza que de pronto aguarda perfectamente quieto en su tensión. Tina trató de apretar sus labios que se entreabrían, de acallar los latidos bajo su ombligo, supo que no podría erguirse sino hasta que él se alejara, sus piernas no la sostendrían, él la condujo al cuartito llamado "el archivo". Se amaron de pie, luego sobre los periódicos caídos. Ninguno de los dos se preocupó de que alguien entrara a la sala de *El Machete*. Olvidada de sí misma Tina se sintió Julio. Ella era Julio, él era Tina, ella era el deseo de Julio, lo mismo que él sentía, lo sentía por sí misma. Julio era lo más fuerte de Tina, lo más vigoroso, iba más allá de ella misma. Tina lo miraba y se veía en sus ojos, y detrás de él estaba la Tina a la que aspiraba. "Quiero ser eso que está detrás de tu cabeza, Julio, quiero ser la forma en que me miras." Julio era su vía de acceso al conocimiento, la mejor concepción de sí misma.

Para ver a Julio, Juan de la Cabada ya no iba de su cuarto de alquiler en Topacio a la casa de huéspedes de San Antonio Abad sino a casa de Tina. Al mudarse Julio con ella a Abraham González, Tina ya no supo de qué otro modo podía ser la vida. Le parecía que desde siempre había ido a la esquina de López con Ayuntamiento por medio kilo de caracolillo y medio de planchuela, para regresar a molerlo a su casa en un viejo molino de cajita que sujetaba entre sus rodillas. Julio, al verla, simplemente la levantó en brazos y la llevó a la cama. "No vuelvas a moler café delante de mí." Le habló de sus rodillas, las más hermosas que había contemplado, de sus piernas de barro pulido, que en ese momento echaban chispas, como si estuvieran horneando los granos de café que tronaban.

Si tenía que salir, Tina regresaba deprisa, con la necesidad de Julio, el hormigueo en su vientre, el deseo de que la estrechara por la cintura, la mano de él sobre su muslo, sí, ella era su mujer, la de él, su compañera. Nunca antes tuvo el sentido de pertenecer, ni con Robo, ni con Edward, ni con Xavier. Con Julio sí. Al penetrarla la absorbía, deleite casi intolerable, que se respiraba electrizando las partículas, una danza misteriosa borbolleaba en el espacio, se dejaban ser, sin conciencia de estar transportados.

Tina prefería ver su casa convertida en estación de tren de tan concurrida, con tal de que Julio no se fuera. Los inmigrados cubanos prácticamente vivían con ellos y los escuchaba repetir: "Hoy va a caer el Mussolini del Caribe". Venían todos los días. Si Julio no estaba, serían bien acogidos por la compañera Tina, su fortaleza, la plenitud emanando de sus ademanes. Tina nunca sospechó que si primero fueron por Julio, después irían por ella.

En los primeros tiempos, ofrecía: "¿Un cafecito?", se esfumaba para hacer la cama, guardar la ropa, mientras los hombres hablaban. Había días en que la victoria era posible y se exaltaba, pero otros en que lavaba una taza, una cuchara, con el miedo acogotándola por el futuro de ambos, miedo a seguir viviendo, miedo a consumirse en ese desgaste interior que sentía al escuchar el mismo lenguaje de lucha que no parecía llevarlos a parte alguna; la clandestinidad, ese sentimiento de falta de espacio, de no vivir a todo lo ancho, de caminar por las calles repegándose a la pared y estar usándose por dentro en esta vida que sin embargo había escogido: "¡Es mi voluntad, carajo!" se repetía enjuagando la taza para llevarla de nuevo a la mesa. "¡Qué contradictoria, qué inconsciente soy!" Había otros días en que los granos de café crujían bonito y Tina se reconocía en la vida de los revolucionarios. La falta de dinero era el sino de todos y cuando Tina recibía de su hermana Yolanda, de San Francisco, unos cuantos dólares, iban a dar a la organización de un acto, el alquiler de las sillas, la compra del papel para los volantes.

Todo con tal de llegar a la noche. A esa hora, sus labios se hinchaban en anticipación, Julio la tomaba de la mano para guiarla a la recámara o la levantaba en brazos, tirando la silla en su prisa. Julio la amaría esta noche en forma nueva, inventarían, la sentaría sobre su vientre, ensartándola, la columpiaría, subiéndola y bajándola a todo lo largo de su pene hasta que ella cayera sobre su pecho, su cabeza pegada a la de Julio, anidada en su cuello, Tina sin piel o como una piel vaciada de sí misma, Tina vaciada de su día de trabajo y de sus preocupaciones, olvidada de todo, la boca abierta, estática, a no ser por su respiración sobre el hombro de Julio, sus gritos sofocados, su mano vuelta hacia arriba, la palma laxa, colmada.

Tina vivía en un torbellino. Había escogido el peligro del lado de los comunistas y compartía su clandestinidad, sus luchas. Si antes veía a intelectuales, ahora sus amigos eran luchadores, ferrocarrileros, albañiles. Tina y Julio congregaban en Abraham González al exilio latinoamericano, a los líderes obreros, a los campesinos. "Aquí se está mejor que en el partido." Venían del Caribe, de Nicaragua, de El Salvador. Al lado de Mella, los compañeros cobraron para Tina un fulgor inusitado. Ya no eran grises. Refulgían. Sus pasiones desatadas provocaban conflictos aleccionadores, corrían riesgos, la fuerza de su ideal le resultó durante esos meses inspiradora. Tina acompañaba a Julio a sus mítines y lo oía hablar con fervor. Con Julio a su lado, podría enfrentarse a todo. Julio Antonio combatía a la CROM, la poderosa central de obreros. Hacía mucho que su líder Luis N. Morones se había quitado el overol para hacerse dueño de edificios, casas, terrenos y queridas y, gordo y con papada, sus manos ensortijadas le descontaban a todos un día de trabajo. Lo llamaban Luis N. Millones.

"Hay un tiempo para el debate, otro para la acción, vivimos en la época de la acción", se enronquecía Mella. Ahora sí, surgiría una organización roja, no una dependencia del gobierno, una verdadera confederación obrera. "Los trabajadores —antes peones de hacienda— verán el fruto de sus esfuerzos. La Revolución se hizo para aumentar salarios. ¿Qué hacen los empresarios fuera de ganar dinero? A los obreros no nos consideran humanos, para ellos somos mercancía, la única forma de tener poder es organizarnos. Estamos hartos de sistemas de gobierno a base de oro, espada y sotana." Él proponía el bautismo socialista.

—Julio, te estás matando.

—Yo sólo hago mi deber y todavía me queda tiempo para amarte.

Tina conoció el peligro desde que Julio se mudó a su casa de Abraham González. Sobre su cabeza pesaba la orden de extradición; en Cuba —si el gobierno de México accedía—, su muerte era segura, pero también aquí podían matarlo. Sentirse vigilado cansa, Tina ya no iba por la calle sin volver la cabeza. ¡Cuánta tensión!

—Ojalá pudieras salir unos días, Julio, ha sido tanto el ajetreo de los últimos meses. Bien sé que eres fuerte, pero estás abusando de tu resistencia.

A Mella lo tocó el tono triste y suave en su voz. Parecía una niña reclamando un juguete largamente deseado.

—Tinísima —la abrazó—, no te pongas así, te prometo que nos escaparemos, te lo juro, a fines de mes, nos vamos a Veracruz, el propio Mussolini del Caribe será causa de nuestro viaje; festejaremos su caída, iremos a La Habana a darnos un hartazgo de victoria.

A ella le entró una alegría olvidada. "Vamos a tomarnos unas vacaciones", repitió Julio para aumentar su emoción.

En *El Machete* Julio denunciaba que la bahía de La Habana era la sepultura de cientos de desaparecidos y "suicidados", enumeraba rabioso nombres de líderes asesinados: Enrique Varona, Tomás Grant, Baldomero Duménigo, José Falcón, los cien campesinos isleños de las Canarias baleados en La Trocha y colgados de los árboles como pesadas banderas empapadas en sangre. Estallaba en mayúsculas. ¡Abajo la dictadura del bandido Machado! "Van a venir a buscarlo hasta México", pensaba Tina, "Gerardo Machado va a dar la orden." También en *El Libertador*, que dirigía Úrsulo Galván, defendía a los presos políticos. Rubén Martínez Villena, Gustavo Aldereguía —"él me salvó de la muerte, sabes, Tina"—, Orosmán Viamontes, Alejo Carpentier y dos mexicanos contra quienes Machado tenía especial encono porque "todos los mexicanos son unos forajidos, uno de ellos apellidado Enrique Flores Magón". En *La Hoz y el Martillo*, se quejaba de que *El Universal* y *Excélsior* dedicaban sus páginas al Niño Fidencio y sus curaciones escandalosas para distraer a la opinión pública de la sumisión vergonzosa de los gobiernos de América Latina a los Estados Unidos a raíz de la Conferencia de La Habana.

"Ya se va Cuauhtémoc Zapata" (seudónimo con el que firmaba en *El Machete* o con el de Kim). "Dentro de poco, escribirás tú solo el periódico." "Sí, sí y si me das un plumero quitaré las telarañas del edificio y limpiaré el pasillo, destaparé los caños, tiraré la basura, *El Machete* es mi casa."

Ese lunes, Tina sacó la Graflex y tomó la máquina de escribir de Julio Antonio. Sobre el rodillo había quedado la frase con la que quería empezar su artículo: "La técnica se convertirá en una inspiración mucho más poderosa de la producción artística; más tarde encontrará su solución en una síntesis más elevada, el contraste que existe entre la técnica y la naturaleza", León Trotsky.

Alejandro Gómez Arias lo detuvo en el patio de la Facultad de Leyes de la universidad.

—Es importante la lucha, pero hay que recibirse, hombre.

—La lucha es mi escuela...Vine a imprimir *Tren Blindado*.

—¿Por qué ese nombre? ¿No está muy ligado a Trotsky?

Julio corría a la imprenta. Permanecer durante horas frente a la mesa de formación corrigiendo páginas y viendo componer una plana con los maestros tipógrafos le recordaba a su querido Alfredo López, secretario de la Federación Obrera, recientemente asesinado por Zayas. ¿No le había dicho Gómez Arias que sus artículos eran doctrinarios? Alejandro, lúcido y escéptico, lanzaba sus dardos. El pesimismo es reaccionario. Y sin embargo qué pasión en ese niño bonito, ese catrín, cuánta elocuencia y cuánta capacidad para convencer. Julio caviló. ¿Era doctrinario escribir: "Triunfar o servir de trinchera a los demás. Hasta después de muertos somos útiles. Nada de nuestra obra se pierde"?

Tina, Julio y Luz, de camino a *El Machete*, se detuvieron. Luz

Ardizana se quitó de inmediato los anteojos como si fuera a recibir macanazos. Tina se conmovió. Dos muchachos llegaron corriendo y dieron vuelta a la esquina. Otro los perseguía cubeta en mano.

—Es que es el día de San Juan. Al rato, nos toca el baño a nosotros.

Se escucharon gritos. En la banqueta de enfrente, otro peatón se sacudía el agua.

—¡Qué estúpidos! —estalló Julio.

El muchacho le aventó al siguiente peatón la cubeta a la cabeza.

—Esto es intolerable.

Tanta furia asustó a Tina.

—¿Qué te pasa, Julio? Es sólo un juego.

—Es inaceptable. ¿Viste cómo le abrió la ceja? ¿Sabes en qué acaban las novatadas? Primero es sólo el agua, después vienen los golpes, el abuso de la fuerza, más tarde el sadismo.

Tras de sus anteojos, ahora en su lugar, los ojos de Luz se agrandaron.

—Más tarde, el de la cubeta asesinará a los nativos de Haití, de Santo Domingo, Filipinas y Centroamérica. Las novatadas son invención de los universitarios yanquis que primero persiguen por deporte y después se transforman en bestias.

—Julio, no es para tanto.

—Sí lo es Tina, lo es. ¿Qué no te das cuenta de que se trata de una represión colectiva impuesta por una masa a otra?

—Es un juego, no dramatices.

—Tiene razón Julio —intervino Luz, sombría.

—No puedo vivir pensando que los demás sólo intentan agredirme —rechazó Tina.

—O violarte —finalizó Julio.

Tina soltó su brazo y no volvieron a dirigirse la palabra. Era su primera discusión. Desconsolada, al llegar al periódico se sentó frente a su máquina.

—¿Eres tú la que va a hacer la crítica a la CGT? —preguntó Gachita.

—No, ésa le toca a Rafa.

—Que la haga el cubano.

—No, él no, necesitamos a alguien más pacífico —acotó el Canario—. Entre él y Evelio Vadillo harían volar Washington.

Qué libres eran los cubanos, hablaban atropellándose, montados los diálogos de unos en los de otros, los "pero chico", los "qué tú cre'", saltando por encima de su cabeza como salta el aceite fuera de la sartén, ay tanta carne y yo comiendo hueso, ay, ay, ay, a Tina la envolvían, la mareaban. En Abraham González prepararon la comida para la noche cubana.

—El secreto es el mojo, chica, si tú sabes guisar el mojo, chica, ya sabes guisar a la cubana. Aquí no hay plátanos chatinos, esos platanitos dominicos son una mierda, por eso el arroz no sabe como en Cuba. Los limones córtalos en cuatro, así hasta oyes el ruido de los limoneros, okei, que se les vea su pulpita. Menéale al arroz para que se dore por igual. Mientras, nosotras preparamos el alijo.

—Entre tanto vamos a echarnos una bailadita, no te pongas brava; un bailecito a nadie le hace mal, okei...

—A mover el bote, a mover el bote. No es posible que un cubano no baile. Tú, Sandalio, muévete patiflaco, pareces una mesa coja.

—Changó, changó, qué ganas de tener un radio, qué mujer es ésa. Con razón el Julio anda tan picao...

Así sabrosamente prepararon la noche cubana en el local del Centro de Obreros Israelitas, calle de Tacuba número 15, para recaudar fondos destinados a la ANERC y a la revista *Cuba Libre*. "Ningún tipo de propaganda política" especificaron los israelitas y, el mismo día, antes de que comenzara la fiesta, Raúl Amaral Agramonte puso en el lugar de honor una bandera cubana de papel de china muy mal hecha:

—No chico, no —protestó Teurbe Tolón—, ¿cómo vas a poner esta bandera tan burda? Es ridículo. Los judíos nos pidieron que no pusiéramos na', llévatela.

Teurbe Tolón lo sacó a golpes con todo y bandera. Y no hubo noche cubana, ni Tina bailó con Julio. Amaral no era ningún perseguido sino un soplón al servicio de Machado. De todos, era el único que podía entrar a Cuba. Ese mamarracho de bandera de papel era una clásica provocación.

Julio aún defendía a Amaral, cuando apareció la noticia a ocho columnas en La Habana: *Fue profanada en México la bandera cubana por Julio Antonio Mella*. Mella se alarmó: "Con esto, el asno con garras va a voltear la opinión pública en mi contra... Este tipo de ataques impresionan a la gente... Cabrón, co-memierda, pisoteó la bandera, ¿te imaginas, Tina? Seré un antipatriota que ultraja el lábaro patrio. Los que me conocen sabrán que es mentira, pero los que no, lo van a creer a pie juntillas".

—Urge enviar un telegrama, Tinísima, ¿podrías tú llevarlo hoy en la noche a la oficina de cables y allá me reuniría contigo? Yo tengo que encontrarme con Magriñá en una cantina cercana y procuraré que la entrevista sea lo más corta posible; te recojo en la oficina de cables...

—Dio, ¿tienes que ver a ese tipo, Julio?

—A fuerza. Mientras, tú envías el cable al periódico *La Semana*. Sergio Carbó es mi amigo. Aquí te escribo el texto: "Rogamos desmienta calumniosa campaña iniciada enemigos nuestros. Nunca profanóse bandera. Detallamos correo. Afectuosamente, Mella".

Tina mira la cabeza rizada de Julio, su cuello, sus hombros. De pronto una ráfaga de agua lo desnuca. En la playa sólo ve la bandera cubana, el papel de china pegado a la arena como una débil membrana; a la segunda ola, Tina todavía alcanza a ver unos fragmentos retorciéndose como gusanos sobre la orilla de la playa. De la nada surge un militar y se agacha: "Es papel, sólo papel", grita Tina presurosa, pero el hombre, alto y fornido, abombando el pecho responde: "Hay algo más". El agua llega hasta la punta de sus botas, él no parece verla, las botas relucen al sol mientras él pica con su bastón en la arena buscando los gusanos de papel. "Hay algo más, estoy seguro, hay algo más." Tina también hurga con la mirada, pero sólo ve burbujas de agua en el declive de arena mojada; ningún papel, nada, nada, ni el recuerdo de un papel, sólo el hervor del agua reventando la arena, ploc, ploc, ploc, ploc.

10 DE ENERO DE 1929

Bajaron a la calle con un café negro en el estómago, porque hoy el dinero se gastaría en el telegrama. Tina caminó en la dirección opuesta; a veces tomaban juntos el camión y esto le significaba una alegría que habría de alimentarla durante horas, pero desde la carta de su amigo Fernández Sánchez, Julio decidió salir por separado. A veces, a través de la ventana, Tina lo veía alejarse, su cabeza ensombrerada, un punto negro que avanzaba sobre la banqueta, hasta que de pronto ya no tenía cabeza, ya no estaba, ya...

15 DE ENERO DE 1929

Cierra los ojos. La envuelve el agua, se va a pique mar adentro; cerca de la esquina formada por las calles de Morelos y Abraham González, el mercenario oculto tras la barda apunta su arma en contra de Mella; una bala en la espalda, la otra en el codo. A Tina la jala una corriente de agua helada, la arrastra más adentro. De golpe la pone a salvo en otra playa. Mira a Julio cruzar la calle, pero no llega a la otra orilla. Tina grita auxilio, auxilio, pero de su boca sólo salen burbujas de aire. "Nadie me oye, nadie me entiende." Vuelve a escuchar: "Pepe Magriñá tiene que ver en esto", y ahora ve al asesino Magriñá entrar en el juzgado, enorme y lustrosa víbora de agua y recuerda el estertor de Julio: "Pepe Magriñá tiene que ver en esto" y piensa: "Ese hombre es tan horrible como su voz por teléfono". Magriñá no le quita los ojos de encima mientras responde con prestancia a las preguntas del juez, su voz resbalando como batracio, avanzando hacia ella, los ojos saltones, para lanzar el dardo final:

—Yo desconfío de usted, señora, lo natural era que volviese la cabeza para ver a los individuos que mataron a Mella.

A lo mejor sí, tiene razón, sería normal, ¿por qué no lo había intentado siquiera? Tina se estruja las manos. Pude salvarlo, no lo hice. Habría dado mi vida por Julio, sí, mi vida, sin embargo los tiros no me tocaron. En el juzgado, Magriñá vestido de paño azul marino, peinado hacia atrás con gomina, causa buena impresión. Su figura resalta próspera; tiene los atributos de la decencia, pañuelo blanco en la bolsa pechera, zapatos lustrados, corbata discreta. Sus amigos son el embajador, el empresario, el padre de familia; él mismo se recoge temprano todos los días, en su casa de privada de Nazas número 19, con su mujer y sus hijos; su negocio de anuncios de gas neón le da tranquilidad; en cambio Mella siempre fue un estudiante revoltoso, un extranjero enemigo del orden y de las autoridades, metido con una aventurera extranjera de costumbres nada recomendables, con la que compartía una buhardilla de artista, una i-ta-lia-na, nada más véanla ustedes.

Tina se mira en un gran espejo de agua. Una ola levanta el bulto de su cuerpo, la ola crece, el golpe de agua la voltea boca arriba. Arroja espuma y sangre por la boca. Alguien la saca del agua, alguien también le da respiración boca a boca. "Es pura rutina", escucha una voz, "porque esta mujer tiene varios minutos de ahogada." Un fuerte olor a alquitrán invade el aire, un olor como el de Nueva York al llegar en el barco de inmigrantes.

"Por más que se quiera no va a volver en sí", dice el salvavidas. Aguza el oído, a lo lejos se adivina el ruido del mar. Y se dice a sí misma: "No oigo más que el mar, sólo el mar".

•*Diego Rivera encabeza el sepelio de Mella*•
Archivo General de la Nación

12 DE ENERO DE 1929

En el juzgado, Tina escucha la lectura de las declaraciones que hizo en la Cruz Roja y en el hospital Juárez, y sus palabras suenan cruelmente impersonales. Julio tuvo cita con el cubano Magriñá en la cantina La India, esquina de Bolívar y República del Salvador, mientras ella lo esperó en Independencia y San Juan de Letrán, donde puso un cable.

"...que a las veintiuna horas llegó Mella y acompañado de la que habla se dirigieron a pie hacia Balderas, siguieron por la avenida Morelos y entraron a Abraham González y que al dar vuelta a esa calle oyó dos detonaciones y el señor Mella, que iba del brazo de la que habla, echó a correr y cayó tan pronto como atravesó la calle. Que se dio cuenta de que el ataque fue hecho por la espalda de ambos y hasta percibió el humo de la pólvora. Que antes de todo esto, el señor Mella le había dicho que Magriñá a su vez, en la entrevista celebrada, le había advertido que habían venido de Cuba unos matones expresamente para asesinarlo. Que en momentos en que fue herido, el señor Mella dijo: 'José Magriñá tiene que ver con este delito', y entonces se dirigió a los transeúntes que se detenían diciéndoles que Machado lo había mandado matar y agregó estas palabras: 'Muero por la revolución'..."

—Señora, al dar sus generales dijo usted llamarse Rosa Smith Saltarini.

—No, yo me llamo Tina Modotti.

—¿Ah, sí? ¿Por qué dio usted otro nombre?

—Porque estaba... es lamentable... Soy fotógrafa... no quería que me... tuve miedo... a los comunistas, la policía nos... además, puedo ser Rosa Smith.

—Dijo usted ser profesora de inglés, domiciliada en la calle Lucerna.

Silencio en el aire. La mecanógrafa hace girar el rodillo de la Underwood. Tarda en sacar papel carbón e insertarlo entre las hojas.

Rosa Smith Saltarini, de veintidós años, viuda, oriunda de San Francisco, California, profesora de inglés y domiciliada en la casa número veintiuno de la calle de Lucerna. ¿Por qué habré pensado en Saltarini?, se pregunta sonriente en su fatiga. Saltarini es otro de mis apellidos, tonta que soy, nunca he sabido mentir. El Saltarini la hace sentir ternura por sí misma y por ese abuelo y aquel bisabuelo, al recordar que saltaban como chivos en los campos de Udine, ganándose así el nombre de saltarines, de chivitos brincones. Eran tan pobres que no habían alcanzado apellido, sólo un sobrenombre: "Allí vienen los saltarines". Tina gozó una súbita visión de Istria, de Friuli, de su abuelo-niño saltando los arroyos, de ella, de Mercedes, de Gioconda, de Yole, de Benvenuto, a brinca y brinca, sus piernas en el aire, y la mamma gritándoles que ya, que se metieran porque Beppo quería cenar, y ellos —porque sólo saltan los que son felices— entraban a puro salto en la casa a recogerse al final del día en torno a la polenta.

Hacía mucho que Tina no pensaba en su infancia, en Udine; todo lo había absorbido Julio, era como si de pronto Julio la arrojara al mundo, desnuda, recién nacida.

De llamarse Rosa Smith, no sería ella, Tina, la que ahora bajo esta luz descarnada respondiera preguntas, ni sería Julio quien la aguardara metido en un cajón, porque Julio Antonio nunca amó a Rosa Smith.

—Señora, tiene usted que ser muy precisa. Tina ¿es su verdadero nombre? ¿Tina, así como la del baño?

—Bueno, es Assunta, pero me dicen Tina.

Tina recuerda que su madre la llama Tinísima y de pronto mira cómo el rostro de su madre se ensancha en el juzgado. "Dio, estoy perdiendo la razón, qué les estoy diciendo".

—¿Es ése su único nombre?

—Assunta, Adelaida, Luigia...

—Eso no consta en el expediente; hay que añadir esa letanía que siempre se ponen los extranjeros. ¿Y el apellido?

—Modotti.

—¿Cómo se escribe? A ver, escríbalo usted para poder copiarlo y de una vez el materno.

—Mondini.

—A ver, póngalo letra por letra.

Súbitamente Tina ya no es fotógrafa, ni tiene obra. No es nadie salvo un apellido que se deletrea trabajosamente, con displicencia, casi con asco, lanzándole además miradas de desprecio que subrayan que ella es ex-tran-je-ra, y por tanto capaz de inmiscuirse en política y de hacer declaraciones falsas.

A las preguntas del juez, Tina responde que antes de tratar a Julio Antonio Mella se enteró por la prensa de su huelga de hambre en La Habana. Lo conoció en México en la redacción de *El Machete*, aunque lo había escuchado —era un orador de primera—, en el gran acto de protesta por el asesinato de Sacco y Vanzetti, en abril del año anterior.

A partir de junio de 1928 hizo con él una buena amistad, que se convirtió en íntima a fines de' septiembre. Tres meses de vida en común le bastaron para darse cuenta de que él estaba amenazado de muerte.

Acerca de su estado civil, Tina confirma que es viuda y que Mella era casado, con una señora cubana de nombre Olivín a quien él escribía con frecuencia pidiéndole el divorcio.

Sí, es comunista, sí, tiene su carnet desde 1927 y lloró de alegría al recibirlo, porque ser militante es lo que más anheló en su vida. Sí, a ella y al occiso los unían los mismos ideales, querían un cambio en el mundo.

De pronto las preguntas y las respuestas suenan aviesamente insidiosas. El recinto las amplifica y la mecanógrafa las registra mientras el Ministerio Público interroga como empujándola a una trampa, cuando lo único que ella desea es regresar a Mesones para sentarse junto a Julio.

Sí, le parece que la riqueza está injustamente repartida y debe quitárseles a los ricos para dársela a los pobres.

Sí, la revolución rusa es admirable, nada tan importante ha sucedido sobre el planeta Tierra y los países tienen mucho que aprender de ella.

Sí, el socialismo sí, el socialismo sí, el socialismo sí.

Regresa a Mesones, custodiada por dos agentes, Luz Ardizana tomada de su brazo. Le dice que no ve la necesidad de responder con tanta voluntad a preguntas de tan mala fe. "Pero si yo lo que quiero es que detengan al asesino", responde Tina cansada, mirando sus pies presurosos. Hay que concentrarse en lo inmediato, no tropezar, no perder tiempo, caminar, un minuto en la calle es un año sin Julio.

—No necesitas ser tan explícita; respondes con demasiada amplitud.

—¿Tú también, Luz?

13 DE ENERO DE 1929

En la gran sala convertida en capilla ardiente, Tina ya no se considera agredida; frente a ella desfilan las agrupaciones que formaron parte de la vida de Mella en México: el Club Obrero Radical Israelita, la Unión de Carpinteros de los Ferrocarriles, el Partido Revolucionario Venezolano, *El Niño Luchador* (órgano de los Pioneros Rojos), la Confederación Nacional de Estudiantes Comunistas... Los de la ANERC, que se reunían con Julio todos los días a preparar el número de *Cuba Libre*. La miran consternados, sombrero en mano, sin saber qué decirle, y ella los va estrechando en sus brazos, agradeciéndoles el solo hecho de ser como son. Una ráfaga de miedo recorre a los dolientes. Al hacerse presentes desafían el peligro.

La mayoría no ha venido a velar a Julio sino a refugiarse al local del partido, en torno al cadáver de Mella. Buscan su protección. Hay agentes dondequiera, los distingue su prepotencia al lado del desamparo general. Qué desvalidos se ven. Qué amolados. Tachuela, con su pequeña estatura y su sombrero metido hasta los ojos, la mira desolado. Evelio Vadillo habla con sus paisanos tabasqueños. El Ratón Velasco y el Canario Gómez Lorenzo conversan sin darse cuenta del contraste entre sus personas: uno pequeñísimo y avispado, el otro alto, flaco y narigón. Siempre están juntos. Fausto Pomar, con su hermosa cabeza olmeca, se ha recargado en el barandal de la escalera. Abarrotan la pieza. El Canario tiene que pedirles que la desalojen: "Esto puede venirse abajo, el edificio es muy viejo, hay riesgo de sus vidas".

En la calle se han formado hombres, mujeres y niños tras el estandarte del partido comunista. Los jóvenes, con Jorge Fernández Anaya a la cabeza, levantan mantas: "El asesinato de Mella, obra del criminal machadismo. Centro Internacional de Mujeres". "Condenamos el inicuo asesinato." "Exigimos justicia." "Machado asesino." Las mantas gritan sus letras negras, y también las manchas negras entre la multitud: los enlutados. Son tantos, que un comité de orden vigila la subida a la capilla. "Hay muchos orejas." "Que sólo pasen los que enseñen su carnet." "Esos tres son agentes, los conozco. Voy a mentarles la madre." "Contrólate, Vadillo, éste es un acto luctuoso." "Eres un coyón, Canario." "Y tú un provocador, ¿qué sacas con tus desplantes?" La multitud los desborda, no hay posibilidad de exigir nada; delegaciones de campesinos se acomodan con sus hijos en los rincones. Dos máquinas de escribir juegan a las carreras y la escalera se bloquea constantemente. Vocean en los pasillos: "Se solicita la presencia del compañero Carrillo. Hay una llamada para Zapata Vela." "No está, chico", responde una aguda voz con acento cubano, "está haciendo una parada en la esquina de Tacubaya y Francisco Márquez desde las ocho de la mañana."

Luz Ardizana informa:

—El embajador de Cuba se negó a recibirnos, ya pidió protección a la policía y van a acordonar la embajada. Les llevé tortas a Baltasar Dromundo, José Muñoz Cota y Carlos Zapata Vela, y dicen que, pase lo que pase, no se van a ir. Allí mismo se turnan para lanzar vivas a Mella y mueras a Machado.

Las banderas del partido y de la juventud comunista abren la manifestación. Sandalio Junco grita, puño en alto: "Muera el asesino presidente Machado", hasta convertir su grito en una porra que los demás taconean en el asfalto: "Que mue-ra Macha-do. Que mue-ra Macha-do". Los niños también patean el suelo: "¡Que mue-ra Macha-do!", y se le escapan a su madre de la mano. "Fuera Morrow", "Fuera Mascaró de México", "Saquen a Fernández Mascaró". La muerte de Mella no puede quedarse así, lo vengarán, sí que lo vengarán.

Un grito abre todas las bocas: "Viva Mella, viva Mella, Mella presente, Mella presente, Me-lla, Me-lla, Me-lla. Viva el proletariado cubano. Viva la Cuba de Mella. Viva el partido comunista. Viva Lenin. Viva la Unión Soviética".

En la descubierta, Luz es la más vehemente. Se ve muy pequeña al lado de Diego Rivera, quien habla del ejemplo luminoso del general Sandino. "Si los países latinoamericanos no nos unimos el oro de Wall Street va a tragarnos." Por un momento, los niños dejan de corretearse y esperan en silencio lo que va a suceder.

A medida que el tiempo avanza, Tina empieza a temer el momento en que también se rompa esto: la presencia de Julio en su ataúd. No es la cantidad de gente lo que la molesta, ni su respiración caliente; al contrario, sus alientos la acompañan; teme el instante en que este bloque humano lo cargue en hombros para llevárselo.

"No quiero separarme de Julio", piensa Tina. De nuevo el sonido gutural que viene de muy hondo se abre camino a través de sus pulmones, su tráquea y surge quemante de su garganta. "No quiero dejar a Julio", dice en un sollozo.

—Tina.

—¿Ya?

—Sí, ya.

Seis compañeros del comité central toman la caja en hombros. Entonces, Rosendo Gómez Lorenzo, el Canario, hace un comentario obvio:

—Es la última vez que el compañero Mella baja estas escaleras.

Cuando el ataúd está en la calle, cubierto con la bandera roja de la hoz y el martillo, Rafael Carrillo sale al balcón:

—¡Compañeros, el responsable de este asesinato es Gerardo Machado, presidente de Cuba! Ese chacal puede sonreír ahora cuando lea la prensa de México; pero al proletariado del mundo ya le tocará también su instante de reír. El embajador Fernández Mascaró tiene en las manos sangre de Mella. Recogemos todo el odio de Mella por la tiranía machadista y cada uno de nosotros ha ganado un enemigo más. Desde aquí despido al camarada caído en la lucha. Aun muerto como está, su muerte hace temblar al tirano miserable. ¡Muera Machado, compañeros, muera el traidor! ¡Viva Julio Antonio Mella!...

El cortejo inicia su marcha, Tina siente un golpe en el estómago. El sol de enero lanza rayos que taladran; cuando se mete, el frío acuchilla.

"Machado, cobarde verdugo" grita Sandalio Junco los brazos al aire, y los compañeros en las filas siguientes corean: "Macha-do, co-bar-de ver-du-go, Ma-cha-do, a-se-si-no". Miles de pies lo aplastan sonoramente contra el piso.

Tina mira el féretro obsesivamente; le preocupa alejarse de él medio metro. Al llegar al zócalo, Rafael Carrillo le asegura: "Nadie te va a separar de él, Tina, nadie". En el hermoso patio de la Facultad de Leyes, Tina piensa que van a arrebatárselo; los estudiantes colocan el féretro en un sitio de honor y junto a él un micrófono. Alfonso Díaz Figueroa, de la Confederación Nacional de Estudiantes y de la Sociedad de Alumnos, es el primero en hablar: "...El camarada Julio Antonio Mella no era cubano ni mexicano; no tuvo patria porque los socialistas no tenemos más patria que el mundo... Ya no es Julio el camarada, el amigo; ahora es el símbolo, la bandera de la Facultad de Leyes".

Un joven de ademanes distinguidos, perfectamente trajeado, toma el micrófono:

—Soy Alejandro Gómez Arias y hablo a nombre de las minorías no-comunistas de la Facultad de Leyes. Mella nos une mejor que todas las banderas. Todos los que amamos esta cosa informe y dolida que es México, vemos en él un propósito puro... Muere por aquéllos que no pueden ver la claridad donde la hay de sobra. La muerte debe haberlo visto llegar con sus ojos verdes y tranquilos. Para nosotros, su ejemplo. En paz, Julio Antonio Mella.

Muchos quieren llevar el féretro en hombros. Tina nota que Gachita abraza un ramo de claveles rojos, tan grueso que apenas puede sostenerlo, y empieza a repartir manojos encarnados que salpican de fuego el cortejo. La comitiva de obreros y estudiantes sigue por San Ildefonso hasta dar vuelta en Brasil; allí quedan embotellados, pegados hombro con hombro. Le recuerdan a Tina la tercera del trasatlántico repleto de refugiados que habrían de permanecer en cuarentena en Ellis Island antes de ser admitidos en los Estados Unidos; el rostro temeroso de los hombres dentro de sus bufandas, las mujeres con su pañoleta en la cabeza y su hijo en brazos. Cuánto sufrimiento en su manera de recargarse unos en otros, los niños siempre entre las piernas de los mayores. Ahora es el mismo mareo, el mismo calor, los mismos hombros vencidos; llevan el cuerpo de Julio, el cuerpo muerto de Julio, cómo estará el cuerpo de Julio. En el Juárez lo había acariciado, ¡oh Julio, si pudiera devolverte el calor!

En la calle Madero, una voz entona *La Internacional*, se unen otras, y siguen todos cantando tras del féretro la *Marcha Fúnebre* y *La Varsoviana*.

Pasan frente a Bellas Artes que está en construcción, es un esqueleto a medio vestir. En la calle de Abraham González, se detienen donde Mella cayó herido. Hernán Laborde toma la palabra: "Compañeros, aparte del desgarramiento hecho en nuestra propia carne por las balas que asesinaron a Mella, aparte del derramamiento de nuestra propia sangre, la sangre de los comunistas y antimperialistas de todo el mundo, un hecho reclama la más vehemente protesta de todos y la inmediata atención del gobierno, y es que el brazo asesino del presidente Machado se extiende hasta México para ejercer el terror. Esto constituye una violación a nuestra soberanía... No es tiempo de llorar, camaradas, es tiempo de exigir al cobarde gobierno de la revolución que tantos sacrificios ha costado al pueblo mexicano, que rompa relaciones con el gobierno de Cuba".

Una salva de gritos ratifica a Laborde. Los aplausos resuenan en los muros; parecen volar apalomados de las manos de los manifestantes que los hacen tronar; rebotan en los costados de la calle; luego el aire se los lleva haciendo que nuevas ventanas se abran.

Tina mira hacia la barda de la carbonería; Julio y ella pasaron por allí hace apenas dos noches; intenta entrever su ventana en el edificio Zamora, pero la multitud tapa la esquina. "Qué raro", piensa, "no siento nada, no siento absolutamente nada." Ahora sí, el sol arde con fuerza, ese sol de enero que a mediodía es una bola de fuego y hornea la ropa de lana. Sin embargo todos resisten; algunas mujeres se han echado el suéter sobre la cabeza; llevan más de cuatro horas caminando y todavía falta Chapultepec, el bosque, la cuesta de Dolores y la ceremonia final en el panteón. Tina oye la pregunta de un niño:

—¿A qué horas se acaba?

A la izquierda, más allá de unos barbechos, negrean en un descampado las casas del pueblo de Tacubaya, por allá un ejército de albañiles construye el edificio Condesa. En la ciénaga de la Condesa, la torre de la Coronación está en obra. El sol de invierno quema y congela a la vez. Es un sol blanco. Un alfalfar se extiende hasta perderse de vista. "Ojalá no le caiga una helada."

En Dolores, trece banderas rojas rodean la fosa recién abierta. Empuñadas por hombres sudorosos, empiezan a dar coletazos. Los compañeros cubanos abren la tapa del féretro unos segundos y Tina puede ver por última vez el rostro de Julio Antonio. Más pálido, menos hermoso que cuando lo retrató en la Cruz Roja. Sufrir cansa mucho. "No siento nada, no sé nada, no entiendo nada." Ni una lágrima escurre sobre su mejilla. Los ojos le arden secos. Qué ganas de estar sola, arroparse en la cama, descansar la cabeza sobre la almohada. Volver a casa... "¡Cuál casa, si la ha tomado la policía!"

De pronto una ráfaga de viento frío golpea; las banderas ondean a sabanazo limpio. Tina se endereza bajo el chicotazo. Dos pasos al frente, Rafael Carrillo se adelanta, el pelo al aire, de cara a los dolientes.

Gachita y Cuca dejan de repartir claveles. No quieren distraer a Rafael con su rito silencioso:

—Ahora cayó Julio Antonio Mella en pleno combate, de cara al enemigo implacable, y en esta tarde venimos a darle la última despedida. Posiblemente sus restos sean conducidos a la patria lejana de todos los revolucionarios, a la Moscú querida donde podrán descansar junto a los restos de los grandes caídos por la lucha del comunismo internacional. Nosotros vamos a ocupar nuestros puestos, sí... Porque no tenemos derecho a la tregua.

Rafael quita del ataúd la bandera que cubrió a Mella y los empleados de la funeraria comienzan a bajarlo con anchas cintas corredizas. Tina entonces tira su clavel a la fosa y una avalancha roja incendia el féretro. La pala del sepulturero rasca el cemento fresco. Luz Ardizana cimbra el aire con un grito fuerte y duro: "Adiós, Julio", que hiende el silencio como pedrada.

Luego Rafael Carrillo echa un puñado de tierra blanda y los demás lo imitan.

La procesión desciende para dispersarse en la puerta del cementerio. Cuando Tina vuelve la cabeza por última vez, sabe que Julio es ya parte de la inmensidad. Su tumba ocupa un espacio diminuto sobre la tierra frente a los volcanes.

14 DE ENERO DE 1929

El juez Pino Cámara asignó a Tina su casa, en el quinto piso del número 31 de Abraham González, como prisión preventiva. Allí se turnan los agentes, día y noche custodian a Tina.

Luz Ardizana sale de madrugada a comprar los periódicos a Bucareli y regresa temblando a leerlos. En ninguno de sus múltiples encarcelamientos ha padecido este nerviosismo; cada portazo la sobresalta, no puede tolerar pregunta alguna. La esperanza de ver a Tina impide su derrumbe, aunque no las dejen solas.

Echa doble llave a la puerta y pone los periódicos sobre la cama. Nunca se encierra pero ahora necesita estar sola. El asesinato de Mella ha reventado como una pústula y desquicia al partido, nadie puede fijar su atención sino en las noticias.

Luz se cala los gruesos anteojos, toma *El Universal*, luego *Excélsior, La Prensa* y *El Nacional*: "La creencia de que Tina Modotti conoce al asesino y que no quiere denunciarlo a las autoridades se robustece por las diligencias policiacas..." "Versión comunista del vil asesinato. Tina Modotti y algunos de sus compañeros reconstruyeron ayer la tragedia de la calle de Abraham González... Creen que el individuo que asesinó al estudiante cubano estaba oculto tras una barda no muy elevada." "Tina cuenta sus amores y sostiene que es inocente." "Protestas en Sudamérica." "Historia poco pulcra." "Preparan los elementos comunistas una velada el 24 del actual en homenaje al estudiante muerto." "Mensaje de Moscú con motivo de la muerte de Mella. Otros cablegramas han sido enviados por diversos países protestando por lo mismo." "El misterio continúa impenetrable."

Luz recorre columnas de letras pequeñas y duras que se le clavan en la retina. Le salta a la cara el cadáver de Julio Antonio Mella puesto a disposición del hospital Juárez para la autopsia: "...Correspondía a un hombre como de veinticuatro años de edad, rígido, que medía ciento ochenta y dos centímetros de longitud, ochenta y cuatro de perímetro torácico, y ochenta y seis de abdominal, con livideces en las partes declives, sangre seca en la pared interior del tronco y del miembro superior izquierdo".

Una ráfaga de espanto la entume al seguir la trayectoria del proyectil y leer que "el estómago tenía olor a éter y restos de comida —garbanzos, para mayor precisión—, los pulmones pálidos, el corazón vacío, la vejiga con poca orina, el hemotórax izquierdo con un lleno de dos litros". Todo acaba en estas actas, su infame jerga legista, las vísceras pálidas ahora destazadas, la vejiga inútil, el corazón vacío. Julio en letras de molde, sus órganos en la tabla de picar del carnicero, frente a sus tripas expuestas zumban los periodistas. ¿Qué les hacen a las vísceras? ¿Vuelven a metérselas al cuerpo o las tiran todavía calientes al basurero? A Julio ¿lo entregaron sin entrañas para su sepultura? Sus lágrimas no le impiden seguir leyendo.

De lejos, era fácil confundir a Luz con un adolescente. Andaba de pantalones, saco negro, masculino, y su nuca, un poco más frágil quizá, tenía el mismo corte de pelo, las mismas orejas despejadas de un muchachito. Tras los anteojos de tarro de cerveza, la mirada inquisitiva, vigilante, lista para caer sobre su presa. Las demás la adivinaban y volvían la cara: "Mira, ya llegó Luz".

Indispensable en las pintas, Julio Antonio la levantaba en hombros y Luz escribía a tres metros de altura: "Abajo la carestía", "Fuera el mal gobierno", "Muerte a los hambreadores", y pegaba los anuncios de los mítines. Lo mismo hacía con Juanito de la Cabada, sumar alturas para que los mozos de limpia no alcanzaran a raspar aquellos papeles que el sol amarilleaba. De un salto a la banqueta, Luz la emprendía de nuevo, "gracias, compañero", e inmediatamente cogía la cubeta del engrudo para dirigirse a toda velocidad a la siguiente barda. Cuando la policía los atrapaba, ella corría peor suerte, porque le llovían las cuchufletas de los cuicos. "Mira nomás, una machorrita. ¿Te gusta sentirte hombre? ¿Cómo te llamas, Lucho o Lucha? Deberías estar en tu casa tejiendo, mamacita, ¿o qué? ¿te crees muy gallo-gallina? Tú necesitas que te cojan, una buena cogida y se te quita la maña." Luz miraba de frente el muro descarapelado y sucio de la delegación; eran muchas las bancas de madera en que había pasado la noche, una más no le afectaría.

Lo que ahora la espantaba era esa feroz exhibición de la intimidad, Tina y Julio en boca de todos, su recámara abierta, su lecho revuelto, sus caricias desgajadas como quien arranca las hojas de un periódico, su piel adelgazada hasta la transparencia.

15 DE ENERO DE 1929

En su casa de Abraham González, los agentes siguen a Tina hasta para ir al excusado, y aun entonces se paran tras la puerta. La saña desplegada en su contra es ilimitada; Tina se mantiene por encima del acoso. Su gran deseo de que se encuentre al asesino es evidente, colabora con el juez, no pierde una palabra de los interrogatorios. "Tina, ese cuate es un desgraciado", le advierten Hernán Laborde y Luis G. Monzón a propósito del detective Valente Quintana, y ella tiene entonces un desfallecimiento, "no puede ser". Laborde la anima: "Tranquilízate, Tina, el partido no va a dejarte sola".

El interrogatorio se lleva toda la mañana, pero Tina regresa al juzgado en la tarde, siempre flanqueada por los agentes a ver si hay algo nuevo. Su vida es el juzgado, y sus compañeros los escribientes. Antes que nada les pregunta: "¿Tienen alguna noticia?" Saluda con su cigarro en la mano al juez Pino Cámara y hasta al último de los mozos; le interesa el profesionalismo de José Pérez Moreno, reportero de policía de *El Universal*, quien investiga por cuenta propia.

—No debe descartarse la posibilidad de que hayan sido dos los que atacaron, pero de esos dos sólo uno hizo fuego —aventura el periodista.

En el juzgado, las entradas y salidas de testigos con nuevas evidencias dejan a Tina exhausta. Procura que su emoción no se trasluzca, pero enciende un cigarro con la colilla del otro; fuma devorada por las imágenes de Julio que surgen de lo que escucha. El señor Victoriano González, propietario de un taller mecánico en Abraham González, presenta una bala calibre 45 que, según él, conserva alguna pelusilla del abrigo de Mella.

—Es la bala que lo mató, licenciado.

—¿Cómo la encontró?

—En el asfalto, a un metro de la banqueta. Se conoce que algún carro le pasó por encima y la aplastó. Mire, tómela usted.

—Pero entonces fueron más tiros —exclama Tina.

Quintana sostiene la bala entre índice y pulgar.

—Éste es el proyectil que causó la lesión mortal. La bala quedó entre el suéter y el pantalón, y probablemente cayó al ser puesto el herido en la ambulancia. De allí la pelusilla. El hallazgo del señor González viene a determinar el sitio del crimen.

Valente Quintana parece oficiar la Santa Misa. Salvo Pérez Moreno, los periodistas son sus acólitos; participan en el sacrificio con aplicación; no importa su desconocimiento del latín jurídico, ellos se hincan a tiempo.

Luz Ardizana recuerda la primera audiencia, cuando le preguntaron a Tina en qué forma caminaba con Mella por la calle de Abraham González "aquella noche fatal"; se levantó sin más del banquillo y fue a tomar el brazo de Quintana.

—Así iba yo del brazo de Mella, yo del lado de la pared y él hacia afuera, le sujetaba el brazo izquierdo así...

No advirtió los codazos y las risitas; simplemente siguió el impulso de repetir la escena de la caminata. A partir de ese momento ni los ujieres le quitaron los ojos de encima.

—¿Cómo se explica usted entonces que Mella haya recibido un balazo en el codo izquierdo, mismo que usted cubría con su brazo, y otra herida del mismo lado, sin que usted resultara lesionada?

—No me lo explico, no me lo explico. De veras, ¿qué raro, verdad? —interrogó a su vez a Valente Quintana.

Desconcertada, se llevó la mano al codo buscando una improbable herida para después llevársela a la frente y quedar pensativa. Respondió con una ingenuidad que hubiera desarmado al más fiero:

—No recuerdo con exactitud cómo iba yo cogida del brazo de Mella, pero sí iba yo del lado de la pared; sentí los fogonazos en la mejilla derecha, mire, aquí mismo...

Tina volvía obsesivamente a la reconstrucción de los hechos: la junta del Socorro Rojo Internacional en la calle de Isabel la Católica número 83, a la que habían ido Mella, Enea Sormenti y Jacobo Hurwitz; el encuentro en el correo. Se torturaba tratando de desmenuzar paso a paso lo que habían hecho, entre una fumada y otra revivía en voz alta su caminata, en qué parte de la banqueta se hallaban cuando escuchó la primera detonación, cómo había corrido tras él; cayó primero frente al número 15 y todavía tuvo fuerzas para levantarse y volver a caer frente a la casa número 19, donde ella lo alcanzó y lo tomó entre sus brazos. "¿Por qué no volvemos a Abraham González, señor juez? Aunque sea espantoso, yo podría recordar mejor."

—No se preocupe, tenemos que hacer la reconstrucción en el lugar de los hechos.

Ellos la miraban de arriba abajo buscando sus muslos. Tina se movía continuamente y cada pregunta suscitaba una reacción corporal. La seguían con los ojos ávidos y Luz se ordenaba a sí misma: "Tengo que advertirle que no hable con las manos, que no se mueva; así son los italianos". Pero no se atrevió, lo único que sostenía a Tina era la certeza de que se haría justicia. De vez en cuando, Tina mojaba sus labios; las miradas de los hombres se colgaban pastosas en las comisuras de su boca, su lengua rosada que hacía asomar sobre los labios para eliminar la creciente resequedad, sus mejillas enrojecían al calor del interrogatorio. Entonces, envuelta en la intensidad de sus propias declaraciones, y ya sin sombrero, algunas mechas se le escapaban familiarmente del chongo. Más convincente que su alegato era su cuerpo, sus manos que siempre encontraban el gesto cuando su voz no hallaba la palabra y de pronto se estampaban sobre su falda evidenciando su vientre. Luz concluyó que Tina atraía porque aquellos hombres nunca habían visto a una mujer tan de acuerdo con su cuerpo, como si acabara de hacer el amor y la plenitud de su carne fuera contagiosa. Invitadora, eso era Tina, invitaba por su disposición a la entrega. Atraer era su naturaleza. Los periodistas escribían: "La atractiva veneciana de ojos negros y de mirar profundo", "la bella protagonista del trágico suceso", y José Pérez Moreno se extendía al atuendo: "Tina Modotti se presentó vistiendo un traje estilo sastre de color azul marino, con una blusa celeste y un sombrero de fieltro color beige". "De un aspecto bastante agradable, sin ser bonita es de las mujeres que atraen desde luego por su simpatía."

Los editorialistas, apoyándose en el material recogido por

"las infanterías en el lugar mismo de los hechos", solemnes pontifican:

"... a través de los adjetivos con que la calificó algún reportero entusiasta, es inquietante, seductora, cautivadora, torturante y meneable. Tina Modotti, si hemos de juzgarla a través de su situación social y aspecto físico, es una mujer moderna a quien no traban los prejuicios ni estorban los escrúpulos de antaño. Tina Modotti, si la hemos de ver con el prisma de las doradas ilusiones, resulta una compañera ideal para la vida tropical, una dulce hurí con alma de artista y cuerpo de pequeña bailadora... Tina Modotti, si todavía la queremos examinar más cuidadosamente por medio del criterio técnico policial, ya no es una inocente adolescente sino una aventurera peligrosa que sabe más de lo que le han enseñado..."

Luz levanta la vista de *El Universal*; ser mujer descalifica a Tina. Producto en el mercado: la sopesan. Guajolota, gallina, ternera. ¿De qué será su relleno? Se relamen. "Lo que acontece en el juzgado es fisiológico", piensa, "visceral." Todos la poseen, los tinterillos, el juez, los escribientes, los ujieres se le montan y no la van a soltar. Julio Antonio es un pretexto, es ella quien les interesa. ¡Jijos, qué buena está! Toda la definición de ser humano de Tina se condiciona por ese cuerpo, su espacio físico entre los hombres. Los reporteros acumulan epítetos bajunos y los asombrados compañeros del partido comunista leen un día que Tina es una hurí y al otro una mujer otoñal quien debe contentarse con la piedad de los que antes fueron sus amantes. "No puede inspirar sino un sentimiento de compasiva amistad, ya que sus treinta y cuatro años la reducen a una vida tranquila, sedentaria como las canas que obligadamente no tardará en peinar." Incluso el buenazo de Teurbe Tolón, amigo íntimo de Mella, revela su desconcierto cuando el juez Alfredo Pino Cámara le pregunta si Mella era celoso:

—Mella decía que antes que las mujeres estaba el triunfo de la causa. Así, un hombre no puede ser celoso.

—¿Y cuál era la vida que llevaban Mella y Tina Modotti?

—Es un poco elástica la pregunta... pero desde luego ya dije que él era morigerado.

—¿Morigerado?

—Sí, porque en Cuba Julio tuvo muy buenas oportunidades

para relacionarse con bellas mujeres y no lo hizo por dedicarse a la lucha.

—Y la italiana, ¿no le daba motivo para estar celoso?

—No, ella no es una mujer coqueta.

Luz lee en voz alta que Tina es una mujer de acero revestido de carne, que se obstina en no decir la verdad, que no la estorban ni los prejuicios ni los escrúpulos de antaño.

Desgraciados, la quieren fregar. Los editoriales son voceros del gobierno y todos están contra ella. ¿Qué vamos a hacer? Tengo que hablar con Gómez Lorenzo, el partido debe emitir un comunicado, algo, lo que sea. "Tina posee la verdadera clave del asesinato", lee Luz. "¿Crimen pasional? ¿Crimen político? De todos modos, si el móvil del homicidio de Mella no es pasional, Tina es el instrumento de los enemigos del comunista cubano."

Luz esconde los periódicos en el ropero de su recámara, sale corriendo y avisa de pasada:

—Voy al juzgado, ya se me hizo tarde.

Una barandilla aísla a Tina en un escenario como de circo romano con foso y leones. Los testigos, interrogados por Quintana, responden levemente aturdidos. Afirman estar seguros de lo que vieron, y Tina se asombra de que tantos presenciaran el asesinato en la calle vacía. ¿Por qué no la auxiliaron antes? El gendarme número 72, Miguel Barrales, vio un automóvil —desde el cual se hicieron los disparos— escapar hacia Paseo de la Reforma. Al final se desdice. En realidad, no quiere que sus superiores se enteren de que aquella noche no estuvo en su puesto. El propietario del estanquillo La Bohemia dormía a la hora del crimen y ni disparos oyó. Los dueños de la carbonería, en cuyo muro quedaron incrustados los proyectiles, tampoco escucharon nada. El patrón de la Sanitary Bakery sí oyó dos detonaciones y mandó a su empleado Toribio Illescas, con domicilio en Calzada de San Lázaro casa sin número, a ver qué pasaba, y éste regresó diciéndole que habían asesinado a un hombre. El electricista Mario Montante, según Valente Quintana testigo presencial del drama, ahora asegura que ni siquiera pasó la noche en su casa de Abraham González. Sin embargo, Quintana, el "fiscal de las causas célebres", no ceja en su empeño:

—A ver, a ver, esto es importante. Vamos a regresar al punto de partida.

Tina hace esfuerzos inauditos por guardar la calma. Resulta que Tina iba del brazo de dos hombres. El mozo de la carnicería La Invencible los vio caminar por la izquierda y no por la derecha de la calle, y que no entraron por Morelos, sino por el Paseo de la Reforma.

A cada declaración, Toribio Illescas ha repetido lo mismo, hasta que en su tercera comparecencia confiesa que no puede ser testigo de nada, porque salió a ver lo que había pasado cuando ya Mella agonizante yacía en el suelo. En cambio, el estudiante Álvaro Vidal escuchó más palabras del moribundo que la propia Tina:

—Me han mandado matar y voy a morir por la causa del proletariado. Estoy tranquilo con mi suerte. El atentado procede del gobierno de Cuba.

Como burros de noria, los testigos repiten lo mismo: "¿Por qué no pasamos a lo que sigue?", pregunta Tina cuando Valente Quintana insiste, como si se propusiera entorpecer el proceso, ¡porca miseria!, con declaraciones que primero la sorprenden y luego la encolerizan: "Oh, esto es para volverse loca, ¿de dónde habrán inventado esto?" En un momento dado, no puede más e interrumpe:

—Caramba, ya esto me molesta, esas declaraciones que escucho me exasperan, yo he dicho la verdad.

—Si dijera la verdad, señora —sentencia Valente Quintana—, se evitaría usted estas molestias. ¿Quiénes la acompañaban y quién mató a Mella?

Tina vuelve a relatar —y a todos llama la atención su fortaleza— que en punto de las nueve y veinticinco de la noche entró Julio a la oficina de cables y que de ello está segura porque se fijó en un gran reloj que veía con impaciencia. "Entonces nos fuimos hasta Abraham González."

—A pie no hicieron este recorrido, señora —la interrumpe Quintana—, porque a las nueve y cuarenta y cinco minutos se registró el drama, y a las nueve y cincuenta se dio aviso a la Comisaría y a la Cruz Roja. A pie en ese tiempo, no se pueden caminar más calles. ¿Iban del lado del Paseo de la Reforma cuando desembocaron en Abraham González?

—No, señor, esto ya lo hemos discutido, íbamos del lado de la avenida Morelos.

—El señor Herberich afirma lo contrario.

De todos los testigos, Herberich es el más pesado porque se ofende y reclama, su rostro gordo y blancuzco, su pelo lacio pegado al cráneo.

—No, señora, yo los vi llegar a los tres del lado del Paseo de la Reforma, tan seguro estoy de ello como de que mi nombre es Ludwig Herberich, de cuarenta y tres años, con domicilio en Abraham González número 22.

—Ninguno iba con nosotros, seguramente es usted víctima de una ilusión óptica.

—No, señora, yo vi bien. Desde luego no es verdad que ustedes vinieran por el lado de Bucareli; venían por el del Paseo de la Reforma.

—¿Cómo no voy a saber por dónde caminamos? —se desespera Tina.

—Señora, no tengo por qué mentir ni engañar a la justicia. Soy un comerciante que no gusta de verse envuelto en líos; por mí no hubiera venido aquí a declarar, pero lo que he dicho es la verdad y así lo sostengo. Siento tener que desmentir a la señora, yo me veo más perjudicado teniendo que dejar abandonada mi panadería. Yo la conozco, señora, porque usted iba a comprarme pan por las tardes a la colonia Condesa.

Con razón su rostro, que ahora ve ensancharse, le pareció familiar. Dejaba caer el pan en la bolsa de papel contando en voz alta el precio de cada cuerno, cada banderilla, cada polvorón, para después levantar su rostro inflado de concha blanda sobre ella y silabearle el diez centavos. Esto era cuando vivía con Edward Weston en la avenida Veracruz. Los incidentes absurdos, ofensivos, se acumulan y Valente Quintana les da paso y los divulga con tal de prestigiarse. Tina ha sido vista sentada en la banca de un parque y manoseándose con un hombre, hará menos de quince días. Otro puede atestiguar de su conducta impúdica en un salón de baile. El tercero la miró desnudarse en la noche frente al Lago de Chapultepec. Un testigo anónimo asegura en una carta que al tener que viajar a Cuba encargó a Tina —entonces su amante— a su mejor amigo: "Cuídamela". El amigo se acostó con ella. Tina escucha encolerizada. Quisiera decirles que baila mal, que a ella nadie la cuida, que es dueña de su cuerpo y de sí misma, que nunca nadie se ha aprovechado de ella; los largos conciliábulos, el continuo interrogatorio en torno a su vida privada, el arresto domiciliario la enfurecen pero no quiere estallar.

Los compañeros del partido se miran atontados en medio de la consternación general. "¡Calma, Tina, calma, así son las cosas judiciales en México! No pierdas el control, sería lo peor que puede pasarte." Los periódicos no publican ni las protestas del partido ni sus manifiestos. Sus mensajes indignados yacen rotos en el cesto de la basura de la redacción de *Excélsior*, de *El Universal*.

El partido no sólo tiene que preocuparse por la detención de Tina. Hay que movilizar al país, formar conciencia. Luis G. Monzón y José Muñoz Cota organizan marchas; lo que sucede en el juzgado es un jaloneo de sábanas y no están acostumbrados a inmiscuir la vida privada en la militancia. Desde el asesinato de Mella, hay efervescencia en Villa Cardel, Veracruz, donde Mella fundó la sección sur de la Liga Antimperialista. Valentín Campa tiene organizado un acto en Monterrey, y de Tampico llegan telegramas exigiendo la inmediata aprehensión de los criminales. Los estudiantes amenazan paralizar el puerto de Veracruz, y doscientos cincuenta trabajadores del Sindicato Mayorazgo, segundo turno, piden romper relaciones con el gobierno cubano imperialista. Baltasar Dromundo continúa la parada permanente frente a la sede de la embajada de Cuba no obstante que la policía la acordonó. Carlos Zapata Vela, José Muñoz Cota y él se turnan en arengas continuas a los transeúntes: "Machado mandó asesinar a Mella". *El Machete* y *La Hoz y el Martillo* son volantes al aire al lado del poder de la gran prensa.

Al margen de estas actividades, Tina sólo tiene a Luz Ardizana, los ojos de Luz atisbados entre las filas de oyentes. Apenas si Luz puede comunicarle en voz baja, por medio de frases muy cortas a la pasada: "Vinieron Diego y Miguel Covarrubias", "Rafael Carrillo acusó a Magriñá frente a Puig Cassauranc", "Todos dicen que Machado ordenó el crimen", "La Unión de Carretilleros de Veracruz envió sesenta telegramas", "La muerte de Mella es una vergüenza para América Latina". Sin embargo, Tina percibe más la animadversión del público que el apoyo de los compañeros. Permanece sola, enfrascada en "recuentos de alcoba" como los llama Baltasar Dromundo. Sólo Luz repite, incansable:

—Te vamos a sacar de esto, Tina, vas a ver, te vamos a sacar.

Tina encolerizada, respondona, gallarda, su cigarro en la mano, le da fuerza; pero Tina con la voz quebrada y el rostro apagado, la asusta. A guisa de saludo deja caer: "Qué imbécil soy, ¿eh Luz?"

Mira a Luz largamente, pero más que a Luz, parece descubrir a una nueva Tina reflejada en los ojos de su amiga, como si adquiriese una visión de sí misma que antes no tenía, como si otra mujer que viviera dentro de su piel súbitamente le fuera revelada. Algo le pasa; su corazón late en su contra. En los ojos de su amiga, Tina percibe un escalofrío. Luz se levanta precipitadamente y sale. De nada le sirve permanecer en el juzgado mientras quién sabe qué fuerzas oscuras se confabulan contra Tina. Tiene que fomentar alguna acción, precipitarla. Jirones de pláticas la sobresaltan y la confunden.

—¿Ya vieron la putiza que le están dando a Tina en los periódicos? —escucha Luz tras de una puerta en Mesones y cuando está a punto de entrar, silba la encolerizada respuesta, quizá de Rodolfo Dorantes.

—No hables así de Tina, cabrón, o te parto la madre.

—¡Pobre mujer, ahora sí ya la fregaron!

—Nada de pobre —irrumpe Luz exacerbada—, no la pobreteen. En vez de chismear en el café, vamos a hacer una campaña por la ruptura de relaciones entre México y el gobierno de Machado, fundar un Comité Femenil de Defensa de Tina Modotti. Tú, Gachita, podrías encabezarlo.

—Sería bueno esperar al pleno del partido para conseguir más firmas.

—Újule, para entonces ya Tina estará hecha pedazos.

"Tengo que hacer algo, tengo que hacer algo, ay Tina, cómo te quiero, eres toda mi vida, eres mi partido." Luz redacta temblando un manifiesto, ella lo pagará aunque no coma durante días, lo llevará a la prensa, recogerá las firmas de Graciela Amador, María Luisa López, Guadalupe Narváez, Concha Michel, Refugio García, Esther Juárez, Mela Sandoval, Frida Ohne, María Luisa González, ¿quién más? Aunque sólo sean diez, con ella once, al menos una protesta de las mujeres. ¡A ver qué alega Gachita, la más impugnadora!

El tiempo vuela. Qué caótica se ha vuelto la vida en el partido. Cada vez que Luz pregunta por Rafael Carrillo, Gachita

Amador responde: "Está en lo de Mella". Rodolfo Dorantes zanja la discusión con voz de mando:
— Hagan su desplegado hoy mismo.

En su casa de Abraham González, Tina se sienta en la cama. Los policías esperan en la otra pieza, sobre los sillones, en el suelo, total, ya están acostumbrados. Para ir al baño tiene que llamarlos; cruzar con uno de ellos la salita y la cocina. La encierran bajo llave. "Por favor", grita tras la puerta e inmediatamente la abren. Al rato ya no tiene que gritar: el oído de los agentes es finísimo; si busca algo dentro de su ropero preguntan a través de la puerta: "¿Le pasa algo?" Si cierra la ventana inquieren: "¿Qué hace?" Tina está segura de que la escuchan orinar. Ahora uno de ellos, el más robusto, le tiende un periódico con el encabezado: "La Mata Hari del Komintern". Lo que más la decepciona es el artículo de Pérez Moreno. "Creí que estaba de mi lado." Es un hombre atento; *El Universal,* su periódico, uno de los más serios. "Tiene cara de buena gente", se dijo la primera vez que lo vio, pero igual que los demás, habla de su vida "licenciosa".

"Tina Modotti habita una verdadera buhardilla, nido de artista, y allí tiene su estudio. Viste la interesante italiana una falda negra y un suéter gris perla que entalla su ágil cuerpo. Se denota en su fisonomía un profundo abatimiento...

"No tiene attelier (atelier con una sola t, Tina corrige mentalmente) pues retrata a domicilio y nos relató que comenzó a tomar parte en el movimiento revolucionario antifascista concurriendo a diversos mítines.

" — ¿Por qué es usted antifascista?

" — Porque soy enemiga de las tiranías, y más aún de la de mi país, donde la gente humilde vive en condiciones lamentables.

"Al margen de este asunto nos refirió con toda clase de detalles su vida desde el comienzo. Hija de un verdadero luchador, Giuseppe Modotti, nació en Venecia, pero muy niña pasó a Austria donde su padre viajó a buscar trabajo. Antes de terminar su instrucción volvieron a Italia y en su escuela de provincia la bajaron a los primeros grados. Por lo tanto se considera una inculta. En los Estados Unidos trabajó en una fábrica, aún es aficionada a la costura, se confecciona su propia ropa en casa, hizo vida de bohemia, se casó con un norteamericano quien murió en México de viruela y tuvo que pasar muchos trabajos para formar su personalidad hasta el momento en que se reunió con Julio Antonio."

Tina prende un cigarro. ¡Qué irrisoria suena esa versión de sus palabras! Una vida era como para tomársela en serio, la gente cuidaba el recuento de sus vidas con solemnidad, en cambio a ella le arrastraban sus días en la página roja. Le dolía la mención de Giuseppe Modotti, apasionado por los círculos socialistas y amigo ¡qué gran orgullo! de Demetrio Canal, director del primer diario socialista de Udine, *Voz Libre*. Recordaba cómo su padre la cargaba en brazos en los desfiles del primero de mayo para que viera a los obreros. De estar vivo, ¿qué diría él de que la llamaran la Magdalena Comunista?

Si a Julio lo habían asesinado, a ella, Tina, le pateaban la vida, reventándosela en la banqueta. México, México cruel y bárbaro le infligía el peor sufrimiento imaginable. "Si no hubiera caminado del brazo de Julio esa noche del 9 de enero, no estaría yo viviendo en este infierno."

¿Qué insinuaban los periodistas cuando repetían una y otra vez: "Mella cayó asesinado a sus pies y ella no sufrió ni un rasguño"?

"Sabe más de lo que dice..." concluía Pérez Moreno.

En 1927, en la gran manifestación a favor de Sacco y Vanzetti, entre las cabezas de los oyentes, Tina vio por primera vez la figura de Julio Antonio Mella en lo alto de un podium. Era el único orador. "¿Viste nomás que hombre más chulo?", comentó una muchacha a su lado. Ejercía gran poder sobre la multitud porque ninguno lo perdía de vista. Electrizaba. Todo podía provenir de él, sus satisfacciones y sus dolores. Su eficacia misteriosa los hacía poner en él su esperanza. Salvaría a Sacco y Vanzetti, pero también los salvaría a ellos. Pensaba por ellos; ellos dirían lo mismo, de saber hacerlo. Tenía la facultad de pensar y de comunicarse. Tenía fuerza sexual: los completaba. Tina se dejó ir. Este Julio Antonio Mella podía responsabilizarse del conjunto de un cuerpo, de la vida colectiva como la de una mujer amada.

Al final, entre los que se acercaron a abrazarlo después de la ovación, Tina esperó. Querían levantarlo en vilo. Julio sonriente no lo permitió. Cuando, por fin, Tina le dio la mano sintió su mirada como un bien precioso. Al verla, él la alzaba por encima del ruido, la singularizaba.

Lo siguió viendo en la sede del partido, en *El Machete*, en el café, acompañado por Gómez Lorenzo, en reuniones de trabajo. Julio Antonio ejercía su mismo poder mágico de orador y su poder de hombre, ¿me permite darle un abrazo?, ¿puedo llamarte Juan, chico?, su exuberancia sonriente, encantadora. Su presencia transformaba. Tenía una visión clara de lo posible y lo imposible. Tina se dio cuenta de que si él lo permitía, los compañeros dependerían de él. Julio era un hombre habitado. Los países de América Latina se apelotonaban en su voz, los traía prendidos a su garganta, resguardados en su pecho.

15 DE ENERO DE 1929

Desde la noche del 13 Tina se acuesta con la ropa puesta, casi sentada, su cabeza sobre las dos almohadas, la suya y la de Julio. Evita dormirse porque entonces lo busca, no puede cerrar los ojos sin sentir su piel, su brazo pesándole, alguna parte de sí misma bajo el cuerpo de Julio, alguna parte del suyo pegado al de ella. A veces, a medianoche, despertaban y se buscaban en la tibieza del lecho, en la dulzura de sus propios cuerpos adormilados.

"Dame tu mano", Tina se siente arrastrada por una corriente marina que la jala llevándosela hasta el fondo del océano. "Julio, me ahogo, Julio, no puedo." Sus pies arañan la arena. Si pudiera fijarlos en el fondo, sentiría alguna seguridad, pero el fondo del océano, allí donde se hace el silencio, es una región inalcanzable.

Tina despierta sumida en su propia marejada, su garganta produce extraños sonidos, la boca llena de flemas, una reventazón sobre su costillar, miles de gotas de agua en su frente, en su cuerpo cubierto de un sudor frío.

—Ábranme, ábranme.

De inmediato oye un movimiento en la pieza contigua. Seguro la espían por el ojo de la cerradura; corre al baño a vomitar la viscosa baba verdosa, maligna como la ola que la revolcó. Vuelve a su cama. Al alba, el ronquido pendular de uno de los guardias gotea por debajo de la puerta. Tina se repite una frase que una noche le escuchó a Jorge Cuesta en casa de Lupe Marín y Diego Rivera: "Todos somos unos pobres diablos".

•Tina en la azotea •
Fotografía de Edward Weston

Tina comprendió que busca-
ban culparla a toda costa y decidió no colaborar con jueces y
abogados. Esa mañana en la audiencia, Luz experimentó por
su amiga una infinita curiosidad, qué fuerte, qué imprevisible,
qué vida insospechada, qué misterio de energía tras de esa
mujer que le decía con la mirada: "Sí, Luz, aquí estoy, cuenta
conmigo". En la madrugada Luz había devorado las anchas
hojas del *Excélsior*: "¡Qué manera de destrozar a una mujer,
en cinco días la prensa ha acabado con ella!" Ni en el sueño
más desorbitado habría imaginado a Tina desnuda, a Julio
Antonio Mella tirado sobre el pasto desnudo también. *Excélsior* decía que entre las fotografías que la policía "recogió de
la casa de Tina Modotti se encuentra una de una primorosa
chiquilla llamada Natalia que tiene la dedicatoria: 'Para Julio
de su hija Natasha'... Otro retrato hecho por Tina, que es
una hábil artista de la fotografía, representa a Julio Antonio

desnudo, recostado sobre la hierba del campo, con la cabeza recargada sobre un brazo y en actitud de dormir profundamente y aparentando estar muerto." *Excélsior* afirmaba que otras fotografías aún más comprometedoras obraban en su poder y Luz ansiaba verlas. ¡Desnudos, Tina y Julio! ¿Así que algún domingo en que salieron al campo lo que hacían era desnudarse? Al releer el artículo descubría una nueva cara de Tina, algo que jamás comentaría con ella.

Con su blusa blanca, su falda negra, sus zapatos de trabita, la figura de Tina apaciguaba la oficina de *El Machete*. Hasta sus manos eran recatadas. Tina tenía su tiempo, el tiempo en torno a ella se aquietaba formando una valla de silencio, hablaba poco de sí misma, ninguno se atrevería a preguntarle algo que ella misma no aventurara. Algunos miembros del partido la conocían mejor, pero en la militancia la vida privada era un sobrante. Luz se preguntó qué sabía de su mejor amiga y no halló qué responderse. ¡Ay Tina! Y ahora, ¿qué hacemos? Nadie te va a comprender, Julio encontraría la forma de defenderte, pero sola, sin él, eres simplemente una desvergonzada. Luz se retorció las manos: "¿Qué hago? ¿Qué puedo hacer yo?" Habría que esperar la publicación de *El Machete* para difundir las protestas; ningún otro periódico aceptaba los artículos de los camaradas. De nada valía la indignación de Hernán Laborde, no tenía donde desfogarla.

En las veladas del partido se entonaban cantos revolucionarios a Mella, compuestos por Luis G. Monzón y el piso de Mesones hervía de gente que coreaba a Epigmenio Guzmán, quien entonaba *Nosotros lo vengaremos* con música de *La Virgencita*. Concha Michel, guitarra en mano, llevaba la voz de mando. Un día, Hernán Laborde estalló:

—Bueno, y esto ¿de qué sirve? Todo el día oigo a Concha cantar y ahora aquí también.

—Al menos nos desahogamos —alegó Monzón.

—Éste no es un tren para que vayan cantando, no estamos matando el tiempo...

—¡Qué mal conoces a nuestra gente!

Laborde azotó la puerta de su oficina, pero aun allí resonaban las voces.

Marco A. Montero había compuesto el corrido de la muerte

de Julio Antonio Mella y Alfonso Sierra Madrigal otro. "¡Imbéciles! A puros corridos vamos a defender a Mella", se desesperaba Hernán Laborde. La talacha de los comunistas era invisible, o no parecía tener trascendencia alguna a pesar de que apoyaban huelgas en el interior de la república y tenían muy buena relación con Makar, funcionario de la embajada de la Unión de Repúblicas Socialistas Soviéticas. En los corrillos repetían que Portes Gil estaba dispuesto a destituir a Valente Quintana, pero al saber que lo exigía el partido comunista, todo quedó en rumores, mientras la prensa desollaba viva a Tina. Sola en México, sin. familia, con estatus de extranjera, ¿cómo pelear contra el infundio, sin tribuna pública? *El Machete*, mensual; *Cuba Libre* volvería a circular quién sabe cuándo. A los pies de los comunistas se abría algo más hondo que los golpes, las vejaciones, la huelga de hambre; sentían cuestionada su vida privada. Los compañeros, por lo general tan parcos, tan apocados, se lanzaban: "Puedes no amar a una mujer y amar su cuerpo". "Puedes no amar el cuerpo de una mujer y amar todo lo demás: su gracia, su inteligencia." ¡Qué raro, de las compañeras antes no se hablaba sino en la cantina! Más bien se les ponían apodos: "La estufita", "La guanga", "La piña madura", "La pintada"; se hacían chistes pero en el partido siempre estuvieron en segundo plano. Podían protestar por las imprentas saqueadas, la requisa de boletines y su destrucción, los compañeros golpeados y encarcelados, pero les daba miedo ese colchón al aire, la ropa interior manida, olfateada por todos, no dejaban con qué taparse. Nunca nadie se había fijado en ellas de esa manera. Cierto que la camaradería de la lucha rompía cánones, las compañeras eran muy jaladoras, tenían hijos, ellas se hacían cargo, visitaban a los compañeros en la cárcel, pero la exhibición de Tina desnuda en los periódicos los encueraba a ellos.

Desde el día 12 de enero de 1929, los periódicos eran agendas íntimas, citas, cartas de amor. Julio no se llamaba Mella sino Nicanor McPartland. Bastardo y enamorado, mujeriego y hablador. Le había escrito desde México un sinfín de cartas a Silvia Masvidal. Y guapa, la Masvidal, según fotografías que *El Universal* desplegaba en gran formato. Eso sí, qué mangos tan buenos se conseguía Mella. Tina también tenía cola que le pisaran, no era ninguna perita en dulce, y por eso andaba por la calle provocativamente indefensa. Todos podían meterle mano, se la pasaban el uno al otro, tan buena que daba para muchos, tenían derechos sobre ella —la llamada gran prensa se los había otorgado—; mira, mano, qué buena está la fuereña, y los manitos y manos se picaban las costillas, oye mano, con ésta sí quiero manito, mírale nomás las tetas, pásamela mano, con ésta sí, yo quiero con ella, después me toca a mí, pido mano, mano, mira los tiene de manzana, mira que a todo dar, mira, y apiñonada, ay negrita de mis pesares, a todos diles que sí pero no les digas cuándo. La mata negra, frondosa de su sexo hacía efecto. No eran sus pechos los causantes de su desnudez sino esa mata rizada, ese triángulo que escondía todas las maravillas. ¿Cuándo se había visto una mata así? Algo debía hacerse, pero ¿qué? Del Comité Femenil de apoyo a Tina Modotti ni sus luces. La carne de suave morenez de Tina abultaba los encabezados. Los lectores vivían una novela por entregas; junto con su café con leche del desayuno sorbían un capítulo del folletín, un pelo de su pubis se les quedaba sobre la lengua, tocaban con los labios el interior de los muslos sedosos de Tina. ¿Cómo detener la jauría? Luz siguió hojeando *El Universal* ¿A quién recurrir? Hasta ahora, a Tina la había sostenido la certeza de que el sacrificio de Mella acercaría a muchos a la causa, pero nadie pensaba ya en el martirio de Julio; el tema era ella, la italiana, piedra de escándalo. Y más que de sus ideales, los presentes querían saber del tumulto en su corazón.

Los ojos de Luz se detuvieron en una plana interior del *Excélsior* en un pequeño encabezado: "Las fotografías de Tina Modotti y Julio Antonio Mella según varios artistas... Dicen que no se trata de desnudos pornográficos inmorales sino de desnudos artísticos".

Diego Rivera y Miguel Covarrubias mostraron fotografías de desnudos, academias, dibujos a lápiz y a tinta, reproducciones del arte universal, "las cuales nadie absolutamente que posea mínima educación artística podría jamás calificar de inmorales". Entre otras barajaron fotos de Tina tomadas por Weston en la azotea de la casa de Tacubaya.

—No —dijo el jefe de redacción—, no son ésas las fotos que sirvieron de base para la opinión del editorialista sino otras.

—Queremos verlas.

—No estoy autorizado, es más, ni siquiera tengo acceso a ese material, el único que puede enseñarlo es el señor Rodrigo de Llano, director de *Excélsior*.

En efecto, leyó Luz, el director de *Excélsior* recibió a las seis de la tarde a Diego y al Chamaco y les enseñó una fotografía de Julio Antonio Mella desnudo "frente a la puerta de un baño de regadera y que fue tomada reglamentariamente para ingresar a un club atlético de remeros de La Habana. Julio Antonio Mella, uno de los mejores remeros de Cuba, debió posar para esta fotografía como se hace en todos los clubes atléticos del mundo. Tomada hacía más de tres años, antes de conocer siquiera de nombre a la señora Modotti, no tenía nada que ver con ella". En cuanto a la otra fotografía —proseguían Rivera y Covarrubias—, la de Tina Modotti era un desnudo artístico, hecho por el fotógrafo Edward Weston, hoy reconocido como el más grande artista de su especialidad en América; la señora Modotti sirvió de modelo, profesionalmente.

Vaya, descansó Luz, hasta que alguien la defiende.

Claro, se trataba de Diego Rivera, por eso lo publicaban; allí donde se paraba él revoloteaban los periodistas, después imprimían que Diego apestaba pero seguían zumbando en torno suyo. Desde que empezó el acoso contra Tina, Diego se había bajado del andamio; interrumpió de tajo su mural para ocuparse de Tina. Se presentaba en el juzgado, citaba a reuniones, hacía colectas para enviar cables y movilizar a la prensa internacional, se hizo nombrar defensor del caso, pidió una reconstrucción de los hechos. Desde temprano se le podía ver en la calle de Mesones, redactando los mensajes y arengando a los compañeros. Lo rodeaban en la delegación, en los careos, en la redacción de *La Prensa* o de *Excélsior*. Desde la puerta empezaba a hablar muy alto. Vociferaba hasta para saludar. Cuando él y Lupe su mujer entraban a una reunión, lo hacían en forma tan estruendosa que los llamaban "los gritones". En casos desesperados, como éste, los sombrerazos de Diego eran bienvenidos; sólo él con su magnetismo podía concertar la acción.

Con un agresivo movimiento del brazo, el agente del Ministerio Público, Valente Quintana, coloca frente a Tina una carta.

—¿La reconoce?

La molestia de Tina es evidente.

—¿Qué, ya también ésta la leyeron?

—Sí, nos la trajo el coronel Talamantes y me pareció una pieza interesante para añadir al expediente.

—Pero, ¿cómo es posible? ¿Qué tiene que ver? ¿De dónde la sacó? —pregunta Tina que bajo el impacto sufre dos o tres contracciones nerviosas.

—De su buhardilla de artista, señora. El coronel tiene mandato judicial para hacer requisa de documentos y confiscó esta carta escrita a máquina y fechada en Moscú, el día 5 de junio de 1928, para archivarla en su expediente. ¿La recuerda? Debió usted recibirla hace poco menos de seis meses.

—Pero esta carta no tiene nada que ver con...

—Cómo no, señora, todo tiene que ver.

—No entiendo por qué mi intimidad deba hacerse pública.

—Permítame, señora, usted ¿le escondió el contenido de esta carta a Julio Antonio Mella?

—Nunca le escondí nada a Mella.

—Esta persona que misteriosamente firma con una equis, ¿está en México?

—No señor, en Moscú.

—Puede usted proceder a leernos el contenido de la carta, coronel Talamantes.

El juez Pino Cámara ordena: "Asiente usted las palabras de la señora Modotti en el sumario", y Telésforo Ocampo señala con la cabeza que está listo para tomar el dictado. Tina piensa con horror: "Ahora también lo van a embarrar a él..."

—En virtud de que la señora Modotti se ve sumamente cansada y nosotros conocemos la carta del señor X, ¿querría usted hacernos una síntesis de ella, coronel Talamantes?

—Pues en la carta le habla cariñosamente a la señora un individuo que se firma simplemente "Tuyo X" y le dice que si piensa emprender el viaje a Europa busque el consejo de un abogado para saber si es más conveniente nacionalizarse mexicana a efecto de tener franco el regreso a México. Le dice que le apena pensar que ella tendrá que trabajar para reunir el monto de su pasaje y que él, de no estar preso, lo haría por ella.

—No está preso —responde Tina con voz fuerte— es su manera de decir que estudia en la universidad.

—Luego le recomienda —prosigue Talamantes en tono engolado— que si emprende el viaje estudie la mejor ruta trasatlántica y vaya provista de abundante material documental de género fotográfico para vender en Moscú en donde, le dice, encontrará un magnífico agente comercial. Repite que busque de antemano la mejor forma de sacar su pasaporte de acuerdo con el código de este país de los bárbaros y le dice también que no quisiera venir a México por no morir bajo las balas de su magnífica pistola 45. La insta vivamente a que emprenda pronto el viaje y termina firmándose con lapiz en la forma ya dicha, X.

—Esta carta —amenaza Valente Quintana— la hemos descifrado en todas su partes. X, que obviamente es mexicano, llama a su patria "un país de bárbaros" y confirma nuestra suposición de que la pistola calibre 45, la misma con que se mató a Mella, es suya y que usted, como buena extranjera, dispara magníficamente. Sabemos también que la P es la del partido comunista del cual ambos, X y usted, son fanáticos. Es más, señora, X no sólo firma X sino que lo hace con lápiz para borrar toda...

—Oh mamma mia —se irrita Tina—, él es dibujante y lo que tiene a la mano es un lápiz. La pistola era de él, me la dejó y ya no la tengo. Todo lo dice usted en forma amañada.

—Se defiende usted mal, señora, contrólese. Por más penoso que le resulte es su obligación colaborar con la ley.

—Pero si no he hecho más que eso, pedir que se le haga justicia a Mella.

Al día siguiente todos los periódicos hablan del misterioso señor X y hacen conjeturas. En *El Universal*, José Pérez Moreno escribe:

"Este suceso viene a sumarse a ciertas amarguras de su romance personal, pues parece que estuvo enamorada de un pintor de apellido Orozco, comunista que se encuentra en Moscú estudiando arte comunista. Se afirma que Tina sintió por Orozco, que le fue presentado junto con otros jóvenes comunistas, una pasión vehemente, sólo que el amado partió de México y ella quedó semiabandonada, sosteniendo sólo una cariñosa correspondencia. Cuando conoció a Mella, llegó la última carta de Orozco y como el estudiante cubano era un tipo interesantísimo, todo acción y todo nervio, la joven italiana sintió a su vez la atracción poderosa que se desprende de los seres fuertes... Y se enamoró de Mella. Por eso no se hizo el ánimo de reunirse con Orozco.

"Es alrededor de este romance de Tina Modotti sobre el que gravita la posibilidad del crimen pasional. ¿Podrá la policía encontrar el nexo que hay entre esta historia romántica y el sangriento suceso de la calle de Abraham González?"

Qué distinta es la Modotti de las mujeres que conozco, piensa José Pérez Moreno. Al levantarse en la mañana siente ganas de verla; sus respuestas son amistosas, directas, da gusto escucharla y más aún mirarla. ¿Cómo será vivir con una mujer así? Las de su familia son abnegadas. Por más tarde que llegue le sirven su merienda y se quedan junto a él: "¿Te sirvo más? ¿Quieres otro cafecito?" Tina preguntaría sin sumisión, alegaría, opinaría. Ellas, apocadas, no dicen esta boca es mía. Tenues, se deslizan sin ser notadas. O apenas. Padecen la vida, eso es, padecen al hombre y aguardan. Tina deja entrever una abundancia de vida apenas refrenada. Entra en una pieza con su paso enérgico y los demás le sonríen sin darse cuenta. Pérez Moreno desea ardientemente ese encuentro en el juzgado. ¡Qué bonita mujer! Y qué bonito su modo, por desusado, aunque lo inquiete sobremanera. Sólo con verla intuye que es una mujer que verdaderamente sabe amar a los hombres, sin resentimiento, sin compasión, sin asco. Los ama, y ya. Los asume, son carne de su carne.

Pérez Moreno ha tomado el caso con ardor. No deja de pensar en su forma de encender un cigarro, de echar para atrás la cabeza, de responder con fiereza, extraño brillo el de sus ojos negros. "Nadie camina como Tina Modotti", oyó decir al comunista Juan de la Cabada. Todo le gusta de ella, su pelo fuerte, sus ojos, su cinturita, la curvatura de sus labios llenos. Detalla cada una de sus prendas, el cambio en su atuendo.

"Vestía una falda corta negra, un suéter gris ceñido por un cinturón negro, medias de color humo y un sombrerito de terciopelo negro con un adorno de dos cerezas de plata."

"En su rostro notamos huellas de cansancio; quizás pasó una noche de insomnio."

"Tina continúa vigilada por agentes, que la acompañan a todas partes y duermen en una habitación contigua a la suya."

"Este caso va más allá de las basurillas de comisaría y tiene toda la emoción de una novela por entregas."

Es Tina quien trastorna cánones; tiene el it, el sex-appeal que a él lo hace vivir días plenos, días que lo excitan. No es sólo ganar la noticia, es ella. Su visión de la Modotti gusta a los lectores; así lo manifiestan las llamadas telefónicas, las cartas y la circulación en aumento desde el 12 de enero.

En la mesa del jefe de redacción se apilan los periódicos. De pronto, ve el encabezado de *La Prensa*: "Formidables declaraciones de Diego Rivera en torno al asesinato de Julio Antonio Mella".

"Chin, ya me ganaron la noticia", lee con el pulso acelerado. "Diego Rivera hizo serios cargos. Cree el discutido pintor que la investigación de la policía en torno al asesinato de Mella ha sido desviada." Pérez Moreno devora las palabras de Diego; al terminar suspira tranquilo. Coincide con lo que él ha escrito. Diego habla del papel activo de Mella contra la tiranía machadista y el imperialismo. En cuanto a Magriñá, más de doce testigos de su pasado pueden afirmar que es un tahúr y un matón de oficio. En México, actúa como agente político provocador.

—Pérez Moreno, teléfono.

—¿Una nueva pista? Claro, allá voy.

Si se trata del asesino, Tina quedará limpia, recobrará su libertad. Entonces, cuando ya no la vigilen, la invitará a un café para conversar con ella, verla a sus anchas.

En el juzgado, ve a Tina sentada en una banca junto a la flaca de pantalones. Sobre el escritorio desnudo de papeles del juez Pino Cámara destaca un sobre amarillo.

—Mire, Pérez Moreno —dice Telésforo Ocampo—, en el cateo practicado por la policía judicial fue hallado en la propia casa de la Modotti el plano.

—¿Qué plano?

—El recorrido exacto de la víctima la noche del crimen.

—¿Cómo está eso?

—Los agentes requisaron cartas, misivas amorosas, papeles, ahora en custodia del juzgado. Los examinamos con todo cuidado y en este sobre común y corriente con la dirección de Tina Modotti: "Abraham González 31", está trazado un plano de las calles con el trayecto de Bucareli a Abraham González. Una cruz marca precisamente el número de su casa.

—¿Y qué?

—Que ella lo planeó todo; la interrogué y reconoció el sobre como suyo. Dijo que la letra era de Mella y que él mismo dibujó en la parte de atrás un plano para que el mensajero pudiera llevarle a su casa un recado.

—¿Y eso qué?

—Tina condujo a la víctima por estas mismas calles. Se contradice continuamente; al principio dio un nombre falso, hizo creer a la justicia que era gringa y que su nombre era Rosa Smith Saltarini.

—El plano en el sobre no es prueba suficiente. Puede tratarse de cualquier recado, como ella lo afirma.

—No esté tan seguro, Pérez Moreno.

Tina está fuera de sí. ¿Cómo es posible que violen su correspondencia, divulguen sus cartas personales? Hace un momento protestó ante el juez: "Soy hija de trabajadores pobres de Italia; pero nunca abrimos cartas ajenas". Julio nunca la interrogó: "¿A quién le escribes, qué le dices?" Recuerda una frase de su padre a propósito de meter mano en lo ajeno: "En el delito está el castigo". Aquí en el juzgado no sólo divulgan su intimidad sino que Pérez Moreno y toda la prensa mexicana la interpretan a grandes letras a su modo, la envilecen.

Alguna vez Julio y ella jugaron a leerse sus más secretos pensamientos, pero en ese juego hubo pudor, nunca se hirieron.

Ahora la prensa vomita su vida privada distorsionándola, la revuelca a gritos procaces en las barriadas más encanalladas, lo hermoso, como aquel día en el bosque del Desierto de los Leones en que Julio se adormiló desnudo y ella lo fotografió, se vuelve ahora soez.

Al primer rayo de sol, Julio y ella se desprendían de su ropa y la dejaban junta, de suerte que al volver a vestirse, Tina se ponía los calcetines de Julio y corría, corre conejo de patas azul marinas y él la perseguía para quitárselos. Tina siempre jugó encuerada, en la azotea con Weston cuando se bañaban en los tinacos a imitación del Dr. Atl; nunca le preocupó la desnudez, hacían competencias a ver quién se quitaba la ropa primero para después bailar, libre de ataduras, botones, cuellos, cordeles, ganchos, los brazos en alto, sus senos columpiándose al aire, como dos peras. Alguna vez Julio y ella se contaron tímidamente su vida de adolescentes; pero ahora, en los sórdidos diarios mexicanos, parecía que se hubieran relatado cuentos de terror; se desplegaban a ocho columnas convertidos en ratas, culebras, alacranes de dardos ponzoñosos que se pican el uno al otro.

Desde que *Excélsior* publica el diario de Julio, Tina se siente peor. El del diario es su Julio, pero también es otro; es su hombre, pero también fue de otras. Los acentos apasionados le suenan familiares, pero no le están dirigidos. Julio jamás le contó de Silvia Masvidal —quizás la había olvidado—, ni de Edith; de la única que hablaba era de Olivín, su mujer, y eso en relación al divorcio que les permitiría casarse. Hacía tiempo que Olivín había dejado México con su hija, Natasha. Silvia Masvidal, explica *Excélsior*, fue una de las novias a quien más amó, pero como ella hubo otras: Edith, Margarita, Olivín, su mujer, y Tina, su última amante.

Excélsior no aclara que el diario se remonta a 1920, nueve años antes del asesinato y Tina, como los ávidos lectores, cae en la trampa, abre el diario en cuya tapa se lee *Lest we forget*, con sus días fechados en inglés.

Excélsior se lanza, triunfante: "La emotividad palpita en cada una de las páginas porque parece que no podía estar sin ser amado". Su filosofía erótica es algo muy personal, en cambio su filosofía de acción se compendia en este pensamiento: "La verdadera felicidad no consiste en tener todo cuanto se desea sino en desear cosas que no se tienen y en luchar por conseguirlas".

"...Tarde me levanté, no hice casi nada. Le puse un cable a Silvia, ¡oh, qué duro es no saber de ella! Por la tarde estuve remando en Chapultepec. Triste estuve pues sólo pensaba en lo feliz que sería con ella a mi lado en esta puesta de sol cuyos tintes morados me recuerdan sus ojeras grandes y misteriosas."

Tina no sabía que Julio tenía una foto de la Masvidal entre sus papeles.

(También a ella, Tina, le hablaba de sus ojeras.)

Tina mira por la ventana. A veces cuida la esquina desde su ventana y la gente en la calle jamás levanta la cabeza. Cada quien va a lo suyo. Dio su vida, piensa Tina, en esa banqueta está su sangre, se llevan su sangre en la suela de sus zapatos sin darse cuenta.

"Las memorias de Julio Antonio Mella obtenidas exclusivamente por *Excélsior*, han despertado vivo interés. Nuestro éxito periodístico no sólo deriva de publicar los íntimos apuntamientos del célebre huelguista de hambre, sino de que las páginas del diario son valiosas intrínsecamente... Si Julio Antonio se hubiera propuesto un libro para el público no hubiera logrado interesar tanto como sus frases cortas que tan admirablemente retratan sus estados espirituales."

¿A quién estuvo destinada esta información confidencial? La invade el sentimiento de haber quedado fuera. Toda esa vida a ella no le ha tocado. La descripción de su ropa levanta un andamiaje muy frágil, muy lejano; flota al viento como la ropa lavada en las azoteas; allí está la camisa de Julio, su abrigo gris; cuelgan en un mecate que va de un clavo al otro, su camiseta, el calzón morado, el suéter, los calcetines, puede contemplar las prendas a solas, ver como nunca antes las fotografías que le tomó. ¿Y éstas que nunca tomó? Se sobresalta. Jamás le enseñó su diario ni esta carta, ni esta otra, ni la credencial que *Excélsior* reproduce con tanta fidelidad. La dejaron fuera del juego, como en Udine de niña, una vez que salieron al río a bañarse y no la esperaron. Se siente igualmente traicionada. ¿Por qué no me lo dijo? ¿Por qué no me lo enseñó? No sabe quiénes son las personas que envían sus condolencias, o la mujer que la tomó del brazo al salir del juzgado para decirle: "Yo viajé con él a Veracruz; sabe usted, yo iba a ser su enlace, tengo la posibilidad de ir y venir de Cuba cuando me lo ordenan". Tina se apartó defensiva, los enlaces no suelen ser comunicativos.

Al mismo tiempo que la agrede, Julio ejerce sobre ella una fascinación agotadora. ¿Quién es? Su imagen la abruma. Reconstruye sucesos de su vida diaria en un intento por recuperarlo, los desmenuza y luego no encuentra la punta; Julio de pronto es un extraño. Hace un esfuerzo por apartar esta visión: Julio con Silvia Masvidal, Dio, que se deslice otra imagen en su lugar, Julio caminando con ella. No la calle, no, ni la calle, ni la banqueta, ni la oficina de cables. ¿Quién fue Julio, en realidad? Resulta que decenas de hombres y de mujeres han viajado con él, compartido con él. ¿No le gritó encorajinada Belén Santamaría que ella, Tina, era sólo un eslabón en su vida porque él, destinado a grandes cosas allá en su isla, desde luego las haría sin mujer? Ningún casado o arrejuntado podía encabezar un proyecto tan vasto como la liberación de Cuba;

Julio, ése sí, tenía la talla de un líder continental, saldría a Cuba como hombre solo, solo, ¿comprendes, chica? Solo con los suyos, los cubanos, cu-ba-nos; cumpliría su misión libertaria; forzosamente Tina tendría que desaparecer. ¿O qué, no sabía de la grandeza de su misión?

Ahora ya no está Julio junto a ella para calmar, restar importancia; sola recibe la embestida. Probablemente Sandalio, Alejandro Barreiro conozcan su vida. La futura, ¿cómo habría sido? ¿Cabía Tina en ella? Julio le dijo que vivirían en su isla y Tina aceptó compartir su suerte. Una vez derrocado el Mussolini tropical, él construiría la nueva Cuba socialista, a ejemplo de la revolución rusa. Integraría un tribunal antimperialista centroamericano y del Caribe, rompería con los Estados Unidos, daría a los campesinos escuela, medicinas, todos comerían lo mismo; los cubanos aprenderían a bastarse a sí mismos, harían su propia ciencia y su tecnología, hasta cámaras fotográficas fabricarían. Sí, Tina, filmarás en las calles de La Habana, rodeada de tus alumnos, cine del pueblo y para el pueblo; ya verás Tina, sí, mi amor, verás qué país es mi país, haremos el amor, mañana, tarde y noche, las artes serán como las grandes flores rojas del flamboyán, los pétalos sobre tu pecho, los pétalos de tus labios encendidos a la hora del amor, nuestra isla está detenida por la luz en los ojos de las mujeres, en Cuba hacen falta tus ojos, como a mí tu saliva, tus glándulas, tus secreciones, tu linfa, las lágrimas de tus ojos.

Agotada, mojada, se revuelve en la cama, un quejido de dolor acompaña su movimiento, ¿sólo a ella le han sido concedidas las imágenes del amor? ¿También a otras las amó en esa forma? Ella sólo lo ha amado a él, con esa ansia, con ese impudor, abriéndose toda, sólo a él. Muchas tardes, al separarse en la calle, Tina se sentó en una banca de la Ciudadela, antes de llegar a la calle de Mesones. Lo amaba tan fuertemente que aislarse de él era su salvavidas. El amor de anoche en ese momento daba un vuelco en su bajo vientre. Se ponía a temblar; invocaba la sonrisa de después, sus labios combados, el cabello sobre su frente, sus piernas pesándole, sus manos en torno a su espalda, su nuca, su cintura. Casi puede palpar su boca sobre la suya, Julio encima de ella; sí, Julio, sí, convulso, deshaciéndose en espasmos; sí, Julito, sí. En esa banca, podía recogerse a sí misma, recobrar las horas, repasarlas una por una, ¡ay Julio! Amó a Weston, su maestro, pero nunca así, nunca con esa urgencia, ese dolor apremiante. Creo que no voy a poder trabajar, se repetía. Era tan brutal la atracción que ejercían uno sobre otro, que Tina se atontaba, a riesgo de caerse. Verlo entrar a la redacción de *El Machete* y sentir el conocido golpe en su bajo vientre, quedarse sin aire, resollando, sus entrañas jadeantes; el pálpito en sus manos, en las yemas de sus dedos, el pulso latiéndole; estoy loca, desear a un hombre en esta forma es brutal. Todos han de darse cuenta. Tengo fiebre, todos los días deliro. Fui una mujer normal; hoy ya no sé hacer nada sino esperarlo.

—Oye Tina, te saltaste los renglones, mira, el texto es incomprensible.

Nada comprendía sino los gestos de Julio, las manos de Julio sobre su cuerpo. Había reducido todas sus funciones a una sola, amarlo. Se quedaba en blanco frente a la máquina, oyéndolo dentro de ella, el deseo doblándola.

—¡Ay, estas italianas! Vas a tener que volver a pasarlo todo en limpio.

—Bene, bene... —su voz no provenía de ella misma sino de su temblor interno—.

A la media hora, Tina abandonaba la banca del parque y mal que bien se iba a Mesones. Todavía entrecerraba los ojos para imaginarlo caminando hacia ella, abría los brazos para recibirlo, y luego confundida se apresuraba a *El Machete*. A lo mejor termina antes y pasa por mí.·Adentro, en la redacción, la puerta que antes no notaba ahora la hacía sobresaltarse; voy a morir del corazón, adivinaba los pasos, es Julio, no, es Rosendo Gómez Lorenzo, no, es Rafael Carrillo. Y seguía acumulando errores. ¿Cuándo vendrá? Me duele el corazón, voy a morir. Ya se le hizo tarde. ¿Qué le habrá sucedido? ¿Qué me sucede a mí? Nunca me había pasado. Me estoy muriendo por él. A veces hacían el amor como en un juego y los objetos rodaban en torno a ellos; la cama misma, las sábanas y las cobijas adquirían una calidad risueña, se volvían niñas; todas eran plumas como las de la almohada. A veces, Julio entraba grave y entonces las cobijas no bailaban ni se iban al suelo. Había algo desesperado en su hundirse en ella, como si pretendiera ir más lejos que ella. Tina una noche lo oyó sollozar, su quejido la despertó y lo tomó entre sus brazos, su cabeza entre sus senos, anidándolo, hasta que el deseo regresó; Mella asido como náufrago a su cintura, jalándola hacia abajo, su nombre un solo lamento: Tina, Tina, Tina, Tinaaaa. Y de nuevo las lágrimas sobre su hombro. No prendió la luz por pudor, ni se atrevió a mirarlo; sintió el llanto, y dejó que éste saliera acariciándolo en forma suave, ya, ya, ya.

Al día siguiente, en la recámara, una luz amarilla, tibia, iba avanzando sobre el lecho; alumbra nuestros pies, ahora sube por nuestras rodillas. Cuando llegaba al vientre, Julio despertaba. Ya no era el hombre de la noche anterior; amanecía al mundo, al sol y a la transparencia del aire; el día venía a su encuentro y de nuevo hacían el amor, reían, pegosteados, húmedos uno del otro, las piernas blanqueadas de semen, sándalo, almizcle, sudor, sus pieles resbalaban abrillantadas y Julio se venía en un borbotón que lo hacía aventar las sábanas. Si Tina corría al baño, corría él a alcanzarla, otra vez.

Era la calidad de la luz, la forma en que iba ganando espacio sobre el piso, su avance sobre los muros encalados, la que daba al amor de la mañana su asentamiento. Se instalaban en el día, en la vida, el uno en el otro, la piel encimada, la piel encontrada. "Tenemos la misma superficie" reía Julio. Tenemos el mismo perímetro. La misma boca. Acababan juntos. Se confundían. El vientre sobre todo. Uno solo. Atados. Después hasta les era difícil no quitarse la comida de la boca, no lo tragues, espérame; cuando Julio levantaba su taza, Tina lo hacía instantáneamente, uno, tú y yo, uno, comían del mismo plato con los mismos cubiertos, el mismo bocado por sus gargantas, lo otro hubiera sido inconcebible.

En la penumbra del amanecer, Tina recuerda el mar de Julio: "Sabes Tina, no hay una sola ola que se parezca a la otra; así es el Caribe de diverso", y Julio muestra al sol la sonrisa de sus dientes blancos. Así sonriendo, los cabellos encrespados, debió subir por la escalinata del *Vorovski*. Julio en la cubierta del *Vorovski* es una visión deslumbrante, la obliga a cerrar los ojos, su vista es ahora un caleidoscopio. Por primera vez un barco ruso ancla frente a La Habana. Julio organiza la bienvenida, festejos a los marineros, pero Machado, "el pelele", temeroso de disgustar a los yanquis, prohibe su desembarco. "¿Te imaginas mi coraje?" El *Vorovski* navega hasta la costa de Matanzas a cargar azúcar y allá van a verlo en una pequeña barca de remos Alejandro Barreiro, Peña Vilaboa y Mella. "Total, soy el primer cubano en pisar territorio ruso." Nunca han visto a un ruso, mucho menos a veintidós. Al despedirse de noche cuando ya se han encendido los faroles a bordo, la tripulación entona el himno de los oprimidos del mundo: *La Internacional*. Los tres cubanos cantan en español, tres contra la cadencia y el vigor de veintidós tovarich. A medida que se alejan, las luces se van achicando, las ven bailar en el horizonte mucho tiempo. Cuando llegan a Cárdenas, la luz roja del *Vorovski* es un punto en la noche y empieza a llover. "Fíjate, mi amor, qué intenso debe ser este recuerdo que todavía tengo ese pequeño punto rojo en la mente."

En Tina, el puntito rojo se ha convertido en una bola de fuego acrecentada por las sesiones en el juzgado en que se exacerba su atención para encontrar al asesino de Julio. Pero las noches son muros de agua salobre que le caen encima, golpeándola una y otra vez. Respira hondo, Tina, respira.

A cambio de sus recuerdos, Tina sostiene un telegrama enviado desde Nueva York por Cecilio McPartland: "Nombre padre mío, sinceramente hago votos profundos gratitud muestras indignación pueblo mexicano, asesinato mi hermano Julio cometido esbirros dictadura Machado. Hago llamamiento espiritual justo y revolucionario. México cooperó gobierno cumplimiento justicia reivindicación sagrados derechos generosa hospitalidad violada ante fascismo cubano. Cecilio Mella".

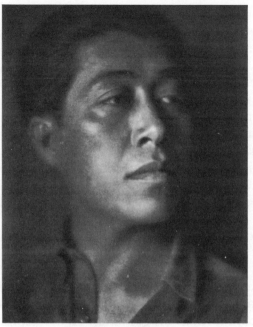

•Xavier Guerrero•
Fotografía de Edward Weston

17 DE ENERO DE 1929

—Conteste a mis preguntas, diga usted, ¿en qué fecha conoció a Julio Antonio Mella?

—Durante la campaña de Sacco y Vanzetti, pero no lo traté personalmente.

—¿En qué fecha la requirió de amores?

—El año pasado en el mes de julio; le correspondí en septiembre. Sólo alcanzamos a vivir juntos cuatro meses.

—¿No tenía usted relaciones con ninguna otra persona?

—Ya le dije que al escoger a Mella me desligué de un compromiso anterior.

—¿Dónde conoció a Xavier Guerrero?

—En Los Ángeles. Fue enviado por la secretaría de industria a una exposición de artes populares, en 1923, antes de que me instalara definitivamente en México.

—¿Sabía usted que él era comunista?

—Sí.

—¿Amaba usted a Guerrero y a Mella?

—No al mismo tiempo.

—El 8 del mes pasado ¿hacía usted vida común con Mella?

—Sí.

—Y usted recibió el dinero del otro. Entre sus papeles encontramos este mensaje de Moscú, fechado hace un mes. Dice así: "Particular: Muy estimada señora, en nombre del ministro Denegri tengo el gusto de remitirle adjunto un cheque sobre Nueva York por la suma de veinticinco dólares, mismos que me entregó para usted, su esposo y amigo mío, el señor Xavier Guerrero. De usted atto. y ss. Omar Josefe, agregado comercial de las delegaciones de México en Alemania, Holanda y la URSS".

Un rumor se levanta en la sala. Quintana lo remonta con la voz.

—Usted es la señora Guerrero, su marido está en Rusia y usted acaba de decir que no tenía ninguna otra relación.

—Seguramente el mismo Omar Josefe me puso señora de Guerrero para facilitar las gestiones. La correspondencia entre comunistas es difícil.

—¿Guerrero la mantenía mientras vivía usted con Mella?

—Xavier me envió estos veinticinco dólares por delicadeza; yo le ayudé a pagar su pasaje a Europa, no sólo por él, sino por la causa. Siempre fue bueno conmigo.

—Usted viviendo con Mella ¿mantenía a Guerrero?

—He dicho que lo ayudé en esa ocasión.

—Y usted ¿le contó a Mella sus relaciones con Guerrero?

—Quise ser sincera tanto con él como con Guerrero. Lo que Mella no supo fue la lucha que tuve que librar para resolverme a vivir con él. Esos meses de vacilación él los interpretaba como falta de amor o de coraje. No es que aún quisiera a Guerrero, es que no podía herirlo; y esperé, porque quería que él lo supiera antes de...

Tina se muerde los labios. Otra vez, está hablando de más.

—Sí, ya nos dimos cuenta de que hace sufrir a sus hombres, señora, ya leímos la carta que el occiso le envió desde Veracruz.

—Eso es mi vida privada.

¡Qué mal estaba Julio entonces, cuánta angustia en su escritura nerviosa! "Si no, explícame. ¿Qué amor es éste que sólo me lleva a la desesperación?"... "Te quiero serena y tempestuosamente, como te he dicho varias veces, como algo definitivo en esta vida..." "Que me amas y que serás mía. Pero ¿cuándo? ¿cómo? ¡Nada! Oh, Tina, ¿es justo esto?"... "Si me amas ¿con qué derecho y en nombre de qué me haces un dolor viviente?"..."Por la vergüenza de que te vean conmigo o, como dices, por no darle qué sentir a él, ¿tanto te interesa todavía?"... "La fantasía de tu viaje que no se puede tomar en consideración..." "Tina, no está en mí suplicarte, pero en nombre de lo que nos amamos dame alguna cosa cierta que no sea humo... Me asfixio." "TÚ NO DEBES SABER NADA ¿comprendes?" Quintana le espeta:

—A quién le vamos, ¿a Xavier Guerrero o a Julio Antonio Mella?

—¿Cuál es su intención, Quintana? —responde airada.

—No tengo otra que encontrar la verdad. Cae usted en contradicciones; se desdice en más de una ocasión.

—Usted pretende ponerme trampas. Vuelve sobre sus preguntas; son insidiosas.

—Señora, aquí no tratamos lo que sea de su gusto. Diga: ¿qué ideas políticas tenía Guerrero?

—Era y es comunista, afiliado al partido comunista de México.

—¿Quién cree usted que haya tenido ideas más firmes sobre el comunismo, Mella o Guerrero?

—Ambos.

—Teniendo relaciones íntimas con uno, ¿no lo ultraja si se escribe de amor con otro?

—Sí.

—¿Le tenía usted gran cariño a Guerrero?

—En su época, sí.

—Usted, teniendo relaciones con Mella, ¿creyó bueno recibir regalos de otra persona?

—Oh sí, de amigos.

—Me refiero a personas que tenían intenciones amorosas hacia usted. ¿Es honesto, lícito o moral recibir esas dádivas?

—Si yo hubiera sabido que las hacían con un fin amoroso e interesado, no las habría aceptado; pero hay muchas maneras de ofrecer un regalo.

—¿Puede usted afirmarnos si Guerrero le profesaba gran cariño?

—Sí, puedo afirmarlo; pero el amor que tenía por mí era inferior al fundamental en su vida: la revolución; estaba dispuesto a sacrificarse por ella.

—¿Cree usted que cuando una persona siente gran cariño por otra puede sacrificarla por una idea?

—Si la persona es digna, sí. El amor en los revolucionarios está relacionado con sus ideales políticos.

—Cuando comenzó a tener relaciones íntimas con Mella ¿rompió usted por completo con Guerrero?

—Sí, no, es decir, seguí enviándole semanariamente periódicos para sus actividades, sólo la prensa; me pidió que lo tuviera al tanto de la política en México.

—¿En qué forma tuvo lugar el rompimiento entre usted y Guerrero?

—Por una carta que le mandé en agosto o principios de septiembre; el correo a Moscú tarda en llegar unos veintitrés días. Recibí la respuesta por conducto de una persona, porque como era muy conocido como comunista, temió que no la pasaran.

—Después, ¿recibió usted dinero de su parte?

—Sí; ese cheque por veinticinco dólares, lo repartí entre amigos pobres. La situación de Xavier nunca fue buena, no ganaba casi nada.

—¿Y la suya?

—Siempre he tenido escrúpulo de que ningún hombre me dé dinero y por eso trabajo.

—¿Alguna vez se separó Mella de usted para hacer algún viaje?

—Fue varias veces a Veracruz, a Puebla, a Atlixco y a otras poblaciones como defensor obrero; a Durango, como representante de la Liga Nacional de Campesinos.

—¿Relató a Mella sus relaciones con Guerrero?

—Sí, ya lo dije, desde el primer momento.

—¿Qué conducta observó Guerrero con usted en la intimidad?

—Ya le dije que era tierno.

—¿Reconoce usted esta carta? —Valente Quintana se acerca a mostrársela.

—Es de Julio Antonio, me la envió de Veracruz. ¿Vamos a tratar de nuevo este asunto? ¿Otra vez?

—Señora, estamos investigando un asesinato. Esta carta la firma Nicanor McPartland. ¿Querría usted explicarme este párrafo?: "Tú sabes que conmigo no tendrás nada que temer".

—Yo estaba nerviosa, indecisa, no me resolvía a ser su compañera. Para él resultó inexplicable que lo hiciera esperar meses, le dio otra interpretación a mi rechazo. Pensé ir a Moscú para hablar con Guerrero. Julio creyó que al ver de nuevo a Guerrero, optaría por él. Durante una semana en que Mella estuvo ausente pude pensarlo bien y resolví corresponderle.

—¿Conocía usted los trabajos políticos secretos de Mella?

—Secretos, no.

—Entonces explíqueme también esta frase: "Lo que tú sabes no quiero que lo sepan otros".

Tina siente una aguda punzada en el vientre, la ausencia de Julio.

—Habiendo muerto él, ya puedo decirlo. Julio viajó a Veracruz con la intención de entrar a Cuba para hacer la revolución, pero no quería que se supiera.

(Alguien dio el pitazo y los compañeros de la ANERC volvieron de Veracruz con los ojos derrotados, encogidos de hombros. Vivieron días de duelo. Tina acogió a Julio en su abrazo y sintió sus lágrimas sobre su hombro. Ahora vuelven a escurrir, le mojan el cuello, bajan sobre su pecho, "oh Julio", corren mientras Valente Quintana pregunta agresivo:)

—¿Quería hacer la revolución nada más en Cuba? Dése cuenta, señora, de que buscando un homicida hemos encontrado un conspirador.

—Nada más en Cuba.

—¿Cómo explica usted este otro párrafo?: "Ya había hablado de mis planes: Cuba o Argentina pero nunca México".

—En México hay mucho nacionalismo, el terreno no es propicio; en cambio Argentina sí, porque allá hay muchos extranjeros.

—Si usted no le correspondía a Mella, ¿cómo daba Mella como un hecho el que usted se fuera a Cuba o a Argentina con él?

—Esto era en caso de que yo le escribiera a Veracruz, correspondiéndole.

—¿Tenía usted temores de que Guerrero regresara de Moscú intempestivamente?

—No regresaría antes de dos años. Eso dijo él.

El juez Pino Cámara trata de abreviar:

—Cuando se fue Guerrero ¿tuvo usted otros pretendientes antes que Mella?

—Ninguno.

—¿Fue la carta que Mella envió desde Veracruz lo que la decidió a escribirle a Guerrero a Moscú?

—No, su sufrimiento.

La voz del coronel Talamantes resuena en el juzgado:

—"X, no hay duda alguna que ésta será la carta más difícil, más penosa y más terrible que yo habré escrito en toda mi vida..."

Tina ya no escucha, sólo recuerda con qué ansiedad la escribió: "X. No hay duda alguna de que ésta será la carta más difícil, más penosa y más terrible que habré escrito en toda mi vida; he tardado mucho antes de escribir, primero porque quería estar bien segura de lo que te voy a decir, y segundo, porque sé de antemano el terrible efecto que esto tendrá sobre ti.

"Necesito de toda mi calma y de toda mi serenidad de espíritu para exponerte mi caso claramente, sin ambigüedades, y sobre todo para no dejarme emocionar, lo que sería inevitable si me pusiera a pensar lo que para ti representa esta carta.

"X, a veces, cuando pienso en el dolor que te voy a causar, me parece ser un ser monstruoso más que un ser humano; y no dudo que tú sí pensarás esto de mí. Otras veces me veo como un pobre ser víctima de una terrible fatalidad y con una fuerza oculta que a pesar mío me hace obrar como obro en la vida. Pero soy yo la primera en rechazar estos factores: 'fatalidad o fuerza oculta', etcétera. Entonces ¿qué queda? ¿qué es lo que soy? ¿Por qué obro así? Creo sinceramente tener sentimientos intrínsecos buenos, y haber buscado el bien para los otros antes que para mí, no ser cruel por serlo —prueba está que cuando lo tengo que ser como ahora contigo yo sufro más que tú tal vez, por sus consecuencias.

"Pero ya es tiempo de que te diga lo que debo decirte. Quiero a otro hombre, lo quiero y él me quiere a mí, y este amor ha hecho posible lo que creía que nunca podría pasar; o sea: dejar de quererte a ti.

"X, podría hacerte un largo relato de toda la historia de este amor; de cómo nació, de cómo se desarrolló hasta el grado de hacerme resolver decírtelo; de cómo he luchado conmigo misma para extirparlo de mi vida (te juro que hasta en el suicidio he pensado, si éste hubiera podido dar una solución que no fuese cobarde). Podría relatarte, en fin, todas las torturas causadas por este terrible dilema que tenía frente a mí; en todo he pensado, y principalmente en ti (esto no te ofenderá, estoy cierta). Más todavía he pensado en las consecuencias que mi paso tendrá sobre el trabajo revolucionario. Esto ha sido mi más grande preocupación, más grande aún que la preocupación de ti. Y bien, he llegado a la conclusión de que, como quiera que sea, contigo o con otro, aquí o en otro lugar, lo poco de utilidad que yo pueda dar a la causa, a nuestra causa, no sufrirá, y eso porque el trabajo para la causa no es para mí un reflejo, ni el resultado de querer a un revolucionario, sino una convicción muy arraigada en mí. Y por lo cual te debo mucho a ti, X. Tú fuiste quien me abrió los ojos, tú fuiste el que me ayudó en el momento en que sentía que bajo mis pies se había empezado a tambalear el puntal de mis viejas creencias. Y pensar que por todo lo que tú me has ayudado yo ahora te pague así. ¡Qué terrible, X! Solamente me da un poco de consuelo saber que eres muy fuerte y que lograrás dominar el dolor que yo te causo. Y me pregunto si tú ahora dudas de la sinceridad con que te he querido, X, por la vida sagrada de mi madre, te juro que te he querido como nunca había podido querer antes en la vida, y te juro que el sentimiento que tenía por ti era el más grande orgullo de mi vida. Y a pesar de esto ha pasado lo que ha pasado. ¿Cómo fue posible? Yo misma no lo sé, no lo comprendo, pero sí siento que lo que pasa ahora es una realidad precisa e inevitable y que no puedo menos que obrar como obro.

"Pensaba esperar para decirte todo esto verbalmente a tu regreso, aquí, o ir allá donde tú estás para decírtelo; pensaba que esto sería más honrado y más leal que decírtelo por este medio que estoy empleando; pero me di cuenta de que seguir escribiéndote en el tono que antes era natural, pero que ahora sería fingido, sería engañarte; te respeto demasiado para hacer esto y tampoco puedo, no debo engañarte o traicionar la realidad presente.

"Yo siento que no debo quererte más; siento que esto debe ser también tu deseo y te prometo que para cuando tú regreses ya me habré ido de aquí. No te pido una contestación, ¿para qué? Ya me imagino de antemano lo que me contestarás; pero sí quisiera tener la seguridad de que esta carta llegue a tus manos, porque no quiero alterar nada de mi vida hasta saber esto."

Todos vuelven la cara hacia ella.

—El epílogo de esta historia —sentencia Talamantes— es un mensaje desde Moscú que obra en autos: "Recibí tu carta. Adiós. Guerrero".

En medio del silencio, Tina hace todo lo posible por esconder su emoción.

Pino Cámara da por terminado el interrogatorio. Tina se dispone a salir con Luz Ardizana cuando un hombre de barba blanca le cierra el paso:

—Soy el profesor Maximilian Langsner.

Telésforo Ocampo explica:

—Es el sicólogo criminalista que logró hacer hablar al joven asesino canadiense Boohar.

—¿Y qué quiere?

—¿No ha oído hablar de él? Hemos pedido al profesor que la examine; es una diligencia necesaria, ya que puede lograr con usted lo mismo que con Boohar.

—Eso es charlatanería.

—Señora, al contrario; el profesor Langsner obtiene confesiones mediante un proceso absolutamente científico: la hipnosis.

—¿Que qué? ¿Quieren que hable dormida?

—Algo así.

—Y ¿cree usted que voy a permitirlo?

—No va usted a tener más remedio. Usted misma quiere que se haga justicia, ¿o ya cambió de opinión?

—Antes de proceder a la hipnosis, debo conversar con la señora —el profesor Langsner habla con un fuerte acento alemán—. Quiero saber cuál es el nivel escolar de la acusada.

—Eso, si yo lo permito —se alza Tina arrogante—. Estoy detenida, pero no en el circo.

Tina golpea su cigarro dos veces sobre la carátula de su reloj antes de prenderlo. Ve la hora, más de medianoche. ¿Hasta dónde van a llegar? El profesor insiste:

—Siéntese, señora, por favor.

Él se sienta frente a ella:

—We can speak English if you want.

—I can answer in Spanish, I have nothing to hide...

Langsner empieza a interrogarla separando cada sílaba. Tina va apaciguándose bajo el peso de su mirada bovina, "Julio me quitaría de encima esta vaca alemana: ¿Langsner o Jersey?" El médico hipnotizador la mira sin parpadear casi aplastándola. Tina piensa: "A lo mejor sí me va a hipnotizar" y siente el cansancio de tantos días bajo interrogatorio; teme adormecerse porque Langsner crea una atmósfera de sueño y su persona despide un almizclado olor a incienso; su pelo afelpado forma en torno a su rostro una aureola de suave terciopelo amodorrado.

—Señora, ha llamado la atención su apariencia tranquila y sonriente. Incluso, usted no guardó luto.

—Para mí Julio Antonio no ha muerto.

—¿Usted amaba a Julio Antonio Mella?

—Sí.

—¿Y cree que no ha muerto?

—Sobrevive en su obra, en los afectos que dejó en sus amigos, en sus pensamientos.

—¿Cree usted en la reencarnación?

—No.

—¿Es usted religiosa?

—Soy comunista.

—Dígame, ¿cómo cree que se perpetúan los hombres sobre la tierra?

—Mediante sus ideas. Quizá también en sus hijos. Yo no los tengo.

—¿Por qué no?

—No sé.

—Según me han dicho usted fue casada, ¿con quién?

—Con el poeta Roubaix de l'Abrie Richey; murió de viruela en México, está enterrado aquí.

—Ese nombre no es americano.

—Es de origen francés.

—¿Visita usted su tumba?

—Poco.

—¿Tiene un monumento?

(¡Ay, qué pesado viejo, porca miseria, qué suerte la mía!) Tina no contesta.

—¿Tiene la tumba algún tipo de monumento? —reitera

Langsner creyendo que Tina no lo ha comprendido—. Does the tomb...

—Sí, una lápida.

—Y ¿quién la mandó hacer?

—Yo.

—Esto es lo que yo quería saber —se golpea satisfecho las dos piernas enfundadas de negro—. ¿Cuándo lo hizo?

—En 1923, cuando viajé a México.

—¿Ya tenía usted las ideas políticas que profesa?

—En los Estados Unidos me interesé por los movimientos obreros sindicalistas porque trabajé en una fábrica como costurera. Allá escuché las canciones de Joe Hill, Tom Mooney... Mis hermanos son militantes... No me hice comunista sino hasta hace poco... yo...

El calor de la sala va en aumento, Tina cabecea. A lo mejor este hombre ya la está hipnotizando con esa voz pareja de palabras que gotean, siempre iguales, tac, tac, tac, tac, tac, remontándola al pasado lentamente.

—¿Está cansada?

—Sí. Mucho.

—Es la una de la mañana, señora... one o'clock —saca su leontina—, podemos suspender la sesión, tendremos otra entrevista.

A esa hora el reportero de *El Universal* José Pérez Moreno dormita en una banca del juzgado. Tina lo saluda con una fría inclinación de cabeza y pasa de largo. Pérez Moreno no tiene más remedio que acercarse al doctor Langsner a pedirle su opinión. Tina alcanza a oír el acento gutural del médico alemán que da su diagnóstico:

—Aunque voy a verla de nuevo, en mi concepto éste es un crimen pasional; se trata de una mujer de mucho tempera...

Tina ya no quiere escuchar; sale del brazo de Luz, cruzan la puerta. Inmediatamente enfilan tras de ella los dos policías municipales y espesos encargados de custodiarla.

—¿En qué país vivimos? —grita Diego Rivera y sacude encolerizado su bastón de Apizaco en el aire—. Dígamelo usted, por favor, porque eso de que un hipnotizador intervenga en las averiguaciones raya en lo humorístico, mejor dicho en lo patético.

No sólo los curiosos, que han aguantado horas y horas, sino

el personal del juzgado, forman un círculo en torno a su abultada figura: los cubanos de la ANERC, Hernán Laborde, el norteamericano Carleton Beals, Fausto Pomar, Luz Ardizana, Rafael Carrillo, Rosendo Gómez Lorenzo, Concha Michel. Todos se preguntan qué dirá Diego; el escándalo lo precede y él lo alimenta. "A ver qué hace ahora."

—Éste no es un crimen pasional sino político —grita Diego—, ¿por qué no investigan a Magriñá? ¿Por qué lo protegen las autoridades? ¿Qué, nadie se ha dado cuenta de que ése es el asesino?

Cuando la arenga de Diego está convirtiendo la sala del juzgado en un mitin, la policía los obliga a salir, pero Diego prosigue en la banqueta con la gente arracimada tras sus palabras. Diego dirige su alegato a José Pérez Moreno, el que siempre permanece al acecho de la noticia; en *El Universal* sus artículos aparecen en primera plana.

—¿Saben lo que hizo Magriñá cuando llegó a México? Echarse todas las monedas de las máquinas esas, gringas. Ése era su negocio. Además de matón, ladrón, tiene juntas las dos cosas. En Cuba, Magriñá goza fama de tahúr, un chulo, un vividor de las mujeres. Y ¿saben quién lo sacó de la cárcel? Nada menos que el ex-ce-len-tí-si-mo embajador de Cuba Fernández Mascaró, que se muestra airado por nuestras manifestaciones. Sí, señores, el Mascaró que todos los diplomáticos visitan para desagraviarlo. Amarren ustedes cabos; amigos periodistas. Y sin embargo, a la que vigilan, interrogan día y noche, y hacen permanecer encarcelada en su propia casa como a una vil delincuente, y ahora hasta hipnotizan, es a la compañera Tina Modotti. ¿Por qué misteriosa razón, díganme ustedes, no se detiene a Magriñá? ¿Por qué quieren culpar a un miembro del partido?

—Se dice en los corrillos que la pistola que mató a Mella es de la señora Modotti —informa José Pérez Moreno.

—Pobre Tina, sólo falta que estos títeres de la política la hagan confesar que ella mató al hombre que amaba.

—La pistola era de ella, y todos están acordes en que fue un delito pasional. Me lo confirmó el doctor Langsner.

—Me lleva la que me trajo. Un maldito hipnotizador, un charlatán, extranjero además, se pone ahora a impartir justicia.

—Pero —insiste Pérez Moreno— ¿dónde está la pistola que el

señor Guerrero menciona en su carta? La entrevisté y me dijo textualmente: "Me la dejó en prenda un amigo como garantía de pago. Últimamente la vendí a un periodista extranjero cuyo nombre proporcionaré a la policía si así se me exige y si ese periodista me da su autorización..." ¿No le parece a usted extraño, señor Rivera, que no pueda siquiera dar el nombre del periodista? Las huellas en el arma pueden ser de ella. Eso constituye una presunción en contra. ¿Por qué no revela quién es el comprador? Esa aparente discreción es un ocultamiento.

— La señora Modotti, Pérez Moreno, no quiere dar el nombre del comprador por delicadeza; su respuesta la pinta de cuerpo entero. La señora es incapaz de inmiscuir a nadie en un asunto desagradable. ¿No los ha tratado a ustedes, periodistas, con cortesía, con gentileza?

— Sí, nos ofreció galantemente que aportaría su parte y nunca nos ha negado información, pero el asesino sigue oculto y podría ser ella; al callar, otorga. Últimamente le ha dado por eludirnos, y su aislamiento la daña. Además, incurre en contradicciones que dan base a todas las presunciones.

— Usted solito se hace bolas, amigo Pérez Moreno. Ella no se aísla, ¡la tienen presa! Y las contradicciones, si se fija bien, son del perro policía ese Quintana, al servicio del imperialismo. El arma que deben buscar es la de Magriñá, no la de la señora.

— Yo fui testigo de la venta de esa pistola — estalla Carleton Beals — y estoy dispuesto a dar mi declaración por escrito.

— Démela, yo se la publico.

— Sí, señores, sí — vocea Diego como merolico —, este señor es Carleton Beals, un magnífico periodista de los Estados Unidos, un hombre que acaba de estar con Sandino en la hermana Nicaragua, corresponsal de...

— Yo fui a ver a Tina — interrumpe Carleton Beals —, le pedí unas fotografías para *Creative Arts* y en eso llegó de visita el periodista alemán Fritz Bach. Tina le enseñó una pistola. El señor Bach trató de desmontarla, pero no pudo y le preguntó a Tina cómo manejar el arma. Ella le dijo que no sabía. Entonces Bach me preguntó si yo podía enseñarle pero no sé manejar pistolas y no pude complacerlo.

— Pero hombre, usted que anduvo con Sandino — malicia Pérez Moreno — ¿ignora cómo se desmonta una pistola?

— Fui a entrevistar a Sandino, no a desarmar pistolas.

—¿Y la pistola, qué se hizo?

—Bach dijo que iba a examinarla detenidamente en su casa. Se la llevó él. Yo recibí las fotografías de Tina para *Creative Arts* y me fui.

—Ya ven. Bach la tiene, pero ni siquiera esto averiguó la prensa. Lo que sucede es que si Tina Modotti no fuera mujer, ni comunista, ni extranjera, ni tan esplendorosa, no se encarnizarían en su contra.

—Bueno, señor Rivera, el asunto da lugar a engaño; la vida y las costumbres tan libres de la señora con Mella y con el señor X. ¿Quién hubiera imaginado que McPartland y Mella eran la misma persona? ¿Por qué no creer que se trata de un amante despechado? Político o no, cualquiera que sea el móvil del asesinato de Mella, sólo puede aclararlo la señora.

—¡Me lleva el carajo! —se enoja Diego— Y ¿por qué ella?

—Porque seguramente conoce y oculta al asesino de su "compañero", según llama con cierto pudor de mujer al difunto. Si la policía le da vueltas a lo hipotético es por culpa de ella. ¡Ni siquiera admite que sólo por instinto de conservación tenía que mirar hacia el agresor en el momento de los disparos! Para ella lo natural fue no ver nada. Algo calla. ¡Y mire, señor Rivera —se exalta Pérez Moreno—, si Tina Modotti no declara quién disparó pasará mucho tiempo para que se descubra! No quiere confesar para no correr idéntica suerte que Julio Antonio.

—Eso no tiene sentido, Pérez Moreno.

—Bueno, Rivera, ¿por qué, si Mella sabía que dos esbirros habían venido a matarlo, no dio aviso inmediato a la policía? ¿Por qué no lo denunció en la inspección saliendo de la oficina de cables? ¿Por qué en vez de esconderse o pedir protección se vino caminando del brazo de la señora, como en un paseo romántico?

—Así era Mella —interrumpe Diego—, así era él, amigo Pérez Moreno. Yo también le advertí que se cuidara, le aconsejé que no saliera de noche, que anduviera siempre con dos jóvenes del partido; pero no me hizo caso. Cuando Siqueiros y yo volvimos de la Unión Soviética, desembarcamos de paso en La Habana; queríamos saludar al líder Alejandro Barreiro y nos enteramos de que estaba exiliado en México. Nos seguían policías cubanos, y se lo conté a Julio. "Probablemente te siguen a ti también, me pareció verlos en Veracruz; te están cercando, Julio. Cuídate." Me respondió: "¿Qué quieres que haga? Tengo confianza en mi buena estrella". Era naturalmente optimista. Ése es el riesgo de los militantes. ¿Por qué cree usted que yo siempre ando armado?

—Por comunista.

—Por mi vida, amigo Pérez Moreno, por mi vida.

—Yo no traigo arma ni la trae Rafael Carrillo —interviene el Canario— y muchos miembros del partido tampoco. Bueno, nadie.

—¿Está enterado, Pérez Moreno, de que los comunistas son víctimas de encarcelamientos y asesinatos? —se enfurece Diego Rivera—. ¿Desconoce la suerte que corren? ¿Por qué cree que el gobierno protege a Magriñá y enloda a Tina? ¡No me vaya a decir que *El Universal* no recibe consignas gubernamentales! Todos los periódicos han acatado la orden de lavar a Magriñá y ensuciar a los comunistas. Al gobierno lo único que le importa son sus relaciones con La Habana y a ambos países les conviene la salida del crimen pasional. Más claro no puede ser. Según los periódicos, incluso el suyo, ni Machado mandó matar, ni Portes Gil encubre al asesino. Una aventurera extranjera, desvergonzada, como no han dejado de llamarla, ha provocado incomodidad internacional. Sí, señores, in-ter-na-cio-nal, porque Mella tenía estatura u-ni-ver-sal, perdimos un líder enorme... Pero como al canciller Genaro Estrada se le ha alborotado el gallinero diplomático, les da de comer los despojos de la Modotti para tenerlos contentos. Yo fui a ver al señor ministro Estrada y me recibió de inmediato. Me confió muy preocupado que no podría volver a su manuscrito ni a su biblioteca hasta no desembarazarse del asunto de la calle de Abraham González. A él lo que le importa es imprimir su *Archivo Histórico Diplomático Mexicano*, no la suerte de "la italiana", como usted la llama.

—Magriñá quedó limpio en la comparecencia, maestro Rivera.

—Magriñá no quedó limpio; ustedes lo limpiaron, la prensa le regaló una máscara de inocencia.

Diego Rivera entornando los ojos remeda la voz tipluda de un comentarista.

"Magriñá vive con su familia, Magriñá tiene o tuvo un puesto en la presidencia municipal de no sé qué carajos. Magriñá esto, Magriñá lo otro... como si un puesto gubernamental fuera una garantía de honestidad y no todo lo contrario... Magriñá se compró su casa, todas las noches merienda con su esposa, Magriñá anda de traje, Magriñá tiene sus relaciones entre los encumbrados, Magriñá habla con prestancia... En cambio ¿qué es lo que han escrito de Tina? Dígamelo usted, Pérez Moreno, periodista de un diario bajo consigna.

—Personalmente, admiro a la señora.

—Pues demuéstrelo. ¿Por qué le avienta a la opinión pública encima?

—No creo tener esos poderes, maestro, usted me sobrestima. Sucede que la señora Modotti es muy distinta de otras mujeres, y sobre todo de las mexicanas. Algunas damas que he interrogado sienten ofendido su pudor ante esa vida licenciosa. Exclaman: "¡Qué bárbara, mire nomás qué desfachatez. Con razón, es extranjera!" No coincide con nuestra idiosincrasia.

—Viejas cuzcas, brincos dieran. Damas, dice usted, que se mueren de envidia...

—Si usted quiere recordarlo, maestro, yo he escrito que se trata de una mujer moderna e inteligente.

—Lo que usted debe hacer es desenmascarar a Quintana, que es capaz de mil argucias mañosas con tal de recibir los dólares de la embajada cubana.

—¿El señor abogado Quintana?

—Nada de señor abogado, ése es un perro policía. ¿No sabe usted quién es Quintana? Un cazador de cristeros, un robaconventos. Está enfurecido con nosotros, comunistas y amigos de Mella, porque intervinimos en la investigación del crimen. Pedimos que se hiciera con presencia de la señora Modotti una reconstrucción del crimen; usted vio que yo mismo acompañé a la señora Modotti durante el recorrido y ella puso todo de su parte. Pero según ese perro estamos usurpando las sagradas funciones de la policía... El usurpador es él, que pasó de ratón a gato y se arrogó la función de agente policiaco. ¿No sabe usted que fue traficante de drogas heroicas? ¿Sabe cómo llevó a cabo la investigación del asesinato de Obregón? Mire, Pérez Moreno, hay un papel que Quintana no podrá usurpar jamás: el de hombre honrado.

—Tengo otra hipótesis, maestro. ¿Y qué tal que los propios comunistas lo hubieran mandado matar y por eso la italiana los encubre? ¡Una orden de Moscú y ya está! Entre ustedes se guardan secretos, hay envidias, muchas rivalidades; aquí vienen extranjeros, gringos, alemanes, italianos... de todo.

A punto de romper su bastón en la cabeza de Pérez Moreno, Rivera grita fuera de sí: "Sólo eso nos faltaba. ¿Por qué habrían de matarlo si era el más leeeaaal deeee..." Pérez Moreno se aleja a toda velocidad.

¡Qué hombre contundente, Diego Rivera! Allí está su enorme volumen a media calle con su sombrero olanudo y su bastón de Apizaco, sus ojos de sapo fijos en el periodista que huye. La monumentalidad de Diego trae irritado al juez Pino Cámara. "A lo mejor así de gordo voy a acabar también yo." Ve con asco sus pantalones mugrientos de andamio, sin planchar, y la camisa mal fajada cuya bolsa pechera abulta de tantos papeles doblados. "Me convierte el juzgado en mercado, los alborota a todos." Cuando no pide la palabra, saca una libreta y se pone a dibujar suscitando la curiosidad de sus vecinos, a veces su hilaridad. El ujier le confió: "Ya vi su caricatura señor juez y está rebuena". Diego le resta seguridad; cada día gana adeptos; ni a las secretarias más remilgosas les parece afrentoso su aspecto. "Maestro" por aquí, "maestro" por allá. Lo excusan: "Huy es rete amable, rete coqueto, no se cree nada, él mismo me contó que vivió en Francia, y los franceses tienen fama de cochinos, y por eso inventaron los perfumes. Además, es un artista, y es bohemio". Ninguno de los guardias se atreve a meterse con Diego porque bajo el saco flojo de dril, que no alcanza a cubrir su vientre, se asoma un pistolón pavoroso. Quién sabe qué tiene ese hombre que las miradas cuelgan del menor de sus movimientos y él hace todo porque se fijen en él; su brazo izquierdo hace molinetes en el aire: "Pido la palabra", en medio del estupor general, porque Diego fue nombrado defensor adjunto pero desconoce el procedimiento y habla cuando no le toca. Pobre de la italiana esa tan confiada que enflaca a ojos vistas, pobre, que recoja sus pedazos y se largue, que vuelva a su vida de militante a ver si no la sigue regando. Parece vivir en una nebulosa. En su casa, Pino Cámara oculta el periódico a los ojos de sus hijas. Cambiar de tema es un acto de salud pública: la Modotti se ha hecho más famosa que Lupita Vélez.

Personalmente, Portes Gil le ha pedido al ministro Puig Cassauranc apresurar el trámite; peligran las relaciones con Cuba, los diplomáticos visitan a Fernández Mascaró para desagraviarlo; los estudiantes se han vuelto locos, ya no hay respeto, la moral decae, qué país salvaje este México. El ministro Genaro Estrada resulta demasiado conciliador; con razón le da por la literatura. Lo único que le interesa es ir los domingos con Felipe Teixidor a buscar libros raros al mercado de El Volador.

Cuando el juez Pino Cámara sale del juzgado comunica secamente a José Pérez Moreno:

—Valente Quintana acaba de ser destituido de su puesto de jefe de las comisiones de seguridad.

—¡Qué notición! Gracias, muchas gracias, señor juez.

—Es orden del presidente de la república para eliminar suspicacias, en vista de los cargos de parcialidad de algunos sectores de la opinión pública.

—¿La opinión pública o Diego Rivera?

—En su lugar nombran al señor comisario Talamantes que hasta hoy desempeñó la jefatura de la Policía Judicial del Distrito.

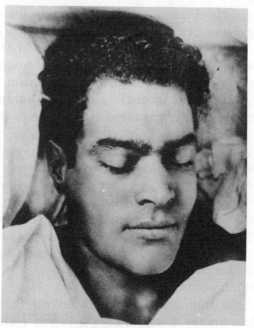

•Mella muerto•
Fotografía de Tina Modotti

21 DE ENERO DE 1929

Meterse a la cama es desencallar. Dormir es flotar. La marea llega a la altura del lecho, Tina gira en el túnel rodante de la ola. Líquidos verdes, azules, violetas la llevan al final del aliento. Cae al fondo del océano. Le parece oír el graznido de las chachalacas. Julio le ha contado que escuchó el bramido de una tintorera, un sonido agudo, producido a intervalos; así gime la hembra en celo, y Julio se clavó en el agua, aunque le advirtieron que las tintoreras en celo eran peligrosas; ¡un llanto casi humano hendía el fondo del mar! la hembra buscando al macho. Dentro de Tina crece el lamento, su bramido de hembra atraviesa las murallas acuíferas, se va elevando el nivel del agua hasta anegar su garganta. Dio, ¿cuándo dejará de salirle tanta lágrima que le salta al rostro, le moja la almohada? Arquea la espalda, empieza a vibrar, sofoca un quejido, trata de parpadear, sus ojos abandonaron las órbitas, ahora con las manos entre los muslos, Julio ávidamente crece dentro de ella y la hace crecer, Julio en el fondo de sus ojos, anclado en el fondo de su océano, escucha la voz:

—Tinísima.

—Te enterramos, Julio.

—¿Cómo podría morir si tú estás viva?

Grita ¡Julio!, el vaivén de las olas en su cuerpo, el rostro en lágrimas, su cuerpo en cada ola; Julio desaparece en la mole oscura que curva su dorso y se desploma; la resaca lo hará visible, ella lo rescatará por los cabellos revueltos de arena y espuma; aplicará su boca a sus labios rotos, respirará en su pecho copos de sal hasta ver las sábanas otra vez levantadas a su lado, Julio recuperado.

—Tinísima.

El viento trae risas de Julio. De pronto se borra todo, vuelve el silencio, salvo el rumor del mar al pie de su cama.

Otro sueño.

Ha soñado siempre. Un mismo sueño, repetidas veces. Recuerda, o quizá no, y sueña otra vez como lo viene haciendo desde su infancia, un libro hojeado en Udine. En el mar de la página una barca, grabándose a sí misma en el metal se desliza a punta de plata contra una tormenta; Tina en la barca es una estatua cubierta por una sábana, avanza hacia la oscuridad que amenaza. El choque es inminente. ¿Cómo escapa una estatua? Tina despierta en el momento en que la mole se le viene encima, la sábana sobre sus párpados, ahogándola.

Regresa de las profundidades boqueando; sus manos temblorosas encienden un cigarro, el pecho adolorido y la cabeza a punto de estallar; el agua quiere arrastrarla a otra pesadilla; Tina aprieta fuerte el cigarro entre los labios y arroja el humo por la nariz para que no entre el mar por la boca; el cigarro es su único salvavidas; tiene que concentrarse en él, exhalar muy lentamente; está nadando la vida a contracorriente. El resto de la noche permanece sentada al borde de la cama, su cabeza ladeada en el respaldo de madera. Hasta respirar le resulta doloroso. Si no sueña con Julio, lo recuerda. Quisiera una tregua.

Al amanecer, Julio se yergue en el cuarto, Tina siente que respira a su lado, va a tocarla, las sábanas que ve ondular le entregarán de pronto el cuerpo del náufrago que rueda encima del suyo para asírsele al cuello. Julio está allí, su sombrero colgado, su cepillo de dientes en el vaso, sus zapatos, su entusiasmo: "Vi algo que tienes que fotografiar, Tinísima; vamos antes de que desaparezca. Una esquina de Donceles, una vendedora..." Cuántas veces él cargó la Graflex y cuando le preguntaban si era fotógrafo respondía señalándola: "Soy el tameme de la señora". ¡Ay Julio! Revive las caminatas por la ciudad caliente y casi vacía. Dio, cómo amaban ambos el orgullo desnudo del cielo de México, las formas humildes y recogidas de la gente, sus casas, la violencia de los colores, esos rosas estridentes que aparecen de pronto en medio del verdor oscuro de la selva. ¡Qué país maravilloso! Todavía escucha su voz entre las sábanas, velas de barca anclada en la recámara.

Se levanta, pide que le abran y orina larga, hirvientemente.

•Juchiteca•
Fotografía de Tina Modotti

T ina imprime una fotografía en el cuarto oscuro, la última que tomó de Julio cuando vivía. Aparecen con él David Alfaro Siqueiros, Sandalio Junco, Teurbe Tolón y Alejandro Barreiro, integrantes del Comité de Defensa Proletaria.

Pone la foto en la mesa de noche, se recuesta en la cama y se adormece, la luz prendida. Al despertar, pide:

—Ábranme.

Ni una voz. Ni un ruido en el otro cuarto.

—Ábranme.

Entonces se da cuenta: "Estoy libre".

Desde que Valente Quintana dejó el caso, se despejó la sospecha del crimen pasional para dar paso al político. Magriñá fue interrogado nuevamente. Al preguntarle Telésforo Ocampo su itinerario después de ver a Mella en la cantina La India, respondió: "Cada quien es libre de andar por donde le plazca". Magriñá destruyó la buena impresión que había causado en sus primeros careos. El agente dedujo que Magriñá tuvo todo el tiempo del mundo para dar instrucciones a un pistolero. "Ya nadie lo considera tan decente", le comunicó Luz a Tina.

Los comunistas acusan a Magriñá; tiene antecedentes penales, la italiana no. Tina es de costumbres ligeras, pero así son las del viejo continente. Qué caro lo está pagando. Y sin embargo, viéndola, la extranjera no da la impresión de casquivana. Peina canas, se le ven arrugas en torno a los ojos, está flaca. Algo tiene. No es bueno ser mujer, Pino Cámara piensa: "Voy a cuidar a mi viejerío, a mis sobrinas, son buenas chicas, pero nunca se sabe. Pobre mujer, verdaderamente la han hecho polvo".

El testimonio de don Froylán C. Manjarrez, gobernador de Puebla, resultó definitivo. En Cuba no hay perseguidos políticos, hay muertos. Él vivió durante dos años y medio en La Habana y conoce bien la situación. "Es muy probable que el crimen contra Mella se haya fraguado desde La Habana como lo afirman los comunistas", declaró el señor gobernador. Don Froylán inspira mucho respeto. Constituyente de 1917 en Querétaro y uno de los impulsores del artículo 123 que consagra los derechos de los trabajadores, gran luchador social, don Froylán contó de un coronel Massó al que balacearon en la terraza de su casa en La Habana. El gobierno cubano no perdona a sus opositores. El doctor Rafael Iturralde, exsecretario de Educación Pública en Cuba, hizo una campaña en contra del gobierno machadista, y Machado mandó extraditarlo.

Ayer sábado, Alfredo Pino Cámara, juez segundo de lo penal, dictó el auto de formal prisión contra José Magriñá, presunto responsable del homicidio de Julio Antonio Mella.

El juez, harto de Diego Rivera, se libró de su diaria presencia. Gracias a Dios este asunto ha terminado, al menos en lo que a Tina y a Diego y los comunistas se refiere. Levantó el arresto domiciliario a la Modotti. Hasta podrá salir del país si así lo desea. Otra lo haría. Ella, quién sabe. Seguramente aguarda las directivas de su partido. ¡Curiosos estos comunistas, son mojigatos pero al revés! En la noche, intrigado, el juez Pino Cámara buscará a Marx en su biblioteca.

Libre, libre, la italiana está libre. Si el crimen no quedó totalmente esclarecido, al menos a ella la sueltan, vivirá libre. Es una libertad bajo palabra, pero es libertad. Pérez Moreno sube corriendo la escalera de Abraham González. Para su decepción ya se encuentra en el quicio de la puerta el reportero de *La Prensa* acompañado de la flaca anteojuda. ¿No estará la cegatona esa dándole informes al de *La Prensa*? ¡Qué mujer antipática! En cambio la Modotti... Abre Tina envuelta en una bata mal ceñida "que hace resaltar su tez marfilínea" —escribirá después—. Tina se excusa de recibirlos en kimono.

—Venimos en pos de detalles.

—Son ustedes incansables. Lástima que no se aclare nada de importancia.

—Usted ya está libre.

—Es relativo...

Lanza un suspiro que deja entrever las dudas que la asaltan y pregunta abruptamente:

—¿Creen que suelten a Magriñá?

—Por ahora no; el juez le dictó formal prisión.

En un arranque de absoluta sinceridad exclama:

—Tengo mucho miedo a ese hombre.

—Usted, ¿por qué?

—No sé; pero presiento que ese hombre, si sale de la prisión intentará hacerme daño, más del que me ha hecho. Quizás hasta pretenda matarme.

"Tratamos de alejar los temores de Tina y, convencidos de que no tenía algún nuevo dato, descendimos perdiéndonos en el bullicio de la calle."

De todas las insinuaciones de Magriñá ninguna pareció más dolosa a Tina que la de "espía fascista". ¡Pobre de Giuseppe, su padre, luchador contra el fascismo! ¡Pobre Benvenuto! Qué rabia sentiría. Menos mal que la Liga Antifascista había protestado diciendo: "La compañera Modotti es miembro del Comité de Defensa de las Víctimas del Fascismo. La familia Modotti es enemiga a muerte de Benito Mussolini, el Machado europeo".

10 DE FEBRERO DE 1929

Tina preside un acto de protesta en el teatro Hidalgo, a un mes del crimen. El Socorro Rojo Internacional, la Liga Antimperialista y el recién fundado Comité pro Mella son los organizadores. Diego Rivera también participa. Tina es la primera en hablar y lo hace con voz fuerte:

"En Mella mataron no sólo al enemigo de la dictadura de Cuba, sino al enemigo de todas las dictaduras. En todas partes hay individuos que se venden por dinero, y uno de éstos ha tratado aquí de desvirtuar el móvil del asesinato de Mella presentándolo como un crimen pasional. Yo afirmo que el asesino de Mella es el presidente de Cuba Gerardo Machado.

"Machado, una caricatura de Benito Mussolini, ha cometido un nuevo crimen, pero hay muertos que hacen temblar a sus asesinos y cuya muerte representa, para aquéllos, el mismo peligro que su vida de combatientes..."

Se proyecta la película *Octubre* y el coro del Club Ruso canta el himno *Víctimas inmortales*.

9 DE MARZO DE 1929

—Quienes no están conscientes de su libertad no son libres.

Tina se revuelve en la cama.

El juzgado es una inmensa planicie casi sin hierba. Los jueces son Giuseppe, su padre, y un descabezado. Tina reconoce el torso de Julio Antonio y a una multitud de camaradas que forman una mancha gris y hacen un esfuerzo desesperado por adquirir un rostro; a veces se les dibujan ojos, a veces boca, pero al instante desaparecen. Un gentío movedizo se agita sobre la llanura muerta, los hombres son otro campo negro sobre el campo vacío.

—La libertad es un proceso creador. Te condenamos a ser libre.

Tina mira en torno suyo, ¿es a ella a quien se dirigen los jueces?, es la única acusada en la llanura, y se percata, aterrada, de que es la única mujer.

—A lo largo de tu vida, deberás responder de tus actos ante nosotros.

—La vida es una eterna comparecencia.

El juez tiene mirada traspasadora, atroz, como de Ezra Pound. Tina quisiera llamarlo pero no puede. Edward leyó sus *Cantares* y le dijo que sus ojos eran como lagos y como zorras.

—Puta desnuda.

"Tú puedes más que cualquier acusación", se repite Tina a sí misma. Jala un hilo en su cuerpo, lo jala a lo largo de su vientre, de su pecho, y ella sale al aire. Desdobla su piel en la azotea, la extiende sobre los mecates del tendedero, de punta a punta la extiende y, desollada, intenta bajar por la escalera de fierro por la cual descienden las criaditas de todas las azoteas de México. Aquí no hay una sola mujer, la mamma no se ve por ningún lado, nadie, ni Luz Ardizana, ni Mercedes, ni Elisa la muchacha de El Buen Retiro, sólo ella, Tina, la desollada. El hierro de la escalera se le encaja en los pies descarnados. Sin piel, ya no es Tina, nada la contiene. Intenta bajar un peldaño, su corazón, su cabeza llenos de espuma no responden; echa espuma por la boca.

—Vacíenla, es obligatoria la autopsia, saber qué hay dentro de sus intestinos, dentro de su corazón, qué música cantan sus pulmones.

—Maldita.

—Ser responsable es estar sola.

—Sola.

—Míralos a todos allá en medio de la tolvanera, han pasado años en el desierto; comen raíces, chapulines. Enloquecen de miseria. Tómales una fotografía ahora, tómasela, anda, retrátales la cuenca de los ojos.

—¿Mis entrañas, dónde tiraron mis entrañas?

—Tendrás que venir todos los martes al Juzgado, tu libertad es condicional, vendrás a darnos tu palabra; a cambio abriremos el cajón donde guardamos tus menudencias. Ahora promete, Tina...

Frances Toor, la vecina de Tina, le cuenta a Luz Ardizana que todas las noches, como a la misma hora, la despierta un grito agudo. Tina grita de noche, y su grito llena todo el edificio.

—Necesita calcio para los nervios. ¡La voy a llevar a un médico! Tan controlada que se ve, tan aguantadora.

—Pues sí, pero ya ves, no duerme bien.

Como burro de noria, una suerte de joroba en la raíz del pescuezo, tensiones acumuladas, los hombros vencidos por el trajín, Tina se ordena en el partido; ahora estiro el brazo, ahora tomo el folio, ahora sigo la ruta entre los escritorios, dejo el folio y me siento a esperar a Rafael Carrillo para que me dé las órdenes. La única forma de progresar es la insistencia en los mismos actos.

—A esta pobre compañera hay que ayudarla —dice una mañana Enea Sormenti al verla entrar a *El Machete*—, que se vaya unos días, que salga de aquí presto.

—No va a querer.

—Eso lo arreglo yo ahora mismo.

—Yo ya le dije —insiste Rafael Carrillo—, le pedí que se fuera a Juchitán, allá tenemos buenos camaradas. Mira, acompáñame a su escritorio:

—Tina, necesitas otro aire, anda a cambiarte las ideas... Lo que no hagas por ti misma nadie lo va a hacer.

—No puedo, hay mucho trabajo.

Sormenti ordena:

—Vete, Tina, ¿qué haces aquí con esta cara ojerosa? ¡Pareces espinaca lacia! ¡Que te dé el sol! Así no puedes gustarle a nadie, ni a mí.

Al descender del tren atestado que la llevó a Salina Cruz, la sola humedad del aire le cambia el ánimo. Viajó pensando: "Con este zarandeo se me va a romper la lente", y recordó el cuidado con que Edward empacaba su material fotográfico, cada aditamento en una bolsita de franela. La Graflex le pesaba sobre las piernas, pero no había mejor forma de protegerla. "Otras mujeres cargan a su hijo", pensó irónica, "yo soporto el peso de una máquina."

A partir del momento en que la reciben los compañeros todo es seducción. Los platanares, la hamaca en la terraza, los flamboyanes, el ruido reconfortante y eterno de las chicharras y otros murmullos de la tierra que no se oyen en la ciudad. Duerme como no lo ha hecho en meses. "Esto es como volver al vientre materno", sonríe al despertar en la dulzura de su hamaca. "Estas tostadas de jaiba recién sacada del mar, van a caerte a toda madre." Empieza a seguir a las juchitecas como río en su cauce, ¡qué mujeres! Na'Chiña, vieja y sabia, las pastorea a todas.

Los loros alharaquean en lo alto, las iguanas al sol, las brisas ríen de la liviandad del batiente y entreabren la ventana. Atrás quedan las acusaciones. El follaje escurre mojado por la lluvia nocturna tan suave que Tina ni la siente en la hamaca colgada en la terraza.

—Ven, Tina Modotti —la llama Na'Chiña.

Macario Matus se acerca malicioso.

—¿Tina Modotti? A poco así te llamas.

—Sí.

Se sienta junto a ella en la hamaca y saca una libretita de la bolsa de su pantalón.

—Soy poeta. Mira todo lo que puede hacerse con tu nombre.

Tina Modotti

Ni modo Tití

Titina, mi Tina.

Na'Tina nadó.

¿Sabes nadar? Te invito una cervecita.

—No, voy a ir al río a retratar a las mujeres. ¿Crees que se molesten si las tomo en el agua?

—¿De qué, van a molestarse? Estamos en confianza. Los hombres no celan a las mujeres. Aquí nos dan deseos de comer de todo. ¿Quieres mango verde con sal? ¿Quieres mango verde con chile? ¿Quieres plátano macho? ¿Quieres jícama con limón? ¿Quieres pico de gallo? ¿Quieres horchata de almendra?

—¿No pasas lueguito a almorzar sopa del pescado que ayer trajo Chico? —le pregunta Na'Chiña al poeta.

—Bueno Na'Chiña.

—Oye, ¿a que no sabes dónde dejó anoche los calzones Chico?

En Juchitán entran y salen de las casas abiertas. Como las gallinas y los puercos, los niños revolotean entre los cacareos, "yo te lo cuido, allí déjamelo"; una especie de efervescencia dionisiaca se explaya en los lugares públicos; todo Juchitán, mercado, cantina, plaza, es lugar público, girándula de feria, en él deambulan familias completitas, campesinos venidos de Juquipila y Cacalotepec, Comitancillo y San Juan Lalana, mujeres que son figuras de exceso, como lo es la abundancia de jícaras pintadas, iguanas, cántaros, bateas repletas de fruta en lo alto de sus cabezas.

"Nunca volveré a reír", y el sonido de su garganta la toma por asalto. María Henestrosa y Catalina Pineda le pican las costillas midiéndole un huipil de cadena por encima de la falda floreada. Las voces en zapoteco caen en avalancha frente al puesto de ropa del mercado bajo los arcos del Palacio Municipal. "Mira, éste te ha de quedar bien a ti que estás chiquita, oye tú, enséñale también el de terciopelo rojo", vocales que se prolongan en el aire, "gunabadiiidxa tuuunga naa, Xiindi gune", y Rufina, Cirila, Isabel y Gudelia la rodean, parecen embestirla con sus senos, sus trenzas caen en hamaca sobre las nalgas, mientras el sudor invade sus cuerpos. Nada mejor que las enaguas para barrer la tierra. "¿Estás triste, verdad?, la tristeza no sirve, sácatela de la cabeza." Tina enrojece. "Qué se me hace que tú tienes los ojos vueltos hacia atrás. Disfruta lo de ahorita, estás joven. ¿Qué tanto haces con ese cajoncito negro? Che Gómez nos aprevino que eso ve a través de la ropa, a poco te sirve para darte taco, con lo único que podemos dárnoslo las mujeres es con esa flor negra que tenemos entre las piernas, que todos quieren jurgonear." Catalina y Gudelia y María Henestrosa levantan los brazos y un enjambre de oscuridad relampaguea en lo alto. Ser mujer es hablarle fuerte a la milpa que se extiende de mar a mar, esparciéndose como se esparce el alud de sus cabellos sobre sus hombros cuando lo alisan para después trenzarlo con listones rojos y azules y amarillos.

A lo largo de muchos meses, ninguna compañera llegó a tratarla en el partido con esa confianza, y éstas entran en su intimidad con una impudicia que la tambalea. "Anda, tú, camínale." Esquivan la cecina cubierta de moscas colgada del techo, encima de los charcos hediondos y de las palanganas de pescado a ras del suelo, los tamales envueltos en hojas de plátano, los chiles apilados, los totopos quebradizos cocidos en un agujero en la tierra, unas tortillas amponas como vientres asoleados y crujientes. "Anda, éntrale, vamos." Algunas tienen un bozo oscuro sobre el labio superior, "mueve el bigote, María", se sientan a comer con las piernas separadas y extienden los totopos como países sobre sus rodillas. "Búllete, a qué le temes." "¿Que qué?" Tina nunca está segura de oír bien, tanto la sorprenden sus propósitos. Hablan del sol, de la luna, del pájaro que pica, y ríen deteniéndose las costillas con las manos hasta que Tina cae en cuenta de un doble sentido. El pensamiento de Tina ya no empoza en su herida, se aventura por cauces de río donde Julio Antonio resbala como un niño que juega. La toman de la cintura, le pasan la mano sobre los cabellos, siguen el contorno de su barbilla, cierra los ojos de tanto apapacho. "Estás bonita, pero te verías mejor con tus dientes de oro; si no quieres casquillo, cómprate cadena. Que algo te relumbre." "Quítate esa falda negra, el huipil deja que el viento corra, ¿para qué quieres sostén si tienes bonitos tus dos corazones?, sácate las medias, ¿de qué sirve conservar los humores?, no seas cabrona contigo misma, con la calor hay que andar a raíz, ¿quién te va a ver? ni que la tierra fuera espejo." La desvisten, le meten mano, le hacen cosquillas, barren el lodo con su falda, le barren sus pesares. Libres, sus pasos emanan del verdor, del agua, de la madera. "Vamos a llevarte a una vela para que te despabiles y se te quite esa cara de palo."

Un atardecer, le confía a Na'Chiña que perdió al amado —difícil confidencia para Tina—; la vieja alza los hombros: "Bueno ¿y qué? ¿De qué te preocupas tú? Mañana vamos al mercado. Tanto cargador que anda por allí. No te andes haciendo pendeja, sólo a ti te perjudicas". En la noche, la hamaca la envuelve en el mismo sueño delicioso de la noche anterior. Y amanece en blanco; ningún pensamiento para torturarla. "Aquí te curamos aunque no quieras", le dijo Na'Chiña. ¿Para qué cerrarse a la vida de los hombres y las mujeres que continuaban respirando a su lado? "Si ya se te cortó la leche, no llores; ponte a hacer jocoque." ¡Qué alegría saberse viva!, ¡ah, qué Na'Chiña! Esa mañana se compra unos aretes de monedita; el primer gesto de coquetería desde la muerte de Julio Antonio Mella. Tina florece, su espacio sobre la tierra ya no es esa vereda estrecha repegada a los muros de la ciudad de México sino un camino real bordeado de palmeras. Aquí no se topa con las escurridizas ratas citadinas sino con mujeres majestuosas por libres, reinas-cántaro, vasijas de barro en cuyas faldas se enredan las tortugas y los conejos, las langostas y los venados, las estrellas y la lluvia. Tratan el falo como un objeto de uso diario al que moldean entre sus manos a su antojo hasta convertirlo en un cascabelito de su propiedad.

¡Qué fácil es la vida en Juchitán! La lluvia cuelga del cielo y de repente se deja caer para recogerse y caer de nuevo. "Es agüita del cielo que refresca", dice Virgen. Se meten al mar, enaguas y huipiles pegados al cuerpo; así entran a las huertas y cortan chirimoyas y aguacates.

—Mira, Enea, las fotos que tomé.

Enea Sormenti las recorre como una baraja volteándolas boca abajo.

—Bene, bene, no sé de arte, me parecen muy bien.

Las ve como mira la tarea escolar de un adolescente, y el recuento de Juchitán, la frondosidad de las mujeres, su vigor, su actitud ante la vida, se viene abajo.

—Allá no había juzgados ni tinterillos malignos, ni periodistas libreta en mano enjuiciándome a cada pregunta insidiosa.

—Me lo imagino. Oye Tachuela, ven acá un secondo... ¿Cuándo es la reunión con el sindicato de La Hormiga?

Tendrá que guardar dentro de sí toda la ternura de milpa joven de Na'Chiña, la hamaca y el follaje.

—¿Por qué no me acompañas a la redacción? —le pregunta el Canario—. Hay muchos pendientes. El Frijolillo no está.

El único tema es la política. Debió preverlo. Ni siquiera a Luz Ardizana puede contarle su viaje: "Qué bueno que te fue bien, te hacía falta el cambio para seguir con el trabajo".

¿Cómo volver a preocupaciones personales si tiene una causa que requiere de todas sus horas? Ya no cavilará en torno a problemas de exposición y revelado; esa foto ilustrará el cartel, apoyará la información en *El Machete,* debe entregarla hoy. Fuera esteticismos; sin embargo, la atraen irremisiblemente las fotografías de Edward, las mira con arrobo, con envidia, qué grande, cómo logró esta textura, a qué hora del día le dio esta luz, qué joya nunca vista es un pimiento.

¿Cómo llegué aquí? ¿Qué era yo? La vida que llevo ahora ¿es verdaderamente *mi* vida? Es la de Giuseppe, trabajador italiano, la de inmigrantes de espalda encorvada, camisa sudada. La fuerza de los pobres —decía Giuseppe—, subyugaría al mundo. Habían empezado a construirla y Tina, la principiante, era miga de pan, algo que se tira si se quiere, pero que hace falta.

¡Qué ficticia su vida anterior, qué dispersa, cómo se avergonzaba de ella!

No quisiera morir en el papel equivocado, se repetía a sí misma. Quisiera morir con mi rostro verdadero habiendo encontrado lo que me toca hacer sobre la tierra.

"¿Y cómo veniste a dar aquí?" le preguntó Na'Chiña y Tina

cerró los ojos y vio que había perdido algo. Devanó sus recuerdos precipitadamente, algunos en voz alta, otros piel adentro, para sí misma, unida a Na'Chiña en una rara complicidad.

•Tentación (Tina Modotti)•
Dibujo de Roubaix de L'Abrie Richey

7 DE ENERO DE 1920

En el estudio de Robo, John Cowper Powys escandalizaba; Tina a sus pies, devota, parecía rezar.

—Yo no tengo creencia alguna, ni siquiera la creencia de que no la tengo. Quiero decir con esto que mi escepticismo es auténtico, aunque no pueda creerlo, ni creer que no lo creo.

Tina sonríe divertida; John se da cuenta de cómo lo escucha y se dirige a ella.

—Pero debo aclarar que a mí no me cierra las puertas de mi libertad ninguna interpretación idealista del pensamiento; por lo tanto no soy un materialista.

—¿Eres un descreído, por lo menos? —pregunta Ramiel McGehee, enfundado en su kimono.

—Sé que no lo sé, o quizá sí. Yo miro la religión, la Iglesia católica por ejemplo, como una bella y noble obra de arte, realizada por la humanidad, anónimamente, para su propia satisfacción, para ofrecer un escape romántico y encantador de las banalidades de la existencia.

Gómez Robelo lo rechaza con un ademán a dos manos. Powys remata:

—Y como prueba de mi sinceridad hacia mis amigos religiosos, acepto que no puedo explicar lo que acabo de decir.

Gómez Robelo concluye:

—Eres un popurrí de filosofías.

—Soy hedonista. Yo me masturbo furiosamente, es mi primera práctica de salud mental. Si los hombres se vaciaran a sí mismos no atacarían a otros. La masturbación es un gesto ritual privado y político, ¿no lo crees, Tina?

Tina busca su respuesta. Tiene que estar a la altura. Dio, qué digo. Le da una larga chupada a su cigarro y echa el humo lentamente para que la encubra.

—Yo estoy más allá del bien y del mal. Nací antes del pecado original.

La sonrisa de Powys la tranquiliza.

—Eres powysiana por excelencia.

Tina quería a Powys porque lo había visto dar un rodeo para no pisar la hierba en su camino, recoger las hojas de los árboles, cuidar de las flores. Todo tiene vida. Coincidía totalmente con Powys en el tema de la vivisección. Hacer sufrir a animales de cuatro patas para salvar a otros de dos le parecía intolerable. "Mientras se experimente con ellos, no se encontrará la curación contra el cáncer", decía Powys, "es una ley de la naturaleza."

Powys llamaba "la secta" al grupo que acudía a la casa de Tina y Robo. Entre ellos había vibraciones síquicas, se enviaban mensajes secretos. Powys impartía vida a las piedras bajo sus zapatos, les pedía perdón. Vivían en un Los Ángeles totémico, imprevisible, un Los Ángeles a su altura, distinto a aquel que recorren los automovilistas con las ventanillas cerradas.

Powys era el centro, imponía los temas, se temía a sus sarcasmos, a su humor, a su brillantez. Hablaba de George Eliot, de Melville, de Tolstoi, de Nietzsche y sobre todo de Dostoievski, cosa que atrajo al mexicano Ricardo Gómez Robelo, exiliado político.

—Fíjense, una noche, en un burdel —bordello repetían ellos, tras Gómez Robelo—, cuando era estudiante de leyes, me arrodillé ante una prostituta para besarle los pies. "¡No te beso a ti", le dije, "beso en ti todo el sufrimiento humano!"

Este acto dostoievskiano puro le valió la aceptación de Cowper Powys y la simpatía de Tina. Desde esa noche, la secta llamó a Gómez Robelo, Rodión Romanovitch Raskolnikov.

En las conversaciones surgían a cada instante Grutchenka, Zossima, fuerzas subterráneas espirituales, vértigo, turbulencia, éxtasis, miedo a ser un farsante. Para John Cowper Powys, el único elemento de censura que tiene el hombre es el hombre mismo, condenado a ser libre. El placer es una puerta a la libertad. Tina a sus pies sorbía sus palabras. Llevado por el bailarín Ramiel McGehee, hizo su entrada Edward Weston, pequeño, de tórax poderoso y mirada imperiosa; atrajo a Tina desde que escogió sentarse junto a ella.

Sobre cojines de batik hecho en casa, escuchaban música:

—Nunca oigo a Bach sin sentirme hondamente atrapado, me fertiliza —dijo Weston.

Robo doblaba en dos su fragilidad para vertir el sake. Como las tazas traídas de San Francisco eran diminutas, repetía su caravana continuamente en plena ley seca. Tina observó la vitalidad, la fuerza de Weston junto a la languidez de su marido. Gómez Robelo insistía:

—México es su medio verdadero, allá podrían florecer. ¿Qué hay para ustedes en Los Ángeles?

—Claro que yo iría a México —se entusiasmó Roubaix de L'Abrie Richey.

—Y ¿usted, Tina? ¿No irían juntos?

Robo, con su bigote caído y sus elegantes ademanes —figura romántica si las hay—, era el más gentil de los anfitriones. Su corbata flotante y sus ojos pendían sobre sus invitados; ojos grandes y un poco tristes dispuestos a complacer. Un fervor calenturiento lo recorría de pies a cabeza. No se imponía, interrogaba. Era un hombre fino. "¿Quieren ver los últimos batiks que Tina y yo imprimimos?", "¿desean oír música ahora? ¿St. Saëns? St. Saëns, ¿no, verdad?, no después de Bach, pero un Frescobaldi no estaría mal, ¿o tienen otra preferencia?"

A pesar de sus atenciones todos acudían por su mujer, Tina. Querían verla caminar porque al seguirla recuperaban las violentas e intocadas pasiones de su adolescencia. Tina, gozosa, buscaba al salvador, al de las respuestas. La más humilde contingencia podía darle una pista. Las frases de sus invitados contenían signos, ella los desentrañaría. En los ojos de algunos, en su parpadeo, yacía lo que ella quería encontrar. Pero ¿qué quería encontrar? "Tu corazón es un lobo hambriento, Tina", asentó Ramiel, "todos los analistas son neuróticos." "Los orgasmos pueden programarse." "El hombre bien comido impone sus orgasmos. Son orgasmos burgueses." "Your gaze is beautiful, Tina." Quizá si su rostro llenara la pantalla cinematográfica, ella también sentiría satisfecho su narcisismo. Y ¿los orgasmos?

—¡Qué planos son los americanos, qué chatos, y esta ciudad es el aplanamiento mismo! Masa de pizza sin hornear, cruda para siempre. Con la masa, los italianos hacemos pizza, la cubrimos de queso y de salami —Tina amasó una pasta invisible y extendió sus brazos en el aire enseñando sus lustrosas axilas negras—; los americanos no tienen imaginación.

—Los americanos comen lo que otros hacen, Tina —rio Ramiel McGehee—. ¿Qué piensa Robo de lo que usted dice?

—Oh, él es un aristócrata, tiene los ojos oscurecidos por los sueños, es demasiado fino para pensar en pizzas. Eso me lo deja a mí que soy una depravada...

—¿Así que él es muy sensible? —insistió Weston.

—Demasiado sensible, no parece de este mundo, se evade.

—Todos somos unos desterrados en busca del paraíso.

—Tina, tú eres el paraíso —dijo Ramiel, cómplice de Weston.

Tina no se daba cuenta que el paraíso era ese momentáneo asomo de gorila en sus axilas.

—Thank God, encontramos el ghetto Richey-Modotti.

—Creo en la fuerza de la naturaleza; la naturaleza cura, la naturaleza enferma. Mary Baker Eddy tiene toda la razón. Christian Science is my doctrine...

—Yo también pienso que el cuerpo se cura solo —enfatizó Edward Weston.

Ramiel McGehee sostenía que el cuerpo del bailarín podía desafiar la gravedad, "voy a demostrárselo en este mismo instante" y de un grand jeté cruzaba la sala. John Cowper Powys lo miraba con deleite, "Lo único que tenemos es nuestro cuerpo; podemos cambiar de país, nunca de cuerpo. No hay mayor surtidor de placeres que el cuerpo".

—Hay cosas que sabe Onán que las ignora don Juan —Gómez Robledo citó a Machado.

Johan Hagermeyer, su pipa entre los dientes, escuchaba. Weston lanzó una perorata sobre la creatividad del cuerpo femenino. "A las mujeres", a Tina se dirigía, "les permiten una serie de movimientos que para nosotros resultan prohibidos. Me gustaría caminar como usted, Tina; pero ¿se imagina lo que me dirían en la calle?

—Son los infames burgueses los que imponen límites —adelantó Tina.

—Freud puede ser muy ingenioso.

—No creo que se lo haya propuesto; no tenía el menor sentido de la verdadera, la trágica ironía. Pound, ése sí...

Ezra Pound y su poesía, el hinduismo, las ciencias nuevas, la meditación, la sensualidad, lo esotérico y sobre todo la secta como el único parapeto contra la vulgaridad del mundo, los mantenían unidos. Ricardo Gómez Robelo bebía con el sake su propia complejidad. Japón, qué esencial, Occidente en cambio era inventor de lo superfluo. ¡Europa, qué pesada, qué parduzca! Había que ver los gruesos cuerpos europeos, prematuramente envejecidos y esclavos del casimir. Por cierto, ¿sabían de las maravillosas camisas de seda hindú color azafrán que ahora colgaban en una tienda en la calle Sawtell rumbo a Santa Mónica?

—Éste es el único paraíso del cual no queremos ser desterrados, Tina.

Ricardo, Rodión Gómez Robelo era en efecto un desterrado, proscrito por Venustiano Carranza en 1914. Había sido procurador general de justicia con Victoriano Huerta, el traidor. Erudito, una noche los encandiló recitándoles Keats, Shelley, Byron. Su fuerte, Edgar Allan Poe, sobre quien daba conferencias. Ninguno intentaba la lucidez de Powys —Blake hablaba por su boca—, pero Gómez Robelo lo superaba con gracia. La *Revue des Deux Mondes* bajo el brazo, Loti, Rostand eran su bagaje. Tina lo escuchaba sorprendida. A pesar de su fealdad, el mexicano de gruesos labios y cara angulosa era seductor, como el *Cyrano de Bergerac*. "¡Qué divertido, un Edmond Rostand mexicano, sin su Roxanne!", asentó Powys.

—A mí me parece atractivo —sentenció Tina—, quizá por su misma fealdad, y porque repite siempre que su única pasión es la pasión de la belleza. Le fascina Toulouse-Lautrec porque él mismo es un Toulouse-Lautrec.

Gómez Robelo no se inmutó.

— Publica tu poesía, Rodión — lo rescató Robo —. Yo la ilustro.

— Yo puedo diseñar el libro — intervino Ramiel McGehee.

— Hace magníficos libros — apoyó John Cowper Powys.

Robo insistió en ilustrar *Sátiros y amores*, título que encantó a John Cowper Powys.

Los dibujos a línea de Robo tenían una modelo: Tina, su mujer, a quien puso una rosa en el sexo y pétalos giratorios en los pezones. En su cabeza, una mantilla española; a sus pies, una calavera con una víbora entre los dientes. Robo y Ricardo tenían fijación en la muerte, pero más fijación tenía Gómez Robelo en Tina: en su rostro blanco, en sus ojos muy negros, en esa forma peligrosa de cruzar la pierna "mientras sonreía imperceptiblemente".

Robo tradujo:

Blanca como si alguna luz interna
alumbrara su carne transparente.
Los ojos enigmáticos de Oriente;
muy negros, y en el fondo, una luciérnaga...

"Deja que termine mi cigarro", decía Tina, cuando alguien pretendía despedirse: "Deberíamos vivir juntos, fundar una comuna; tenemos los mismos intereses del cuerpo y del alma. No saben hasta qué grado me apoyo en los amigos; sin su presencia, me sería difícil vivir".

Impulsiva, retenía contra su pecho, contra su vientre, contra su cuello. Retenía con sus manos pequeñas, delicadas.

En cada encuentro, Gómez Robelo descubría una Tina insospechada. "¿Hay pirámides en México como las de Egipto? ¡Eso me fascinaría! Aquí no tenemos nada, somos planos. ¿Se imaginan una pirámide en el centro de Los Ángeles? ¡Nos cambiaría la vida! ¡O un gran pintor!" Ricardo habló entonces de Diego Rivera, el muralista que se oponía a la influencia de Rodin y al impresionismo para volver los ojos al pasado prehispánico de México, "precisamente la obra de los constructores de pirámides". Los pintores mexicanos descendían de los muralistas indígenas; se volvían obreros, identificados con las masas que trabajan. "¡Cómo me gusta eso, cómo me gusta, yo fui obrera y puedo volver a serlo! El trabajo es lo que menos me asusta en esta vida. Mi único manifiesto es el goce de la vida: gozarla plenamente." Tina le contó que lo primero que hizo al llegar a San Francisco fue entrar a una fábrica textil, en 1913, cuando había en el país cuatro millones de desempleados. Los habitantes de los Little Italies querían salir de pobres. Italia imprimía su modo de ser, sus costumbres, sus gritos y sus cantos; ¿no lo había notado Gómez Robelo? Tina jamás viviría sin trabajar; lo hacía desde niña y continuaría hasta el día de su muerte. ¡Cuántos italianos en San Francisco, más de quince mil, italianizando el puerto con sus pizzerías, sus salchichonerías, su teatro! ¿Sabía Gómez Robelo de las "filodrammaticas"? Bueno, pues Hollywood no le había dado la satisfacción que le brindaron las filodrammaticas, unas obritas de teatro que representó en el patio de vecindad y hasta en la calle, con italianos de San Francisco. ¡Allí sí lo hizo bien, allí sí que era actriz!

Tina y Robo empezaron a vivir en función de los fines de semana, y la secta, sin poder esperar el sábado o el domingo, decidió verse también entre semana. El único requisito: el kimono. Había que japonizarse. El bailarín Ramiel McGehee llevó a Sydney Allen, un crítico de cine y de fotografía que firmaba con el seudónimo de Sadakichi Hartmann. Margarethe Mather, bella y excéntrica, compartía su estudio con Weston y quién sabe qué más. Weston mostró algunos de sus desnudos. Margarethe lo acompañó varias veces al ghetto. Weston, coqueto, le dijo a Tina al oído: "No te preocupes, sospecho que es lesbiana. Si no ahora, lo será más tarde".

A Tina le atraía inmensamente este hombre fuerte que la alentaba sin darse cuenta:

—Soy tan ignorante —se quejó una tarde.

—Tienes talento, y eso es mucho más importante que acumular información.

—¿Cómo sabes que tengo talento?

—Me basta ver tus movimientos; mírate ahora mismo, la forma en que extiendes el brazo es inteligente.

—¿Crees?

La voz de Weston se hizo dulce y envolvente.

—Creo que eres notable. Nada hay mejor que la inteligencia natural; la tuya es muy aguda.

—Siempre he querido ser alguien y no pasar por la vida inédita —le confesó Tina—. Lo he intentado en el teatro, en el cine, en la vida diaria. Tengo algo maravilloso en mí y quiero darlo.

La forma en que Weston la miró, Tina no la olvidaría. Parecía decirle: "Yo me responsabilizo de que lo encuentres". El enamoramiento definitivo vino cuando Edward le enseñó sus fotografías. "Éste es el genio", supo, arrobada, desde el primer vistazo. Al momento siguiente decidió: "Quiero estar al lado del genio". Que un hombre de ese calibre la mirara le confería una solidez que antes no tenía.

En la madrugada, Tina viajaba a Hollywood, a la Metro Goldwyn Mayer. La hacían representar a la típica italian girl y, para el director, ser italiana oscilaba entre vampiresa y apache. "Siempre me ven con un puñal atravesado en la boca." "Tú tienes la culpa por ser tan hermosa." ¡Qué papeles! Hasta ahora no le habían dado ninguno que valiera la pena, no fuera a creer Ricardo Gómez Robelo que Hollywood era el arcoiris. "Y, ¿qué tal es Lawson Butt?", preguntó Weston, "dicen que es muy guapo." Lawson Butt había sido su enamorado en *The Tiger's Coat*. "¡No me hables de esa película, es mediocre!" "Sí, leí la crónica en el *Vanity*." "Me gusta mucho más *I Can Explain*." "What can you explain, Tina?" "Oye, ¿conoces a Sherwood Anderson?" "No conozco a nadie; en Hollywood no puede conocerse a nadie; a mí me dan cada día una parte de mi papel, lo aprendo, en la mañana temprano me envían a maquillaje, apenas si hablo con las maquillistas, salgo al plateau, encienden los reflectores, obedezco al director, se repite la escena, no puedo opinar, termina el rodaje y... regreso aquí al atelier con Robo. No creo que allá conozcan mi nombre siquiera. Ayer oí: 'Llamen a la exótica'. Es lo que sé de Hollywood y de mí misma, que soy la exótica." "Pero tú tienes conciencia de ser buena actriz", intervino Edward alentador. "Sí, pero soy la única que lo sabe. A nadie le importa. Mientras yo no produzca dinero, ¿a quién puedo importarle en Hollywood? *Riding with Death* es igual de mala que las otras."

Weston tomó una fotografía de Robo y Tina, en su amplio atelier: Robo el pintor, Tina la modelo.

Robo y Tina se habían conocido en 1915, en la Exposición Pan

Pacific, en San Francisco, Robo miró a las hermanas Modotti. Mercedes lo señaló.

—Mira, qué distinguido.

Quizá Tina se enamoraba de la forma en que la miraban porque esa mirada la conmovió. Quería descubrirla. "Este artista busca algo más profundo dentro de mí, quizá me ayude a encontrarlo." Robo le dijo: "Tina, eres rojo de vino y algo entrañable que hay que cuidar, al posarlo, para que se vuelva más valioso". Pensó que querría vivir con un hombre así. Robo además le contó que imprimía batiks, que podía perderse en la poesía, la de la forma y la de las palabras. Tina era costurera. Entre los dos ¡qué no lograrían juntos!

(Años más tarde, en Balbuena, Charles Lindbergh saliendo interminable de su avión le recordaría la altura de Robo, el aviador de sueños.)

Él, seis años mayor, la protegía. La amaba con sus ojos. La oía con sus ojos. Al cabo de un tiempo, Tina se sintió flotar; Robo había impreso a su relación la misma ternura que emanaba de su persona. Tenía razón Tina al decir que no era de este mundo. Podía permanecer horas mirando por la ventana sin hacer nada, y eso a Tina la sacaba de quicio. Un día Gómez Robelo dictaminó: "Tú eres una trágica, él un romántico; tú, como mujer, tienes inclinación a la catástrofe, él prefiere evadirse. Tú caminas al borde del precipicio, él sobre las nubes".

Weston invitó a Tina a su estudio para hacer otras fotografías. Tina, hinchada, el deseo desbordándose bajo sus párpados que en vano intentaba cerrar; imposible no tomar su rostro entre las manos. La relación fue implacable. ¡Qué locura! What's come over me?, repetía Tina. La pasión le consumía las entrañas, Robo refundido en el fondo de su memoria. Al día siguiente hubiera querido repetir la sesión de pose; ahora sólo vivía para el llamado de Weston: "Vente al estudio". Tina le escribió el 25 de abril de 1921: "Una noche después... todo el día he estado intoxicada con el recuerdo de anoche y anonadada por la belleza y la locura de todo ello... ¡Cómo puedo esperar hasta que nos volvamos a ver!" Weston era más complicado. Sí, Tina era exquisita, pero otras formas se dibujaban frente a él, igualmente exquisitas.

"Una vez más he leído tu carta, y como siempre, mis ojos se

llenaron de lágrimas. Nunca antes me había dado cuenta de lo espiritual que puede ser una carta... ¡Le has dado un alma!"

Escribía con un sinfín de signos de admiración; su letra febril convertía los puntos en rayas y las mayúsculas en zigzagueantes relámpagos.

"¡Oh, que pudiera yo estar contigo en esta hora que tanto amo! Intentaría decirte cuánta belleza ha entrado últimamente en mi vida. ¿Cuándo puedo ir hacia ti? Espero que me llames."

El amor abarcaba a todo el grupo; esto que había en la secta, este delirio entre amigos era más subterráneo aún que el amor de dos; "somos conspiradores"; el dolor, el ingenio de Powys, los celos, la envidia, el deseo, la pasión, todo lo fomentaba la secta en un inmenso abrazo que no acabaría jamás; nadie podría quitárselo aunque se separaran y no volvieran a verse; lo que habían vivido lo habían modelado juntos, la intensidad de la convivencia los había transformado en creadores, algo habían construido, todo podía ocurrir. El amor Modotti-Weston era obra de todos y lo vivían en común. Tina se agostaba por Weston; su espíritu, su ser total enfebrecidos por la intensidad de su deseo. Lo decía llanamente: "Surge desde mis sentidos aún vibrantes un deseo ardiente de volver a besar tus ojos y tu boca". Recordaba el sabor del vino en la boca del amado, sorbía sus labios, su saliva y lo único que existía para ella en los días por venir era la cita y la presión de su cuerpo.

Robo observaba. El temperamento de Tina lo desbordó desde el primer momento. Su mujer tenía épocas en que no cabía dentro de sí. "Can I do anything for you? Would you like to travel to San Francisco to see your mother and father? Would you like us to go somewhere?", le preguntó con angustia. "Yes, but alone."

Tina tomó el tren a San Francisco a ver a su familia, a refugiarse en el 901 de la calle Union. Quizá la solidez de las convicciones políticas en torno a la mesa de cocina, quizá la voz de Giuseppe, darían un poco de sentido a su cabeza enloquecida, a su corazón atónito, lugar de hogueras.

Encontró al padre muy preocupado, lleno de ira contra la injusticia social. El 3 de mayo de 1920, Andrés Salcedo, el tipógrafo mexicano, cayó del piso catorce del Ministerio de Justicia de Nueva York donde lo interrogaban. Era uno de los anarquistas de Massachusetts, amigo de Nicola Sacco y Bartolomeo Vanzetti, también inmigrantes italianos. En 1913, cuando Tina llegó a los Estados Unidos, Giuseppe le habló largamente de la huelga textilera de Lawrence, Massachusetts, en que dos italianos, Ettore y Giovanitti, fueron acusados del asesinato de una joven, muerta a manos de la policía. Las luchas obreras, las huelgas, los paros y las marchas eran un clavo ardiente en la vida de Giuseppe. Tina, a través de su padre, se interesó en el destino de los dos obreros como habría de apasionarse por Sacco y Vanzetti. Leyó con fervor los ejemplares de *The Masses* que su padre coleccionaba, y una tarde en una galería de arte se enfureció con una mujer que dijo: "El obrero sueña con tener lo que tiene el burgués".

Los Modotti habían vivido con la miseria cara a cara. La familia Modotti, en San Francisco, totalmente de acuerdo con la campaña en contra de la guerra, se unió a socialistas y sindicalistas norteamericanos, los Wobblies guiados por Big Bill Haywood, quien peleaba con puños y palabras, y los slackers que se negaban a entrar al ejército. Tenían razón. Cualquiera que supiera lo que significaba la guerra se negaría. Ciento quince mil norteamericanos no regresarían en 1918. Nada más admirable que las voces de Max Eastman y de Emma Goldmann en el IWW, International Workers of the World. Aconsejaban salir a la calle, manifestarse, marchar, gritar en público su oposición. "La única forma de tener poder es organizarnos." Eugene Victor Debbs, trabajador ferrocarrilero, hacía una campaña desde su celda de prisionero. Quien más atraía a los Modotti era Luigi Carlo Fraina, un napolitano flaquito de pelo rizadísimo, brillante en sus alocuciones. Earl Russell Browder también era un hombre pequeño, encarcelado por conspirar contra la draft law, la ley de reclutamiento. No era excepcional ni como orador ni como escritor y sin embargo muchas organizaciones subsidiarias del partido comunista fueron creadas por él. En cierto modo, escapaba al severo control de Moscú porque era capaz de perderse en la oscuridad del fondo. Todos ellos tenían una finalidad concreta, algo inmediato que hacer.

A Tina le hacía bien estar con sus padres, con Benvenuto, tan sólido en su lucha, con la mamma que la adivinaba. ¡Y yo que me hundo en el individualismo, qué vergüenza mis turbulencias pequeñoburguesas! Sus padres la devolvían a su esencia. "Deja que a tu personita la invadan las ideas, el sentimiento vendrá después."

Al regresar de su trabajo en una imprenta, Ben, el militante mejor estructurado, el hermano que hablaba inglés como norteamericano, charlaba con su hermana mayor hasta muy entrada la noche. Bebían vino tinto en la mesa de la cocina. "En el IWW las mujeres reciben el mismo trato que los camaradas —exactamente el mismo, ¿me oyes?—, y cualquier palabra es permitida: coito, aborto, orgasmo, sexo, control natal, homosexual, lesbiana, ninguna hipocresía, ningún pudor burgués dentro del nuevo socialismo. Senti, sorella, senti: las mujeres son responsables de su cuerpo, pueden hacer con ese cuerpo lo mismo que los hombres." Si la Mercedes, la hermana mayor, decidía dejar a su compañero, toda la familia la apoyaría. "La mujer en la sociedad comunista depende de su trabajo, no de su marido, y esto cambia totalmente las relaciones. Tienen derechos idénticos y ambos son libres, camaradas, amigos respetuosos. La mujer ya no está al servicio del patrón del hogar. Capisci, sorella, capisci?"

Por más que se esforzó, por más ocupada que se mantuvo, Tina pensaba en Edward; la obsesionaba todo lo que tenía que ver con él. Escribió a Johan Hagermeyer, el mejor amigo de Weston, una carta humilde solicitándole una entrevista con el solo propósito de hablar de Edward. "...El señor Weston me dio su dirección antes de mi partida (mejor dicho, yo se la pedí), porque deseaba ardientemente verlo. Él me habló también de los buenos libros y de la buena música que usted posee (por eso mi atrevimiento). Estaré aquí sólo una semana más, así que llámeme cuando le convenga e iré. Mi número es Franklin 956, la mejor hora es por la mañana, alrededor de las nueve..."

Hagermeyer la recibió, puso música, sirvió vino, ofreció cigarrillos, habló de Weston, seducido como los demás. Tina bebió hasta lo más hondo de su copa, si bebía así hondo, hondo el vino descubriría el secreto de Edward. Entre tanto se extasió con sus libros, citó a Oscar Wilde: "Sólo hay dos tragedias en este mundo, una consiste en no conseguir lo que se desea; la otra consiste en conseguirlo". Le confió que posar para Weston la hacía feliz y la llenaba de orgullo.

Quería preguntarle: "¿Crees que tu amigo me ama?" pero se

contuvo. Tina hubiera querido hipnotizar al mundo; no aguantaba su indiferencia.

Fue una hermosa tarde y después, cuando Tina se la describió a su amante, éste se enceló.

Reintegrada a la secta en Los Ángeles, Tina siguió escuchando panegíricos de México.

—La vanguardia es la revolución, ustedes tienen la revolución aquí tras la frontera ¿por qué no van? Yo los invito. (Las largas y flacas manos de Gómez Robelo resultaban elocuentes; en la fealdad de su rostro, en el grosor de sus labios había tanta inteligencia que los demás se convertían en sus espectadores; le devolvían su mirada pesada, intencionada.) "Al alcance de su mano", gesticulaba Gómez Robelo, "están todas las posibilidades que ofrece la revolución."

—Oye, Robelo, ¿quiénes son unos hermanos Flores Magón? Editaron aquí *Regeneración*, proponían la revolución mundial.

—Son anarquistas, están locos.

—¿Y una revista que se llama *Gale's Magazine,* del partido comunista de México? —inquirió Tina.

—No sean insensatos —intervino Powys—. ¿Cómo va a conocer Gómez Robelo una revista comunista?

—Mi gobierno está interesado en las transformaciones sociales —respondió Rodión—. Es el primero en promoverlas. Ocho batallones de obreros rojos pelearon al lado.de Obregón en el Bajío. Son parte de la revolución.

—Lo curioso es que la edita Linn A. B. Gale, quien primero hizo la revista *Slacker,* en inglés, dirigida a todos los norteamericanos que viven en México —insistía Ramiel.

—¡Nada con los bolcheviques, nada con los bolcheviques! —gritó Powys.

—Cualquiera que apoye a los slackers es digno de encomio; estoy en contra de los explotadores del pueblo. ¿A quién beneficia una guerra, sino a los altos burgueses fabricantes de armas? —secundó el poeta a su mujer.

En ocasiones, Robo podía sorprenderlos a todos.

—Yo colaboraría con gusto en una revista así. ¡Viva el bolchevismo!

—La situación de México es ideal para un creador —enfatizó Gómez Robelo—, para una vanguardia. Allá, los norteamericanos viven muy tranquilos, se saben libres; nadie los enrola en el ejército. Los anarquistas, los sindicalistas, todas las filosofías y todos los credos tienen cabida en mi país. ¡Puedes ser hasta bolchevique si se te da la gana! Vámonos a México; hay terrenos baratísimos, menos de quinientos dólares, mucha tierra, sitios de eterna primavera como Cuernavaca, todo regalado; podremos vivir en comuna; compartir el jardín, hacer crecer hortalizas, lejos de la industrialización. Xochimilco, la Venecia de América, Tina, abre sus canales dentro de una tierra cubierta de flores, Robo. El espectáculo quita el aliento, Cowper. En Venecia no hay flores, Ramiel, sólo piedras mojadas; en Xochimilco florean hasta las piedras. Podríamos educar a los hijos entre todos. Uno les enseñaría arte, otro idiomas. ¡No es un sueño! Tina, Edward, el general Francisco Murguía antes de tomar las armas era fotógrafo; dígame, Tina, ¿cree usted que hay algo mejor para los hombres sobre este pinche y hermoso mundo? Yo salgo mañana para México, el gobierno me llama para trabajar en la educación.

1 DE FEBRERO DE 1922

En respuesta a la inspiración de Gómez Robelo, L'Abrie Richey tomó un tren en diciembre de 1921. Aún más entusiasta que el mexicano, escribió que en México el arte es un acto moral. Tina, vente en seguida, vengan todos; Edward, esto es maravilloso; Tina, nunca pensé que encontraría un país para los artistas y México lo es: da todo.

Había conocido al poeta Santos Chocano; José Vasconcelos, ministro de Educación, era un titán; gracias a él, los campesinos leerían a Plotino, a Sócrates; los diálogos de Platón estarían en libreros de mampostería en Chapultepec: sin bibliotecario, esperando al paseante. Vasconcelos, un visionario, promovía la pintura mural, tenía una mística y una doctrina para su país, ¡cuánta nobleza en sus loas al desarrollo del talento innato de los mexicanos! El destino de México era superior. Nada en su vida, óiganlo bien, nada antes lo había transportado tan alto como México; vivía al borde de las lágrimas, qué ejemplo, México, qué país noble, qué gran país.

Robo exhortaba a Weston, a quien iban dirigidas doce páginas de apretada escritura:

"...Hay más poesía y más belleza en la figura solitaria, envuelta en un sarape y recostada a la hora del crepúsculo en la puerta de una pulquería, o en una joven azteca de color bronce que amamanta a su hijo en una iglesia, de las que se podrá encontrar jamás en Los Ángeles en los próximos diez años."

"...¿Puedes imaginarte una escuela de arte donde todo es gratuito para todos —mexicanos o extranjeros—: clases, comida, alojamiento, colores, lienzo, modelos, todo gratuito? Ningún examen de admisión. La única condición es que uno quiera aprender."

Robo informaba que Gómez Robelo, ahora jefe del Departamento de Bellas Artes, instaba a Weston a exponer y a vender sus fotos en México; a él ya le habían solicitado dos dibujos en la Biblioteca Nacional; describía el polvo dorado en las calles de Mexico City y a las señoritas de párpados pesados asomadas al balcón. "Saluda a tu familia y a la señorita Mather. Escríbeme por favor lo de tus fotos y dime si vendrás. Créeme, soy tu amigo de siempre, Robo."

10 DE FEBRERO DE 1922

A punto de salir a México para reunirse con él, Tina recibió un telegrama: Robo muerto de viruela en México, solo, en el hospital Americano, el 9 de febrero de 1922.

¡Pobre Robo, pobrecito mío! Sintió por él más amor del que había sentido en el último año. Buscó sus poemas. Los reuniría en un libro. Haría por el muerto lo que no hizo en vida; darle un sentido a su presencia en Los Ángeles, en México, valorizarlo. ¡Pobre Robo, pobrecito mío! Lloró. Él jamás había trabado su camino.

Viajó entonces con su suegra Rose Richey; ambas querían levantarle una tumba. Al cruzar la frontera, a Tina le pareció escuchar un italiano dulce cantado por hombres y mujeres humildes que se acercaban a la ventanilla del tren. El país se extendía inmenso, la luz deslumbró a las dos mujeres. En México, el propio Rodión, cada vez más flaco, y sus amigos, recibieron muy bien a la joven viuda de veinticinco años y a Rose Richey, la madre. Ambas leyeron conmovidas en *El Universal Ilustrado* el escrito dedicado a Robo por Rafael Heliodoro Valle y el de Rafael Vera. Algunos mexicanos hablaban de la mirada de Robo, llena de ilusión, su asistencia a conferencias en el anfiteatro de la preparatoria y en la Escuela de Arte al Aire Libre, su simpatía. Robo no había pasado por México como un fantasma; dejaba constancia de su obra y de la generosidad de su figura humana. Hasta en el British Cowdray Hospital, donado a la colonia británica por el zar petrolero cuyos éxitos como exportador le valieron el título de Lord Cowdray, recordaban que parecía oír voces del más allá y que a pesar de que su agonía fue muy violenta, una suave sonrisa permaneció sobre su rostro hasta después de su muerte. A ambas mujeres les conmovió visitar los sitios que Robo había descrito. A Tina, el país la atrapó. Sí, México, tenía razón Robo, poseía la grandeza y la magnificencia de una tempestad.

Tina, estimulada por el cálido recibimiento y la vivacidad del ambiente artístico, se dedicó a mostrar las fotografías de Weston con vistas a una exposición futura en la Academia de Bellas Artes. Ése era el arte que Robo había promovido. La acogida fue entusiasta. Los amigos de Gómez Robelo, médicos como Federico Marín, Leo M. Matthías, "¿cómo negarme ante una emisaria tan atractiva?", el escritor alemán Hal Croves o Ret Barut o B. Traven, y Julio Torri, aplaudían el arte de Weston, y un joven de una gran cultura, Pepe Quintanilla, ofreció comprar varias fotografías y comunicarle además su entusiasmo a su hermano diplomático, Luis, muy bien relacionado. Ninguno quería dejarla ir. La dulzura y el picor de los platillos mexicanos se estremecían en su paladar; el crujir de la tortilla tostada, el guacamole untuoso, el tequila descendiendo enardecido, el limón verde, más limón que en ningún otro país, templaban sus nervios; el mole le daba peso con sus especias achocolatadas y su caída, pero la espuma angelical de los merengues rosas, evanescentes, la subía al cielo. "Comulga con alegrías y pepitorias, Tina, son un santísimo sacramento. ¿Tú sabes lo que son las semillas de amaranto?"

Incapaz de permanecer mucho tiempo sentada, Tina los hacía vivir con su cuerpo. El muchachito Pepe Quintanilla, después del banquete, todavía con el sabor del café de olla en los labios, la atrajo hacia él y con una extraordinaria seguridad la besó en la boca. "No te vayas, quédate siempre conmigo."

A Tina le temblaron los muslos.

¿Era ésa la inminencia del futuro?

Una vez terminada la tumba en el Panteón de Dolores, Tina y Rose Richey regresaron a los Estados Unidos; allá, otro golpe esperaba a Tina: la muerte de Giuseppe.

Su pérdida era la ausencia de un caudal de honrada energía.

Su carencia de recursos lo hizo siempre trabajar artesanalmente y con el producto de sus manos logró traer a "la América" a su familia. Con sus manos había sostenido en Udine la bandera rojinegra; su mano izquierda se hizo puño en las manifestaciones reclamando su derecho y el de sus compañeros. Sus manos levantaron a Tina en alto en el primer exilio para que viera a la multitud de obreros exigir un aumento de sueldo; debían comer algo más que polenta, sus hijos tenían derecho a la educación. Sus manos le hicieron su único juguete. Tina amaba esas manos venosas y no había podido verlas por última vez, decirle: "Papá, qué bien lo has hecho". Ahora Tina haría suyos sus sueños de libertad, viviría el sueño incitador de los pobres, el de la lucha por un lugar digno en la tierra.

La muerte de Giuseppe la confirmaría en su deseo de abandonar los Estados Unidos. En San Francisco, Tina, en brazos de la mamma, confió: "Quiero empezar de nuevo".

Prometió escribirles apenas llegara y hacerlos partícipes de su nueva vida. Ellos, los Modotti, eran como gitanos, donde uno iba, los otros lo alcanzarían.

Esta decisión cobró aún más peso cuando Tina y Edward visitaron una exposición de artesanía mexicana montada en Los Ángeles por el joven pintor, grabador, dibujante y caricaturista, Xavier Guerrero. Ahora sí, nada ni nadie podía retenerlos en Los Ángeles.

"Seré tu ayudante, Edward, a cambio de casa y comida. Me enseñarás fotografía; desde ahora tengo trabajo; soy tu asistente. No podría viajar contigo si yo no fuera a trabajar."

Para curarse en salud y no sentir que abandonaba a su familia, además de un ayudante, Weston llevó a México al mayor de sus cuatro hijos, Chandler. Flora, la esposa de Weston, los acompañó al muelle y gritó al zarpar el *ss Colima*: "Tina, take good care of my boys".

En el ss *Colima* Tina pasó días inclinada sobre la borda y uno de los marineros le trajo un limón partido: "Chúpelo fuerte, jálele todo, el jugo y la pulpa y va usted a ver que se le pasa", pero el barco seguía sacudiéndose en un zarandeo que parecía no tener fin y Weston exclamaba en español: "Pobrecita" y la conducía hasta el camarote, cargándola casi, para acostarla y cubrirla con una sábana, porque las cobijas no se aguantaban; la atmósfera era sofocante como si todo el barco se hubiera vuelto un inmenso cuarto de máquinas. A Tina sólo le quedaba dejarse ir como una pobre cosa, sin nada en el estómago salvo la sensación de mareo. Cuando el barco se deslizaba sobre las aguas sin una arruga, sin una burbuja, intactas, el dulce ruido del mar moría en el casco; Tina miraba la pequeña bandera del ss *Colima* colgar mansamente, veía a Weston con su cámara y a Chandler convertido en la sombra de su padre. Desde su asiento en cubierta podía seguir con los ojos a la tripulación desordenada y bulliciosa a la cual el capitán, un austriaco gritón, maldecía enrojecido. La escogió a ella para darle información sobre el país, la forma de ser de los mexicanos, su suciedad, su ignorancia, su ineficacia que a ella le parecía un descanso después de los movimientos metódicos y el horrible mecanicismo de Los Ángeles. En el ss *Colima* el esfuerzo no se sentía, aunque debía existir, claro, si no, el barco no navegaría; todos corrían como animalitos. En un barco norteamericano el esfuerzo hubiera sido patente: "Miren qué bien trabajamos, miren qué puntuales, qué organizados".

Tina había llegado a odiar su eficiencia. Le encantaba ver a un muchachito moreno y delgado en pantalones de manta pasar tres veces la jerga cerca de su asiento sin enjuagarla jamás para luego levantar sobre ella unos ojos que tenían la calidad de la brasa. Al primer grito del capitán se escurría como una ardilla, las palmas de sus manos rosas. Todos eran morenos, lampiños y trabajaban con el torso desnudo, el suyo era un torso fino y elástico lleno de reflejos que le hacían pensar en la líquida pelambre de la pantera.

Otro había sido su primer viaje por mar. Qué espanto la imagen de su pequeña figura acuclillada en lo más hondo del barco, envuelta en chales, hasta que por fin, vencida por el cansancio, se dejó caer sobre su mísero bulto: una colcha raída en la que su madre, además del fondito, las dos blusas, la muda de ropa interior, el tapado, había puesto un mantel: "Mamma ¿para qué un mantel?" "Puedes venderlo, ese mantel es lo mejor que tengo." Los primeros días, Tina tuvo buen cuidado de no machucar su falda negra, cortada dentro de la falda de su madre, un paño muy resistente porque pudo salir otra falda para la muchachita. Aguantaría no sólo la travesía sino los primeros meses en América. Tina pegó su frente contra la lámina verde y los gruesos remaches boludos y conservó durante casi todo el trayecto su posición fetal dentro del gran monstruo marino. Desde el momento en que supo que la tercera —la clase de los emigrados— estaba más abajo del nivel del mar, sintió el horror paralizarla. Se había cerciorado, incrédula primero: "¿Que el mar está más arriba? ¿Cómo?" "Sí, viajamos adentro del agua. Por eso no hay escotillas." Ay dio, dio, dio, dio mio, el agua caía sobre su cabeza, doblándole el cuello. "El mar está arriba de nosotros, yo cargo el mar." Imaginaba la quilla del barco rozando el fondo del océano y ella separada de la tromba por esta lámina mohosa que se resquebrajaría al primer golpe. Sin derecho a un rayo de luz, a una brizna de aire, aguardaba la avalancha. Cualquier encontronazo y los emigrados serían los primeros que el agua engulliría, ¡qué muerte! El agua encajonada seguiría su rugiente camino hacia el océano llevándoselos a todos, arrastrándolos brutalmente, los pulmones destrozados por la fuerza mortal de la corriente. El barco se desfondaría, quedaría acostado en el lecho del océano, pegado a la arena. Sólo la primera clase podría salvarse; para la primera eran esas barcazas que colgaban y que había visto desde el muelle. Por eso cuando tuvo noticia de las turbonadas y golpes de viento huracanado, Tina no se movió. Junto a ella alguien murmuró: "Huracán en formación". Otra voz añadió: "La radio operadora central anunció la llegada de vientos más fuertes que los calculados". De pronto, en pleno vendaval, escucharon los gritos desaforados de una mujer que intentaba subir a primera. Casi todos los de tercera eran refugiados italianos; no tenían derecho a pasar a segunda, mucho menos a cubierta. Fuera de la mujer a la que pronto devolvieron a su litera, ninguno se aventuró al exterior de esa cavidad negra, rugiente, que constreñía a hombres, a mujeres y niños, repegándolos unos a otros y a la lona de sus costales o de los oscuros lienzos que hacían las veces de costal cuando no recubrían cuerpos humanos. Trapos y gentes eran lo mismo, bultos todos, tirados todos, amontonados todos. Dormían, los pies del uno sobre la cabeza del otro, los niños entre los cuerpos de los adultos, a riesgo de perder la vida por asfixia, las mujeres con sus cabezas envueltas por hilachos grises y negros. Cuando el barco se levantaba para luego clavarse, una ola de gemidos se levantaba también de los cuerpos yacientes, los niños se incorporaban sobre sus codos mirándose empavorecidos, y en algún sitio bajo sus párpados había mucho sufrimiento adulto.

Si Tina escogió el lugar más alejado fue para eludir el olor fétido y dulzón de los que devolvían el estómago. Comían, vomitaban. Salvo llegar a puerto, nada podría salvarla.

Dos días antes de atracar en el muelle de Nueva York, alguien le tocó el hombro: un joven de pelo enmarañado le señaló una puerta. Nada le dijo, ni siquiera sígueme. No había por qué hablar; Tina lo obedeció con dificultad, los zapatos se le atoraban a cada paso; apenas podía mantenerse en pie, y azotándose aquí y allá en el pasillo se dejó caer con todo el cuerpo en el sitio indicado: un espacio en el piso. Por una escotilla entraban la luz y el aire salado. Tina puso su cabeza sobre su colcha hecha bulto y durmió con la cara vuelta al mar, una infinidad de gotas salpicándola. Así llegó al muelle de Nueva York y atisbó entre la espesura de la niebla otro promontorio de niebla sobre el cielo gris y sucio del humo de chimeneas. "A su izquierda la estatua de la Libertad." Sólo la antorcha podía distinguirse. Bajo el lento, triste ulular de las sirenas, recogió su colcha, se alisó la falda y amarró a su cabeza su mascada negra. El barco avanzaba lentamente sobre las aguas mercuriales y tres barquitos negros venían a su encuentro. Algunas formas oscuras y encorvadas seguían emergiendo de tercera, porque ahora que tocaban puerto, tenían permiso de subir. El mareo todavía se pintaba en los rostros desencajados, y los emigrantes vieron con asombro y una sensación de desesperanza la luz eléctrica a las doce del día. "¿Y el sol?" Una voz intentó alentarlos: "Siamo arrivati, siamo arrivati. Questa é Nuova York", pero hasta la hilera de focos se veía opaca —naranjas sin jugo en medio de la grisura—. "Siamo arrivati bambini, vai presto" y cautelosas familias enteras descendían a la neblina.

Ahora en el *SS Colima* pegaba su frente a la lámina verde, recordando, mareada, ¿o sería el amor de Weston el que la mareaba?

•Tina y Eduardo•
Fotografía anónima

Cuando Llewellyn, el asistente de Weston, vio la lluvia, tuvo una ocurrencia: "Vamos a la azotea", y empezó a quitarse la ropa. Subió la escalera: "Tina, Chandler, Edward", llamó. Lo alcanzaron el niño, que en México crecía cada vez más rubio, la mujer que reía de entusiasmo y el fotógrafo ya desnudo. "Vamos a jugar a las escondidas. La trae Tina." A ella le tocaba perseguir a los demás; Weston escapaba entre brincos; Chandler se escondió tras el tinaco. De un resbalón el niño fue a dar a los pies de su padre: "No se vale". "It hurts, daddy, it hurts. I hatè this game of hide and seek." "The water wiil heal it, don't worry", lo levantó Weston. ¡Ah, cómo creía en las propiedades curativas del agua! Tina reía con el pelo en la cara, "no veo nada, me enceguece la lluvia". El agua arreciaba. "Come on Chandler, come on." La risa sacudía los pechos de Tina, menos grandes que en Los Ángeles; de tanto caminar en México, adelgazaba.

Las gotas resbalaban sobre sus dientes blancos en hilitos hasta su cuello, sus piernas ofrecidas, sus piernas viniendo hacia él calientes, temblorosas, sus piernas que podían ser tijeras que le cercenaran la cabeza. Weston, resorte de sí mismo, escapaba: "Sal, cobarde", gritaba a Llewellyn. Débil cuando niño, Weston entrenó para ser corredor y como buen norteamericano los deportes fueron su obsesión. A los treinta y seis años, diez más que Tina, estaba orgulloso de su condición física, su estómago plano, sus músculos duros. En Glendale, por las mañanas luchaba desnudo con sus cuatro hijos y en Tacubaya ni un solo día dejó de bañarse a jicarazos en el patio de El Buen Retiro, en la avenida del Hipódromo 3. A pesar de ser más joven, Llewellyn tenía lonjas, pero Tina, ¡qué belleza! El triángulo perfecto y tupido de su sexo adquiría en la lluvia fulgores de diamante. "Tú la traes", Chandler de un brinco alcanzó a su padre y éste lo abrazó feliz. Después, en la pura gloria de estar vivos bajaron, se envolvieron en toallas y sentados leyeron *Moby Dick*. Qué azoteas las mexicanas, eran las sábanas de la ciudad, blanqueaban la luz, la humedecían. ¿Qué había en los techos californianos? Nunca le interesó saberlo. De vez en cuando, Weston recogía alguna gota que todavía escurría de los cabellos de Tina, que leía en voz alta. Sus dedos húmedos marcaban el borde de la página. "Esto no le disgustaría a Melville", sonreía Weston. "Soy bárbaramente feliz", concluía Tina. Sus ojos irradiaban salud. Puso su brazo derecho en torno al cuello de Edward y lo besó con tanta energía que él tuvo que defenderse: "Ya, ya, ya, tu amor me mata".

Tenía los ojos fijos en el cielo cuando al bajarlos vio a Tina, bañándose al sol, desnuda. Apuntó su cámara hacia el objetivo terrestre. Cuando ella se puso el kimono, la alcanzó anhelante en su recámara, su piel caldeada por el sol. Al revelar los negativos, Tina y él los examinaron entusiasmados. "Ésta es la mejor serie de desnudos que he hecho." Las fotos tenían cara y sexo —raro en Weston que ocultaba ya fuera el rostro o el vello púbico de su modelo anterior, Margarethe Mather—. Aducía razones de composición, pero debían ser otras.

En el cuarto oscuro, junto a su maestro, Tina hacía aparecer dentro del líquido revelador una nueva imagen de sí misma, su cuerpo que siempre la acompañaba y le era desconocido.

La piel, su envoltura humana, la completaba. No tenía palabras para decirlo, reinventaba su relación consigo misma, se quería. Si su cuerpo podía transmitir esa fuerza, la profundidad de las sombras, la armonía y el ritmo de su diseño, entonces ella también sería inolvidable. Su cuerpo allí en el papel trabajaba sobre ella, adquiría un carácter impresionante. Edward, su maestro, le brindaba una nueva manera de ser Tina. Estar desnuda era ser ella misma, sin disfraz, y mostrarse en su desnudez era presentarles a los demás el más hermoso vestido. Edward le había dado los instrumentos, abriendo dentro de ella un flujo de energía creativa antes desconocido o apenas intuido, y las placas de gelatina y plata, el celuloide, la emulsión y la luz para fijar la imagen, eran los elementos del descubrimiento que él, sin más, había puesto en sus manos.

Antes del amanecer en la casa silenciosa, Weston se deslizaba a la mesa a escribir su diario. De cada sesión consigo mismo, se levantaba limpio de polvo y paja; barría su corazón y su cabeza con la escritura: "Éste es un buen sitio para vaciarse... una forma honesta, directa y reverente de acercarme a la gracia de la revelación."

Afuera, México permanecía al acecho, México lentísimo, violeta, el gran valle azteca como lo llamaba Jean Charlot, México torvo, empistolado, deslumbrante. Adentro, el silencio, la penumbra, la soledad frente a la mesa de trabajo, en este tiempo creado por él, este tiempo detenido en la madrugada para él, este espacio sólo suyo, sacado de la eternidad y que tendría que devolverle a la eternidad. Weston lo sabía suyo mientras escribía o cortaba una de sus fotos y la sostenía ansioso para examinarla. También ese trozo de papel ante sus ojos era un pedacito de eternidad.

Weston vivía en la revelación, la de Tina y la del país que Tina le brindaba. "Todo me gusta, me siento parte de la gente", acogía lo que estaba a su alcance. "Mira Tina, el color del muro, la buganvilia." "Fíjate Eduardito, antes que el sol, van a salir las muchachas a regar la banqueta. Cada una barre su pedazo de ciudad. ¿No es éste el reparto equitativo de la belleza: una ciudad engalanada entre todos? En México cada piedra está viva, habla, voy a hacerme un lugar en esta tierra, voy a traer a la mamma, a los míos, oh, ellos se sentirán aquí como en Udine, ¿viste el aire, Edward, lo viste? Este alto valle está tan cerca del cielo que podemos alcanzarlo. ¿Viste qué aire delgado? Dan ganas de salir volando. De niña soñé que volaba, dejaba caer la tierra detrás de mí y sólo el cielo y yo, el cielo y yo, el cielo y yo." Tina lanzaba los brazos al aire, Weston seguía el movimiento de sus pechos levantados.

Tina le nombraba a México.

Nunca la había visto tan exuberante y febril; atraía como la luz, una sonrisa flotaba entre ella y los otros; las llamadas a la puerta eran para "la señorita". Al saber que había regresado a México, Federico Marín, el joven José Quintanilla y Baltasar Dromundo se precipitaron a la casa de El Buen Retiro. Inquirían por ella, no por Weston. Si no la encontraban, insistían: "Al rato vengo". Todos menos Ricardo Gómez Robelo, al frente del Departamento de Bellas Artes desde 1920. "Cualquier día pueden encontrarlo en el café Chapultepec."

Una madrugada, un estallido de pólvora los despertó. Corrieron al balcón; Weston abrazó a Tina. "¿Será una nueva revolución?" El color se le había ido de la cara. Después se acostumbraron a los cohetes. Otro día, Weston le dijo a Elisa, la criada: "Qué coheterío el de esta mañana", la muchacha contestó impasible: "Sí, en Tacubaya hubo balacera". "¡Qué!" "Sí, no se apure, los peliados ponen las ametralladoras y cuando están listos, agitan sus sombreros al aire para que los mirones se escondan y no les toque la bala." Weston le preguntó a Rubicek, el dueño de la galería Aztec Land si habría otra revolución:

—No una, cuarenta.

Cada vez que Weston montaba su Graflex sobre el tripié, a media calle se formaba una rueda de curiosos. En los mercados era mal recibido. "Aguas, la prensa." "No se vayan, somos amigos", rogaba Tina. "¿Me van a sacar en el periódico?" No entendían su admiración por el barro negro de Oaxaca, pirinolas, canastas, sirenas que soplándoles por la cola silban, los platos en montones. ¿Qué tanto le verán a esa loza del diario? ¡Huy!, esos fotógrafos no traen el teloncito con los volcanes. ¿A poco van a retratar así nomás a ráiz? Ni dejan que uno se peine. Llegan al mercado, se empinan sobre los trastes y a retratarlos, ni siquiera un trapito ponen en el suelo, quieren sacar el puro cochinero. Allí está la señora abriendo una chirimoya, llevándosela a la nariz, qué perfume dice, y la muerde, estoy comiendo perfume, pruébalo, Edward. Habla raro español, pero no ha de ser gringa, él no dice una palabra, para todo va con ella, bonita la señora, lo que sea de cada quien, y amable, felicita a todos, bate palmas ante los puestos y exclama: "¡Qué lindo, pero qué lindo!" Así son los extranjeros de volados, todos se chiflan, como si no supieran lo que es acarrear agua, cortar zacate, abrir un guaje, como que nacieron ayer.

Ver a Tina regatear era para Weston un espectáculo. Lograba bajar cualquier mercancía hasta una mitad o menos del precio original, los pasantes se detenían junto a ella a escucharla. Su candor desarmaba. Los hombres le miraban descaradamente las piernas y siguiéndola no quitaban la vista de sus nalgas. Chiflaban admirativamente, la llamaban mamá, mamacita, Tina parecía no oírlos o lo fingía. De no estar Tina, jamás se hubieran acercado. La belleza de Tina era un pasaporte con el que entraban Weston, Chandler, Llewellyn y su perro Panurgo.

Edward, sensible hasta la exacerbación, no imaginó que su mujer causara ese efecto sobre los hombres. Sería la pólvora, sería la revolución, los ánimos, el clima, el caso es que Tina los atraía. En México todo era extremoso. El café, negro como el infierno; la comida picosa transformaba la boca en horno de fundición; el aguardiente sacaba lágrimas, la llovizna lluvia, la lluvia chorros. Tina sorprendió varias veces a su amante con los ojos arrasados. Lo atribuyó al chile. Federico Marín con el café les ofreció anís y unos puritos envueltos en canela en rama. "A usted le gusta fumar, Tina." Tina fumaba cigarros número 12 de El Buen Tono. ¿Cómo era posible que todos conocieran sus gustos? Para Weston la noche habría sido agradable de no ser por el acercamiento que el apuesto Marín buscaba con Tina. ¿Por qué la miraba en esa forma?

Al salir de la cena, las calles estaban vacías. "¿No hay centros nocturnos en México? ¿Dónde está la gente?", preguntó Weston. "Están ocupados adentro", enfatizó Federico malicioso, "pero si quieren vamos al Café de Nadie. Lo acaban de abrir los estridentistas, esos adoradores de Dadá". Manuel Maples Arce y Germán List Arzubide se levantaron a saludar a Tina. List lo hizo con una caravana: "Somos sus más rendidos admiradores". Ni siquiera le dedicó a Weston una segunda mirada. Leopoldo Méndez, en cambio, le dio la mano con cordialidad.

—Tienes tantos enamorados como hay perros en las calles de México, Tina —comentó Weston en El Buen Retiro.

Desde que subieron al *ss Colima* y el capitán se fijó en ella, comenzó a favorecerlos de muchos modos. Fueron los primeros que invitó a su mesa; puso su lancha a su disposición en Mazatlán para que fueran a tierra. "Cada vez que el *ss Colima* ancle en algún puerto, no vacilen en pedírmela." El último día en Manzanillo él mismo cargó los velices y los guió hacia un restaurante en que los mariachis cantaron para Tina canciones de amor. Weston no estaba preparado para este asalto. México era imprevisible. Los mexicanos eran insolentemente contemplativos. Le regalaban su tiempo al tiempo. "Este país es un volcán en erupción", pensó Weston. El aire radiante, azul, era pólvora.

De haber sido menos ególatra, Weston se habría dado cuenta de que su fuerza provenía de Tina; las miradas se congregaban en ella —querían verla caminar—, había algo impúdico en ellas y Weston no podía dejar de pensar: "¡Qué terriblemente primitivos son los mexicanos!"

Tina tenía con el país una relación eléctrica. Todo lo esperaba de México. Amanecía con una fuerza nueva que sólo había sentido de adolescente en Udine. "Edward, I feel as if I had been born again." Oscilaba entre el júbilo y el estupor; éste es un país intemporal, maléfico, eterno, maligno, es un país de salvajes, de brutos, un país de sabios. Sus grillos nocturnos, el piar de sus pájaros después de la tormenta, el grito de los pregoneros en la calle: "Carbón siú"; el silbato del afilador de cuchillos llegaba hasta la puerta de El Buen Retiro y recorría sus venas.

—Este país —dijo Tina— me llama todos los días a ser mejor.

—¿Mejor qué? —preguntó Weston irónico.

—Mejor amante, mejor discípula tuya, mejor fotógrafa, mejor ser humano. Aquí me construyo y me reinvento.

—¿Ah sí? ¿Y qué diablos significa "ser humano"? Desde el momento del nacimiento se es humano si es que no eres un borrego de dos cabezas, un conejo de ocho patas, un bicho raro, vaya.

Impulsiva a más no poder, Tina salía a la calle, muchas veces con Chandler de la mano: "Vamonooooos" decía como los camioneros y corrían a la puerta. Tina acudía al llamado de algún pretendiente porque éste le había ofrecido llevarla al convento de Churubusco, a La Merced, al zoológico de Chapultepec. "Esquina, bajaaan" y saltaba a tierra. En el lago de chocolate, remaba con gran vigor salpicando a Chandler, olvidada del enamorado en turno. De los tianguis volvía cargada con las más sorprendentes jarras en forma de perico, venados de barro rojo y alta cornamenta verde, macetas que eran ranas o cabras, algún jarrito para el café de olla, y anunciaba con voz fuerte: "¡Ya vine! Vengan a ver los tesoros".

Tina vivía en perpetuo estado de euforia, repelida y cautivada. La miseria, su crudeza, le revolvieron el estómago. A cambio de sus noches con Edward, recibía el golpe del hambre contra los muros de El Buen Retiro. "¿Cómo podemos sentarnos a comer? Se están muriendo allá afuera." ¿Así es que México, riquísimo —cornucopia de la abundancia como la dibujaban en los libros—, no derramaba frutos sobre sus hombres? Weston regresaba del mercado con un juguete de petate.

—This is incredible, look at it.

¿Cómo era posible que manos encanijadas, desvalidas, produjeran el arte que los extasiaba? Poseían el espíritu de las formas. ¿Era el aire enrarecido y apenas visible el que había desarrollado sus cualidades visuales? Tenían una sorprendente tendencia a la abstracción.

—Hay que temerle al país —les dijo René d'Harnoncourt, quien los acompañaba en sus paseos—, es traicionero.

—No tienen ni con qué traicionar —ironizó Weston—, son huérfanos.

—México es de quien nace para conquistarlo. Yo nací para México. México es mío, yo soy de México.

—¿Ah sí, Tina? Pues vas a ver cómo muy pronto México te apuñala por la espalda. ¿Qué no sientes en el aire los cuchillos de obsidiana? En México no vale la palabra, no se fíen de lo que les dicen; aquí la verdad es múltiple, cada quien usa la suya según su conveniencia. Los mexicanos dicen una cosa y hacen otra. Ya verán.

Tina protestó airadamente.

—Van a ver —insistió d'Harnoncourt—, van a ver. En este país, la única ley o institución es el presidente de la república.

—Tendría que fotografiarlo.

—El general Manuel Hernández Galván puede conseguirte la cita, Edward.

Diego Rivera pinta su "bañista de Tehuantepec", demasiado atrevida para integrarla a su baile en la Secretaría de Educación; cuatro tableros de frutos y de mujeres, una exuberancia de matronas magníficas y rítmicas entre pencas de plátanos y lustrosas hojas devoradoras. Tina llevó a Edward a verlos. El *Patio de las fiestas* era una feria de pueblo. Bajo el arco principal entraban y salían los transeúntes a ver qué estaba pasando y se detenían sorprendidos ante los pintores trepados en los andamios a horcajadas, de pie, subidos entre los travesaños, sentados frente a los muros. "Aquí sí que se mueven los pinceles", comentó el portero. Abajo, en el corredor, los ayudantes molían febrilmente el azul cobalto, el siena, el ocre. Diego Rivera agitaba su paleta cuando necesitaba más color, y allá ascendía como chango, colgándose del maderamen, Máximo Pacheco. En los andamios, Amado de la Cueva, Jean Charlot, Fermín Revueltas metían sus pinceles en savia y en pétalos machacados, en rojos sangrantes, en azules dorso de tiburón, en enormes ramos de alcatraces, en carretas cargadas de vegetaciones marinas, en baba y en jitomate, en zacate, en chile ancho y en conchas de tortuga, y gota a gota, con el pincel, llevaban el color a los muros. El arte salía a la calle. Tronaba como las habas tostadas, los muéganos en canasta. Todos opinaban. El arte era de todos. Todo se hacía entre todos. José Vasconcelos, el secretario de Educación, había decidido darle al arte las llaves del campo; no más cerraduras ni cajas fuertes, el arte dejaría los museos, la ciudad sería una gigantesca exposición colectiva, la música andaría en el aire como la loca del pueblo y todos la escucharían, entraría por las ventanas, subiría por el cubo de la escalera; las artes embellecerían la vida del cochero y de la quesadillera; ya los niños mexicanos habían dado sus primeras pruebas, dibujos geniales, producidos dentro de esa atmósfera libre, creadora, permeada por la única ley que nos interesa a todos: la del amor y la belleza. ¡Ay, ay, ay, qué bonito amor! El general Obregón, presidente de la república, apoyaba a Vasconcelos en su lucha contra el analfabetismo. Invitó a todo el pueblo a enseñarle a los que no sabían leer. Formó un ejército infantil precioso que daba clase en las esquinas de las casas y de las calles, y otro ejército de señoras y señoritas que en sus días de descanso se convertían en maestras en patios de vecindad. Al que demostrara que había enseñado a leer a cien analfabetas, Obregón personalmente le daba un diploma. No había pueblo más artista en el continente que el mexicano. El arte le era intrínseco. Por eso los muralistas pintaban para él, para que se reconocieran, se amaran y a su vez, México, recién nacido, niño, después de una revolución sin filosofía, se reconociera en ellos.

Weston subió a los andamios. "Abre bien los ojos, ábrelos para que te entre lo que estás viendo, a pincelazos te vamos a meter nuestras raíces. ¿Ya viste? Ahora baja y regresa a la noche, mi cuate. Cuando se acabe la luz, te enseñaremos a cortar caña y a tumbar cocos." Como a un lobo delgado lo llevaron a Los Monotes. Diego reclamó, dando con su puño en la mesa: "Media ánfora de mezcal para brindar con mi cuatacho Weston. A éste vamos a hechizarlo".

Cuando Lupe Rivera convidaba a Tina y a Weston a merendar a su casa de Mixcalco, salía con el molinillo en la mano a abrirles la puerta. Si el chocolate mexicano es famoso, el mejor era el que Lupe mandaba traer recién molido de su casa de Guadalajara. "No es como el de aquí que hasta le muelen aserrín." Para Lupe todo lo bueno venía de Guadalajara. Lo servía con la espuma desbordando de la jarra de Tlaquepaque. Weston llevó una fotografía de la cabeza de Lupe gritando en la azotea de El Buen Retiro. Diego la miró largamente y luego se volvió a Tina: "Es molesto para un pintor ver fotografías así". Lupe miró a las volandas, la jarra de chocolate en la mano, mientras iba y venía por gorditas, queso fresco, tostadas, sin sentarse a la mesa jamás: "¡Ay, pero si estoy horrorosa, mira nomás con qué greñas salí, no hay derecho, pinche Weston, me dan ganas de chorrearte el chocolate en los ojos!"

En alguna ocasión, anunciaba Lupe: "Voy por los vecinos", y volvía con Germán y Lola Cueto tomados de sus manazas, pequeños al lado de su fogosidad. Atemperaban la reunión, sobre todo Lola. Por el momento, ambos hacían títeres; Lola en realidad era grabadora, Germán escultor; pero Germán perdía mucho tiempo. Diego lo amonestaba: "Germán, todo se te va en puro güiri güiri". "Por eso lo invito", intervenía Lupe, "porque se sabe muchos cuentos, chismes y de todo, y no aburre como tú, Panzas, que fastidias de tanto pinte y pinte y pinte." De pasadita le daba con la jarra un coscorrón a Diego.

A Weston le gustaba inmensamente esa pareja singular, tan genuinos que sin duda se hacían de enemigos, pero eso a Diego lo tenía muy sin cuidado. Lupe contó que noches antes había desbaratado una fiesta, a la que no la invitaron, en honor de la poetisa Gabriela Mistral. Al verla entrar, Gabriela se levantó y, según Lupe, "Vámonos Palmillina", le dijo a la pinacata de Palma Guillén, muy culta y muy bizca. "¡Huy, desbandada general!" Diego reía a carcajadas. "¡A mí qué diablos me importa esa bigotona con cara de señor, de veras que parece 'maestra de América'!"

Lupe se daba vuelo. Hacía su entrada a las fiestas y las demás mujeres se retraían: "¡Ay, tan groserota, ni quien se junte con ella!" Para mostrar su desacuerdo con Diego se le iba a las patadas y él reía encantado. Había mucho de sensual en sus manotazos. Arremedaba a la Singerman entornando los ojos mientras México enloquecido llenaba el toreo de la Condesa para verla, "miren nomás a la garra esa, tan fachosa con sus teleles". Weston lloró de risa con la imitación de Lupe y aplaudió. "En México ser culto es ser cursi." Lupe dio la última pirueta: "Qué diferencia con la Rivas Cacho en el Lírico, ésa sí que es artista". "Sí, pero no recibe la ovación de la Singerman", dijo Diego, y le explicó a Weston que un grupo de artistas mexicanos fundadores de un Sindicato de Obreros Técnicos, Pintores y Escultores, se consideraban "trabajadores y nada más". "Me gusta esta actitud. Un verdadero artista no es más que un trabajador y uno que trabaja endiabladamente", habría de escribir Weston en su diario. México era un caudal de creatividad. Jean Charlot abrió una carpeta: "Creo que nunca han visto nada semejante", y sacó con reverencia en medio del silencio grabados de un tal Posada, calaveras, revolucionarios, soldaderas, borrachos. ¡Qué país, este país es un milagro cotidiano! Lupe Marín volvió a la carga. "Otra cursi es la Ana Sokolow, la flaca esa que persigue a Nacho Aguirre. Puso "El lago de los cisnes" y en el Lírico, la Rivas Cacho para burlarse de ella "La muerte del zopilote", y todos le aplaudieron de pie.

Rafael y Monna Sala, entusiasmados por su reciente viaje a

Nueva York, describieron para Diego las estructuras, el hierro, los rascacielos, el desafío. "Si yo fuera allá seguramente pintaría máquinas... Apuesto lo que quieran a que las generaciones futuras verán las máquinas como el arte de nuestros días."

Una mañanita llegó a El Buen Retiro la borrasca de Lupe Marín:

—Tina, voy a dejar las ollas en la mesa de la cocina. Me faltan muchas especias. ¿Compraste las pechugas dobles que te toca poner? Al rato vienen a deshebrarlas Dalila y María mi hermana. A ver tú, muchacha, ponte a escombrar, levanta los trastes del desayuno.

Una azorada Elisa se inclinó sobre el fregadero:

—Me dijiste que por aquí había un molino donde no le echan porquerías a la masa. Tú, Eduardo, regrésate a tu azotea, trépate en tus nubes. Aquí vamos a acomodar los chiles rellenos, los de picadillo acá, los de queso en éste, las enchiladas en aquel larguito, las verdes nada más, y las rojas en otro; el mole negro en el platón ese amarillo para que resalte.

—Creo que no trajiste suficiente queso blanco —aventuró Tina.

—¿Medio kilo no va a ser suficiente? Tú porque eres italiana, eres quesera... A lo mejor, tienes razón. Son tan tragones que voy a comprar medio kilo de añejo y los mezclamos.

Con sus manazas en el aire y su chongo apretado, Lupe cruzó su rebozo como cananas sobre la planicie de su pecho y gritó:

—No me tardo nadita; mientras vuelvo muevan sus manitas en las tablas de picar... ¡Ah, el cilantro, me falta el cilantro y el papaloquelite. Les abren a las otras cuatas ¿eh? A ésas siempre se les pegan las sábanas...

Desde la azotea, Weston miró a Lupe que se alejaba como pantera; desplazaba ondas perturbadoras. La quietud que Lupe dejó tras ella pareció gris. Pudo ver en la cocina las nucas de Tina y de Elisa lavando los rábanos: "Hay que apurarse", murmuraba Elisa, "dijo que no se tarda".

A la hora volvió Lupe, los brazos llenos de paquetes:

—¿No han llegado las otras? ¡Par de huevonas! ¿A poco creen que voy a hacer todo?

Dalila y María Orozco Romero se presentaron a las seis de la tarde y María le secreteó a Tina:

—¡Ay, es que no aguanto los gritotes de mi hermana!

—Par de idiotas, ¿qué se han creído? ¿A poco éstas son horas? Aquí la italiana ha sudado, lo que sea de cada quien. ¡Mulas! Se aparecen ya que acabamos y van a llegar los invitados.

Monna y Rafael Sala y su inseparable Felipe Teixidor eran de una puntualidad europea, lo mismo el francés Jean Charlot; Federico Marín, hermano menor de Lupe, hizo su entrada con un montón de hierbas para tés curativos que quería darle a Tina; Carlos Mérida, Miguel y Rosa Covarrubias se interesaron en los remedios prehispánicos. "Aquí, este como cactus verde es el peyote... Estas delicadas ramas son marihuana." José Clemente Orozco pasó a saludar nada más; no se llevaba con Diego y antes de que llegara huyó. El Chango García Cabral hacía apuntes de unos y otros en su libreta y al enseñarla, estallaban las carcajadas.

La alargada figura de Fito Best Maugard acompañado por dos bellezas, María Asúnsolo y su prima hermana Lolita, causó revuelo. Weston al verlas subió corriendo por su diccionario para hablar con las "bellísimas señoritas". Un senador con mariachis armados con pistolas y guitarras saludó mano en alto: "¡Salud, hermanos, salud!" Ya traía su copa en la mano y sin más se sentó a narrar sus dos años con Villa: "¡Es el hombre que México más ha querido, nadie como él!" Entraron Jorge Enciso, muy bien parecido, y su mujer Emma, hermana de Fito Best Maugard; se detuvieron al lado de Fito. "¿Y Ricardo Gómez Robelo?", preguntó Tina. "Huy, está más flaco que un gato flaco", dejó caer Fito desde su apostura de dandy revolucionario. Gómez Robelo —lo comentaban todos— se consumía por Tina. Hasta el ministro de Educación José Vasconcelos decía que su fiebre era culpa de la italiana. Anita Brenner y Frances Toor traían a Nahui Olín entequilada, sus inmensos ojos verdes más violentos, más agresivos que nunca, porque el Dr. Atl la dejó plantada. "Pinche medicucho coyón, ya me las pagará." "Mira a la Nahui", gritó Lupe, "cada día está más pelona. Mírale el coco, parecen mordidas de burro." "Este hombre se va a morir", comentó el Chino Ortiz Hernán cuando vio a Gómez Robelo por última vez. Lupe gritaba en la plaza pública: "Antonieta Rivas Mercado primero se enamora de Novo, ¡ay qué guapo!, luego de Villaurrutia y ahora de Rodríguez Lozano. ¿Qué no se da cuenta? Pero como ella, hay muchas gallinas esponjadas, cot, cot, cot, cot, estúpidas de ciegas, patológicamente fértiles, "que retacan el planeta con poderes elementales", según Torres Bodet. Allá van tras de Novo. Villaurrutia, el púdico, echa a correr. Cuando Nahui vio al cadete más guapo de todo el Colegio Militar: Rodríguez Lozano, se lo pidió a su papá de regalo: "Ay, dámelo". ¡Y allá va el general Mondragón!, ¿verdad Nahui? con su moño y su papel de china".

Con los ojos bajos, tímido, se aventuró entre los grupos un gringo recién llegado. Quería ser ayudante de Diego Rivera. "Mi nombre es Paul O'Higgins." Xavier Guerrero lo seguía flanqueado por su hermana Elisa, de pelo trenzado con lanas de colores iguales a los de su blusa bordada. "Qué chic", exclamaron Óscar y Beatriz Braniff, "tiene casta". Lupe Marín presentó a Julio Torri. "Así como lo ven de chiquito y de mustio, este impuntual es el mejor escritor de México, bueno, después de Villaurrutia." "Es que se me ponchó la bicicleta", se achicó Torri aún más. "Sufre de satiriasis al igual que Gómez Robelo", dijo Ortiz Hernán en voz baja, "nomás que éste es gatero; anda en bicicleta detrás de las criadas." Cada vez que Tina volvía la cabeza, se encontraba con los ojos insistentes de Torri. Weston interceptó sus miradas. "¿Él también?", se preguntó fastidiado. El último en tocar fue Diego Rivera, con su cena de uvas y manzanas liadas en un paliacate rojo. "Tengo las tripas más puras del mundo." Weston se enfrascó en una conversación bilingüe acerca de la limpieza intestinal. "Este país con su abundancia de fruta tropical es el paraíso de los vegetarianos." Unos señores vestidos de charro cavaron su camino entre los grupos. "Son unos colados", aseguró Lupe, "ahorita los corro a patadas." Los tres sonrieron: "Nos conocimos en casa de los Braniff". "¡Ah, son los Rincón Gallardo!", los rescató Monna antes de que Lupe cumpliera su amenaza. "Mucho macho, mucho macho", se pitorreó Lupe, "miren nomás qué charritos monta-perros." Elisa Guerrero le regalaba sus ojos a Weston, pero él no podía apartar su vista de la enorme figura de Diego Rivera. La pistola al costado de su vientre contrastaba con su sonrisa casi dulzona que no desaparecía de su rostro fofo. Le explicó a una de las Asúnsolo: "Todos los artistas mexicanos somos comunistas, todos los buenos. A mí me llaman el Lenin de México. No somos políticos nalgones de café, nosotros nos la jugamos", y sobaba su pistola con sus pequeñas y sensitivas manos. Weston llamó a Chandler, que se repegaba a Elisa como perro faldero: "Fíjate bien en ese hombre, es un genio, fíjate bien en sus manos, son las de un artesano; mira su frente, la frente ancha delata el tamaño de la inteligencia; la suya es un domo inmenso, hijo, míralo bien, se trata de la frente de un pensador". Diego hablaba sin parar y cuando se callaba era para oír a sus interlocutores otorgándoles la misma plácida sonrisa, sus manitas sobre el vientre, hasta que una risa contagiosa sacudía sus lonjas con todo y armamento, ¡qué risa la de Diego! Chandler no podía dejar de mirarlo —su proporción digna de ser ponderada—, su pistola todopoderosa. "¿La usa para defender su pintura?", preguntó a su padre.

Cuando se acercó Lupe, el diálogo silbó rápido y punzante, dirigido sobre todo a los espectadores. Después del "¿Qué tal te fue hoy, chaparrito?", los oyentes empezaron a reír: "Gordo, tienes pechos de vieja, y como yo no tengo nada, hacemos buena pareja". "Chichis de culebra", "Él trata de vendárselos", "Ella se los atiborra de medias viejas". El tema de las "chichonas" era recurrente en Lupe. Si se enojaba con su "Panzas" gritaba irremediablemente: "Lárgate con tus chichonas". Después de la cena, Diego anunció que Lupe y Hernández Galván cantarían canciones que Concha Michel había recogido en sus viajes a lomo de burro por la república. Concha, vestida de tehuana, acomodó su guitarra sobre sus piernas abiertas. Unos alemanes miraban sin entender, y Rosa Covarrubias les traducía al inglés algunos de los chistes, pero no reían. A petición de Charlot, Weston mostró su fotografía de chimeneas industriales de la fábrica de Middleton, Ohio, favorita suya y de Monna:

—Qué buena es, qué buena es —murmuró Diego.

En la madrugada, en la paz de El Buen Retiro frente a su diario, Weston intentaba ajustar cuentas consigo mismo. México, país dispuesto al incendio; hasta el agua quemaba. Tina, en el centro de las llamaradas. Si Tina hubiera leído su diario, habría quedado estupefacta al descubrir celos en Weston. Ella se dejaba querer, sin más. La asediaban porque sí; no asediarla hubiera sido contra natura. En cambio, Weston como buen anglosajón tenía las hormonas en su lugar, no que los mexicanos...

Para ella, Edward era el mismo que en Los Ángeles: el adorado, el famoso, el artista. En México, ella se había vuelto indispensable. Era la dadora, la repartidora de bienes. Él no hablaba español; pasaban la mayor parte del día juntos, él dependía de ella. "Eres mi Malinche." Sus noches eran mejores que en Los Ángeles. Ignoraba que Weston la poseía con la furia del despechado.

—Mañana, comida en la casa Braniff —anunció el Chango García Cabral en la puerta de salida.

En la opulenta casa de los Braniff, entre sus doradas hojas de vid y sus mármoles de Carrara, Lupe subía la voz y dominaba la reunión con sus puntadas. Óscar y Beatriz intentaban el mecenazgo en un salón literario donde músicos, poetas, pintores se reunieran a escuchar una conferencia, un recital de poesía, un cuarteto. La casa palaciega en Puente de Alvarado y sus jardines se abrían con un propósito culto. Braniff quería brillar en la luz refleja de Diego, pero la fiera de su mujer todo lo echaba a perder con sus gritos destemplados. Diego contemporizaba amable, flanqueado por dos extranjeras a cual más distinta: la mundana Alice Leone Moats y la cronista Ernestine Evans junto al conde de Regla, Alfonso Rincón Gallardo y Romero de Terreros, dueño de la hacienda Ciénega de Mata, quien parecía buscar a sus peones entre los meseros. Las dos, la Moats y la Evans procuraban evitar a Lupe: "She's really obnoxious", exclamaba la Moats; en cambio, adoraban a Roberto Montenegro. "There's a gentleman for you", decían de Best Maugard, "he fits anywhere." García Cabral, el Dr. Atl y su Nahui Olín aguardaban el momento de pasar a la mesa.

En la mesa, preparada bajo los altos fresnos del jardín, la conversación derivó hacia el sexo, ante el desconcierto del embajador de Inglaterra y su esposa que jamás lo habrían imaginado. "Pues en Guadalajara, todos son jotos", exclamó Lupe. "El pito de Novo no pita." Nahui Olín informó a Weston: "En México, uno de cada dos hombres es homosexual". "¿Lo dices por Rodríguez Lozano?", gritó Lupe destemplada. "¡Hasta que te diste cuenta!" Julio Torri no tenía ojos sino para Tina; la seguía ansioso a todas partes sin poder ocultar su deseo.

Diego hacía una nueva dieta. "Sólo fresas, es lo único que como; en París me dio muy buen resultado", y las sacó de una bolsa de estraza, las echó en avalancha roja sobre su plato. Lupe le advirtió al mesero enguantado: "A éste no le sirva nada; está muy elefantote. ¿Verdad que parece mi papá?" Lupe pidió arroz con un huevo frito en el momento en que los tamemes (nombre dado por ella a los meseros) pasaban los platones con oeufs mousseline sobre corazones de alcachofa, según el menú escrito en cartulinas de filo dorado ante cada comensal. "¡Ay, Beatriz, qué bien te quedó tu tepache!" exclamó al probar el champagne. "Chin, chin", brindaban entrechocando sus copas. "This means fuck you", explicó Nahui a los ingleses, "fuck you, fuck yourself exactly like in Buckingham." Lupe explicó que ni ella ni Diego comían porque, en el último banquete Braniff, Diego se había envenenado y quería evitarse el espectáculo de verlo retorciéndose en el excusado.

El Dr. Atl lanzó la conversación hacia las pirámides; aseveró que las de Teotihuacán eran más antiguas y mayores que las egipcias, que los chinos pobladores de Asia provenían de México y que de Tenochtitlán salieron los egipcios y las tribus semíticas. Braniff, súbitamente alentado, se colgó de la posibilidad de una disquisición que se alzara por encima de los "Mira tú, cabrón" y los "Ay no, manito" de Lupe, y dijo al vulcanólogo lo que él sabía de las naos de China y los chinos en México. Entonces éste puso el ejemplo de la Atlántida, el continente perdido. Un libro publicado en Francia después de veinte años de descifrar en el Vaticano documentos robados a México por Hernán Cortés, demostraba con mapas la existencia de la Atlántida y daba los nombres de puertos y ciudades. En el paroxismo del entusiasmo, gritó que en San Ángel bajo la lava se había descubierto una ciudad de más de diez mil años antes de Cristo. Weston se acodó fascinado a escucharlos, no tanto por lo poco que entendía sino por cómo lo decían. Diego fue más lejos, las naves espaciales con habitantes de otros planetas, de Marte, por ejemplo, aterrizaban en Tenochtitlán y en el Valle de Anáhuac; eran claros los indicios del paso de extraterrestres en Durango, en el desierto de Sonora y en la sierra de San Pedro Mártir. En el sur, ningún astrónomo más avanzado que el maya, ningún matemático, ¡qué Copérnico ni qué nada! Su maravilloso calendario era la evidencia de su contacto con mentes superiores; por la forma de su cabeza, los mayas tenían un pensamiento más desarrollado que el resto del género humano, "mentiras, ésas son mentiras, ni hablar pueden, sólo tararean, están llenos de enfermedades, tienen nubes en los ojos, se les seca el tuétano", interrumpía Lupe, pero Diego seguía discurriendo y llevándose a la boca sus fresas, masticándolas al acompasado movimiento de sus tres papadas, sus dos estómagos y su infaltable sonrisa.

Algunos de los miembros del sindicato de pintores iban a casa de los Braniff a abastecerse de comida y bebida entre los enormes espejos dorados, los candiles y las sillas Luis XV. "Mira, como en el Castillo de Chapultepec. Sólo falta Mamá Carlota, narices de pelota."

Rafael y Monna Sala y Felipe Teixidor, más comedidos, acompañaban a Óscar y Beatriz a la velada literaria. En el momento en que tomaban su lugar, Lupe se despedía: "Allí los dejo con su aburridera, yo me largo a otro vacilón; luego vengo por ti, niño". Los meseros ofrecían coñacs y chartreuses y algunos comensales se adormecían mecidos por la mezcla de jugos digestivos y discursivos.

Cuando Lupe regresó, ordenó de inmediato: "Se acabó la cultura, ahora vienen el relajo y la cantadera. Sembré un ejote y salió un padroooteeee. ¿Qué les pasa pues? Vamos a vacilar, ¡carajo!" El propio Braniff sonreía ante la espontaneidad de la dama que en privado llamaba bestia apocalíptica.

Lupe cantó corridos y coplas. A Diego lo embelesaban sus *Borrachita me voy, El quelite* y *La barca de oro*. Concha Michel hizo segunda. Tina también. Hasta Antonieta Rivas Mercado, con su sombrero de campana metido hasta las cejas según la última moda de París entreabrió sus labios delgados para seguirlas. De todas, la más deslumbrante era la pantera. Con su pelo negro recogido en vano escapándosele crespo y fuerte, crin de caballo a los cuatro vientos, Lupe era una figura formidable. Sus larguísimas piernas cruzadas se extendían frente a ella y al subir la falda mostraba unos muslos alargados y nobles, sus manazas de uñas pintadas de rojo deteniendo sus rodillas, su cabeza echada para atrás, su pecho ahuecado siempre con algún collar de cuentas de jade y plata, alguna sonaja precolombina, toda la miraba Diego los ojos prendidos a la boca llena, los labios gruesos y movedizos y los grandes dientes blancos de su niña, bárbaramente espléndida en rojo y oro, con pesados festones de tira dorada y aretes largos que tintineaban.

Cuando oscureció, Lupe seguía cantando. Los meseros pegados a las cortinas, las manos muy quietas, su servilleta apretada entre los dedos, no se movían.

La exposición de Weston en Aztec Land el 22 de octubre fue triunfal. "La muestra no lleva ni una semana y ha causado sensación en la ciudad de México." Una norteamericana que vino a posar en la casa de El Buen Retiro le informó coquetamente: "¿Sabe que usted es el habla de México? A cualquier fiesta, té, mesa de bridge, su muestra es 'the talk of the town'. Se inicia usted con una bomba". Concurrían más hombres que mujeres. "¡Qué alivio!", pensó Weston, "¡en México son los hombres los que hacen la cultura, a diferencia de Estados Unidos y sus clubes culturales sostenidos por mujeres!" Lo conmovieron los campesinos frente a los retratos de su propio arte: "Mira el caballito de petate". Nadie había retratado los juguetes, el barro, la paja, que Weston les brindaba como diciéndoles: "Mira la belleza de tu obra, aprecia el valor que tienes". Tímidos, se atrevían a entrar. Rubicek, el propietario de Aztec Land, no cabía en sí de la sorpresa. No les hablaba para no espantarlos. Weston recordaba a don Nicho inclinado sobre su paja destejiéndola irritado: "No me sale, no es así como me gusta", y deseaba con toda su alma que los tejedores de canastas y sombreros de palma, los alfareros, se dieran cuenta del homenaje que les rendía a sus muñecas; cuánta dignidad en sus juguetes hechos con pedacitos de nada.

Diego y Lupe Rivera vinieron; él con restos de cal en su overol y ella portando un sombrero de grandes flores que la hacía aún más extraordinaria. ¡Qué rumbosa, cómo se arreglaba esa mujer! Diego mostró genuino entusiasmo: discutía con Roberto Montenegro: "Prefiero cuarenta mil veces una buena fotografía a una pintura modernista". Ante la foto del techo de lona del circo dijo: "Ésta es la que más me gusta". Nada le complacía más a Edward que el dilatado gozo de Diego Rivera ante sus mejores fotografías. Al ver un torso desnudo de Margarethe Mather en la playa comentó: "Esto es lo que algunos buscamos cuando salpicamos arena en nuestra pintura; pedazos de vidrio, cáscaras, papel, tira bordada, trozos de realidad".

Weston se propuso explicarle, ayudado por Tina. "La cámara debería ser útil para registrar la vida, dar la sustancia y la quintaesencia del objeto en sí, ya sea hierro pulido o carne palpitante... En las nuevas cabezas de Lupe, Galván y Tina, he captado fracciones de segundo de intensidad emotiva que ningún trabajador en ningún otro medio podría lograr. Lo más difícil es registrar esa realidad."

Diego asentía satisfecho, era natural que en México también otros hallaran su expresión personal. El encuentro con México era definitivo. Su época cubista había sido una concesión a Europa. México era la única ruta posible, sus indígenas la única salvación, y había que devolverles la conciencia de su propia grandeza. ¡No más academia! Mientras otros renegaban del indio, él, Diego, lo rescataba. Racistas, los mexicanos lo rechazaban. "¡Qué pintura tan fea!" "¡Mira nomás esos monos prietos!" No sólo eran los europeizantes y los enriquecidos con don Porfirio los que criticaban, también en el teatro Lírico cómicos populares lanzaban sus ataques y entre otros Joaquín Pardavé cantaba:

Los muchachos de la Lerdo
se bañan en regadera
para que jamás parezcan
monos de Diego Rivera.

El atardecer traía a Aztec Land los rostros familiares: Charlot, los Sala, Monna y Rafael y Felipe Teixidor, los Quintanilla, Pepe siempre anhelante, y el general Manuel Hernández Galván. Hojeaban el libro de visitantes en donde el Dr. Atl escribió que ahora, con esta exposición, sentía mayor interés por el arte popular y María Appendini anotó: "Un nuevo tormento". En otras páginas se leía: "Weston, ¡cómo ama y entiende a nuestro país!" o "Usted es latino, no es anglosajón". "Seguramente posee una lente maravillosa, una cámara extraordinaria, un equipo de primera." Muchos no se daban cuenta de que las buenas fotografías, como cualquier cosa buena, se hacen con el cerebro. La de la cabeza de Galván disparando, las de Lupe, la de Nahui Olín, la de Ruth Quintanilla eran las fotos más comentadas. Pero las más admirables de todas, los desnudos de Tina. ¡Qué orgullosa me siento de ti, Eduardito! —le repetía. Sí, a Tina podían cortejarla otros hombres, pero al que admiraba era a él; se lo decían sus ojos.

Tina y Weston atribuían el silencio de Ricardo Gómez Robelo a la distancia; Tacubaya estaba muy lejos del centro de la ciudad de México, se hacía casi una hora. Tina, extrañada, había preguntado por él una y otra vez, en todas las reuniones. Enciso y Torri le informaron: "Está muy enfermo". En torno a Gómez Robelo se espesaba el misterio. El malicioso de Alfonso Taracena, sombra de José Vasconcelos, la escandalizó: "Devorado por el deseo, se muere por usted. Según Vasconcelos padece de satiriasis, pasiones malsanas ¿sabe usted?, y a pesar de las calenturas que lo atenazan escribe un libro sobre las pirámides, un libro genial. Es un gran matemático, ha hecho un plano de la ciudad de México y de Teotihuacán que coinciden perfectamente con el plano de Pekín; cada escalón de Teotihuacán, según su teoría, corresponde a las lunas de Venus, a los anillos de Saturno. No vaya a verlo, Torres Bodet me previno, no vaya a verlo, está tuberculoso. O sifilítico. De todos modos, contagioso".

Días después de la exposición en Aztec Land, Weston apenas lo reconoció al verlo entrar a El Buen Retiro.

—Perdónenmen, he estado encerrado en mi casa. Allí trabajo. Veo a Vasconcelos en la Secretaría de Educación pero no me aventuro a las afueras, es demasiado lejos.

—Ya tenemos meses en México.

—¿En cuál de todos los Méxicos? —sonrieron los gruesos labios de Gómez Robelo.

—En el de los artistas. Diego Rivera nos tiene muy impresionados.

Tenía razón Gómez Robelo. Varios Méxicos culturales que Tina y Weston descubrirían a través de los años se confrontaban. La gente "bien" odiaba los monotes de Rivera, sus mujeres horribles, sus colores repulsivos que degradaban la clásica belleza de la raza esculpida en bronce, los muralistas ponían a México en ridículo ante los visitantes. Alfonso Taracena contó cómo un turista preguntó si esas pinturas las habían hecho los salvajes. Qué error el de Vasconcelos al darles los muros a esos rebeldes que afeaban la figura humana; en cuanto se designara a un nuevo secretario se cubrirían los murales con cal; entre tanto, los estudiantes los rayaban ¡qué bueno! Los viajeros ilustres recibidos por los pintores, los poetas, los funcionarios de la cultura sentían que el país estallaba en volcanes púberes.

Volcanes también los pechos de los mexicanos, sus cabezas y sus corazones imprevisibles. Vasconcelos quería liberar el alma, darles a los escritos y a los actos culturales un poder catártico. Había llegado la era de la raza cósmica. En el horno de fundición de Hispanoamérica llameaba la quinta raza, de la que tendría que nacer la humanidad del futuro. Por lo tanto, México, con su mezcla de sangres y de metales incendiaría al mundo. Salvador Novo, Julio Torri y otros se reían de estos desvaríos y el grupo de vanguardia de los estridentistas quería hacer polvo la grandilocuencia y romper los esquemas de la "langosta romántica" de la Secretaría de Educación. Manuel Maples Arce dedicó su poema "Urbe" a los obreros de México, brindándoles una ciudad sindicalista, paisajes vestidos de amarillo, tardes acribilladas de ventanas que flotan sobre los hilos del teléfono y otros andamios interiores.

En una comida a Waldo Frank, Novo tomó la palabra: "Voy a hablar según el estilo de don Ezequiel A. Chávez, quien corta sus frases, brrrrrrre, brrrrrrre: Estamos/ aquí/ todos reunidos en esta/ noche/ Consecuencia/ veo a mi alrededor/ personas/ Las personas/ a su vez/ me ven a mí/ Y me pregunto/ ¿por qué/ estamos reunidos/ todos/ en esta noche?/ ¿Cuál es el motivo que nos congrega?/ Consecuencia/ respondo/ que es para celebrar/ el arribo feliz a México/ de gran escritor/ norteamericano/ Este gran escritor/ norteamericano/ se llama/ Waldo Frank/ quien a su vez/ ha escrito/ un libro que se llama/ *La España virgen*/ Consecuencia/ está sentado a su lado/ Best Maugard/ prolongado pintor/ Síguele /consecuencia/ Jorge Enciso/ a quien todos llaman pintor/ con el mismo derecho que a Julio Torri/ lo llaman escritor/ porque Jorge Enciso es un pintor que no pinta/ y Julio Torri es un escritor que no escribe/ Consecuencia/ a su lado veo a Tata Nacho/ que/ no sólo enseña el corazón cuando canta/ sino también/ cuando abre la boca/ También veo/ a Rafael Heliodoro Valle/ quien ya no guarda secretos/ todo él se ha prodigado/ Por último/ veo a Salvador Novo/ quien ha escrito/ un libro que se llama/ *Psicología de los adolescentes*/ que tiene la particularidad/ de que se comienza/ a leer en la adolescencia/ y se termina en la senectud".

Todos, muertos de risa, hacían reír por contagio a Waldo Frank que no entendía ni papa. Xavier Villaurrutia, Salvador

Novo, Alfonso Taracena destilaban veneno; el ingenio maligno de Novo señoreaba el grupo. "Oiga Taracena ¿qué era lo primero que hacía Eva cuando se levantaba?"

— Yo qué sé...

—Cambiarse de hoja, ¿verdad?

Novo le hizo una calavera a Julio Torri, quien era tartamudo:

Por hablar en pedacitos
y escribir un libro en trocitos
se lo llevó la muerte
dando brinquitos.

Los escritores eran implacables. Salvador Novo, feroz, aventaba sonetos mortíferos. Tina y Edward preferían la compañía de Diego a la de Novo y los suyos, casi todos funcionarios de la Secretaría de Educación. Novo, además, era enemigo de la epopeya mural de Rivera. Tina y Edward pensaban que el grupo de Mixcalco, al que acudían Carleton Beals, Frances Toor y Anita Brenner, se había entregado a una causa más generosa que la del ingenio a costa de los demás.

Luis Quintanilla y Ruth Stallsmith preparaban una versión mexicana de *The Bat*, "El teatro del murciélago". Tina sería la actriz principal, vestida de chauve-souris. Arqueles Vela, Germán List Arzubide, Manuel Maples Arce, Leopoldo Méndez, Germán Cueto, Ramón Alva de la Canal, Salvador Gallardo eran los creadores del movimiento estridentista y afirmaban: "Sólo nosotros existimos, todos los demás son sombras pegajosas". Para la revista *Actual*, y más tarde para *Irradiador*, Luis Quintanilla el dibujante y viajero era Kin-Taniya, conocedor del dadaísmo y de Tristan Tzara, Apollinaire y Max Jacob. En su revista hablaban de la descarada risa de los pianos, del jovialismo de una sonrisa jardinera, y ofrecían por medio de carteles a la "preciosa mujer de mañana", o a la "suntuosa mujer para soirée". El doctor Ignacio Millán que daba consultas de las veintisiete a la treintaicinco horas, estridentista también, los atendía a todos y concordaba con List Arzubide al decir que había que dinamitar las ciudades de los versos malditos.

La gran nube blanca de Mazatlán
Fotografía de Edward Weston

T ina tomaba fotos tras de su maestro y enfocaba su Korona, regalo de Edward, hacia el mismo objetivo, pero desde otro ángulo y si para Weston la tienda de campaña del circo era una gran tela parchada a todo lo ancho de la lente, Tina introducía a un espectador solitario bajo la tela. "Siempre estoy metiendo gente, ¿verdad, Edward?" El tutelaje del fotógrafo era ilimitado, Tina lo respetaba, quería su aprobación. "Estoy orgulloso de mi querida discípula." Para ella, era crucial·que Weston la reconociera como fotógrafa, que la apreciara no sólo porque él la había señalado, sino porque su presencia merecía un tratamiento ejemplar. Sus fotografías tenían que ejercer ese poder de interiorización. ¡Ni inconsciencia, ni motivación intuitiva, ni chiripazo, ni paisaje fácil! Alguna vez le dijo irónico: "Esto parece una postal de Hugo Brehme" y Tina rompió su negativo. El arte primitivo, el que venía de la tierra, el de los artesanos, el de las maravillosas piezas prehispánicas no era descriptivo ni anecdótico. Sus fotos también tendrían que ser abstractas, esenciales; le hablarían al intelecto y también a las fuerzas que se encuentran en otro nivel: las del inconsciente.

Apenas Llewellyn descubrió Sanborn's decidió llevar a Chandler. Weston se les unió para ver si compraba algún periódico norteamericano. Llewellyn y Chandler hicieron más frecuentes sus visitas a la Casa de los Azulejos. Chandler reclamaba hamburguesas, leches malteadas y brownies. Llewellyn alegó:
—I want to keep in touch.
—¿Quieres guardar contacto con las hamburguesas?
—Sí, y con el apple pie a la mode y con *Los Angeles Times.*
Llewellyn se rindió:
—No creo que pueda aguantar más tiempo. Este país me da escalofríos... Los bailes terminan en balacera, los taxistas son locos al volante, los indios taimados son impredecibles...
Temía hasta por Panurgo, el compañero de juegos de Chandler.
—Éste es un país fascinante —reafirmó Weston— y estoy dispuesto a pagar el precio.
—Yo no. Creo que vas a tener que buscar a otro asistente. Tina puede hacerlo, ya aprendió.
Y Llewellyn tomó el tren de regreso.

El aspirante que más inquietaba a Weston era Xavier Guerrero, por callado. No bailaba, no cantaba, exasperante. Weston se vistió de mujer en una fiesta de disfraces de los Sala. Captó una mueca despectiva en Guerrero. No, no, no, él no era macho como Xavier, Dios lo librara, ni se fajaría pistola o pantalón de charro. ¡Qué estúpido machismo el de los muralistas, ni que pintaran con la pinga! Weston se acercó contoneándose a Guerrero: "¿Me permite esta pieza?" El ídolo lo miró indignado y al poco rato se fue. "Te fijaste, Tina, qué hombre tan cerrado, no es humano, es piedra." "Sí, pero muy bien tallada", contestó ella.
A cambio de las tamaladas de Lupe, los moles de olla de María Orozco Romero, el bacalao de los Sala (Fito Best Maugard no invitaba para no entrar en gastos), Tina ofrecía en El Buen Retiro spaghetti al dente, vino tinto y una ensalada bos-

cosa de lechuga orejona, berro fresco, hierbas de olor, huevos duros, aceitunas y aceite de olivo. Oscura la mañana, los amigos anunciaban:

—Nos quedamos a desayunar.

—A tus fiestas vienen muchos hombres, ¿verdad? —picó Lupe, intencionada.

—Aquí son los hombres los que están en brama —comentó Weston—, es el único aspecto previsible de México.

—Herencia española, deberías ir a España, aprenderías a piropear a las mujeres —aleccionó Rafael Sala—; pero apenas se casa, la mujer es sagrada.

—Pues en Cataluña sucede lo mismo que en España —añadió Teixidor.

Weston pensó aclarar que Tina era su mujer, pero calló. Varias veces escuchó decir: "Es una mujer libre". Ya se daba cuenta de lo que esto significaba para los mexicanos.

En el ajetreo de invitaciones y salidas al campo había días blandos, la flojera parpadeaba en la casa, de suerte que cada uno se adormilaba en su recámara, semivestido en su cama, recuperando con la siesta el sueño perdido. Tina envió una nota con Elisa: "Eduardo, ¿por qué no vienes aquí arriba? Es tan bella la luz a esta hora y yo estoy un poco triste".

El atardecer transcurrió en brazos de Tina, ante el balcón abierto. Chandler llegó con naranjas, chirimoyas y pulque de la fiesta de Nahui Olín a la que fue delegado. Los tres comieron la fruta en el lecho pero no pudieron con el pulque curado de fresa. Tina sí y le dijo a su amante al oído: "Es como beber semen".

Weston mencionaría en su diario "una cierta inevitable tristeza en la vida de una mujer bella y solicitada".

Tina no tenía amigas ni cómplices; de ahí su camaradería con los hombres. Salía a todas partes, pero ¿qué sucedía a la hora de la verdad? Edward describió a cierta mujer fea, reprimida, incapaz de conseguir amante, apreciada sin embargo por ambos sexos. Tina exclamó patética: "Al menos, tiene buenos amigos". Weston deseaba ser su amigo, sin pretender cobrarle la amistad como los mexicanos. Su relación duraría siempre, porque el amor a Tina era exactamente el que necesitaba para su arte, vivir sentado sobre carbones ardientes; pero ¿cuánto aguantaría esa tortura? Edward podía apartar los celos y amar también la libertad de Tina.

El día de su cumpleaños —treinta y ocho— recibió entre otros regalos tres jacintos morados en botón con una carta de Tina. Sólo dos palabras: "¡Edward, Edward!" Y en los días que siguieron Tina no salió con nadie. Se afanaba en la cocina junto a Elisa, y Eduardito, tranquilizado, volvió a la azotea; las nubes lo llamaban de nuevo. Ya en la cubierta del *ss Colima*, las nubes ejercían una forma de fascinación. ¿Cómo nunca antes las había notado? ¿Alzó la vista alguna vez en Glendale? No recordaba siquiera el cielo de Los Ángeles, mucho menos las nubes. Nadie las fotografiaba.

"Después del registro de una expresión fugitiva o de revelar la patología de un ser humano ¿puede haber algo más elusivo que una nube?" Diez días trepó Edward a la azotea, el sol en el cenit quemándole la niña del ojo. Esperaba la nube acostado sobre su espalda, la Graflex pesándole sobre el pecho. Así desde la popa del *ss Colima* una mañana de aguas tranquilas tomó una gran nube sobre el mar de Mazatlán y a partir de ese momento se obsesionó por cúmulos y cirros, las nubes que aprendió a distinguir. Acostado sobre la madera estimó los nudos de navegación y la velocidad de la nube; "la nube es más rápida", resolvió y calculó la exposición. A lo lejos, la costa era una ceja apenas levantada; la nube salía del horizonte como una ballena que asalta el cielo, abría una boca inconmensurable, se echaba sobre la cámara. En el instante en que iba a engullirlo, Weston apretó el obturador. Llamó a su placa: "La gran nube blanca de Mazatlán". Al fijarla, utilizó ácido hidroclórico y añadió al revelador potasio bicromático para enfatizar la brillantez de lo blanco. Pero empezaron a suceder cosas que lo angustiaron; los negativos mostraban claros signos de deterioro. ¿Se les metía la neblina adentro? ¿La propia nube se volvía agua? ¿Puede aprisionarse una nube? Weston trabajaba en sus nubes con desconfianza. ¿Por qué eran tan endiabladamente femeninas? ¿A qué hora lo traicionarían?

El general Galván fue el primero en romper su intimidad de

días; pasó a invitarlos, su coche en marcha con el chofer Aurelio aguardando. Los inseparables Monna, Rafael Sala y Felipe Teixidor seguían en otro coche con otro chofer y un guardaespaldas. Hacia Pachuca, a sesenta por hora —velocidad que sólo podía alcanzar un carro muy potente, anotó Weston—, los indios montados sobre sus burros apenas si tenían tiempo de volver la cabeza para verlos. Tina junto a Galván; Chandler, Weston y Aurelio detrás. "Podemos pasar por Acolman." Atravesaron pueblos de ventanas cerradas, semiabandonados. Cuando empezaban a adentrarse en la planicie de Teotihuacán los detuvo un retén de soldados que cortaron cartucho; pero al reconocer al general Hernández Galván se le cuadraron y esto dio pie a que él relatara un sinfín de proezas en la revolución. Bajo el asiento que ocupaba Tina traía algo para las emergencias. Aparecieron tres automáticas, dos carabinas, cajas de municiones y una botella de Hennessy. "Hay que venir preparados para cualquier eventualidad. Hace unos días encontramos barricadas; en la sierra aguardan muchos hombres armados. Los delahuertistas se llevaron treinta caballos." "¡Dio, esto parece una guerra!" "Sí, la revolución no ha terminado."

No era la primera vez que Galván los invitaba al campo. Con su rostro quemado por el sol, su flacura de sarmiento, en todas partes lo conocían: "Mi general, qué milagro, mi general, un abrazote", y las casas se abrían, "pase usted a su pobre casa", para ofrecerles mezcal, tortillas con sal, nopalitos, huauzontles, hongos o flor de calabaza según la temporada. Aunque pobres, "usted perdonará", festejaban a su general.

Galván los palmeaba, sabía sus nombres, preguntaba por el recién nacido, lo tomaba en brazos. Algunas niñas le decían "Tata".

Galván miraba de reojo a Tina. La buscaba, pero sin asediarla, como sabía que lo hacían el aguerrido Gómez Robelo, el misterioso Federico Marín, el taimadito de Julio Torri, el discreto Jorge Enciso, el tiernito Pepe Quintanilla, el crítico Jorge Juan Crespo de la Serna, el enfático Diego Rivera, el del continuo acoso, el anticuado doctor Matthías, el más callado Xavier Guerrero y el de mayor cuenta: Weston. Sus nombres daban vuelta en la cabeza del general, como si revisara una lista de fusilables. Por su parte Weston debía aceptarlos. O vivir entre ellos, o vivir sin Tina.

Muy pronto el paisaje anegó los celos de Weston, y los de Galván. El silencio en el carro se iba espesando y los eucaliptos, las casuarinas, los robles fueron sustituidos por magueyes y pirules. Cuando se estacionaron, el cielo se apretaba de oscuridades y el viento silbaba contra las pirámides. "Fájate ésta." Galván le dio una Colt automática a Weston, que obedeció riendo. "Puedo apuntar con mi cámara, pero ¿con esto?"

Galván ordenó: "No vamos a quemar todo el parque, por si se ofrece". Puso un peso de plata a treinta metros y lo reventó al primer tiro. "Un recuerdo", dijo tendiéndole la moneda a Tina. Monna y Rafael no quisieron tirar. Tina se tapaba los oídos. Felipe se fue a caminar en busca de idolitos. Un guardaespaldas apuntó contra el tronco de un arbolito. Weston y Tina protestaron: "¿Por qué contra un árbol?" Weston organizó un concurso de salto de altura y lo ganó entre aplausos de la concurrencia.

Galván propuso: "Una botella de Hennessy al que llegue a la punta de la pirámide del Sol antes de que caiga la tormenta".

El cielo cargado de tristeza los aguardaba. Cruzaron un maizal más alto que sus cabezas. El viento soplaba entre las cañas con el sonido de mil escobas. Después de atravesar la milpa, subieron a la pirámide. Tina los adelantaba. Desde abajo era un puntito negro cada vez más alto. La seguían, entre el cielo oscuro y el talud. Para Galván era suficiente transformar el sitio arqueológico en campo de tiro, pero vio oportunidad de alcanzar a Tina. A Weston su cámara lo lastraba, siempre era así, siempre a la cola, "pago el precio de mi quizá único amor". El temporal se volvía feroz. Las nubes en caída parecían inclinar la pirámide. El olor de la tierra mojada empezó a subir. Tina arriba, sus piernas dos columnas de piedra, tendió los brazos a Galván. "Vamos a quedarnos aquí a esperar la tormenta. Estamos a sesenta y tres metros de altura sobre la Calzada de los Muertos. Mira cómo se oscurece la pirámide de la Luna." Algunos fueron llegando.

Sentían frío, pero esperaban la orden de Galván. Tenía la misma expresión que cuando apretaba el gatillo: una voluptuosidad feroz en los ojos. Weston recordó la primera vez que quiso captarla: Galván apretó el gatillo de la Colt y Weston el obturador.

Tina abrió la boca a las primeras gotas. La lluvia arreció. Weston, que no acababa de llegar arriba, bajó cubriendo la Graflex con su chamarra. Monna se apoyó en los brazos de Rafael y de Felipe. Al descender, era necesario medir cada paso, fijos los ojos en el escalón. Tina en la cúspide bebía el agua con los brazos en alto, la cara al cielo, la boca abierta, los pechos ya dibujados bajo la tela mojada, ofrecidos a la tormenta.

—¡Tláloc, te amo! —gritó.

—Vamos —dijo Galván tomó del brazo a Tina—, es más peligrosa la bajada que la subida; a veces el pie no mide el escalón.

—Son de adobe, no hacen daño, según Jorge Enciso.

—¿Ves con frecuencia a Jorge Enciso? —preguntó Galván con suspicacia.

—Lo más que puedo. Es un sabio.

Desde un automóvil, Monna, Rafael, Felipe y Edward vieron llegar el vestido de Tina pegado al cuerpo. Las miradas de Weston y de Galván se encontraron, fueron al cuerpo de Tina y allí tropezaron de nuevo. Ella reía, exprimiéndose el pelo, los codos en alto, sus axilas negras, anticipo de su sexo. Luego exprimió su vestido: "You have lovely legs, Tina", dijo Weston. Quiso alardear de lo que sólo él podía hacer público; el chofer rugió una risa. Weston no pensó que también Aurelio sabía inglés y ante el silencio de los varones concluyó que acababa de ser poco delicado. Para él, era imposible captar la forma tan total en que los mexicanos se adueñan de sus mujeres.

Salieron de Teotihuacán a los muros del convento de Acolman. "La tempestad no rompía la calma del claustro" —habría de escribir después Weston—, "los monjes agustinos se protegieron no sólo de los elementos y las bestias salvajes, sino contra los forasteros. Qué maestros de la construcción, qué artistas para la vida".

Weston se concentró en las tortillas doradas en el rescoldo de la fogata encendida por Aurelio. ¡Qué sabor el de este maíz! Sabía a árbol quemado. "Miren cómo le gustan al gringo las chamuscadas", comentó Galván. Una tortilla tostada hacía las delicias de Weston. Podía alimentarse sólo con eso. Los muros que antes abrigaron a los monjes pasmaron a Weston. "Oh, México, lo tocas a uno desgarradoramente", escribió en su diario. El grupo todo parecía embrujado. El viaje nocturno de vuelta a casa fue lento, renuente, desganado. La luna, como niña buena, se quedó en el convento. "¡Cómo me gustaría media horita de combate para calentarme!", dijo Galván.

Otra vez otro día, trabajo, rutina. Como amaneció nublado, las señoritas Amor, Bichette y Paulette, cancelaron por hoy su sesión de pose. Llamó Bichette: "Es que con este tiempo no puedo lavarme el pelo". Weston filosofó: "Un día nublado y el pelo sin lavar de una muchacha bonita pueden cambiarle a uno la vida. No tengo un peso para mañana". Tina avisó que iría a buscar a Gabriel Fernández Ledesma para cobrarle una de sus fotografías. Regresó sin la paga. Al pasar en camión por el Reloj Chino de Bucareli no alcanzó a ver la hora y le preguntó a uno que viajaba sentado "¿Qué hora es?" "Las tres, señorita." Tina intuía que era más tarde y se lo dijo: "Entonces, señorita, son las cuatro o las cinco". "La misma indiferencia ante el tiempo que tiene el indio", dijo Tina, "debemos tenerla ante nuestra falta de tortillas." Elisa entraría al quite con su lealtad y su sueldo; lo había hecho en otras ocasiones. Con sus ojitos como cuentas de rosario y sus manos, dos ganchos de bruja porque de niña se las quemó un perol de aceite, era intuitiva y generosa. Compraba flores para Weston y él, avergonzado al pagarle el sueldo, aliviaba su conciencia dándole cincuenta centavos para el cine. Aguda y rápida, le atraía más la vida de sus patrones que la suya propia. Sobre el muro de su cuarto tenía un retrato de Weston y a veces preguntaba por la señora y los otros hijos en Estados Unidos. "¿Cuándo vendrán?" Insistía en que Edward colgara un retrato de su señora encima de la cama. "No es que no quiera a la señorita pero ella no es la señora."

— ¿No puedes subirte al taxi en otra forma?
Tina miró confundida el rostro distorsionado de Edward.
— ¿No puedes hacer algo sin que tu cuerpo llame la atención?
Gritaba, estremecido de coraje. El chofer miró por el retrovisor al hombre de bigote fino. Luego miró a Tina. Con razón tan alterado, la vieja estaba rebuenota, cachonda de a deveras, qué bonito brillaban sus piernas, se ha de poner harta Crema de Almendras del doctor Ibáñez, qué suerte de estos gringos que consiguen viejas lisitas, de pura seda.

—Todos te miran, no podemos dar dos pasos sin atraer una jauría, ¿crees que soy pendejo?

Tina jaló su falda sobre sus rodillas y miró por la ventanilla contraria a Weston; no quería que le viera los ojos.

—La próxima vez me busco una amante fea.

Era la tercera vez que se lo decía. ¿A sí mismo o a ella? El regreso a su condición de amante la hizo hundir la cabeza, como tortuga amenazada en tierra. Weston se puso fuera de sí, esta vez olvidaba que sin ella ¡adiós amigos, adiós fiestas, adiós salidas al campo! Tenía ganas de romperle la cara a Xavier Guerrero y hasta al dulce, modesto Pablo O'Higgins. ¿Acaso no se habían dado cuenta de que no era Tina la única mujer en el mundo?

Esta mujer era suya, él la poseía, ningún otro. Él la montaría victorioso sobre el deseo de los otros; su posesión los barría a todos; fuera, largo de esta cama, perros hocicones, sólo él con ella, sólo él para hacer de ella lo que le dictara su real gusto, toma, toma, éste soy yo, y luego la dejaría sola para demostrarle que a él nadie lo tenía. Muchas veces Tina le rogó: "No me dejes, duerme conmigo, amanezcamos juntos", pero él se negaba. "No sé dormir sino solo, necesito una buena noche de sueño, mañana tengo mucho trabajo." Desde el principio de su relación, cuando durmieron en cuartos separados, Weston no intuyó que hería a Tina. Ella habría querido enredar sus piernas en las suyas, calentar sus pies fríos entre sus muslos, dormir pegada a él confundida en su abrazo, verlo abrir los ojos, despertar. "Desde niña, Edward, tuve otros cuerpos junto al mío en el suelo y después en la única cama; otros brazos me daban en la mejilla; estoy acostumbrada a sentir al despertarme que con sólo extender la mano toco otra piel. Mis hermanos, Mercedes, Yolanda, Gioconda, Benvenuto, Beppo y yo, todos dormimos debajo de la misma cobija, cabellos y respiraciones revueltas. Gioconda me decía: 'Hazme una sillita', y yo entonces doblaba mis rodillas y la niña se sentaba en ellas y dormíamos embonadas. Mercedes era más alta y me hacía silla a mí." A Edward le molestaba la proximidad de otro cuerpo, su amor no se expresaba después del acto amoroso. Dormir solo. Salir de su recámara rápido y al baño. Era su manera de iniciar el día, la única.

En Los Ángeles, Tina había ido al estudio de Weston a las

cuatro de la mañana y sin ruido se coló junto a él bajo las sábanas; él abrió los ojos regresando de un sueño profundo y Tina encontró en ellos rechazo. Cuando intentó besarlo, él fue al baño a tomar agua, a lavarse los dientes, quién sabe a qué. Y después regresó a cumplir su tarea de hombre; pero mientras yacía sobre Tina, ahora sí emocionado, la mujer no recordaba sino aquella expresión en sus ojos. Edward se había quejado de que por su culpa no dormía, el deseo lo desvelaba. Eso la animó a buscarlo, pero no lo halló insomne sino dormido y luego enfadado por su presencia no esperada.

Tina no se fijaba en los malos olores o muy poco, había sido demasiado pobre; no veía la línea negra en los cuellos de las camisas. Tampoco se levantaba a lavarse después del amor, permanecía dentro del gran vientre cálido de la cama, río profundo en el que navegaba. Cuando la veía adormilarse Weston inquiría:

—¿Que no te vas a asear?

—No, prefiero quedarme así, me hace bien.

—Sería más prudente.

—Mejor tú dentro de mí.

El sueño profundo después del amor la asemejaba a un animalito satisfecho, su leche en los labios. Se arrellanaba, una pierna encima de la otra "porque no quiero perder una gota de ti, lo quiero todo dentro de mí".

—Qué primitiva eres, nunca había conocido a una mujer como tú.

La educación norteamericana lo había hecho así —pensaba Tina—, todos esos letreros de "Deposit here", "Insert here", "Open", esas zonas de carga y descarga, las rendijas para las monedas de a níquel, las advertencias. "In case of fire, use the staircase." No había cueva donde meterse, ninguna penumbra donde secretearse, país sin misterio. Todo expuesto. México le gustaba por su falta de ordenamientos; nada indicaba nada, no había una sola guía en el camino y cualquier cosa podría suceder. Faltaban reglas, sobraba libertad. Era mágico empujar la puerta de la sacristía y encontrar exvotos, milagros, piernas y brazos, corazones de oro abandonados a la rapiña, salvados por la santidad de Los Remedios y el humo de cirios y veladoras que subía ennegreciéndolos. En México, los tesoros estaban a la vuelta de cada esquina; bajo el yeso blanco, surgía la pintura colonial; rascando con la uña aparecía otra realidad; bastaba tener paciencia y la gente decía algo maravilloso. ¿Cómo no pertenecerle?

Tina registró en su Korona las texturas, el aplanado de los muros, la arquería fugitiva del convento de Tepoztlán, y por un impulso que obedeció a ciegas comenzó a buscar el rostro de la gente. ¿Podría arrancarles la máscara? "Bajo la primera, hay siempre otra, nunca sé lo que están pensando", renegaba Weston. "Yo no siento que tengan máscara, Edward; sé que sufren, no esconden la cara, bajan los ojos para ocultar su sufrimiento. Eso, no saben compartirlo."

Apenas Tina y Weston descolgaban la exposición —¡qué mudas las paredes desnudas! — recibieron un ofrecimiento del secretario de Educación para exponer diez fotografías en el Palacio de Minería. "¿También yo?" preguntó Tina. "Sí, los dos; se trata de una exhibición conjunta." Era la primera. Weston la abrazó: "Estoy orgulloso de mi querida aprendiz. Hoy te graduaste de fotógrafa." José Vasconcelos se había presentado en Aztec Land con el eterno Ricardo Gómez Robelo que se sobrevivía a sí mismo y Julio Torri. Vasconcelos se mostró especialmente interesado en las nubes y pidió varias copias. En Minería colgaron veinte fotografías en marcos sencillos, Edward le hizo notar: "Tus fotos no pierden nada en comparación con las mías y son tu propia expresión". El Himno Nacional resonó entre los muros y el presidente Obregón inauguró la muestra. Allá fueron de nuevo todos los amigos, Luis Quintanilla y Ruth acompañados de un inglés alto y flaco, reservado hasta la timidez, D.H. Lawrence, con una espesa barba color ladrillo. Sus comentarios fueron breves; al final se mostró amistoso; quería que Weston lo retratara. "Pero si sólo nos conocemos superficialmente." Lawrence insistió. Quintanilla apartó a Weston: "Yo te presto uno de sus libros, es muy buen escritor". "No es eso, ya lo conozco, su osadía no es nada al lado de la de John Cowper Powys; lo que pasa es que estoy exhausto, dieciséis horas de cuarto oscuro durante dos semanas me han hundido, quiero que me dé el aire; Tina, Chandler y yo pensábamos ir a Cuernavaca a casa de Fred Davis." Jean Charlot intervino: "Tú trabajas dieciséis horas durante dos semanas y ya te andas muriendo, pero vean nada más a Diego en sus murales en la Secretaría. ¡Se queda a dormir allá, no sé cómo le hace! Tienes que verlo pintar en jornadas de dieciocho horas; yo, que soy uno de sus ayudantes, vivo estremecido. Y no se diga los otros dos; Juan O'Gorman parece estar en el nirvana y O'Higgins también. ¡Produce una obra maestra y nosotros tres somos testigos!"

Weston accedió entonces a retratar a Lawrence. En el momento de enfocar la cámara supo que le faltaba el impulso. Dos días más tarde Lawrence sonrió satisfecho y en esa sonrisa tímida vio algo infantil; un claro en medio de las púas rojas. "Usted trae a la Caperucita Roja en su barba."

Al recibir su cheque quincenal enviado por su masoquista esposa, la maestra Flora, Weston le escribía que Tina progresaba como alumna y a cambio de sus clases de fotografía pagaba "room and board", el alquiler de su recámara y su propia comida. Le daba noticias del hijo de ambos e inquiría por los otros tres quienes le hacían falta.

—¿Por qué no se mudan? ¿Qué hacen allá en ese cerro de Tacubaya, cómo pueden trabajar si todo está aquí en el centro? —arremetió Lupe.

—Es que le hemos metido mucho a esa casa.

—¿Y eso qué?

Casi una hora de ida y otra de vuelta cada vez que viajaban a surtirse de material fílmico a la Casa Brehme, en la calle de Madero; Hugo Brehme se refería al pueblo de Tacubaya como parte de la provincia. Tina, Edward, Chandler y Elisa se mudaron a la calle de Lucerna número 12. Poco duraron allí:

—Acabo de ver una avenida de jacarandas, tranquila y asoleada. Es para nosotros. Además el cuarto oscuro que tenemos ahora está muy mal.

Se cambiaron a la avenida Veracruz número 42. El alemán Hugo Brehme era generoso con sus consejos y sus productos de Alemania. Exponía en cascada sus postales que vendía como pan caliente. Weston se burlaba de que la tienda se llamara Fotografía Artística Brehme. Hugo, el doctor Weber y su asistente Luis Quintero excursionaban por los volcanes vestidos de riguroso traje y chaleco. Luis Quintero decía que Weston y Tina tomaban fotos al aventón: "Cualquier cosa allí tirada, así como esté, la retratan. Ni siquiera le piden a la gente que se dé una arregladita. Es una falta de respeto".

En un cumpleaños de Diego en Mixcalco, Tina fue a ayudar a la cocina. En una olla muy honda acomodó los tamales y los tapó para que hirvieran en baño maría. Lupe entró malhumorienta:

— ¿Los pusiste todos? Los de dulce se calientan después.

— Cupieron todos — explicó Tina.

A Lupe se le dificultaba callarse.

Elisa Guerrero, Dalila Mérida y Ella Wolfe batían los atoles de fresa y el champurrado:

— Yo soy una mujer con muchos candados — asentó con coquetería Elisa.

— Sí — gritó Lupe —, pero cualquiera tiene la llave.

— La mía — atenuó Dalila —, la trae Carlos colgada del cuello en una cadenita de oro...

— ¿Y tú, Tina? — inquirió Ella Wolfe.

— Ella no tiene dueño — volvió a gritar Lupe —, las italianas andan sueltas...

Las agresiones de Lupe eran frecuentes, pero Tina prefería no hacer caso. Weston había llegado a la fiesta con una fotografía de regalo para Diego y éste los llamó aparte. En agradecimiento les pidió que escogieran algún apunte de los que había hecho para los murales de la Secretaría de Educación. "Dando y dando", sonrió, "pajarito volando." Diego hablaba sin parar mientras Weston revisaba de uno en uno los bocetos sin saber a cuál irle; todos eran magníficos. Tina, emocionada, los tomaba con reverencia. Ni cuenta se dieron de que el tiempo corría y ya la casa se había llenado de voces. De pronto Lupe abrió la puerta, estrangulándose de rabia, la cabeza echada para atrás, los ojos verdes saliéndose: "Por eso la invité, para ver cómo se portaban los dos; allá abajo estoy espere y espere y aquí los agarro juntos".

— Estás loca.

Diego la retuvo con su corpachón sin cambiar un solo rasgo de su rostro.

— Así los quería pescar, palomos, así merito...

Diego dio la espalda a su mujer y siguió entregándole apuntes a Tina, muy pálida de pie. Lupe ni siquiera tomaba en cuenta a Weston. Salió azotando la puerta y los tres se miraron consternados. A los cinco minutos, volvió a entrar con la misma rabia, pero ahora los ojos enceguecidos por las lágrimas.

—Bueno pues, ¿que no van a bajar? Carajo, están echando a perder la fiesta. Todos preguntan por ti, gordo.

Lo arrinconó:

—Me dan ganas de pulverizarte.

—Sosiégate vieja, ahora mismo bajamos.

—Bajas, pero detrás de mí, y no te me apartas ni un segundo. ¡Y estos extranjeros se me van mucho a la chingada!

Weston y Tina se encaminaron hacia la salida. Lupe alcanzó a Tina en el pasillo tendiéndole el regalo de dos guajes relucientes: "¿Hacemos las paces?", dijo aún temblorosa. "Ándale, chócalas, es que me cuentan muchas cosas de ti y del gordo." Tina puso su mano en la enorme mano extendida de Lupe. Weston miraba. Las pasiones de los mexicanos iban más allá de su entendimiento. Recordó la definición del Dr. Atl: "Lupe es una furia que nació antes del diluvio universal". A lo mejor en eso radicaba su encanto. Bueno, pero ¿y Tina? Nunca se veía tranquila frente a la mujer de Diego; parecía temer esos bruscos cambios de humor, que saltaban de la nada. ¿De la nada? Weston no habló durante el camino de regreso. Fingió no tener interés sino en los guajes fantásticamente pintados.

Ya era tiempo de salirse del infierno de celos, "get out" se repetía, "get out"; su gente lo esperaba, Ramiel, Johan, Margarethe, Consuelo Kanaga, Roy Partridge, gente como él, civilizada, que sabía tener relaciones amorosas, sin reacciones exageradas. Allá lo respetaban, pedían su regreso, sobre todo Ramiel cuyas cartas lo apremiaban.

¡Allá Tina con sus aztecas!

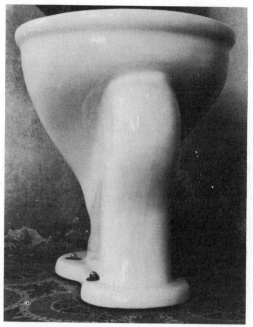

•Excusado•
Fotografía de Edward Weston

T res días después de la Navidad, Tina, Charlot y Elisa despedían sin hablar a Weston y a Chandler. Elisa iba de negro como si Weston ya fuera difunto, su rebozo cubriéndole la frente. "Parece viuda", pensó Charlot.

El tren echó a andar. Weston se dio cuenta de que no sólo dejaba a Tina sino a grandes amigos. Sumido en el estupor de la partida confundía imágenes y sonidos, le parecía oír los pregones familiares a su vida en la avenida Veracruz número 42, el ssshhhhh de las escobas de vara, el "¿Me da para la leche, don Eduardito?" de Elisa recién bañada, el "Tierra de encino pa las macetas", la súbita aparición de la policía montada en los días de lluvia, sus capotes cubriendo las ancas de sus monturas. El rostro de Tina le bailaba en los ojos: "Edward, Edward". En la estación de Legaria, un pordiosero hacía vibrar un serrucho del cual extraía notas espeluznantes parecidas a

La borrachita. Weston hubiera podido llorar. En Irapuato, un vendedor insistió en que le comprara una canasta: "Para su señorita". "No tengo." "Pero tiene usted novia", prosiguió con ojos pícaros. "Tampoco tengo", cortó sombrío.

México lo persiguió hasta Los Ángeles. Se sentía extranjero, casi rechazado. ¿Quién era toda esa gente gris en automóvil? "¡Oh, denme la multitud que entra a los toros los domingos y avienta al ruedo sus sombreros de palma!", escribió.

En su casa de Glendale, lo acometió la misma extrañeza. Los niños no podían ser sus interlocutores. Brett daba señales de originalidad, y Flora amenazó con enviarlo a un internado para corregir su rebeldía.

Flora intentó ser amable, pero a pesar del esfuerzo, a Weston lo invadió un sentimiento de irreconciliable antipatía. Aún no veía a Margarethe; corrían rumores de que se había vuelto lesbiana. Sólo Ramiel McGehee fue como antes; habló con él hasta que le dolió la quijada.

A Weston le caía encima su paternidad. Sus juguetes mexicanos parecían reclamar: "¿Por qué nos trajiste?"

Ramiel le dio la solución: "Si eres tan infeliz, cumple con tu exposición en Gumps de San Francisco y te regresas". En vez de llevar su diario, Edward escribía a Tina. Lo único bueno: cenar con la familia Modotti en su casa del 901 de Union Street. Desde su balcón asoleado sobre la calle empinada se veían las aceras de San Francisco que suben y bajan. Mediterráneos, ellos sí sabían vivir: pudo recuperar las sobremesas mexicanas. "¡Ay, cómo amo a tu mamacita y a Mercedes, Tina mía, qué bella es tu madre! Las enamoré a las dos sin discriminación. Benvenuto cantó ópera en la cocina, comimos hongos frescos, perdices tiernas que podían tragarse con todo y huesos y tomamos mucho vino, ¡qué vino! ¡Cómo reímos! La más alegre, tu mamá. Estoy loco por ella. Toreé para que se dieran cuenta de cómo son las corridas y lo hice tan bien como Sánchez Mejías. Benvenuto hizo de toro embistiendo con las patas de una silla."

El *matter of fact* de los gringos, su sentido del tiempo lo repelían. "En San Francisco, odié a las mujeres de los clubes, que lo abruman a uno con comentarios insensatos acerca del arte. ¿Preguntan acaso por el precio de una fotografía? No,

¡qué va! La entrada a mi exposición es libre y por eso le escamotean diez minutos a su shopping, buscando no saben qué sensación en la galería. Espetan sus sandeces y vuelven a la trascendental tarea de comprar trapos y fruslerías."

A vuelta de correo, Tina respondía, unida a él por la separación. Los amigos lo instaban a regresar; una postal firmada por Tina, Nahui, Monna, Felipe y Rafael le produjo nostalgia; los imaginó dentro del círculo de luz de la lámpara proyectado sobre la mesa, charlando con su mezcal en la mano, las nueces de Castilla, el perfume de las guayabas, y ansió estar entre ellos, tomar del brazo a Tina por calles olorosas a heliotropo, camino a Tacubaya.

Para ayudarse en sus finanzas, Tina entró a trabajar a la Casa Guastaroba. Aguantó media semana: "No sirvo para vender", le dijo a Ettore Guastaroba. Volvió a la fotografía. No da gran cosa pero quita el hambre. Tendría que mudarse de casa, no podía pagar sola la renta.

Seguían las reuniones con los Sala y Felipe Teixidor, los unía su extranjerismo. Peggy, la perra de los Sala, se había enfermado; Xóchitl (también perra) estaba grave, esto les impediría salir a Amecameca. De cada excursión, Tina era parte importante. A la hora de la siesta sobre la tierra, a la sombra de los magueyes, recordaban a Edward, lo extrañaban.

Tina retrató el acueducto de Los Remedios y aparecieron los fuelles de su cámara cortando la imagen. ¡Qué coraje a la hora del revelado! Furiosa consigo misma, Tina se prometió tomarlo de nuevo. Su preocupación más profunda era vivir el arte sin dejarse desgastar por la vida, que también gasta a los hombres. Su falta de disciplina y capacidad creativa era un problema de vida. Peor aún, de índole femenina. ¡Qué poco había trabajado sin su maestro! No tenía concentración; la jalaban los amigos, los mercados, Diego, Jean Charlot, el enigmático Xavier Guerrero. Hasta la enfermedad de las perras de los Sala resultó motivo de distracción.

Podía disfrutar de cada instante, tomar una fotografía, y luego pensar en ella en la hierba de Chapultepec, la vuelta al trabajo verdadero. Cargar la imagen dentro y luego llevarla por todos los estadios hasta verla técnicamente igual a la reflexión interior. En su forma de trabajar había poesía; Tina se sentía como si estuviera a la búsqueda de la esencia de la vida, su propia esencia. Tenía que estirar ese momento a lo largo del día, no mellarlo, no correr a otras ocupaciones. Sólo Edward con su poderoso intelecto podía vivir varias instancias a la vez sin perder dirección. Ella, en cambio, iba vaciándose de sensaciones. Ponía sentimiento hasta en el acto de pelar chícharos y en la noche, emocionalmente exhausta, se preguntaba: "¿Qué hice hoy?" ¡Cuánta energía perdida! "Eduardito, ¿cuándo vienes? ¡Regresa, por favor, sin ti caigo en la dispersión!"

7 DE JULIO DE 1925

"No he sido muy creativa, Edward, menos de una copia impresa al mes, ¡esto es terrible! No es tanto la falta de interés como la falta de disciplina, la falta de voluntad. Ahora estoy convencida de que las mujeres, en lo que se refiere a la creación (exceptuando la creación de la especie) son ineficientes. Son demasiado poco importantes y les falta el poder de concentración y la capacidad de dejarse absorber totalmente por una cosa. ¿Acaso esta declaración es prematura? Tal vez; si así fuera, les pediría humildemente perdón a las mujeres. Tengo la costumbre imperdonable de generalizar siempre una opinión a la que he llegado mediante el análisis de mí misma, y hablando de mí personalmente no puedo, como alguna vez me aconsejaste, resolver el problema de la vida perdiéndome en el problema del arte; no sólo no lo puedo hacer: siento incluso que el problema de la vida afecta el problema del arte... En mi caso la vida pugna constantemente por predominar, por lo que el arte naturalmente sufre. Con 'arte' me refiero a la creación de todo tipo. Podría decir que, ya que en mí el elemento de la vida es más fuerte que el elemento del arte, yo puedo resignarme sencillamente y hacer lo mejor de ello, pero no puedo aceptar la vida tal como es, demasiado caótica, demasiado inconsciente, por eso mi resistencia, mi lucha. Ansío constantemente adaptar la vida y mi temperamento a mis necesidades, en otras palabras, invierto demasiado arte, demasiada energía en mi vida, y por eso no me queda nada para dárselo al arte..."

Tina no le contaba que cada vez la atraía más el México oscuro, que se cubre de polvo y de llagas a medida que se aleja del centro altivo de la ciudad, el de los hambrientos, de casas como perreras. Xavier Guerrero la llevó a la Candelaria de los Patos. "Como ésta hay cien colonias adonde no entran ni los policías porque los encueran." Era un México que Weston no había conocido. Los mexicanos no parecían esperar gran cosa; sobrevivían, sin embargo. Tras de ellos se abría todo un pasado de mitos, herbolaria, consejos de vida de una fuerza que Tina jamás sintió en Estados Unidos. Esa vida anterior, la certidumbre de una acción espiritual que los esculpía, la entrega en muchos de sus rostros, le daban una certeza que no había experimentado en América el norte: la de la civilización. Allá jamás resistirían hambre, no tenían con qué; en México los años de entrenamiento al dolor físico, a la desposesión eran infinitos. Tenían dos vidas: su vida de miseria sobre la tierra y la otra que era su vida verdadera, la de la casa del sol que los transfiguraría.

9 DE JULIO DE 1925

Un jovencito delgado, de pelo negro y lacio que le caía sobre la frente, diputado por el estado de Veracruz, le dijo con ojos soñadores que llegaría a México un gran poeta, Volodia Mayakovski. ¿Le gustaba a Tina la poesía? A Francisco Moreno le hubiera encantado ser poeta. Vladimiro Mayakovski hacía poesía con sólo abrir la boca, libre, innovadora, fresca, imprevisible, y la decía con una voz hermosísima, catedralicia, espantando a los oyentes: "Me haré pantalones negros/ del terciopelo de mi voz./ Un blusón amarillo con tres metros de puesta de sol./ Caminaré por la avenida Nevski del mundo/ por sus piedras resbalosas,/ con paso de elegante y de don Juan". Volodia improvisaba sus versos al verles la cara. El público no sabía cuándo terminaba la poesía y se iniciaba la locura.

Cuando Mayakovski desembarcó del *España* en Veracruz, la embajada giró invitaciones para una fiesta. Frente a los ojos del ruso, Diego Rivera resultó "un ser enorme de prominente barriga, cara grande y eterna sonrisa". Para Tina, Mayakovski resultó fascinante, alto, subversivo y mágico como su poesía. El comunista Francisco Moreno se prendó de él y Mayakovski acogió sin más la admiración en los ojos melancólicos del amigo mexicano. "¡Qué feliz, qué feliz estoy de estar con ustedes, qué feliz!" José Manuel Puig Casauranc, que había sustituido a Vasconcelos en la Secretaría de Educación, quiso hablar con él y fue insólitamente cordial. Los mexicanos cultos estaban encantados con la visita del excéntrico poeta. Comentaban que teniendo un boleto de Pullman, había descendido de un vagón de segunda "para conocer mejor a los mexicanos". José D. Frías, quien lo entrevistó para *El Universal Ilustrado*, quedó impresionado al escucharlo: "...incluso la persona más suspicaz percibe en él la poderosa voluntad de su pueblo". Mayakovski odió la corrida de toros: "Lo único que lamenté", escribió, "es que no pueda colocarse entre los cuernos del toro una ametralladora y que no pueda enseñarsele a disparar".

El 20 de julio escribió su poema "México":

¡Qué país!
¡A ver,
somételo!
Se alzan en el lugar de un Zapata
un Galván,
los Moreno.

Tina vivió estas emociones a la sombra de Xavier Guerrero.

A fines de julio, corrió la noticia. El dulce Francisco Moreno, diputado comunista, había sido muerto a balazos por unos matones al servicio ¿de quién? ¿del gobierno? ¿de algún cacique veracruzano, ya que Veracruz siempre se había manejado como un país independiente? Mayakovski tenía razón. Moreno se había levantado en lugar de Zapata. ¿Quién sería el próximo? ¿Úrsulo Galván?

19 DE AGOSTO DE 1925

En su diario, Weston se definió como individualista por ley de la naturaleza, pensar primero en él era lo mejor para sus hijos.

Después de siete meses de añoranzas, tomó a Brett de la mano y embarcó en el SS *Oaxaca*. "Tu madre ya no podrá quejarse de ti. Ahora yo me responsabilizo."

En el barco vacío, "look Brett, your private yacht", Weston no volvió a reflexionar sobre el egoísmo; esos días de mar afianzaron su propósito; se sometería a disciplinas espartanas.

En Los Ángeles había visto las vitaminas alineadas en las farmacias, los alimentos procesados en los almacenes. En México sería fiel a un ascetismo cósmico: ayuno, desnudez, sol. Respiraría el aire que baja del Popo, se alimentaría con fruta del trópico. Bailaría rumba, tango. Le enseñaría orden a Brett. El arte se finca en el orden, sin él no se alcanza la altura. Sólo los aptos sobreviven. A Chandler lo había convertido en un muchacho fuerte y sensible. Lo mismo haría con Brett. Sólo aquéllos con cuerpos feos y mentes sucias no se bañaban desnudos en la azotea. Anticipaba regocijado la cara de susto de Elisa, que escondería sus ojos con las manos para no verlo desvestirse a medio patio.

En el andén de la estación de Guadalajara, Tina y Elisa agitaban la mano. Tina atrajo a Brett y lo hizo girar, luego corrió hacia Edward y permaneció largo rato en sus brazos.

José Guadalupe Zuno le dio un abrazo rompecostillas: "¡Véngase pacá mi cuate!" "¡Vénganse pacá mis chaparritos!", rodeó los hombros de Tina, Brett y Elisa. Haría una exposición de sus fotografías en Guadalajara. Les brindó posada en su casa y esa misma noche trajo mariachis y cuando se fueron a las cinco de la mañana, mandó echar cohetes. Que el gringuito ése pelos de estropajo, Brett, le diera el golpe a México. A esa hora empezaron a circular los caldos con alón y pata, los refritos, la salsa picosa, las cervezas para la cruda. Brett se asombró de las largas mesas de los Marín cubiertas de manjares y de la belleza de Victoria. Al tercer día preguntó azorado: "¿Qué los mexicanos no trabajan?" El bronco José Guadalupe Zuno parecía rey, y si él andaba de fiesta, Guadalajara también. "Vamos a enseñarles a estos gringos lo que es una noche mexicana." Tiras de papel picado, rosa y azul, grandes flores de papel, piñatas de cinco picos encabritaban el aire. Irían a Chapala al día siguiente a descansar ¿de qué? y a comer ¿otra vez? frente al lago.

Para la fiesta de disfraces de Carlos y María Orozco Romero, Weston se disfrazó de mujer, Tina de hombre y a Brett lo confundieron con una preciosa gringuita, vestido de Tina. La prensa anunciaba: "Weston, emperador de la fotografía. A pesar de su nacimiento en Norteamérica tiene un alma latina". A Tina le dio por andar de camisa y corbata, cosa que escandalizaba a las jaliscienses.

La exposición fue otro éxito, los tapatíos acudían en masa; a diferencia de los capitalinos, sus comentarios intensos e inteligentes lo colmaron de satisfacción. ¡Qué artistas los tapatíos, cómo lo comprendían! En la capital decían que la fotografía no es un arte, si bien se reconocía al que era un buen fotógrafo como "un artista de la cámara" por extensión metafórica. Arrebatado, Weston habría gritado a media canción ranchera. "¡Ay, ay, ay, ay, las olas de la laguna!" Siqueiros escribió: "En las fotografías de Weston, la textura, la calidad física de las cosas se dan con la mayor exactitud; lo áspero es áspero, lo suave es suave, la carne está viva, la piedra es dura". Zuno compró diez fotografías a cincuenta pesos y organizó un paseo a la barranca al que asistieron Siqueiros, Fermín Revueltas, Xavier Villaurrutia, Jean Charlot, Victoria Marín y una niña, su hermanita Carmen Marín que prometía ser tan guapa como Lupe. Victoria contó que Lupe se quejaba mucho de la falta de dinero. Diego vendía sus cuadros en cien pesos. Cosa que le pedían, cosa que regalaba. "¡Ay Diego, ¿no me obsequias esto?" "Sí, cómo no." En Guadalajara, bebieron mucho ron, salvo Charlot que siempre luchaba contra todos para ir a acostarse temprano. Era muy bravo. Ni Siqueiros podía con él. Un día se atrincheró en su cuarto, todos los muebles contra la puerta, y cuando Siqueiros pretendió entrar, lo sacó a patadas. Un niñito de cara de caballo y ojos de sulfato de cobre registraba todo: Juan Soriano.

Caminaban de la mañana a la tarde por las calles de Guadalajara, probaron el más delicioso de los pozoles, la birria de Tlaquepaque, las tostadas del Santuario. ¡Qué apretado abrazo el de México! Sólo faltaban las grandes palmadas de Manuel Hernández Galván, la mirada de Rafael Sala, su mejor amigo, las excursiones al Popo, los elogios de Diego, los gritotes de Lupe, la apreciación de Monna sobre su fotografía. A Weston México le borraba cualquier remordimiento.

—No, Edward, no subo en este vagón, yo voy a viajar en segunda.

Once días y Tina ya discutía.

—Brett y yo compramos boletos de pullman desde Los Ángeles.

—Yo quiero viajar con la gente.

—Son durísimas las bancas.

—Si ellos pueden, yo también.

Prefería los huacales de gallinas, el vómito, los hilachientos montones de ropa, el intolerable olor a orines de los baños.

—Vente al compartimento —le rogó Weston tres horas más tarde.

—Te digo que no quiero.

Parecía decirle: "Tú no perteneces. Harías mejor en irte".

Desde la azotea de la casa de la avenida Veracruz, Tina veía pasar a María, su vecina, con una cubeta de nixtamal rumbo al molino.

María se detuvo:

—¿Dónde está su masa? Yo le echo sus tortillas. ¿Qué trabajo me cuesta?

María no veía la intensidad con que Tina la miraba. Cada hijo era bien recibido: "Ya Dios me socorrió, los hijos son la riqueza de los pobres, no han de faltar la masa ni los frijoles", dijo, las manos sobre su vientre, "a ver usté cuándo le regala un hijo al señor don Eduardito".

¿Así que María estaba enterada de lo que sucedía puertas adentro en la avenida Veracruz 42?

Cuando María le comunicó que su Reinita era angelito, Tina deseó con todas sus fuerzas que la criatura viviera.

—Edward, María quiere que le bendiga a su hija. Soy su madrina de entierro, voy a acompañarla al camposanto.

Frente a él, con su falda negra, su blusa blanca y su pelo recogido, Tina insistió:

—Vamos a Mixquic, no voy a dejar sola a María.

María llevó a su hija Reinita en una caja blanca, casi de zapatos.

En el cementerio, junto a Weston, Tina cerró la caja, la puso en la tierra:

—Adiós, Reinita.

—No llore, Ernestinita —le murmuró María a Tina—, porque si llora le va a quitar la gloria a mi hija.

Weston sólo veía exteriores. "Hay que trabajar con asepsia, guardar las distancias, no mezcles, Tina, si no vas a cambiar su vida, no permitas que cambien la tuya."

Volvieron a Mixquic el Día de Muertos. El cementerio era una alfombra de luz anaranjada, cientos de veladoras encendidas, un halo de tierra santificándose a sí misma. "But what are these people doing?" Entre las tumbas, Tina hubiera querido explicar a los turistas: que le estaban devolviendo el pulso a la tierra, que el cuerpo de los muertos la abonaba, que ellos se ofrendaban con las calaveras de azúcar, los panes, la candela. ¿Cómo explicarles a los curiosos la conformidad de María ante la muerte de su criatura? Aceptaba la muerte como el asentamiento de una montaña. Era cosa de Dios.

Un hombre se detuvo junto a un montículo de tierra y empezó a barrerla sosegadamente. Tina observó la paciencia; una a una fue tomando las flores de cempasúchitl y clavándolas en la tierra, ponderándolas, siguiendo un trazo con exactitud. Escogía las más hermosas y les ponía su melena viendo hacia la noche; los pétalos anaranjados giraban ya sin tallo, tibios y pachones. A punto de cruz, iba pespunteando la tumba en un acto de amor lentísimo, un ritual florido y cadencioso. Cuando terminó, todavía le hizo un marco de pétalos al montículo, se sentó a un lado y se quitó el sombrero.

—Cómo ha de querer a su muertito —dijo Tina.

—No es muertito, es mi difuntita.

—Ah, su mamá.

—No, mi mujer.

—Ay, cuánto lo siento. Y ¿cuándo murió?

—En 1904.

—¿Tantos años?

—Sí, ahora tengo otra, allá está parada.

Tina fue a Weston y le explicó:

—Edward, ahí está la muerta más amada del mundo. Y allá lo espera su segunda mujer.

Echaron a andar, ella confundida entre los dolientes, él cargando su cámara y su tripié.

—Si yo fuera de Tláhuac o de Xochimilco, Eduardito, mi padre habría bajado a la hora del crepúsculo, yo habría sentido su aliento sobre mi frente. Pero en Los Ángeles creman los cadáveres.

—Bueno —ironizó Weston—, aquí enterraste a tu marido hace casi cuatro años y no has ido a su tumba.

—¿Se la limpio, jefecito?

—¿Se la deshierbo, patroncito?

—¿Quiere que se la busque? Usted namás dígame el nombre.

Weston tenía razón. No había vuelto al panteón de Dolores. Robo se le olvidaba desde que estaba vivo. Recordó nítidamente a su suegra, Rose, sentada al lado de las grandes letras de cemento. *Roubaix de L'Abrie Richey, 5 de marzo 1880, 29 de febrero 1922, su esposa.* Su nombre era tan largo como su figura.

Pocas lápidas descuidadas aguardaban su ofrenda, la mayoría eran túmulos de luz: "Edward, vamos a florear esas tumbas abandonadas". Weston protestó: "Apenas si nos alcanza para llegar a fin de mes. No vamos a gastar en flores". "¿Y qué importa? Ya tendrás algún pedido de fotos."

Weston guardó silencio. No se daba cuenta de que Tina lo odiaba cuando no participaba.

11 DE SEPTIEMBRE DE 1925

Weston recuperó su trastero y acomodó a Panchito, su caballito de cuarenta centavos, sus alcancías, su palma santa y sus demás juguetes. El cuarto era el mismo, la misma blancura; Tina no lo había tocado, la luz seguía barriéndolo. El grabado de Hokusai, el *Abrevadero* de Picasso y la fotografía de las altas chimeneas de la Armco Steel Company de Middleton, que Alfred Stieglitz admiró y habría de convertirse en la portada de la revista *Irradiador* de los estridentistas. "Al ver el Picasso, pienso que eres tú", dijo Tina, "te veo lavándote a jicarazos en el patio ante el escándalo de Elisa. Estos jinetes desnudos sobre sus monturas dan la misma sensación de fuerza que tú, los caballos beben la vida como tú."

El lecho solitario le dio a Weston un sentimiento de renuncia jamás experimentado en Glendale ni en su estudio retacado de libros, juguetes y arte popular. Había vuelto al espacio abierto, al aislamiento, al silencio, al agua de cántaro, que sabe a tierrita. Elisa preparó una ensalada de nopalitos con cilantro, jitomate y cebolla salpicada de queso fresco e hizo una sopa de elote tierno; en la mesa una batea gigantesca desbordaba de frutas, ¡qué recibimiento! Mercedes Modotti, de visita, lo abrazó tan fuerte o más que en San Francisco. Lo llamó 'Eduardito', como lo hacía Tina. "¿Por qué no me dijiste que regresabas?", le preguntó. "Porque no lo sabía." México era aún más hermoso que en su recuerdo.

A Brett le compró en el mercado un sonriente leopardo de madera con pelos de gato en las orejas y un matrimonio de pulgas vestidas de novio y novia con todo y cortejo y señor cura. En la tarde, Weston tomó su camión Tacuba-Tacubaya-Chapultepec y bajó en la Secretaría de Educación. Diego le abrió los brazos desde el andamio: "¡Qué muchacho bonito!", dijo de Brett, "aquí va a alborotar a las changuitas". Abrió su portafolios: "Toma Eduardo, un dibujo de bienvenida. El sábado vénganse a una tamalada a Mixcalco para que conozcas a mi renacuajo; es tan chiquito que me cabe en la bolsa pechera. Le decimos 'Pico' porque cuando Galván vio a Lupe con la niña en el rebozo dijo: 'Allí vienen Lupe y pico'."

Nada le preguntó de Tina ni ella le había contado a Weston que posaba para Diego.

Durante su ausencia de siete meses, Tina se había organizado una vida en la que él no tenía lugar: "¿Me acompañas?", decía Tina por no dejar. Aunque sonriente, a Weston se le cerraba la garganta. No quería escenificar drama alguno, y se preguntaba si se había vuelto senil o tarado. ¿Estaría perdiendo su propia estima?

Era él quien había puesto las reglas del juego, y ahora que ella jugaba y bien, él se sentía desplazado. Tina, fortalecida, dueña de sí, corría a la calle. ¿Por qué escribió entonces que él le hacía falta? ¿Sería cierto? Su actual comportamiento no encajaba con sus brincos de chiquilla en el andén de Guadalajara, qué rara alegría. Habría de escribir en su diario que sólo tenía que poner un nuevo disco, darle vuelta a la manivela de sus emociones y esperar en medio de los chirridos a que se hiciera oír otra tonada; él siempre podía cambiar el ritmo, usar su imaginación.

Tina se había hecho muy amiga del embajador ruso, Estanislao Stanislavovich Pestkovski, de su mujer, Maria Naumovna y, a través de Xavier Guerrero, frecuentaba la embajada en la calle de Rhin, en una casita de dos pisos. Siqueiros, Rivera, Miguel de Mendizábal, Rafael Carrillo, Úrsulo Galván, Miguel Ángel Velasco, José Mancisidor, José Monzón, el muchachito Jorge Fernández Anaya y dos comunistas hindúes, Gupta y

Khan Khoji, ayudantes de Diego en sus murales de Chapingo, eran invitados frecuentes. Pestkovski, hombre culto, dinámico, tenía una manera inteligente y nueva de amar a México. Compartía la vida de todos, ni siquiera tenía automóvil porque el triunfo de la revolución de octubre aún no lo permitía. Por lo tanto se codeaba con la gente de a pie y no hay mejor manera de conocer un país que en la calle y en los transportes públicos. Tampoco tenía vigilancia. La había rechazado. Todos eran hermanos; dos países revolucionarios se reconocían en sus buenas intenciones. Tina hubiera dado su vida por ir a la Unión Soviética y estrechar la mano de Stalin, como ese Manuel Díaz Ramírez, qué suertudo; había conversado con él, con José Allen, con José Mancisidor, del partido comunista, que repetían consignas: "Todo el poder a los sóviets, toda la tierra para los campesinos. Hay que abolir la propiedad privada". Inflamada de buenos sentimientos, Tina empezó a creer que no había cielo que valiera si no lo hendían miles de puños en alto; el mundo sería de los oprimidos, no de los opresores. ¡Qué orgullo que México fuera el primer país del mundo en reconocer a la URSS!

Weston se refugió en sus amigos, los Sala, Teixidor; el estado de salud de Rafael Sala lo alarmó. Decían que en Venecia, Roberto Montenegro había hecho el retrato de la marquesa Cassati Stampo, quien mandaba cerrar la plaza de San Marcos para sus fiestas. Los invitados llegaban en góndola. "Fíjate, a Tina no le gustó que pintara yo a la dichosa marquesa hace años", comentó Montenegro. Adolfo Best Maugard lo abrumó con su *Método de dibujo* en el que demostraba que en el arte prehispánico las líneas jamás se cruzan y las formas son recurrentes: el círculo, la espiral, la línea quebrada en zigzag. Si sus teorías se ponían en práctica en las escuelas, el pueblo generaría las expresiones del pasado, alcanzaría la grandeza de los constructores de pirámides.

—¿Sabías que Plutarco Elías Calles les aplicó el 33 a Bert y a Ella Wolfe porque él arengó a los ferrocarrileros?

A Edward no le afectó. No sentía simpatía por Bert; por Ella sí, porque sabía hablar de Herzen. Rusa, trabajaba en la legación soviética y a Weston le aburrían tanto Estanislao Pestkovski, el embajador, como León Haykiss, el secretario encargado de negocios, que daban unas fiestas poco ortodoxas a las que asistían los del partido comunista y personajes de la política y del arte, los Cueto, Diego y Lupe y las dos primas Asúnsolo, más guapa la una que la otra. Pestkovski, apasionado por la vida política de México, tomaba la palabra en reuniones de trabajadores y los azuzaba llamándolos hermanos. Bertram Wolfe también. "¡Todos esos comunistas creen que tienen derecho de intervenir en la vida de los demás!", gruñía Weston. "¿Te importa?", respingaba Tina. "Sí, porque no tienen imaginación."

Edward se refugió en el estudio de Carlos Mérida que le mostró sus búsquedas con una línea ininterrumpida: frisos, estelas, grecas, el sintetismo que desde su primer viaje lo había seducido. Mérida no estaba obsesionado por ilustrar la revolución o la violencia, ni pretendía alcanzar una dimensión popular; sólo quería integrar forma, color y línea, y relacionar colores. ¿Qué era lo esencial en la pintura? Claro, el color; por lo tanto, Mérida diría con un solo signo lo que otros con historiadas explicaciones. Una hoja con estilo diría más que un muro de pintura. ¿Acaso no lo habían logrado los mayas, los toltecas?
—Mira esta piedra; la imposibilidad de salirse de la materia la delimita. Obedece a un sistema de leyes. La piedra es la que impone su propio diseño. Hay que ceñirse a ella, despojarse.
Weston observaba el rostro cortado a cincel de Mérida, la firmeza de los rasgos que él mismo había simplificado. Era exactamente lo que Weston buscaba, la esencia.
Mérida respondió a la emoción del fotógrafo:
—Todo puede ser hermoso. Lo feo es lo que no hace falta.

Weston se tiró tempranito en el suelo de azulejos del baño de su casa para fotografiar el excusado. La taza que iba abriendo su vuelo desde la base en progresiva hinchazón, el movimiento pujante eran la prueba más rotunda de que la forma sigue a la función; ninguna falla en los costados esmaltados y sensuales. La higiene moderna había creado una ánfora esplendorosa. ¡Oh glorioso excusado! Apenas podía esperar a ver su placa revelada.
En los días que siguieron, se instaló frente al excusado y no permitió utilizarlo después de las diez de la mañana. Elisa le sacaba brillo, y secaba bien el piso en que Weston se tiraría.

Primero todo fueron bromas; Brett ofreció sentarse en el trono para enriquecer la toma; Mercedes, la hermana mayor de Tina, echarle pétalos de rosas por si a Weston se le ocurría fotografiarlo desde arriba.

Mercedes, subyugada por México, alargaba su estancia. Esa nueva Tina que parecía saber mejor que nunca a dónde iba, la seducía. Al igual que Tina, reconocía muchas cosas de Udine en México. "Me siento mejor que en San Francisco y, si no fuera por la mamma, me quedaría." Tina invitó a cenar a Alfons Goldschmidt y a su mujer, a Pepe Quintanilla, a Jean Charlot y a madame Charlot, su madre, a Carleton Beals, a Felipe Teixidor. Los Sala no vinieron; Monna avisó que Rafael seguía enfermo. Hablaron mucho de la expulsión de Los Lobos, como llamaba Rafael Carrillo a los Wolfe. "Tú cuídate, Carleton, en realidad, los comunistas tienen razón al mantener such a low profile. Mejor pasar inadvertidos a que te exilien a patadas. Lo malo es que en México, los extranjeros siempre se notan."

Mercedes escribía en su diario: "Visitado Tlalpan el 18 de octubre con Guastaroba, Weston y su hijo y Tina. Comimos en un restaurante francés bajo una pérgola. Jornada bellísima. Compañía buena. Paseo gracioso". Y al día siguiente: "Churubusco con Guastaroba. Tina y yo visitamos un convento antiguo de cuatrocientos años. Una joya". "Xochimilco, un paraíso. Pasamos un día ideal y comimos en una barca." "México tiene monumentos espléndidos, el zócalo es majestuoso."

Con el entusiasmo de los días más creativos, Weston se explayaba:

—Es difícil; el excusado tiene mil facetas y aún no encuentro el ángulo; requiere de un cuidado exquisito en su enfoque. Vistas desde el nivel del suelo, las líneas son supremamente elegantes, los griegos no lo hicieron mejor.

—Papá, ¿nunca más vas a salir del baño?

—Brett, les suplico que me dejen solo.

¡A ver, a ver, a ver! Weston analizaba su negativo. ¡Qué júbilo intenso trabajar de nuevo después de meses de esterilidad! Ansiaba enseñarle la foto a Monna, y también a ese joven de hermoso rostro: Manuel Rodríguez Lozano. A cada toma cambiaban las respuestas emocionales. A la hora de la cena, el Dr. Atl se presentó listo para escalar esa misma noche su montaña:

el Popo. Saldría a las cuatro de la mañana desde Tlamacas. Se extasió ante la imagen:

—Tiene la pureza de la nieve. Y su brillo. El Popo es porcelana pura cuando le da el sol.

En seguida invitó a Weston a acompañarlo.

—No, si no quiero retratar paisajes, eso se lo dejo a Hugo Brehme; sólo formas, formas fun-cio-na-les.

—A mí me gusta el excusado pero nunca usaría uno igual; prefiero los de aguilita. Son más sanos. Ejercitan los músculos del vientre. En el convento de La Merced acostumbro bañarme en los tinacos de la azotea, me tallo con estropajo y jabón. Los inquilinos se quejan de que el agua sabe a jabón, pero si toman píldoras del doctor Ross, bien pueden beber agua del Dr. Atl.

—Lo que pasa es que la gente cree que eres doctor —intervino Tina.

El Dr. Atl volvió al Popo:

—Me consultan otros vulcanólogos; soy el único que conoce bien el cráter.

—Pero, ¿qué hay en el cráter salvo agua?

—Allí está el centro de la Vía Láctea.

—¿Qué?

—Del cráter del Popo arranca la Vía Láctea. Puedo comprobarlo.

Weston se encelaba de Xavier Guerrero. Veía que a Tina le atraía inmensamente ese hombre fuerte y hosco cuyos ojos caían sobre ella en cada fiesta. "Así debió ser la mirada de Emiliano Zapata", se decía. Atraer a hombres tan distintos: Robo, Weston, Quintanilla y ahora Guerrero le daba a Tina la magnitud de su imperio. "Puedo hacer lo que me dé la gana." El mundo y sus hombres eran fuente de poder; cuánta fuerza extraía de que la amaran.

La mirada de Xavier encontraba una Tina imperiosa, infinita. Era una mirada que no se dejaba doblegar.

"Ayer observé la foto durante dos horas sin lograr aceptarla. Blake dijo: 'El ojo ve más de lo que el corazón conoce', y yo digo: 'La cámara ve más que el ojo', entonces ¿por qué no hacer buen uso de ella?"

Las sesiones del excusado afectaron a la familia. Tina fue la primera en reaccionar:

—Voy a bañarme en casa de los Guerrero. Me llevo a Mercedes.

Weston los inculpaba:

—Trabajo en estado de tensión temiendo que vayan a entrar.

—Pero Edward, nos has expulsado de la casa.

Brett echó leña al fuego:

—¿Qué es una casa sin su excusado?

—Creo que hoy en la mañana encontré exactamente lo que quería: hice cuatro negativos sin cambio de enfoque y sustituyendo mi pequeño focus RR. Ahora sí, no sé cuál de los negativos me gusta más, si el séptimo o el segundo.

Weston quería desatornillar la tapa de madera del excusado.

—No entiendo cómo no se me ocurrió antes. Tengo que hacer otras tomas porque me desagradaría tremendamente manipular un bellísimo negativo.

La madre de Jean Charlot, invitada a cenar esa noche lo escuchaba atónita:

—Tengo una disculpa. He tomado estos negativos bajo mucho stress temiendo a cada instante que alguien quisiera usar el excusado para propósitos no artísticos.

Al ver su rostro, Tina fue hacia él y lo abrazó:

—Eduardito, descansa, descansa unos días; le harás mucho bien a tus negativos. Al regreso, el excusado será para ti más excusado.

Agradecido por esa demostración afectiva, Edward aceptó.

El domingo en la tarde, Weston llevó a Mercedes y a Brett a los toros. ¡Sánchez Mejías! "No hay quinto malo" según el dicho, y Chicuelo hizo furor. Mercedes participó en la magia de la corrida a diferencia de Tina que la detestó. En la noche, merendaron en Mixcalco en casa de Diego y Lupe que servía con Pico en brazos; estallaba en risas guturales y sacudía a la minúscula criatura. "Le vas a romper los tímpanos, Lupe." El joven poeta Carlos Pellicer los hacía reír con sus caravanas y su voz de barítono en la portentosa caja de su pecho. Presumía de su torso. "Lo que éste tiene de hombre es la voz", advirtió Lupe. A Diego lo llamó "desgraciado, idiota" sin que el pintor se inmutara. Dos días antes había corrido a "unas chichonas sinvergüenzas, que se atrevieron a venir, las muy jijas". Diego rió: "No creo que Adela Formoso ni Amalia Castillo Ledón sean chichonas. Amalia en todo caso es ojona". Amado de la Cueva y Pablo O'Higgins fingían no oírla. Xavier Guerrero y Porfirio Aguirre disertaron acerca de los huicholes y su planta sagrada, el peyote. Xavier Icaza quiso leerles a la hora del café *Gente mexicana*. "¿Todo? ¡No la friegues!" protestó Lupe. "No, el principio y el final." Entraron Anita Brenner y su hermana Dorotea, vestidas de hombre, con Paca Toor, altísima. A Dorotea, por plana, le decían La Tabla. Se quejaba del trabajo.

—Si fumara la prodigiosa trabajaría más horas —aconsejó Pellicer.

—¿Marihuana? —preguntó La Tabla.

—Fumarla la fuma el vulgo. Diego, lo que hay que hacer es macerarla y tomarla con ron, bien machacadita.

—¡Ay, yo lo que quiero probar es el peyotito! —exclamó Paca.

—Ése da chorrillo —advirtió Fermín Revueltas—. Me consta.

Contaron que Manuel Hernández Galván, ahora senador de la república por el estado de Guanajuato, había puesto a la disposición de Tina un gran Packard con el águila nacional pintada en la portezuela. Su nueva investidura no le impedía cantar a voz en cuello ni cargar su botella de Hennessy. Germán y Lola Cueto dejaron por unas horas su taller, él de carpintería y fundición, ella de títeres, y le entraron al relajo. También Ignacio Asúnsolo, otro de los vecinos de Mixcalco, entró a divertirse.

Con Pico siempre en brazos, Lupe anunció:

—Yo ya me voy a Guadalajara.

—¿A qué?

—A vivir con m'ija. Diego a m'ija no le hace caso porque no tiene chile.

Lola Cueto, bondadosa, la acompañó a su recámara:

—Vente a descansar.

—Está muy cambiada desde el nacimiento de la niña —le explicó Lola a Mercedes—. De todo le da sentimiento; ya no puede viajar con Diego, ni llevarle la comida a los andamios. Cree que él la engaña con tu hermana.

—¿Tina? Imposible.

Cada vez que Tina posaba para Diego en la calle de Mixcalco, Lupe atravesaba a zancadas el estudio, sus ojos echando relámpagos verdes. Murmuraba entre dientes: "Pinche greñuda apestosa". Tina no se inmutaba, concentrada en la pose. "Los de Lupe parecen ojos de ciego", le comunicó a Mercedes. "Con ella hay que tener cuidado, Tina, porque está enferma de celos, nunca sabes a qué horas enloquece." Una mañana, Lupe remató sus insultos de greñuda apestosa con una explicación: "No creas que te reclamo porque me interesa este desgraciado gordo, horroroso, idiota, sinvergüenza, hipócrita, sino porque tengo una hija que él me jincó y tiene que mantenerla. Lo único que me interesa es el dinero que gana". Tina respondió con voz suave de misionera en el Congo: "A mí me interesa de Diego absolutamente todo lo que a ti no te interesa; quédate con el dinero, su pintura y sus dibujos".

Edward dejó para lo último la foto del excusado. "Nunca he visto en toda mi vida una fotografía tan bella", Diego se sentó a contemplarla en un silencio que resultó mayor elogio que su elogio. Weston le regaló dos retratos suyos, uno de espaldas en un andamio de la Secretaría de Educación y otro descansando. Diego abrió entonces su carpeta para que escogiera un dibujo. Lupe no volvió a bajar y el único que preguntó por ella fue Weston.

De nuevo, Mercedes anotó en su diario: "Chapingo en automóvil con Carleton Beals, Brett, Tina y yo. Visitamos la escuela de agricultura; personas gentilísimas. Allá probé por primera vez comida mexicana. Me gustó. Seguimos hasta Texcoco donde compré dos sarapes".

En la capilla de Chapingo, Diego había terminado de trazar la figura principal, una Lupe de vientre abultado, pechos agrandados por la maternidad y una frondosa cabellera. "Lo que más me gusta son mis chichis", había comentado Lupe. "Pero yo allí toda encueradota en una capilla ¿qué van a decir en Guadalajara, gordito?" "Lo que sea de cada quien, son mejores mis chichis que el chile de Diego." Tina, Concha Michel, Luz Martínez y Graciela Garbalosa serían las demás figuras femeninas. Lupe representaba la *Tierra fecundada*; Tina, la *Tierra acaparada* y la *Tierra virgen;* Concha Michel, el *Agua;* Luz Martínez, la mujer de *La familia humana* y Graciela Garbalosa, la de *Los metales en el interior de la tierra.* Tina posaba con el cabello encima de los ojos. Pero también con los brazos en alto, aventando los senos hacia adelante.

En su diario, Mercedes consignó el viaje en tren a Cuernavaca y su asombro ante el palacio de Cortés, la semana pasada en casa de Fred Davis, "una casa que es un encanto", la comida de Thanksgiving celebrada en el jardín entre las flores, las múltiples fotografías que Tina y Weston tomaron sobre todo en el umbroso Jardín Borda que fue el refugio de Maximiliano y Carlota. También le alegró que Brett apresara una mariposa espléndida entre muchas otras. "En este país he dejado el corazón." "Esa noche, Carleton se inspiró." Carleton no se perdía una salida con las hermanas Modotti. Mercedes escribía que de maravilla en maravilla el viaje iba tocando a su fin. "A cinco mil pies sobre el nivel del mar, el clima sólo varía diez grados a lo largo de todo el año." México, país de la eterna primavera, la exaltaba, y el joven y guapísimo Pepe Quintanilla reía de su entusiasmo. William Spratling le ofreció ver los volcanes desde su avión, "soy un magnífico piloto", pero ella se negó, por miedo no al avión sino a la mirada de Carleton quien parecía prendado de ella.

Bajo la rúbrica *People I met,* Mercedes anotó el nombre de Carleton Beals, escritor; Diego Rivera, artista; Lupe, su mujer; Rafael Sala, artista; Monna, su mujer; Felipe Teixidor; Adolfo Best, artista; Anita Brenner, escritora; el Dottore Atl, doctor de volcanes; Frances Toor, escritora; Frederick W. Davis, empresario; Jean Charlot, artista plástico; madame Charlot, su madre; Ettore Guastaroba, José Quintanilla, Paul O'Higgins, Federico Marín, Carlos Mérida, artistas; y en la página que decía *Autógrafos,* todos le escribieron algún recuerdo, "Usted emana encanto" afirmó Carleton Beals y Tina apuntó: "Cara sorella, siento que amo mejor a México desde que tú dejas en todo lo que vimos tu presencia".

Mercedes regresó a Estados Unidos encantada de su viaje y Tina se apartó aún más de Edward. Él prefería esconder su yo malherido tras sarcasmos y frases despectivas. Admitía ahora la incompatibilidad y la acrecentaba con palabras hirientes. Tina parecía no oírlas.

Cuando salían en grupo, todo se diluía; por lo tanto Tina evitaba estar a solas en la casa con Edward. Muchas mañanas se llevó a Brett tomándolo de la mano. ¿A dónde iba? Brett informaba: "To take pictures". La citaban en la Escuela de Arte al Aire Libre de Ramos Martínez, la llamaban Gabriel Fernández Ledesma, el sindicato de pintores y escultores, los estridentistas y, lo más importante, se suceden sus encuentros con Xavier Guerrero, ese hombre serio y humilde, que en la intimidad se abría ante ella y la aleccionaba. Más aún que Diego Rivera, él era México, el México humilde, pobre, misterioso.

Xavier Guerrero la tomó de la mano, y esa mano la envolvió por entero. En la Villa de Guadalupe, al ver a un peregrino avanzar de rodillas desde el atrio, Tina quiso intervenir:

—No lo hagas, no es cosa tuya.

—¿Cómo voy a permitirlo, un hombre con las rodillas ensangrentadas? ¡Y en plena persecución religiosa!

—Ya lo ves, quiere ser mártir.

—¿No te importa que muera?

La mano fuerte la retuvo.

—Hay que respetar.

—¡Esto es indigno!

—A lo mejor lo que tú haces, Tina, a ellos les parece indigno.

Guerrero iba extendiendo su imperio, a Tina le gustaba poner su mano dentro de la suya, fuerte, sólida.

Una noche, sin más, Xavier le dijo, con el rostro ensanchado por la esperanza:

—¿Te quitas tu ropa?

La tomó lenta, ceremoniosamente, mirando su cuerpo como el pintor que era. Edward no pesaba encima de ella, este hombre sí.

2 DE DICIEMBRE DE 1925

Fito Best Maugard dejó caer: "Parece que Lupe se fue a Guadalajara. Cada vez que le entra uno de sus ataques se refugia en la casa paterna. En Mixcalco ya cambió la fauna: Diego trata a puras rubias oxigenadas y a puros políticos". "¿Quién será ahora su fulana?", preguntaban Jorge Enciso y Roberto Montenegro, habitualmente reservados. Tina volvió la cabeza hacia el ventanal. Weston sintió un resquemor que iba subiendo de punto a medida que avanzaba la noche. ¿Valía la pena provocar una de esas largas conversaciones del pasado cuando él y Tina deliberaban asidos desesperadamente con llantos y besos hasta que despuntaba el sol? Sentía urgencia de volver a su país, huir de esta tierra que le había arrebatado a su mujer.

Weston se levantó hasta que oyó el portazo, y supo que no tropezaría con ella. Ni con Brett. El frío no cesaba y le daban ganas de correr a Cuernavaca a casa de Fred Davis donde había retratado bajo el sol el tronco de la palma real o a la de Mrs. Moats, quien le pagaba bien sus fotografías, o ir a Taxco, donde lo atendería William Spratling, o a cualquier sitio asoleado: estaba harto de retocar a mujeres arrugadas, de adelgazar cinturas; hartísimo de soportar en el cuarto oscuro el estruendo infernal del granizo sobre el techo de lámina, que lo hacía sentir que trabajaba dentro de un tambor de negros.

Una de sus preocupaciones era entregarle a Elisa el gasto. "¿Cuánta leche compro hoy, don Eduardito?" "La misma que ayer, Elisa, ¿para qué me lo preguntas?" Si no tenía pedidos, no habría leche en la casa. ¿No sería bueno recurrir a sus compatriotas? La mejor solución era que varias gringas se presentaran con su mantilla, su peineta y sus claveles para que él las convirtiera en bellísimas señoritas. Pero qué friega, tanta gringa vieja y ajada.

El día siguió ensopado, y durante la noche hubo una lluvia torrencial que él sintió caer sobre su espalda. Al amanecer, ríos lodosos corrían por la calle buscando una alcantarilla.

Anita Brenner, mujer dinámica con cara de pájaro, se presentó a modelar. Le dio excusas; no tenía el menor deseo de trabajar. Tardó en rasurarse, aventuró que la luz era muy pobre, que ella tiritaría en el cuarto sin calefacción.

Anita no tomó en cuenta su desgano; empezó a desvestirse mientras él, a regañadientes, preparaba su cámara. Hubiera podido bajar un pequeño calefactor del cuarto de Brett, pero no lo hizo. Así, la modelo se iría más pronto.

Malhumoriento, acercó su ojo al lente. Ante él aparecieron las líneas más exquisitas, formas y volúmenes que en la frialdad de la atmósfera tenían una textura marmórea, casi translúcida. "Ahora, ponte de espaldas y agacha la cabeza." Trabajó con rapidez y seguridad. Anita, con su pelo corto, flexible y blanca parecía una adolescente, el *David* de Miguel Ángel.

Los quince desnudos de Anita le devolvieron a Weston su capacidad creativa; emocionado, escogió seis para imprimir; el entusiasmo resultó duradero y al volver a examinar las copias llegó a la conclusión de que eran desnudos maravillosos. Impersonales, casi abstractos; sobre todo el de la espalda en forma de pera tenían una pureza estética estimulante. Rara vez se había sentido tan feliz; hubiera podido abrazar la foto, bailar con ella, era una de las más logradas; con sólo quitar las manchas sobre el fondo quedaría perfecta. Desde ahora podía hacer caso omiso de la realidad y tender a lo abstracto. Mientras mayor era su introspección más se alejaba de la realidad. Podía visualizar los objetos en forma cada vez más profunda; un seno, unas nalgas, un hombro de mujer. Al intelectualizar el cuerpo humano afinaba su espíritu y éste a su vez le refinaba el ojo. Exultante, Weston sentía que ahora sí había descubierto algo.

A la noche siguiente de su pose, Anita tuvo un accidente de automóvil y fue a dar al hospital con varios golpes contusos y un tobillo roto. ¡Pobre mujer! Qué bestias los taxistas mexicanos. Un trayecto en taxi era un reto al destino, nunca sabía uno si llegaría vivo, pobre Anita.

Las misivas amorosas de Miriam Lerner, cortejada durante su estancia en Los Ángeles, lo confirmaban en su talento no sólo en la fotografía. "Deberías dedicarte a escribir." Un hombre sobresaliente. Esta certeza lo envolvió, corriéndole por las venas.

Weston escogió una serie de fotografías para llevárselas a Anita y levantarle el ánimo. Entre los amigos, los desnudos de Anita causaron sensación. ¡Qué pureza de líneas! Sin embargo, Weston había planeado repetirlos porque en su prisa descuidó el fondo, pero ¡con este accidente! Había que pensar en todo, asir la línea, la postura en el instante. "Nada regresa jamás", reflexionó.

Sus estallidos coincidían con los del cielo; demasiado estruendosos. Transcurrida la violencia del diluvio la naturaleza se recogía rendida; Weston, exhausto también, se acostaba temprano. Una noche, en ausencia de Tina llegó el telegrama de Mercedes. Weston lo abrió: "Mamá gravemente enferma". Salió de la cama a buscarla. Lupe, de vuelta de Guadalajara, le cerró la puerta de Mixcalco en la cara. Tampoco estaba con los Sala cuidando a Rafael como se lo había prometido a Monna. Por fin llegó a casa de los Guerrero. No, Tina se había ido con Xavier. Pero ella, Elisa, lo invitaba a pasar. Esperarían juntos. Weston se negó y regresó a su casa.

Cuando por fin oyó cerrarse la puerta de entrada, le pidió a su mujer que subiera por favor a la recámara. Sin una palabra le tendió el telegrama. Tina se lo devolvió para decirle con voz firme: "Mañana mismo me voy".

9 DE DICIEMBRE DE 1925

A la hora de la partida de Tina, Weston escribió en su diario: "¡En respuesta al telegrama que le informa sobre la delicada situación de su madre, Tina salió para San Francisco hoy en la mañana! ¡La casa está extrañísimamente vacía!"

17 DE ENERO DE 1926

Qué país fantasioso, recorrido por locuras místicas y locomotoras, hilos de telégrafo y cuerdas de guitarra, violines cuyos sonidos iniciales provenían de tripas de gato y sonoras marimbas de madera tropical. De Cocula llegaban noticias de profanación. Los del gobierno habían entrado a galope sobre sus monturas a una iglesia. El general Cruz botó de un balazo la cerradura del tabernáculo y obligó a su caballo a meter adentro los belfos. Sus hombres en el atrio gritaron: "¡Mueran los cuervos!" Se había desatado la guerra cristera y los defensores de Cristo eran fanáticos.

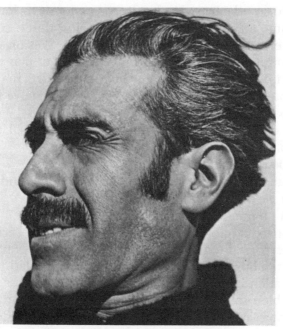

Manuel Hernández Galván disparando
Fotografía de Edward Weston

En ausencia de Tina, Elisa mandó traer a su hermana Elena para que la acompañara. Se asomaban a la recámara, preguntaban qué se le ofrecía al señor don Eduardito y huían a saltitos por el corredor entre risas y sacudidas de trenzas. Brett se alzó de hombros: "Son como niños, ¿a poco no?" y Weston repuso que sus carreras y su falta de aplomo las hacían más atractivas. "Prefiero sus risas a la parlotería de las intelectuales." ¡Ah, qué ardillitas, movían sus colas esponjadas en el aire y todo se les iba en jugarretas y brincos! Para espantar la lluvia se ponían a cantar: "San Isidro Labrador, quita el agua y pon el sol". Al entrar Weston en la cocina, lo festejaban; él a cambio les desataba las cintas del delantal, les jalaba las trenzas, les pellizcaba las piernas.

Para Elena, todo fue al principio una tímida y distante admiración. Weston le sonreía. Ella se acercó como un suave gato a su escritorio y le acarició el pelo con tanta devoción que Weston la tomó en sus brazos y besó sus labios; desde entonces sus abrazos eran frecuentes: el sentimiento de Weston era tan genuino como el de Elena; amor inesperado, el más extraño de su vida, que lo compensaba por la ausencia de Tina. Uno puede inventarlo todo; el amor, como el arte, devuelve la emoción que uno le pone.

—No quiero que se vaya nunca a los Estados Unidos, don Eduardo.

—Debo regresar algún día.

—¿Qué tanto tiene que hacer allá? Vámonos todos a Huixquilucan.

—Allá no puedo ganarme la vida.

—No necesitamos dinero, ponemos un ranchito, criamos gallinas y puercos y usted retrata los pollitos cuantas veces quiera...

Brett también era beneficiario de esta asiduidad.

—Me atienden mejor que Tina.

¡Qué bien sabían cortejar estas inditas apiñonadas! Weston las llamaba "mi morena", "queridita", "Elisita", "Elenita", "niña", y atraía sus caritas redondas para besarlas. Eran juguetes, lindas cositas para amar. Además no tenía que emplearse en enamorar a Elena, ella le traía su "yo" recién descubierto. ¡Qué frescos sus besos de cebollita! Gracias a Dios ni la una ni la otra sabían de arte, ni querían una invitación a ver su obra y tomar té en su estudio. Se plegaban dóciles al menor de sus antojos.

Tanto Elena como Elisa estaban locas por él, nada obstruía el camino de su deseo y las dos daban rienda suelta a los antojitos, las flores en la mesa, las camisas albeantes, los alimentos preparados en un segundo y servidos con primor. El día de su cumpleaños, Elisa y Elena entonaron *Las mañanitas* en el patio. Mientras una le servía su café, la otra lo peinaba, le ponía los calcetines. "Muchos días de éstos, don Eduardito." De toda la cerámica de Tonalá, Elisa le regaló la pieza peor pintada. Y Elena unas carpetitas de crochet que nunca acabarían de ser suficientemente horribles.

—Vamos a hacerle un pozole muy rico para festejarlo, y verá usted qué tostadas de pollo y qué frijoles de la olla. Avíseles a todos sus amigos.

Siguieron enamorándolo hasta que llegó la señora de la cita

de las diez que había ordenado "fotografías de familia", una familia rica compuesta por la madre, la hija y los perros. Primero tomó a la madre, la niña y los perros, luego la madre sola, la niña sola y los perros solos, luego la madre y la hija juntas, los perros y la niña abrazados, la madre con uno solo de los perros. La cabeza de Weston se convirtió en una maraña de mujeres moviendo la cola junto a canes que preguntaban: "¿Me brilla la nariz?" con ladridos afectados, todos en poses perrunas. Cuando uno de los perros se orinó en el petate y la señora comentó: "Bueno, no es más que un petate", Weston estuvo a punto de propinarle una patada. A la señora, no al perro. ¡Qué sesión!

En vista de sus deplorables finanzas, Weston daba clases a un aficionado que pagaba bien la hora y cargaba películas y lentes de todos tamaños. Lo despachó pronto. Podía oír las risas de Elisa y Elena que picaban la lechuga y tostaban el chile para la fiesta de en la noche. Vendría Erico, su nuevo amigo; acudirían todos los amigos de Tina. Sería la primera fiesta sin ella. Hasta el acaramelado doctor Leo Matthías aceptó asistir cuando lo llamó por teléfono.

A media tarde se presentó Diego: "Vine a ver tus fotografías antes de que lleguen los gorrones". Weston colgó con reverencia el sombrero de fieltro aguado del genio. Visita de Diego, ¡qué regalazo de cumpleaños! Se forzó a hablar español, le importaba muchísimo conversar con Diego, que no se le escapara una sola idea y ésta era su primera oportunidad real, sin traductores. El maestro miró las fotografías con lentitud, Weston, el alma en un hilo, contuvo la respiración. Para su deleite escogió las fotos que consideraba sus mejores, desde luego la espalda en forma de pera de Anita Brenner.

—El trabajo de Marcel Duchamp es bueno, pero me gustan más tus fotografías. La pasión del trabajo, la pasión del amor, ésas son las únicas que cuentan y tú, Weston, las tienes ambas—. Edward recordó furtivamente a sus dos enamoradas, sobre todo Elena, la más ardiente.

Diego volvió a examinarlas. Dejaba caer frases que Weston recogía como oro líquido. ¡Y Tina no estaba allí para escucharlo! "Todos los vanguardistas son sentimentales. Picasso también lo es, salvo en su cubismo." "Europa ya no me interesa, incluso me disgusta París. Soy un típico americano. ¿Qué importa si los Estados Unidos conquistan México? Entre más pronto se mezclen las dos razas, mejor." Le mostró después las fotografías de su amigo Johan Hagermeyer y Diego levantó la cabeza: "Este hombre tiene sentido de la composición pero no del valor estético. Lo primero que pienso es quién es su sujeto. En cambio, todo en ti es espíritu".

Ay, Tina, ¿por qué no estás aquí oyendo lo que dice Diego?

Tequila en mano, Weston se explayó: "La fotografía es búsqueda intelectual. En pintura, en escultura, la mano asesora al cerebro, pero la cámara sólo dispara y ya está. Mi técnica nunca es exactamente igual a mi visión. En estos días, reimprimí viejos negativos, especialmente los de unas nubes, y vi con gusto que hoy obtengo mejores resultados técnicos que hace un año, no tanto por la técnica, que domino, sino porque sé lo que quiero hacer estéticamente. En el excusado y en el desnudo de Anita, logré lo que quería".

Elisa subió a avisar que "estaba llegando rete harta gente". Mientras bajaban, escucharon la voz de Paca Toor, quien de regreso de Tehuantepec entusiasmaba a todos con su descripción de los bailes entre mujeres, la iguana rajada, guchachi reza, la sábana manchada de sangre que la familia saca a la plaza después de la noche nupcial.

Lupe no se presentó y Nahui le chismeó a Weston que había dicho que estaba harta de él, "cochino fotógrafo maricón" que en todas las fiestas se disfrazaba de mujer, y más harta aún de la italiana apestosa.

O Weston se había vuelto susceptible o no era su noche. El dandy de Fito Best Maugard cuyo traje jamás se arrugaba lo arrinconó para asestarle su método de dibujo. Por ahí, Raoulito Fournier, médico de varios pintores, Agustín Lazo, Manuel Rodríguez Lozano, Rafael Heliodoro Valle y Miguel Othón de Mendizábal planeaban una fiesta de disfraces; don Pablo González Casanova y José de J. Núñez y Domínguez hablaban del odio que le tenía Vasconcelos a Alfonso Reyes; María Asúnsolo de la necesidad de promover una buena galería de arte, reunir fondos, un patronato. "¿Invitaron a Novo? Ése es una víbora. Mil veces Xavier Villaurrutia." Pablo O'Higgins los escuchaba sin pestañear. Lo presentó Nahui Olín a Oscar Braniff: "Vino del otro lado a ayudarle a Diego, y ya pinta de carrerita. En cambio Juan O'Gorman da unas pinceladas de miniaturista y por eso lo van a correr porque así no va a acabar nunca".

Carleton Beals bailó con Nahui un danzón tocado en el piano por Tata Nacho. Se quejó con él de todo lo que le hizo sufrir Manuel Rodríguez Lozano y de lo que le hacía ahora el Dr. Atl. Jorge Juan Crespo de la Serna traía del brazo a su hermana; Weston y Elisa Guerrero coqueteaban. Elisa sugirió: "¿Por qué no me enseñas tu cuarto oscuro? Y no vayas por tu diccionario, bien que me has entendido". Weston la tomó de la mano, empezaba a quitarle la blusa cuando tocaron a la puerta: "Señor don Eduardito, lo buscan". Era Elena. "¿Sabías que Julio Castellanos quiere pintarle un retrato a Antonieta Rivas Mercado?", le preguntó Andrés Henestrosa a Gabriel Fernández Ledesma.

Cuando Xavier Guerrero entró, le gritó Fernández Anaya: "Oye Xavier, ¿aún no te repones de lo de Tina?" Cada vez que oía ese nombre, Weston se sobresaltaba. ¿Que, no sabía este amigo que Tina era su mujer? Roberto Reyes le sugirió a Diego: "¿Por qué no le echamos unas hojitas bien machacadas de la prodigiosa al pozole del gringo para entonar a toda esta punta de babosos?" Amado de la Cueva y Carlos Mérida protestaron: Diego tenía interés en el peyote, la biznaga sagrada; una vez la probó su ayudante y aplanó muros sin descanso durante más de cuarenta y ocho horas.

De pronto, Weston salió de la cocina con Elena en brazos entre los aplausos de todos; la muchacha parecía un venadito con sus moños blancos parados en la cabeza; Weston le dio cuatro vueltas y Elena regresó a la cocina cubriéndose la cara de vergüenza. Al momento, Weston hizo lo mismo con su hermana, Elisa; "¡Ay señor don Eduardito, qué barbaridad señor don Eduardito, qué pena!" "¡Ése es mi regalo de cumpleaños, bailar con ustedes, frescas flores del campo!" "Mira", le comentó Nahui en francés al pelirrojo Raoul Fournier, "comparte la afición de Julio Torri, pero éste aquí las tiene".

Al desvestirse para entrar a la cama en la madrugada, una voz en sordina llamó "Eduardo". Brett dormía en otro cuarto, los invitados se habían ido jalando a la reticente Elisa Guerrero. Tina ausente ¿quién podía estar en la recámara vecina? Volvió a oír la voz: "Señor don Eduardito, venga conmigo". Su corazón se aceleró y sin pensarlo corrió a abrazar ese cuerpo que lo llamaba. ¡Qué oportunidad; nunca pensó que la muchacha llegaría tan lejos! Empezó a acariciarla con curiosidad, cómo sería hacerlo con ella, cómo; pero a medida que sus caricias se volvían más atrevidas, Elena lo detenía hablando de los pormenores de su amor; hacía semanas que soñaba con él, jamás creyó que le correspondería. Weston trató de ahogarla a besos pero ella siguió desmenuzando su monólogo, "agarré y le dije a usted señor don Eduardito, y usted ni me oyó, eso fue el domingo de Ramos, se acuerda", la muchacha se removía entre sus brazos, sus tortolitos pechos contra su rostro; Weston trataba de poseerla, pero ella se escurría. "Entonces agarró usted y me dijo, señor don Eduardito..." "No puedo, no puedo, don Eduardito." Él intentó sofocar sus protestas, percibía su deseo, pero Elena se retraía, "no me va a caber, don Eduardito", cruzaba las piernas y, como si rezara, volvía al recuento de su amor con todo y fechas, horarios y lugares. "¿Y si orita llega su señora? ¿Cuál? Su señora, la que tiene usted allá, con sus hijos en los Estados Unidos. Elisa, mi hermana, qué dirá, ella también lo quiere, va a entrar mi mamá. Diosito me ve desde el cielo, ay virgencita, este amor no debe ser..." Exhausto por el estira y afloja decidió retirarse, Elena lo retenía. A las seis de la mañana, logró escapar. ¡Qué noche! Harto de palos no dados logró conciliar el sueño.

A la media hora, Elena entró de puntillas, con la charola del café y un largo, tierno abrazo. Siguieron los besos. "Le va usted a decir", reprochó "y luego la señorita me va a correr."

—La señorita no es mi esposa.

—¡Diosito santo!

Y con esto se desvistió para meterse en su cama, pero al deseo se añadió el terror: "Mejor me muriera yo". Y brincó de las sábanas rumbo a la cocina. Algo exquisito y triste, entre dos polos de edad y tradición, quedó en la recámara.

Para Elisa y Elena la ausencia de Tina significaba una fiesta perpetua. Ver los cuadritos rosas y blancos del vestido de Elena venir hacia él ya no era un deleite. Si Weston le decía que estaba ocupado, Elena se ponía a llorar y desconsolada forzaba el refugio de sus brazos. Las cebollitas entraban al cuarto con cualquier pretexto a preguntar lo que ya sabían: cuánta leche, cuánto de carbón; él quería, ella se negaba: "Me voy a condenar" y si él no la buscaba, su rostro se iba hinchando de tanto llorar. Que Tina volviera pronto, para que terminara la tortura; lo seguían hasta el baño, un revuelo de cuchicheos detrás de la puerta, y si él entraba a la cocina se escondían para echársele encima un minuto después. Tina ¿por qué te fuiste? Alzaba la vista al cielo. Tú eres responsable, ¿por qué me dejaste solo? Ahora prefería pasar las horas solo caminando por la calle o sentarse en el parque México que regresar al acoso, Elena deshecha en llanto. "Dios, Tina, Dios, ¿por qué me haces esto?"

—Mamma, tienes las manos muy frías.

La mamma no pestañeó. Sólo entonces Tina vislumbró la posibilidad de que a la mamma le sucediera algo. No lo tenía previsto, por lo tanto no podía ser. ¿En dónde termina la vida y comienza la muerte? A ella, a la mamma, la muerte no la habitaba, nunca la rozaría. Su mirada no había envejecido, la de Giuseppe sí, así como sus cabellos fueron cayéndole blancos y disparejos sobre la frente. La mamma no. La chispa en sus ojos era de adolescente y había tanta ingenuidad en su mirada que a fuerza tendría que vivir hasta agotarla; una gran carga de asombro era su mirada dispuesta a ser raptada. No, la mamma no, la mamma no. Tenía una esencia mágica, la de ser la madre. Si la mamma se iba, automáticamente invalidaría su vida.

Assunta cerraba los párpados con dulzura pero bajo ellos latía la vida; sólo era un poco de cansancio pasajero, parecía decirles, el corazón, saben ustedes, el corazón se va desgastando...

El médico advirtió:

—Hay que esperar a que baje la fiebre.

—La mamma no está roja ni delira, ni transpira —informó Mercedes. Simplemente conserva los párpados bajos y sobre sus labios flota la misma sonrisa que usted ve.

Tina empezó a vivir días iguales, nunca en su vida habían sido los días tan iguales, ni siquiera en la fábrica textil. Recordó cómo, en Udine, la mamma abría la puerta con esa misma sonrisa. Los cubría con su arrullo. Los cubría con su ser madre; Yolanda la más pequeña de los seis hermanos, colgada de su falda, la soltaba para que Tina corriera hacia ella. Siempre hubo hermanos pequeños. Y hambre. Giuseppe se desesperaba, Assunta no.

—Mamma ¿cómo te sientes?

Sonrió, movió sus manos, levantó los párpados y las Modotti vieron mucha pena en sus ojos. Estaba apenada por la preocupación que les había causado, avergonzada de quitarles el tiempo, el aliento, la vida. Cuando pudo hablar, sus hijos oyeron:

—El mundo da muchas vueltas.

—¿Qué dices, mamma?

—Ahora los tengo a todos junto a mí, salvo a Gioconda.

Hasta entonces pudo escribirle Tina a Weston de la mamacita convaleciente; le permitía salir a la calle a atender sus asuntos, entre ellos la compra de una Graflex a cambio de la Korona. Por lo tanto podía dejar el 901 de Union Street y aceptar las invitaciones de todos los buenos amigos, ver a Consuelo Kanaga, a Dorothea Lange, a Imogen Cunningham, a Roi Partridge y a Ramiel McGehee. La ayuda de Consuelo resultó invaluable, incluso se ofreció a acompañarla a Los Ángeles a buscar lo que había dejado en sus baúles desde 1923. Tina se dedicó a romper sus recuerdos, su vida con Robo, tantas cosas materiales. Uno acaba esclavizándose hasta de un par de pantuflas. No quería que las posesiones impidieran el vuelo; viajar ligero, apenas con lo puesto, cerrar la puerta de su casa sin temor a que algo desapareciera.

8 DE FEBRERO DE 1926

"Repasé durante toda la mañana mis viejas cosas en maletas; he roto mucho. A veces, esto es doloroso pero bendigo no tener nada. De ahora en adelante lo que tengo tendrá sólo que ver con la fotografía; el resto, incluso cosas que amo, cosas concretas, las transformaré en abstractas para poder poseerlas para siempre en el corazón."

En esa misma carta Tina anunciaba que para marzo estaría en la avenida Veracruz 42, la mamacita totalmente recuperada.

9 DE MARZO DE 1926

El regreso de Tina fue un acontecimiento para todos, menos

para Elena anegada en lágrimas que Tina confundió con emoción por su llegada. De inmediato, tomó el mando. "Debemos apurar a Anita Brenner para salir de viaje. Mañana mismo le hablo." ¡Qué energía frente a las vocecitas nimias de las dos muchachitas! "Ahora que estoy aquí, Elisa ya no necesita la compañía de Elena. Que su hermano venga por ella."

—¿No que no era su esposa? —gimió Elena.

Tina resolvía sin saberlo una situación insostenible. A mediodía, volvió con el itinerario y el dinero del viaje a Puebla, Oaxaca, Jalisco, "casi toda la república", rio. Partirían en la madrugada a tomar las fotografías para el *Idols Behind Altars* de Anita Brenner.

Salir de la capital era recuperar los tiempos de antes. En Amecameca cubrieron sus almohadas con geranios blancos. El aliento nevado del Ixtacíhuatl descendía sobre ellos y las mantas no calentaban, pero dormir pegado el uno al otro sí. Abrazados desde su cama, vieron despertar a la Mujer Dormida silenciosa, cercana. El Popocatépetl aguardaba tras la niebla. Les habían dicho que el café con leche estaría listo a las cinco y treinta y así fue. Pan y queso fresco completaron su desayuno. Allí donde Weston se habría desesperado, ella seguía adelante con una firmeza de campesina. "¿Vienen a escarbar ídolos?" "¿Mercarán canastas?" "¿Quieren probar mis sopes?" "¿Una faja bordada para la señorita?" Los marchantes subían al tren con barro vidriado verde de Patambán, ollas de Oaxaca. Otros llevaban costales de cebollas, cajas con jitomate, alguien les ayudaba a acomodar sus cámaras, el revelador y las innumerables adquisiciones de Weston. La actitud risueña de Tina rompía el mutismo del más huraño. Weston escuchó a un hombre decirle a su cuate: "Mira, tiene toda la carita de Tonantzin Guadalupe".

—¿Qué pasa en Tonalá, Tina? Su alfarería se ha vuelto feísima.

—Es por Atl; fue a decirles a los alfareros: "Sus ancestros usaban la greca, ustedes heredaron la greca, hagan grecas", y les repartió el método de dibujo de Fito Best.

Así habían perdido pájaros, flores, animales infinitamente más graciosos e imaginativos. En cambio, el día de plaza en Zaachila, cerca de Oaxaca, Tina vio a un hombre vestido con un sarape maravilloso y de plano lo abordó para comprárselo.

Sí, lo vendería pero en no menos de tres pesos. Por una vez, Tina no regateó. Ese mismo día, en la plaza, Tina y Edward vieron al campesino estrenar un sarape de grecas tiesas.

Sin Tina, Weston no habría podido sacar una sola foto. Les besaba la mano cebada a sacerdotes desconfiados, ocultos en casas particulares, vestidos de civil, para pedirles autorización de entrar en la iglesia a fotografiar tal retablo, tal santo, tal Cristo acostado bajo vidrio, las tomas ordenadas por Anita para el libro *Ídolos tras los altares*. Sin perder uno solo de sus movimientos, una beata los seguía hasta el altar, sus ojillos negros clavados en su espalda peor que los clavos en Cristo. "I can't stand it", se irritaba Weston. La sacristía, fuente valiosa de información, cerrada con candado, los patios de arcadas con viejos naranjos que todavía perfumaban a azahar ya no podían disfrutarse. Cada templo estaba a cargo de una junta. El clero había ordenado la suspensión de cultos. ¿No había encontrado Brett en un costal los cálices e incensarios que un revolucionario ladrón o un cura ratero olvidó en su carrera? "Look at this, it's a crime!", se enfureció Weston ante un angelito estofado, la boca reventada a balazos. "This is their art. How could they do such a thing to their own art? They are barbarians." Al salir de la iglesia los atemorizó la expresión hostil de un grupo de fanáticos. O de revolucionarios. Weston empezó a sublevarse contra el asedio de los cristeros y el papeleo de los burócratas que entorpecían su trabajo. Dejaban a Brett custodiando la puerta mientras tomaban la foto. "Esto ya es intolerable. Nos miran con odio." En la mayoría de los pueblos, los templos cerrados al culto se enroscaban como cochinillas; el permiso para retratar el bautisterio o la bóveda era inalcanzable. De no ser por Tina, Weston y su hijo se habrían regresado en el acto. A Weston le parecía atroz lo que antes consideró filosofía pura: "mañana", "al ratito vengo", "no hay", "puede que sí y puede que no, pero quién sabe". La espera de dos horas en la estación de tren no constituía ya una imagen típica sino un tormento al que había que sustraerse.

—¿Tiene jamón?
—No hay.
—¿Tiene huevos?
—No hay.

—¿Tiene pepinos?

—No hay.

—¿Tiene queso?

—No hay.

"Edward, let me do it", interviene Tina al ver el rostro congestionado de Weston.

—Señor ¿no tiene tortillas que nos haga usted el favor?

—Sí.

—¿Y algunos frijolitos?

—Sí.

—¿No nos podría picar alguna cebollita, un poco de cilantro y si tiene jitomate, mejor?

—Sí.

—¡Ay qué bueno! Muchas gracias señor, va a ser una comida deliciosa. Si nos trae todo bien caliente, se lo voy a agradecer de aquí al Popocatépetl.

Milagrosamente los pueblitos se abrían y en la mesa aparecían los alimentos terrestres. Weston recuperaba su buen humor. "Éste es el único pueblo del mundo que se come sus cucharas", decía sopeando los frijoles. No se impacientaba ya con el interpelado en la calle y su respuesta: "Yo no soy de aquí". Pero si Tina preguntaba, con tal de retenerla, se lanzaba en explicaciones dilatadas aunque éstas condujeran al despeñadero.

En la noche, volvían a los días de antes; cobijas en las ventanas, toallas bajo la puerta para que no entrara la luz. Revelaban bajo tensión. La manga de hule de Weston servía de bandeja para el líquido, y para conservarlo sólo la bacinica resultó eficaz. Le pegaron una etiqueta: "No vaciar" y la escondieron en el ropero. Weston veía las fotos de Tina y la abrazaba: "Estoy orgulloso de ti", ahora sí Tina a la altura de su maestro. En la mañana el almuerzo en los mercados, y la búsqueda de nuevas piezas de artesanía. Al regresar a México entregaron a Anita cuatrocientos negativos.

Los citadinos ya consideraban a Plutarco Elías Calles la encarnación del mal sobre la tierra. Días antes de la clausura de los cultos, Weston había ido a ver la larga cola de los fieles en espera de ser confirmados por el arzobispo Mora y del Río. También vio a los bomberos reprimir una manifestación de católicos frente a la iglesia de la Soledad. "Expulsemos a los extranjeros." "México para los mexicanos", era el lema. La Iglesia y los fieles respondieron. "Plutarco Elías Calles, sus secuaces, todos los que integran su maldito gobierno están condenados; su infierno empieza ahora." "Ahora sí, libre del freno religioso, la revolución cumplirá sus ideales; tierra y libertad para todos", volvía Calles a la carga, "¡nuestra meta es expropiar los bienes de la Iglesia, las tierras del clero, y devolverlos a sus legítimos dueños, a ese ejército de harapientos!"

—Bullshit! —gritaba Edward—, Tina, how can you believe all this trash?

Quizá la actitud modesta de Tina, su ensimismamiento, su falda negra o su pelo recogido, hicieron que una mujer le susurrara al oído: "Mañana, misa en Lucerna 17, a las siete".

Curiosa, Tina llegó al sótano de la casa indicada. Treinta personas, vestidas de oscuro, oían misa. Tensas ante la inminencia del peligro, dos monjas habían tendido un mantel blanco sobre el altar improvisado. El sacerdote pálido parecía llevar a cabo una gesta heroica. Todos comulgaron. El miedo acrecentaba la fe.

—¿Así que dicen misa en los sótanos de la colonia Roma, en la Juárez, of all places? —ironizó Weston—. Cuando fotografíe yo a Calles, le voy a informar que toda clase de objetos religiosos viajan en silencio en las entrañas de México. Las puertas secretas, los túneles, los corredores y pasajes clandestinos ya no son dominio de las ratas sino de las beatas que van y vienen con sus palmatorias, crucifijos y corderos pascuales. Las entrañas de México huelen a nardos; en sus intestinos arden los cirios.

—¿Que, no oyes cómo rezan a las cuatro de la mañana, Edward?

Weston se había hartado de las noticias de iglesias incendiadas, trenes volados y los ¡Viva Cristo Rey! en la calle. "Éstos son lunáticos, todos los fanáticos son locos, este país es peligroso, Tina, de veras, 'I really mean it', tenemos que salir de aquí."

—But Edward, this is not at all like you.

—¿Quieres ser héroe o qué te pasa? Brett and I are getting out of here.

—Corren rumores de una tregua religiosa; los cristeros se han replegado, las iglesias ya no son asaltadas, los ensotanados podrán volver a su paz de los sepulcros.

—No seas ingenua, Tina, aquí todo termina mal. Las cuentas se saldan con muerte. Estoy harto de balas y de pistoleros.

A Xavier Guerrero, en cambio, le entusiasmó el cierre de las iglesias. Tina sorbió sus palabras como maná del cielo. Nada había dañado tanto al pueblo como el fanatismo religioso, los pinches curas prometen el paraíso a cambio de la esclavitud sobre la tierra. "Con el control de cultos, el país pasará de la infancia a la madurez." Seguramente, las palabras de Xavier encontrarían eco en el origen campesino de su mujer, pensaba Weston, pero ¿que no se daba cuenta Tina del simplismo de ese indio taciturno? Prefería mil veces las visitas de su hermana Elisa, dispuestísima al cachondeo después de dos tequilas. Preciosa mujer Elisa y bien orientada hacia él. Mañosa también, porque en público fingía no verlo. Oírla cantar era un deleite, no sólo tenía buena voz, sino picardía en el gesto y en la entonación.

También a Tina le horrorizaba la bestialidad, pero había algo en esta desacralización que la atraía; la turbaban las crónicas que venían de Jalisco, Nayarit y Colima. "¡Los de Cocula ya se levantaron en armas, los de Santa María también van a defender a Cristo guiados por el señor cura!" "¡Le prendieron fuego a la iglesia de San Gabriel! Los habitantes oyeron las carcajadas de los incendiarios. Las lenguas de fuego no los quemaban porque tenían pacto con el diablo." El discurso de Xavier se imponía al de Weston porque era el que Tina quería oír; mil veces mejores los años fieros de Xavier, su bravura, su pasión por México, que la desconfianza de Weston, su escepticismo, su rechazo a cualquier nacionalismo; mejor las hojas de maíz que envuelven los tamales de puerco que la higiene de Los Ángeles, a la que Weston sin duda pertenecía.

23 DE JUNIO DE 1926

Weston y Tina prosiguieron su viaje. Con Brett, subieron al tren rumbo a Guadalajara. "Jalisco es el gallinero de la república, la tierra de los empistolados; bajo todas las camas aguardan carabinitas", advirtió Xavier Guerrero. Anita les había encomendado fotos de varios templos en el camino y de la cestería de San Juan del Río. "Tomen a los artesanos tejiendo la vara."

En Celaya, súbitamente Tina dio un "oh" de horror y enmudeció. Weston siguió la dirección de sus ojos espantados y también palideció. Un periódico anunciaba el entierro del general y senador Manuel Hernández Galván. Ni lugar a dudas, era su amigo. Weston puso un brazo en los hombros de su mujer. "¿Regresamos a México?" "No tiene caso, ya lo enterraron", las lágrimas escurrieron por el rostro de Tina.

La última vez que lo vieron, Hernández Galván había pasado en su gran Packard: "Por favor, avísenme cuando anden cerca de Guanajuato; les voy a hacer una pachanga con carnitas, cantos y bailes". Ya no vivía. Y para colmo empezó a llover. Sobre los rieles las ruedas del tren también lloraban. Tomados de la mano, sus pensamientos estaban con Galván; Tina miraba la lluvia; todo el valle empapado en lluvia, y los ojos de Tina lloviéndole adentro.

Weston se sentía cada vez menos atado a México. El asesinato de Galván rebasaba el vaso de su paciencia. ¡Qué clase de país era éste donde un hombre podía ser asesinado en forma tan artera! ¿Y el criminal? "Huy ¿que no ven que tiene fuero? Sigue libre hasta que cumpla su término en la cámara, si no lo matan antes."

En Guanajuato, Tina se acostó en seguida y Weston salió al balcón para ver los árboles y vio a Galván. Era un cartel montado sobre el techo de una casa, hecho con su fotografía. Al día siguiente, en todas las esquinas, se toparían con el mismo retrato en tamaño más pequeño. Por si fuera poco, al ir a merendar, un grupo de hombres se sentó en la mesa de al lado y Weston reconoció al asistente que acompañaba a Galván en sus excursiones a Tres Marías, al Desierto de los Leones, a Teotihuacán. El asistente desvió la mirada. Edward estaba seguro de que los había reconocido. Ésta era otra de las carencias de México: la lealtad. Esa noche Weston escribió en su diario: "México le rompe a uno el corazón. Mezclado al amor, he sentido una creciente amargura, un odio que trato de sofocar. He visto las caras más sensibles y tiernas que los dioses pudieron crear y otras que le hielan a uno la sangre de tan crueles y salvajes, capaces de cualquier crimen".

Frente a ellos, en la calle, un grupo de mujeres vestidas de negro desafiaron a un turista: "¡Viva Cristo Rey!" Él no les hizo caso. Volvieron a gritar: "¡Que viva Cristo Rey!"

—Viva —respondió, pero su falta de entusiasmo provocó que las mujeres lo apedrearan.

"Los mexicanos están locos", concluyó Weston, "si desean otra revolución que la hagan sin mí." Le había colmado la paciencia tanto desprecio a la vida, la falta de respeto, la irracionalidad. Los conductores de coche lo sacaban de quicio. Subir al camión de pasajeros era entregarse en manos de la divina providencia. En los Fords marcados libre, las emociones del principio ahora le daban coraje. Lo enfermaba la inestabilidad de México, tierra tan fácil de amar, embarrada con la baba de las intrigas políticas y la traición. Los Estados Unidos habían jugado un papel vergonzoso, claro está, pero nunca tan corrupto como el de los dirigentes mexicanos. Tanto sentimentalismo en torno al proletariado, y los campesinos muriéndose de hambre. Siempre había piedras, machetes, invasión de tierras, riñas callejeras, muerte. Weston recordaba ahora el regreso con Hernández Galván de una hacienda pulquera en los llanos de Apan: Ometusco, con sus mosaicos italianos y su lujo traído de Europa, en el tinacal las gigantescas barricas de pulque hediondo frente a escenas del Imperio Romano. Galván manejaba en silencio cuando de pronto gente en armas detuvo el Packard y lo rodearon. Galván salió azotando la portezuela y treinta hombres cortaron cartucho. Aún conservaba Weston el ruido de las armas dentro de su cabeza.

—¿Qué les pasa? ¡Mátenme! ¿Eso es lo que quieren? ¡No pueden hacerme nada más que matarme! ¿Cortarme los huevos? ¿Caparme? ¿Qué más? ¡Mátenme cabrones, hijos de la chingada! A ver ¿qué esperan? ¿Qué esperas, cabrón, para dar la orden?

Galván aullaba.

—Pero eso sí, a mi gente no la toquen.

Los señalaba a ellos, demudados dentro del automóvil.

—¡Respeten a mi familia, hijos de la chingada! Yo soy un general de la revolución que he luchado por mi país, órale disparen!

Perdía el aliento, escupía.

—¡Pero apúrenle, cabrones!

El jefe dio una orden, los hombres bajaron las armas. Ahora era el jefe quien se quejaba: "Pero no nos ande mentando la madre, mi jefe..." Galván subió al automóvil todavía resoplando. No volvió la cabeza, y arrancó. En el poblado siguiente bajó a la cantina y se echó tres tequilas dobles. Entonces comentó:

—Conmigo no pueden los hijos de la chingada.

Esos desafíos rabiosos Weston los había encontrado en los mercados, en las cantinas, bajo la lona del circo. Sin Hernández Galván no habría entrado a las pulquerías, porque había algo taimado en los mexicanos que lo repelía. Esos hombres recargados en el primer poste, ociosos, los ojos huidizos, ¿a quién esperaban? En cambio, las inditas eran suyas, con sus encías rojas y su Diosito Santo, sus manos escondiéndoles la risa.

En Guadalajara, lo primero que hicieron fue pedir noticias en casa de los Marín; sí, lo habían asesinado, sí, en una balacera, sí, en una cantina, sí, Galván había muerto disparando. Contó Victoria que Lupe y Diego en México habían ido a la sexta delegación donde habían tirado el cadáver del senador como basura en el piso. Tina pensó en aquel hombre que en vida era un tigre, altivo como él sólo. ¿En calidad de qué lo habían llevado a la sexta? ¿Quién le había cerrado los ojos?

—¿Dónde lo mataron?

—En el Royalty —Weston solía ir al Royalty con Llewellyn, su discípulo, a sorber ponches calientes de ron.

Los rivales electorales de Galván en Guanajuato, entre quienes se encontraba Arroyo Ch, se adelantaron en la balacera, pero aun así Galván les hizo dos bajas parapetado tras una mesa, hasta que uno de sus siete atacantes le acertó en el pecho. Galván siguió disparando mientras caía, pero lo hacía con ojos de muerto. "No le dieron la menor oportunidad", repetía Victoria Marín, "le partieron el corazón, en la mera vida le atinaron."

Weston se hacía conjeturas pero no durante mucho tiempo, era demasiado dinámico para hundirse en un solo estado de ánimo.

2 DE OCTUBRE DE 1926

De regreso a la ciudad de México, Tina y Weston volvieron a evitarse. A Tina, episodios de su vida en común se le aparecían bajo una luz distinta, como aquella vez en que Weston bailó parodiándola, repartiendo besos con su boca pintada. Sus visajes, sus contoneos pretendían caricaturizarla y, aunque era un juego, Tina sintió que Weston desfogaba su rabia contra ella, se sentaba en las piernas de unos y de otros. Ricardo Gómez Robelo ponía cara de sufrimiento; los besos de Edward tan tronados y aparatosos interrumpían a los conversadores que se volvían inquietos a mirarlo. Lupe Marín lo persiguió para levantarle la falda: "Descarado", gritó, "eres un descarado", y le entró una furia tan bárbara que sin más se le echó encima a cachetadas, arañándole el rostro. Lupe sólo le pegaba a Diego, pero entonces su pugilato provocaba la risa general porque los golpes caían sobre un gigantón amable y acolchonado que no parecía sentirlos. Con una sola mano reducía a su alta y vindicativa mujer, apartándola, "ya niña, estáte quieta"; pero ahora con Weston, pequeño y delgado, la lucha tomó otras proporciones, Lupe lanzaba denuestos: "Gringo, pinche gringo cabrón, ¿por qué se burla de nosotras? Si él se siente muy cabrón, que no crea que somos sus pendejas. Pinche gringo, nos quiere tomar el pelo, no trae calzones". Parecía pantera, el fuego salía de sus ojos verdes, iba y venía con sus manazas dispuestas a otra cachetada, otro jalón de orejas, otro arañazo, "Párale Lupe estás loca, déjalo, ¿qué te pasa?" Unos la miraban con estupor, otros reían, su hermana María de Orozco Romero la azuzaba. En una de ésas, Lupe gritó: "¡Sácate de nuestro país con tu italiana apestosa!"

Hasta ese momento se habían llevado bien; merendaban juntos cada quince días y la imagen de Lupe era muy grata. ¿Tanto rencor le tenía Lupe a Tina? Al ver su rostro descompuesto, le dijo Lola Cueto: "Ni caso le hagas, es muy rencorosa, así nos trata a todos. Cuando le entra el telele dice cualquier cosa y al día siguiente ni se acuerda. Nunca bebe pero ahora tomó tequila; es el alcohol lo que la volvió furiosa".

Con la separación de Weston, Tina habría de perder a muchos de ellos, a Monna, cuyos juicios sobre su fotografía Weston apreciaba. Los tiempos de las fiestas y disfraces habían pasado. De común acuerdo, cada quien iba a lo suyo; Tina a su trabajo aplazado, a sus comidas en La Oriental, en Belisario Domínguez, al Café de Nadie a visitar a Germán Cueto y a Manuel Maples Arce y sobre todo a sus citas con Xavier Guerrero. Weston preparaba su partida. Sin embargo, encontró tiempo para ir a recibir a dos tarahumaras que corrieron de Pachuca al estadio de México, una distancia de cien kilómetros, en nueve horas y treinta y siete minutos en guaraches. ¡Qué país, Dios mío, qué país!

También encontró tiempo para cortejar abiertamente a la gringa Mary Louis. Lo acompañaba a cenar a casa de Anita, a la de Monna, a visitar a Fred Davis.

—No puedo romper el mito Edward-Tina —se resistía Mary Louis.

—Ya se acabó.

—No lo creo; la leyenda sigue viva.

Jean Charlot le entregó siete dibujos para vender en Los Ángeles.

—Son tan buenos que ojalá y no se vendan —deseó Weston.

4 DE NOVIEMBRE DE 1926

A última hora, una señora Llamosa entró vestida de novia a posar al estudio. Por favor, se lo rogaba, no podía irse de México sin retratarla a ella. Brett tuvo que intervenir: "Papá, vamos a perder el tren".

En el taxi que corría a la estación de Buenavista, Weston miró los ojos de Tina. Cuando vio lo que tenían que decir —escribiría en su diario—, la tomó entre sus brazos, sus labios se encontraron en un beso y sólo se detuvieron cuando un gendarme sonó su silbato. El chofer advirtió que los atentados al pudor estaban penados. Esta vez el adiós, Tina, México, gendarmes, perros, pericos, sería para siempre.

Al caminar Tina y Luz Ardizana por la calle de Bucareli, decidieron entrar al cine: *King of Kings* era la película. Cuando terminó la función, cuál no fue la sorpresa al ver a los espectadores arrodillados entre las filas de butacas. Hombres, mujeres, niños, sus rostros mojados de lágrimas, rezaban las oraciones que no podían recitar en la iglesia. "Es por el edicto gubernamental que cierra las iglesias."

•Elegancia y pobreza•
Fotografía de Tina Modotti

T 5 DE NOVIEMBRE DE 1926

ina escribió al día siguiente una carta triste. Los cuartos vacíos le dolían. Buscó el Canto LXXXI de Ezra Pound, que solía leer con el ausente, y lo dijo en voz alta.

Lo que bien amas permanece,
lo demás es escoria.
Lo que bien amas no te será quitado.
Lo que amas bien es tu verdadera herencia.
¿De quién el mundo, o mío o de ellos o de nadie?
Primero lo no visto, después y por ello lo palpable
Elysium, aunque fuera en las salas del infierno,
Lo que bien amas es tu verdadera herencia.

Recordar a Edward sería su herencia.
Empacó. Dejaría la casa de la avenida Veracruz, costosa para

ella. Le dio gusto darse cuenta de que no había acumulado nada superfluo. "Viajar ligero", sonrió. Había conseguido un departamento vecino al de Paca Toor en la calle Abraham González. Weston le dejó la ampliadora y una mesa de trabajo. Improvisó un estudio y un cuarto oscuro.

A ese tercer piso fue a alcanzarla Xavier.

El amor con Xavier era un rito, la sacralización de gestos milenarios. Edward, al hacer el amor, la instaba a montarlo, "¡Tú eres un macho cabrío!" Él era su cosa, un hombre entregado, haz de mí lo que quieras, delgado y manuable, su vegetarianismo lo volvía apolíneo, la carne pegada a sus huesos, dura, firme, le confería una infinita capacidad de juego. Saltaba como gato, eléctrico en el aire. Podían contársele las costillas, volverlas arpa, "son tuyos todos mis huecos", le ofrecía él, tembloroso.

Retozaban. Edward inquiría, el rostro infantilizado de un niño perverso. "¿Fue bueno, verdad? Estuvo bien. Esta vez ha sido la mejor."

Tina, pegada a él, en un estremecimiento maravillado, le respondía, "sí, Eduardito, sí Edward, sí, sí".

Cuando no, a Tina se le escurrían las lágrimas de deseo remanente. Llorando de frustración se acurrucaba contra el pecho de Edward.

—¿Me quieres? Edward, di que me quieres.

Hacer el amor con Xavier era pasar de las caritas sonrientes de Veracruz a la gravedad de las cabezas olmecas. Se hundía en ella, trabajando la piedra, suprema destreza. Cavaba en su interior, buscando. Tina se fascinaba por sus labios negroides, la cautivaban sobre todo los lugares en que su piel se suavizaba hundiéndose, perdiendo su negritud para adquirir un color azuloso. Buscaba su pecho de barro, la extensión de su piel despoblada. A Tina le atraía penetrar la distancia, cruzar sola al silencio. Amar a Xavier era ascender a una antigüedad portentosa, imponente, a la acción suspendida, a la esencia ajena, porque en el fondo Tina se sabía mediterránea.

Rebosante de vida que ahora inauguraba, su energía matutina la hacía correr a Mesones. "¿Qué hago? ¿En qué ayudo?" La ciudad y su gente ejercían una clara atracción. Amarlos, conocerlos, ser de ellos. Detenerlos en la calle, decirles: "¡Los amo!

¡Soy suya! ¡Estoy a su servicio!" En la noche regresaba agotada y con una insatisfacción más antigua que el Popo y el Ixta. No había logrado nada, su inmensa energía se había desgastado en ires y venires, en hojas metidas en la Underwood, en parlamentos de hombres teóricos inmersos en sí mismos.

Joven, juguetona, al día siguiente Tina se levantaba de nuevo enfebrecida. Ahora sí, encontraría lo que buscaba. La entrega sería absoluta. En Mesones, hecha un vendaval, Tina abría expedientes, escribía hasta que la noche la consumía. Al regreso, la ciudad parecía fatigarse bajo sus pasos, contagiándola, ¡qué cansancio tan inútil!

Muy pronto el departamento de Abraham González perdió su desnudez, se amoldó a Xavier, a su trabajo. Desde el primer día, Xavier colgó su visera sobre una foto de Weston y una colección de periódicos entrampó la entrada al baño; almacenó folletos, el destino de la humanidad en folletos apilados contra los muros; usó la olla negra de Oaxaca para rollos de bocetos; bajo la cama guardó un enjambre de mecates; su saco permanecía sobre el respaldo de la silla. Olvidaba en la mesa una sartén con restos de un guiso indefinible. "Deja eso, Tina, déjalo, dedícate a la causa. Das importancia a cosas que no la tienen."

Tina quería decirle que le era difícil vivir en esa sucursal de las oficinas de Mesones. En la sede del partido el aire era espeso, las comidas hechas a las volandas sobre una parrilla eléctrica. Comer en el café de chinos de Dolores era un lujo asiático.

La luz también había cambiado; ya no eran los colores del sol, ahora la rodeaban el gris, el negro, el chocolate; si los camaradas estrenaban un saco era para prolongar el color de su piel: café o caqui. Recordaba la explosión de color en las camisas de Rufino Tamayo. ¡Qué hombre tan guapo! ¡Qué suerte la de María Izquierdo! Pronto entendió que recurrían a todo lo que aguantara la mugre; su único canon de belleza: la resistencia; así que pasen cinco años, zapatos: plan quinquenal. Su falda negra la uniformó. De sus años con Weston, conservó el kimono de seda y la Graflex, y en su interior la nostalgia del recuerdo.

¡Eduardito, qué día tan hermoso y yo aquí encerrada! La luz afuera y tanto que fotografiar. Decías que había pocas personas que viven para el arte y que yo soy una de ellas. Mírame ahora. A dos cuadras, en la pulquería, las mujeres espían por debajo de las puertas abatibles las piernas de sus hombres, los reconocen por los pies, y como no pueden sacarlos, van a la sección Mujeres a beber como ellos, hasta caer en la banqueta. Y si me uniera a las mujeres, ¿podría fotografiarlas? ¡Qué estimulante la vida de la calle, incluso en medio del hedor del pulque! Xavier la amonestaría. "A los extranjeros les atrae el vicio, su mirada sobre lo típico denigra a México. Has perdido mucho tiempo —sus palabras la hostigaban—; si quieres militar en serio tienes que ponerte al corriente. No sabes ni una décima parte de lo que sabe Cuca García."

Pero ¿esas horas que transcurrían lentamente eran el saber? "Estoy atentando contra mí misma", se recriminaba. "No soy modesta. ¿Qué tal si las mujeres que cocinan pensaran que su trabajo es indigno de ellas? A mecanografiar, Tina."

¡Oh Edward, te extraño! Le punzaba la ausencia de aquel hombre extasiado ante un tejido de palma. Tenía presente cómo separó un día las hojas de alcachofa hasta llegar a la pelusa blanca del corazón: "Look Tina, look, this is incredible, this is fantastic". En los pimientos morrones surgía un brillo nunca visto, como el de berenjenas al sol, una nueva aventura de la luz. ¿Has visto antes algo igual? En el partido, sólo en los cabellos locos de Juan de la Cabada había fantasía, por lo que Laborde le llamaba continuamente la atención.

"This morning I feel so sexy, I just can't stand it", solía decir a Edward. Si lo dijera ahora, Xavier la juzgaría loca. Antes de entrar al partido había vivido en una atmósfera de buena suerte con gente a la que todo le sale bien. Le parecía oír a Weston burlándose de aquel socialista norteamericano, Scott Nearing, que Bertram y Ella Wolfe llevaron a El Buen Retiro, tan simplista en su doctrina. "He's a preacher, nothing more, he has no ideas." "Mira cómo lo escuchan", protestó Tina. "Porque quieren engañarse. Lo que él dice nada tiene que ver con la belleza." Weston buscaba la belleza desde que abría la ventana; subir a la azotea a encontrarse con el cielo era su credo; fijar la transparencia del aire, la calidez de la luz en México, sus nubes. Y comer todo lo que brotara de la tierra. Lo demás era retórica. Las únicas órdenes que estaba dispuesto a obedecer eran las de la química del revelado, la del registro de la luz con el Asa y el Din, así medía su tiempo sobre la tierra.

Por primera vez tuvo conciencia de ser una extranjera que no tenía sus papeles en regla. ¿Cuál regla? ¿Qué era estar en regla? Antes, el poder de Manuel Hernández Galván lo allanaba todo; ni Edward ni ella pensaron jamás en permisos ni en prórrogas ni en otros papeles que los fotográficos. Ahora tendría que salir a la frontera, llenarse de temores, ir a gobernación.

Se le aparecían los años idos, Hollywood, qué imbécil había sido, Dio, qué vanidosa. Si en vez del cine hubiera ingresado al movimiento de Tom Mooney, otro gallo le cantara; entonaría "I'm a bum", habría pertenecido a una organización obrera.

Weston y ella se metieron a un cinito en la calle de Bucareli, cerca del reloj chino, y ¿cuál no fue su sorpresa al verse en la pantalla convertida en una mexicana de pelo alborotado y chal de fleco? Así concebía Hollywood a las morenas. Desde su butaca, Tina cerró los ojos; había olvidado esa cinta. A Tina la contagió el ataque de hilaridad de su compañero, pero en la noche no pudo dormir. "¡En eso se me fue el tiempo!" Qué falsa, qué grotesca. En aquel año también empezaron sus citas en Los Ángeles con Weston. Le avisaba a su marido que no la esperara a comer, y la mirada triste de Robo la seguía a la puerta. ¿Estaría enterado? Aquella visión, que antes borraba en dos segundos, pendejo Robo, hoy la perseguía. Las horas en la cabina de maquillaje, "you are beautiful, honey", la espera antes de cada filmación, su primer estelar, ¡qué mala película la *The Tiger's Eye*! De ser militante, nunca hubiera ido a Hollywood. Renegaba del espejo y los focos que la enmarcaron, los tubos de labios que ya no usaba.

—Tú no vengas, yo como en cualquier fonda.
—Lupe le lleva a Diego un portaviandas.
—Y ¿tú crees que convida? Es díscolo. Traga solo. A nosotros nos da media hora para ir al primer mercado.

Xavier no le permitió ir a los andamios. Lo imaginaba en el camión, el portaviandas entre las piernas, adormecido, los ojos cerrados; en el partido lo llamaban "el mono con sueño".

Ver al Diego que veía Xavier era descorrer una cortina:
—Le dije que no usara agua de la llave para moler los pigmentos y ¿tú crees que me lo agradeció? "En Europa bebía

agua de la llave y jamás me hizo daño", contestó. Como seguían saliendo impurezas volvió a consultarme. Yo insistí:

—Muele los pigmentos con agua destilada, Diego.

"Le aconsejé que hiciera su pasta en una plancha de mármol y a cada trazo humedeciera su pincel. ¡Vieras qué carambal de grumos en el almagre! Parecían semillas de uva. Cuando se dio cuenta de que en vez de paleta yo usaba una lámina de peltre, porque se pegan mejor los colores, me copió. Haz de cuenta que él inventó el peltre."

Xavier regresaba de los andamios con un rictus de despecho; la pintura seguía cayéndose; Ramón Alva de la Canal se aparecía con libros técnicos de la biblioteca de San Carlos y no daba un paso sin el Cenino Cenini bajo el brazo.

—No puedo perder tiempo en los procesos técnicos del aplanado, cualquier buen albañil se hace cargo de eso.

—No Diego, estás equivocado, se necesita un experto.

A horcajadas, pintaban Jean Charlot, el gringo de reciente adquisición Paul O'Higgins, Xavier Guerrero y la muchachada: Fermín Revueltas, Ramón Alva de la Canal, Fernando Leal, Ernesto García Cahero y Máximo Pacheco. Por más que Xavier insistiera en la prontitud, Fermín y sus cuates le gritaban:

—Vamos a echarnos unos tacos aquí nomás al mercado, venimos volados. Ahí te pudres.

A su regreso, imposible continuar:

—Este aplanado no sopla, ya se secó. ¡Me lleva la tiznada!

—Entiende, Fermín, para que el aplanado pueda chupar el pigmento, tienes que pintar de inmediato. Por eso se llama pintura al fresco, no al seco.

—Vamos echándole agua.

—No seas buey, Fermín, no es igual, ya no la absorbe. Es la humedad original del aplanado la que chupa, no seas terco. Remojado por fuera, te va a rechazar la pintura. Los frescos florentinos han durado cientos de años porque el pigmento se incorporó al aplanado.

Citaba a Giotto, a Cimabue.

El más obsesionado por los problemas técnicos era Carlos Mérida, que pasaba a verlos casi a diario; pero él iba más allá; quería la integración de los murales al edificio.

—Qué lata del guatemalteco; nos dieron los muros, vamos a pintarlos y ya.

—A este pinche encalado le salen bolitas blancas —renegaba Diego.

—Sí, porque la cal está viva.

—¿Qué es eso?

—Todo preguntas y todavía dices que sabes más que ninguno. No se puede pintar con cal viva; la cal está en flor, debe quemarse con leña, no con carbón, porque el azufre del carbón altera los pigmentos. Es mejor sustituir la arena con polvo de mármol.

—Ya, no nos eches encima tu sabiduría; mejor vigila tú que el encalado no se reseque.

Xavier era tan ferviente en su búsqueda que había que apagarlo como a la cal. Al ponerle agua, la cal quema, truena, despide humo. "Fíjate, mírala cómo hierve. El proceso de apagar la cal puede durar mucho tiempo hasta que se rinde." Xavier era el único que dominaba el aplanado de un muro. Ésos fueron sus días de gloria.

Vasconcelos cruzaba rápidamente el pasillo e inclinaba el ala de su sombrero para no ver los murales.

—El ministro nos llamaba "moneros" —se quejó Xavier.

Tina compartía la fiebre de los pintores; todo el patio de la Secretaría de Educación entraba a su recámara. Que Vasconcelos no había pagado, que hacía un doble juego; que Vasconcelos era un hipócrita como lo son todos los políticos mexicanos. Tuvieron que recurrir a Obregón para arreglar las cosas; al único que tragaba Vasconcelos era al afrancesado de Montenegro, porque pintaba paneles decorativos; no tenía conciencia revolucionaria.

—¿Y Puig Casauranc?

—Tampoco nos acepta, pero es más taimado. Se lleva a Máximo Pacheco de muralista particular a su casa y lo explota. Entiende, la hipocresía es epidémica en México. Y Diego es el peor tartufo. A un periodista le mostró lo que yo había pintado como si fuera obra suya.

El recuerdo de Diego la ruborizó; no lo veía sino en las plenarias del partido. Qué deleite oírlo. El silbido de una flauta la hizo correr a la ventana de Mesones; unos perritos bailaban con faldas de colores y gorros puntiagudos. Tina bajó a engrosar la ronda de los mirones. Gómez Lorenzo le gritó desde la ventana. "Tina, eso urge. Los burgueses siempre obedecen a impulsos." Tina volvió a la máquina en silencio.

—Diego, ya bájate —gritaba Guerrero, pero el maestro sólo cedía a la hora del crepúsculo. Y a veces aún en la hora del lobo, los ojos saltones pegados al muro, adoloridos de tanto mirar, Rivera sumaba pinceladas. "Ni que fueras miniaturista", le había dicho Siqueiros. "Yo voy a recurrir a todos los adelantos de la ciencia, voy a usar una brocha gorda."
—Diego, ya párale —insistió Xavier—, voy a prender la luz.
—No vayas a encender, se amarillean los colores.
—Pero si ya no se ve el color.
—Yo lo conservo en la retina, si prendes, pierdo la memoria visual.
—Lo que vas a perder es la vista.
—Que no, carajo.
—Te estás exigiendo demasiado, te vas a desplomar.
Sólo Lupe lograba bajarlo con sus órdenes destempladas. Había mucho de voluptuosidad en esa redonda bonanza sentada sobre la tabla del andamio, sus nalgas sobresalientes a diferencia de las inexistentes de O'Higgins. A riesgo de que la bonanza le cayera encima, Lupe gritaba. Entonces él aprovechaba para ir al excusado. Una noche, de tan cansado, allí se quedó dormido. "Nomás te quitates las lagañas y te venites, verdá Panzas" y Lupe recorría los metros de pintura buscando a sus rivales: "Y esa individua ¿quién es? ¿Por qué metiste a esa changa horrorosa? No me digas que la Rivas Cacho tiene así los ojos, los tiene gachos".
Tina escuchaba el relato de Guerrero con nostalgia. Diego había quedado del lado del sol, y la oficina del partido del lado de la oscuridad. Ella veía la vida ahora desde la sombra. Los campesinos entraban con calzones de manta blanca, pero al rato los tiznaba la ciudad, y las comisiones —que así las llamaban— regresaban a su tierra sin haber arreglado su asunto. "Vengan mañana", les decían en la Agraria, hasta que sus escrituras llenas de lamparones se volvían quebradizas. "Lo que quieren sus mercedes es chingarnos", se enojaba el de más carácter. "Claro, saben que en la ciudad desde que Dios echa su luz nos levantamos unos a chingar y otros a no dejarse." Infinitamente pobres, su desasimiento indignaba.

Tina se sorprendía juzgando a Xavier con los parámetros de Weston. "Tenemos la obligación de ser felices", repetía Weston; Xavier grababa en *El Machete,* el ceño fruncido por la prisa y el disgusto; no llegaban los materiales, los camaradas qué incumplidos, todo se convertía en preocupación. Guardaba un silencio opaco; encogido, los labios apretados, se hacía de piedra. Los compañeros lo saludaban: "¡Quiúbole Perico!, ¿qué estás preparando?" Tina añoraba hasta los gritos de guacamaya de Lupe rompiéndole a Diego sus piezas precortesianas. "¡Ah, ¿no trajiste para el gasto? Pues ai te va tu sopa de tepalcates."

Ahora el espíritu de Weston ejercía mayor influencia en Tina que cuando estaba a su lado.

Los comentarios eran acres: "Dicen que Diego se cayó del andamio desde una altura de diez metros y rebotó como pelota". "¿Por qué verá al género humano tan feo? Es que pinta como él es." "¿Y esa mona tan espantosa?" "Esa negra de perfil es su mujer." "Por mí mandaría encalar la pared."

"¿Recuerdas que en las reuniones he asentado que debemos valorar a los indígenas? Yo soy indio y siento orgullo de serlo. Ahora Diego es el que resulta revolucionario cuando le sacateó a la revolución: se la pasó en París. Es el hacedor de la revolución, el dueño del México prehispánico, el promotor de 'lo nuestro'. Francamente prefiero a Orozco. Es auténtico. Tendrá mal genio, lo que tú quieras, pero no le hace al cuento. Deberías oír hablar a Diego, ¡qué grandilocuencia y cómo lo obedecen los babosos!"

8 DE DICIEMBRE DE 1926

Llegó a México la nueva embajadora de la Unión Soviética: Alexandra Kolontai. No le habían permitido bajar a tierra ni en Nueva York ni en La Habana. Permaneció en el *La Fayette* hasta Veracruz. Los mexicanos esperaban una sufragista enojada pero apareció una mujer de rostro redondo bajo un sombrero de paja floreado, su cuerpo también redondo y maduro.

Después de presentar sus cartas credenciales vestida a la moda con un traje negro de seda con mangas chauve-souris y demostrar que hablaba inglés y alemán, Alexandra abrió al público con la ayuda de una secretaria las puertas de la embajada y los del partido fueron con curiosidad a conocerla. Su fama la precedía, sus propuestas escandalizaban: era la primera embajadora en el mundo, amiga de Lenin, oradora fogosa, escritora, partidaria de la unión libre, la emancipación de la mujer. En conferencias y escritos había declarado que la mujer era tan libre de hacer con su cuerpo lo que el hombre, y que su sexualidad no podía reducirse sólo a la concepción. Hablaba del placer, de la imaginación en el amor, de la falsa moral; afirmaba que sólo unas cuantas mujeres y hombres llegan hasta el extremo del placer sexual. "Qué barbaridad, aquí va a venir a alborotar el gallinero." "Abandonó a su marido y a su hijo para hacerle a la revolución." Los norteamericanos tampoco veían con buenos ojos su venida a México, la influencia bolchevique era nefasta entre los trabajadores. Los funcionarios rusos intervenían con la mano en la cintura en los conflictos obreros y sobre todo metían mano en los intereses petroleros norteamericanos. Esa madre ardiendo de la Kolontai, emisaria del comité central del partido comunista, sería una fuente segura de problemas.

Tina no reconoció la embajada soviética de tiempos de Pestkovski. Alexandra Kolontai la había feminizado y convertido en un hogar con una mesa albeante para servir el té. Ramos de flores silvestres, macetas de begonias se esparcían aquí y allá. "Ésta es mi embajada", pensó Tina y recordó que al segundo año de su estancia en México cada quien escogió la suya: Weston la norteamericana; ella la rusa. Para ir a la de los Estados Unidos, Weston pidió prestada una corbata; no le hizo extensiva la invitación a Tina porque en las listas del Departamento de Estado aparecía casado con Flora May Chandler. En su embajada, a Tina le llamó la atención que una mujer de cuello de encaje y ojos tiernos fuera ejemplo del erotismo soviético. Extremadamente grácil, la embajadora Kolontai extendió sus dos manos enjoyadas a Tina:

—He oído hablar mucho de usted. Todos la quieren, la admiran y la consideran una gran artista.

Posiblemente le estaba diciendo lo que se acostumbra en el mundo diplomático, pero su mirada le pareció genuina. De su misma estatura, es decir pequeña, era totalmente opuesta en color: rubia donde ella era morena; azul cuando en Tina brillaba el ébano; rosa, blanca, regordeta en contraste con la austeridad de la italiana.

—Usted es de las mías —abrazó a Tina—, de las que desafían al mundo, de las que pavimentan el nuevo orden. La felicito. Tiene que venir conmigo a tomar el té; prefiero verla a solas y no en una recepción en la que me debo a mis invitados. Dígame, ¿qué está haciendo ahora?

—Fotografío los murales de los maestros —respondió Tina con orgullo.

—¡Ah, qué gran tarea, qué gran tarea! El muralismo mexicano asombra al mundo. Gracias a los pintores, se habla del arte del nuevo continente, y el líder es este maravilloso país, México. Tiene usted mucha suerte.

—Sí, para mí, pasarme mañanas y tardes en los patios de la Secretaría de Educación es una experiencia única. También tomo fotografías para *El Machete*, el órgano del partido comunista mexicano.

—Las he visto, leo *El Machete;* qué buenas fotografías, tienen mucho contenido político.

Alexandra Kolontai fue saludando a los compañeros y les demostró que estaba familiarizada con su obra o con su actividad. Muy pronto, la embajadora formó parte de las actividades políticas, sociales y culturales de México. Tina no la volvería a ver. Sólo permaneció en la ciudad hasta el 5 de junio de 1927 —medio año—; la altura la cansaba, sufría palpitaciones, desmayos. No dejó un solo día de fomentar las relaciones comerciales y económicas; el trabajo sin equipo minó su salud.

12 DE MAYO DE 1927

Desde ayer salieron los compañeros a pegar un manifiesto "Contra el terror fascista", para protestar por el asesinato del obrero Gastone Sozzi en la prisión de Perugia. Convocan a un acto en el que hablarán Enea Sormenti y Tina Modotti. Cuando a Tina le toca su turno la indignación supera su natural timidez y se enardece. Dice que la Italia de Mussolini es una inmensa cárcel y un vasto cementerio. Cien personas aplauden a los dos oradores italianos. Hay extraños. La embajada de Mussolini en México toma nota.

Tina escribe a Edward:

"Algunas personas, amigos de Ella Wolfe que han venido aquí de Nueva York, querían visitar la escuela en la colonia de la Bolsa. Como también yo estaba interesadísima en conocerla ofrecí llevarlos. Edward, cuando salimos del lugar todos teníamos lágrimas en los ojos. Lo que ha logrado el señor Oropeza (el fundador y director) es algo que no intentaré relatar aquí. Y cuando lo felicitamos por sus logros, contestó: "¡No podría haber hecho nada sin los niños!" Tienen secciones de carpintería, panadería, costura, impresión, fotografía, agricultura, zapatería, etcétera. Todo, claro está, en pequeñísima escala pero serio; cada sección tiene a una persona experta como maestro, quiero decir un verdadero panadero profesional, un zapatero, etcétera. Todo se hace sobre la base de sindicatos —cada sección tiene su delegado—, y en reuniones semanales discuten los problemas que han surgido en la semana y la manera de mejorarlo todo. También tienen una comisión de justicia elegida por los muchachos e integrada por ellos. Éste es un caso: Un muchacho fue descubierto robando una considerable cantidad de dinero de los fondos generales. ¿Cómo crees que lo castigaron? Haciéndolo tesorero.

"Además de los trabajos manuales todos tienen ciertas horas de educación general, y algunas de gimnasia, juegos, etcétera. Podría seguir escribiendo sin parar sobre esto, pero en fin de cuentas no sería capaz de hacerlo. El señor Oropeza está escribiendo un libro sobre la fundación y el desarrollo de la escuela. John Dewey (uno de sus más grandes admiradores) ha prometido financiar la publicación.

"Realmente lamento que no hayamos visitado la escuela mientras estabas aquí, como tantas veces lo planeamos.

"Querido mío, esto es todo por esta noche."

Gabriel Fernández Ledesma la llamó para fotografiar la puerta de cedro rojo del Convento de la Merced, diseñada por él y tallada por sus alumnos de la Escuela de Escultura y Talla Directa; Tina accedió, conocía bien el convento. En la azotea vivían el Dr. Atl y Nahui Olín. Nahui insistía en que Atl la tenía secuestrada y se la veía caminar y peinarse al sol, regar sus geranios desnuda. En las tardes, recitaba a gritos sus poemas escritos en el francés de las señoritas educadas por las religiosas de San Cosme.

Cuando no iba al Popo, el Dr. Atl bajaba a ver lo que hacían los alumnos y sobre todo a visitar el pequeño zoológico que mantenían para que los estudiantes dibujaran del natural. Los alumnos se habían encariñado con los animales. Mapaches, tejones, armadillos, iguanas, un ciervo y el más importante: un coyote salvaje enjaulado. El Dr. Atl se aficionó al coyote y pidió darle de comer: le ensartaba la carne en una varilla. Una mañana acortó la distancia y el coyote le atravesó la mano y por poco le destroza las falanges. Gabriel quería a un mono araña llamado la Panchita, mascota de la escuela. La primera vez que Tina los visitó, la Panchita se había colgado de su cintura enredándole la larga cola negra al cuello: "¡Ya se enamoró: quiere ser tu ayudante!", los alumnos festejaron. La abrazó con fuerza y Tina rio hasta las lágrimas, la changuita sobre su pecho, mirándola a los ojos. "No sé si quiere ser mi novia o mi hija."

Gabriel la invitó para ver de nuevo a la Panchita. Llegó con la Graflex, el tripié y las placas. Gabriel la recibió en la puerta.

—Los animales están muertos. El coyote escapó, hizo matazón; al cervatillo le arrancó pedazos. Ya viene el veterinario.

Había sangre en el suelo y contra los muros. De vez en cuando se escuchaba un lamento; nadie podía localizarlo hasta que un estudiante sacó de debajo de una viga a la Panchita todavía viva. Con ojos casi humanos enseñaba sus intestinos. El veterinario dijo que no tenía remedio. La cara de Tina, por lo general tranquila y suave, se contraía con dolor. No quiso irse hasta que se llevaron a la Panchita.

Pensó escribírselo a Weston, era su manera de consolarse.

¡Qué revelación, las fotografías de Edward! Ahora mismo compraría un pimiento, vería sus jorobas y sus declives, jamás lo imaginó tan sugestivo; Weston iba tras lo insólito. ¿Qué importaba cuántas horas había trabajado si éste era el resultado?

De Edward aprendió a descubrir la belleza, y eso tenía que ver con el amor a los demás. Al escribir su emoción, Tina se sabía distinta. Una Tina anterior podía ver a la actual con distancia; la que le escribía a Weston era la mujer de mundo, que casi nada compartía con la actual, armada con materiales burdos, cafés, negros, cenizos. Tina examinaba entonces sus zapatos de trabita que habían sustituido las zapatillas de Los Ángeles y de los tiempos de Edward. Los zapatos no mienten, pensó, entretejían sus pasos con los de a pie, los de la calle, decían lo mismo que los zapatos de sus compañeros.

Pero las fotos de Weston hacían tambalear su renuncia.

"Edward, nada me ha afectado antes en el arte como estas fotos; simplemente no puedo mirarlas un largo rato sin sentirme excesivamente perturbada — me intranquilizan no sólo mentalmente sino en forma física. Hay algo tan puro y al mismo tiempo tan perverso en ellas, contienen tanto la inocencia de las cosas naturales como la morbidez de una mente refinada y distorsionada. Me hacen pensar en lirios y embriones a la vez, son místicas y eróticas."

Las caracolas, los pimientos, las imágenes de Weston vencían a la miseria y a ella la inmunizaban contra la angustia. ¿La inmunizaban? ¿Podía seleccionar rosas, alcatraces, copas de cristal cuando a Gómez Lorenzo le urgía que retratara a los campesinos leyendo *El Machete*? "Tina, vivimos en el continente del hambre, un hambre tan pavorosa como la de la India." ¿Podía ella gastar placas en una escalera de Tepoztlán si las calles reventaban de miseria?

—Una foto —continuó Gómez Lorenzo— es un documento irrefutable. Las fotos que tú haces son una bofetada a la conciencia del burgués.

—Una foto también es una forma...

La miseria en cambio no tenía forma, o las tenía todas. Esa miseria le estorbaba para ser, había que trascenderla, ir más lejos, volverla arte.

Tina le llevó las fotos de Edward a Diego; él las miró y después de remirarlas preguntó:

—¿Que Weston ha estado enfermo últimamente?

¿Acaso seré yo la enferma?

Nada le importaba tanto como enviarle a su maestro un buen

paquete de fotografías y esperar por correo la gloria o la condena. Quizá toleraría la hoz, la guitarra y la mazorca, su síntesis de la revolución mexicana, aunque Weston rechazara los símbolos.

Al solicitarle el Canario: "Por favor, compañera, debes viajar a Texcoco, posiblemente seas la única mujer en ese mitin de campesinos, espero que no tengas inconveniente", le dio la llave del campo. Llevaría su overol para treparse a donde fuera; tomar fotos desde lo alto, abarcar más gente, era el interés de *El Machete*: demostrar que un mar de sombreros de soyate acudía al llamado del partido. Sí, ése era su oficio y no el de mecanógrafa; mostrar a todos la calle. Tardó días en la foto del harapiento que escondía su rostro desesperado, sentado bajo el anuncio de la casa de modas: "Desde la cabeza a los pies, tenemos todo lo que requiere un caballero para vestir elegante. Estrada Hnos, Segunda Brasil 15, Primera de Tacuba". Weston la condenaría; era un montaje. Al México más humilde, el más golpeado, el más profundo, el que la conmovía, había que dejarlo en paz, no manosearlo.

A la hora del revelado, se sintió una primeriza, sudaba frío, "se me va a resbalar la placa, cuánto tiempo le daré"; sus brazos eran de palo, "tengo que controlarme; qué bueno el equipo de Edward", "no me lo agradezcas, eres buena fotógrafa". Tenía que voltear la placa cada treinta segundos, que el líquido la cubriera uniforme; el propio Weston había preparado el revelador y ella repetía la fórmula como un encantamiento contra el fracaso; hiposulfito de sodio, dos gramos; hidroquinona, noventa gramos; cristales de ácido bórico, treinta gramos. En la oscuridad, una vez quemó una copia, "está un poco oscura", se excusó tendiéndosela. "La echaste a perder, gruñó Edward."

¿Cuánto tiempo faltaba? ¡Dio, qué proceso angustiante! "No sabes establecer la diferencia entre la técnica y la magia." Todavía hoy, el que los contornos se delinearan dentro de la emulsión le parecía magia. En la oscuridad brotaba el sortilegio; dos, tres minutos, una eternidad. El alcatraz era puro y sensual. ¿Tendría la misma calidad carnosa y límpida a la vez? Diego Rivera la daba en la pintura pero podía retocar, echarse atrás buscando el efecto de la luz, cambiar colores, pero ella no podía hacerlo en la fotografía. En un pestañeo se jugaba el arte.

Ya con la placa en la amplificadora murmuró: "Eduardito, ayúdame". Acomodó el papel de grano fino, el más costoso.

Aparecieron sus dos amados alcatraces, exactamente como los había querido, frente al muro jaspeado de mugre, la sombra en el tallo largo que se perfila y culmina en la deslumbrante blancura de las copas, la savia en las fibras del pétalo terminada en esa aguja negra, preludio de muerte. En lo bello está implícita la crueldad, en la naturaleza hay una falla, la muerte que recorre el camino inverso a la vida, Dio, que no se me vaya. Su ojo derecho contra la lente, sin respirar, tensa, clic, la foto tomada, la emulsión repetía el milagro. Colgó la copia a secar, como una pequeña sábana de su imaginación.

Y se preguntó por qué pensaba tanto en Edward si los últimos meses habían sido tan ásperos. Weston salía abiertamente con Mary, Tina se acercaba cada vez más al partido. "Déjate de esteticismos, sé testigo, sal a la calle, retrata a la gente, a los que van caminando", decía Xavier. No era fácil; tenía que escoger el sitio exacto y acechar a sus modelos. "Olvida tus preocupaciones formales; lo importante es la vida de México, la de su gente desamparada, ésos deben ser tus personajes."

Para Tina, la fotografía era un objeto de arte, como la pintura; así se lo había enseñado Weston. Con un equipo pesado, una Graflex de cajón, era imposible el azar, la chiripada, la premura. La foto de la abanderada en el puente la planeó con anticipación; el pensamiento precedía a sus fotos. Cautivarían por sus propios valores, no por la anécdota.

Xavier destinaba más horas al *Machete* que a la pintura mural.

—Quiero estar donde sea más útil.

—¿Tu arte? ¿Tu oficio?

—Mi oficio es la solidaridad.

—No lo dudo, pero creo que eres un buen pintor.

—Sigo haciendo mis apuntes en la calle, mira mi cuaderno.

Tina hojeaba los bosquejos de Xavier en una libreta, forrada con papel periódico. Xavier los hacía en el tranvía, en cualquier banqueta. Eran muy buenos. ¿Por qué entonces mutilarse?

—Algún día te harán justicia, Xavier, me gusta la nitidez de tu trazo, las formas sólidas, el acabado cuidadoso que les das.

Frente a ellas me siento fuera del tiempo, sabes abolirlo, tus figuras son intemporales.

—¿El gris de las grisallas que es lo único que me permitió Diego? —preguntaba rencoroso.

—No pienses en eso, tú tienes talento, puedes conseguir tus propios muros... Dicen que ahora les van a dar los muros de los mercados nuevos...

Xavier no contestaba o murmuraba en un gruñido.

Había pasado el tiempo del Anfiteatro Bolívar en que pintó el arcoiris, y Siqueiros lo llamaba "el científico" porque desde niño su padre le enseñó a decorar paredes allá en Coahuila. Nadie como él para moler el copal, la alucena, la cera en todos los colores. Nadie con esa fuerza escultórica.

—Soy más útil en *El Machete*.

El machete sirve para cortar la caña,
para abrir las veredas en los bosques umbríos,
decapitar culebras, tronchar toda cizaña
y humillar la soberbia de los ricos impíos.

Antes del primer número, Xavier había grabado un puño para la cabeza del periódico. Burilaba con rabia porque lo sacrificaban, los compañeros llegaban tarde o no aparecían. "Es la falta de costumbre; el partido acaba de nacer", decía conciliador Hernán Laborde. "Pues de recién nacido vamos a pasar a sepultado", respondía Xavier.

Guerrero y Pacheco habían ayudado a Diego en Chapingo y mientras Tina posaba, Xavier esculpió el frontispicio del comedor de la escuela de agricultura.

Tina ya no era esa criatura de sensualidad siempre renovada sino una copia cautelosa de sí misma. No podía evitar que la vieran con curiosidad, porque su energía sexual salía en cada uno de sus movimientos, sobre todo en su forma de caminar. Imitaba la conducta de Consuelo Uranga, de Gachita Amador, de María Luisa; decía en voz casi baja "con permiso", "buenos días", "al rato vengo". Por más que trataba de escurrirse a su casa como ellas, los compañeros siempre la retenían. Concha Michel partía plaza a guitarrazos, un poco a la manera de Guadalupe Marín. Hubiera deseado que Diego no la conociera "de antes"; la Tina de Weston ahora era un ser autónomo, orgullosa de su individualidad. Cualquiera de las cosas que hacía antes, los compañeros las habrían juzgado extravagantes: Weston vestido de mujer, vicioso, maricón; ella disfrazada de hombre, caminando por la calle de su brazo, machorra, degenerada; Brett, a quien le prestaba su brasier relleno de naranjas, un pervertido; los bailes con Elisa temerosa y excitada, una desviación, una falta de respeto al pueblo, una malignidad sin nombre, y las tentativas de Weston por un apocalipsis sexual que lo llevara a intensificar su placer, cosa de maniacos. ¡Bola de anormales! ¿Qué era lo moral? ¿Qué era lo normal? ¿Cómo canalizarían su sexualidad los compañeros? ¿Cómo haría el amor Hernán Laborde? ¿Y el Frijolillo? ¿Cuáles eran las realidades de su deseo? ¿Cómo harían los campesinos el amor con sus pies de lodo, sus talones curtidos, sus piernas y sus brazos cortados en la talacha diaria, sus pechos jadeantes como la tierra, la llamarada de su aliento? ¿Cómo, las mujeres envueltas en su rebozo, los charcos mansos de sus ojos, sus manos siempre escondidas? Los pobres se agarraban a palos. Las esposas, los hijos, los perros, los burros, las mulas, recibían su buena dotación de palos. Golpear era formativo. "No me pegue, no me pegue, papá, no me pegue, mire, ya me abrió el lomo", escuchó Tina. "¿Cómo no te voy a pegar si es para tu bien?" Vivir derecho, ser razonable, vivir como Dios manda, una buena tunda para caminar derechito, Tina; según el código de valores del partido comunista, los compañeros cada madrugada se levantaban a la lucha, abajo la imaginación; ninguno era como Diego, exhibicionista y cómplice del capital; desde la opresión lograrían construir otra realidad, la de un México para todos los desheredados, y sobre todo un México para los indígenas, los campesinos, los verdaderos mexicanos.

Quizá fue cuando trajeron al compañero Raúl Álvarez golpeado, las uñas sangrantes, los pómulos abiertos, la carne inflamada abombándose, la cabeza suelta, una masa de sangre y excremento, cuando Tina se dio cuenta de que los comunistas se jugaban la vida.

Desde un principio, la fogosidad de ese joven que sin órdenes o con ellas salía a las colonias populares la atrajo. Ninguna palabrería; sabía resumir.

—En concreto, hacen falta lavaderos, agua potable, letrinas, depósitos de basura.

—¿Por qué vienen a la ciudad?

—Porque ya no aguantan el hambre.

Los niños daban chillidos de una agudeza hiriente.

El partido todo lo transformaba en comités que luego se dividían en subcomités, y las reuniones de comités y subcomités podían tardar días enteros mientras en los lotes invadidos se declaraba la tifoidea. No habían desmenuzado los pasos a seguir cuando ya tenían que comprar cajas de muerto.

Raúl Álvarez, el rostro enrojecido y tembloroso, les decía a los paracaidistas cómo armarse con piedras, palos, lo que encontraran a la mano, cualquier cosa antes de entregarse a la autoridad. Resistir, exigir lo suyo. "¿Cuál nuestro, si no somos dueños de nada?" No sentían que tenían derecho a la vida, mucho menos a la tierra. Los pobres se acostumbran pronto a su previsible mala suerte. "No se dejen. Reaccionen." Aconsejaba: "No orinen ni defequen cerca del lugar donde van a dormir; vamos a conseguir picos y palas y a traérselos para cavar zanjas, ya verán; por lo pronto aquí tienen cartones para levantar su casa". Escuchaban a Álvarez con desconfianza, como si no se dieran cuenta de la dimensión de su desgracia. ¿Estarían tan hambrientos que no entendían?

Los compañeros del partido desaprobaban sus tácticas. "Es otra la estrategia, te estás desgastando inútilmente y un día te van a dar un mal golpe; hay que responsabilizar al gobierno; tú denuncia en las asambleas, escribe para *El Machete*, dicen que el presidente de la república tiene nuestro periódico sobre su escritorio. ¿Qué ganas con ir todos los días?"

Tina compartía la ansiedad de Raúl, ¿cómo dejar a esos pobres a la intemperie?

—El gobierno lo único que quiere es desalojarlos. Se van a morir de hambre.

El partido ¿comedor público? Tina hubiera añadido un dormitorio. "No sean absurdos, el trabajo del partido es político."

—Estoy dispuesta a hacerlo con mis propias manos —gritó Tina por primera vez—, tengo amigos, puedo conseguir cobijas, catres, lo que sea.

—Tina, nuestra tarea es denunciar los hechos, no resolverlos, no tenemos con qué. Dentro de poco, Raúl y tú nos pedirán que montemos un hospital.

—¿Por qué no? —preguntó rabiosamente recuperada.

—No es ésa la función del partido. Hay que obligar al gobierno, tú quieres convertirte en la Cruz Roja.

3 DE AGOSTO DE 1927

En Puente de Alvarado, Tita y Tomás Braniff la recibieron efusivamente:

—Vengo a pedirles ayuda.

—No faltaba más. ¿Qué necesitas? Perdona que te hicimos esperar pero Tomás tiene gran interés por la aeronáutica y venimos de una práctica de vuelo en Balbuena.

—En el partido nos hemos comprometido a ayudar a varias familias a punto de ser desalojadas.

—Tina, estamos por salir a Europa; a nuestro regreso quizá podamos ayudarte. Por lo pronto, aquí están cien pesos, en vista de tus malas condiciones.

—No son mías las condiciones, yo estoy muy bien —repuso airada—, hablo de miles de mexicanos.

En la mesa, entre los candelabros, encima de la charola de plata de las tarjetas de visita, dejó los cien pesos. Había ido a verlos casi con la alegría de las reuniones de antes. Los Braniff le hicieron medir la brecha entre la Tina de Weston y la Tina de Guerrero.

Fue a la avenida Juárez esquina con San Juan de Letrán, al edificio donde Monna, viuda de Rafael Sala y ahora casada con Felipe Teixidor, tenía su departamento. No sentía ya la aversión que la estremeció al salir de Puente de Alvarado. Los Teixidor vivían en un ambiente de libros, eran intelectuales, qué tonta había sido al acudir a los Braniff. Abrazó a Monna, quien inmediatamente le preguntó por Edward. Luego le ofreció té. "¡Qué bien te ves, guapa como siempre!" Tina se sentó frente a ella hundiéndose en el sillón de terciopelo verde y le planteó con energía la ayuda a los colonos, fija la vista en Monna, inteligente, generosa la expresión en sus ojos. Al terminar, su expresión siguió siendo la misma mientras respondía, ponderada:

—Por el tiempo en que nos hemos tratado estoy segura de que tienes en cuenta nuestra forma de pensar, la de Rafael, que en paz descanse, y la de Felipe, su mejor amigo. Recordarás que siempre nos hemos mantenido al margen de ideologías. Ayudarte, Tina, sería traicionarme a mí misma porque no comparto tus actuales convicciones. No creo en la dictadura del proletariado. Esto se lo digo a la militante; sin embargo estoy dispuesta, y Felipe también lo estaría, a ayudar a la amiga.

—La amiga no pide nada, no necesita nada.

A Xavier le ocultó su decepción. La habría culpado: "¿A qué vas? Te lo buscaste. Así son. Lo sabías. Te lo dije. Qué bueno que lo experimentas en carne propia". El rechazo le confirmó que estaba del otro lado de la barrera, en las afueras. Algo nuevo había nacido en ella, algo extrañamente hermoso que le había hecho retroceder hacia una inmóvil distancia; el reencontrarse con su esencia, volver a ser la niña sobre los hombros de Giuseppe en los mítines, la ahijada de Demetrio Canale, puño en alto. Los arduos días en *El Machete* en la calle de Mesones habían preparado el encuentro consigo misma. Algo exultante se abría paso en ella. No sentía rencor contra sus amigos ricos o sabios de entonces. Simplemente sabía que no los volvería a ver; su camino era otro y la suya era una sensación sagrada. Esa noche se entregó a Xavier fundiéndose en él a través de todos sus tejidos y toda su conciencia. Al día siguiente entró al partido con agradecimiento.

—Tina, por tu participación social, la célula de los periodistas te ha escogido como candidata. Vas a ingresar a la vanguardia del proletariado.

Xavier, miembro del comité central, perdió por un momento su adustez, orgulloso de su compañera.

—Ahora sí, se te apareció el diablo —la palmeó Silvestre Revueltas.

—¡Y qué diablo! —la abrazó Juan González.

Luz Ardizana no cabía en sí de la felicidad. Aunque Enea Sormenti tachaba al partido comunista mexicano de "partidito". La ceremonia que la hizo comunista de carnet la emocionó profundamente. Recibió su membresía como si la hubieran armado caballero. Xavier Guerrero la armaba. A él le debía este momento, el compromiso hasta la muerte. Frijolillo, el Ratón Velasco, Fausto Pomar la abrazaron. "¡Lástima que no nos acompañan los Lobos. Estarían contentos la Ardillita y el Coyote!" que así llamaba Rafael a los Wolfe. El carnet tendría que mantenerlo al día con estampillas de la hoz y el martillo, el diez por ciento para el partido. Enea Sormenti le había contado de los carnets atravesados por una bala, exhibidos religiosamente en aparadores en el partido comunista ruso, de los rojos que habían caído con gloria, como las muchachas muertas en amor, sí Tina, las que mueren de amor.

—Me sentí muy honrado —dijo Enea Sormenti— cuando recibí mi carnet como miembro del partido comunista mexicano.

—¡Ah, pero tú eres internacional!

—Tú también puedes llegar a serlo, Tina.

—En adelante —bromeó el Canario— nada de relajo, ningún amorcito, ninguna copita, ni una copa de vino tinto siquiera, adiós al vacilón, ni pérdida de tiempo, ni un solo día sin servir a la causa.

—¡Para la pinche vida que vas a llevar! —bromeó el Ratón Velasco.

Era uno de los chistes que se hacían a los nuevos, a los que ingresaban a la célula Carlos Marx, a la Engels, a la Zapata, cada una con advocación como de santo de iglesia. Habría una célula Clara Zetkin. A Clara Zetkin muy pronto la canonizarían. Tina sintió que en los años por venir la vida la viviría a ella, y que el tiempo ya no sería suyo sino de los otros. ¿Habría alguna vez una célula Tina Modotti?

Concha Michel tomó la guitarra para festejar a la camarada de reciente ingreso y cantó:

Soy un pobre venadito
que habita en la serranía...

Cuando a Raúl por fin le autorizaron una brigada a la colonia Bondojo, Tina deseó que él la llamara. Más que ninguno, Raúl tomaba furiosamente el partido de la vida. Pero no la llamó. Lo de las tomas de tierra era para las juventudes, los impetuosos de primer ingreso, no para Tina. "No quiero que te pase nada."

—Si no me llamas, Raúl, ¿de qué sirvo?

—No personalices, Tina. En la lucha, lo primero es obedecer.

—Me siento mejor con el niño en brazos, extendiendo sobre dos palos el techo de cartón, que en las sesiones, donde los pasmados esperan la orden de Moscú, el viaje a Moscú, el Congreso en Moscú. Moscú será mi cabeza pero mi corazón está en México, en la Bondojo.

—Sentir lástima por los desheredados no sirve de nada. Los compañeros son igual de pobres, y bien que se las arreglan para seguir viviendo.

—Es que prefiero tu exasperación en los barrios populosos, a las disertaciones; es mejor conseguir una olla, una manta, que ese discurrir interminable. Hundirme entre la gente es mi manera de sostenerme en vilo, Raúl.

—¡Cuánto individualismo! El partido no va a resolver tus problemas emocionales, a ésos sólo tú debes hacerles frente. No te preocupes, nada más que pase todo esto, vamos a platicar tú y yo.

De pronto Raúl quedó despatarrado sobre el escritorio, las suelas agujereadas, la piel transparente vaciándose de sangre, dobladas las manos sobre sus genitales, como si hubiera querido proteger su vientre. Muerto. Gómez Lorenzo le pasó el brazo alrededor de los hombros. Tina instintivamente se hizo a un lado: "Ves, ves lo que sucede. En cuántas ocasiones se lo advertimos a Raúl. De haber seguido en esa brigada, correrías tú la misma suerte".

Añadió más cansado que indignado: "Ahora, vamos a hacer la denuncia. ¡Y la que se va a armar!"

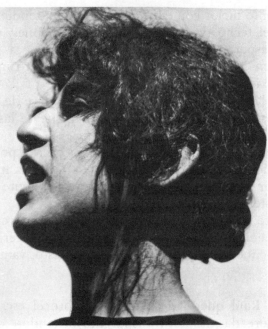

Lupe Marín
Fotografía de Edward Weston

22 DE AGOSTO DE 1927

A veces Tina quería morirse como Raúl. Descubría un México que le dolía hondo. Las palabras oscurecían el camino; los compañeros hablaban de un Moscú irreal y lejano. María Luisa tenía prisa porque después del trabajo del partido corría a servirle de cenar a Rafael Carrillo a su casa, su verdadera célula. A María Velázquez, la mujer de Juan González, la reducían en Mesones a preparar café, a ir por las tortas. Para cada una cuidar a su hombre era lo que la acercaba al partido, salvo a Luz Ardizana que ni tenía hombre ni ganas. Luz cumplía sus tareas como si estuviera rezando y a Tina la miraba con devoción, a punto de invocarla.

Unas cuantas apasionadas desfogaban su temperamento en Mesones, pero la mayoría iba como cargando un fardo adicional al doméstico. El miedo a que el gobierno allanara las oficinas volvía opresivo el ambiente. Allí no caía sino gente perseguida, de esa que expone su vida o ya la perdió, como los inmigrantes.

¿Qué sabían de ella las compañeras? Eran de las personas que jamás piden un cuarto con vista al mar, ni bailan desnudas en la azotea. No podía imaginarlas con otra falda, con otro saco; tampoco querrían vestirse de tehuanas como Concha Michel. "Ésa, por fachosa." Lo que significaba libertad, como escoger su ropa, estaba proscrito. Una tarde, Tina llegó con una buganvilia en la cabeza. Cuca García le preguntó si iba a cantar en trío con Concha Michel y Elisa Guerrero. Con Edward, pensaba "hoy, el blanco", "para este día de sol, el amarillo"; vestía al día de colores; "voy a salir sin sombrero, mañana me pondré el maravilloso panamá de Chiapas", "a la fiesta de Diego llevaré el negro entallado". Sus pechos florecían; la blusa bordada de Oaxaca era un hallazgo feliz porque en una de sus andanzas siguieron durante horas a una india con una blusa asombrosa que ofreció venderles otra igualita, pero allá en su casa. Trotaba delante de ellos: "Allá nomás, allá nomasito", respondía cuando le preguntaban: "¿Cuánto falta?", hasta que Weston protestó: "Deja correr ese conejo, regresemos". "No, no, quiero la blusa que tiene en su arcón." Cuando por fin la mujer levantó la blusa en la miseria de su choza, resultó más bella que la puesta. Edward admitió que la carrera había valido la pena. "Allá nomasito", reían frente a copas de vino tinto con fruta. El propio Diego confirmó más tarde que era una pieza de museo y Lupe preguntó dónde la había obtenido. Jamás se le ocurriría hoy correr tras blusa alguna; aquellos días ya no importaban, ni el mar, ni los antojos. Ya no tenía sentido la vida que se vive a sí misma despacito, el bienestar de saberse vivo.

Aunque Xavier era del grupo de Diego y Lupe, Tina se dio cuenta de que ella jamás regresaría a las desveladas. Su tiempo era otro. Retratar campesinos, atenderlos en *El Machete*, brindarles su sonrisa: "Pase, tome asiento, ésta es su casa". No tenían ni dónde pasar la noche, ni cómo echarse un taco. Tina ideó la cafetera y los pocillos, el azúcar, ideó también la sonrisa que mitiga el temor y la desconfianza. De ahora en adelante siempre preguntarían después de tocar con respeto a la puerta:

—¿La señorita Tina?

Juan de la Cabada manoteó:

—¿Por qué me hacen eso a mí, por qué me corta *El Machete*? Son ideas mías, no tuyas, el estilo que tienen ustedes aquí es de funeraria. ¿Por qué me lo cambian, eh? ¿Por qué?

Gómez Lorenzo lo palmeó:

—Porque eso es lo que entiende el obrero, muchacho, tú tienes un lenguaje muy lírico, no llegas al grano.

—¡Y qué, es mi estilo! —gritó Juan de la Cabada, mesándose los cabellos.

—Tu estilo sólo tú lo entiendes —Xavier Guerrero secundó a Gómez Lorenzo.

—Aquí todos escriben ampuloso, queriendo lucirse —manoteó en defensa propia Juan de la Cabada cada vez más despeinado—, ¿cómo te atreves, cómo te atreves? En el *Diario de Campeche* no me quitan ni una coma, en *El Libertador* tampoco.

—Pues así estará Campeche —se levantó Xavier Guerrero de su asiento—. Cuando seas grande nos lo vas a agradecer.

—Ahorita mismo quiero que me devuelvan mis artículos —gritó Juan librándose de un abrazo imaginario.

—¿Ah sí? pues muy bien. Y ¿dónde te los van a publicar?

—Pues no sé, pero prefiero tirarlos a la basura a que tú me censures.

Tina se acercó a Juan:

—Espérame, japonés, vamos a tomar un café.

Juan se distinguía de los demás porque llegaba de corbatita y saquito a la redacción y a la célula. Era una mosca en la leche de los enchamarrados. Contador en la fábrica de zapatos La Hispana, lo obligaban a vestir traje. Bueno, también Frijolillo andaba de traje. Pero a Juan, no lograron aplacarle el pelo. Entre risas le pasó a Tina a Vargas Vila: "Mira, es el primer libro antimperialista que leo, mira nomás que verbalista, llama a los gringos 'las bestias rubias'". "Me parece muy bien." "¿Cómo te va a parecer bien? Ésas son vaciladas." "¿Ya leíste las *Conquistas hispánicas* de Gómez Carrillo, el guatemalteco, Tina?" Se habían hecho amigos porque un día al llegar a la Liga Antimperialista de las Américas, en la calle de Bolívar número 55, Tina al distinguirlo entre el peruano Jacobo Hurwitz, Monterito y uno al que le decían Silvita, comentó: "Allí está el japonés". De la Cabada desaparecía largas temporadas en su Campeche natal. Regresaba asoleado, disparatado y encantador a relatar una serie de aventuras inconexas. El arribo de los compañeros de la Cabada y José Revueltas con su costal de hazañas improbables era un gusto. A Revueltas se le hacía tarde porque una árbola se había subido al autobús en la parada del bosque de Chapultepec, una ¿qué? una árbola chiquita con su falda de hojas machucadas a la que Pepe le pagó el pasaje y llevó a resembrar al Desierto de los Leones. Y todavía hubiera llegado a tiempo, pero al despedirse de la árbola, ésta le pidió prestada su navaja de bolsillo y se grabó en el tronco un corazón y el nombre "Pepe", tarea en la que ocupó la media hora de retraso con que Revueltas llegó a la cita. A veces se olvidaban de la militancia. En otra ocasión Rafael Carrillo encontró a Revueltas tomando café como gente grande, en el Hollywood.

—¿Qué haces aquí a las doce del día, Pepe?

—Quedé de verme con mi hermano a las dos, si no llega a las tres lo espero hasta las cinco porque yo me voy a las seis.

Para Tina, el tiempo comenzó a tener medidas muy cortas. Laborde a los artistas y a los escritores no les concedía la palabra porque con sus disquisiciones se acababan el tiempo, era sabotaje. Tina cayó en el sortilegio de creer lo que contaban Revueltas y de la Cabada hasta que María Velázquez y Concha Michel sentenciaron:

—Esos impulsos de los compañeros o son de locos o de reaccionarios.

24 DE AGOSTO DE 1927

Enea Sormenti la invitó a participar en las reuniones de la Liga Antimperialista de las Américas y las del Socorro Rojo Internacional. Se iniciaban a las ocho de la noche, a la hora del cierre de la oficina; además el italiano salpicaba la junta de comentarios personales. Ya desde el gran acto a favor de Sacco y Vanzetti, el encuentro con Enea fue una alegría. "Pues ¿de dónde eres?", preguntó Tina con curiosidad. "De Muggia." "¡Dio, yo soy de Udine, a unos pasos de Trieste! ¡Somos friulanos, compatriotas!", y le abrió los brazos. Además, ¡oh privilegio sin igual!, conocía a Sacco y tenía correspondencia con Vanzetti. "¿Cómo son ellos? Dime, cuéntame todo lo que sabes de los dos." Sacco, de físico insignificante, llegó a ganar veintidós dólares diarios como zapatero, muchos más de los que requería su modestia, y Rosa, su mujer, aceptó su decisión. "Sí, dale la mitad a nuestros buenos compañeros." También comprendió a su marido cuando le explicó que no iría a la guerra porque jamás podría tomar un arma contra otro trabajador como él, alemán, ruso, austriaco, húngaro, qué más daba.

"Hemos sido juzgados durante un periodo de histeria, resentimiento y odio contra los extranjeros — declaró Vanzetti —. En setenta ciudades fueron arrestados miles de extranjeros y progresistas norteamericanos, trabajadores, sindicalistas y anarquistas, socialistas, comunistas, acusados de atentar contra las instituciones. Los que se manifiestan en contra de la guerra son traidores a los Estados Unidos. No odio a ningún pueblo sobre la tierra y no creo en las razones por las que se está haciendo la guerra."

Esa sola declaración bastaba para granjearle el desprecio norteamericano. Los anarquistas italianos pertenecían a la peor de todas las inmigraciones. Había que verlos descender del barco envueltos en sus hilachos, esa lenta caravana era la escoria de la humanidad, venían a ensuciar la América, a proseguir su vida de parásitos en barrios de shit, shit, shit. No había más que darse una vuelta por Little Italy para ver sus costumbres primitivas, gritos, cerrazón al progreso. Retrasaban la obra de los founding fathers anglosajones, y de su destino manifiesto. "America for Americans."

"Toda América Latina considera a. México como un faro de luz", voceaba Sormenti. "Aquí vamos a organizar revoluciones." Nunca tenían un centavo. Las revoluciones las organizaban a toda hora, en el café, en la Liga, en el Socorro Rojo; revoluciones, conjuras, complots, zafarranchos, en Cuba, en Guatemala, en Costa Rica, en El Salvador, en Perú, hasta en Bolivia y en Ecuador. Algunos jóvenes mexicanos iban a Nicaragua a pelear en el pequeño ejército loco del General de los Hombres Libres; el Comité Manos Fuera de Nicaragua los enviaba. Allá fueron Salgado, Ortega, Paredes. El partido comunista mexicano era de seiscientos miembros activos que creían tener en su mano "al mundo"; los compañeros pensaban que *El Machete* era el periódico más grande "del mundo". Sormenti sonreía al decir:

— Vamos a mentarle la madre "al mundo".

Los imitaba:

—Yo soy puro mexicano, soy chingón, soy el más revolucionario, soy el cabrón.

La Liga tenía contactos con muchos grupos armados, Úrsulo Galván venía del campo a la calle de Bolívar número 55 y después prefirió la casa de Tina. Era un gran organizador campesino. También José Guadalupe Rodríguez, proveniente de Durango, se apersonaba con sus buenas carcajadas al estilo de Villa.

—Tina ¿quieres un vasito de agua con vinagre? En Muggia éramos tan pobres que no podíamos comprar vino; mi madre inventó este elixir.

Respirar a través de Sormenti era regresar a la infancia. Además él era tan libre que le hacía preguntas a las que jamás se hubieran atrevido los demás compañeros:

—¿Qué haces tú con ese mono?

—¿Cuál mono?

—La estatua, la momia, el mono con sueño, ¿no sabes quién es?

—¿Xavier?

—Sí, el Perico... —reía a carcajadas.

Tina no podía enojarse.

—¡Nada tiene que ver contigo el Perico! Anda, ven, ayúdame a organizar el acto en favor de Sacco y Vanzetti.

¿Así que los revolucionarios podían echar relajo? Definitivamente los extranjeros tenían más mundo. Por eso se llevaba mejor con el Canario Gómez Lorenzo, con Sormenti; eran menos previsibles, menos quisquillosos. Salvo Raúl, pero Raúl estaba comiendo hierba por la raíz como diría Giuseppe Modotti.

A casa de Tina, centro de reunión, llegaba Diego Rivera empistolado. Una tarde, le colmó el plato a Sormenti, que lo desarmó. "Hombre, aquí no la necesitas." Vasconcelos le había pedido a Diego que quitara de su mural la hoz y el martillo. Enea Sormenti se enojó:

—Ésta es una capitulación. ¿Qué le pusiste al campesino en las manos, entonces?

—Uvas, un racimo de uvas.

—Es cobardía.

—No es cobardía. En un papel pinté una hoz y un martillo y

lo metí en un frasquito dentro del muro y lo mandé enyesar. Así que mi idea de todos modos quedó en el muro.

—¿Ah sí? ¡Qué farsante! —rio Sormenti—, ¡qué gran mentiroso!

Diego reía estruendosamente.

Tina no podía reír. Hacía tiempo que Diego coqueteaba con Dwight Morrow. El embajador de Estados Unidos quería regalarle un mural a México como símbolo de buena voluntad. El gobierno de Morelos reparaba el palacio de Cortés en Cuernavaca. Todo eso lo sabía Tina por William Spratling, el intermediario. "Van a pagarle doce mil dólares que comprenden su sueldo, el de sus ayudantes, albañiles y el costo de los materiales. Aún no acepta, pero sé que además le han pedido que pinte en Detroit." Hacía tiempo que Diego iba de concesión en concesión. Ya en la Secretaría de Educación en años anteriores había cedido ante Vasconcelos al borrar un poema de Carlos Gutiérrez Cruz en el muro dedicado a los mineros:

Compañero minero
doblegado bajo el peso de la tierra,
tu mano yerra
cuando saca metal para el dinero.
Haz puñales
con todos los metales,
y así,
verás que los metales
después son para ti.

Además de hacer pinturas antiestéticas, Diego Rivera invitaba al asesinato. ¡Era el colmo! Diego tuvo que eliminar el poema "que es infame y ni a poesía llega", gritó Vasconcelos.

26 DE AGOSTO DE 1927

Una noche, sin más, Xavier bajó su veliz de arriba del ropero.

—Salgo a Moscú, me envía el partido.

—¿Qué?

—Me voy a la Unión Soviética.

Como un autómata, con los gestos precisos y limpios del dibujante, empezó a arreglar sus cosas. No había más que decir. Él se iba, la dejaba atrás. Qué obediencia. Qué disposición al sacrificio. A su compañera, servidora del partido, no le debía explicaciones. Además ir a la Unión Soviética era un honor anhelado por todos.

Tina le preparó en silencio la ropa más caliente. Los calcetines, las camisetas; entre los pañuelos y los paliacates envolvió terrones de azúcar, compró una gorra de lana, unos guantes forrados. Se sentó en su sillita baja cercana a la ventana a tejer una bufanda: "Me estoy convirtiendo en la mamma", se dijo al recordar a Assunta inclinada sobre calcetines de estambre barato.

En la noche, su cabeza sobre el pecho de Xavier, se rebeló: "¿Y yo, entonces? ¿Y yo? ¿Qué será de mí?" El militante respondió: "Voy a juntar lo de tu pasaje, venderé dibujos, me alcanzarás en Moscú, te lo prometo". A medida que avanzaba la noche y la respiración de Xavier se volvió uniforme, a Tina no le quedó más remedio que resignarse.

—Imbécil el Perico, dejar atrás sola a una mujer como Tina —comentó Sormenti al Frijolillo—. Tres años en la Escuela Lenin son una eternidad. Yo me la hubiera llevado. Hay mujeres que a uno se le olvidan pero Tina es de las que siempre permanecen. Imbécil el Perico; en su lugar, jamás la dejo.

12 DE SEPTIEMBRE DE 1927

Xavier partió. Lo primero que hizo Tina fue establecer un orden del día. Después de la vida, lo más precioso es el tiempo. Se daba órdenes por escrito: "Revelar placas", "Preparar emulsión", "Pablo O'Higgins", "Gabriel Fernández Ledesma", "La Merced", "Antonieta Rivas Mercado: fotos obra Manuel Rodríguez Lozano". Dibujó un diagrama: actividad; tiempo. Plan de Trabajo. Evaluación cada fin de semana. Números: 5 a 9: *El Machete*. Se empeñó a toda costa en cumplir este horario.

Antes, era otra su idea del tiempo. Al llegar a México con Weston, nada mejor que reunirse con los amigos a "echar relajo" como decía Lupe. Ahora, cuando acudía a cualquier reunión era para hacer algo: organizar la marcha, redactar la protesta, apoyar al sindicato en contra de Morones. Xavier le había enseñado a castigarse. La suya era una tarea política. La imagen de la Tina que reía en las fiestas se había perdido en el fondo de la memoria. Ya no desataría la hilaridad remedando sus películas de Hollywood.

Las paredes de su estudio están cubiertas de frases de Lenin y recordatorios de trabajo prendidos con un alfiler, Rafaela Bernal, Chopo 5, Apt. 3, *Mexican Folkways*, Álamo 24, depto 6, Tel, Mexicana, 02940, Sonora News Company, Madero 17, Frances Flynn Payne, 74 Trinity Place, New York, Carlos Chávez, Bucareli 24, Bill Spratling, hotel Los Arcos, Taxco, Casa del Estudiante Indígena, colonia Anáhuac, Emily Edwards Cantabrana, Belisario Domínguez 43, Miguel Covarrubias, avenida del Palacio Legislativo n. 3, Portes Gil, esquina de Iztacíhuatl e Insurgentes. Apunta en desorden en una suerte de diario, escribe en los márgenes de una libreta, encima las palabras con su letra negra y puntiaguda, siempre presurosa. Lo que más le gusta es ir a casa de Frances Toor porque sale corriendo a la puerta a recibirla el niño Francisco Luna con su cara redonda y reflexiva. "Va a ser un artista", le confía la Paca Toor: "Mira nomás su cuaderno de dibujo". Su madre trabaja en casa de Frances quien pone mucho interés en su educación. Tina le regala fotografías, la de los guajes, la de los juguetes de petate, la de los títeres y las manos del titiritero. Las mira largamente. Tina le sugiere:

—¿Por qué no apuntas lo que piensas? Yo trato de llevar un diario. Escribo para no olvidar.

13 de octubre de 1927. En el bosque de Chapultepec, un grupo de complotistas de la Liga de Defensa Religiosa arrojó bombas de dinamita al auto de Álvaro Obregón. No le pasó nada. Me hace mucho bien ver al titiritero Lou Vounin. Son creativos sus títeres y él es un ser lleno de fantasía. Lou Vounin quiere regresar a los Estados Unidos. Lo voy a extrañar. A su familia también. *23 de noviembre de 1927*. Hoy fusilaron al padre Miguel Pro, a su hermano Humberto Pro, Luis Segura Vilchis y Antonio Tirado, en la Inspección de Policía, a cincuenta metros de la estatua de Carlos IV, en pleno centro, a plena luz del día y sin orden judicial. Y luego dicen que vivimos en un estado de derecho. *6 de diciembre de 1927*. Son colgados y rematados siete católicos en Jalisco ante los pasajeros del tren de la línea Guadalajara-Colima. No es que me importen los católicos, mucho menos los curas, lo que me parece intolerable es cómo se hacen justicia los mexicanos.

Nadie cercano con quien comentar los acontecimientos.

Rafael Carrillo, Frijolillo, había salido con Enea Sormenti al VI Congreso Mundial de la Internacional Comunista, allá se reunirían con Xavier Guerrero. Ninguno iba tan frecuentemente a Moscú como Enea Sormenti, los mexicanos lo envidiaban.

10 DE ENERO DE 1929 Y LOS AÑOS POR VENIR

Moverse lo menos posible para guardar fuerzas, no cambiar nada por dentro, regresar el reloj, dejar todo como antes, Na'Chiña, vivir despavorida. No tocar, no tocar, no tocar. Volver al día anterior. Los días que siguieron a la muerte de Julio Antonio habían sido tolerables. El juzgado era un espacio nuevo, insospechado y quise lanzarme a la lucha, empujar las pesquisas, darlo todo en mis comparecencias con tal de que encontraran al asesino de Mella.

Después el dolor cayó como un bloque negro. Hubiera querido prepararme para recibirlo, siempre se me adelantó. Amanecía en la almohada, era lo primero que veía al abrir los ojos.

El amor se inventa, el sufrimiento no.

Julio Antonio supo que iba a morir. En el instante mismo de los disparos reconoció a su muerte. El peso de la muerte ya estaba en su cuerpo cuando dijo: "Muero..." y todavía alcanzó a pronunciar las tres palabras: "por la revolución". No tuve tiempo para seguirlo, él se iba; Julio, mi amor, no Julio, no, Julio, Julio ¿qué voy a hacer?

En una hora loca creí reencontrarlo; Julio te mataron, Julio te revivo.

Poco a poco las fuerzas regresaron. En Juchitán, entre ustedes volví a dormir, a comer. Lo más difícil: comer. No podía dejar que la comida se pudriera en el plato. Como la vida. Me lo dijo usted, Na'Chiña. A la vida hay que vivirla, si no se le pudre a uno adentro. ¿Qué más venganza que la del 10 de enero? Algunas noches desperté en el espanto, me sorprendió no morir. No morir era una trampa. Tengo que reaprenderlo todo. A vivir. A no morir. Por Julio. Julio inmenso ante mí, dejándose mirar, su sombra alargándose en el piso. "Julio dame una tregua, un momento en blanco."

En Juchitán pude respirar, Julio Antonio me mandó ese respiro. "Si me salgo de mí misma al regresar no volveré a encontrar el dolor." Yacía agazapado, me saltaba al cuello. "Quiero tirarme al suelo", le dije, Na'Chiña, y usted me respondió: "Anda, échate sobre la tierra, desahógate, ya te levantarás".

— Todo eso ha sido mi vida, Na' Chiña, hasta aquí llegué.

— Pues órale, pa'delante.

Tina se limpió la cara y las manos de tierra, alisó sus cabellos, sacudió su enagua larga, y se levantó.

•Tina Modotti en su exposición en la Biblioteca Nacional•
Archivo particular

2 DE MARZO DE 1929

En el estudio de Tina se apilan cartas. Antonieta Rivas Mercado solicita una serie de fotos urgentes de la pintura de caballete de Manuel Rodríguez Lozano para la señora Frances Flynn Payne, mecenas gringa; Orozco, desde el departamento de Alma Reed en Nueva York, encarga tomas de sus murales, indica cómo colocar la Graflex. A Gabriel Fernández Ledesma le urgen ángulos específicos de puertas y ventanas para *Forma.* "Escríbale por favor a Weston que siga colaborando con nosotros." *Creative Arts,* de Carleton Beals, y *Mexican Folkways,* de Frances Toor, hacen pedidos semanales. La requieren de *Agfa Paper,* de Praga, del *British Journal of Photography.* En Bruselas, piensan organizar una exposición de su obra. Desde Alemania, Willi Münzenberg reclama más fotografías. En Moscú, en la revista *Puti Mopra,* del Socorro Rojo Internacional, sus fotos denuncian la miseria en América Latina. Carleton Beals la anima: "Estás en tu época más creativa. Éste es tu mejor momento". Tina sabe que a Weston le disgustarían estas fotos; no las ha compuesto con suficiente cuidado, se les ve la premura, y ¿qué diría el gobierno mexicano de la publicada en *AIZ,* esa de los mendigos borrachos? Seguramente la tacharán de extranjera perniciosa. Ya se lo advirtió Xavier antes de irse, esa mirada fija en lacras nacionales como la mujer tirada en la banqueta, hinchada de pulque, vomitada en su embriaguez, ofende a México. Tampoco le gustaría a Edward. "¿Por qué tomar eso? ¿Qué estás tratando de probar? En realidad, me parece una falta de respeto al individuo." Le respondería que también la pobreza es una falta de respeto a los campesinos, sus camisas y sus pantalones rotos, y que ella sabe que allá en la sierra los maltratan, les quitan sus tierras y que eso también quisiera retratarlo. Su sangre, su mierda, sus heridas, sus rostros reventados a culatazos. Tina se ha propuesto alejarse del esteticismo, del arte por el arte, pero desea a la vez elevar la realidad a la altura del arte. Nunca ha sido tan requerida. El rinrín del teléfono es constante. Hoy, por ejemplo, vendrá a posar una de las Amor: Carito, prima de aquellas hermanas que retrató Weston. Piden cita las Escandón, las Bringas, las Rule, las Braniff. Heredó la clientela de su maestro. Para tomas de estudio, debe preparar las placas de gelatina; preparar las luces. En su portafolio, Tina ve al obrero que carga su cruz y los campesinos que leen *El Machete* entre los rostros níveos, tersos, de óvalo perfecto.

—Aquí se alimenta casi todo el Comité Manos Fuera de Nicaragua —dice O'Higgins.

—No exageres, Pablo.

Luz Ardizana interviene:

—Máximo Pacheco vino a buscarte; tocó y tocó y fue a ver si andabas retratando lo de Orozco.

—Estaba en el cuarto oscuro; qué pena...

—Llegó al partido hablando de su mala suerte.

—Máximo tiene una enorme vocación de fracaso...

—¡Ay, cómo eres, Tina! De verdad, creo que te estás dedicando demasiado a fotografiar a la sociedad.

—Ésas son las que me dan de comer.

—En Mesones también necesitamos tus fotos.

—Claro que le voy a hacer sus fotos a Pacheco, pero mira nada más las instrucciones detalladas que Orozco le envió a Charlot respecto a la posición de la cámara... ¡Y le urgen! Ni modo de no cumplir. En las escaleras debajo de los arcos, paso las de Caín acomodando la Graflex.

—Es que esa pintura no le va al edificio.

—Sí le va; yo te hablo de las dificultades técnicas; se necesita inventiva.

Amar a Xavier Guerrero también significa retratar la obra de los muralistas en la Secretaría de Educación, en Palacio Nacional, y Tina lo hace con reverencia. Idolatra esos murales. Son la historia de México, la obra de quienes admira, Diego Rivera, sobre todo. Nada desea tanto Tina como ser una buena militante. Dividida entre su adhesión al partido y la fotografía, se culpa: "¡Cuánto tiempo he perdido, cuánto tiempo!" El cansancio la acelera; duerme poco. Lee mucho. "Tengo que forjar mi carácter, templarlo."

Una mañana corre hambrienta al café, los compañeros le vaciaron la despensa, y se alegra cuando le sirven huevos y café con leche. Un bolerito se acerca, su cajón bajo el brazo: "Me da un pan". Tina reacciona: "Siéntate tú en mi lugar y come". Se levanta a pagar, la dueña protesta: "Él no puede comer aquí, comprenda".

—¿Por qué?

—Porque este café es para gente como usted.

¿Cómo lograr ir más allá del individualismo y entrar a la lenta rueda de la danza humana, mecerse con todos, conocer sus rostros? "Pues voy a almorzar al mercado", desafía. En el mercado le sucede lo mismo. Todos la llaman "niña" infantilizándola. Sabe de antemano que cualquier cosa que se le ocurra moverá a risa. Tina yace en la noche negra pensando en cómo llegarles a estos mexicanos, impávidos y salvajes. La recorren insólitas energías, reacciona con todo su ser ante los ojos huidizos, altivos, suaves. ¡Qué difícil alcanzarlos! Tina nunca logra adivinar lo que piensan. En el partido pregunta a Gachita Amador:

—¿Y si entrara yo a trabajar a una fábrica?

—Olvídalo, compañera, tú cumple con tus obligaciones en *El Machete* y en el partido y ya.

—Qué daría yo por tener más tiempo, haber empezado antes.

Toda esa correspondencia de Europa la estimula y la angustia. Ahora que quisiera ahondar en el trabajo del partido, le caen propuestas fotográficas de varios países. No está preparada para el éxito. Lo teme. La publicación de sus fotografías en *New Masses*, en los Estados Unidos, también ha sido un aliciente, sobre todo la reacción de la familia. La mamma la manda felicitar con Benvenuto. Yolanda también se declara "muy orgullosa" de su hermana militante.

Sería muy bello reunirse con la mamma, con Mercedes, con la familia, ver el terruño de nuevo, luchar allá juntos contra el fascismo. ¡Los ha invitado tantas veces a México! Pero la mamma, Benvenuto, Yolanda y Mercedes se complican la vida, nunca pueden dejar la casa. "¿Viven ustedes para la casa?", les preguntó Tina fastidiada. El tema de la renta, el hecho de que Benvenuto sea comunista declarado y ejerza varios oficios para ganarse la vida, va y viene entre México y San Francisco. Hasta que Benvenuto escribe:

—La próxima carta seré yo mismo.

Cuánta fuerza puede darle una ideología a un ser humano. Benvenuto Modotti, venido de San Francisco, irradia optimismo. Tiene la misma hermosa seguridad de Enea Sormenti. Sus creencias le han conferido prestancia, desenvoltura, una fuerza interior que Tina no le recordaba. Desde el momento en que llega a México la tranquiliza; "hay tiempo para todo, no te angusties"; la acompaña a las reuniones del Socorro Rojo Internacional, discute de tú a tú con Enea Sormenti. A él también le parece atractiva la personalidad de Sormenti aunque no coincide con muchos de sus planteamientos ni con las acciones de su juventud, dinamitar puentes y astilleros.

Tina le escribe a Weston: "...pero ni siquiera me puedo permitir el lujo de la tristeza. Sé muy bien que éstos no son tiempos para lágrimas, se nos exige lo último y no podemos titubear o detenernos a la mitad del camino. La calma es algo imposible. Ni nuestra conciencia ni el recuerdo de las víctimas muertas nos la permitirán. Vivo en otro mundo, Edward... Benvenuto está aquí y te manda saludos; es un muchacho tan bueno y tan sano, y un camarada tan valioso... Hay otra cosa que se me olvidó preguntarte en mi última carta. La cosa está muy poco segura aquí para "extranjeros nocivos". Espero lo peor. Cada día nos pueden aplicar el 33, ¿qué hacer con todos tus negativos?"

Sormenti anima las asambleas con su brío y la discusión se

prolonga en el café París. Los tres hacen remembranzas de Trieste y de los Estados Unidos, Sormenti les cuenta que salió de Trieste "como un toro". "Yo no soy modesto, siempre fui un miembro no conformista de la sociedad, del partido, un opositor indisciplinado, me gusta dar mi opinión y me fastidia terriblemente guardarme lo que pienso." En *El Machete*, en *El Libertador*, Sormenti es el de la última palabra y no parece darse cuenta que algunos lo resienten. Los muchachitos José Chávez Morado y Carlos Sánchez Cárdenas lo encuentran prepotente. Lo bueno es que Sormenti se ausenta durante largos meses. Es un personaje internacional. Adonde llega, su personalidad se impone. Desde que desembarcó del *Martha Washington*, en el que viajó de polizonte a Nueva York el 22 de agosto de 1923, es un activo antifascista que no le tiene miedo a nada. Aprende inglés en los muelles descargando barcos, se rasura y medio lava en los baños de las estaciones y duerme en cualquier banca lejos de la mira de la policía. "Mi vida es una larga estación de tren compuesta de llegadas y partidas. No tengo casa, no tengo vida familiar, no tengo quien venga a despedirme, no tengo más que esta camisa." Todo lo aguanta con alegría, al cabo es joven; sus despertares en la banca del parque son jubilosos y gasta sus energías hablando contra el fascismo. Gesticula. Hace reír. Cae bien. Toma la palabra frente a los obreros, publican sus arengas en *Labor Defender*, escribe en *Il Lavoratore*, órgano del partido comunista italiano en los Estados Unidos, y termina dirigiéndolo. Cuando Carlo Tresca organiza la Alianza Antifascista de Norteamérica, Sormenti se convierte en uno de sus "boys". Repite tras él: "Occhio per occhio, dente per dente, sangue per sangue". Azuza a los trabajadores, habla contra el gobierno, no parece importarle haber entrado ilegalmente al país, corre todos los riesgos. Claro, viene la orden de expulsión. Lo declaran extranjero indeseable. Tresca lo defiende. Si Sormenti es deportado será hombre muerto en la Italia de Mussolini. ¿Qué le pasa a la república de Washington y de Lincoln? Lo que más enorgullece a Sormenti es que su defensor sea Clarence Darrow, un tipazo, y que lo acoja la Unión Soviética como hijo de la Comintern. Riga es la ciudad de los inmigrantes. La URSS es la patria heroica de los revolucionarios, su gente maravillosa lo reconoce como a uno de ellos. Así como lo ven de jovencito, él, Sormenti, ha atravesado el océano diez veces, ida y vuelta, siempre de polizonte, y donde quiera que esté acaba por ganar la partida.

Tina lo escucha con admiración; en México también Sormenti ha ganado la partida, lo respetan, le piden su opinión. Rafael Carrillo lo consulta por un sí y por un no. Miguel Ángel Velasco y Fausto Pomar también lo aprecian. Benvenuto menos. El hermano de Tina cree más en América que en ningún otro continente; coincide con el triestino en que Europa va de salida, o al menos, vive su ocaso, pero para él el futuro de la humanidad está en "la América", no en la URSS.

Cuando José Pérez Moreno le solicita en *El Machete* una nueva entrevista, Tina protesta contundente: "A los tres meses del asesinato de Mella, todavía no aparece el asesino. ¿Cómo es posible tanta corrupción? Sí, sí, esto es lo único que tengo que decirle, Pérez Moreno, publíquelo tal cual, por favor".

—Ten cuidado, Tina —advierte Gómez Lorenzo—, te traen ganas.

Siqueiros, pasándose los cinco dedos de la mano por los cabellos, aconseja lo contrario:

—Nunca se debe refrenar la actividad pública, nunca. Es una batalla que hay que librar todos los días y a todas horas; me sorprende que le pidas prudencia a Tina.

—Una fuerza interior me empuja —dice Tina—, el espíritu de Julio dentro de mí. Sé que mi actividad pública puede costarme la cárcel.

—Pues te expones —dice Gachita malhumorienta—, acuérdate del 33.

—El mismo gobierno está ofreciéndole trabajo —protesta Siqueiros.

—No sé bien lo que es el 33, sé que la Constitución nos prohibe intervenir en política.

—El artículo 33 de la Constitución mexicana de 1917 —recita Gachita— se refiere a los extranjeros y define sus derechos. Si su presencia se considera indeseable, pueden ser expulsados del país. Así es que no te calientes, granizo.

—Eso sí me dolería, porque amo a México.

Tina comienza a pedir la palabra en las reuniones del partido:

—Tenemos que hacer público nuestro repudio.

—¡Qué bueno, Tina, te felicito, has cambiado!

—No me felicites, Luz, lo hago a costa mía; no me gusta hacerme notar; pero quiero ser una militante capaz, como tú, como todas.

—Tu participación es más valiosa porque estás en la mira de la policía.

—¿Crees que no lo sé? A veces suena el teléfono, respondo: "¿Bueno?" y cuelgan. Me da la sensación de que me espían.

—¿Todavía te vigilan los cuicos?

—No creo.

—Pues sé prudente. Haz lo que Sormenti, duerme en distintas partes.

—No puedo abandonar la casa, Luz, allí trabajo. Desde allí ayudo, y ¿qué prudencia cabe contra el destino?

7 DE MARZO DE 1929

—¿Qué has pensado hacer con tu vida? —le pregunta Raina una noche especialmente calurosa.

Raina, la compañera de Sormenti, vino de Estados Unidos, y Enea, siempre a salto de mata, le pidió a Tina que la alojara en su casa.

De buena gana Tina le confiaría su deseo de irse a Nicaragua; tanto le entusiasma el trabajo de Augusto César Sandino y su forma de combatir a los norteamericanos con guerrillas. La Liga Antimperialista de México también participa de sus triunfos; hace más de cuatro años apoya a Sandino y tiene lazos estrechos con los combatientes. Por la Liga y por la sede del Comité Manos Fuera de Nicaragua pasan los volantes, las noticias de los triunfos en Ocotal, Las Cruces, San Fernando. Sandino controla cuatro departamentos del país. Qué ganas de estar con él. Sin embargo, ante Raina guarda silencio.

—¿No has pensado en un nuevo compañero?

—No.

—Muchos te aprecian; tienes el it que buscan los hombres.

Lo que Tina tiene, pero los demás no logran definir, es una extraordinaria forma de estar despierta.

Esa misma noche, acompañados por Adelina Zendejas y Concha Michel vestida de largo, llegan a la casa de Abraham

González Augusto César Sandino y su hermano Sócrates con Farabundo Martí, quien vive en casa de Adelina. "Ahora es cuando", piensa Tina, espera a que todos se despidan, salvo Sormenti y Raina, para sentarse al lado de Sandino, su café en la mano, y preguntarle en voz baja, discreta, qué piensa de la posibilidad de que ella vaya a su país a unirse a los guerrilleros.

—¿Qué quiere usted hacer en las Segovias, Tina?

—Bueno, si no hay otra cosa, testimonios gráficos de la lucha, retratar *El Tropical*, el barquito en que llevan el armamento.

Ante ese hombre delicado y firme a la vez, se acendra su convicción: vivir para los demás, servir a una causa.

—¿En la montaña, Tina? Mire, peleamos en condiciones difíciles. No tenemos comida, ni vestido, ni hacemos vida normal. No olvide, compañera, que cinco mil marines se van relevando, nos acosan por todos lados. No han podido con nosotros. En dos años hemos matado más de diez mil. No puedo poner en peligro su vida. Usted es mucho más útil para Centroamérica en México, en la liga que en Managua. El Comité Manos Fuera de Nicaragua nos ayuda moral, material y sobre todo políticamente; la política, sabe usted, nada tiene que ver con el arte sino con el hambre, con la muerte y con eso no se juega. Los Estados Unidos nos invaden porque, según ellos, nuestro país hace peligrar su seguridad. He visto sus fotos, Tina, siga con ellas.

—Estados Unidos —interviene Raina—, aparenta ser el democratizador de América Latina. En realidad quita unfriendly dictators para poner friendly dictators.

Tina quisiera decir que se siente insegura en México, pero ¿qué caso tiene? ¿A poco se sienten seguros Sandino y sus hombres, siempre a salto de mata? ¿Para qué inquietar a Benvenuto? Sandino parece más interesado en hablar con él que con ningún otro. Quiere saber qué sucede entre los comunistas norteamericanos.

Al despedirse Sandino le dice a Tina:

—Sabe, tengo mucha fe en las mujeres, por ellas tuve yo mis primeras armas. En 1927, las prostitutas de Puerto Cabeza supieron de boca de los marines donde habían escondido armas y municiones. Secreto de cama, secreto de estado. Vinieron a decírmelo jugándose la vida y con esas armas empecé yo a pelear. Desde entonces las considero las mujeres más dignas de la historia de Nicaragua.

Esa noche, Raina le hace una petición curiosa.

—Enséñame las fotos que dice Sandino.

Tina, extrañada, coloca un paquete frente a ella. Raina las extiende en el piso, y las mira un largo rato.

—¡Qué buenas son! Registras la esencia de un lugar y de un momento. Tu visión es original, no ves a México desde el punto de vista del fuereño, sino desde dentro. ¡Cuánta claridad y discernimiento en esta escalera! ¡Mira, hasta parece que le descubriste el sexo a esta pared! ¡Y con sólo mirar a la mujer con su hijo a horcajadas saltan a la vista tu compasión, tu compromiso!

Raina la abraza. Lástima que no se dio antes ese acercamiento.

A la mañana siguiente, ignorante del bien que ha hecho, Raina toma el tren rumbo a Nueva York.

—También yo debo irme —avisa Benvenuto.

—¡Ay, Ben! En tu carta dijiste que podrías quedarte más tiempo...

—No puedo perder mi empleo, me esperan en la imprenta.

Hablan de un futuro encuentro. "Me es fácil ir a La Habana ¿no podrías ir allá, sorella?"

¿La mamma, Mercedes, Yolanda, el propio Benvenuto no viajarían a Italia? "Tengo ganas de volver a mi tierra", insiste Tina.

11 DE MARZO DE 1929

Vasconcelos ha convertido a México en un hervidero. Desde que aspira a la presidencia de la república y llegó a la ciudad en campaña electoral, una lluvia de flores le cae encima desde los balcones y las ventanas. Los del partido oficial, el PNR, están inquietos. No sólo la capital, todo el país es un polvorín.

Tina sigue con la mirada los papelitos en el muro de su cuarto, frases que la alientan, dichos populares: "Para todos sale el sol por más tarde que amanezca". A ratos, escribe directamente en la pared. Como Mercedes, como Benvenuto, al lado de las órdenes de trabajo anota los acontecimientos que más la cimbran para analizarlos después con los compañeros. Días después, Vasconcelos da una conferencia en el hotel Imperial. Habla de "bandas de rufianes" que se acuchillan mutuamente en Mazatlán y de los criminales a quienes enviará a la cárcel cuando sea presidente. Para él no hay revolución mexicana ni ejemplo al mundo. Obregón es un ratero. Denuncia que el embajador gringo Morrow conduce a México a un sistema de gobierno como el de Nicaragua. Propone como salvación la pequeña propiedad y la creación de un Partido Nacional del Trabajo integrado por ricos y pobres, aunque ya no quedan ricos, excepto los que están en el poder.

1 DE ABRIL DE 1929

Tina va a Xochimilco a escuchar a Vasconcelos hablar de la "caterva de bribones que componen el partido de la imposición"; de la hacienda de Santa Bárbara, adonde "se han ido los caudales del país", de Santa Clara, la hacienda de pollos de Plutarco Elías Calles a la salida de Texcoco, en la que candiles de prismas robados a las mansiones porfirianas iluminan a las gallinas y las estimulan a poner dos veces al día, de los latifundios de Nainari, propiedad de Álvaro Obregón, y dice que si en noviembre no se ganan las elecciones, México caerá en un sistema de gobierno impuesto por Estados Unidos. Tina aplaude con fuerza el antinorteamericanismo vasconceliano y seis días después decide ir al teatro Politeama porque el norteño va a hablar de la condición vergonzosa de los trabajadores mexicanos en Estados Unidos con salarios iguales a los de los españoles, italianos y sudamericanos, es decir, "individuos que gustan de tener césares, dictadores, Mussolinis, Primos de Rivera, Obregones". El remedio estriba en la educación. "Ahora resulta que Diego Rivera es amigo de Dwight W. Morrow quien interviene en todo", le comenta a Luz Ardizana.

23 DE MAYO DE 1929

—Tina, la noticia es muy mala, el 16 fusilaron en Durango a nuestro cuate, José Guadalupe Rodríguez.

Luz Ardizana se lo dice como si fuera culpable.

—¿Quién lo hizo?

— El jefe de las operaciones militares del estado.

José Guadalupe, jefe de las Defensas Agraristas, llegaba muy seguido a la casa de Abraham González; era el que más venía, villista de hueso colorado, la hacía reír con su franqueza. "¿Qué pasó mi Tina, cómo la trata esta buena vida?" Tesorero de la Liga Nacional Campesina, anunciaba: "Vengo a arreglar un asunto. ¿Cuándo me la llevo a Durango?"

— ¿Cómo fue, Luz?

— Julio Rokowsky me contó que fue muy valiente, bueno así era él. En el patio del cuartel Juárez se encaró a los soldados que lo iban a fusilar y trató de arengarlos. Al imperdírselo el oficial enfureció, se arrojó sobre él, le quitó la pistola e hizo fuego. Quería morir peleando como había vivido. Cuando iban a tirar sobre él gritó: "Viva el partido comunista". Lo sujetaron, lo amarraron y le metieron tres balas de mauser en el cuerpo. El oficial tomó la revancha y le deshizo el rostro con dos tiros de 45.

1 de mayo de 1929. La CGT, la CSUM desfilan con el sindicato de panaderos y hacen alto frente al consulado norteamericano. Cuarenta mil personas de la Central Sindical Unitaria Mexicana protestan. Son detenidos Rafael Carrillo, Silvestre Reyes y otros luchadores. Los golpes contra el partido comunista se multiplican. Lo peor, la muerte de José Guadalupe Rodríguez. *1 de junio de 1929*. Prelados mexicanos exiliados llegan a México para lograr un arreglo en la cuestión religiosa. La presencia de Morrow ha cambiado la política mexicana, Morrow presiona al gobierno y a los obispos de México para que terminen la guerra religiosa. *5 de junio de 1929*. Es asaltada la redacción de *El Machete* y la oficina del partido en Mesones; en el taller del periódico, la imprenta donada por los comunistas alemanes es confiscada. *11 de junio de 1929*. En la universidad flota la bandera rojinegra. Los estudiantes piden la salida del secretario Daniel Cosío Villegas y de Alfonso Caso y los obligan a oír furibundos discursos en los que piden sus renuncias. *21 de junio de 1929*. Queda resuelto el conflicto religioso. *27 de junio de 1929*. Se reanuda el culto público. *18 de septiembre de 1929*. En Torreón, fracasa un atentado a balazos en contra de José Vasconcelos. *19 de septiembre de 1929*. En el jardín de San Fernando, combaten a pedradas vasconcelistas y ortizrubistas. De pronto, ráfagas de metralleta. Mueren los vasconcelistas Eulalio Olguín y Alfonso Martínez, el joven Germán de Campo, sobrino de Micrós y compañero de Alejandro Gómez Arias y Miguel N. Lira. A Germán de Campo, todos lo querían. *22 de septiembre de 1929.* Sepelio de Germán de Campo.

Desde que el partido entró en la ilegalidad, la persecución anticomunista no ceja. Los escasos miembros del partido que se ven clandestinamente se debaten entre el heroísmo y la grisura. Moscú está tan lejos y las órdenes del comité central tardan tanto en llegar que viven flotando en tierra de nadie. Manuel Díez Ramírez y Hernán Laborde se inquietan. Mientras no se sepa cuáles son las directivas, tejen y destejen sus acciones; a los temerarios como el jovencito José Revueltas hay que jalarles las orejas; a los críticos, amonestarlos o expulsarlos. A cualquiera en desacuerdo o con algún sentido crítico, Hernán Laborde lo recrimina con acritud:

—Estás haciéndole el juego al capitalismo, cállate.

—Pero ¡es verdad! —alega Revueltas.

—Hay verdades que no son buenas.

—Entonces ni siquiera soy honesto conmigo mismo.

—Tu individualidad es lo que menos importa. Tu personita debe desaparecer tras las ideas. De otro modo sólo le sirves al capitalismo.

Los que llegan de Europa y de Rusia son más tratables, sobre todo ese Enea Sormenti que nunca espera órdenes porque las da. Dicen que así son los italianos de operísticos. Hasta deben pedirle a Sormenti que baje la voz en el café de chinos, no vayan a oírlos. Juan de la Cabada, a la cabeza de un grupito de comunistas, grita en la calle: "¡Vasconcelos no, Ortiz Rubio no, tan malo es el pinto como el colorado. Arriba Triana!" Pedro Rodríguez Triana, quien fue gobernador de Coahuila, es el candidato de los comunistas. Un telegrafista, Renato Leduc, le pone al general Abelardo Rodríguez: "el corsario beige". Ortiz Rubio, el Nopalito, al igual que Portes Gil perseguirá a los del partido comunista y bien que el partido le trae ganas a ese roto deslavado; las órdenes y la táctica a seguir vienen de Moscú y es Moscú quien tiene la última palabra. Cuando Tachuela se atreve a preguntar: "Pero ¿qué va a saber Moscú de nuestras necesidades?", Evelio Vadillo se indigna ante la estrechez de su pensamiento. "¿A poco Moscú estuvo presente en la campaña inquilinaria de Herón Proal en Veracruz para que habiten cuartos desocupados quienes no tienen techo?", insiste Tachuela. "¿Moscú los va a sacar del bote?" Todos terminan, críticos o no, en el Cuartel de la Libertad, o en el Cuartel de Peredo por las Vizcaínas cuando bien les va, porque el destino final de cualquier comunista que se respete es las islas Marías. Entonces Moscú no tiene la menor posibilidad de liberarlos y los devotos se quedan presos hasta nuevo aviso de las autoridades mexicanas.

"Es demasiado fuerte la persecución, aquí no hay nada que hacer y no puedo quedarme cruzado de brazos." Enea Sormenti sale a Jalisco con Siqueiros a levantar a los mineros. Siqueiros, armado, pelea contra la guardia blanca que cuida los intereses de los dueños de las minas. A Sormenti también le gustan los balazos.

7 DE JULIO DE 1929

Una tarde Tina le abre la puerta a un joven de anteojos.

—Gabriel me dio su dirección, el que dirige *Forma*. Vi unas fotos que me emocionaron, por eso me atrevo.

—¿Quiere pasar? ¿De dónde es usted?

—Vivo en Oaxaca. Mi motivo principal al venir a México era conocerlos.

La emoción de ese joven de voz delgada y queda, de frases cortadas, que levanta los ojos con timidez, la halaga:

—¿De veras?

—Sí, de veras. También vi su exposición y la del señor Weston en Aztec Land. Más antes, alguien me los señaló y los seguí hasta la iglesia de la Santísima; iban a retratar algo, creo, buscaron al sacristán. Esperé en el atrio, sus cámaras se me hicieron muy estorbosas, recuerdo que usted parecía doblarse con el peso de la suya.

A la mención de Edward, Tina siente una punzada; ahora mismo podrían fotografiar juntos; esos tiempos felices han quedado atrás o como dijo Na'Chiña: "No llores sobre la leche derramada, mejor ponte a hacer jocoque". La voz baja, las palabras espaciadas, dichas con temor, dan al muchacho un aspecto inofensivo; nada de lo que él diga podría molestarla; por lo visto, nada sabía acerca de ella puesto que no vive en la capital.

—Espero que no la esté importunando —silabea con modestia.

—No se preocupe.

—Es que no quisiera quitarle el tiempo —insiste mirándola desde su encogimiento—, su tiempo es muy valioso.

—Al contrario, oírlo me da gusto.

Este joven parece un enviado de la divina providencia.

—Usted —se anima el muchacho— y el señor Weston miraron la iglesia detenidamente pero no imprimieron placa; no hablaban. Ésa fue la primera imagen que tuve de ustedes. Creí que iban a tomar fotos pero sólo miraron. Quise ofrecer mi ayuda pero no me atreví. Me les quedé viendo desde la banca.

—Sí, recuerdo la Santísima —se anima Tina—, nunca tomábamos fotos a la primera. Es preferible conocer el terreno...

El joven levanta un rostro extasiado hacia ella. ¿Es un espejismo? El feliz regreso a tiempos pasados que este joven le proporciona la hace llegar a una saliente en el camino.

—Y ¿usted qué hace? —le pregunta.

El joven parece empequeñecerse aún más.

—Soy fotógrafo... bueno, lo intento.

—¡Ah! Qué bien.

—Por eso quise conocerlos a usted y al señor Weston, enseñarles lo que hago, claro, sin quitarles nada de tiempo; les dejaría mi trabajo para que lo vieran de pasadita en algún tiempecillo libre...

—¿Trae usted algo ahora?

—No —contesta casi inaudible—, pero si usted me lo permite podría volver con algo.

Apagado, titubeante, habla chiquito, no insiste; no trajo sus fotos; nada en él pesa; la mira con temor, como un pajarito avejentado, sus mechones sobre los ojos.

—Me apura enseñarle mis cosas.

—No se apure, no tenga apuración ninguna.

Este muchachito tiene una emoción atenta, contenida, que a Tina le llega.

—¡Qué bueno que usted y el señor Weston no se conforman con la primera visión!

—¿La primera visión?

—Sí, regresan a cerciorarse.

—¿A qué?

Habla con la voz tan quebrada, tan indecisa, que por un momento Tina piensa que es tartamudo.

—Entonces ¿me va usted a permitir volver a visitarlos?

—Claro que sí, pero Edward ya regresó a Estados Unidos.

—¡Ah! —dice el joven, la voz cayéndosele al suelo—, no lo sabía... Pero usted, tendría la bondad...

—Claro, a mí me encantaría ver su trabajo.

—Creo que me va a dar miedo enseñárselo.

Cuando el joven vuelve a tocar la puerta de Abraham González, Tina se topa con la misma inseguridad y el mismo deseo en sus ojos pálidos. Trae una carpeta burda y de entre los pedazos de cartón va sacando sus fotografías, las acomoda sobre la mesa y huye a sentarse en una silla pintada de flores cerca de la ventana, la misma en que Tina vigilaba la llegada de Julio. No es común que los visitantes escojan esa sillita baja, de niño, comprada en El Volador.

—Aquí espero...

Tina palpa su ansiedad. "¡Qué simpático!" El joven vuelve la vista a la calle, de espaldas a la mesa, luego Tina mira detenidamente los juguetes de palma, las piedras de una tumba, los trabajadores que platican, el machetero dormido, una sábana tendida, una cruz clavada en la tierra.

—Son muy buenas fotografías.

—¿Mande?

—Digo que su trabajo es excelente.

Levanta hacia ella una cara de niño que se ha sacado diez en la tarea.

—No sé. ¿No me equivoco mucho?

No quiere aceptar el elogio; esto lo hace todavía más agradable porque su desazón es genuina, genuino su "no sé".

—Es que me hago bolas.

—¿Bolas?

—No me muevo para no echar a perder, pero a veces...

Tina se sume de nuevo en la contemplación de las fotos.

—¿Ya terminó de ver aquello? —pregunta él con los ojos bajos.

—Sí, y le aseguro que usted es un artista. Como premio, voy a enseñarle fotografías de Weston. Mire, no demeritan las suyas junto a ellas. Es usted muy bueno y le prometo enviarle sus fotografías a Weston. ¿Puede traerme copias?

—¿De veras?

—Claro que sí.

—Pero cuáles sería bueno mandarle, porque yo...

Tina las selecciona.

—No voy a decirle a Edward de quién se trata. Añadiré las suyas a las mías. Pero dígame, ¿cómo se llama?

—¿Yo?

—Sí, usted ¿quién más?

—Manuel.

—Manuel ¿qué?

—Manuel Álvarez Bravo.

—Bueno Manuel, regrese pronto.

Tina oye un gracias y ve que ha enrojecido. "Ya nadie se ruboriza", piensa.

Al día siguiente se sorprende esperando la visita del muchacho que la reintegra al apasionamiento de la fotografía. Manuel regresa, pero nunca vuelve a encontrarla sola. Carleton Beals, Jean Charlot, Anita Brenner, Fred Davis, Emily Edwards, Pablo O'Higgins convertido en el ayudante favorito de Diego, se turnan en casa de Tina. Deslumbran a Manuel Álvarez Bravo; en cambio lo fastidia el lento discurso de los compañeros del partido comunista. Tina lo aísla para mostrarle fotos de Edward y suyas que él examina ávidamente, sustrayéndose a cualquier conversación. Abre su camino hacia la sillita floreada y se sienta a mirarlas una y otra vez. Permanece al margen, el rostro cohibido, las manos sobre las rodillas.

—¿Le gusta la política, Manuel?

—No mucho.

—¿Le interesa lo que dicen los compañeros?

—Sí, es decir, más o menos. Es que yo, fíjese usted, ni siquiera completé la preparatoria... Es que...

Tina toma fotos de los murales de Diego en la Secretaría de Educación, empieza a comentarle problemas técnicos.

—Es que yo soy un aficionado —se disculpa Álvarez Bravo.

—No Manuel, no lo es, dígame, ¿dónde cree usted que debería colocar la cámara?

—¿Podría yo acompañarla a los patios?

—Claro.

Tina se entrega a la quietud de ese hombre en medio del barullo de las discusiones políticas o el eterno discurrir de Anita Brenner sobre la esencia de México. ¿Cómo definir al país? ¿Qué es México? Una tarde Tina le tiende la placa fotográfica *Flor de manita*.

—Es para usted, Manuel, un regalo.

En otra ocasión, le pide que la acompañe a la Liga Antimperialista de las Américas en la calle de Bolívar número 55. "Es una reunión extra urgente." Verla moverse, dirigirse a los compañeros, la voz dulce y baja, siempre con prudencia, es un deleite. Tina habla muy poco, apenas más que él. Con una gran elegancia, ella asiente cuando solicitan que se haga cargo de la colecta de fondos. También la responsabilizan de la correspondencia al extranjero y de los visitantes.

Sólo después de varios meses, Manuel le cuenta a Tina que tiene mujer y un hijo.

—¿Tan joven? ¿Por qué no me lo había dicho? Pues tráigala.

—Es que tengo miedo de que me robe cámara —ríe malicioso—. Desde que nos vinimos de Oaxaca la vida se nos ha complicado, no tiene con quién dejar al niño.

Una noche se presenta con una muchacha de rasgos más definidos que los suyos. Lleva a su hijo en brazos, y muestra curiosidad por la conversación. Lleva los cabellos tejidos con lanas de colores y una blusa limpísima de cuello redondo, bordada de flores. Todo su aspecto es nítido. Tina, por no dejar, le ofrece un cigarro y mucho se sorprende cuando la joven acepta:

—Es que fuma como chacuaco —la disculpa Manuel.

Mucho más abierta que él, Lola interviene, alega, se detiene al exhalar el humo de su cigarro; a diferencia de Manuel, se la vive platicando de su niñez, su vida en Guadalajara; se afirma con vehemencia, su originalidad hace que el interlocutor espere divertido cualquier cosa que salga de su boca. "¡Qué graciosa! ¡Qué simpática!"

"¿A quién me recuerda, a quién me recuerda?", se pregunta Tina. "Ya sé, hasta en sus arrebatos se parece a Lupe Marín. No le importa que hablen de política, Lola mete su cuchara y hace sonreír hasta al más enfurruñado." Tina empieza a abrir la puerta de su casa a las seis de la tarde con la esperanza de ver tras de ella la cara animada de Lola, su volubilidad y desparpajo.

—Ustedes son una buena pareja —les dice—, se complementan.

—Ay sí —agradece Lola—, pero a mí ya me anda por dejar el bulto y tomar también la cámara porque soy achichincle de Manuel; yo le revelo, yo le seco, yo le tiendo las fotos. El otro día hasta metí al niño al cuarto oscuro y se me cayó en la palangana. Mira Tina, te traje unos arrayanes que me llegaron de Guadalajara. Traje pa todos.

¡Cuánta alegría la de esta muchacha! Parece potranca, cada salida a la calle es una aventura. "¡Ay Lola, sólo a ti te suceden esas cosas!" A veces ya llega Lola sin Manuel, con su bebé envuelto en el rebozo.

—Es que tenía yo un ratito y pasé a dejarte esta gelatina de guanábana y guayaba que me salió rica, la hice con pura crema y azúcar.

—Tú todo lo compartes, ¿verdad Lola?

Lola no le cuenta a Tina que para venir a verla desafía a su suegra: "¡Ay Lola, pero ¿cómo deja usted que Manuel vaya a ver a esa mujer? ¿Cómo va usted misma? ¡Esas comunistas son malísimas y un día se lo va a quitar!"

—Pues yo no la veo así; al contrario, es sumamente afable y sencilla y le gusta ayudar a las personas.

—Qué ayudar ni qué nada, no sea usted inocente, Lola; parece de la edad de su criatura. ¿Que no sabe que los periódicos publicaron que su casa está llena de fotografías indecentes y se dedica al comercio de este tipo de postales? ¡Dicen que hasta le retrató a Mella el falo en erección!

—¡Ay qué horror! ¡Cómo cuenta usted eso!

—Pues para que no vaya, no sea tonta.

—A Manuel le ha ayudado muchísimo y moralmente a mí también. Cuando le enseño mis fotos nunca me dice "No me gusta", sino: "¡Ay, qué bonito este blanquito, qué bonito el detallito de acá!", siempre anda buscando algo con que animarme. Sabe encontrarles lo bueno a los demás. Es muy positiva, muy amable, nada egoísta y muy trabajadora.

—¡Y muy cuzca!

—A mí me parece natural que una mujer con una vida tan dura necesite una compañía, un afecto. El hombre no nació para vivir solo como un rábano. Mientras más ruda es su vida más necesita con quién compartir.

—Pues esa mujer, se lo digo a los dos, es una coleccionista de amantes y una destructora de hogares.

A diferencia de Manuel, Lola no se sienta en la sillita baja; acomoda a su "retaquito" o "butaquito" o "tambachito" o "chamaquito" o "bodoquito" o "taquito", Tina nunca dilucida cómo lo llama, en la cama para que duerma mientras Lola acerca a Tina el olor fresco de sus mejillas.

—¿En qué te ayudo, Tina? Terminé tempranito mi quehacer; preparé para hoy unos huauzontles capeados, bueno, una delicia. Oye ¿cómo le haces para ser tan ordenada? A mí ya se me entilichó la casa.

—Es que tengo muy pocas cosas, Lola.

—Dicen que la casa es el reflejo de la vida; la mía entonces es una maraña. A ti lo sencillo se te ve en todo, Tina, en tu faldita oscura, en tu blusa blanca y sanseacabó, ah, y en tus horarios.

—¿En mis horarios?

—Sí, el otro día que te llamé dijiste: "No vengas porque voy a estar en el cuarto oscuro de tal a tal hora". Y cuando frente a mí te solicitaron un trabajo respondiste: "No porque ya tengo otro compromiso".

—Es que si no, no cumplo mis obligaciones en el partido; me necesitan en *El Machete*.

La muchachita habla hasta por los codos; transforma sus palabras en rehilete de feria; lo que le cuentan en el camión, el sabor de los pambazos de la esquina, se vuelven materia memorable. "¡Ay Tina, enséñame a caminar como tú, así derechita, derechita; pareces árbol!" "...Mira, Tina, quiero lo que Manuel quiera, pero ¿a poco no crees tú que yo debiera orearme como él, en la calle, a que me dé el sereno siquiera? Desde que nació Manuelito, me tiene bien encerrada. El otro día que me escapé, tomé unas fotos, las revelé y las veo igualitas a las suyas, oye tú, pero igualititas; hasta él se confundiría. Manuel me tiene nomás como vaca espantándole las moscas al mocoso, y oye tú, yo no soy vaca, oye. ¿Por qué no me dejas que te acompañe a alguno de tus trabajos? Al niño puedo encargarlo con la portera, no da nada de lata. Me voy a ir a tatemar al infierno de tantos antojos que tengo.

—¿Y a Manuel también lo van a tatemar en el infierno?

—¡Huy, a ése lo van a achicharrar, porque ése trae la música por dentro! Es un taimado, un coqueto, ¿sabes lo que me hizo en el camión de venida el otro día que vio una muchacha bonita? Pidió parada e hizo que me bajara porque...

Lola se desfoga con una Tina sonriente, vuelta a la vida por Juchitán, por el trabajo, por Manuel, por esa joven pareja, madre y niño obra de Manuel.

No sospecha un minuto que la admiración del tímido Manuel se debe en parte a su cuerpo en la azotea de la casa de Tacubaya, en las fotografías de Weston. El joven quisiera que Tina posara también para él, contemplar el original, pero ¿cómo pedírselo? Apenas incursiona en el campo del desnudo, y ninguna mujer resulta tan impactante. La ve salir en la mañana como soldadito con su cámara y su tripié, para regresar en la tarde y enfundarse en su overol de obrero. Ni modo de rogarle: "Tina, me gustaría verte como te vio Weston".

27 DE SEPTIEMBRE DE 1929

Carlos Orozco Romero y Carlos Mérida invitan a Tina formalmente, a nombre de la Dirección de Acción Cívica del Distrito Federal, a exponer en la Biblioteca Nacional de México, dependiente de la universidad que dirige Enrique Fernández Ledesma, el próximo 3 de diciembre de 1929. También le ofrecen el puesto de responsable de fotografía del Museo Nacional por encargo del ministro Aarón Sáenz, el anterior fue José María Lupercio quien acaba de morir. Tina Modotti, fotógrafa oficial del museo. Baltasar Dromundo se entusiasma: "Es tu oportunidad".

—Eso no puedo aceptarlo; después de como se ha portado el gobierno con lo de Julio Antonio, me resulta imposible.

—Vista tu situación de extranjera sin papeles en regla —le aconseja María Orozco Romero— acepta la exposición aunque no el puesto oficial. Es lo mejor que podría sucederte. Dalila y yo permaneceremos junto a ti con nuestros dos Carlos y tendrás todo el apoyo de los artistas de México.

—Pero ¿no significaría venderme al gobierno?

—Óyeme, Tina, mi marido no está vendido al gobierno y que yo sepa Carlos Mérida tampoco. Además se trata de una invitación del rector de la universidad, Alfonso Pruneda. Él la va a inaugurar. ¿Qué más podrías pedir? Te conviene.

El día de la inauguración, un río ininterrumpido de gente fluye hacia la Biblioteca Nacional. Los que no pueden entrar se quedan parados en la puerta. "Magnífica exposición, magnífica, estoy conmocionado", la abraza efusivamente el joven crítico Jorge Juan Crespo de la Serna. "Es su apoteosis." Con una gran sonrisa, Siqueiros vocea: "Es tu glorificación: le tout Mexique está aquí para festejarte. Has logrado mezclar a la alta con el proletariado". "Sí", dice Gachita Amador, "y también a los ladrones porque aquí hay más agentes secretos que campesinos."

—¿Dónde están? —pregunta Tina.

—Te apuesto que muchos de ésos de overol son de la policía secreta.

Gachita siempre tiene la fórmula para hacerla sentir infeliz. Federico Marín le pasa el brazo alrededor de los hombros y le dice al oído: "A veces es igual tener amigos que enemigos", y se mantiene a su lado cual guardaespaldas. ¿Necesita Tina los comentarios de Gachita para ver las cosas con otro cristal? Federico Marín se sorprendería al ver cómo piensa Tina ahora. Mira a Aurora Reyes entrar partiendo plaza, violenta y justiciera, vestida de overol. Qué mujer fuerte. "Así como bajé de los andamios vengo a acompañarte." Alguna vez las dos hablaron del partido y Aurora le confió que era muy difícil para los hombres del partido reconocer los méritos de una compañera. "Soy comunista y moriré sin claudicar, pero si el partido llega a tomar el poder, inmediatamente después voy a suicidarme, porque conozco a cada uno de ellos y sé de lo que son capaces." Gabriel Fernández Ledesma las interrumpe y abraza a Tina. "¡Qué hombre íntegro es!", piensa. Por un momento, le gustaría la presencia de Edward; curioso es que no piense en Julio Antonio, como que no tiene que ver. La gente sigue entrando en grupos: Alejandro Gómez Arias y cuatro vasconcelistas más, Adolfo López Mateos, Manuel Moreno Sánchez, Ángel Carvajal y el chaparrito Alfonso Taracena. Gómez Arias ofrece sus respetos: "Le manifiesto asimismo el apoyo de la comunidad universitaria". Hasta Lupe Marín se apersona acompañada por un hombre alto y flaco, de párpados caídos, que la sigue perruno: "Soy Jorge Cuesta", dice, porque Lupe no lo presenta. La fiera se abre paso a paraguazos. "Oye tú, pues qué éxito el de esta pirujilla", le comenta a su hermana María. Chabela

Villaseñor llama la atención de todos. Lola Álvarez Bravo la acompaña: "No sé por qué te casaste con un hombre tan celoso —se refiere a Gabriel Fernández Ledesma—, no te deja ni a sol ni a sombra. Yo que tú no aguantaría". "¡Ay Lola, a ti también te cela Manuel!" "¡Qué va! ¡Al contrario, yo soy la que lo tengo que andar cuidando! No sabes las que me hace." "Huy, vinieron todos." Tina recuerda la devoción apasionada de Gómez Robelo, la de Hernández Galván, ¡cuántos idos, cuántos ausentes! "Voy a escribir algo sobre ti", la toma familiarmente del brazo un hombre de pelo chino, "acompáñame para adelantarle algunos de mis juicios." "Tú ve", interviene María Orozco Romero, "este Chino Ortiz Hernán es muy inteligente, yo también quiero escucharlo." Se detienen frente a un grupo de fotografías. "Ésta", señala Gustavo Ortiz Hernán, "es una síntesis perfecta de una gran ideología social: la hoz, la guitarra, la canana y la mazorca; la de las copas de cristal es estupenda, tiene ritmo y musicalidad, ¡qué perfecta la sincronización de las transparencias!"

Tina agradece:

—Ay, qué bueno que lo piensas porque al revelarla sentí que la foto no decía nada, como nada dice la del manojo de rosas.

—Sí dice, no te preocupes.

—Es que no tienen mensaje.

—¿Y eso qué? Estás dándonos nuevas naturalezas muertas; tienes un gran sentido plástico. Estas escenas de la vida cotidiana, las de los edificios en construcción, escaleras, estadios, cables, adquieren gracias a tu lente un prestigio casi exótico y una personalidad única.

Siqueiros, que escucha por encima del hombro, asevera: "Quiero dar una conferencia sobre tu obra, la fotografía se abre puertas como arte".

Andrés Henestrosa le anuncia: "Mira, te traje al mecenas Paquito Iturbe, es un original. Si le caes bien puede comprarte tu producción entera. Protege a Manuel...

—¿A cuál Manuel?

—Rodríguez Lozano... También a Carlitos Pellicer y a Orozco.

La muestra de Tina suscita el reconocimiento de otros artistas y el de los cientos de trabajadores impresionados por la denuncia de su pobreza; los compañeros del partido, las delegaciones de campesinos entran despacio, sombrero en mano, y siguen la ruta fotográfica trazada por Tina.

José Vasconcelos llega casi al final del acto y recorre la exposición con detenimiento. Al terminar le dice: "Estoy en plena campaña política; si usted quisiera seguir mis pasos y tomar fotografías, me interesaría que me acompañara". Tina no responde. Vasconcelos la intimida y la inquieta; desde los tiempos de Gómez Robelo, siempre la criticó. "Habla mal de las mujeres", le chismea Alfonso Taracena, "y escribió de ti a raíz de la muerte de Gómez Robelo. Es muy fácil reconocerte porque te llama La Perlotti. Dice que Rodión llevaba una extraña vida de poseso de los demonios de la carne y del alma y que por ti vertía lágrimas de ternura sensual." Vasconcelos, para Tina, es temible porque su lenguaje es otro.

El partido empieza a considerar a Diego Rivera un pésimo militante, exhibicionista, frívolo, y Tina se forma en la fila de acusadores. "Los compañeros tienen razón." Tina, detractora, le escribió a Edward que Diego se casaba de nuevo "con una preciosa chica de diecinueve años, pintora de padre alemán, fotógrafo, y madre mexicana, ama de casa: Frida Kahlo... Pero la noticia más sorprendente sobre D. es otra que se difundirá en todos los rincones del mundo. Sin duda te enterarás de ella antes de que te llegue esta carta. Diego está fuera del partido. La decisión fue tomada apenas anoche. ¿Razones? Que los múltiples trabajos que ha aceptado a últimas fechas del gobierno, entre otros la decoración del palacio de Bellas Artes, son incompatibles con su militancia en el partido. E incluso el partido no le pidió que dejara sus puestos, todo lo que le pidió fue que hiciera una declaración pública de que esos trabajos no le impedían luchar contra el actual gobierno reaccionario. Últimamente toda su actitud en relación con el partido ha sido muy pasiva y, como se negó a firmar la declaración, lo expulsaron. No había otra alternativa.

"Hay tantos aspectos de esta cuestión. Todos sabemos que es mucho mejor pintor que militante del partido, así que el partido no le pidió que renunciara a la pintura; lo único que le pidió fue que hiciera esta declaración y la mantuviera. Todos sabemos que estos puestos se los endilgó el gobierno precisamente para sobornarlo y poder decir: los rojos dicen que somos reaccionarios, pero miren, estamos dejando que Diego Rivera pinte cuantas hoces y martillos se le antojen en los edificios públicos. ¿Ves la ambigüedad de su posición? Creo que su salida del partido será más dañina para él que para el partido. Será considerado como un traidor. No necesito añadir que yo también lo veré como tal, y que de ahora en adelante, limitaré mi contacto con él a nuestras transacciones fotográficas. Por lo tanto te agradecería te dirigieras directamente a él en lo que se refiere a su trabajo. Hasta luego, querido."

Sormenti influye en Tina: "Ese Rivera es una vedette que se hace publicidad a costa de los compañeros que caen asesinados. Estoy seguro que utilizó las muertes de Mella y de José Guadalupe Rodríguez, la de Montenegro en Venezuela, para figurar. Los compañeros se juegan la vida a diario y Diego sólo busca hacerse propaganda. Si he conocido a alguien inmoral, ése es Diego Rivera".

"Un hombre inmoral no puede ser un gran artista", sentenció en *El Machete* Rafael Carrillo. "A mí me importa la obra en sí, no quién la ha hecho ni cómo la ha hecho" se atrevió Aurora Reyes. A partir de la expulsión de Diego Rivera, en el partido los compañeros abundan en el tema del compromiso del artista. Alguna vez Aurora Reyes aventuró que nada se sabía sobre los anónimos constructores de catedrales y monasterios, nada tampoco sobre los hombres que levantaron Teotihuacán. Tina se sumó a las críticas contra Diego: mentiroso, oportunista, cambiante.

Tina olvida que apenas hace un año, Diego dejó absolutamente todo con tal de acompañarla, bajó del andamio y, sin faltar un solo día, se presentó en el juzgado, se hizo nombrar defensor de Tina. Ahora se une al coro de los compañeros que aseguran que Diego desconoce la disciplina, que lo guían intereses individualistas: la fama, la vanidad y la glorificación de su propia persona. Un ególatra no puede ser un camarada.

A Baltasar Dromundo que la corteja, Tina le regala una fotografía de la serie "Tina con una lágrima", de Weston. Debajo, escribe, en un cartoncito: "Baltasar, ninguna palabra podría expresar mejor que esta cara la tristeza y la pena que siento por no poder dar vida a todas las maravillosas posibilidades que entreveo y que existen ya en germen, y que sólo esperan el 'fuego sagrado' que debería proceder de mí pero al buscarlo encontré apagado. Si me permites emplear la palabra derrota en este caso, te diré que la derrotada me siento yo por no tener más nada que ofrecer y por 'no tener más fuerzas para la ternura'. Y tengo que admitir esto, yo que siempre he dado tanto de mí, he dado todo de mí con esa exaltación que transforma la dádiva en la más grande voluptuosidad para el que da. He aquí por qué me gustó tanto y repito: 'Fraternidad espiritual de hoy y de siempre'."

Ortiz Rubio, el Nopalito, es declarado presidente por la Cámara de Diputados y, a los cuatro días, Vasconcelos cruza la frontera hacia los Estados Unidos. No pasan ni quince días de la declaración cuando ya Calles regresa a la ciudad de México.

El sábado 14 de diciembre de 1929, en la clausura de la exposición de Tina, Siqueiros habla de la "primera exposición fotográfica revolucionaria en México", y Baltasar Dromundo también toma la palabra para ensalzarla. Esa misma noche, Tina le escribe a Edward: "Ojalá hubieras escuchado la conferencia de Siqueiros. Fue estupenda. Qué conocimiento más profundo de la historia del arte a través de los siglos y qué punto de vista tan vital y significativo. Ciertamente fuimos muy inteligentes al lograr que se presentara, pero después de que el gobierno, la universidad y todos los políticos mexicanos se vanaglorian de su revolucionarismo, difícilmente podían rehusar."

13 de enero de 1930. México rompe relaciones con la URSS y ordena el retiro de su legación en Moscú; al mismo tiempo el ministro ruso Makar es expulsado. Una semana más tarde, catorce vasconcelistas acusados de conspirar contra las vidas de Calles, Ortiz Rubio y Portes Gil son aprehendidos y, el 25 de enero, las aprehensiones ascienden a veintiuno y se dice que serán más de cincuenta. *5 de febrero de 1930.* Después de la toma de posesión, cuando Ortiz Rubio se dirigía al auto con su esposa y una sobrina, el joven Daniel Flores le disparó cinco balazos hiriéndolo en el maxilar. La bala le fue extraída en un puesto de la Cruz Roja. Sus acompañantes resultaron levemente heridas. Flores, aprehendido, se niega a hablar. Se le dejó solo un momento y se tendió a dormir. Unos dicen que es vasconcelista y estudiante; otros, que es comunista.

Desde Los Ángeles, Vasconcelos comunica: "No habrá paz en México hasta que no se haga una elección libre. Estoy apenado por la actitud del joven que acaba de sacrificarse. En la ceremonia de toma de posesión de hoy, el verdadero asesino de Germán de Campo llegó en el mismo coche con el expresidente Calles. Por supuesto, es una lástima que se haya atentado contra Ortiz Rubio, que no es nadie, sino un pelele de Calles".

•Enea Sormenti en México•
Fotografía de Tina Modotti

7 DE FEBRERO DE 1930

—Traigan a la Modotti.

Juan de la Cabada levanta la cabeza espantado. ¿Tienen también a Tina? ¡Malditos!

—¿Tú crees que de veras sea Tina? —le pregunta a González.

—¡Pero Juanito!, ¿qué otra Modotti conoces?, ¡en su casa nos reuníamos todos! ¡Y no sólo eso, le traen ganas desde lo de Mella!

—¿Tú sabías, González?

—Sé que a ella y a otras compañeras del partido las aislaron y les quitaron todo.

—¿A cuáles otras?

—A María Luisa, la de Rafael Carrillo, a Cuca García, a Consuelo Uranga, a María Velázquez. También agarraron a Johann Windisch, como es extranjero seguro le aplican el 33. Han hecho razzias en todas partes; en Mesones voltearon los archiveros boca abajo; se robaron el radio y la parrilla eléctrica, dejaron los escritorios patas arriba, se llevaron a Concha Michel con todo y guitarra.

—¿No podríamos conseguir un periódico, González, siquiera para saber de qué nos acusan?

—Qué preguntas las tuyas, Juanito, ¿en qué mundo vives? Ayer balacearon al Nopalito, pam, pam, pam, pam, pam, pam, seis tiros pero con tan mala puntería que nomás le quebraron la quijada. Ahora encierran parejo a comunistas, anarquistas, vasconcelistas, de todo, pácatelas, ¡vámonos pa dentro! Dicen que aquí en la inspección están Pellicer, Mauricio Magdaleno, Salvador Azuela, un buti de vasconcelistas. Hasta un policía que tiene cara de gente buena.

—Pues, ¿dónde estamos?

—¡Qué despistado eres, De la Cabada! En Victoria, en la inspección de policía, nada más que nos metieron por la puerta de Revillagigedo.

—Ya sé que estamos en la comandancia —Juan agita sus manos en el aire y aparta sus cabellos largos que le caen sobre el rostro—. Lo que siento es que los balazos no dieran en el blanco.

—¡Y qué ganas con eso, quitamos a ése y ponen a otro igual o peor!

—Por lo menos nos habríamos librado de ese Nopalito, descolorido, cabeza de bitoque, cara de nabo.

—Seguramente nos van a ayudar —se tranquiliza Juan González.

—¡No me hagas reír! ¿Quiénes nos van a ayudar? ¿En qué nos van a ayudar? Estás como regadera, mano. Además, el único que tiene contactos reales con Moscú es Sormenti; sabe y anda escondido... Mira, voy a preguntarle a ese mono.

—Ándate con cuidado, es uno de los jefes.

Juan de la Cabada se acerca:

—¿Cómo te va, muchacho? —le pregunta el empistolado—. Oye, ¿no te enseñaron a peinarte?

—Nos pueden matar pero no saben nada —se indigna Juan—; estamos aquí ilegalmente, nos toman presos, pero no saben nada.

—Cálmate, muchacho, los van a cambiar a la peni.

—¿Acusados de qué? ¿Con qué derecho? Tráiganos a un abogado.

—Que te calmes, te digo.
—¿Y la Modotti?
—Allá hay una runfla de revoltosas. A la única que conocemos es a Guillermina Ruiz, secretaria del comité de mujeres del Partido Nacional Antirreeleccionista.
—No se haga, es la italiana.
—Haberlo dicho antes. La tenemos en una celdita muy cómoda.
—¿De qué la acusan?
—Participó en el atentado contra el señor presidente de la república. Su casa era centro de reunión, allí encontramos documentos y planos.
—¿Y qué hay del viejo general revolucionario, León Ibarra?
—Pásate de listo, mi cuate; yo en un minuto te apando.

El día 6, Tina, Enea Sormenti y Farabundo Martí fueron a los dinamos de Contreras, ¡qué buen paseo de pinos y de sol! De regreso, Enea y Farabundo la acompañaron hasta la esquina de Abraham González. "Luego te llamo", le dijo Sormenti. Al abrir la puerta de su departamento, Tina vio a la policía esperándola. De nuevo cateaban su casa. Tina pensó de inmediato en Sormenti y Martí, ¿los habrían agarrado en la esquina?
Sormenti llamó a Tina como previsto. Le contestó un hombre:
—¿Quién es usted?
—Policía.
—Eh... muy bien, me pasa a la Tina Modotti.
—La hemos detenido.
Esa misma noche, Sormenti localizó al general Ramírez y éste le aconsejó que se fuera.

8 DE FEBRERO DE 1930

A pesar de su aislamiento, la detenida se enteró de que con ella varias mujeres del partido, ahora ilegal, y varios de los compañeros habían sido encerrados. Del que más se hablaba era de David Alfaro Siqueiros, incomunicado en uno de los separos de la Inspección General.
México es siniestro, piensa Tina con escalofrío. ¿Qué escribirá ahora José Pérez Moreno? No hace ni dos años cubrió el

asesinato de Obregón; luego en 29 el de Mella, y también en 29, el fusilamiento de León Toral, que sólo pudo decir: "¡Viva...!" y recibió la descarga. Así son los mexicanos, al morir gritan que algo Viva. Viva Cristo Rey, Viva Villa, Viva la Revolución, Viva yo. Tiene razón Martín Luis Guzmán, en México las balas hacen fiesta. Pérez Moreno va de fiesta en fiesta, de muerte en muerte. Unos minutos antes de ser fusilado, León Toral le tendió un espejito al coronel Islas en medio de un silencio absoluto: "En ese espejo me miraba. Consérvelo usted". A Tina le llamó la atención que un chiquillo quisiera recoger la bala del tiro de gracia, que rebotó a unos cuatro metros, pero el general Lucas González puso el pie sobre ella. Sería para él. Tina recordó a Valente Quintana que mostraba entre el pulgar y el índice, como si fuera un diamante, la bala que había cortado la vida a Julio Antonio Mella.

En una julia, Juan González, Juanito de la Cabada, Carlos Pellicer, Mauricio Magdaleno y Salvador Azuela son trasladados a la penitenciaría de Lecumberri. Tina permanece en los separos de la calle de Victoria. Se da cuenta de que a ella, a Isaac Rosenblum y a Johann Windisch los deportarán. Tiene razones para creerlo. Deportaron hace poco a Julio Rosovski, el buen amigo de Miguel Ángel Velasco al que llamaban Julio Gómez. ¿Qué les habrá pasado a Sormenti y a Farabundo Martí?

13 DE FEBRERO DE 1930

A Tina la cambian a la penitenciaría, sección mujeres.

Le han dado un pocillo y un plato de peltre; la tortilla será su cuchara; tiene derecho a café, frijoles y un caldo en el que flotan pellejos y astillas de huesos. A Siqueiros le gritan: "Si quiere café, ponga las manos". La comida se la echan en la parte inferior del suéter que él estira. "Y ¿por qué lo tratan así?", pregunta Tina a la celadora. "Porque es muy bronco, muy majadero; hasta para pedir cobija lo hace a mentadas y cuando le gritan contesta: 'Si quieren que me calle, vengan a callarme'. Por eso lo golpean."

—Yo voy a hacer huelga de hambre.

—Yo creí que ya la estaba haciendo. Tiene tres días en que lo único que toma es agua. ¿No prefiere mantenerse viva?

—No se preocupe; soy fuerte. Si me trae un limón se lo agradeceré. Me tienen aquí sin decirme de qué se me acusa y sin llamarme a declarar. Es ilegal.

—También es ilegal el comunismo.

—Hasta ayer era legal. Ahora nos persiguen por encargo de los gringos.

—Oiga, usted que está enterada, ¿por qué le dicen el Nopalito al presidente?

—Los nopales al hervirlos sueltan baba, pues por baboso.

La prisionera repite chistes tantas veces escuchados en Mesones y la celadora se instruye. Es una muchachita morena con un lunar sobre el labio superior y curiosidad en los ojos. Tina se la gana al cabo de unos días y le consigue papel y pluma. Se compromete a enviar los mensajes.

La primera carta es para esa buena alma de Mary Louis Dougherty, en la calle de Minerva 42 esquina con Balderas.

"Querida María: Me encuentro en la penitenciaría desde el jueves en la tarde. Aquí es mucho peor, una verdadera celda de hierro y piedra, y la comida, pues te la puedes imaginar. Creo que se debe hacer algo, si no quién sabe cuánto tiempo me dejen aquí. Consulta por favor con alguien, tal vez con Mendizábal pero no le digas que yo lo mencioné. Pienso que es necesario ver a un abogado. ¿Crees que el licenciado Lozano quisiera intervenir? Dile que tengo por el momento como cuatrocientos pesos, los de mi viaje que estaba juntando. Puedo conseguir más. Pregúntale qué puede hacer. Tú sabes que aquí generalmente sólo traen a los que ya han sido sentenciados, de modo que esto es un procedimiento arbitrario. No digas a nadie cómo supiste que estoy aquí, podrían perjudicar a quien tan amablemente se ofrece a ayudarme y a mí también. Como te puedes imaginar está prohibido enviar recados. Gracias por todo y recibe un abrazo de quien sólo por un enorme esfuerzo de voluntad no se vuelve loca."

La otra carta es para Beatrice Siskind, Labor Unity, 2 W. 15th St. NYC. NY.

17 de febrero de 1930

"Mi querida Beatrice:

"Estoy escribiéndote desde mi celda en la cárcel en la que estoy desde el 7. Esta carta es también para mi hermano y todos los amigos. No tengo la certeza de que ésta te llegará, pero una buena alma aquí ha prometido ayudarme, así que corro el riesgo. Estoy incomunicada en el sentido más estricto de la palabra, así que no sé nada del mundo de afuera y menos aún de los otros camaradas. Podrás imaginar mi estado de ánimo. No sé siquiera si tú y los demás en NY están informados de mi encarcelamiento. Las cosas pasaron así. Apenas tuvo lugar el atentado al nuevo presidente, inmediatamente la prensa y los círculos oficiales empezaron a insinuar que los comunistas eran los responsables, los culpables y así. Esto naturalmente se hizo para preparar a la opinión pública y surtió efecto porque en todas partes corrió la voz de que era un atentado comunista. Naturalmente nos preocupamos mucho y esperamos que en cualquier momento, las investigaciones descubrirán a los verdaderos responsables y nos limpiarán de la vil acusación. El partido estaba preparando un manifiesto explicando lo absurdo y lo grotesco de tal hipótesis, cuando, el 7 de febrero en la tarde, tres altos jefes de la policía secreta aparecieron en mi casa y me pidieron los acompañara. Me encerraron en la delegación de policía hasta el 13, después me trajeron a la penitenciaría, en la que sólo se encierra a los presos sentenciados. Repito, estoy estrictamente incomunicada. Pregunté si podría tener visitas y comida del exterior pero no me lo permitieron. Ahora no voy a entrar en detalles acerca de la falta de comodidades físicas. Mis condiciones son muy malas como puedes suponerlo; una celda de hierro y piedra, un catre sin colchón, un excusado apestoso dentro de la misma celda, no hay luz eléctrica y la comida, bueno, pues supongo que es la comida que acostumbran las cárceles. Pero esto no es nada comparado a mi angustia al no saber nada de los camaradas. Me preocupo especialmente por los extranjeros, cuyos nombres no mencionaré, pero quizá tú sabes en quiénes pienso. No me importa este sufrimiento y estoy preparada para aguantarlo tanto como sea necesario pero me gustaría que sirviera de algo, desde el punto de vista de nuestra propaganda. Estoy segura que ni los camaradas ni los demás saben que estoy aquí. Cuando me llevaron a la delegación de policía me permitieron llamar a una querida amiga, neutral. Obtuvo un permiso del jefe de policía del Distrito Federal. La segunda vez que trató de verme, le fue negada la entrada. Ahora, es muy posible que a quienquiera que intente verme en la delegación de policía le sea negado el permiso, así es que sin duda todos deben pensar que sigo encerrada en la delegación donde me encontraba yo mucho mejor en lo que se refiere a comodidad material.

"Mi salud es hasta ahora buena aunque me siento débil por la falta de buena comida. Sólo como lo indispensable para seguir. Aún me parece un mal sueño y por momentos siento que mi mente da vueltas pero me controlo con la fuerza de la voluntad, de cuyo poder, en mí, nunca me había dado cuenta.

"Bueno, querida amiga, pasa esta carta por favor a mi hermano y recibe un cariñoso abrazo."

Es en la carta de Mary Louis Dougherty en la que finca sus esperanzas. La recuerda tal y como la retrató Edward, con su cuellito de encaje, su camafeo, la intensidad en sus ojos azules siempre preocupados, el ceño fruncido. En noviembre de 1926, unas cuantas semanas antes de regresar a California, Edward decidió cortejarla furiosamente. Mary Louis Dougherty se le resistió. Después de bailar con ella durante horas, de mirar sus mejillas enrojecidas por el placer, le dijo:

—Vámonos.

—No.

—¿Por qué?

—Por Tina.

—Pero si lo de Tina se acabó.

—Todos hemos creído en la leyenda de Edward y Tina; te vas a ir ahora y yo quiero seguir creyendo. Fue una fotografía muy bella.

Edward, que no estaba acostumbrado a las negativas, se enardeció y le declaró su amor. Era cierto. Se había enamorado de ella. Así como México influyó en su pensamiento, en su alma, a través de su gente, de la expresión humilde, esencial de sus campesinos, la irlandesa lo marcó por su genuino interés en los demás, su deseo de ayudar, su actitud en Xochimilco frente al pintor Francisco Goitia quien vivía en un jacal sobre una chinampa, su solidaridad. Las conversaciones con ella y con Katherine Ann Porter le resultaban estimulantes.

De que Mary vendría a la cárcel, Tina no tenía la menor duda. Seguramente movilizaría al abogado José María, Chema, Lozano y a Miguel Othón de Mendizábal.

18 DE FEBRERO DE 1930

La celadora le franquea el paso a Luz Ardizana. "Sólo unos segundos", estipula, "si no es a mí a quien van a fregar." Se para en el corredor fuera de la celda, cuidando la puerta.

Exaltada, delgadísima, Luz la abraza.

—He estado en contacto con tu amiga la gringa Mary, la que siempre anda con la escritora Porter. Vino una segunda vez, no la dejaron entrar y te envió un mensaje con la celadora. Te vamos a sacar...

—Y ¿Sormenti? —la interrumpe Tina.

—Está escondido; lo vamos a llevar a un rancho por Tampico.

—Dio, qué bueno. ¿Y Rosalío?

—A Blackwell no le pasa nada. Carrillo está en la Procu para ver lo de tu caso, el de Johann Windisch, el de Isaac Rosenblum y los demás. Tenemos suerte, porque han desaparecido a más de sesenta vasconcelistas y nadie sabe dónde están.

—¿Qué nos va a pasar?

—No sé. Me dijo la celadora que no comes; no tiene caso, vas a necesitar todas tus fuerzas.

—Tengo que protestar. Esto es injusto.

—Cuantimás que ya agarraron al que lo hizo, un tal Daniel Flores, un muchacho de veintitrés años que no es del movimiento. A los comunistas van a tener que soltarlos; ya hay protestas de obreros, de campesinos, de intelectuales, al rato va a haberlas del exterior.

—No como porque no aguanto la rabia, Luz. Voy a seguir igual. ¿Qué ha hecho Diego Rivera?

—Nada, no ha dicho una palabra a favor de los compañeros ese gordo miserable. ¡Mira las vueltas que da la vida! ¡Hace un año se la vivía en el juzgado, ahora ni sus luces! ¡Así son los artistas! Tampoco Gómez Lorenzo dice esta boca es mía.

—Eso no es cosa de artistas, Luz, no digas idioteces.

—No vine a pelear contigo.

—Ya sé. ¿Qué va a ser de mí, Luz?

—En México, cuentas con nosotros, pero si te deportan...

—Dio, Luz, todos me están fallando.

—No eres la única perseguida; dicen que a los acusados de complot los están torturando. Agentes del gobierno se hicieron pasar por vasconcelistas y nadie sabe el paradero de los detenidos.

—Dio.

A las seis de la mañana les notifican su expulsión del país a Tina, a Johann Windisch y a Isaac Abramovich Rosenblum.

—Tienen ustedes cuarenta y ocho horas para abandonar el país.

A la salida de la Penitenciaría, no hay nadie sino la fiel y poco conspicua Luz Ardizana que le tiende un frasquito:

—Tómatelo, es el jugo de una naranja; es lo mejor para después del ayuno...

Tina siente que resucita.

—Es por el potasio... Más tarde te comes un plátano y otro poco de jugo. A sorbitos, con cuidado. Y hasta mañana, otro plátano.

—¿Adónde vamos, Luz? —se recarga en su brazo.

—A Abraham González por tus cosas. Nos van a acompañar unos agentes; sólo tienes cuarenta y ocho horas para arreglarlo todo, Tina. Dwight Morrow, el amigo de Diego, le dijo a Rafa que la embajada de los Estados Unidos te considera ciudadana norteamericana, y si renuncias a cualquier militancia política te darán pasaporte.

—Eso es chantaje. No lo acepto. Prefiero solicitar mi pasaporte italiano. Quisiera vivir con mi madre, con mis hermanos. En Alemania, en Francia hay más posibilidades...

—Necesitas a tu familia porque te sientes bocabajeada; reponte, compañera.

—Yo soy italiana —Tina levanta la cabeza.

—Pues el Ratón Velasco ya fue a la embajada de Italia y te ofrecieron un pasaporte: "Válido para un viaje de regreso a Italia". Esperan a los antifascistas como tú para chingarlos.

—Mamma mia, qué va a ser de mí.

—Ha habido protestas por tu caso —le asegura Luz. Nada le

dice de los nuevos editoriales calificándola de "la feroz y sangrienta Tina Modotti".

—¿Y Frank Seaman? ¿Y Paul O'Higgins?

—Están bien, deja de preocuparte por todo mundo, preocúpate por ti. Mira, allí viene corriendo la gringa.

Es Mary Dougherty. ¡Qué buena mujer, de veras! Se abrazan. Hablan en voz baja, caminan abrazadas. "He ido a ver a todos, he escrito a todas partes", oye Luz que le dice a Tina.

—Nos siguen —avisa Luz.

—Mary, debes tener cuidado, eres extranjera; en México, hay mucha xenofobia en este momento. Más vale ser prudente. Despídete aquí, avísale a quien más puedas en Nueva York —le da la mano Tina.

Los ojos de Mary se llenan de lágrimas.

Como el año anterior, dos policías hacen guardia frente a su puerta y dos más esperan en un coche en la calle.

—¿Me ayudas a vender algunas cosas?

—Sí, tú, a poco va a dar tiempo.

—¿Puedo hacer uso del teléfono? —inquiere Tina.

—Está usted en su casa —responde un policía mirándole las piernas.

Tina debe actuar y pronto. Marca el número de Manuel Álvarez Bravo:

—Lola, tengo que irme del país, les vendo mi cámara, ¿la quieren?

—Obra de Dios que ya la soltaron. Oritita vamos —contesta Lola.

Tina saca su veliz de abajo de la cama. No quiere pensar; tiene que ocuparse en algo manual. Los policías no le quitan la vista de encima y la puerta del departamento ha quedado abierta. Si Paca Toor estuviera se asomaría para alentarla con su cara ancha, sus pantalonzotes kaki de soldado raso.

Manuel y Lola se presentan consternados. Compran una cámara grande, con la que Tina toma los murales, y una Graflex.

—Era de Weston —sonríe triste—, ustedes pueden seguir retratando los murales de la Secretaría, los tengo a medias. Vean también la Eastman Kodak...

—Este altero de fotos, ¿te las vas a llevar? —pregunta Luz.

—Tengo que dejar casi todo. ¿Qué puede caberme en esta maleta? Me llevo además la Graflex.

Álvarez Bravo se ruboriza:

—¿Podría yo guardar algunas de las fotos que está usted dejando?

—Sí, Manuel —sonríe de nuevo Tina; hace el esfuerzo tremendo de sonreír—, me da gusto que usted las conserve. Hace un tiempo le di un paquete a Juanito de la Cabada, pero no sabe dónde lo dejó.

—¿Fotos a él? ¡Qué barbaridad, a qué santo fue usted a encomendarse! ¡Ése no se cuida ni a sí mismo!

La mira desolado. La angustia de Tina aumenta al punto del sollozo, pero sonríe al ver la reverencia con que Manuel y Lola tratan sus fotos. Los abraza:

—¡Qué buenos amigos!

—Seguramente a Diego van a interesarle mucho las de los murales...

—Sí, pero a él, quisiera vendérselas...

—¿El tripié?

—El trípode, ése lo vendo y también estas cajas de papel fotográfico. Pesan demasiado. Y las botellas de revelador.

—Llévate una siquiera —aconseja Luz—, podrás necesitarla allá.

—¿Allá, dónde, Luz?

—Pues allá donde te mandan —se apena—, no sé adónde.

Luz se pone a llorar.

Tina la toma en brazos.

—Voy a escribirte, no te apures.

—¿De veras?

No les va a dar a los agentes el gusto de verla derrotada.

—No llores, Luz, me vas a debilitar.

—No, si no lloro —llora Luz.

—Esa ropa, Luz, repártela en la Bondojo; lo de cocina llévatelo a tu casa. Y los muebles dáselos al que más los necesite. No he pagado la luz, ni el teléfono. Debo la mitad de la renta. Tú entregas las llaves.

—¿Y la colcha?

—Haz lo que quieras con la colcha, las cortinas, las toallas. Realmente hay poco. Quisiera llevarme algunos libros aunque pesen.

—¿Te ayudo a empacarlos?

—Ahora, me gustaría quedarme sola, tengo que escribir dos

cartas. Me despides de *El Machete*, del Canario, de todos los de Mesones, de Rafael, de todos los compañeros. Me voy preocupada por Siqueiros, por Frijolillo, por Juanito...

Abraza a Lola y a Manuel.

—Los voy a acompañar.

En la puerta, se vuelve hacia la sillita baja pintada con flores.

—Esa silla siempre le gustó, Manuel, y no pesa ¿no quiere llevársela?

—Tina, yo me quedo —dice Luz—; te prometo que no estorbo.

Luz empaca sin decir palabra. Se puede morder el silencio.

Sentada frente a su mesa de trabajo, Tina revisa su correspondencia, cartas que la policía no se llevó, curiosamente las de Edward están completas, son pocas. Del fondo de un cajón saca una fotografía de pasaporte de Julio y la mete en su bolsa.

Entrega a Luz un mensaje de despedida para los compañeros encarcelados. Tina conoce el peligro desde que asesinaron a Julio; desde entonces no dejan de hostigarla. El Frijolillo se lo advirtió: "Todo lo que hagas será utilizado en tu contra" y ella repuso: "¿Qué más puedo perder si me han quitado a Julio? ¿Qué más pueden hacerme?" Rafa tuvo una clara idea de la desesperación que Tina escondía tras el trabajo atormentado. Una vez encontró una hoja dentro de la máquina de escribir: "Cuatro meses, sólo fueron cuatro meses de vida con Julio Antonio; la relación más plena, más satisfactoria que pueda darse. Sufro el envilecimiento de toda mi vida. Nadie olvidará lo que se publicó en los periódicos, seré la cómplice del asesino".

No perder la cabeza, estar preparada para lo peor, a eso se ha dedicado Tina los últimos meses. Por eso le envió a Edward sus negativos, le escribió que allá iban los paquetes muy bien envueltos; tenía que tomar providencias para un desenlace imprevisto. Ya se lo había escrito a su familia, a Benvenuto sobre todo; México la rechazaba desde el asesinato de Mella. Weston no reconocería el México en el que ella vivía. Le parecería intolerable ese mundo sin arte, sin belleza. Y a ella ¿la reconocería ahora? ¿Reconocería a su discípula en esta militante angustiada?

"Tu vida, recuérdalo bien, nos es muy valiosa", le había dicho Frijolillo, "y con el gobierno hay que ser cauto si quiere uno seguir vivo." También los antirreeleccionistas desaparecían misteriosamente; y eran más de sesenta. Los acusados de complot fueron encontrados ahorcados. ¿Cómo escribirle esto a Edward?

Tina acomoda sus últimos papeles en una caja de cartón.

—Tómalos Luz, guárdalos.

—Voy a pasar aquí la noche.

Luz interroga a los agentes. Regresa y estalla en sollozos.

—No me dejan. Vengo mañana a primera hora.

—Mejor busca a Sormenti. Averigua qué le ha pasado.

—Voy a ir a la estación.

—No. Necesito todas mis fuerzas para mí. Luz, te lo ruego. Ahora vete.

Luz se abraza a ella, desesperada. Los policías la miran, burlones: "Además... tortilleras".

—Luz, salte ya, por favor.

El llanto de Luz baja la escalera. Afuera, la oscuridad es completa. Agotada, Tina se recuesta y al apoyar su cabeza sobre la almohada piensa: "Es la última noche que duermo en México". Sólo entonces se permite llorar.

21 DE FEBRERO DE 1930

En la estación de Buenavista, la niebla mañanera parece una manta abandonada sobre las vías. Tina camina entre Manuel, Lola, Manuelito y Luz, quien vino a pesar de la prohibición y carga el veliz. Los de gobernación vigilan.

—A la hora de la verdad, le quedan a uno muy pocos amigos —dice Tina.

—Es que están en la peni —los disculpa Luz—...Yo como soy muy insignificantita, nadie me ve ni le importo a nadie.

—¡Ay Luz, no digas eso! Has estado en muchas cárceles; eres una extraordinaria luchadora. ¡Adiós, amiga!

—Yo subo la maleta, Tina —ofrece Manuel.

Ella toma asiento junto a una ventanilla, y Manuel, callado, se sienta a su lado. El agente de gobernación ocupa la otra ventanilla e Isaac Rosenblum se para en los escalones de salida. Tina no levanta la vista. Suena el silbato, Manuel la mira y dice en voz baja: "Adiós, Tina", y como ella no da señal de reconocimiento sale rumbo a la puerta. Un doble silbato hace despertar a Tina. Se asoma; los ve en el andén, un minúsculo grupo desolado. Corre a los escalones de la puerta, los llama. El agente la sigue. A Luz ya no se la ve por ningún lado. Sólo Lola y Manuel con Manuelito en brazos. Tina toma al niño que alza Lola, coge su cabecita y le da un beso: "Espero volver a verte, Manuel, pero en un México mejor y en circunstancias no tan amargas". En ese momento, el llanto la asfixia y entrega al niño.

No vuelve a asomarse.

Durante largo rato permanecen en el andén, Manuel agitando la mano en un adiós que Tina sólo adivina.

22 DE FEBRERO DE 1930

En Veracruz, Tina aborda esposada el barco holandés *Edam*. El capitán la manda a un camarote, le quitan sus esposas y la encierran. Cada vez que es hora de comer, el capitán ordena:

—¡Que suban a la deportada!

El grito hace que Tina deje su pluma con la sensación de un golpe en el estómago, como si el *Edam* quedara suspendido en el aire, paralizado, aunque al levantar los ojos ve el mar a través de la claraboya.

—¡Que suban a la detenida!

Los diez pasajeros no vuelven los ojos para mirarla; el rubio capitán holandés Jochems, seducido por su belleza y por su actitud modesta, da órdenes de que no la escolten. Rígida, sorda, muda, ha ingerido su comida en una mesa apartada, mientras Rosenblum come en otra mesa. Ahora puede pasear libremente por cubierta, tomar el aire y el sol en una silla de lona que alguien insiste en cederle. De nuevo, su elegancia se impone. Pronto los pasajeros se la disputan.

Al llegar a Tampico, Tina, Johann Windisch y Rosenblum deben aguardar en un cuarto, junto a la capitanía, a que el *Edam* zarpe nuevamente. Por suerte son pocas horas. Al abordar, un hombre alega deteniendo la cola frente al control de migración. Tina le dice a Rosenblum:

—Ma ¿quién es este señor que impide que la fila avance?

—¿Qué le importa a usted, señora? —dice Sormenti volviéndose a Tina.

Lo mira boquiabierta, a punto de exclamar su nombre. Oye al agente de migración felicitar a Sormenti por dedicarse a la docencia. Enea le dice:

—Vea, señora, cómo me tratan a mí las autoridades de migración.

Tina no puede creerlo. Su atrevimiento no tiene límites. A ella la han expulsado pero a él lo buscan en México, en Italia, en Estados Unidos. Si lo agarran será su fin, y sin embargo, cuando el *Edam* hace escala en Nueva Orleáns, Sormenti anuncia:

—He decidido asistir al carnaval.

Enea Sormenti se había informado en qué barco deportarían a Tina y decidió embarcarse también en el *Edam*, pero en Tampico. Un amigo anarquista, tipógrafo e impresor, falsificaría los documentos. A Jacobo Hurwitz le pidió:

—Dame tu pasaporte, Jacobito.

—¿Qué vas a hacer?

—Quitarte la cabeza, Jacobito; me voy a poner cara un poco de idiota o de intelectual para parecerme a ti, y voy a viajar como Jacobo Hurwitz Zender, profesor peruano. Cuando cese la persecución, recobrarás tu identidad.

25 DE FEBRERO DE 1930

En Nueva Orleáns, a Tina la bajan esposada a la sala de migración y la encierran en unos separos. Dos horas después le avisan que la busca un periodista que tiene autorización para entrevistarla.

—Señorita, de seguro es la primera vez que escucha usted español desde que salió de México.

Tina levanta la vista de la carta que escribe a Edward y ve frente a ella a Sormenti.

—Señorita, ¿podría decirme en unas cuantas palabras cómo ve el futuro de la América socialista?

¡Qué bárbaro este Sormenti, es capaz de hacerla sonreír y darle esperanza en las peores circunstancias! A lo largo de la entrevista se las arregla para decir varias veces que la situación es favorable, sonreírle, guiñarle un ojo y, al despedirse, darle un cálido, significativo apretón de manos.

Para escribirle a Edward, Tina se obliga a una serenidad que no siente.

"Mi querido Edward: Supongo que a estas alturas ya sabes lo que me pasó, que estuve trece días en prisión y que después me expulsaron. Y ahora estoy en camino hacia Europa y hacia una nueva vida, al menos una vida diferente a la de México.

"Sin duda conoces también el pretexto usado por el gobierno para arrestarme. Nada menos que 'mi participación en el reciente intento de matar al presidente electo'. Estoy segura que, por más que lo intentes, no lograrás verme como 'terrorista' ni como 'jefa de una sociedad secreta de tira-bombas' y quién sabe qué otras cosas... Pero si me pongo en el lugar del gobierno comprendo lo inteligente que fue; sabía que si intentaba expulsarme en cualquier otro momento, las protestas habrían sido muy duras; así esperaron el momento en que la opinión pública, agitada a causa del atentado estuviera dispuesta a creer todo lo que leía o todo lo que le contaban. Según la prensa escandalosa y venenosa, en mi casa se encontraron toda clase de pruebas, documentos, armas y quién sabe qué; en otras palabras, todo estuvo listo para matar a Ortiz Rubio, pero desgraciadamente, yo no había calculado bien y el otro tipo se me adelantó... Ésta es la historia que la opinión pública mexicana se tragó junto con el café de la mañana; ¿puedes criticarla si suspiró de alivio al enterarse que la feroz y sanguinaria Tina Modotti había abandonado —por fin— para siempre el territorio mexicano?

"Querido Edward, con todas las tormentas de este mes pasado, he pensado mucho en las palabras de Nietzsche que una vez me citaste: 'Lo que no me mata, me fortalece'; y así me siento en estos días. Sólo gracias a una enorme fuerza de voluntad no me he vuelto loca algunas veces; así, por ejemplo, cuando me llevaban de una prisión a otra, o cuando me llevaron por primera vez a una cárcel donde sentí, detrás de mí, el golpe de la puerta de hierro y del cerrojo, viéndome en una pequeña celda con un minúsculo hueco con reja, demasiado alto para poder mirar hacia afuera. Una cama de fierro sin colchón, un retrete hediondo en un rincón, y en medio de la celda yo que me preguntaba si todo esto no sería un mal sueño...

"Ahora estoy en camino hacia Alemania. Por favor, mándame algunas líneas a la siguiente dirección: Chattopodyaya, Friedrichstr. 24 IV Berlín SW 48, Alemania. Pero no pongas mi nombre en el sobre exterior, utiliza dos sobres y ponlo en el interior..."

28 DE FEBRERO DE 1930

"Querido Edward, el lugar donde estoy es una rara mezcla de cárcel con hospital —una inmensa sala con muchas camas vacías y sin hacer, que me da la extraña sensación de que en ellas hubiera habido cadáveres—, ventanas con rejas y una puerta siempre cerrada. Lo peor de esta inactividad forzosa es que uno no sabe qué hacer con el tiempo; leo-escribo-fumo, observo a través de la ventana un pasto americano muy limpio y perfecto con un asta en el medio, en cuya punta ondea la bandera de las barras y las estrellas —visión que si no fuese yo una rebelde incurable debería recordarme en forma permanente el imperio de la 'ley y el orden' y otros pensamientos reconfortantes de la misma índole.

"Los periódicos me han perseguido y a veces —con un afán de lobos— se me han adelantado. Aquí en los Estados Unidos todo se mira desde el punto de vista de la 'belleza' —un gran diario habló de mi viaje, llamándome 'una mujer de una belleza llamativa'—; otros reporteros a quienes les negué una entrevista trataron de convencerme, diciendo que sólo contarían 'lo guapa que era yo', a lo que respondí que no entendía qué tenía que ver el ser guapa con el movimiento revolucionario o la expulsión de comunistas. Obviamente, aquí, las mujeres se valúan con la medida de las estrellas de cine."

Acostumbrado como está a esquivar policías, a burlar leyes, Sormenti no puede darse cuenta del estado de ánimo de Tina. Le es difícil concebir que una militante se desmoralice. La vida ¡qué aventura! En Moscú lo esperan nuevos retos, ya verá Tina, todo está por hacerse. Libre de ataduras, Tina volará para luego clavar el pico como los pelícanos que se dejan caer a lo que el cuerpo da. Así hay que clavarse en el agua de la vida.

Sormenti no sospecha el infierno de las noches de Tina, que acogotada por la angustia tiene que taparse la boca con la mano para ahogar el grito, ir hacia el espejo, ver la devastación en su rostro y echarse agua. No duerme, le da vueltas al pasado, se recrimina; cuántos años perdidos, qué vida desperdiciada, qué hacer para llegar al alba, Dio, entonces subirá a encontrarse con los otros siete pasajeros, tomará café, se integrará a algo que no sea ese monstruoso sentimiento de sí misma que la devora.

Muchas veces, Enea la sorprende en la cubierta del *Edam* absorta en sus pensamientos, la mirada fija en el horizonte; Otras la encuentra escribiendo un diario o una carta; ella cierra precipitadamente su carpeta.

Sormenti la escucha hablar alemán con un pasajero.

—No me habías dicho que sabías alemán.

—Lo hablo mal; casi todos los de Friuli lo aprendemos trabajando en Austria, pero no fui feliz en San Ruprecht, procuro olvidarlo.

Sus conocimientos son más amplios de lo que ella dejaba traslucir en México. Habla y escribe el italiano, el inglés, el español y conoce el francés. Y ahora también el alemán.

Sormenti no vuelve a acercarse cuando la ve inclinada sobre sus escritos.

•*Vittorio Vidali* •
Fotografía de Tina Modotti

9 DE MARZO DE 1930

El *Edam* es un viejo buque de carga que ya no debería surcar los mares; por más que la tripulación se empeña en limpiarlo, el óxido lo come, los ratones han infestado su bodega y ni el agua de todos los océanos los ahoga.

Cuando se acercan a tierra, en medio de las bocanadas del calor, Tina recibe, traído por la brisa, el olor aceitoso del coco y el de las ciénagas formadas en medio de la jungla. "Allí hay caimanes" advierte el capitán Jochems. Pronto aparecen palmeras reales, bancos de arena, la franja de los corales. El *Edam* atraca en La Habana y a Tina la asalta el calor y un sabor ardiente de especias que sube de la tierra: "Es el café", le dice Sormenti, "es el tabaco, es la vainilla, es la caña". Mientras el barco carga azúcar, Sormenti baja al puerto. Un enjambre de insectos zumba en torno al carguero y, detenida en cubierta, Tina se seca el sudor, le produce náusea el almíbar en el aire, como si el sol derritiera en una olla una pegajosa melaza que se desborda y ya metiéndose por las escotillas. Pero es mejor asarse en cubierta que estar encerrada en la Cabaña donde otro capitán menos magnánimo la habría mandado encerrar.

En La Habana, Sormenti va a casa de la viuda de Alfredo López donde se reúnen marineros, estibadores, obreros, y les pide que divulguen que la compañera de Julio Antonio Mella, Tina Modotti, viaja en calidad de deportada. A los que no saben nada, salvo que Mella fue asesinado, a los que sólo recuerdan a Olivín Zaldívar, Sormenti les cuenta los últimos meses del héroe, y el estoicismo de su compañera italiana: Tina Modotti. Olivín Zaldívar, según ellos, también era una valiente luchadora, pero nadie como la Modotti, Olivín vive ahora en los Estados Unidos. Sormenti narra fogosamente los acontecimientos, cimbra a sus oyentes. Pronto corre la noticia. ¿Está Tina arrestada en la temible Cabaña? "No", asegura Sormenti, "el capitán me prometió que no la bajaría; la tiene presa en el barco." La noticia se publica en el *Diario de la Marina*.

Cuando el *Edam* enrosca la cadena del ancla, varias lanchas se acercan en la oscuridad, sus faroles reflejándose en el agua. Recargada sobre la barandilla, Tina ve las luces que bailan entre vaporosas columnas de agua y de pronto un grito resuena en la noche cubana: "Compañera Tina, te admiramos. Para ti nuestro cariño y nuestro respeto".

Las lágrimas hacen temblar los faroles de luz sobre el agua; el *Edam* zarpa; todavía alcanza a ver algunas manos en alto.

Julio también lo ha vivido; es él quien le está rindiendo homenaje, él quien le da el regalo de su mar cubano; el *Vorovski* ruso se superpone al *Edam*; Julio en su barca rema hacia ella y mezcla su voz entre las otras: "Tina, Tina, Tinísima".

El mar parece la enagua movediza del barco. En la tercera noche, se desata una tormenta. El *Edam* cruje como si fuera a partirse. Cuando el tiempo es malo, el capitán Jochems aconseja encerrarse. Tina no sale a cenar. Sormenti toca a su puerta:

—Tina, sal un momento.

Mientras otros pasajeros se recuestan a gemir, Sormenti la obliga a respirar hondo, inhalar, exhalar, y a ejercer control sobre su propio cuerpo:

—Todo está en que tú tengas fuerza mental suficiente para dar órdenes a la envoltura humana que llamamos cuerpo.

Para Tina, resistir la náusea, no recostarse cada vez que viene el mareo, es un presagio de lo que podría lograr si se lo propone.

—Creí que una persona que se marea como yo, nunca se aliviaba. Ma lei, Enea ¿cómo sabes esas cosas?

—Yo soy un hombre de mar, Tina, mejor dicho, un muchacho de mar, todos los que vivimos cerca de Trieste lo somos. Salí de Trieste, me encontraron escondido en la carbonera del barco, querían tirarme al mar.

Tina imagina al muchachón bragado en los muelles triestinos debatirse contra la bora, el viento frío que baja de los Alpes y golpea furioso las techumbres convirtiendo las tejas de pizarra en navajas mortales. Sormenti, el cuerpo echado hacia adelante, las mejillas rojas por el esfuerzo, sopla en torno a Tina, actúa los estragos de la bora, "en el mar se han hundido dos embarcaciones, una teja decapitó a un hombre, el mar alcanza la altura del rompeolas"; la avalancha de recuerdos triestinos los vuelve jóvenes y los identifica. "Un viento me sacó de mi casa, otro me condujo a Argelia, otro me empujó a Nueva York; un norte me hizo llegar a México, el viento más fuerte es éste que nos lleva a Rusia."

—Yo no voy a Rusia.

—Ya irás. A mí el mar me sirvió para todo, para lavarme, para soñar. ¿Tú nunca quisiste viajar?

—Desde los trece años esperaba que mi padre enviara el boleto para ir a los Estados Unidos. Me llegó a los dieciséis. Nunca siquiera había subido a un vaporetto.

—Muy joven me dije que no permanecería en esa herradura en que el Adriático aprisiona a Muggia, aunque veía Istria, el Carso, el golfo, el mar desde la via Candia, desde la Piazza Grande. Fui a Venecia de aventón. La conoces, claro.

—No —se avergüenza Tina.

—Yo te llevaré algún día.

Le cuenta del capitán Giacomo, de Muggia, que le enseñó a navegar, del miedo al ver que no respondía.

—Fue el primer muerto que vimos, mi hermano Humberto y yo, con su barba blanca sobre la sábana mortuoria. Humberto era menor, no comprendía, entonces le expliqué: "Morir significa no ver más, no oír más, no comer y no beber, no respirar, no moverse. Una vez que te has muerto, ya no sirves. Te avientan a la fosa, y te tiran al mar".

—A mí me gustaría que me tiraran al mar.

Hacía años que Tina no oía a nadie hablar de cosas familiares.

—De niño quise ser pirata, gladiador romano; me prometí que seguirían a Vittorio Vidali. Ése es mi nombre.

—¿Así que no te llamas Sormenti?

—Los revolucionarios cambiamos de nombre. Tengo otros. Tú también cambiarás de nombre a lo largo de los años.

—Sólo si me agarran; cuando lo de Julio me puse Rosa Smith.

—En la lucha, te llamarás de muchos modos, sobre todo en Europa...

—Me gusta más Vittorio que Enea. ¡Victorioso!

—La primera vez que me llamé así fue cuando firmé un artículo en Baltimore.

Tina lo escucha con simpatía y al cabo de los días ¡cuánto agradecimiento siente! Sin él, qué sería este viaje.

—Yo de niña lo único que deseaba —dice Tina— es que no me dolieran los dedos. Siempre tuve los dedos rojos y adoloridos en la filatura y siempre me dio vergüenza mi cara hambrienta. Éramos muy pobres.

—Nosotros también comíamos lo que nos daban. Mi padre y mi madre trabajaban, la encargada de la limpieza fue mi hermana, mi hermano mayor viajó a Brasil y lo declararon desertor. Conocí el vino cuando era yo grande; en la casa sólo tomábamos agua con un poco de vinagre.

Tina le cuenta de San Ruprecht, de su padrino Demetrio Canale, de Gioconda, la más joven de los seis hermanos, quien tuvo un hijo con un soldado y por eso se negó a ir a los Estados Unidos.

—Es la única de nosotras que tiene un bambino, un maschio, se llama Tullio.

—Un niño por su sola presencia lo salva todo. No tienes de qué preocuparte... ni por Gioconda ni por su bastardo.

—Siento que mi futuro está en Europa; me gustaría trabajar por Italia, liberarla de los fascistas. Desde que mataron a Mella tuve miedo en México. Es un país cruel por imprevisible.

—No seas obsesiva, Tina. En ningún país del mundo tienen los extranjeros derecho de meterse en los asuntos políticos del país. Piensa en el futuro, en vez de memorizarte el pasado.

—Conozco la revista *Union Bild* y sé que me darán trabajo; en Berlín han publicado fotos mías, en el *AIZ;* allá me sentiré entre gente de mi oficio; Willi Münzenberg es un personaje, pienso recurrir a él. Tengo tres buenas razones para escoger Berlín. En 1929, hubo un veinticinco por ciento de votantes comunistas. Hay gran actividad fotográfica y los italianos no necesitan visa para ir a Alemania. ¡Me gustaría conocer a Käthe Kollwitz, a Georg Grosz! Además, Vittorio, ¿te puedo llamar Vittorio?, es mucho más fácil para la mamma y Mercedes ir a Alemania que a cualquier otro país, y ya tengo ganas de verlas...

—¿Quién es Georg Grosz?

—Un pintor, Vittorio.

—Ah, ¿es comunista?

Después de la tormenta, los pocos pasajeros se reúnen a hacer juegos de salón, brindar con vino del Rhin y comer un estupendo jamón, quesos holandeses y alemanes, apfelstrudel. Vittorio habla con todos y jala a Isaac Rosenblum y a Tina, que de buena gana bajaría a su tumba-camarote dentro de la negrura. Vittorio la adivina: "¿De qué te sirve rumiar tu situación y permanecer al margen?" Tina platica con facilidad con Andrés de Urioste y San Martín, que desembarcará en La Coruña junto con los González, una pareja que subió con Vittorio en Tampico. Viajan con su hijo. En la sobremesa, cada uno muestra lo que sabe hacer. Tina acompaña a Vittorio sus canciones italianas y norteamericanas. Después entona ella sola: "Borrachita me voy para la capital", ganándose los aplausos de la concurrencia. Vittorio canta como un Wobblie, como un anarcosindicalista:

Oh why don't you work
like other men do?
How in hell can I work
When there's no work to do?

Hallelujah, I'am a bum,

Hallelujah, bum again,
Hallelujah, give us a handout
To revive us again.

Prosigue: "Workers of the world, awaken, break your chains, demand your rights, all the wealth you make is taken by exploiting parasites", qué tipazos esos comunistas norteamericanos.

—¿Tina, conoces a Clarence Darrow, el abogado que me defendió en los Estados Unidos? Es el mismo que defendió al maestro que enseñaba la teoría de la evolución de Darwin, el del Monkey Trial.

—No.

—¿Sabes de Elizabeth Gurley Flynn y su lucha por salvar a Sacco y Vanzetti? Se enamoró locamente de Carlo Tresca. Todas las mujeres se enamoran de Tresca. ¿Y Bill Haywood, un hombre enorme, mucho más gordo que Diego Rivera, que defendió huelgas con puños y palabras? Su huelga más exitosa fue la textil de Lawrence, Massachusetts, en 1912.

—Sí que mi papá me habló de esa huelga —aplaude Tina—. También me contó que Isadora Duncan amenazó con bailar desnuda frente a la embajada de los Estados Unidos en París para protestar por la condena de Sacco y Vanzetti.

—¿Recuerdas lo último que dijo Bartolomeo Vanzetti a su juez en 1927? Aquí tengo el recorte: "No desearía para un perro, ni para una serpiente, ni para la criatura más miserable y desafortunada de la tierra lo que yo he tenido que sufrir por culpas en las cuales no incurrí. He sufrido por ser radical y, en efecto, yo soy radical; he sufrido por ser italiano y en efecto yo soy italiano... Estoy tan convencido de estar en lo justo, que si usted tuviera el poder de matarme dos veces, y yo pudiera nacer dos veces, volvería a vivir para hacer de nuevo, exactamente, lo que hice hasta ahora."

Tina se conmueve, y Vittorio cambia de tema.

—¿Has oído la canción de Joe Hill?

Long haired preachers come out every night,
Try to tell you what's wrong and what's right;
But when asked how 'bout something to eat
They will answer with voices so sweet;

You will eat, bye and bye,
in that glorious land above the sky;
Work and pray, live on hay,
You'll get pie in the sky when you die.

Sin darse cuenta, Tina corresponde a ese torrente; hace años que no piensa en su tierra, ahora sus recuerdos buscan salida. Creía haber olvidado su vida en la filanda y Enea, es decir Vittorio, viene a revaluarla.

Una tarde Vittorio ve a Tina en la proa del *Edam*, recargada sobre la barandilla, y tiene la certeza: "Se va a caer". Corre hacia ella casi sin aliento. Al volver la cabeza, la mirada de Tina lo rechaza en tal forma que lo paraliza. Lo ve como a un extraño, como al vacío, como si frente a ella no hubiera nadie.

"¡Extraña mujer! ¿no estará neurasténica? En todo caso, es dispareja; un día está de buenas y al otro no quiere ni que le hable. Donne, donne, ¿quién las entiende?"

14 DE MARZO DE 1930

¡Desaparecer, morir tragada por el mar, envuelta en agua, sería un alivio! Qué es lo que va a morir si su "yo" no tiene vida, si al "yo, Tina" lo ha matado, si en los últimos años se ha convertido en pura sumisión, vehículo de otros; ésta con la que ahora lucha, no es sino la oquedad; soy un agujero, a través de mí pasan las corrientes, los pescados entran por mi sexo y salen por mi boca, miren.

El *Edam* entra en tinieblas; la mujer se deja envolver por el aire salobre; sería fácil abandonarse al agua negra, su sexo negro volvería al agua, su sexo que ahora la atormenta es cuerpo de esa agua; su sexo derramaría esa agua entintada y venenosa, barco lento, misterioso como su sexo, que duerme y se cierra almeja de sí misma, todo en torno es un cuerpo inmenso, el golpe del agua contra el barco, el aire, el motor allá adentro que penetra hasta la hélice y abre y derrama.

Cuando se sienta en la diminuta taza del excusado de hierro verdoso cumple una función. Lo que sucede a su cuerpo transcurre allá lejos, afuera de ella, en un lugar que no ocupa, puesto que no tiene lugar sobre la tierra. El calor hirviente que llena el barco le recuerda una noche en que el orgasmo fue tan largo que la levantó de la cama y de pie sobre el piso recibió los últimos espasmos, hasta que Julio vino a abrazarla, a servirle de columna para que en su piel temblorosa no hubiera desamparo. ¡Ay!, el lago blanco de la sábana, el deseo que subía hiriéndola, quejido que venía desde tan lejos para luego quedar inerte, no me toques, nada quería saber de sus manos después de abrirse a él.

Se revuelve en contra de sí misma, si pudiera borrarse bajo sus propios párpados descansaría. Pero no, su dolor la avasalla. Afuera nada, salvo el llamado líquido del agua.

Durante el día, en el juego de los rayos del sol sobre la superficie del agua, Tina en cubierta sigue el surco del barco. Más allá de la estela, el panteón de Dolores, el cuerpo de Julio, su imagen perdida en la transparencia del aire; allá los compañeros, Luz Ardizana que a esta hora debe andar recorriendo las calles de México con sus piernitas flacas y tenaces, allá Rafael Carrillo y su ecuanimidad, Encinas y su tozudez, allá los compañeros entrañables. Ve extenderse este inmenso manto de agua sobre la tierra y piensa: soy apenas un puntito del tamaño de la cabeza de un alfiler y ni siquiera relumbro al sol. Lejos de todo, separada, suspendida entre la inmensidad del cielo y la inmensa profundidad del mar; sin ver tierra durante días, corta amarras a su pensamiento. Aquí no es sino una basura de luz, para qué tanta preocupación, ma, déjate ser, Tina. Escucha los lascia stare de Enea o Vittorio; lo mira eufórico de estar en el barco, de respirar contra el viento el aire salado, contento de vivir.

—Ven Tina, tómame una foto aquí en la popa del barco.

—Sí, a condición de que te quites el borsalino. Pareces un condottiero, en México, te tomé una foto con el sombrero negro.

Tina lo retrata mirando el océano.

—Ahora te tomo una a ti.

—No, nadie toca la Graflex, eso sí que no. Además a mí no me interesa tener mi retrato.

Vittorio siente a Tina inaccesible. Sobre todo cuando escribe. Lo expulsa de su intimidad.

—Pareces un castillo con todos los puentes levadizos en alto.

Ella sonríe y arregla los mechones que el viento le arranca del chongo.

No cabe duda, el mar tiene poderes curativos. Y si no el mar, Vittorio. Cuando él vuelve al pasado no se tortura como ella. "Y si me hubiera ido con Julio a La Habana, si estuviera con Xavier en Moscú..." Con los "sis" concluye Vittorio, él podría meter a París en una botella: "si, si, si, mira, mejor ponte a pensar que si vuelves a vivir tu vida lo harías mucho peor", y Tina ríe con sus indicaciones prácticas. "Lo que importa, aquí y ahora, Tina, es este sol, este mar, este barco que cruje lleno de ratones, la plática que tenemos, tú frente a mí, sin que nadie nos interrumpa, el destino que no viene a nosotros, sino al cual nos encaminamos. La vida es siempre más grande que uno. Dentro de dos meses, te culparás por no haber disfrutado de todo lo que te es dado hoy. Cuando desembarquemos serás una mujer nueva; no te dejes vencer."

El destino de Vittorio es Moscú; el de Tina, Berlín. Pero Vittorio le habla como si jamás fuera a abandonarla. ¡La hace sentirse bien! El *Edam* acaba resultando el nirvana. Tina mira el cielo; grandes nubes de pronto iluminadas por el sol avanzan intentando cubrir la totalidad del cielo; recuerda la gigantesca nube blanca de Mazatlán que Edward tomó acostado sobre la cubierta y que los siguió como nube perro durante toda la travesía. ¿Acaso Weston en California no persigue nuevas ilusiones? "Derroteros" dirían los compañeros del partido, qué fea palabra. Los compañeros, qué lejanos en la inmensidad del agua, cuántas tormentas en el vaso de agua de la oficina de *El Machete*. El único compromiso que puede cumplir hoy es dejarse estar, seguir el balanceo. Yo soy el barco —se dice—, yo soy la que se mece; cuando descienda conservaré bajo mis párpados el aire azul y la movilidad del agua.

En La Coruña, España, el carguero ancla una sola noche y de nuevo la refunden en su camarote. Desembarca el viejo emigrante español que regresa a su tierra cansado y enfermo del corazón, tan pobre como salió. Tina lo ve descender, los hombros encorvados, la respiración dificultosa. Durante el viaje le hizo el relato pormenorizado de sus desventuras; todo él es una desventura; su esposa lo ha traicionado; habla solo y canta la misma canción:

Ay pena, penita pena,
pena de mi corazón
que me corre por las venas
con la fuerza de un ciclón.

Es un desierto de arena, pena...

—Sabes, Vittorio, quisiera ser siempre una pasajera, no bajar a tierra.
—Yo al contrario, ya me anda por volver a la lucha...

Navegan por el canal de La Mancha hasta Rotterdam. En la cena de despedida, el capitán Jochems los felicita alzando su copa ante Tina y le pide que pronuncie unas cuantas palabras. Tina agradece: "En el *Edam* he sido libre; gracias por el mar y por el cielo. Estas semanas fueron de tregua para mí. Ahora no sé lo que vaya a suceder".

Al alba, el *Edam* entra a puerto en Rotterdam; los pasajeros suben a cubierta su equipaje; como escolares llevan sus documentos en la mano. Tina e Isaac permanecen en el camarote. Vittorio entra a tranquilizarla:
—Vas a ver que todo sale bien.

Muy pálida, Tina le pide abrazarlo:
—Quién sabe... todo puede pasar, incluso que no volvamos a vernos.

Se aprieta contra él.

Vittorio desciende del *Edam* y va a alertar al Socorro Rojo holandés. Vittorio regresa al poco tiempo. Junto con las autoridades de migración y los aduaneros suben a bordo tres personas que preguntan por él:
—Moscú nos avisó de su llegada, Vidali. Yo soy el secretario del Socorro Rojo holandés y traigo salvoconductos para sus dos amigos. Los señores que me acompañan son nuestros abogados.

El capitán Jochems se acerca con otro visitante.
—Soy el cónsul general de Italia. Vengo por la deportada de México, Tina Modotti. Va a continuar su viaje en un barco italiano. Salimos hoy mismo.

El inspector de migración pregunta al cónsul:

—¿Tiene usted permiso del Ministerio del Interior? No estoy autorizado a entregar pasajero alguno si no trae usted la orden de extradición de Holanda.

—La señora Modotti es una ciudadana italiana y viaja con pasaporte italiano.

—En Holanda no puede disponer de ella sin la debida documentación.

—Se trata de una terrorista peligrosa. Revisen sus documentos. Mi gobierno la reclama; yo represento al Duce.

—Usted puede representar a quien quiera, pero aquí están dos abogados del Socorro Rojo que traen un permiso en orden para que la señora Modotti y el señor Isaac Abramovich Rosenblum permanezcan cuarenta y ocho horas en Holanda; gozan por lo tanto de la protección de nuestro país.

En pocos minutos, Tina e Isaac descienden del *Edam* escoltados por el secretario del Socorro Rojo y los abogados. Vittorio se ha ido por delante. Dos horas más tarde, a medida que avanzan, encuentran el terreno allanado por Vidali. Consigue boletos de tren, salvoconductos, defensores. Los compañeros han reservado habitaciones en un pequeño hotel y al día siguiente les ofrecen una comida en la que ponen en los brazos de Tina los primeros narcisos de primavera. Vittorio la alcanza:

—¿Ves como empieza una nueva vida?

La fiesta se prolonga. Cuando los tres salen a la noche húmeda de Rotterdam, Tina abraza sus flores:

—Les confieso que en la mañana me dio un miedo terrible. Ahora estoy dispuesta a trabajar y a construirme una nueva vida.

Vittorio no le advierte a Tina que la amenaza del gobierno de Italia es el inicio de una larga persecución en su contra. Le dice que la presencia del cónsul lo ha helado. Sólo él sabe lo que significa. Tampoco habla del inspector de la policía holandesa Sirks, al que todos temen.

Toman el tren hacia Berlín. En la estación, la gente bien vestida se apresura caminando dentro de buenos zapatos, y Tina reconoce en cada movimiento la eficacia europea. Cubiertos con gruesos abrigos, proyectan una imagen de prosperidad. Dentro del compartimento cada quien acomoda su maleta en lo alto, se sienta en el lugar asignado y desdobla un periódico.

Por la ventanilla, el campo aún nevado refleja ese mismo orden rectangular. ¡Lejos queda México con su incertidumbre, su confusión de huacales y gallinas y el sollozo de sus guajolotes! En Berlín, a través de la nieve, despuntan briznas de hierba tierna.

—Mira, ya viene lo nuevo —sonríe Tina.

Vittorio piensa: "No tiene conciencia de que ahora empieza el verdadero peligro", y le sonríe de vuelta. También Isaac, contagiado, sonríe.

En la estación de Berlín, Vittorio los anima:

—Los invito a tomar un café en Leipzigerstrasse, ¿o prefieren el hotel Adler en Unter den Linden?

El spree está muy concurrido, mujeres de sombrero de fieltro o toca de piel caminan alertas, vivas, las mejillas sonrosadas. También las de Tina han enrojecido; recobra el ritmo europeo, el buen paso de los que siempre tienen que hacer y saben adónde van.

—No traes sombrero —le dice Vittorio—, pero qué bien te ves.

Es cierto, luce más joven, su traje sastre gris y la mascada al cuello le sientan bien; a pesar de su peinado severo de raya en medio, el pelo jalado hacia atrás, todo su rostro expresa su deseo de vivir. Por lo pronto, espera instalarse en casa de los Witte, amigos de México, admiradores de su fotografía y de la de Weston. Le han escrito que siempre tendrán un cuarto listo para ella. Cuando Tina toca a su puerta, frau Witte la recibe, los brazos abiertos.

—Sólo me quedaré unos días...

La habitación cuenta con un baño propio, cosa poco frecuente en Europa.

—Prométeme que cada vez que vengas a Berlín, dormirás aquí. La llamamos desde hace mucho "la recámara de Tina".

Qué linda mujer, de ella emana una belleza interior que estimula.

Los días que siguen no son tan venturosos. Después de varios encuentros con camaradas, Vittorio, Isaac y Tina se dan cuenta de que la situación de los comunistas en Alemania no es la que creían; su polémica con los nacionalsocialistas los ha debilitado, están aislados. La policía los persigue por las calles con cachiporra de hule y revólver. Cuando hay una protesta obrera no vacilan en disparar sobre los que llevan palos o piedras. Hay hambre. Tampoco para los ricos la economía es boyante y resulta imposible que un extranjero obtenga permiso de trabajo. Tina, sin embargo, ha recuperado su buen humor y no va a perderlo tan pronto:

—Los cafés, los bares, las tiendas, las pastelerías están llenas...

—Siempre sucede eso en tiempos de crisis; la gente se vuelca a la calle y vacía su monedero.

—Pues yo voy a obtener el permiso para ejercer mi oficio. La *Union Bild* va a darme facilidades. Willi Münzenberg es poderoso.

Willi Münzenberg es influyente en Europa y tiene relaciones con Louis Aragon, Romain Rolland, Henri Barbusse, Arthur Koestler, para quienes resulta un propagandista formidable con todas las dotes necesarias al periodismo nuevo: fulgurante, rápido, eficaz. Münzenberg viaja a Europa, América y Asia; es moderno, elocuente, todos lo consideran jefe de difusión política y cultural de la Internacional Comunista. Su revista *AIZ* tira un millón de ejemplares y ha publicado fotos de Tina. De su puño y letra recibió en México su felicitación invitándola a seguir colaborando. En él tiene puestas sus esperanzas.

Además del salvoconducto holandés, su pasaporte italiano numero 3300, emitido a su nombre en la ciudad de México el 7 de enero de 1930, le da un año de respiro.

En la Friedrichstrasse los tres se detienen imantados por un aparador en el que refulge una gran cantidad de cámaras, estuches, profusión de lentes y de accesorios regados como diamantes. Entran. El movimiento de la tienda sorprende a Tina. Los aficionados llevan sus rollos a revelar. ¿Así de fácil resulta lo que a ella le costó tantísimo trabajo? Junto a esas cámaras, su Graflex resulta un paquidermo antediluviano. Casi en la puerta ve a un hombre abrir y cargar su cámara en un santiamén, como quien pega un timbre con la lengua. Vittorio percibe la desazón de Tina:

—Toma tiempo adaptarse a cualquier país; debes tener paciencia, la técnica no suple al talento.

—Lo sé. Pero jamás imaginé que la técnica avanzara a esa velocidad. En México, uno está al margen de los adelantos...

—Y también de la ciencia... Hablando de América Latina,

tengo una misión de Sandino que cumplir: informar al Centro Antimperialista sobre la lucha en Nicaragua y solicitar apoyo. Traigo una carta de su puño y letra. ¿Vienes conmigo? ¿Me acompañas? Mientras tanto, a lo mejor estos compañeros podrían darte trabajo de traductora...

—¡Ay, no, traducir no, por ahora no!

Smera, el dirigente de la Liga Antimperialista los recibe con un abrazo. Chattopodyaya, el representante de la India, y su compañera Lotte son particularmente cordiales. Una inmediata simpatía nace entre Tina y Lotte.

Isaac Rosenblum parte solo a la Unión Soviética; no conviene que él y Vittorio lo hagan juntos.

Tina se va apagando poco a poco hasta responder por monosílabos. Inquieto, Vittorio le dice:

—Tina, si así lo deseas puedes venir conmigo a la Unión Soviética; estoy seguro de encontrarte trabajo.

—No, quiero hacer el intento aquí en Alemania; desde aquí es más fácil ir a Austria; allí mi madre y Mercedes podrían verme con más facilidad. Si no consigo verlas y no encuentro trabajo, prometo escribirte.

Tina no le dice a Vittorio que no piensa quedarse mucho tiempo en la bella recámara de los Witte; su amor propio no lo permite; apenas consiga trabajo, buscará un cuarto en el que pueda revelar su material fotográfico. Insiste en acompañarlo hasta la puerta para dar unos pasos en la calle. Afuera el cielo está gris y Tina muy pálida; por vez primera Vittorio ve desesperación en su mirada. La toma del brazo:

—Vente a la Unión Soviética.

—No.

Aquella mirada de rechazo acompaña a Vittorio durante todo el viaje.

•Manos de trabajador•
Fotografía de Tina Modotti

19 DE MARZO DE 1930

Berlín la devuelve a los soni-
dos de su infancia. En cualquier momento, la sirena de la fábrica va a despertarla. Las casas empapadas por el agua y la
nieve de invierno se alinean oscuras, parduzcas. Cuando no
llueve, Tina ve ropa tendida en los balcones, espacio ínfimo,
apenas una tira de sol entre la ventana y el barandal. Qué diferencia con las azoteas de México. Se topa con organilleros
que le dan vuelta a la manivela del pesado Hohner: atraen
más por el changuito vestido de rojo sobre la caja, que por la
música; los niños bailan en torno al simio, quieren abrazarlo
al ritmo del vals de Strauss. Las calles grises huelen a malta.
Tina se aparta de los batientes de las cervecerías que avientan
un vaho caliente y fermentado igual al aliento de los borrachos que una vez salieron a piropearla a grandes voces.

Al lado de México, Berlín es impúdico, hormiguea de gente
que corre por las calles frente a los aparadores y los restaurantes que también son aparadores; desde la acera se puede ver a
los comensales abrir la boca y con el tenedor empujar un trozo de gruesa salchicha blanca, luego un trago de cerveza, sin
que les importe que los vean comer. Seguro hacen tronar rui-

dosamente la carne, la revientan bajo sus veintiocho dientes
—algunos tienen treinta y dos—; golpean sus tarros en la mesa
para que vuelvan a llenárselos. Al lado de una fonda, una zapatería, luego un cine que anuncia a Pola Negri, una sastrería,
una sombrerería, una cervecería, y otra zapatería. Las mujeres
enseñan los muslos al probarse los zapatos. El pudor mexicano
parece un recuerdo equivocado. Aquí nadie pide perdón por
estar vivo.

Tina busca un cuarto en las vecindades de los trabajadores,
en algún edificio de tres o cuatro pisos, sin elevador y con un
excusado por planta, que todos se encargan de mantener limpio. Entre ellos quiere vivir, entre esa gente que come papas
hervidas y para quienes el pan negro con mermelada es una
fiesta. Escucha niños que cantan en las esquinas de la calle para que les echen un pfennig:

Der schöste Land das ich auf erden weise
das ist mein Vaterland.

"El más bello país que conozco en la Tierra es mi patria."
Había olvidado qué húmeda es Europa. El sol mexicano barría con la pobreza y los malos olores. Ahora la expresión en
los ojos de la gente la atemoriza. Dura, incolora, dura, deslava-
da, dura. Los mexicanos no tienen esas mandíbulas agresivas,
ni esas cejas cargadas, ni ese mal humor. Los barrios pobres
en Berlín gruñen descontentos. En México, los pobres se ten-
dían mansamente al sol a rascarse sus costras. Ahora no ve
mansedumbre; al contrario, cuando pide alguna indicación, le
responden con malas razones, ladrándole. "Aquí tengo que en-
durecerme."

Cerca de Unter den Linden, las pastelerías resplandecen de
golosinas de colores, chocolates amontañados, pilas de pan
de especias. Cuestan una fortuna. A la gente de Berlín le pagan dos veces al día, una en la mañana y otra en la tarde, y
corren a la calle a canjear por bombones sus billetes y sus
pfennigs, tan devaluados que con ellos podrían tapizar las paredes. ¡Puro papel moneda! Cuentan que en Hamburgo las
mujeres reciben el sueldo de los marineros y se apresuran a
comprar comestibles porque al día siguiente subirán de precio,
o ya no habrá. La inflación los hace gastarlo todo; inconfor-

mes, los estibadores se enfrentan a diario con la policía, las luchas callejeras terminan con sangre.

Las voces agudas de las mujeres aconsejan aventar los billetes al aire, gastarlos en la pista de baile, pedir con ellos un eierkuchen mit apfel, arroz con leche, cerezas al maraschino, pan francés con azúcar y canela, toda la opulencia de la repostería vienesa acompañada de jerez y oporto; quieren paliar con lujo la inflación. Inquietos, retóricos, falsos en sus carcajadas forzadas. ¡Abajo la república de Weimar!, gritan los nacionalsocialistas en la Friedrichstrasse. Hasta los perros tienen una sonrisa postiza.

El frío del asfalto mojado y ennegrecido sube por las piernas, ensombrece el espíritu. Tina recuerda las calles de México con su gente leve y pobre repegada a los muros, gente que camina sin estorbar, sonríe con los ojos, a ratos pícara, y los compara a estos corpulentos alemanes sumidos en la mediocridad de su rutina, con su descontento en la cara, en sus pasos pesados. La indiferencia le oprime el corazón. ¡Ay Europa, qué cocida estás, cebada de castañas y de tripas y de hígados macerados, y en tus traspatios, pan duro y negro!

Nadie a quien recurrir, nadie a quien hablar, nadie tocará a su puerta como en Abraham González cuando Frances Toor, antes de entrar a su propio departamento, asomaba su cara de perro bueno: "¿Me invitas un café?" De pronto escucha gritos hirientes y se detiene cuando todos siguen su camino. Una alemana gorda de abrigo y sombrero café regaña a su perro salchicha color de su abrigo. ¡Qué gente fea! ¿O se ha acostumbrado a ser fea? En México, la gente pequeñísima, dulce, es graciosa.

Al principio, Tina no advierte la atmósfera de desconfianza. Centrada en sus problemas, no repara en que Berlín se ha vuelto una inmensa red de espionaje. Chattopodyaya y Lotte la previenen: "Cuídate, desconfía, no hables con desconocidos". En México ha sido precavida, aquí ¿quién podría saber de su existencia? Tan no la conocen que la dejan morir de hambre.

Vivir ahora en la pensión Schultz es como haber cambiado de metabolismo; tiene que adaptar cada una de las células de su cuerpo a su nueva situación. Adolorida, se repite enumerándolos los esfuerzos para seguir viva: "Ahora me levanto, ahora me lavo, ahora me visto, ahora me caliento un café y me obligo a masticar un pan, ahora me aprieto el chongo". Su vida ya no tiene aquella fragmentación que la dividía dándole a cada hora un sentido propio. No tiene obligaciones. Nadie vendrá a posar a las doce del día, no hay fotos que entregar. La vida en su estado puro le cae encima como un bloque de cemento. Razona para sí misma: "Me siento mal porque no tengo a qué amanecer; cuando trabaje, regresaré a la normalidad".

Nunca en su vida ha pasado varios meses sin la presencia de gente que la ama o querida por ella. Nunca ha vivido sin un ingreso económico que le permita subsistir. Los quinientos dólares se le diluyeron en la renta, en la ampliadora, en las papas, en el económico y avinagrado sauerkraut, en cigarros. ¿Overstolz, Eckstein, Zanoussi? Tina se inclina por los Zanoussi. En la noche, se sienta al borde de su camita y se pregunta: "¿Qué hice hoy?" No lo recuerda. Se repite a sí misma: "El dinero se me acaba y no logro lo que me propuse... Voy a escribirle a Antonieta Rivas Mercado que me pague". ¿Por qué Antonieta no paga lo que debe? Nunca antes su trabajo había valido poco o nada; por vez primera experimenta la sensación de no estar preparada. En Udine, a los once años, recibía un sueldo en la filanda por su manejo del telar. En México le pagaban sus fotos, las consideraban buenas, llegaban solicitudes de Estados Unidos, de Alemania. Por ese interés escogió Alemania. ¿Cómo adivinar que en Berlín encontraría un estudio fotográfico en cada esquina y que su Graflex resultaría anticuada? En México aprendió las fórmulas para revelar y fijar en grains, fracción de onza, y en Berlín usan el sistema decimal con gramos; la competencia es amplia y de altísima calidad; sus relaciones son pocas; su dinero está a punto de agotarse; el equipo viejo la obliga a gastar en papel más que otros fotógrafos, quienes casi regalan el trabajo. La oferta desborda la demanda.

¡La fotografía se le va de entre las manos! "No me estés viendo", recrimina al lente de su Graflex. No la lleva a la Tauenzienstrasse. ¿Qué puede hacer una fotógrafa en una ciudad donde hay quinientos cincuenta estudios fotográficos? Las cámaras se multiplican en su novedad. Tina se obliga: "A ver, voy a ir al zoológico". No se le antoja retratar nada. Ni a nadie. Por fin, una pareja de gordos. Permanecen tanto rato frente a cada jaula que resulta fácil captarlos. Ninguna emoción a la hora del revelado. Junto a un desnudo de mujer de mármol, aposta la cámara. Pasan unas monjas, dispara, sin la menor ilusión de que la foto le revele algo. Es una foto más. Una foto de Europa, como podría hacerla cualquiera. Ella misma se alienta: "Ándale, tienes todo, técnica, experiencia; ándale, haz que la foto vaya creciendo dentro de ti, prepárate, si tú quieres, puede ser honda, dramática". Clic. Su mente le dice que sí, clic, allí está, los dedos responden, clic, pero no es lo que ella quiere. En el momento de disparar Tina sabe que no valió la pena. Tomar una foto es más que oprimir el obturador. No es sólo destreza.

Antes la toma se desarrollaba dentro de ella como una sinfonía, primero el andante, luego la urgencia honda, melódica hasta el estallido del clic: "¿Qué me pasa?", se angustia, "¿qué puedo hacer conmigo?" Ningún rostro, ningún gesto, ninguna luz, ninguna rajadura en el muro significa algo. Y no es que camine con la cabeza baja, es que plásticamente no hay donde fijar los ojos. Vacía, fría, Tina no responde a los rubios abanderados. Les ordena a sus ojos: "¡Descubran! No me abandonen cuando más los necesito! Ojos, ojitos, enséñenme", los invoca. La traicionan; si alguna vez fueron perspicaces y la urgieron ahora le hacen trampa. Al abrirlos en la mañana, el sólo salir de la cama le resulta un triunfo. "¿A qué me levanto?" Quisiera que una fuerza más grande que ella la vistiera, pero sólo el respeto a sí misma la hace dirigirse al cuarto de baño y meterse a la bañera con su raya gris que ningún estropajo borra. ¡Ay, la gran regadera de México, el agua que la cubría por entero y tanto fascinaba a Edward! Aquí sale un chorrito mezquino de una manguera que tiene que pasear por su cuerpo mientras otra parte de su piel se enfría. Parecido a ese chorrito le resulta Berlín, también mezquino, aunque hay más orden que en México, más bibliotecas, más monumentos, calles pavimentadas, gente sin hambre vieja en los ojos, gente bajo cuya piel corre la mantequilla, la mostaza, la crema pastelera, gente que camina, robusta, a lo largo de días incoloros.

15 DE ABRIL DE 1930

Los periódicos anuncian el suicidio de Mayakovski: ¡Qué cobardía! Tina está de acuerdo con los críticos. Es un pequeñoburgués, un nihilista, le faltó fuerza, escogió el camino más fácil. Toda su simpatía por él desaparece.

Tina regresa a la sede del partido a reencontrar a los compañeros de Vittorio, de fisonomías para ella extrañas, en las habituales reuniones. Salvo a Smera, a Chattopodyaya y su mujer Lotte Schultz, y a los esposos Witte, no conoce a nadie. Aún no ha podido concertar una entrevista con Willi Münzenberg, siempre de viaje. Tampoco logra ver a Eugen Heilig, el director de la agencia de fotografías Union Bild. Una esperanza, la revista *Der Arbeiterfotograf* opina que "sólo los trabajos mexicanos y los japoneses alcanzan el nivel de los trabajos alemanes". Los trabajos mexicanos son fotografías suyas. ¡Si al menos estuviera en Berlín el buenazo de Leo Matthías! Pero viajó a Munich y Tina tiene que conformarse con su libro *Excursión a México*, en el que hace público su amor por ella. Tina se entera de que el hindú Chattopodyaya fue compañero de la escritora Agnes Smedley que dejó Berlín en 1928. ¡Lástima, le hubiera gustado tratarla! Y los Goldsmith ¿dónde estarán? En las reuniones los rostros se parecen: en ellos se lee la preocupación por el futuro. "Cada vez es más difícil reunirnos; Thaelmann..." Tina creyó que en Alemania podría entrar abiertamente en la lucha antifascista; se siente defraudada. Las organizaciones fascistas dominan en Berlín, Chemnitz, Dresden, Leipzig. Antes de salir Vittorio le advirtió: "Cuídate mucho. Acuérdate de lo de Rotterdam. Ahora estás en la mira de la policía".

El "Berlín Rojo" de la leyenda ha desaparecido y en Hamburgo, en el llamado "Puerto Rojo", matan a los comunistas. La mamma y Mercedes no contestan sus cartas. "Oh, mamma, ¿qué no adivinas cuánto te necesito?" Como no logra fabricarse un presente le da por volver al pasado, empieza a revivir cada uno de sus momentos, los compone infatigable, los hermosea, acaricia a México con el pensamiento; en la noche no duerme dándoles vuelta. "Aquí y ahora", le advirtió Vittorio al despedirse, pero cuál ahora, cuál aquí si nada le está sucediendo; esa estéril reconstrucción del pasado va destruyéndole el ánimo. Al expulsarla de México, ¿la habrán expulsado de la vida? A los Witte no les cuenta de su desmoralización, pero nota con sorpresa que también ellos quedaron anclados en México. Hablan sin cesar de la falta de sol, de lo que han perdido al regresar y, un día, la señora

Witte le confiesa con dolor que extraviaron las fotografías de Edward en el trayecto. Lo hace con tanto sentimiento que Tina se propone conseguirle otras. Las fotos se vuelven una obsesión. Tina escribe, insiste, vuelve a escribir, repite en cada pliego de papel que Weston haga el favor de reponer las copias perdidas, que las envíe a vuelta de correo.

"¡Qué raro, la vida en México se me iba en compromisos y por eso mismo se me escurría de entre las manos, no tenía yo tiempo de reflexionar!" Ahora sopesa cada acto, el gesto que no ha hecho en el momento oportuno, la palabra omitida, la idea que brilló como relámpago y no logró asir. Su deseo de conocer a Käthe Kollwitz, a Georg Grosz se ha diluido. "Es muy difícil, reina la desconfianza, no reciben a cualquiera." En México, habría dicho con una sonrisa: "Es que yo no soy cualquiera", pero en Berlín, ya no sabe lo que es. "¿Quién soy?" se pregunta, "¿qué quiero?" Lo que más desearía es cruzar Austria, llegar a Italia a ver a la mamma. Pero ¿han llegado de Estados Unidos su madre y su hermana? "Tú puedes" es sólo un slogan del partido, un punto más en el decálogo del buen comunista. Tina jamás ha fumado tanto, se le van muchos pfennigs en gruesas bocanadas, y el humo dentro de su boca, habitándola, acariciando su paladar, la reconforta. Si pudiera asfixiarla. ¡Adiós oxígeno! Exhala lentamente y se queda mirando el aire.

Escribe en una hoja que clava en el muro:

BALANCE ACTUAL
Sola
Sin dinero
Fracasada
Apátrida
Deprimida.

Bajo esa lista explica en otro papelito:

a. No tengo hijos. No le hago falta a nadie.
b. No trabajo; por lo tanto no me gano la vida.
c. No sé qué fotografiar.
d. México me expulsó; si voy a Italia, me encarcelan. ¿Cuál es mi país?

e. Vivo en el desamparo. No puedo ampararme ni a mí misma. Soy una fracasada porque no puedo adaptarme a las circunstancias. Tengo hambre. La sangre no circula por mi cerebro, no lo alimento. Edward no me escribe. Nadie de México me ha escrito.

f. El factor que altera mi existencia no es ahora algo ajeno a mi voluntad, está dentro de mí, es mi incompetencia profesional.

g. Aquí en Berlín, no soy una buena fotógrafa. Aquí, la calidad abunda. A lo mejor, mis fotografías fueron buenas mientras eran "exóticas" y mostraban un país tropical, fotos de documento. Al salir del escenario mexicano he perdido todas mis ventajas.

Una mañana, al poner sus dos pies desnudos en el suelo, Tina tiene la certeza: "No soy una buena fotógrafa. Si lo fuera lo sería tanto aquí como en México".

Abre la ventana sobre otro día incoloro. "Tengo que enfrentar mi fracaso profesional y actuar en consecuencia."

Escribe con tinta negra un nuevo "balance". Cada papelito clavado junto a su cama es una condena. La vida no se hace de recuerdos, se conmina. Lo único que puede uno tener en la vida es uno mismo, pero ¿si uno mismo no sirve?

Si fotografiar es difícil en Alemania, más duro es militar en el partido comunista. Lotte Schultz ofrece acompañarla a reuniones del sector femenino. "Sería bueno presentarte como fotógrafa y militante." Lo que más trabajo le cuesta es amoldarse a las reuniones con mujeres. Discusiones, voces ásperas, el modo de interpelarse, hasta la forma de sentarse de las compañeras. "A lo mejor es por el idioma, el español es mucho más dulce que el alemán. Aquí, aunque no griten, todas gritan." Gertrud, la hermosa bávara, se sienta exactamente frente a ella; a Tina le incomoda su actitud de desafío: usa pantalones como los suyos en México, sus grandes senos apenas escondidos bajo el suéter, sus nalgas poderosas ceñidas por la tela, sus muslos fuertes cubiertos por un azul luido, siempre llamativos; la inquieta tanto por lo insólito de su vestimenta como por lo insólito de su actitud. Estira sus largas piernas frente a ella levantando su monte de Venus protuberante como si estuviera abriendo también la almendra de su sexo adentro de su pantalón y de pronto separa sus piernas desmesuradamente haciendo chocar una de ellas con las de Tina. "Perdón", dice con voz ronca. "Mamma mia", piensa Tina. De Gertrud lo mejor son los dientes, también impúdicos, la sonrisa de labios acolchonados, su lengua grosera, su modo de apagar el cigarro triturándolo en el cenicero, su risa de yegua relinchadora, la cabeza para atrás, abriendo muy grande la boca para enseñar su paladar rosa. Todo lo quiere enseñar, todo lo expone; el humo de su cigarro en el rostro de Tina que la mira entre repelida y ansiosa, odiándola porque piensa que a lo mejor eso mismo le pareció ella a las mexicanas: una provocadora. Se hermana con ella: astillas del mismo palo; las mexicanas las pondrían a ambas en el mismo brasero. Recuerda las fotos de Edward en la azotea, sus carreras desnuda bajo la lluvia, el júbilo familiar.

"Esa asombrosa capacidad de camaleón que tenemos" reflexiona. "Esa que no habla, la que toma la vida como viene, la simple y fácil de entender, una donna normale, eso soy yo para Vittorio." Por fin recibe cartas de la mamma y de Mercedes que la tranquilizan, a lo mejor podrán encontrarse, pero ellas aún no dejan San Francisco. Esta ilusión no cambia su estado de ánimo.

En realidad, es Edward su interlocutor verdadero; insiste en escribirle aunque no hay respuesta: "Bien sé, claro, que no es buena política buscar a los fotógrafos si uno también es fotógrafo; pero todo lo que quisiera de ellos son consejos prácticos para la compra de materiales y poder encontrar algún lugar donde hacer impresiones, etcétera."

"Si es posible, no quiero volver a tener que montar un cuarto oscuro, espero poder trabajar en alguno ya aparejado. Si estuviera en los Estados Unidos me haría miembro de la asociación de fotógrafos y utilizaría sus talleres; tal vez aquí exista algo como eso. Ya veré."

En la posdata añade: "Debo pedirte que hables de mi presencia aquí tan poco como sea posible. Podría traerme problemas en el futuro. ¡Gracias!"

Se afilia a la Union Foto, GmbH, agencia de fotógrafos proletarios que distribuye sus fotografías en la Unión Soviética. Pone
su credencial de prensa junto a su carnet de comunista mexicana; Tina ya los conocía, en México trabajó para la Ayuda
Internacional Obrera dirigida por Willi Münzenberg, quien
produce películas, publica libros y revistas de fotografía, es
amigo de todos los intelectuales progresistas, y sus fotos aparecieron en la revista *AIZ*. Con lo que no contó es con la agresi-
vidad profesional de sus compañeros; en México ser tan
abiertamente crítico no se estila.

Heinz Aldrecht, un fotógrafo de la Selva Negra, cuya voz le
resulta desagradable, la aborda con familiaridad:

— Quiero ver tu colección de fotos. Declaras que eres una
fotógrafa al servicio del pueblo, que no pretendes hacer arte;
pero hasta ahora no has demostrado vocación de servicio. El
no trabajar en Alemania porque nada te motiva es una forma
de vanidad.

— Simplemente siento que no sirvo para el diarismo.

— Allí está la vanidad. Está surgiendo una multitud de fotógrafos de prensa y no quieres desaparecer entre ellos.

— Eso pretendo: desaparecer — dice Tina.

— Escapar de la vanidad yéndose al otro extremo es mayor
vanidad que considerarse "artista". Si no quieres ser reportera,
sé artista si eso es lo que crees ser.

— No me entiendes.

— Entiendo que tu vanidad es mucho más sutil que la de los
demás, por eso es más grande.

— No quiero discutir mi persona. Lo que importa son las
ideas; la persona que está detrás de las ideas es lo de menos.

— Ah, sí, y ¿cuáles son tus ideas?

— Retratar lo que veo, con honestidad, sin trucos, y contri-
buir a la construcción de un mundo mejor, el socialismo.

— Tina, tú eres muy consciente de tu persona. ¡Mira nada
más cómo caminas!

— ¿Cómo? — pregunta Tina azorada.

— ¿Que no te has fijado en que la gente se detiene en la calle
a verte?

— ¿Aquí en Berlín? Ésa es una costumbre mexicana.

—Pues ya la hiciste berlinesa. Aquí la gente no se detiene a ver a todas las mujeres que pasan por la calle, pero a ti sí. Bueno... no hay realmente una línea política en tus fotografías.

—No entiendo.

—Sí, la foto de las manos del jornalero, ésta, *Manos de un trabajador*, es un objeto de arte que recuerda las manos sobre el kimono que hizo Weston. Y eran tus manos ¿verdad?

—Sí, son mis manos...

—Compáralas con las del trabajador. Retratar gente miserable no es necesariamente un acto político; puede ser un pasatiempo turístico.

—Me han dicho —murmura Tina con humildad— que es un documento social.

—¿Por qué? —dice Heinz dulcificado por el tono de Tina—, ¿por qué? Hay que conocer los antecedentes de una fotografía, su historia.

—Mis fotos son lo que son y nada más —respinga Tina—, retrato lo que veo; creo que he hecho denuncia, crítica social, documento humano.

—Las fotos podrán ser lo que tú dices, pero tú, la que está detrás de la cámara ¿quién eres? Tú no te has definido. Utilizas la miseria, eso es todo; tu preocupación es estética. ¡Ah, la bella composición!

—Tomo lo que veo; sucede que en México tomé a la gente del pueblo.

—Hablo de tu manera de fotografiar; es estetizante, todavía no has salido de la sombra de Weston. ¿Dónde estás tú? Eres su réplica. Mira, los corresponsales de guerra se juegan la vida; detrás de la cámara alguien corre la suerte de los que luchan. ¿Tú qué arriesgas?

—¿Cómo puedes decirme eso cuando sabes que vengo expulsada de México y que no puedo entrar a Italia?

—A mí lo que me importa es lo que veo en tu fotografía, no tu vida personal, ni tu clase de pasaporte.

—¡Qué crítica tan destructiva la tuya! ¡Pretendes mezclar la persona y su obra y luego las separas!

—Si lo ves así, eres menos inteligente de lo que yo creía; vamos a hablar de otra cosa...

Tina quiere decirle que no hay conversación posible, que se largue, la ha lastimado y quiere estar sola, pero aun equivocado es el primer hombre en Alemania que le habla con seriedad. Ya no tiene ganas de vivir; necesita esa mínima atención aunque venga de un ángel exterminador. Él permanece tranquilo, sentado en su silla esperando ¿qué? quizá un café. Automáticamente Tina se lo prepara en la hornilla eléctrica; le urge hacer algo con sus manos mientras piensa cómo defenderse. Le da el café. El hombre le sonríe y ella sabe, a partir de esa sonrisa, que no puede ser su enemigo, "soy yo la que está mal".

—Mañana, toma un rollo completo.

¡Ocho fotos en un día! Ella que piensa y repiensa cada toma y que incluso visita el lugar de la toma, estudia la luz a distintas horas antes de decidirse; ella, que ha posado para Weston dentro de la atmósfera más emocionada y devota intuyendo el clic en medio de un silencio temeroso, ella tiene que apretar el obturador sin meditar el resultado, como un parpadeo inconsciente, esto es diarificar, actuar como un aficionado, dar pasos atrás. Aldrecht, cínico, sugiere:

—Tomando tantas, tienes posibilidad de que te salga una buena.

E insiste:

—La Unión te va a prestar una Leica. Políticamente el diarismo es innovador porque esas miles de fotos divulgan condiciones de vida antes ignoradas. La fotografía es la gran crítica social de nuestra época.

Esa noche, descorazonada, pasa a ver a Lotte Jacobi a su casa en la Joachimsthalerstrasse 5. Hacen bromas del nombre de la calle porque el hijo de Lotte se llama Joachim. Lotte Jacobi es fotógrafa como ella, hija de fotógrafos. Tiene retratos de Lotte Lenya, Lazlo Moholy Nagy, Bertold Brecht, Kurt Weill y sobre todo uno en el que Tina se detiene largamente: Thomas Mann. Su estudio, con la pantalla de luz en un rincón cubierta por una chalina de flecos, tiene un aspecto acogedor. La penumbra se aterciopela y el té que Lotte le ofrece sentada en un sofá marrón la reconforta, los muchos libros de arte hablan del amor de Lotte por las cosas bellas; en un rincón, una crátera sacada del Adriático, sus conchas adheridas como las rémoras al cuerpo de la ballena, un bronce de Micenas, una fíbula romana, cuatro daguerrotipos de una Julieta niña en un jardín de invierno:

—Lotte, ¿es buen fotógrafo Heinz Aldrecht? —deja caer Tina en medio de la conversación.

—Excelente.

—Y ¿como persona?

—Neurótico, pero indispensable a Union Foto.

Su respuesta la inquieta, no se confiesa a sí misma que vino a ver a Lotte sólo para preguntarle por Aldrecht. Regresa pensativa. Salir como chiva loca a la calle clic, clic con la Leica clic, clic a disparar, clic, clic, le revuelve el estómago. Clic, clic. Ya se acabó el rollo. Ocho necedades completas. Y recuerda que las fotos de Weston y las suyas han sido colgadas en los muros de un museo, carajo, y Edward y ella meditaron largamente cómo presentarlas, agrupándolas por tema, "no pongas las manos del titiritero al lado de Dolores del Río. Pon mejor a Modesta con su hijo en brazos". Permanecen horas componiendo un orden para los ojos del público. Después de montarlas con un esmero de cirujano las han colgado; ¿qué está pasando? Tantos años, tanta dedicación, tantísima entrega para que las fotografías se apilen con las esquinas dobladas en el escritorio de un jefe de redacción que las manipula a su antojo y decide cuáles eliminar. Le resulta repelente su forma de tomarlas entre las manos y llevárselas a los ojos; es un problema de arte pero además una actitud ante la vida. Ella no retrató a una madre con un hijo de pecho para verla manoseada por tipos como Heinz, sino porque le produjo una emoción inmensa que sintió urgencia de fijar; toda emoción queda abolida; hay que moverse rápidamente, dar un puñetazo en la cara. Heinz Aldrecht le tronó los dedos al decirle:

—Los progresos de la técnica, la rapidez de la impresión, cambian todo el concepto de la fotografía.

Teutón bárbaro, más bárbaro que todos los aztecas. Igualito a los capataces de su infancia que vigilaban la operación de los telares en la filanda de Udine.

Por lo visto, ningún fotógrafo alemán va a pasarse toda una mañana frente a una obra en construcción a esperar a que el albañil cruce el andamio con su viga al hombro, como un actor en la actitud prevista; nadie va a apostarse desde la salida del sol en la esquina de Londres y Aldama en Coyoacán. "Ésos eran otros tiempos, señora Modotti, hoy en día, la oportunidad del instante es lo que cuenta." Resulta que las fotos que fueron calificadas allá de intencionadas y políticas, en Berlín son purismo, arte por el arte. "Diarificarse", eso sí sería político, la fotografía de prensa es el único trabajo de un verdadero militante, otro soldado que se la juega.

Al regresar de la Union Foto se sienta a escribirle a Edward y las ideas encuentran de nuevo su lugar. A Lotte Schultz le confía lo mal que se siente.

—Si crees que fracasas, todavía te queda el recurso de ver a Walter Dittbender. Es el padre de los exiliados políticos en Alemania. Puede buscarte un trabajo de mecanógrafa. Vive en la Dorotheenstrasse 77-78. ¿Qué pasa con tu exposición en lo de Lotte Jacobi?

—Se va a hacer, aún no tengo la fecha, pone a mi disposición los muros de su estudio. Lo que yo quiero es conseguir un pasaporte para poder ir a Italia. Mi madre...

—Pareces una niña en un internado. ¿Y tu pasaporte?

—Es válido para mi regreso definitivo. Me lo quitarán al entrar, me pondrán en la cárcel. ¿Te imaginas lo que eso significa? Con papeles falsos podría yo pasar a Austria y esperar a mi madre allá...

23 DE MAYO DE 1930

Tina le escribe a Edward:

"...Me han ofrecido hacer 'reportajes' o trabajos para diarios pero no me siento apta para ello. Sigo pensando que es un trabajo para hombres, aunque aquí lo hacen muchas mujeres; quizás ellas puedan hacerlo; yo no soy lo suficientemente agresiva.

"Hasta fotos de propaganda como las que empecé a hacer en México ya se están haciendo aquí; hay una Asociación de 'fotógrafos obreros' (todo el mundo aquí usa la cámara), y los obreros tienen mejores posibilidades de las que yo podría tener jamás ya que retratan su propia vida y sus propios problemas. Naturalmente sus resultados están lejos del nivel que yo trato de mantener con mi fotografía, pero así y todo alcanzan su objetivo.

"Siento que debe haber algo para mí, pero aún no lo he encontrado, y mientras tanto pasan los días y yo paso las noches en desvelo preguntándome constantemente adónde dirigirme y por dónde empezar. Comencé a salir con la cámara, pero 'nada'. Todos me han dicho que la Graflex es demasiado llamativa y de difícil manejo; todo el mundo usa cámaras mucho más compactas. Naturalmente veo la ventaja: uno no llama tanto la atención. Incluso he probado una maravillosa camarita, propiedad de un amigo, pero no me gusta tanto trabajar con ella como con la Graflex; no se puede ver la imagen en su tamaño definitivo. Quizás podría acostumbrarme a ello, pero comprar una cámara ahora está fuera de cuestión, ya que tuve que invertir en el aparato de ampliación. Además, una cámara más pequeña sólo tendría sentido si yo planeara trabajar en la calle, pero no estoy segura si lo haré. Sé que el material que uno encuentra en la calle es rico y maravilloso, pero mi experiencia me dice que la manera en que estoy acostumbrada a trabajar, planeando lentamente mi composición, etcétera, no es apropiada para este trabajo. En el instante en que tengo la composición o la expresión exacta, ya el objeto ha desaparecido. Supongo que quiero lo máximo y por eso no hago nada. Sin embargo, pronto tendré que decidir lo que voy a hacer, porque si bien puedo permitirme 'tomarlo a la ligera' por algún tiempo más, esto no puede durar así eternamente. Además, mi estado de ánimo no es el mejor. Si sólo tuviera a alguien a quien contarle todos mis problemas, quiero decir, alguien que los entienda como tú podrías hacerlo, Edward.

"Se me ha aconsejado no exponer antes del otoño, por ser ésa una mejor temporada; para entonces, ya debería poder incluir algo de Alemania, lo cual estaría muy bien, si sólo pudiera empezar a trabajar pronto. Si no, todo lo que tendré es 'merda'.

"El tiempo es terrible, frío, gris, miserable; el sol sale por instantes, uno no puede realmente confiar en él. Te imaginarás cómo me siento después del tiempo al que estoy acostumbrada tanto en California como en México. Bueno, no hay otra cosa que contar. Muchas veces recuerdo aquella maravillosa frase de Nietzsche que una vez me dijiste: lo que no me mata, me fortalece. Pero te aseguro que el periodo actual casi me mata.

"Por cierto, no debes preocuparte por mí, de alguna manera encontraré una salida, y cuando ésta llegue a tus manos, quizás yo ya esté con el ánimo más sereno, así que, por favor, querido, no dejes que esto afecte tus propios problemas y preocupaciones, pero mándame al menos una línea, porque estoy hambrienta de tus palabras."

En Berlín, los nazis adquieren más fuerza, están en todas partes, pueden cantar victoria con razón. Tina, en cambio, no deja de cuestionarse: "¿Por qué les doy tantas vueltas a mis asuntos? Todavía soy muy presuntuosa, todavía espero demasiado de la vida, ¿para qué?" El partido cambia de local cada semana, los compañeros desertan o los apresan. Encuentra un mensajito metido bajo su puerta: "No hay reunión hasta próximo aviso". Y yo aquí dale y dale conmigo misma, mientras sus vidas peligran. En la Leipzigstrasse camina con prisa pensando en México, viéndose a sí misma caminar por otras calles, sus mismos pasos resonándole en la cabeza en otra parte del mundo, ¡cuántas mujeres solas contando sus pasos!, cada paso cruzando el espacio, velocidad del cerebro. Tina va y viene en un parpadeo y en la noche, cuando la luz de los anuncios de cabarets se refleja girasoleándose sobre el pavimento mojado, se pregunta ¿en dónde estoy? "Ich liebe dich" grita un hombre y los transeúntes arrecian el paso como si el grito fuera a capturarlos. "Yo quiero centralizarlo todo; quiero creer que los humanos compartimos algo, cuando lo único que tenemos en común es nuestro miedo." A veces la invade el deseo por Heinz Albrecht, una urgencia que la hace salir a recorrer calles y calles rogándole al cansancio que apague esa energía que la posee sobre todo en los días que preceden a su regla. ¿Cuánto tiempo hace que no tiene un hombre? Tanto que no puede ni contar los meses. Nunca ha estado tanto tiempo sin hombre. Berlín, con su negrura, sus cielos bajos, su persecución de los comunistas, sus sótanos, sus risas estridentes, sus canciones canallescas, sus hombres de frac, engominados, se ensaña en contra suya.

2 DE JUNIO DE 1930

—No veo bien a Tina, ¿no podrías hacer algo por ella, Chatto?
—Sí, escribirle a Vidali. ¿Por qué no lo haces tú, Lotte?

Cuando Tina recibe carta de Vittorio anunciándole su llegada, siente que se le abre el cielo. El día que toca a la puerta baja corriendo y se precipita en sus brazos.

—Vittorio, ayúdame a ir a Italia.

—Tu sei matta. Te arrestarían. Ven conmigo a Moscú.

Tina lo mira sin responder.

—¿Tienes otros proyectos?

—No. En cualquier país las condiciones de la fotografía serían las mismas. ¿O no? No sé cómo voy a ser fotógrafa. Ni militante. Huir no es militar.

—Ven a Moscú.

—Si no resuelvo mis asuntos te alcanzaré en Moscú antes de que venza mi visa.

Vittorio no quiere herirla pero tampoco la comprende.

—Bene, bene —le palmea la espalda—. Y ahora ¿tienes algo que hacer o quieres acompañarme al centro antimperialista? Recibieron pésimas noticias de Sandino; el gobierno mexicano se ha portado mal con él y también el partido comunista.

—¿Qué hizo el partido?

—Rompió relaciones con ese formidable guerrillero. ¡No hay izquierda más tarada que la mexicana!

Vittorio la revitaliza; voz segura y confiable, ojalá jamás la dejara de su mano.

En el café empieza a comer con gusto. "Ahora prueba este queso, una copita de vino del Rhin no puede caerte mal." A él no le parecen tan condenables los alemanes que salen del cabaret carcajeándose, ni la frivolidad en las copas de cristal, apuesto que hasta los maniquíes comen frankfurters, en una mesa cercana se mofan de Ernst Thaelmann, secretario del partido comunista. Sin pensarlo dos veces, Vidali en su alemán de triestino, interpela a los sorprendidos comensales y cuando están a punto de llegar a los puños se acerca un policía que lo lleva del pescuezo a la delegación más cercana. Tina lo sigue:

—Sus documentos.

—Aquí están. Soy periodista peruano.

El comisario le devuelve su pasaporte aconsejándole prudencia sobre todo cuando acompaña a una dama alemana. Tina no abre la boca. Mientras los sigue a la puerta, el comisario les da a entender que él es socialdemócrata y que la situación es mala para todos los que no sean nazis. Hitler se está ganando a toda Alemania.

Vittorio le cuenta a Tina que en 1922 estuvo en la cárcel de Borlitz y lo expulsaron de Berlín encerrándolo en el campo de detención de Cottbus, de donde escapó gracias a otro socialdemócrata. La policía alemana conserva sus huellas digitales y no es improbable que descubran a Vittorio Vidali en el peruano Jacobo Zender Hurwitz.

Tina, muy blanca, no recupera su respiración. No lo dice, pero piensa que si arrestan a Vittorio, en ese instante se cancela su propio futuro en Europa.

Mira a Vidali largamente. "Es un bárbaro, un jactancioso, no tiene conciencia del peligro, o para él la muerte es divertida como lo es para los mexicanos, pero es mi único lazo con la vida." Quizá sus terrores nocturnos, sus vueltas sobre sí misma, la hacen sentir que la vida, su vidita, puede terminarse en un tronar de dedos. El recuerdo de Heinz Aldrecht la atraviesa como un relámpago humillante. No debe volver la cabeza, mucho menos apiadarse de sí misma.

En los recuerdos de México, que todas las noches pasan por su cabeza, sus amigos, hasta la fiel Luz Ardizana, van perdiendo cuerpo, parecen polvo cósmico, gradualmente se transforman en fantasmas. A lo mejor es eso el sustento de la fuerza: no necesitar a nadie.

•Pepe Quintanilla•
Colección Mónica G. Quintanilla

2 DE OCTUBRE DE 1930

El pensamiento que la ocupa al bajar en la estación de Moscú es encontrar a Xavier Guerrero. Desde Berlín le pidió que la recibiera. Quiere explicarle personalmente su carta de México; Guerrero le brindará el apoyo de siempre. ¡Qué ganas de ir con él a los museos; ver de cerca los iconos de la escuela de Nóvgorod! Tina le debe mucho, qué hombre noble, entregado a la causa, incapaz de una mala acción. Ahora lo comprende mejor. El deseo de volverlo a ver se hace inaplazable; pero en el andén de la estación encuentra la cara bonachona de Vittorio bajo una boina vasca.

—Tina, los miembros de la comunidad antifascista acostumbran dar cuenta de sus idas y venidas.
—¿Por qué?
—Los huéspedes del Socorro Rojo estamos al servicio de la causa. Tenemos obligación de informar a quien nos acoge, nos viste, nos alimenta y además nos paga.
Tina enrojece:
—¡Qué bueno que me lo dices porque pienso ir al hotel Lux

a ver a Xavier Guerrero! La compañera Nadezhda me informó que todos los miembros de la Internacional Comunista se hospedan allí y él como representante del partido comunista mexicano tendrá interés por noticias de México. Tengo ya un plano de la ciudad y creo que sabré encontrarlo.

—¿Te espera él?

—Sin duda, le escribí de Berlín.

Vittorio parece no darle importancia.

A la hora, Tina llega sombría al hotel Sojúznaya. Vittorio no tiene que preguntarle nada, es ella quien le dice con la prisa que da la indignación:

—Se limitó a escucharme, insensible como piedra. Al final, me dijo sin mirarme siquiera: "Para mí, has muerto".

• Frente al té Vittorio la tranquiliza:

—Olvídalo, falta poco para que empiece tu trabajo y tendrás tanto que tus problemas pasarán a segundo lugar... Dentro de algunos días te recibirá la jefa del Socorro Rojo Internacional, Yelena Stásova. Una gran luchadora. Fue secretaria de Lenin y también de Stalin.

—Tengo miedo a lo nuevo, no soy una verdadera militante, no sé nada de nada, la Stásova se va a dar cuenta, ¿qué puedo hacer yo para ayudar? En México, me atraía hasta la sonaja de un niño. En Berlín no se me antojó fotografiar nada. Aquí, no lo sé todavía.

—Fotografiar es como cualquier otra cosa. Podrías hacer resúmenes de la prensa extranjera, escribir artículos; vas a ser muy útil con tus idiomas.

—Siento nostalgia.

—Nada más inútil. Nunca te arrepientas de nada. Los remordimientos te vuelven inservible. Yo no busco recuerdos.

—Yo tampoco los busco, pero ellos me buscan a mí.

Ya en su habitación, Tina evoca el semblante cerrado de Xavier. ¡Cómo se humilló hasta recitarle la carta de Berlín que él no había abierto! Cada vez le cuesta más perder otro de sus afectos. Recuerda que Vittorio acaba de recomendarle espantar los recuerdos, pero no puede. Invoca el rostro de su madre: Mamma. Lo superpone al de Guerrero. Mamma ¿por qué no estás conmigo? Vittorio la irrita con su buen humor, su arrolladora disposición a lo que la vida trae: "Ayer nos fue mal, pero hoy vamos a pasarla contentos", quizá él desde el piso inferior escucha su ir y venir de pasos insomnes. O quizá no. En más de un aspecto es insensible. En la bruma del alba, el sueño la llama y Tina sueña que un Xavier sonriente pregunta por ella.

17 DE OCTUBRE DE 1930

Tina desemboca en la Plaza Roja, del brazo de Vittorio. De tan extenso, el adoquinado parece ondular. "Nunca he visto una plaza así de enorme", dice apretándose contra él, "nunca en mi vida." Y ahora sobre este mar de adoquines avanzan hacia el Kremlin amurallado, su palacio pesado y secreto como un monasterio. "También el zócalo de México es grande, dicen que allí cabe la más grande tempestad." "Sí, al lado de este desierto de piedra, es un recuerdo acogedor." "Todos los espacios de la Unión Soviética son inmensos." Han venido a pie desde el hotel Sojúznaya donde viven otros miembros del Socorro Rojo. Caminan por la calle Ilynka, hasta el edificio del comité central, Stáraya Plochad, luego a la calle Lubyanka: "Mira, aquí trabaja Stalin, en una oficina desnuda, sólo lo acompañan dos retratos: Lenin y Marx. Es posible que alguna vez nos encontremos a Stalin a pie, seguido por dos guardaespaldas, viniendo del Kremlin a estas oficinas... El destino del mundo va a decidirse aquí. Su ventana siempre está encendida, bajo esa luz Stalin trabaja hasta el amanecer. Se acostumbró a bregar de noche en la clandestinidad. Él toma todas las decisiones, no delega nada. Ven, tenemos que cenar en algún lado, si no llegamos a tiempo nos quedamos con el estómago vacío. ¿Traes tus cupones?" "Tantos", ríe Tina, "como piedras hay en el pavimento. También me dieron unos rublos para gastos personales. ¡Qué cálidos y atentos son los rusos!"

Tina pregunta:
—¿Es cierto que después del diluvio el Arca de Noé descansó en el jardín del Edén sobre el Monte Ararat, en Georgia?
—Stalin proviene de Georgia, según cuentan, hijo de un zapatero remendón.
—¿Y el mar Negro, el de Jasón y los Argonautas, su búsqueda del vellón dorado?
—No está lejos de Tiflis donde Stalin empezó a luchar con los obreros.

Vittorio todo lo remite a Stalin. Soso lo llamaban de niño, Koba es su nombre de guerra; lo escogió porque Koba fue un líder georgiano. Stalin iba a ser sacerdote pero muy pronto se rebeló contra los jesuitas que le impedían leer a Victor Hugo y sobre todo a Marx. Se le acabó la vista haciéndolo a escondidas bajo las sábanas a la luz de una vela. Salió expulsado del Seminario Teológico. Desde entonces le ha dicho niet a la religión, niet a la burguesía representada por el zarismo, niet a la autoridad. Odia cualquier autoridad.

—¿También odia su propia autoridad?

—Es un gran hombre, Tina, un dirigente fuera de serie. Mira lo que ha hecho de su país.

19 DE OCTUBRE DE 1930

Vittorio le anuncia:

—Hoy en la tarde es la cita con la Stásova.

Tras de su escritorio, con el pelo apretado en un severo chongo, una camisa blanca masculina de cuello alto, sobre la nariz larga descansa un pince-nez que le da el aspecto de garza a punto de atrapar un pez, la Stásova la mira fijo mientras la interroga. Vittorio se apresura a responder como un padre que presenta a su hija para su primer trabajo de oficina. Sí, sabe francés, él la ha oído hablarlo; sí, el inglés lo maneja como su idioma materno; sí, excelente taquimecanógrafa, a él le consta la rapidez con que toma dictado. Tina mantiene las manos cruzadas sobre su falda negra.

—También sabe tomar fotografías.

—El material fotográfico es costoso. ¿Le interesa mucho la fotografía?

Tina levanta los ojos y dice:

—Me sujeto a las necesidades del partido.

La respuesta parece agradar a la Stásova. En señal de despedida le tiende una mano grande y fina que emerge de un puño blanco demasiado holgado.

Vuelven despacio al hotel, brazo contra brazo. A los dos días, la Stásova manda llamar a Vittorio. Lo mira de arriba abajo, sin ofrecerle asiento.

—Según mis informes, eres polígamo.

—¿Qué?

—Po-lí-ga-mo. ¿Con cuántas mujeres vives?

—Vivo solo.

—¿Es verdad que embarazaste a Paolina Háfkina?

—Una noche al llegar al hotel, la encontré en mi habitación...

—Entonces ¿qué haces con Tina Modotti?

—Nada.

—¡Cómo que nada! La traes desde Berlín, te desvives por encontrarle trabajo. Esa mujer te interesa.

—Porque creo que puede servirle al partido.

—¿Cuándo va a nacer tu hijo?

—Pronto, no sé, no vivo con la madre, vivo en el hotel Sojúznaya.

—¿Vas a darle tu nombre?

—Voy a reconocerlo; se lo prometí al padre de Paolina.

Yelena Stásova le ordena:

—Siéntate. La Modotti me causó buena impresión, creo que podemos prepararla. Si aprende será elemento de enlace. Dile que venga, en vista de su trabajo en México ya forma parte del Socorro Rojo Internacional.

A la mañana siguiente, Tina ocupa una silla y un escritorio de seis cajones en una pieza en la que trabajan cinco miembros del Socorro. La oficina, en una calle cerrada, da a un patio interior de ladrillos rojos y ventanas estrechas. En el muro, una fotografía de Lenin. Otra de Stalin. Los rasgos de Stalin junto a los de Lenin son gruesos, rojizos, sus ojos no miran a nadie en particular, ven a lo lejos, para él no hay interlocutor. En el patio, Tina ha visto cercado por el asfalto un árbol que sin embargo da hojas. ¡Qué hojas conmovedoras! "Yo soy ese árbol; estoy cercada, mi vida la ha tomado el comunismo. Renazco." ¡Qué privilegio ser admitida en una organización tan prestigiosa como el Socorro Rojo! A unos cuantos pasos detrás de la puerta, la Stásova revisa legajos. Los que aquí trabajan son héroes anónimos; salvan a los que están en peligro. Juntos construyen la nueva Unión Soviética que los acoge, ningún otro país en el mundo ha logrado en diez años proteger así a los perseguidos de otras naciones. Es el único país que puede sacarlos de sí mismos, transformarlos en gigantes, en santos, en seres nuevos con cuatro manos, dos cerebros, un corazón incendiado.

Tina vive esos primeros días enfebrecida; dentro de ella renace la mujer fuerte; en la noche no descansa pensando en el momento de levantarse y es la primera en entrar en la oficina, sentarse fervorosamente a tomar notas, proponer artículos y traducirlos con tanto afán que pronto destaca sobre sus compañeros. Le gusta oír sus nombres: Alexander Davídovich, Yelena Petrovna, Ekaterina, Vasili, Galina, Ilyá, Kostia y el pequeño mensajero, Andréi, de ojitos sagaces, enfundado en una camisa bordada en punto de cruz amarrada por dos lazos al cuello: se instala en el suelo frente a la puerta de la Stásova y brinca al menor llamado.

Se familiariza con los nombres de otros grandes: Kírov, Alexander Orlov, la élite, Pávlovich Tovstuja, secretario particular de Stalin, Alexander Poskrébyshev, hombre de confianza. Voroshílov puede interrumpir a Stalin en alguna de sus dachas en Zubálovo, en Kúntsevo, tiene derecho de picaporte en su departamento del palacio Poteshny, aunque eso no signifique gran cosa porque Stalin quiere controlarlo todo, no delega sus funciones y, cuando las abandona, la Unión Soviética se paraliza. El armenio Mikoyán, Molotov, Yenukidze y Voroshílov obedecen órdenes. Tina oye a la Stásova silabear: "Lo importante es servirse de los que pueden servir". Y la ve salir de su oficina a toda prisa; camina a zancadas mientras se encasqueta un sombrero de fieltro en el que atraviesa un largo alfiler para que no se le vuele. No habrá de verla con otro sombrero que ese gris, sobreviviente de todas las nieves moscovitas.

Por la calle pasan hombres vestidos de gruesa tela color caqui; botas gastadas por el uso; en Rusia todos son héroes de novela, Tina les ve rostro de ángel y grandes alas blancas, sus cabezas con gorras de astrakán al lado de las de lana de los campesinos, que hacen cola durante horas por un kilo de betabeles y otro de papas.

Un jueves a la hora del té caliente, rojo y en vaso, Tina oye que la interpelan: "Camarada Modotti". Siente que otro líquido baja por su garganta: el de la aceptación, y sabe que ahora forma parte de ese grupo que no se entrega fácilmente.

7 DE NOVIEMBRE DE 1930

En la marcha, por la noche, un mar de gente enarbola banderas rojas, mantas, grandes carteles con efigies de Lenin, Marx, Engels, Stalin. La luz dura y clara de los reflectores saca fuera las pasiones, Tina jamás ha visto un entusiasmo parecido. Se abrazan, se besan, los ojos llorosos, beben de una pequeña cantimplora; se la pasan. Los asiáticos con su cara de luna llena, los siberianos de nariz aplastada, la frente amplia y dura de los tártaros, los carrillos chupados de los viejos, ¡qué multiplicidad desconcertante! En México, las masas son de indios, aquí son de individuos distintos y a la vez parecidos: miles y miles de seres maravillosamente afines y dispares pasan por enmedio de la calle. En México, las manifestaciones la habían cimbrado pero no tenían esta magnitud. "Mira el telón de fondo", Vittorio señala la tribuna alta presidida por Stalin. "Date cuenta, él nos ve desfilar." Vittorio le estrechó la mano en el V Congreso, en 1928. Su voz tiembla de emoción. Stalin le parece más alto que entonces, más imponente, flanqueado por su estado mayor. "Ellos inician la revolución mundial, Tina." El ambiente es de liturgia, entre todos forman una inmensa catedral viviente. Vittorio ve que en el rostro de Tina se profundiza la emoción, y se acentúan las ojeras. A su lado, muy tensa, parece debatirse.

— ¿Te pasa algo?

— Me pasa que es terrible vivir.

En el hotel, sigue alterada:

— Das la impresión de que te falta aire.

— Lo que me falta es claridad.

— ¿Por qué dices eso?

— No sé por qué he vivido hasta ahora, no sé en qué se me ha ido el tiempo. Estoy avergonzada de mí misma, ¿por qué no conocí esto antes?

— Tina, por favor, no hagas filosofía barata.

— Perdóname, preferiría estar sola.

4 DE ENERO DE 1931

Edward. Edward Weston, sí, debe hablarle de su compromiso, de lo que acaba de experimentar, él es sensible: entenderá. A las pocas líneas siente que ya no tiene qué decirle. ¿La entendería? ¿Qué entenderá? Tina flota. ¿Qué busca ella, después de todo? Soy asquerosamente individualista. Y Edward un fotógrafo a meses de correo, también es un repugnante individualista. ¿Para qué escribirle? Fuera languideces, hay que matar al blandengue que hay dentro de cada uno de nosotros. Escribirle es una concesión. Sigue, por disciplina, con su letra picuda y a la vez redonda:

"Desde que llegué acá, en octubre, he vivido en un torbellino permanente, a tal punto que ni recuerdo si te escribí después de mi llegada. En todo caso recibí hoy (con tres meses de retraso) el anuncio de tu exposición, y no puedo esperar un solo día más para mandarte saludos, con los mismos sentimientos de siempre."

¿Está escribiéndole la verdad? ¿Por qué no le dice que cada día piensa menos en él, que no tiene tiempo para él porque el partido es dueño de su tiempo, que ella es otra persona y vive una vida insospechada para él? Nada comparten, no hay en común ni siquiera la fotografía, la decisión está tomada; la revolución es dura e inevitable, Weston no entendería ni a Mayakovsky; todo lo que pasa aquí le parecería cosa de burocracia enloquecida, porque elególatra de la fotografía está atento sólo a los requerimientos de su cuerpo, de su sensibilidad, de *su* arte; no sabe lo que es una causa, su única causa es él mismo.

A la noche siguiente, Tina y Vittorio dan de baja el cuarto número 207 y ella se cambia al 107. Pasan todo el día juntos, no tienen por qué separarse en la noche. Hace mucho que conjuran juntos las posibles desgracias: les es natural acompañarse. Vittorio no reflexiona sobre sí mismo sin inteligencia, él obtiene resultados concretos. Una tarde, sin que venga al caso sintetiza Vittorio: "Hay seres así, que nunca creen que van a morirse".

—¿Lo dices por ti o por mí?

—Nadie tiene el tiempo que cree tener; sé que la lucha del hombre es una lucha contra el tiempo.   .

Tina debe actuar como si hubiera de morirse mañana, trabajar, hacer el amor, dormir, comer, reír, trabajar de nuevo, sobre todo eso, trabajar. Negarse a hacer pareja con Vittorio, sería negarse a sí misma: "Paolina Háfkina fue un accidente, no sé cómo entró al hotel. Yo soy un hombre libre".

Ahora mismo, si no vivieran juntos, Vittorio seguiría adelante; "así es la vida", diría, y tan amigos. Encontraría mujer a la vuelta de la esquina; Tina lo necesita a él mucho más que él a ella; en Moscú no tiene a nadie. Xavier la rechazó. El delicado O'Higgins está de paso, ella no puede regresar a México.

Tina agradece la compañía de dos familias triestinas, los Marabini, los Regent, y el trato con doña Leocadia Prestes, la valiente madre de Luis Carlos Prestes, el Caballero de la Esperanza de Brasil. Visita a Clara Zetkin, ya casi ciega; a Ada Wright, a la madre de Tom Mooney. Esas mujeres de edad le sirven de ejemplo; su entereza a pesar de los golpes que les ha dado la vida es mejor lección que cualquier arenga.

Clara Zetkin insiste mucho en dar a las mujeres la conciencia de la conexión política entre las demandas del programa comunista y sus demandas personales, sus propias necesidades y sufrimientos. Afirma con su voz cascada que "mientras no tengamos millones de mujeres con nosotros no podremos ejercer la dictadura del proletariado". A Tina la emociona oírla decir que "nosotras debemos crear un movimiento internacional de mujeres sobre una base teórica clara. Esto es una parte fundamental de la actividad del partido; es en verdad la mitad del trabajo del partido. Si la mujeres no están con el partido, la contrarrevolución puede aprovecharlas".

La Stásova la envía a recorrer Moscú de arriba abajo para recoger firmas de intelectuales en favor de víctimas de la represión fascista. "Camarada, su facilidad para los idiomas la hace idónea para esta área." Tina toca a la puerta de Serguei Eisenstein. Conversa con Rubén Martínez Villena quien, sin darse cuenta, le revela tanto de Julio Antonio.

Es imposible hacer que Vidali asista al ballet, a un concierto. Y sin embargo, sólo Vittorio la echa a rodar con su optimismo. El suave O'Higgins le descubre otro Moscú, al invitarla a comer. La inicia en los pilmenie parecidos a los ravioli en un país que desconoce las pastas, en los blinie con varenie, grosellas que guardan el perfume del verano. "En los sótanos de las casas rusas", sonríe Pablo, "hay verdaderos tesoros, conservas de hongos blancos y de cabeza roja en salmuera, pepinillos agrios, arenques." Los amigos artistas de O'Higgins bailan; alguien saca un violín, un acordeón, otro se sienta al piano y ¡vámonos a cantar!, una pequeña fiesta brota de la nada. En las reuniones, Tina bebe una copita de coñac armenio y gira con los demás tomada de la mano en una ronda casi infantil. Baila el niño, baila la abuelita. Tiempos dulces.

—Tina, mañana salgo en misión.

Tina quisiera atenuar los latidos en sus sienes. La misión de Vittorio la devuelve al peligro, a la espera, al té caliente que toma a las volandas frente al fregadero hasta que una mañana se obliga:

—Así no; tengo que poner un mantelito y sentarme a la mesa.

Lucha contra la rutina, la lentitud pegajosa de la burocracia, pues su tarea en el Socorro Rojo se va volviendo burocrática, los camaradas tosen o se suenan con pañuelos grises cerrando sus ojos cansados; ya todo lo conoce bien, los "compañera Modotti, prepare la traducción para que circule como estudio preliminar para adoptar las decisiones aplicables a nuestra realidad antes de llevarla a votación". Mecanografía como autómata. La novedad de las primeras semanas se agria, como la col en los minúsculos departamentos, la espera ineludible fuera de la tienda para conseguir el kilo de papas, el medio kilo de col. "¿Dónde empieza la fila?" "Una hora antes." El frío sobre todo, el frío congela las intenciones. "Luchamos, damos nuestra vida, la muerte será nuestra recompensa", se repite.

—Se trata de liberar a un compañero alemán. La mía es una misión delicada; debo llevarlo de Alemania a Checoslovaquia y traerlo a Moscú.

Tina se pone blanca, recuerda a la Stásova: "Lo importante es servirse de los que pueden servir". ¿A qué camarada se refería?

En la estación, al darle un beso que no sabe si es el último, Tina oprime fuertemente su mejilla fría contra la de Vittorio.

—Toio, Toietto, sé prudente.

"¡Qué mujer sensible", piensa Vidali, "y qué difícil para ella esta vida!" No intuye que a Tina le atraen la conspiración, las misiones secretas.

Cuando la boina vasca de Vittorio desaparece con el tren, Tina se dirige a su oficina de ladrillos rojos y árbol aprisionado. Una hoja triste cae al suelo. En México las hojas de los árboles caían alegres.

Ahora es ella quien recibe a los refugiados y cada día el trabajo le resulta más abrumador pero lo prefiere; trata con hombres y mujeres de carne y hueso, no con papeles, nada es ya burocrático, es apasionante y por eso mismo la desgasta. Les busca un cuarto de hotel, los instala, consigue hasta la leche difícil de encontrar para los niños; la Stásova le ha encargado también que visite las fábricas, hablar en público del Socorro Rojo Internacional, "en alemán, en inglés, en italiano, en lo que quieras, y escribe artículos para divulgar la lucha de América Latina, cualquier seudónimo es bueno, lo indispensab.. es que cuentes lo que viste y viviste en México, debiste conocer bien a los campesinos, escribe de Italia, de los operarios, tus recuerdos de infancia, trataste con luchadores sociales de Centroamérica, escribe de Sandino, no guardes lo que sabes, comparte".

¡Mamma mia! Tina siente una terrible desazón; hasta ahora lo que ha escrito son cartas y dos artículos: uno sobre la fotografía para *Mexican Folkways* y otro para la revista peruana *Amauta* dirigida por José Carlos Mariátegui. La Stásova no se da cuenta de lo que pide, ella no está preparada, su inseguridad es inmensa. ¿Cómo va a compararse con Vittorio que escribe con tal soltura que le cuesta menos que hablar?

Esto de escribir, ¡qué tortura! A Tina la angustia la sola posibilidad. Traducir sí, pero ¿escribir? En su oficina, mientras atiende requerimientos de los refugiados, piensa con temor en que forzosamente tendrá que escribir. Ahora, sobre su cama cinco volúmenes abiertos y marcados aguardan como si pudiera leerlos todos al mismo tiempo, se recuesta a estudiar y toma notas en un cuaderno rayado. Muy tensa, comienza, tacha, vuelve a comenzar. Y finalmente resuelve redactar su artículo pensando que es una carta que envía a un Weston imaginario, pero ruso, que quiere saber, por ejemplo, cómo viven los peones mexicanos.

11 DE ENERO DE 1931

Yelena Dimítriyevna Stásova la manda llamar.

—Cierra la puerta, camarada. Desconfía y acertarás. Te hemos escogido para llevar unos pasaportes a Berlín, será tu primera misión. Tu contacto habla inglés y alemán. Sales mañana.

—¿Y Vittorio?

La mirada de la Stásova la hace bajar los ojos.

—El compañero Abramov te entregará el dinero y los pasaportes.

—Me hubiera gustado ir con Vittorio.

—Los agentes no comparten sus misiones, camarada.

La Stásova se levanta y le tiende su gran mano huesuda:

—No necesito decirte que si te distraes, pones en peligro tu vida y expones al Socorro Rojo. Sería muy peligroso que te detuvieran con tres pasaportes y una considerable suma de dinero.

—¿Pueden detenerme?

Un sudor frío empieza a bajarle a Tina por la espalda. Gunther Volk entra y le pregunta:

—¿Dónde escondería usted los pasaportes?

El desconcierto en los ojos de Tina le revela que no tiene la menor idea.

—Podría yo mandarle encuadernar un libro de pastas duras, Heine, por ejemplo, Goethe, ambos complacen a los inspectores alemanes, y dentro de las pastas se emparedan los pasaportes. Estaría listo hoy mismo.

Por toda respuesta, Tina toma los tres pasaportes y el dinero y pregunta por su documento.

—Aquí está; se llama usted Hedwig Flieg, ¿ya se fijó? Hedwig Flieg. ¿Qué tal anda su alemán? En Berlín tiene que ir al café donde van los compañeros del Socorro Rojo en la Friedrichstrasse. Allá la encontrará su enlace. No puede usted llevar ni una dirección escrita, ni un nombre, ni un número, mucho menos una agenda.

—Lo sé, lo sé —intenta mentir Tina—, ¿cómo identifico a mi contacto?

—Él la reconocerá y le dirá: Para uno que madruga, otro que no se acuesta.

—¿Siempre son refranes las contraseñas?

—No, pero éste lo busqué especialmente sabiendo que provenía usted de América del Sur. ¿No es un dicho español?

Cuando Tina se despide, Gunther Volk se queda pensando en la extraña intensidad que emana de su persona. "Bueno", concluye, "todas las mujeres están un poco locas pero hay que usarlas."

Tina se la pasa cosiendo toda la noche. Hilvana los pasaportes dentro de su calzón, dos adelante sobre el vientre y uno atrás alargado encima de las nalgas, hasta formar una especie de cinturón. Como está delgada no se nota; el dinero, lo cose dentro de las copas del brassier. En la madrugada, acomoda el pasaporte de Hedwig Flieg y fotos familiares dentro de su bolsa de mano. ¿Quiénes habrán sido los niños y este señor que la miran desde sus retratos de ovalito en la cartera? Un pañuelo, un lápiz labial, una polvera, un peine y tres cajetillas de cigarros, las llaves en el fondo y un boleto de metro berlinés que todavía conserva, le da la impresión de normalidad.

Cuando el inspector del tren descorre la puerta de su compartimento, Tina levanta los ojos de la revista comprada en la estación, abre su bolsa y muestra su pasaporte: "Dankeschön, frau Flieg". Nunca pensó que sería tan fácil.

En el café de la Friedrichstrasse, pide un apfelkuchen con un té y espera. Espera hora y media; es casi la única concurrente. Quiere llamar por teléfono a Smera, a Lotte, pero la Stásova fue terminante. Ningún contacto con conocidos. Dos mujeres en una mesa alejada hablan sin parar y no vuelven la cabeza; obviamente, allí no va a pasar nada. Tina pide su cuenta, paga y sale. A dos cuadras, se detiene frente a una librería y compra una revista de modas. Al entrar a otro café echa una ojeada en torno suyo; las mesas albean de limpias, hay parroquianos, la atmósfera es distinta, una pareja intenta un coloquio en voz baja. En otra mesa, Tina cree reconocer a un agente del Socorro Rojo Internacional que la mira y desvía la vista para volverse a uno de sus acompañantes. A la media hora, pagan y salen. (Años después, el compañero Fritz Karger habrá de decirle que dos polizontes lo llevaban al café para atraer a los camaradas y que varios se delataron al dirigirle ingenuamente la palabra. Esa tarde, Karger tuvo miedo por ella. "Prevaleció mi instinto, el de no dar señal alguna de reconocimiento", Tina diría después.)

Tina espera. Mira la revista, nadie baja el periódico para verla, nadie le da la menor señal de inteligencia. Ahora deberá buscar un cuarto para la noche; el Berlín de los pobres lo conoce bien. Recuerda un minúsculo albergue frente al cual ha pasado muchas veces al ir a casa de Lotte Jacobi. Al salir del café tiene la certeza de que la siguen, apura el paso, el corazón saltándole en la garganta y percibe que atrás también alguien se apresura:

—Compañera, compañera, soy yo.

Paralizada por el miedo, Tina vuelve la cara; al hombre le falta un brazo. Dice con voz suplicante: "Para uno que madruga, otro que no se acuesta", y luego "compañera, desde ayer la estamos esperando".

Pone en su mano un papel diminuto y se aleja. Todavía le parece oírlo decir: "Dése prisa", pero no está segura.

La dirección garabateada en el papelito. Frente a un edificio de ventanas como rendijas, el manco espera y cuando ve el taxi se acerca de inmediato. Tina le pregunta si no teme que lo apresen y responde que no, que ya tiene práctica. "Es que usted es fácilmente reconocible." Molesto por su comentario, en su tono ya no hay nada suplicante. Tina se muerde la lengua. Suben varios pisos y cuando empieza a sentir que le falta el aliento, el manco se detiene frente a una puerta sucia, toca brevemente y en el acto les abren.

En torno a una mesa con una lámpara que da una luz muy débil aguardan dos hombres y una mujer que le ofrecen café. Los compañeros ven temerosos hacia la puerta; el menor ruido, unos pasos lejanos los hacen enmudecer y mirarse unos a otros. El frío acrecienta la angustia.

—¿Tiene usted los documentos, compañera?

—¿Podrían prestarme una tijera? Tengo que descoserlos en privado.

—Sí, venga por acá al cuarto.

La mujer la mira sin moverse. A Tina le tiemblan los dedos, se pica.

—Hitler ha dado orden de cerrar todos los medios de transporte a las doce de la noche y entre once y doce empiezan a controlar a los usuarios.

—Tomaré un taxi.

—También es peligroso.

Le notifican a toda velocidad y en voz baja de una circular confidencial en que la policía de Berlín invita a los nazis a ajusticiar en el acto tanto a los que pegan propaganda comunista como a sus impresores. El manco cuenta de las ejecuciones nocturnas. Se reúnen en sótanos y cambian día a día de escondite. Gracias a los pasaportes, algunos se salvan.

Tina se despide. Ninguno ofrece acompañarla.

Cuando su taxi es detenido —como lo habían previsto los camaradas—, Tina saca su pasaporte y Hedwig Flieg sonríe airosa. "Todo en regla, fräulein, que pase una buena noche."

Se dirige a la estación. Varias veces vuelve la cabeza para ver si la siguen; en la calle cubierta de neblina atisba un camión de limpieza, sus dos operarios la alcanzan:

—Fräulein, fräulein, suba con nosotros.

La piropean. Tina empieza a correr, ellos aumentan la velocidad, por fin, con sus gritos obscenos, dan vuelta y se alejan.

En la estación, una multitud espera trenes. A pesar de la hora hay colas frente a las ventanillas, un jefe de tren le indica su compartimento y cuando Tina pretende acomodar su gran bolsa de mano en lo alto, "permítame por favor", la toma un barbudo de ojos enrojecidos. ¿Se habrá dado cuenta de que no pesa? Tina saca la revista y empieza a memorizarla, quiere apagar dentro de ella la vocecita agria que en ciertas horas la abastece con pensamientos de derrota. ¿Y qué si la agarran? ¿Y qué si la matan? Su propia muerte le parece una liberación. ¡Dio! dejará de padecer los latidos que son bastonazos sobre el tambor de su frente. De pronto, el barbudo de ojos acuosos le tiende una galleta y Tina salta como si le encañonara una pistola. Estúpido, si tiene que arrestarla que lo haga ahora mismo. Luego le dirige la palabra en alemán; Tina apenas contesta con monosílabos, y él, después de informarle que es comerciante, se duerme con la boca abierta. Quizá duerme tranquilo porque al llegar a la próxima estación la detendrá de inmediato. Hay que escapar. Bajarse. Por lo pronto puede salir al pasillo, clavar la vista en la ventanilla, fumar frente al paisaje huidizo mientras elabora su plan. Se dispone a tomar su bolso cuando ve entre las piernas del barbudo un maletín con el letrero *Bayer*. A lo mejor es una treta, se intranquiliza. Mira de nuevo por la ventanilla y saca otro cigarro. El conductor que pasa junto a ella se lo enciende. Tina se da cuenta de que está fumando cigarrillos rusos, y lo único que se le ocurre es mirar a los ojos al conductor que casi le quema las pestañas, sin dejar de mirarla también a los ojos. Ahora, se quedará sin fumar por el resto del viaje y deberá deshacerse de la última cajetilla sin ser vista. Fumó en el tren, en los dos cafés, en la estación, en este segundo tren. ¡Qué imprudencia la suya!

Más muerta que viva, decide ir al baño, a enjuagar rostro y boca. Allí tira en el depósito de basura la cajetilla rusa. Al repeinarse se le ocurre cambiarse al vagón de segunda, atiborrado de madres con sus hijos, campesinos olorosos, animales enjaulados, costales de semilla, bolsas de betabeles y de papas y una pierna de carnero envuelta en papel periódico sanguinolento. ¿Van a vender o vienen de comprar? Tina se siente acogida, recarga su cabeza en el primer bulto y ahora sí descansa. Un niño de pecho empieza a llorar, bendito niño, en la estación de Moscú. Sólo entonces se da cuenta de que no ha probado bocado desde el té y el pastel de manzana en Berlín. Ya no se dice a sí misma: "A lo mejor no estoy viva mañana". Ya no hay contratiempo, ya llegó. Pide un cigarro y fuma a todo pulmón. Dos mujeres redondas de mascada floreada en la cabeza y niños colgados de sus enaguas aparecen una tablilla de chocolate. ¿Dónde pueden haberla comprado? Ella también se merece una.

—La felicito compañera, la felicito. Ha puesto muy alto el prestigio del Socorro Rojo.

La mano huesuda aprieta la suya. La voz de la vieja es muy intensa, sus ojos arden.

—¿Y Vittorio?

—Vuelva a su escritorio, camarada Modotti, pero no creo que será por mucho tiempo. Los que han probado el peligro suelen aficionarse a él.

Quiere responder, pero un dejo de vanidad la hace guardar silencio.

Pocos días más tarde Vittorio regresa al hotel Sojúznaya y aunque sonríe con su habitual desenvoltura, Tina lo sabe alterado.

—Me usaron Tina, me engañaron; a nadie le importa mi vida.

—¿Dónde estuviste?

—En Berlín.

—No lo puedo creer. Yo también.

La Stásova no permitió que lo supieran. Qué tranquilidad le habría dado a Tina ver aunque fuera de lejos a Vittorio. Cuánta dureza en la Stásova o en el sistema o en el Soviet Supremo o en quien sea. La misión de Vittorio fue peligrosa y decepcionante, el camarada por quien arriesgó la vida era un agente de la GPU al servicio de la Gestapo. El comité central tendrá que cambiar de estrategia.

—A mí me ordenaron sacarlo de la cárcel y lo encontré sentado a la mesa de una taberna de Reichenbach, a unos pasos de la frontera, reconocible entre cientos, muy quitado de la pena, abrazaba a una mujer. Otra pareja los acompañaba. Los vi cenar con abundancia, beber buen vino y cuando la pareja se despidió y él, WB, se quedó solo con su fräulein, me acerqué.

"Vengo de parte de la Stásova y le traigo saludos de su mujer."

"Se puso tan rojo que temí la apoplejía. A lo largo de los días que siguieron me di cuenta de que el camarada WB, no sólo tenía la posibilidad de cruzar la frontera con visa y pasaporte; también su relación con los alemanes era inmejorable. Sus tres amigos alemanes, Gertrud, obviamente su amante, iban a viajar con él."

—¿A qué fuiste entonces? —interrumpe Tina.

—WB me lo hizo saber: "Tiene que hacer los contactos en la frontera; vamos a pasar por Zgorzelec y de allí por carretera hasta Praga; usted avise a Moscú que vamos en camino. De paso podremos visitar la Moldavia." Hasta turismo pensaban hacer, ver los monasterios. A mí me encomendaron rescatar a un desesperado, lo habían torturado, lo encontraría refundido en un calabozo. WB me contó un relato fantástico. Gertrud se había enamorado de él a primera vista, y a través del comisario que ahora los acompañaba y de otro alemán, que se habían convertido en sus íntimos amigos, lo sacaron de la cárcel.

—Es imposible, Toietto, es un cuento de locos.

—Pues sí, entre más vueltas le doy, más increíble me parece, pero yo tenía órdenes estrictas de hacerlo cruzar la frontera, me plegué y dejé para después las explicaciones. Además pensé que en Moscú, a los que logran escapar de la cárcel, en vez de felicitarlos, el partido los pone en cuarentena, en calidad de sospechosos, antes de permitirles reanudar su actividad política. Acá se harían cargo de WB y sus amigos.

Al día siguiente Tina y Vittorio presencian en una recepción el encuentro de la vieja Stásova y WB. WB se la pasa abrazando a su hijo moscovita y su esposa, conmovida, llora. Al brindis concurren los altos jefes, Heckert de la Profintern y Pfeifer de la Comintern. ¡Cuánta solidaridad en la mano de estos rugosos soldados que han compartido trincheras! WB es un compañero por quien se puede meter la mano al fuego. Vittorio bebe vodka y observa en WB una serenidad desconcertante; abraza, come, platica, sonríe.

—A lo mejor te equivocaste y es inocente —le dice Tina en voz baja.

—O los tres pertenecen a la Gestapo y Moscú lo sabe.

Cuando Vittorio expone sus dudas sobre WB a la Stásova, ésta no parece agitarse mayormente. Calando su pince-nez a punto de resbalar por su larga nariz responde:

—El tiempo dirá. Tú has cumplido tu misión de traerlo a Moscú.

Tina está en lo cierto cuando dice que para el partido no importa que sean traidores con tal de que sean útiles en un momento determinado; no se enjuicia la integridad del agente sino su eficacia. La Stásova añade:

—Tenemos dos misiones nuevas para ti, camarada Modotti, una en Rumania y otra en Hungría. Llevarás donativos a presos. Estamos ciertos de que lograrás tu cometido.

Tina ya no siente inseguridad.

Tina es inconsciente de los cambios que ha sufrido. La intriga, las maniobras, la subordinación, ahora le parecen naturales. Hay que verificar la lealtad de los compañeros; los kulaks, campesinos ricos, son despreciables; denunciar a los especuladores, mantenerse en guardia contra cualquier desviación, seguir a Stalin, el gran maestro, son actos a favor de la revolución. ¿Dónde estará Vittorio ahora —se pregunta Tina sola en Moscú—, pasando qué frontera, organizando qué huelga, en contacto con qué fundidores de qué siderúrgica, hablando con qué peones de vía? ¡Cuánta experiencia la de su compañero! ¡Cuánta envidia por la capacidad de los soviets! ¿No se había montado la fábrica de ácido sulfúrico en Voskresenk, cerca de Moscú, en menos de seis meses? Aturdidos por el éxito, los compañeros ejecutan a los saboteadores. "¿Cómo pueden los operarios robar costales de cemento, o grano los campesinos en los koljoses, e impedir la magna obra? ¿Cómo es posible que los cultivadores prefieran sacrificar sus animales a entregarlos a la colectividad? ¿Quiénes son los que esconden la pastura? Se habla de parásitos, de cosechas deficitarias, de camiones parados por falta de gasolina. ¿Por qué se niegan a roturar tierras vírgenes y nadie quiere viajar al norte de Kazajstán a iniciar el cultivo de cereales? "¡Yo a Asia no voy!", murmura un joven a quien Vittorio inmediatamente le pide su nombre: Vladislao Yankovsky. ¿No se dan cuenta de que levantan un país frente a los ojos críticos del mundo? Por caminos llenos de baches, con la nieve hasta la rodilla, Vittorio fue a ver qué piezas se necesitaban para reparar el tractor del koljós y por qué se dejó pudrir una cosecha entera de trigo, con pretexto de falta de mano de obra. Los hombres de la estepa con sus blusones grises, sus gorros encasquetados hasta las orejas impidiéndoles pensar, lo miraron en silencio; Vittorio gesticulaba tanto para darse a entender que acabaron riendo juntos. Uno le preguntó si era cantante de ópera. En realidad, Vittorio es un extraordinario orador de masas, pero no en ruso. Tina tampoco lo domina, pero va a superarse, va a lograr su propósito; el poder de la voluntad humana, como lo dice José Stalin, lo es todo.

A la Escuela Internacional Leninista han llegado varios mexicanos —le comenta O'Higgins—. Concha Michel ha dado ya conciertos de guitarra promovida por Alejandro Makar, que ya ves que es un entusiasta de México y tiene su casa repleta de arte popular. Los rusos corearon *La Cucaracha*. Llegaron el bueno de Alberto Lumbreras, Doroteo Flores de Puebla, Fernando Cortés Granados de Tapachula, y otro compañero de nombre Flores también, de Pachuca. Todos están estudiando.
—¿Dónde viven?
—En un palacio que fue de Catalina la Grande. Vamos a visitarlos.
—¿Un palacio?
—Sí, pero sin cortinas ni muebles dorados. Las salas de baile son ahora dormitorios corridos.
Todos, salvo Concha Michel, se ven mal, especialmente Alberto Lumbreras. La delgadez agranda la simpatía de su enorme sonrisa. Ninguno se queja. Los cursos son intensivos. Cuando se inició el programa, les daban un año para aprender el ruso; ahora los maestros son españoles, franceses, norteamericanos; reciben clases de marxismo en su propio idioma: his-

toria del movimiento obrero internacional, historia del partido comunista ruso, historia universal.

A mediodía para comer tienen que salir y caminar un kilómetro, en el invierno, con un frío de treinta grados bajo cero. No los dejan circular solos, ¡qué terror le tienen los rusos al espionaje! Lumbreras no ha logrado enviar un centavo a Cuca y a los hijos. A tantos kilómetros de distancia, ¿no podría Tina ayudarle a obtener noticias?

Además de los encuentros en las fábricas, es a los grupos de América Latina a los que Tina dará conferencias; a ellos debe hablarles de la gran revolución de octubre y del hombre nuevo.

Ahora las misiones de Vittorio son continuas: Helsinki, Praga, Budapest, Varsovia. Tina sólo se entera de su destino a su regreso.

A ella, la Stásova le confía una nueva misión: Ucrania, Armenia.

—Un telegrama, compañera —le dice Borís en el Socorro Rojo.

Tina abre el pliego: "Pepe murió en Davos. Stop. Sus últimas palabras. Stop. Avisen a Tina Modotti. Stop. Familia Quintanilla."

Levanta los ojos, reencuentra los ojos de Pepe. Mueve un brazo; sobre él, siente la mirada de Pepe. Camina, sus pies seguidos por el fervor de Pepe. "Beso el suelo que pisas." "¡Qué religioso eres!" "Te idolatro, te venero, te rezo; eres mi santuario, nunca me dejes, Tina, de tu vista no me apartes." "Pepe, tu deber es temerme, soy una mujer te-mi-ble." "Sí", ríe, "sí eres redoutable", lo dice en francés y ríe. "Yo ya me perdí hace tiempo, Tina, esto va en serio, te amo." "Paroxismo del sufrimiento, paroxismo del placer, ¿hasta cuándo vas a esperar, niño?"

Tina lo hizo esperar. Mucho. Pepe Quintanilla frecuentaba la casa de El Buen Retiro. Monna Teixidor, a su lado en las reuniones, observaba: "Nunca he visto a un joven tan culto, aprendió él solo el alemán". Los Quintanilla son una familia excepcional. Qué hermosos hombres, todos, con sus voces profundas, sus quijadas bien marcadas, sus mentones firmes, son gente bien, la clase se les ve a leguas. Los Quintanilla aprueban la vida y a quienes la viven. Nunca en ellos un rechazo, una mueca de disgusto, una crítica.

El más logrado de todos es este joven pálido que hace resonar la caverna de su risa.

Rafael Sala y Felipe Teixidor lo admiraban:

—Muchacho fuera de serie.

A Weston, ese joven distinguido lo seducía. ¡Qué atractivo, qué fino! Hablaba de su fotografía con sensibilidad y conocimiento. Weston agradecía su inglés como el de Monna. "Ojalá en los Estados Unidos hubiera muchachos con esta preparación, esta inteligencia. Con una juventud así, estaríamos del otro lado." Pepe vivía rápido como si la velocidad fuera para él un mecanismo de defensa.

—Salgo a Nueva York a escoltar a mi familia.

—Te vamos a extrañar.

—No sé cómo le hacen para viajar —comentaba Monna—, han perdido toda su fortuna y se llevan a los niños con todo y nanas. Los aristócratas son inconscientes.

—No creo que acudan al Plaza, ni siquiera al Plaza-Athénée, pero en fin, donde vayan nos hacen quedar bien.

Cuando Pepe Quintanilla regresaba, traía regalos para todos, principalmente para Tina.

—México es un puro esplendor —comentó fijando los ojos en el cielo—. Aquí sí se respira buen aire. En Nueva York no circula; lo obstruyen los rascacielos. Je suis un des habitués du Buen Retiro.

—¿Te es benéfico el aire de El Buen Retiro? —preguntaba Tina coqueta.

—Oh sí, nada más benéfico me ha sucedido en la vida.

Tina se adelantó a casa de Fred Davis a Cuernavaca. Edward dijo que la alcanzaría al día siguiente con Chandler, después de revelar e imprimir. Esa noche, Pepe entró descalzo a la recámara de Tina, delgadísimo dentro de su pijama de adolescente. Simplemente se acostó en el lugar vacío, se tendió a su lado, presencia extrañamente dura y pura. Ella hizo el primer gesto, lo tomó entre sus brazos.

—Ven.

La que pidió fue Tina. Algo en ella tenía necesidad de ser rescatado.

—Ven.

Además de amarla, Tina lo inquietaba.

En México, se vieron en la casa de El Buen Retiro, en la de los Sala, en la de los Braniff, en la de los Escandón, en la de los Orozco Romero, en la de los Mérida, en la de Diego y Lupe, en la de Charlot, el único que los miraba con suspicacia. Monna siempre tan aguda, nada detectó. Pepe le tendía a Tina un libro con pétalos adentro, una misiva entre las espinas y el follaje de un ramo de rosas; le llevaba serenatas que, creyendo dirigidas a los vecinos, Weston tarareaba a la mañana siguiente: "Soy un pobre venadito..." "Oh yes, they sang that one last night in the street." Tina y Pepe eran temerarios; si Weston se encerraba en el cuarto oscuro, Pepe volaba, su saco flotante en el corredor, a la recámara de Tina, el temor cristalizado en todos los poros de sus cuerpos.

—Te amo, entre más te conozco más te amo, Tina, de ti no me sacio.

Pepe tenía una cualidad inasible que a ella la excitaba.

—Eres el personaje más romántico que conozco, eres un paje, un niño. Eres el mensajero de todas las gracias.

Su ardiente dulzura era totalmente nueva. Ningún hombre la había tratado con tanta admiración nunca. Pepe podía contemplarla horas, pasando sus manos largas y delicadas sobre sus caderas, sus muslos, sus pechos hasta que ella no podía más.

—No tus manos, tú.

Poseerlo, hacerlo suyo, verlo estremecido, ay Tina.

En cambio las precauciones de él eran infinitas, ¿no te lastimo?, ¿te gusta?

No había combate.

—Te amo, Tina, nunca he amado, nunca amaré como te amo.

Al ver el reflejo en la ventana, Tina se asombraba de que fueran ellos y de que amarse le resultara tan nuevo.

—Quizá no somos tú y yo. A lo mejor somos un invento de los dos.

—¡Maravilloso invento! —reía Pepe— ¡Abrázame, apriétame fuerte!

—Nunca he tenido mejor amante.

—El que mejor facha tiene de nuestros enamorados es Pepe Quintanilla. Todo en él es distinguido —comentó a la hora de un café Beatriz Braniff.

—Todos los Quintanilla son regios.

—Él más. ¿No han visto el largo de sus dedos del pie? ¿Tú Tina, no has visto sus pies?

El corazón de Tina dio un salto.

—¿No? ¿Dónde? ¿Yo?

—Tú, que eres una mujer tan libre, ¿no viste sus pies en casa de Fred Davis cuando nadamos en esa mugre piscina que es un congelador? Tiene todos los dedos del pie del mismo largo, es señal de casta, de buena cuna.

—¡Ah! No me fijé.

—¿No te fijaste nunca que los de los indígenas son chatos?

Adolfo Best Maugard le siguió la conversación a Beatriz y Tina se lo agradeció en el alma.

—Parece increíble que ese mocoso la esté controlando —le dijo Luis Quintanilla a Ruth su mujer, orgulloso de la proeza de su hermano menor—. ¿No te has dado cuenta cómo ha cambiado Tina? ¡Cómo fue a hacerle caso a ese chamaco, teniendo tantos pretendientes! La ha tranquilizado. ¡Antes, el temperamento se le salía por los ojos! Es una real hembra. Hasta Vasconcelos le trae echado el ojo. El único que no sabe nada para variar es el cocu, el último en enterarse.

—Mamá dijo que era una monada. A Pepe se le cae la baba, nunca lo he visto así.

Permanecía absorto largo tiempo dentro de ella, prolongaba la muerte, el atardecer, la carrera, el verano, la perpetua exigencia; cuando todo se venía abajo en burbujas blancas, él se fundía amparándose en su cuerpo. Ella lo acunaba. Era un maestro. Ambos cerraban los ojos después de la revelación.

Powys decía que el cuerpo es la rama florida, el sabor de la vida. Que todos somos manzanas y debemos comernos. Tina mordía a plenos dientes esa carne purísima, hincaba dentro de ella sus sentidos, montaba al joven blanco, vertiginosa, descendía al fondo, no había hueco en el que no se refugiara.

—Nadie te conoce mejor que yo. Eres mío, Pepe, eres mi amante, eres mi hijo, eres yo.

Pepe vivía rodeado de jarrones chinos, de tanagras, de tibores, de muchachas, de azaleas, de palabras, de hermanos, de hermanas y crucigramas que lo distraían. Pepe extendía sus largas piernas y Tina lo escuchaba construir una estructura desde el sillón hondo en que se había dejado caer. Las salas se uniformaban; las de los Braniff eran más suntuosas, en todas había retratos de familia, cómodas de cajones que resbalaban suavemente, cigarreras de plata, muebles de marquetería poblana, sillas de pera y manzana y asiento de bejuco, terciopelo verde profundo que contrastaba con la caoba, jaladeras con destellos amarillos, alfombras de Bujara para repartir los suspiros. ¿O serían bostezos?

—La "gente bien" siempre se dispersa, por eso nunca hace nada en la vida, salvo dejar imágenes de sí misma —dijo una vez Elena Idaroff.

En un batir de alas se enlazaban. Nunca pesaron. En la cama también eran leves. No ocuparon el espacio de nadie. A Tina apenas le pesaba el ligero cuerpo hostia blanca de Pepe.

Así en un batir de alas se separaron. Con buen gusto. Pepe iría a Suiza; regresaría, regresaría a las grandes oleadas, regresaría a alcanzar la cumbre. Como la calentura que en las tardes le enfebrecía las mejillas, "Tina, voy a regresar, Tina, tenlo por seguro, siempre estaré de vuelta".

—No voy a permitir que me olvides.

Lo siguiente que Tina supo de Pepe estaba escrito en el telegrama.

Moscú, catedral de San Basilio
Archivo particular

9 DE MARZO DE 1931

Durante la colectivización, los kulaks, campesinos ricos, sacrificaron centenares de miles de cabezas de ganado. Caballos, ovejas, cabras, todo al matadero, con tal de no apoyar los koljoses. La carne se convirtió en recuerdo. En todo el país, el radio y la prensa recomendaban la carne de conejo. Se publicó un manual para impulsar su cría; la Unión Soviética consumió carne de conejo en el desayuno, a mediodía y en la cena: conejo en su jugo, asado, frito, guisado, marinado, empanizado, molido, estofado, en albóndigas o en croquetas.

Las autoridades cayeron en cuenta de que la piel se desperdiciaba. Aparecieron gorras, guantes, bufandas, manguitos, cobijas de piel de conejo. El vasallaje cotidiano a las propiedades del conejo provino en línea directa del Sóviet Supremo. Sólo faltó un monumento al conejo.

En el campo contiguo al edificio donde trabajó Vittorio, los camaradas iniciaron una cría de doscientos cincuenta conejos que, dada su natural fertilidad, no tardaron en multiplicarse. Un domingo, Vittorio y sus compañeros salieron a cortar pastura para los conejos en un día de paseo que mucha falta les hacía.

El camión destartalado empleó dos horas en un trayecto que normalmente duraba una hora. Pero hasta eso resultó diversión. Regresaron sentados alegremente sobre la carga de hierba. Vittorio les cantó *La barca de oro* y *Allá en el rancho grande*; una botella de vodka pasó de mano en mano. Vittorio el más alegre, parlanchín, los hizo reír con sus ay, ay, ay, ay Jalisco no te rajes, gritados a voz en cuello.

Al llegar el lunes al trabajo, Vittorio encontró las oficinas desiertas. Sus compañeros estaban reunidos en torno a la conejera. Se paró en seco al ver sobre el pasto más de doscientos cincuenta conejos boca arriba y con las orejas formándoles una corona mortuoria. Un veterinario peroraba: "...y después de la agonía atroz no queda más que darles sepultura, la descomposición es inminente. Caven una zanja enseguida".

La Dáshkova, directora administrativa, chequista y mujer de un jefe chequista, exclamó:

—¡Sabotaje!

Mientra Vittorio paleaba la tierra se le ocurrió:

—¡Bendita esta hierba milagrosa, por fin dejaremos de comer conejo!

La Dáshkova lo miró con odio:

—Tú eres el responsable de esto.

—¿Que qué?

—Porque tú eres "part-org", organizador del partido, y escogiste esta hierba.

Vittorio estuvo a punto de darle un conejazo en la cabeza pero optó por seguir paleando. La gorda y alta Dáshkova, además de no tener sentido del humor, era presa fácil de la rabia. Después del entierro, convocó a reunión de emergencia. La tragedia conejil sería noticia vergonzosa en toda la Unión Soviética.

La conejera permaneció vacía como reproche hasta que Vittorio ofreció removerla, lo que suscitó nuevas suspicacias. La Dáshkova lo siguió viendo como apestado y hoy cada vez que lo encuentra en los corredores de la Comintern se desvía para no contaminarse.

Vittorio retomó su puesto en el Socorro Rojo en Ogariova, Ulitza. El trabajo es un extraordinario remedio contra la ansiedad y a los agentes se les envía a cultivar el campo por razones de salud. Antes, en la oficina del Socorro Rojo Internacional, Vittorio defendió a un matrimonio polaco contra la encargada Lorenz, que quería despacharlos a Birobidzan, una región asiática perdida. Los corrió de su oficina porque se atrevieron a oponerse a su disposición. Vittorio le aclaró a la Lorenz que el espíritu del internacionalismo socialista era humanitario; la hostilidad burocrática no tenía cabida. La Lorenz y el compañero polaco Rosenberg no recibían a la gente con la cordialidad de Tina o los abrazos que Vittorio acostumbraba. El papeleo a que los sometían era un suplicio. De inmediato, la Lorenz fue a quejarse al Comité Central. Vittorio y Tina jamás sospecharon las consecuencias que tendría esta acusación.

14 DE ABRIL DE 1931

Los españoles proclaman la segunda república y la Unión Soviética lo celebra. La primera, en 1872, había entronizado a Amadeo de Saboya que, a diferencia de Maximiliano de Habsburgo en México, tuvo el buen sentido de regresar a Saboya y abandonar súbditos tan conflictivos e ingobernables. Por segunda vez, los españoles instauran una república. El escritor Ilya Ehrenburg, autor de *Julio Jurenito*, biografía de Diego Rivera, viaja a España, a escribir su libro *España, república de trabajadores*. Descubre con sorpresa que Niceto Alcalá Zamora, el presidente de la república, oye misa todos los domingos. En los pueblos donde hay un cura y un cacique, los campesinos son monárquicos; en las grandes ciudades, Madrid, Barcelona, Valencia, Sevilla, Bilbao ganan los republicanos. Gregorio Marañón, Miguel de Unamuno —diputado por Salamanca—, José Ortega y Gasset, se unen en un comité y llaman a la defensa de la república. Manuel Azaña es el primer ministro de guerra. Aumenta el número de desempleados y como paradoja el de sindicatos. Vittorio Vidali viaja continuamente a Barcelona, a

Madrid, a Asturias, para promover levantamientos y protestas; habla de Rosa Luxemburgo, de Marx, de Engels, de Lenin y de Stalin, y arenga a los obreros contra el gran capital financiero, el gran capital industrial, la iglesia y el ejército. Habla muy bien y hombres y mujeres se exaltan al escucharlo. Ninguna misión le fascina tanto como las de España. Conoce a Ramón González Peña, el líder socialista. Regresa a Moscú con sus baterías cargadas, contento por el avance del movimiento obrero, sobre todo de los mineros. "Lo malo es que la derecha española la tiene mucha fuerza, es la más fuerte en Europa", le dice a Yelena Stásova.

— ¿No estás citando a Trotsky?

— Claro que no. Odio cada día más a los sistemas capitalistas; no hay que pactar, hay que liquidarlos. Tenemos que ser implacables.

En España el aliento liberal dura poco; a Europa le empavorecen los bolcheviques y su revolución, "¡Fuera los rojos!" En Alemania, los industriales, los Krupp, los Thyssen, los Daimler y otros magnates, financian a Hitler y Mussolini; comienzan a enviarle dinero al partido de la Falange española con José Antonio Primo de Rivera a la cabeza. José María Gil Robles y Alejandro Lerroux forman un poderoso instrumento político: la Confederación Española de Derechas Autónomas, CEDA. En realidad, el régimen europeo es uno solo, el de los banqueros, el clero, los militares, las viejas estructuras del campo, las cortes con sus duques, condes y marqueses dueños de la tierra. Se unen contra la república el alto clero y los monárquicos. En las ciudades, la reacción de los anticlericales es asaltar conventos y quemar iglesias; Vittorio, en Barcelona, observa a un hombre desacralizar a una estatua de la virgen con un zapapico. Azaña cree que España ha dejado de ser creyente y comete el error de declararlo. Los aristócratas no caben en sí de ira y temen la expropiación de sus tierras.

Durante 1931 y 1932 las tareas de Tina, en cambio, se confinan a Checoslovaquia, Hungría, Suecia y los países bálticos. Yelena Stásova no la envía ni a Austria siquiera, aunque todas sus misiones son un éxito. Entre viaje y viaje, Tina visita fábricas, se dirige a las mujeres a nombre del Socorro Rojo, habla de la liquidación de los kulaks como clase, repite con fervor las palabras de Stalin y en su pecho en vez de corazón arde una estrella roja. ¡Ah, cómo centellea! Repele todos los ataques imperialistas leídos en periódicos de fuera con una vehemencia que la sorprende a sí misma. Tanta pasión contenida en un cuerpo pequeño atrae a las obreras. Tina insiste: "El partido es la forma superior de clase del proletariado". "Nada fuera del partido." "Destruir lo viejo y construir lo nuevo." "Debemos pasar de la explotación campesina individual a la explotación agrícola colectiva." Cita al camarada Stalin, debe conseguirse la victoria cueste lo que cueste, acabar con los que no trabajan y se enriquecen a costa del trabajo de otros, recurrir a la juventud que está llamada a impulsar a los rezagados, a los vacilantes. Como Stalin, anatematiza a los burgueses y a los pequeñoburgueses. Se condena a sí misma que perdió tanto tiempo.

—Tina, viene una importante delegación francesa. ¿Podrías acompañarla?

Tina observa con orgullo la reacción de los delegados. Les vende Moscú, les vende la Unión Soviética. Su poder de convencimiento la vuelve guía casi oficial. Tina ve con orgullo a presidentes de bancos, capitalistas e individualistas convencidos sorprenderse ante las calles pavimentadas, los árboles sembrados, las casas recién construidas, las guarderías, los jardines de niños. Tina escucha sus exclamaciones y la invade la adoración colectiva por José Stalin. No cabe duda, éste es un gran país, un país dotado de un alma y un ideal, lleno de jóvenes esperanzados.

Yelena Stásova recurre a Tina más que a ningún otro agente y, a fines de 1932, cuando ya ha dado pruebas de excelencia le encomienda llevar donativos a los compañeros de España.

—Irún, camarada Modotti, Irún es su destino.

Tina tarda más de lo previsto. Vittorio la aguarda en Moscú, preocupado. Ella, que se fue contenta de ir a respirar aire latino, regresa por fin, desmoralizada, enojada consigo misma. La detuvieron, permaneció dos días en la cárcel de Irún, y no se desvistió por miedo a que las celadoras descubrieran su curiosa faja. Fingió ser turista centroamericana. Su pasaporte guatemalteco la respaldaba.

—Si es turista ¿por qué en vez de visitar museos tocó a la puerta del local del partido?

—No sabía lo que era. Además, no siempre se viaja para visitar museos. Seguí a un hombre muy bien parecido y lo vi entrar. Fue mera curiosidad femenina.

—También fue vista con Serrano, comunista.

—No sé quién es.

Tina usó todas las estratagemas —las misiones la habían transformado en una revolucionaria profesional— y después de dos días de cárcel, la soltaron por falta de pruebas. La ayudaron su excelente español y su dulzura.

—Habla usted "cantadito", señorita —la imitó el juez.

—Así hablamos nosotros en Guatemala, en Nicaragua, en El Salvador, en América Central —sonrió su mejor sonrisa—. Debería usted visitar las zonas mayas, son una belleza. Yo lo invito.

Irún con su plaza rodeada de bancas de hierro y sus árboles peluqueados le recordó la provincia mexicana, el zocalito que es el recibidor del pueblo, la sala de la casa. "Pase y siéntese por favor." También los altoparlantes suspendidos en las esquinas le resultaron familiares. La radio es dios. Tina se sintió en casa. Apenas tres o cuatro españoles se juntan se hace un vocerío; discuten a gritos. La atmósfera en torno a ellos es festiva. Caminan, se detienen, vuelven a caminar y sigue su alegato. Al verla la saludaron: "Señorita, hoy en la noche hay una gran verbena; señorita, la invitamos". Uno pretendió hincarse a su paso.

La indignó la respuesta de la vieja.en una tabaquería:

—No les vendo cigarros a mujeres.

Tina perdió su paciencia:

—Por gente como usted estamos como estamos.

Iba a explicarle que ella, vendiendo tras de su mostrador, había ganado su independencia económica y que por lo tanto valía igual que un hombre, pero sería hacerse notar y tenía que salir de Irún a la mayor brevedad.

Sin cigarros.

Por temor, cambió su ruta de regreso a Moscú; de Irún, en la frontera con Francia, tomó un autobús, luego trenes en vez de bimotor. De ahí su tardanza.

En el Socorro Rojo, la Stásova es comprensiva. Abrámov, en cambio, se ve disgustado.

Stásova le indica a Tina:

—El partido estaría de acuerdo si usted quisiera tomar fotografías, camarada.

—Creo que ya no puedo, se me olvidó cómo —sonríe Tina con tristeza.

—Usted no ha dejado de vivir bajo tensión desde que está con nosotros. Lo que yo creo es que necesita un descanso. Se lo voy a procurar apenas disminuyan sus responsabilidades.

7 DE ENERO DE 1933

En Moscú, a Tina le complace encontrar a Pablo O'Higgins e ir con él a ver los museos cerrados al público. "¿No quieres tomar el té con Eisenstein? Se encuentra muy deprimido."

Resulta difícil reconocer en el Eisenstein de Moscú al de México, desbordante de humor y de alegría. No quiere cautivarlos. "Me tachan hasta de cosmopolita." Es cierto, se siente mejor en París que en Moscú, en México que en Moscú, donde no lo dejan ser. Claro, fue nombrado doctor en artes por la universidad de Moscú y ocupa la cátedra de "dirección" en el Instituto de Ciencias Cinematográficas, pero eso no lo satisface. Él es un hombre de mundo, conoce a Gertrude Stein, a Tristan Tzara, a Otto Frank, a Colette con sus ojos tiznados de carbón y sus trajes masculinos, al inspector de policía Chiappe, a Kiki de Montparnasse; le gusta el bosque de Boulogne, simpatiza con todas las formas de descomposición social.

—¿No sabes nada de Carleton Beals? —le pregunta Eisenstein mientras le sirve té en vaso.

—No —responde Tina—, a lo mejor Pablo.

Lo único que Pablo sabe es solidarizarse con Eisenstein. Upton Sinclair no le ha enviado su película mexicana, detenida en Estados Unidos, lo que tiene al soviético fuera de sí.

Le tiemblan las manos, intercala palabras en francés en su soliloquio. En su casa, de sala y habitaciones amplias, se ven un candelabro de siete brazos, unos muñecos de petate mexicanos (un músico de orquesta y un charro a caballo) y un caballero águila, cabeza tallada en piedra, azteca, prehispánica. En una pared cuelgan máscaras mexicanas y japonesas. Sus manos jamás permanecen quietas. Dibuja mientras habla, dibuja siempre, en todas partes. En México, lo apreciaban por su buen humor y sus agudezas, ahora repite nervioso que el propósito de su vida, "dar a conocer los altos ideales de nuestra época", está siendo saboteado por Upton Sinclair que no sólo no le envió su material de México sino que lo dio para que lo usaran en una película mal editada. Esto lo tiene indignado.

—No te amargues —lo consuela Tina—, no vale la pena. Mejor cuéntanos algo de la historia de México que conoces a fondo.

Eisenstein recupera su sentido del humor al recordar a México. ¡Qué tesoro, la luz de México! Luego habla de Gógol, Pushkin, Zola, Mayakovski, sus favoritos, y enseña reproducciones de Daumier y Van Gogh. Tres horas más tarde se despiden.

—¡Qué hermosa tarde hemos pasado! —suspira Pablo del brazo de Tina.

—¿No te parece un poco decadente nuestro amigo, Pablo?

—¿Decadente?

—Sí, no tiene conciencia del privilegio de vivir la revolución.

—La vive a su modo. Cada quien la vive como puede.

Vittorio asiste al pleno del comité central en el cual Stalin hace el balance del primer plan quinquenal. El jefe cita las opiniones del *New York Times* en el mes de noviembre de 1932: "La colectivización ha fracasado ruidosamente. Ha llevado a Rusia al borde del hambre." Lo mismo dice el diario burgués polaco *Gazeta Polska,* y no se diga el inglés *Financial Times:* "Stalin y su partido se encuentran, como consecuencia de su política, frente a la bancarrota del sistema del plan quinquenal y frente al fracaso de todas las tareas que debían realizar". Poco tiempo después, el *Financial Times* se desdice. "Los éxitos obtenidos en la industria de la construcción de maquinaria no pueden ser puestos en duda. La exaltación de esos triunfos en la prensa y en los discursos no está desprovista de fundamento." En Inglaterra *The Nation* confirma: "Los cuatro años del plan quinquenal han tenido éxitos realmente notables. La Unión Soviética está dedicada con una actividad intensa, propia de los tiempos de guerra, a la tarea creadora de la construcción de las bases de una nueva vida. La fisonomía del país sufre literalmente una metamorfosis, al punto de ser irreconocible". Stalin pasa después al diario burgués austriaco *Die Neue Freie Presse* y lee: "Se puede maldecir el bolchevismo pero hay que conocerlo. El plan quinquenal es un nuevo coloso que debe tenerse en cuenta, en todo caso desde el punto de vista económico". Cita a *Le*

Temps: "El comunismo habrá franqueado con ritmos gigantescos la etapa reconstructiva que en el régimen capitalista es preciso recorrer a paso lento... En Francia, donde la propiedad de la tierra está subdividida hasta el infinito, es imposible mecanizar la agricultura mientras que los soviets, al industrializar su agricultura, han sabido resolver este problema... En rivalidad con nosotros, los bolcheviques han ganado la partida". La revista burguesa británica *The Round Table* opina: "Las realizaciones del plan quinquenal constituyen un fenómeno sorprendente. Las fábricas de tractores de Járkov y de Stalingrado, la fábrica de automóviles Amo de Moscú, la fábrica de automóviles de Nizhni Nóvgorod, la central hidroeléctrica del Dniéper, las grandiosas fundiciones de acero de Magnitogorsk y de Kuznietz, una red de fábricas de construcciones mecánicas y de productos químicos en el Ural, hoy transformado en un Ruhr soviético; todos esos logros en el ramo de la industria testimonian a la par con otros que, pese a todas las dificultades, la industria soviética, como planta bien irrigada, crece y se fortalece... El plan quinquenal ha echado los cimientos para el desarrollo futuro y ha reforzado extraordinariamente el poder, la pujanza de la URSS".

En medio de aplausos prolongados, hurras y aclamaciones que vienen de todos los rincones de la sala, Stalin analiza los resultados del plan quinquenal en la industria, en la agricultura, en la situación material de obreros y campesinos, en la lucha contra los industriales y su servidumbre, los comerciantes y sus acólitos, los antiguos nobles y los popes, los kulaks y sus lacayos, los que fueron oficiales blancos y los sargentos, la vieja gendarmería, toda clase de intelectuales burgueses de laya chovinista y demás elementos antisoviéticos. El camarada Stalin nunca olvida citar a Lenin y se lanza jubiloso:

"No sólo hemos logrado la victoria, sino que hemos hecho mucho más de lo que nosotros mismos esperábamos, más de lo que podían esperar las imaginaciones más ardientes en nuestro partido. Ni siquiera los enemigos lo niegan ahora. Y mucho menos lo pueden negar nuestros amigos.

"No teníamos industria metalúrgica, base de la industrialización del país. Y ahora la tenemos.

"No teníamos industria de tractores. Y ahora la tenemos.

"No teníamos industria automovilística. Y ahora la tenemos.

"No teníamos industria de construcción de maquinaria. Y ahora la tenemos.

"No teníamos una industria química seria y moderna. Y ahora la tenemos.

"No teníamos industria verdadera y confiable para producir la maquinaria agrícola moderna. Y ahora la tenemos.

"No teníamos industria aeronáutica. Y ahora la tenemos."

Al terminarse el discurso, Vittorio no cabe en sí de orgullo. Le cuenta a Tina que la URSS ha pasado del último a los primeros lugares en energía eléctrica, en la extracción de petróleo y de hulla, en metalurgia, en la explotación del carbón en Ucrania, mientras que en Estados Unidos la producción industrial ha descendido. El partido ha transformado a la URSS en el país con la más grande agricultura del mundo. ¿Fracaso de la colectivización? A diferencia del desempleo catastrófico en los países capitalistas, la URSS ha mejorado en cuatro años —uno menos de lo propuesto— la situación material de sus trabajadores. Vittorio repite con reverencia las palabras de Stalin. Tina escucha, maravillada.

30 DE ENERO DE 1933

Hitler asciende al poder. La consternación en Moscú y en el Socorro Rojo es total. Los comunistas alemanes se han escondido. "¡Qué bueno que ya no estás allá, Tina, imagínate, ¿qué será de Chatto y de todos nuestros amigos? Thaelmann ha de vivir a salto de mata." En cambio en las ciudades de Alemania y sobre todo en Berlín los militares marchan durante horas con paso de ganso y la población sale a vitorearlos. Cuando oscurece, los nazis siguen su desfile triunfal alumbrados por antorchas. Heil Hitler. No hay hombre más popular en Alemania.

27 DE FEBRERO DE 1933

La misma noche del incendio del Reichstag, un obrero holandés de veinticinco años, Van der Lubbe, confiesa que actuó por cuenta propia y que él le prendió fuego a la cámara de diputados. Sin embargo, los nazis acusan al último en salir del Reichstag, el representante de la fracción comunista, Ernst

Torgler, y lo detienen. El incendio es el mejor pretexto para desatar una cacería de comunistas. Ernst Thaelmann, enfermo de tanto vivir escondido en sótanos húmedos, es aprehendido. Los nazis toman presos a los búlgaros Georgi Dimitrov, miembro destacadísimo de la Comintern, Blagoi Popow y Vasili Tannev.

El joven fanático Van der Lubbe no se da cuenta que le ha hecho un enorme favor a los nazis, porque el incendio influye sobre las elecciones y favorece a Hitler que el 5 de marzo obtiene un cuarenta y cuatro por ciento más de votos. Cuatro días después, empieza el proceso en Leipzig de los tres búlgaros. Georgi Dimitrov sabe de encierros, interrogatorios, torturas, porque conoció la cárcel de 1915 a 1917 en Bulgaria y al salir libre tuvo que exiliarse. Desde entonces sirve a la URSS en forma sobresaliente, y en el Soviet Supremo lo estiman al grado de darle un puesto de toda confianza.

La Stásova les indica a Vittorio y a Tina:

—Tomen sus vacaciones. Su presencia en Moscú no va a cambiar las cosas. Los llamaré a Foros, en caso de que el Comintern me lo ordene.

28 DE FEBRERO DE 1933

Sebastopol surge ante sus ojos bajo un cielo terso, su mar azulísimo abrazándolo. El sol esplende sobre la vasta plaza, los pobladores parecen meridionales de tan alegres. Vittorio y Tina caminan abrazados, una vez más el paisaje restaña sus heridas. Vittorio olvida que su sistema nervioso le está fallando, que hace meses pasa las noches en vela y para colmo tiene lumbago; el mar se extiende frente a él y le cubre el alma. Durante toda la tarde, hace de cicerone de su mujer. De la bahía suben a pie a la colina que domina el puerto y entran al planetario de enorme cúpula en cuyos muros está pintada la batalla de Sebastopol; una exhaustiva reconstrucción en miniatura de ejércitos en sus respectivas posiciones, en la tierra, en el mar, 1856. Tina sonríe:

—Parece un retablo mexicano grandote. Es igual de ingenuo.

Foros, la villa de descanso al borde del mar Negro, les devuelve la paz. El mar, siempre el mar, el de su infancia, el de su obsesión, el de la muerte de Julio; recorren el malecón ofreciendo su rostro al aire salino. Casi no hay gente, el silencio envuelve la población. Máximo Gorki tuvo en Foros una casa de la que se deshizo porque no soportó el viento ni la humedad. La visitan. Vittorio no ha leído a Gorki; Tina sí, *La madre*. Recuerda que Gorki escribió: "Si el enemigo no se rinde, hay que destruirlo".

Inician una vida tranquila; por la mañana pasean o desde sus sillas de lona ven cómo se quiebran las olas. Vittorio lee *Izvestia*, a veces le traduce a Tina. "Idioma difícil, idioma difícil", gruñe. "Leerlo es infernal." También hojea *Krásnaia Sviesdá* y la revista *Proletárskaia Revolutsia*. Después de comer, regresan a la *passeggiata*, lo mismo antes de cenar. A Tina le entristece el crepúsculo. En el comedor común, la segunda noche, Vittorio señala a un hombre más bien pequeño vestido a la usanza de los campesinos, su rostro severo coronado por cabellos rojizos.

—Míralo, es Lev Kámenev, uno de los grandes del 17, de los artífices de la revolución de octubre.

Vittorio se presenta al viejo bolchevique. Al coincidir a la hora de las comidas, terminan por sentarse juntos. A Kámenev se le ilumina el rostro al ver a Tina, presuroso le ofrece asiento a su lado. Kámenev no es vanidoso, le encanta reflexionar en voz alta, dar su opinión en forma clara, es grande su curiosidad por escuchar la de los demás. Habla con Tina en francés sobre el muralismo mexicano; hace preguntas y escucha con atención las respuestas. "Sabe mucho, es muy culto", comenta Tina. En cambio, Kámenev esquiva las preguntas de Vittorio cerrándose a cualquier comentario sobre las disensiones en el partido. Vittorio le cuenta más tarde a Tina que Stalin siempre guardaba silencio, su pipa entre los dientes, cuando Kámenev discurría. Era insuperable, un conferencista fuera de serie. Stalin, a su lado, no tenía nada memorable que decir.

Stella Blagoeva completa el cuarteto en torno a la mesa. Mucho más abierta que Kámenev, el nazismo la tiene sobre ascuas y el poderío de Hitler es su obsesión. "¿Cómo pueden los alemanes adorarlo?"

La vehemencia de la Blagoeva contrasta con el retraimiento de Kámenev, que resiente las voces de Vittorio y Stella y no hace ninguna alusión al líder búlgaro Georgi Dimitrov, ahora mismo preso en Alemania, ni al incendio del Reichstag; al contrario, clava sus ojos en el plato esperando reanudar su conversación con Tina. Ella se pregunta si fue verdad que Kámenev encabezó junto a Lenin, Stalin, Ríkov y Zinóviev la revolución, si el destino de un hombre puede borrarse de un plumazo y éste dejar de ser un guía de masas para convertirse en la sombra blanca que la interroga sobre el muralismo mexicano. A la hora del café, la invita a permanecer junto a él en la terraza frente al mar.

Vittorio y Stella Blagoeva van a caminar bajo los árboles. "Vamos a hacer la digestión", ríe Vittorio; Blagoeva habla otra vez de Dimitrov, los alemanes van a juzgarlo en Leipzig. Vittorio con sus idiomas, sus contactos y su simpatía personal sería un excelente elemento para viajar y convocar a otros partidos comunistas a la defensa de Dimitrov. Halagado, Vittorio le cuenta a Stella su aventura en Alemania. Para su gran sorpresa, la Blagoeva no sólo conoce el incidente de WB; sabe además que la Gestapo vigiló a Vittorio y no lo arrestó por conveniencia.

—Entonces ¿fui una marioneta? ¿Qué hubiera sucedido, Stella, si no voy por WB?

—Igual cruza la frontera.

9 DE MARZO DE 1933

Vittorio recibe una llamada de Moscú; debe regresar de inmediato porque el proceso a Dimitrov comienza y lo necesitan de toda urgencia. "Ya ves, ya ves, te lo dije", se ufana Stella. Esa última noche en Foros se despiden y brindan con vino georgiano por la liberación de Dimitrov y sus dos compañeros Popov y Tannev.

14 DE MARZO DE 1933

Llegan a Moscú en una de esas noches blancas en que se podría leer a media calle. "Nunca he visto la Plaza Roja tan bella", comenta Tina, "quizá no vuelva a ver otra noche igual." Su tristeza tiene fundamentos; antes de salir de Crimea, discutió con Kámenev. "Es buena la depuración", afirmó ella, "las chekas, las detenciones para liquidar a los hipócritas, enemigos del pueblo, delincuentes morales, degenerados de origen burgués, arribistas ambiciosos. Los juicios deben seguir su cauce. La revolución es superior a cualquier individuo."

Kámenev se contrajo. No lo esperaba. Tina insistió: "Los traidores en un proceso revolucionario merecen la horca". El rostro de Kámenev se cerró. Más tarde, Tina se preguntó si había hecho bien en conversar con él todas las noches. "No debí aceptar sus atenciones, el propio Lenin dijo en 1915 que su conducta no era la de un revolucionario socialdemócrata." Olvida el cálido rostro de Kámenev vuelto hacia ella, su finura, sus dotes de conversador en torno al samovar, los vasos de té de la inteligencia. Tiene que eliminar de sí misma cualquier contrarrevolución interna. Platicar con Kámenev fue un error; la prueba, su tristeza.

15 DE MARZO DE 1933

—Tina, la vieja está fuera de sí —dice Vittorio—, nos manda llamar.

Gélida, sin preámbulo alguno, la Stásova deja caer:

—Se suspende su viajecito a Shanghai.

La miran estupefactos.

—No necesitan fingir. Sé que antes de que salieran a Foros, recibieron el ofrecimiento del coronel Berzin y aceptaron trabajar en China sin decírselo a nadie, ni siquiera a su vieja amiga Yelena Dimítriyevna Stásova.

A Vittorio y a Tina los había convocado la IV Sección del Ejército Rojo, el Servicio Secreto, a través del astuto coronel Jan Pávlovich Berzin. El general Kliment Y. Voroshílov, responsable de la frontera con China, les propuso dejar el Socorro Rojo Internacional durante un año y entrar en el servicio de espionaje soviético en China. En Pekín, reforzarían el grupo de Richard Sorge. Tenían especial necesidad de una persona como Tina, fotógrafa, conocedora de idiomas, traductora, sobre todo del inglés.

—Lo pensaremos unos días —respondió Vittorio.

Ya a solas le hizo ver a Tina:

—Si nos unimos a Richard Sorge seremos agentes del espionaje internacional.

—Hemos actuado ya como agentes; el frente del contraespionaje es el más riesgoso. Me interesa. Tenemos mucho que aprender de Sorge.

—¿Así que tú, Tina, aceptarías?

—Después de tu gran misión en Berlín, ¿no consideras que fue una burla lo que te hicieron? Se trata de trabajar en serio. Haré todo menos quedarme en un escritorio.

—¿Te sientes capacitada?

—Reúno las condiciones y, la verdad, me gusta la idea.

¡Cuánto ha avanzado su mujer! De haber sido más observador habría visto el fanatismo en sus ojos. Se da cuenta que Tina habla con expresión cerrada de la dictadura del proletariado, la lucha de clases, la autoridad del partido, las contradicciones internas, el triunfo del socialismo y repite que hay que permanecer en guardia porque la URSS está rodeada de enemigos.

—Bene, bene, pero no vayas a creer que en una de tus misiones puedes desviarte a Austria o a Italia a ver a tu madre, tus hermanas. ¡Sería una locura!

—No lo haría, pero conservo la ilusión de encontrarlas.

—Bene, bene, pero no pongas esa cara, no me gusta. En China podremos cantar con toda razón lo que cantábamos con el Pajarito Revueltas en el café de chinos de Dolores: "Chon, quina chon, quina chon..."

Vittorio, con todos sus defectos, sabe dar alegría.

Porque Tina lo deseaba, Vittorio, el aventurero, comunicó a Berzin, y por lo tanto a Voroshílov, la aceptación de ambos. Antes de salir, viajarían a descansar en Foros y guardarían la discreción que exigía Voroshílov.

—No voy a reprenderlos por lo que han hecho —prosigue la Stásova—, están actuando como si ya fueran miembros de la red. Cuando lo supe me indigné y le escribí a Voroshílov a Crimea. Me respondió que los exime de su compromiso.

Su larga mano les tiende el telegrama. Guardan silencio. Vittorio se apena.

—Les propongo otra cosa En París se constituyó una asociación de juristas que encabeza Marcel Villard y en Londres se ha iniciado ya un "contraproceso" para demostrar la inocencia de Dimitrov y los otros dos búlgaros y la responsabilidad de los nazis en el incendio del Reichstag. Encárgate, Vittorio, de la Sección del Socorro Rojo en París, y promueve la campaña por Dimitrov.

Vittorio abraza a la vieja.

—Bien, vayan a ver a Abrámov; salen mañana temprano.

Cada vez que Vittorio ve a Abrámov, encargado de la documentación falsa, recibe una mala impresión. Calvo, la piel cadavérica, mano fofa y blanda como pez muerto, mal aliento. Le repele. Con la vista fija en Vittorio, apenas despega los labios:

—Ustedes dos van a ir a París; espero que estén conscientes de la enorme responsabilidad organizativa que implica transformar la sección del Socorro Rojo Internacional en una verdadera representación política. No olviden que las decisiones ma-yo-res las toma Moscú. También habrá otra sección, ésa sí clandestina, de ayuda a perseguidos e indocumentados.

—Bene, bene —asiente Vittorio.

—¿Desde cuándo conocen ustedes al camarada Lev Kámenev?

—Hace menos de dos semanas.

—¿Y a la ciudadana Blagoeva?

—Yo desde hace algunos años. La camarada Modotti no la había visto jamás. ¿Por qué me pregunta eso, camarada Abrámov?

—Ustedes conversaron varias veces con ellos. Quiero advertirles que en su nueva misión deberán ser cautos. París es una cueva de espionaje y contraespionaje, de provocadores y delatores, de agentes dobles entrenados para infiltrarse en nuestras organizaciones, de saboteadores profesionales. Son tan hábiles que ya están aquí mismo en Moscú, los tenemos identificados.

Tina lo escucha con aprobación.

—La camarada Modotti necesita darnos nuevas fotografías, recibirán sus pasaportes esta noche.

Su mano fofa los despide, mira por encima de sus cabezas la puerta de salida.

—Ojalá no volvamos a ver a Abrámov —confía Tina.

(Años más tarde, Vittorio leerá el nombre de Abrámov en la lista de una de tantas purgas.)

Una vez en la calle, Tina instintivamente vuelve la cabeza. Los siguen. Ni en Crimea les han quitado el ojo de encima, saben de sus cenas con Kámenev. Recuerda la expresión inteligente y sensible de sus ojos. ¿Es posible que un hombre así sea un traidor?

En la noche, Vittorio regresa al Sojúznaya con dos pasaportes: uno de Costa Rica para Tina y el otro, muy burdo, de España para él. "Mascalzone, figlio di puttana. Está tan mal hecho, porca miseria, que no queda sino devolvérselo."

Pero la sola idea de estrechar su mano de nuevo le resulta más repelente que el pasaporte. Además, sabe hacer malabarismos con cualquier documento; le cuenta a Tina que en Finlandia, una vez, lo reconocieron en la frontera: "Pero si la semana pasada usted era turco y ahora resulta australiano".

—Olvídalo, Tina, es lo de menos, larguémonos a Francia.

Parten por separado y con distintos itinerarios; Tina debe pasar por Praga para dejar documentos en las dos secciones del Socorro Rojo, y Vittorio vuela directamente porque urge legalizar su estancia en París.

Cumplida su misión en Praga, Tina se siente extraordinariamente segura; "chingona", diría Luz, la mexicana. Le gusta viajar como ahora, sin papeles comprometedores, con la sola protección de su chaqueta negra y la pequeña maleta compañera de sus misiones.

Mientras Tina se deleita en su chingonería, Vittorio tiene que vérselas con el farragoso papeleo al que se somete en París a los extranjeros.

Después de dejar su equipaje en el departamento de los Le Bihan en la banlieu Vittorio se dirige a la prefectura.

Tras la ventanilla del tren que comunica a París con sus alrededores, muchas casas conservan sus persianas cerradas, ojos ciegos en rostros muertos. En las ramas negras de los árboles no hay hojas. Un muro gris sucede a otro, una acera repite la otra; los andenes, còmo los rieles, se multiplican al infinito. La gente sube y baja sin levantar la vista. Zapatos. Ven sus pies. También en la prefectura los extranjeros miran el suelo. Una larguísima fila de hombres y mujeres viene a conseguir su permiso de estancia. Entre los empleados, varios policías escudriñan los documentos de los solicitantes mirándolos como si fueran delincuentes.

—Aquí está escrito —señala la mecanógrafa— que usted se llama Julio Enrique y que nació en Guadalfara. Dígame cuál es su nombre, cuál su apellido y en qué parte de España se encuentra Guadalfara.

— Mi nombre, señorita, es Julio y mi apellido es Enrique. Muchos, como usted, no comprenden que Enrique sea mi apellido. Pero cada quien tiene derecho a ser tan ignorante como quiera y a dudar de las cosas aunque estén impresas en un documento oficial y selladas por la autoridad. En cuanto a mi lugar de nacimiento no es Guadalfara sino Guadalajara. Algún empleado en Madrid cambió una efe por una j y olvidó poner la a.

La secretaria escribe dócilmente. Por dentro, Vittorio maldice a Abrámov: "Imbecille, disgraziato, cretino di merda, quiere que me fusilen".

A diferencia de la empleada, el policía interrumpe:

— Y ¿cómo es eso de que usted se llama Pablo Alejandro o Santiago Diego? Es ridículo. ¿Qué es lo que viene usted a hacer a Francia?

— Mire — le responde Vittorio en el mismo tono altanero—, no es la primera vez que vengo a Francia y nadie se ha reído ni de mi nombre ni de mi apellido. Soy profesor de historia y París me gusta. ¿Está usted satisfecho?

La empleada tercia con risa de conejo:

— Tengo una amiga que se llama Liliana Felipe y es muy bonita; canta acompañándose con una guitarra de doce cuerdas.

— Usted a su trabajo —ruge el policía—, ¿quién le ha pedido contar cuerdas?

Vittorio recibe su permis de séjour gracias a los buenos oficios de Odette, la mecanógrafa, a quien quiere invitar a tomar café. El mismo día llega Tina. Vittorio le cuenta, con la mímica apropiada, los sucesos en la prefectura. Al imitar la risa de Odette provoca la de su mujer. Cae en cuenta de que hace tiempo no ríe. La toma de la mano:

— Ven, te invito a Montmartre; es nuestra tarde libre.

Tina en Hollywood
Archivo *El Universal Ilustrado*

14 DE ABRIL DE 1933

En París, a pesar del trabajo, Tina recupera el placer. Casi se le había olvidado, a ella, que fue una mujer que se entregó a él. Lo más hermoso de Tina para los hombres, su cuerpo, sigue siendo tallo erguido, flor al viento. Vittorio se lo dice cuando la mira desnuda. "Después de que te hicieron, rompieron el molde." Tina ríe: "¡Tú que no sabes de arte, eso opinas". "Has conservado toda tu frescura", vuelve él a la carga. "Óyeme, si no estoy vieja, tengo treinta y siete años, apenas te llevo cuatro." Vittorio no conoce el *Cantar de los cantares*, pero Pepe Quintanilla sí le hablaba de su vientre; montón de trigo rodeado de violetas, sus pechos dos mellizos de gacela. A Vittorio, Tina podría tomarlo de los hombros, enlazar su ancho torso y decirle, ella sí de memoria, que él, su amado, es blanco y rojo, jefe entre miles, sus cabellos rizados son negros como el cuervo, sus mejillas como hileras de yerbas y plantas olorosas y su vientre cercado de zafiros. El cuerpo de Vittorio es energía pura. Vittorio entonces la callaría: "Ma tu sei matta?"

Tener un hijo, su cuerpo vehículo de vida. Por primera vez desea uno, antes jamás pasó por su cabeza. Con Robo no se le ocurrió; Weston tenía los suyos. Nunca le planteó a Xavier la posibilidad. El único tema de ambos: Lenin, el partido, la mecánica de la lucha. Julio Antonio tampoco la embarazó. Vittorio sí habla, juguetón y descuidado, de empujar por la calle una carriola con un bambino en las narices de la policía secreta, esconder entre los pañales la propaganda y ponerse a platicar en el Luxemburgo con los agentes, ellos también con su bambino o su bambina inscritos desde su nacimiento en la NKVD. Vittorio ya conoce la experiencia de la paternidad; Paolina Háfkina en Moscú tuvo una hija suya, Bianca, que así se llama porque en Muggia era el nombre de su madre.

En México, la generosidad de los dioses se manifiesta en los hijos. Son hijos del sol, él los envía. Para María, vecina en El Buen Retiro, sus hijos eran una prolongación de sí misma; mezcla de súplica y de soberbia. Desde el momento de la concepción, los dioses le habían concedido a María todos los poderes. La mujer hace a su criatura, la mastica por dentro como los dioses hicieron al primer hombre de maíz. Tina recuerda al bultito de la niña Reina en el regazo de María, luego el bultito en el minúsculo ataúd. "No llore, señorita Ernestina, no vaya a quitarle la gloria a m'ija." Al morir, Reina vigoriza el cosmos, le da otro sentido al cielo y a la tierra. "Es fácil tener hijos, ya verá usted, Ernestinita, en un pestañeo, le empiezan a crecer adentro."

De todas sus hermanas, la única madre es Gioconda quien se quedó en Udine en espera de que el padre de su hijo volviera. Un soldado de paso que quizá no se enteró.

Lo primero, buscar un ginecólogo o, mejor aún, preguntarle a Germaine Le Bihan. Hasta dejaría de fumar durante y después del embarazo.

—¿Te pasa algo? ¿Para qué quieres un médico? —pregunta Germaine.

—No, no, una simple rutina.

—Los comunistas somos tan pobres que cuando nos enfermamos vamos al Hôtel Dieu. Si quieres te acompaño.

—No, no, ya estoy grandecita.

En el Hôtel Dieu, Tina se somete a un examen ginecológico.

—Tiene usted poco desarrollo uterino, una matriz casi infantil.

—Yo menstrúo, doctor.

—Eso no es indicio concluyente. Una matriz como la suya no permite tener hijos. Posiblemente se trate de un problema familiar.

—¿Familiar?

—Si tiene hermanas, ellas han de presentar la misma deficiencia.

—Entonces ¿no puedo tener un hijo?

—Está incapacitada.

Germaine la ve regresar muy triste. Tina la tranquiliza.

—Dentro de poco, volveré a sentirme bien.

Cuando se lo dice a Vittorio, él no se inmuta:

—Si quieres, cuando estemos viejos adoptamos un negrito cucurumbé o una negrita. O un chinito, un japonesito. Se lo encargamos a Sorge, él nos lo traerá.

7 DE JULIO DE 1933

"Regreso pronto, salgo a Bélgica." Nunca un detalle. Ser agentes los separa y Tina cae en cuenta de que no han pasado ni una semana juntos en París. ¡Qué absurda fue al desear una vida familiar, qué ilusa! Entregado al Comité de Defensa de Dimitrov, Vittorio viaja a Londres a impulsar el "contraproceso". En París, rinde cuentas a Marcel Villard y su equipo de abogados liberales. Vittorio no ceja en su esfuerzo y los meses transcurren en idas y vueltas a Londres. Por fin, la inocencia de Dimitrov en el incendio del Reichstag quedó demostrada en el contraproceso de Londres, ahora se trata de difundirla en París.

17 DE SEPTIEMBRE DE 1933

Tina se hace cargo de la oficina ilegal. Mientras el Socorro Rojo gestiona con el gobierno los permis de séjour, ella oculta a perseguidos políticos. Uno viene con lo puesto, otro en crisis nerviosa, el tercero se desangra herido, la cuarta pretende rentar un sótano y almacenar armas. Buscar médicos, proporcionar documentos falsos, ropa, comida, conseguir habitaciones, oír tragedias es el papel cotidiano de Tina. El Socorro Rojo es escondite, agencia de colocaciones e imprenta clandestina; consuela, cura, protege. Cuántas veces Tina carga un bebé entre sus brazos acompañando a una familia hacia su alojamiento.

Un día, sin mejor solución, Tina renta un cuarto de hotel para una turca embarazada.

Vittorio se indigna.

—¿Quién lo va a pagar, tú misma, de tu bolsillo? En esta lucha no se toman decisiones personales. Debes consultar con el aparato. Disciplina, Tina, disciplina, voy a tener que responder por ti ante Moscú.

—¿Querías que la metiera a nuestra cama? —se violenta Tina.

—Esa turca abusó de tu buena voluntad; si supo llegar de Estambul a París, muy bien podía agenciarse una habitación. Candidez y buena fe no tienen cabida en este trabajo.

—Pero ¿cómo podía consultarte si siempre estás fuera? Cada vez soporto menos tus ausencias. Y no sé quiénes son Mimí o Cristina o Lulú que vienen a buscarte casi todos los días con urgencia...

Tina lo mira con malos ojos. Vittorio dispara enrojecido de cólera:

—¿Ah sí? Pues ¿sabes lo que decían de ti tus amigos en México? Que eres una puta cara.

A Tina la embarga un miedo helado. No puede llorar y, sin embargo, grandes oleadas de agua revientan en su pecho. Han llegado a una región envenenada; Vittorio contamina su existencia, es repugnante. Quisiera destruirlo con alguna palabra, el llanto se lo impide.

—Perdóname Tina, perdóname, me ofusqué; es la tensión en que vivimos, el estar continuamente acosados, París, no sé, perdón, sabes que te amo.

Tina rechaza su abrazo con repulsión.

Vittorio insiste.

—No, es peor, me torturas, por favor Vittorio.

—Perdí la cabeza, jamás diría cosa semejante en mis cabales, soy incapaz de pensarlo.

—Quiero que me dejes sola.

Esa noche Vittorio no viene a dormir.

Al día siguiente tampoco.

Al tercero vuelve cabizbajo, triste.

Tina se da cuenta entonces de que ante él no tiene fuerzas. Hace dos días, lloró de rabia, hoy llora porque quisiera rechazar a este hombre burdo, seguir sola. La Stásova la comprendería. Alguna vez hablaron de la sociedad patriarcal. Ahora Vittorio y ella están unidos en una misión inaplazable para el Socorro Rojo, y fracasar, eso sí, la Stásova no lo aceptaría.

La vida conspirativa es agobiante. Almacenar manifiestos y volantes es un problema, como lo es esconder el archivo de información secreta. Algunos compañeros la alteran: "¿Todo listo, camarada, todo listo?", preguntan frotándose las manos, persuadidos de que pronto estallará la revolución internacional. Tina guarda silencio, pero le cuesta trabajo ser prudente y observar a otros agentes que desconfían de todos, susceptibles hasta la histeria. A la rigidez de su conducta, añaden el enigma de su vida. Se ponen trampas, se miran caer unos a otros. De la Unión Soviética trajeron su autoritarismo. Todos los pecados de la moral burguesa deben ser denunciados. Beber un vaso de vino de más es indigno. Una tarde, la misma Tina es objeto de severa crítica:

—¿Por qué tiene usted ese vicio, compañera?

—¿Cuál? —pregunta Tina azorada.

—Fumar. Parece chimenea.

Desde esa tarde, Tina intenta no fumar en los cafés. Resulta más fuerte que ella. Fumar es ya su segunda naturaleza. En la recámara, con Vittorio, prende el último cigarro, y el primero de la mañana antes de ir al baño.

19 DE NOVIEMBRE DE 1933

En España las elecciones dan la victoria a la CEDA, que abiertamente se proclama de derecha autónoma. Los aristócratas, los propietarios, los burgueses reconquistan los centros de poder económico. Un mes antes, José Antonio Primo de Rivera había fundado la Falange Española.

—Es un partido nacional, jerárquico, autoritario, fascista —le informa Vittorio a Tina—, lo peor que podría sucederle a la clase obrera.

Gil Robles, al lado de Lerroux y desde el ministerio de la

guerra, reorganiza el ejército y coloca en puestos clave a Franco, Milán Astray, Fanjul y Goded.

28 DE DICIEMBRE DE 1933

Concluye el proceso de Dimitrov y de sus dos compañeros en Leipzig. Son declarados inocentes. Los nazis incendiaron el Reichstag, Dimitrov insiste en la culpabilidad de Goering. La opinión democrática de todos los países ve con emoción el encuentro entre Dimitrov y sus jueces. ¡Absuelto! La victoria hace más alegre la fiesta de fin de año en la casa de los Le Bihan. Brindan. Henri abraza a Vittorio. "Tú contribuiste a sacarlo de las garras de los nazis."

4 DE FEBRERO DE 1934

Con Germaine y Henri Le Bihan, Tina visita la sede del partido comunista francés en el número 120 de la rue de La Fayette. Ayudará a servir una comida a los obreros de la CGT. A Tina le sorprende ver a los obreros sentados frente a su plato con su tenedor y su cuchillo en el aire dentro de su puño cerrado. Esperan con rostros descontentos. Los empresarios han cerrado fábricas. Muchos obreros no tienen trabajo y se la pasan en la calle. Los que sí, laboran con un sueldo menor que el de sus padres en los años veinte.

12 DE FEBRERO DE 1934

Tina acompaña a Germaine a la marcha de la Asociación Republicana de los Antiguos Combatientes, comunista; la marcha es reprimida. Las manifestaciones son válvula de escape contra la carestía, las malas condiciones. Vittorio la pone sobre aviso: "A pesar de la multitud, pueden ficharte. A la próxima no asistas". Lástima, ése es el París que hace vivir a Tina. El otro, ni lo ve.

En un café de St. Germain, Vittorio discute con un joven comunista acerca de la moralización de los miembros del partido. En un momento dado se echa a reír:

—Cuando sea viejo y cuente a los muchachos mi vida en París me tomarán por un hombre que no supo disfrutarlo. Dirán:

"Tan joven y ya afectado por la arteriosclerosis". Nuestra austeridad les parecerá ridícula.

El muchacho lo mira de tan mala manera que Tina le da a Vittorio un puntapié bajo la mesa. Aceptar la pesada liturgia de la conspiración, amoldarse, dar el ejemplo; olvidar el yo pequeñoburgués, aplastarlo, es otro de los primeros pasos en el decálogo del buen comunista.

A pesar de las limitaciones, la vida en París resulta estimulante. "Babel, ah Babel", sonríe Vittorio al escuchar cuatro, cinco idiomas y sorprender a alguno comunicándose a base de mímica. A Tina han dejado de conmoverla los relatos de persecución por reiterativos. Mientras escucha al preso político, otra voz se abre paso dentro de ella. No pierde su actitud sosegada, pero en sus ojos hay desconfianza.

25 DE FEBRERO DE 1934

En Viena, un levantamiento obrero contra el canciller Dollfus produce en pocos días mil ochocientos muertos, miles de heridos, miles de miembros de la Schutzbund, guardia roja socialista, encarcelados. En todo el país los sindicalistas insurrectos han muerto o se hallan en la cárcel. La policía de Dollfus continúa la búsqueda y las requisas domiciliarias.

Tina recibe la orden:

—Viaje a Viena de inmediato a organizar la salida de los miembros del Schutzbund aún en libertad.

¡Austria! Tina, ¡Austria! Piensa de inmediato en la mamma; Viena está cerca de Udine, casi enclavada en la provincia austriaca. La escogieron porque habla alemán, claro está. Visitar la cárcel, entregar documentos falsos, proponer escondites, repartir esperanzas es algo que Tina sabe hacer.

Su contacto le dará toda la información; él le dirá a quién ver.

Quizá en una de ésas hasta pueda visitar la Albertina y ver los Dureros, el *Caballero de la muerte*, que una vez le enseñó Xavier Guerrero en un libro.

27 DE FEBRERO DE 1934

Los tres búlgaros salen en avión a Moscú, la Unión Soviética les ha concedido la nacionalidad rusa. El Soviet Supremo se propone recibirlos en grande. En cambio, el holandés Van der Lubbe que no tuvo ningún tipo de apoyo, ninguna agrupación que lo defendiera, fue ahorcado dos semanas después de que se le dictara sentencia, el 10 de enero pasado. Tina en el tren a Viena piensa en él mientras contempla obsesivamente los cables telegráficos que la acompañan: "Pobre muchacho, tan solo, pobre idiota de veinticinco años".

28 DE FEBRERO DE 1934

Tina se arroja sobre la cama polvosa de su pensión en Viena. Se levanta para echarle llave a la puerta. De nuevo en el lecho frío, cierra los ojos. No tiene fuerzas ni para ver dónde está. Después de un momento se recobra. La habitación que ha conseguido en Viena es estrecha y larga como si fuera un espacio sobrante de la casa. Por una ventanita se ve el anuncio: Viejo Hotel de las Cuatro Estaciones, iluminado por el farol de la calle, tan antiguo como la misma casa transformada en hotel. No hay cortinas, ni toallas junto al aguamanil con su jarrón floreado, nada salvo la cama que acumula polvo. "Voy a tapar la ventana con mi impermeable", piensa. Pero no se mueve. Comienza a observar. Ni una varilla, ni un clavo. Tapándose con el impermeable, los ojos se le cierran de cansancio, tiene aliento a centavo, el nerviosismo no la deja dormir. "Mamma, puedo morir aquí en la noche sin que nadie se entere." Le entra un temblor helado. Se regaña a sí misma: "Tú eres una campesina; has pasado hambres, soledad, no es ésta tu primera misión, ¿de dónde te salen hoy tantas pretensiones?" Las lágrimas le calientan las mejillas. Dentro del partido, admiran su sangre fría en las circunstancias adversas; se lo dijo la misma Yelena Dimítriyevna Stásova. "Tina, las misiones difíciles son para ti porque confiamos en tu equilibrio, en el control que ejerces sobre ti misma."

¿Qué diría ahora de ese control? Tina se acerca a la ventana, se asoma. A pesar de estar rendida, una excitación incomprensible la mantiene alerta. Nunca, ni cuando niña, creyó que la otra vida, si es que existe, ofreciera algo más que ésta. Hoy recuerda los rostros que en México se levantaban hacia la Virgen; la esperanza en aquellos ojos, que a la luz de las veladoras y los montones de pabilos de sebo adquirían reflejos de topacio; la fe terrible en esos ojos vueltos hacia arriba, como ella vuelta ahora hacia el farol. "Tú eres una mujer realista", se amonesta, "fuiste una niña realista. De niña no se te ocurrió que el cielo te protegería. ¿Lo pensaste de adolescente frente a tu telar cuando el estrépito de otras máquinas resonaba en tus oídos cerrándote a cualquier oportunidad que no fuera la de la fábrica?"

Algo le humedece las piernas, Tina sale del cuarto, busca la luz y camina hasta el fondo del pasillo. En el excusado maloliente se da cuenta de que es sangre y esto la hace sonreír. Al jalar la cadena, recobra su valor. "Con razón estoy tan descorazonada, siempre me pongo así con la regla."

La recámara ya no le parece fría; extiende confiada las piernas sobre la sábana gris. Mañana buscará de nuevo a su contacto en la estación de Viena. La única señal: un hombre de pelo blanco sentado en una banca.

En la mañana, varios hombres de pelo blanco aguardan el tren y ninguno se ha sentado en una banca del andén. Volverá a la estación al día siguiente. No puede cometer error alguno.

El poder de Hitler se encumbra no sólo en Alemania sino en Austria. El movimiento obrero pierde fuerza. Lo golpean los comerciantes, la poderosa burguesía industrial que tiene presentes las frustraciones de la guerra de 1914. También golpean a los obreros los errores de la socialdemocracia. ¡Y para colmo, la debilidad de los comunistas! Días después, Tina regresa a París espantada por el gran sentimiento antisocialista de los austriacos, cuando deberían temerles a los nazis.

Germaine y François Le Bihan le informan que Vittorio ha sido convocado a Moscú; eso creen, pero no lo saben de cierto, lo imaginan.

3 DE JUNIO DE 1934

Vittorio regresa de París sombrío. Es el primer viaje a Moscú en que no lo convoca la Stásova a pesar de su excelente trabajo, como lo prueba la liberación de Dimitrov. Curiosamente, el de los pasaportes falsos, Abrámov, lo felicitó, pero a Vittorio le horripilan sus efusiones. A Vittorio le impresiona menos la mala situación del mundo que ver a los camaradas más íntimos comentar en voz baja que el Soviet Supremo se ensaña con sus propios partidarios. En el café, los compañeros vuelven la cabeza para ver quiénes se sientan en la mesa vecina. Los demás, temerosos, se encierran en muros de silencio. Rampantes, los rumores se amarran a las patas de sus sillas y suben por los respaldos. Intoxican el aire.

En su cuarto en casa de los Le Bihan, a duras penas se separa de Tina. Tiene una reunión de trabajo con Marcel Villard y Jacques Duclos, dirigente del partido comunista francés. En la noche, compartirá la cena de la familia Villard porque Duclos está dispuesto a escuchar sus sugerencias a favor de la inmigración política en Francia; su influencia y su buena voluntad pueden ayudar a reducir la burocracia, a humanizar el trato a los exiliados. A las doce de la noche, muy satisfecho de su coloquio, Vittorio regresa a pie. Se da cuenta de que a breve distancia, alguien lo sigue sin disimulo. Vittorio escoge la rue des Beaux Arts y en la esquina de la rue Bonaparte con el boulevard St. Germain, al sentir a su perseguidor en la espalda gira embravecido.

—¿Qué quiere? —lo desafía Vittorio.

—¿Usted es Raymond?

—¿Quién es usted?

El hombre muestra credencial de policía, sonrisa en los labios y monóculo en el ojo derecho. Si no se tratara de sí mismo, Vittorio alias Raymond pensaría en novelas policiacas.

—Raymond —vuelve a preguntar—, ¿es usted el señor Julio Enrique?

No vale la pena negarlo, ni correr.

—Sí, soy Julio Enrique.

—Le ruego acompañarme.

Lo conduce a un alto edificio en la Cité. Allí el detective lo confía a dos policías advirtiéndoles que el detenido está a disposición del Ministerio del Interior. Sin tocarlo, los policías lo meten en una jaula de zoológico expuesta a los ojos del guardia que puede comer, beber y leer sin perder de vista a los detenidos. Sobre una banca de metal duerme otro prisionero. A pregunta de Vittorio, el guardia responde que no tardará en venir algún comisario a interrogarlo y que si lo desea puede leer el periódico, siempre y cuando lo pague. Su compañero de celda, los ojos fijos en un punto y las manos temblorosas, farfulla:

—Soy un legionario; me escapé y me agarraron. ¿Puedes ayudarme?

—¿Cómo?

—Habla con el presidente de la república, es tu amigo.

Y rompe a gritar:

—Socorro, socorro, quieren enviarme a Sidi Bel-Abes.

Vittorio solicita cambio de celda.

—Paciencia, amigo mío, paciencia, dentro de algunas horas se lo llevan al manicomio.

Nunca lo hubiera dicho; el legionario aúlla:

—Prefiero la guillotina, prefiero la muerte.

Comienza a arrancarse la ropa hasta quedar desnudo. Exhausto, pronto se duerme sobre la banca.

Vittorio procura concentrarse, dilucidar la razón de su arresto, prepararse a confrontar al comisario; está inquieto por Tina y sus compañeros. Sobre todo por ella, quien se agitará al no verlo llegar. Muy noche, lo conducen a una oficina. El comisario le pregunta por qué lo han arrestado.

—No tengo la menor idea.

—Pues yo se la voy a dar, amigo. A usted lo arrestaron porque abusa de su permiso de estadía en Francia al ocuparse de asuntos internos. Un extranjero tiene prohibido intervenir en política.

—¿Qué política, señor comisario?

—Sabemos que usted es amigo del abogado Villard y tiene lazos con el partido comunista francés. Ha estado usted muy activo contra el Tercer Reich, con el que Francia desea buenas relaciones cordiales. Ha sido usted un defensor activo del búlgaro Dimitrov.

Vittorio siente alivio, si sólo se trata de eso, su situación no es grave y muy pronto el propio Villard lo sacará del atolladero; basta conseguir un teléfono.

—¿Podría hacer una llamada?

—No, a esta hora, no.

—¿Podrían cambiarme de celda?

—Sí.

Esa noche sueña que el legionario lo ahorca. A la mañana siguiente no le permiten hacer la llamada telefónica. Vittorio compra a través del carcelero papel y sobre para escribir a Villard.

En la mañana se presenta un hombre bien vestido, lo invita a seguirlo, le toma sus huellas digitales, lo mide, lo pesa, lo sienta ante una cámara fotográfica; de frente, de tres cuartos y de perfil.

—Necesita usted ir al peluquero —le comenta burlonamente—. Venga, voy a llevarlo a que coma algo en el bistró de la esquina.

Ya sentados, le comunica.

—Escuche, quiero decirle la verdad; pertenezco al Deuxième Bureau y en el Ministerio del Interior hemos comprobado que usted es un espía; sabemos que está al servicio de los rusos. Será mejor para usted que firme su expulsión de Francia.

—¿Por qué?

—Ha infringido la ley de extranjeros.

—Si justifican mi expulsión por la lucha contra el nazismo, en ese caso deberían expulsar a toda la inmigración política.

—Razonamiento lógico, pero en este momento el que nos interesa es usted. Dos de mis agentes, esos que vienen entrando, lo acompañarán ahora mismo a la Gare St. Lazare.

Vittorio, aturdido, ve como WB y sus tres eternos compañeros toman una mesa en el bistró. ¿Qué busca en París ese cuarteto? WB le hace señales efusivas con la mano y pretende acercarse cuando ve que a Vittorio lo esposan.

En la Gare St. Lazare compran un boleto a Bélgica y esperan la salida del tren. Al momento de subir, los del Deuxième Bureau le quitan las esposas. "Recuerda: no queremos volverte a ver."

En Bruselas, Vittorio toca a la puerta del abogado Lejour. No, nadie lo ha seguido, la policía belga no lo conoce, telefonea a Tina a París: "Toma el próximo tren a Bruselas, ten cuidado de que nadie vaya a seguirte". Cuelga. No le da dirección alguna; Tina supone que no puede estar sino en casa de los amigos Lejour. A su arribo le informa que, convencida de que había sido arrestado, cerró la puerta y comenzó a quemar cuanto documento había en el archivo; era tal su nerviosismo que algunos de los papeles más delicados se los metió a la boca para deglutirlos, como los abogados de la revolución francesa. Willy Koska llegó a la oficina y encontró a Tina semiasfixiada por el humo. Abrió la ventana que daba al patio y la hizo vomitar.

Vittorio la encuentra muy alterada. Apenas están solos en la recámara ofrecida por los Lejour, ella da rienda libre a su coraje; la agitación en el pecho, el estertor en la garganta, la respiración que trata de controlar en vano, la van vaciando. Vittorio quiere tranquilizarla:

—No me hables, déjame sola.

Quizá le era indispensable esta catarsis porque queda laxa, sentada en una silla. Vittorio se dirige a la puerta, ella ni siquiera se mueve; como si la verdadera Tina ya no habitara ese cuerpo abandonado. Él sale. En la calle camina con la vista fija en los adoquines; el estado de Tina lo afecta más que su propia expulsión. Tina no es una novata; sortea cualquier obstáculo, pero cuando algo le sucede a él, ella se trastorna. Vittorio recuerda que al regresar de su misión especial en Berlín la encontró desmejorada. "Es que no imaginas", le reclamó, "lo que significa no saber y esperar." "Vamos, Tina, recóbrate, vamos, aquí estoy." Vagaba de la recámara a la cocineta sin saber adónde iba ni qué había ido a buscar. "Ah sí, un café." Y nuevamente iba a la cocina y regresaba sin él. Recurrió entonces a la reprimenda. "La realidad no cambia porque uno grite o llore; contrólate."

Entre tantos agentes en París, ser el único señalado y puesto a disposición del Ministerio del Interior resulta degradante. En casa de Lejour se reúne de emergencia el secretario del Socorro Rojo francés, venido especialmente de París con Willy Koska, Hilde Rosenfeld, agente alemana, y otros; uno sostiene que es indispensable reorganizar el aparato porque Vittorio no puede responsabilizarse de la tarea legal y la clandestina a la vez. Otro alega que la lucha de Vittorio en favor de Dimitrov debió molestar a las autoridades francesas, en su mayoría germanófilas. Y se piensa que la detención de Vittorio se debe a una delación. Pero ¿quién es el delator? En París arrestaron a Mario, el correo, antes que a Vittorio, ¿será él quien delató a Raymond? ¿Quién será el próximo arrestado?

—El carácter de Vittorio es demasiado abierto, descuidado. Se presta a las denuncias.

Tina, presente en la reunión, siente que tienen a su hombre en la mira:

—Me parece infame que se hable así de un militante de combatividad a toda prueba.

—No estamos discutiendo la capacidad de Vittorio, camarada Modotti, ni su entrega a la causa —interviene Willy Koska—; consideramos que tiene demasiadas responsabilidades.

Tina lo interrumpe:

—Vidali es de una habilidad suprema.

Hilde Rosenfeld deja caer:

—Habla demasiado.

Fuera de sí, Tina le grita:

—¿Se ha vuelto loca, camarada? En todo caso, nada podemos hacer hasta recibir instrucciones del partido.

—Ya informamos a la Comintern.

Tina mira con odio a la Rosenfeld. Vittorio habla de ella como "gran amiga". Su crítica ya la ha escuchado de otros: "Vidali habla con todos y es extrovertido".

La orden no se hace esperar:

"Regresa a Moscú de inmediato." Firma Yelena Dimítriyevna Stásova.

¡Qué rápido se movilizan! A las pocas horas, en Colonia, un jefe de estación, mirándolo severamente, afirma que sin salvoconducto alemán no puede continuar el viaje.

—Sólo estaré atravesando territorio alemán, no voy a quedarme.

Dos policías lo esposan.

—Baje usted con nosotros. Tiene que esperar a que lo enviemos de regreso a Bruselas.

Mientras aguardan, los escucha platicar:

—Quién sabe cuántas cosas sabe este rojo, es agente secreto; míralo bien porque ahora los rusos sólo les dan visa a sus amigos, los comunistas.

Le muestran un cartel con la leyenda: "Necesitamos destruir a todos los perros rojos". Ríen señalándolo. "Perro rojo." Y al subirlo al tren, cuando éste parte a Bruselas, empiezan a ladrar.

Más tarde Vittorio toca de nuevo a la puerta de los Lejour. Acepta su consejo de esperar dos días y abordar entonces un barco soviético que zarpará de Amberes. Tina todavía no sale a París y Vittorio aprovecha esos días para enseñarle Bruselas.

Es una tregua. Duermen abrazados. Recuperan la confianza en sí mismos.

—Más que temer a los nazis, los europeos odian a los rusos, al comunismo de los rusos. Los franceses, de veras, son cretinos.

En Moscú, Vittorio encuentra en la Comintern una orden de la Stásova de que la vea en Alupka, su sitio de descanso en Crimea.

Esa misma noche toma el tren y a la mañana siguiente, en la estación de Sebastopol, un joven atlético se presenta como chofer de la clínica de salud que Yelena Stásova envía a recogerlo. Después de una abundante colación parten a Alupka. De vez en cuando el chofer saca su botella y le da un trago; parece que el automóvil ha bebido. Vittorio empieza a imitarlo con la esperanza de que Vasia vea menos curvas. Los dos, ebrios, ríen de todo. En un momento de lucidez, Vittorio aconseja a Vasia detenerse al borde de la carretera para dormir un rato. Finalmente el auto se traga todas las curvas ocultas en las rectas y llega al hotel. La Stásova, furiosa, sacude su bastón en el aire:

—Hace horas que los espero —grita.

Viejos bolcheviques reumáticos se congregan en un primer momento a la entrada en expectante silencio, pero al oír los improperios de la Stásova estallan en una carcajada que la enfurece aún más.

—Buen chequista haces tú, Vasia, bribón. Te encargo traer al huésped y te las arreglas para estupidizarlo.

Vasia quiere esconder la cabeza en la botella. Vittorio intenta su defensa pero la vieja lo calla con la mirada.

—Y tú, revolucionario de espagueti, eres el responsable.

El bastón va a parar a diez metros. Los viejos ríen de nuevo. Vittorio y Vasia ríen por dentro.

Cuando puede darle pormenores de su arresto en París, ella pasa de la ira a la preocupación: "Han quedado muchos puntos oscuros y quiero que los aclares".

Sosteniéndose en su bastón, Yelena Dimítriyevna lo acompaña a admirar algunos sitios de Alupka.

—A ti ¿te gusta el mar o la montaña?

—A mí me gusta el mar. De la montaña no puedo decir nada.

—Sí —dice mirándolo de reojo y sacudiendo la cabeza—, a ti te gusta el mar porque cambia de colores, se agita, es caprichoso; te identificas con los marineros que tienen una mujer en cada puerto. Eres anarquista por temperamento. Yo amo la montaña, inamovible, sólida, con su cima que invita a ir hacia lo alto.

Algo cortado, Vittorio responde:

—Probablemente Lenin pensaba como tú; él prefería comparar las personas a los pájaros y no a los peces. Para él, Rosa Luxemburgo fue un águila; tú, la blanca paloma del partido.

Espera respuesta a su impertinencia. La vieja se apoya con todo su peso en él; Vittorio sabe que la Stásova lo quiere entrañablemente. Sólo con él tiene esos momentos de intimidad. Esa noche la Stásova se sienta ante el piano de una sala de baile vacía a tocar Schubert, Schumann, mientras los bolcheviques escuchan respetuosos desde la puerta. Al terminar, descansa sus largas manos sobre sus piernas y al verlos allí en suspenso, ironiza:

—Bueno, no soy precisamente Rubinstein. ¿Qué hacen allí de pie?

Entonces aplauden discretamente y se retiran.

La Stásova ha reflexionado; Vittorio debe permanecer en Moscú, Tina seguirá a cargo de la oficina ilegal en París; no está fichada y lo hace bien. Una mujer es menos sospechosa. Koska se responsabilizará de la sección legal del Socorro Rojo. Tina viaja mejor que tú y preferimos que sea ella la que vaya y venga.

—¿Por cuánto tiempo? —pregunta Vittorio.

—Hasta que se aclare tu situación. Metiste las cuatro patas.

—¿Sospechan de mí?

—Sospechan del que fracasa. Quieren interrogarte.

—¿Cuánto tiempo vamos a estar separados Tina y yo?

—No sé.

—¿Más de seis meses?

—Posiblemente.

—¿Qué debo hacer?

—Por lo pronto, prepara un informe completo sobre la emigración política para el pleno del comité ejecutivo del Socorro Rojo Internacional. Y ahora sí haz las cosas con cuidado.

¡Implacable la Stásova! Le restriega su error. Con razón Lenin la llamó, desde 1917, Compañera Absolut.

"Debemos implantar el orden bolchevique en la casa del partido." Qué fuerte palabra, bolchevique, suena a pisotón. Vittorio, tan desenvuelto y libre en sus propósitos, se fija ahora con quiénes conversa. Desde su arresto en París se sabe en la mira y ni la Stásova, con todo el prestigio que le da haber sido secretaria de Lenin y más tarde de Stalin, puede defenderlo contra la insidia. Los errores del pasado se actualizan para condenarlo.

Cuando Vittorio llega a París, Tina ha sido llamada a Moscú. ¿Es éste el juego del gato y los ratones? ¿Está el Soviet Supremo probando a sus agentes?

20 DE NOVIEMBRE DE 1934

La "política de conciliación" de Serguei Mirónovic Kírov, jefe del partido comunista de Leningrado, fue cálidamente recibida por los delegados durante el XVII Congreso del partido comunista de la URSS. Kírov fue la estrella de la reunión. Esto preocupó a Stalin y al Politburó. Stalin quería la mano dura, le disgustaba la línea de Kírov, que calificó de "bonhomía oportunista". Nada tenía que ver con la vigilancia bolchevique contra los enemigos del pueblo. Stalin temía sobre todo la creciente popularidad de Kírov. Stalin, Mólotov, Kaganóvich habían condenado el hecho de que Kírov enviara a los obreros alimentos reservados al distrito militar de Leningrado. Kírov explicó que los devolvería a los militares; sólo eran prestados. Voroshílov respondió que enviar los alimentos de tiendas militares al depósito de las fábricas era una manera de ganar popularidad entre los obreros.

Kírov perdió su control habitual al responder a la pregunta de Stalin acerca de por qué debían comer mejor los trabajadores de Leningrado que los demás rusos:

—Creo que ya es hora de alimentar como se debe a nuestros trabajadores. Si el Politburó quiere que produzcan, es necesario nutrirlos. Cualquier mujik sabe que debe darle de comer a su caballo para que le lleve la carga.

Mikoyán, comisario de alimentación, rompió relaciones con Kírov.

No fue ésa la única insubordinación de Kírov. "Regrésense a Leningrado", ordenó a la delegación de jefes industriales cuando en Moscú el comisario de la industria pesada, Orzhonikid-ze, los hizo esperar demasiado en su antesala. Censurado en la reunión del Politburó, "tales acciones merman la autoridad del comité central", Kírov respondió con su natural don de mando. "No puedo permitir que mis mejores hombres pierdan el tiempo en los dorados salones del comisario."

El mismo Kírov iba a Moscú a las reuniones del comité central sólo cuando era indispensable. "Tengo mucho trabajo en Leningrado", alegaba. En efecto, las fábricas a su cargo eran las más productivas.

1 DE DICIEMBRE DE 1934

En su oficina de Leningrado, Kírov recibe un balazo en el cuello. No había guardias a veinte metros a la redonda.

"Es uno de los nuestros el que lo mató; Nikoláiev es un comunista", repite Vittorio con incredulidad. Kírov —todos lo saben— era uno de los hombres más cercanos a Stalin y su posible sucesor. Pasaba los veranos con Koba en su dacha. El proceso se lleva a cabo durante diciembre a puerta cerrada. El mismo Stalin interroga a los detenidos. Nikoláiev es ejecutado.

Stalin ordena un entierro monumental. Vittorio asiste y lo ve caminar junto al ataúd, besar al cadáver en la mejilla. A partir del asesinato se intensifica la cacería de trotskistas, zinovievistas, revisionistas y otros enemigos del pueblo y se acuña un nuevo término: dvprizmolo, traidor. Zinóviev, Kámenev y diecisiete disidentes más son juzgados; el fiscal condena a Zinóviev a diez años de prisión, a Lev Kámenev a cinco.

Lev Kámenev es judío. Borísovich Rosenfeld son sus otros apellidos; su mujer, Olga, es hermana de Trotsky.

4 DE DICIEMBRE DE 1934

A Vittorio y a Tina les descansa ir al círculo de los inmigrados italianos en Moscú en el que todos dan rienda suelta a su expresividad. Allí se relajan y Vidali imita las peculiaridades del alma rusa, se desgarra la canisa, jala sus cabellos y hace reír a quienes lo escuchan. En el círculo critica la política internacional de Stalin. "Síguele con tus payasaditas y vas a ver", le advierte Tina "uno nunca sabe." Paulo Robotti, el presidente del club, es cuñado de Togliatti; Germanetto, Guarnaschelli, Nanetti, afiebrados, viven a fondo su ilusión comunista. Robotti habla de su vida anterior como de una inmensa equivocación: no hay mejor lugar sobre la Tierra que la Unión Soviética. Se reprochan los unos a los otros. Luigi Longo acusa a Vidali de "inclinaciones terroristas" en el pasado. Nanetti lo defiende; es un pecado de juventud. En el círculo no hay por qué hablar de bujarinismo, de trotskismo o de otros desviacionismos. A Tina, la Unión Soviética le parece muy distinta a la que la conmocionó bajo las banderas rojas y el frenesí de los camaradas cuatro años antes, el 17 de noviembre de 1930 en la plaza más grande del mundo, pero se cuida mucho de dar una opinión en voz alta, incluso entre italianos.

—Óyeme, ¡qué atmósfera! —exclama Vittorio ante la Stásova.

—Se trata de depurar malos elementos del partido. ¡Orden de arriba! Tú mismo tendrás que responder ante la comisión dictaminadora para que se te renueve el carnet.

Desde la primera asamblea, Tina se da cuenta que el ambiente es adverso. La gran sala se convierte en confesionario. El arrepentimiento casi siempre se juzga insuficiente; los camaradas se arrepienten de no comprender correctamente la teoría de la revolución; haberse abstenido de votar o de haber votado por la oposición en 1923; haber subestimado el primer plan quinquenal cumplido en cuatro años; conocer a alguien ahora acusado de trotskista. Sostener cualquier mínima idea que pueda parecer sospechosa al partido es condenable. Cualquier cosa que haga que los grandes jefes pierdan algo de su estatura es considerada un crimen de lesa humanidad. La mala iluminación hace tétrico el ambiente; compañeros de las filas mencheviques, de las socialrevolucionarias y de otras filiaciones, o que han militado en cualquier grupo de oposición, serán juzgados según la carta de Stalin. Para ellos, ninguna piedad; fuera complacencias. A raíz del asesinato de Kírov, se divulgó la carta de Stalin, escrita de su puño y letra, según la cual la bondad es oportunista y es un error creer que los enemigos se convertirán al final en verdaderos socialistas; al contrario, están destinados a perecer en la lucha contra el poder soviético, hay que eliminarlos. "No necesitamos bondad sino una verdadera vigilancia bolchevique."

En la asamblea en la que Vittorio comparece, la Stásova preside y la relatora es la Scevelova. Vittorio, incapaz de permanecer sentado, recorre los pasillos. La mirada de Tina lo sigue mientras Scevelova hace la biografía de Kírov, hermano de armas de Stalin, y comenta la circular staliniana; lanza insultos a los disidentes de ayer y de hoy, abiertos o enmascarados, y dedica los últimos diez minutos a los "dos caras", concretamente a Vidali.

La Scevelova termina su oratoria en un mar de aplausos. La Stásova pregunta si alguien quiere tomar la palabra. Instintivamente Vittorio alza la mano y va al micrófono. El alemán es el idioma oficial del Socorro Rojo. Vittorio a su vez denuncia el burocratismo y la insensibilidad con los inmigrados políticos en la URSS. Esos funcionarios miopes son los verdaderos "dos caras" porque, mientras defienden de palabra la causa del internacionalismo, lo traicionan en la práctica. Tratar mal a los inmigrantes es infame. El Socorro Rojo debe ser el organismo que mejor fomente la unidad con los socialistas del mundo.

Vittorio vuelve a la carga. Las luchas antifascistas en Francia, Austria y España en nada podrán beneficiarse de una Unión Soviética burocratizada. Con vehemencia mueve los brazos, levanta la voz: "Las causas son a veces más grandes que los países y obligan a un país a crecer. La Unión Soviética es el único país del mundo que ofrece asilo total a los perseguidos: libertad, derechos democráticos y trabajo. El inmigrante político debería ser huésped de honor, pero el sector encargado de recibirlo lo trata mal. El interrogatorio al que se le somete lo denigra; sale de la oficina desilusionado, pesimista, hasta desesperado. El gobierno soviético dispone que se satisfagan sus demandas y al Socorro Rojo le falta sensibilidad humana. No toma en cuenta lo difícil que es adaptarse física y psicológicamente a una nueva forma de vida."

Sus palabras caen como granizo en rosaleda.

Vittorio regresa a su asiento enmedio de un silencio impermeable. Scevelova, secretaria del MOPR, sección rusa del Socorro Rojo Internacional, declara que sus observaciones constituyen un insulto inadmisible al pueblo soviético. Los delegados —sobre todo la Dáshkova— lo miran amenazantes.

Días antes, un compañero de cabello blanco, Andras Biro, exiliado político de Hungría, se presentó ante la comisión dictaminadora para hacer su autocrítica. Al escuchar el relato de su militancia lo alabaron. Claro, le renovarían de inmediato su carnet y le harían un reconocimiento. La concurrencia aplaudió a rabiar.

—No quiero carnet.

Un silencio funerario rodeó a Andras Biro.

—¿Por qué? —preguntó el presidente de la comisión tan estupefacto como el resto de los presentes.

—Porque ya no me reconozco en este partido. Cualquier crítica es sofocada. Los dos o tres en el poder se aferran a su puesto como el avestruz a su agujero. Las grandes decisiones están en manos de unos cuantos. Nada se discute y no sabemos lo que pasa allá adentro. Me ha sido difícil llegar adonde estoy, y antes de dar este paso he reflexionado mucho; tengo más de cincuenta años, estoy en la lucha desde los catorce. Soy un hombre cansado, desilusionado. Lo siento. Seré mejor bolchevique sin el ascenso.

—De nuestro partido no se sale; se es expulsado. A partir de este momento se te considera desertor, enemigo del socialismo.

—Continuaré trabajando como lo he hecho y más, pero sin que ustedes me reconozcan. Amo a mi patria.

Dicho esto se inclinó y salió a paso lento.

Ese hombre tuvo el valor de decir su verdad. Vittorio no está de acuerdo con él, es un individualista; pero admira su coraje.

Malke Schorr, colaboradora del Socorro Rojo en Moscú, polaca e hija de un rabino, lleva a Vittorio aparte.

—Alemania es el infierno. Los nazis persiguen a los judíos hasta debajo de las camas, confiscan sus bienes, los expulsan y encarcelan a quienes los esconden o les dan de comer. La URSS no anda mejor. Ten cuidado, todos son conspiradores. Aquí no hay instituciones ni leyes, sólo un jefe, Stalin.

La Stásova convoca a Vittorio:

—He recibido protestas muy serias a raíz de tu discurso; una del Comité Central y otra de la GPU.

—No difamé; critiqué comportamientos de funcionarios; fui muy claro.

—También han sido muy claros quienes te acusan de "dos caras", Luigi Longo entre otros.

Vittorio siente que la tierra se abre bajo sus pies.

—¿Longo, mi compatriota, mi amigo?

—Sí, conoce tus antecedentes terroristas.

La Stásova lo despide tan fríamente como cuando lo acusó de bígamo. Pero nada tan frío como los días siguientes: los amigos se alejan. Antes, todos buscaban sentarse a su mesa por su desenfado y la libertad de sus propósitos. Ahora, se lleva los alimentos a la boca solo y aguarda frente a su plato vacío que se agranda desmesuradamente. "Camino a tientas en un túnel sin salida." La Scevelova y su equipo sólo le dirigen la palabra para amenazarlo. "Varios compañeros quieren una reunión para destituirte como organizador part-org", le dice Frank Spector, representante del International Labor Defense. Lore Pieck, la hija del secretario general del partido comunista alemán Wilhelm Pieck, le repite que la Dáshkova denuncia: "El italiano Vidali envenenó a los conejos". Nanetti, compañero italiano perteneciente a la policía secreta, le confía que recibió orden de seguirlo y referir a la GPU sus movimientos; la orden viene directamente de Yagoda, el primer responsable de la GPU.

Haber denunciado al Socorro Rojo se revierte en su contra. Los aludidos quieren probar que es un traidor. Vittorio intuye que interrogan a los dirigentes de los círculos de inmigrados políticos, al círculo italiano y a los representantes del partido; investigan su conducta. ¿Qué diablos pudo pasarle a Longo, su amigo, para hacer semejante denuncia? No lo puede creer.

En el Sojúznaya, Tina lo consuela como puede. En realidad, está aterrada.

—Solicita otra audiencia con la Stásova. Nos quiere, no va a abandonarnos ahora.

—Nadie tiene derecho a condenarme al ostracismo por decir la verdad. Los rusos son más susceptibles que los mexicanos y eso ya es mucho.

—No puedo creer lo de Longo. ¿Qué le habrá pasado?

La Stásova lo recibe de inmediato. La vieja tiene una expresión severa. Vittorio declara:

—Yo no sigo trabajando sin que me reciba Stalin o sin hacerme arrestar por la GPU.

—¿Qué dices, insensato?

—Que si es necesario estoy dispuesto a llegar hasta Stalin.

—De veras que ustedes los extranjeros tienen una mentalidad distinta a la nuestra. La tuya raya en la inconsciencia...

—¿Porque tomo las cosas con menos solemnidad que ustedes y me atrevo a bromear de vez en cuando?

—No te das cuenta de la gravedad de los acontecimientos.

Vittorio se sulfura:

—Es inaceptable que se me trate como un traidor...

—Vete a tu hotel y date un baño con agua fría —lo interrumpe la Stásova.

Días después lo manda llamar y le comunica con voz tranquila, su mano sobre el brazo de Vittorio:

—La Comintern, la Profitern, Wilhelm Pieck, André Marty, Fritz Heckert han examinado tu caso. Lo mejor es que te vayas. Políticamente —añade amistosa—, la situación en España puede interesarte. Los del Comité Central creemos que eres la persona indicada para ayudar a los mineros de Asturias cuya victoria duró dos semanas. El Socorro Rojo ha reunido quinientos mil francos para las víctimas de la represión. A los treinta mil encarcelados y torturados, a los familiares de los mil muertos o más queremos asegurarles nuestra ayuda moral y jurídica. Si sacas adelante tu misión, te confirmaremos en tu puesto: consolidar el Socorro Rojo en España.

—No puedo poner condiciones a tu amistad; me apasiona lo que sucede en España. Te lo agradezco y acepto.

—Algo más acerca de esta misión. No vamos a enviar a Tina, la necesitamos.

Vittorio siente que le aprietan el corazón.

—¿Puede preguntarte cuándo la enviarán?

—No sé. ¿Es el español la segunda lengua de Tina?

—No, la cuarta. En verdad, admiro a los huelguistas de Asturias, deseo con todo el corazón una España comunista —sonríe Vittorio.

Monsieur Charles Duval, comerciante de Quebec, canadiense

por medio costado, se ha despedido de pocos amigos y sube al tren con una sensación de alivio.

Tina camina en el frío de Moscú, sola, en vísperas de su autocrítica, sus botas enlodadas como las calles, Vittorio quizá en Asturias. El agua se ha helado en torno a las ramas de los árboles, envueltas en una espiral refulgente. "Son los únicos diamantes que tendré", sonríe Tina disfrutándolos. Centellean dentro de la blancura nevada. El sol rojo no calienta. "Parece una naranja podrida." Tina añora su azotea mexicana, el sol de México, quitar flores muertas a sus geranios, oler entre sus dedos el rastro de pimienta que dejan los pétalos encarnados.

—No será en público, camarada —la reconforta la Stásova—, sólo el Alto Comisario, el ciudadano fiscal, el jefe de la comisión, el representante de la seguridad y del Comisariado del Pueblo en el interior; los jueces indispensables. Usted debe demostrar que es útil al partido para seguir en él.

¿Confesarse frente a ellos? ¿Arrepentirse de su pasado?

Kámenev había dicho: "No habiendo sabido vivir para servir a la revolución, estoy dispuesto a servirla con mi muerte".

En los camaradas aflora un sentimiento de culpabilidad atroz. Las autocríticas consisten en relatar la propia biografía. "Mis crímenes hacia la patria y hacia la revolución son inmensos." "Estoy de rodillas ante mi país, mi partido, mi pueblo." Sólo Bujarin pregunta: "¿Por qué causa voy a morir?" Perseguidos, el miedo los congrega; si sembrar el terror es la sola forma de gobernar, tarde o temprano les llegará su turno, serán interrogados a su vez y sentenciados.

"¿Por qué se rebajan?", había preguntado Tina en los años en que Vittorio aún no daba su propio informe. "Así son los rusos", bromeó el Vittorio de los primeros tiempos, "las purgas las traen en la sangre; siempre están dándose golpes de pecho. Recuerda a los Romanov con Rasputín; buscan a los iluminados para que los flagelen. Son fanáticos. Se retuercen de culpabilidad."

Vittorio hacía entonces el ademán de cortarse el cuello. Fingía sacarse los huesos de brazos y piernas y romperlos: "Así se construye el socialismo. Regala tu miserable 'yo' a la causa, patéalo y cúlpate de todo hasta la abyección, olvídate de que alguna vez fuiste dueña de ti misma. Stalin dispone de ti. Tu preciosísimo 'yo' lo has donado a la revolución, y ante todo, a la Unión Soviética".

Eso había sido al principio. En 1933, Vittorio dejó de bromear y ahora Tina creía firmemente en el autoritarismo. Al pueblo hay que guiarlo, corregirlo, vencer su resistencia, enseñarle que la vida de sacrificio será recompensada en el futuro. Construyen un nuevo mundo, de allí la colectivización. Si el pueblo no lo entiende hay que hacérselo entender. La letra con sangre entra. Esa creencia ahora era la única razón de su vida. Insensiblemente, Tina había perdido la ciencia de reírse de sí misma. Las bromas de Vittorio le parecían payasadas y, poco a poco, él abandonó su histrionismo, los chistes de los primeros días. Además los tiempos no estaban para eso. Vittorio le comentó un día: "¡Qué rápidamente aprendes la lección bolchevique!" y ella respondió airada: "En la Unión Soviética no se discute".

De la Comintern al hotel Sojúznaya la obsesiona un solo pensamiento: qué decir y cómo decirlo, por dónde empezar. "Nunca pierdas tu sentido crítico", le decía Edward, pero ahora se siente a merced de un pasado indefendible.

Un mensaje del comité central al hotel le avisa:

—Mañana interrogatorio a las ocho.

"Camaradas: Antes de convertirme en instrumento al servicio de las masas..." No, suena presuntuoso. "Yo misma quiero aportar las pruebas acusatorias en mi contra." Tampoco. Suena falso. Mejor sería: "He experimentado un cambio radical", menos aún, porque mi cambio está por demostrarse. "Nadie más consciente que yo de mis errores"; sí, ése es un buen comienzo, porque es verdad. Sabe que pueden condenarla, y más se aferra al partido y a lo que significa para ella, el único sentido de su vida, ¿qué sería ella sin el partido? ¿Qué haría consigo misma de no ser miembro del Socorro Rojo? La Stásova le aclaró:

—No creo que en su caso, camarada Modotti, se levante acta estenográfica, si acaso un resumen y una conclusión.

Lo primero que ve al entrar en una pieza oscurecida por los muebles es a una secretaria, block en mano. También alcanza a distinguir sobre el escritorio el expediente con su nombre en mayúsculas: MODOTTI, A.

Veinte camaradas en la sala, los rostros serios, ni una mirada de reconocimiento; la Stásova examina fijamente sus manos huesudas. Tina palpa una extraordinaria violencia. La puerta se cierra sin ruido. En esta sección de la Comintern —un departamento al que jamás penetró—, las puertas se cierran sin ruido y los pasos sofocados, sordos, se extinguen en el fieltro de la atmósfera funeraria.

—¿Y bien, camarada? —le pregunta una voz en ruso con una gentileza aplicada.

—La camarada Modotti hablará en alemán; todos aquí lo comprendemos —indica la Stásova.

—Bien —y ese "bien", dicho entre labios, adquiere un peso enorme.

Tina observa que los vidrios de la ventana están opacos, los rostros de sus jueces se parecen todos hasta congelarse en uno solo. Lo único vivo en la pieza de techo alto es el reloj, seguramente antiguo, porque su madera brilla noble en la penumbra.

—Camarada, la escuchamos.

Recuerda otro juzgado, en México, donde el público, los abogados, los burócratas se movían como en una feria dominguera. Todavía la ruboriza el descaro de los escribientes mirándola de arriba abajo. Aquí los jueces están ciegos —toda violencia es ciega—; aun la Stásova, que sigue inspeccionando sus manos como si las desconociera, le niega el apoyo de una mirada amistosa. "¿Qué digo?", se sofoca Tina.

—Camarada Modotti, seguimos esperando su voz.

—¿Podría encender un cigarro?

Un ujier le señala un cenicero. De inaudible, la voz se va haciendo baja y Tina pregunta:

—¿Quieren que empiece en orden cronológico o sólo a partir de mi militancia en México?

—Con su infancia; díganos de dónde proviene.

—De Udine, nací en Udine y siempre fuimos pobres, más que pobres, miserables —Tina se detiene para exhalar el humo y darle una nueva chupada al cigarro—. La polenta, en Italia, pueden comerla los pobres. Nosotros en los días festivos. Muchas noches, en la casa sólo comimos pan y agua caliente. Una hogaza era lo que mi madre podía comprar. Para ocho, apenas alcanzaba. Mi padre al retornar a casa decía que ya había comido para no disminuir las raciones de sus hijos.

Intenta tragar saliva, tose, tiene la boca seca, toma aire, qué desazón por dentro. Cuánta inseguridad, fumar no ayuda.

—Por su cercanía con Austria y porque en Lombardía se instalaron fábricas, Udine es una región de conflictos sociales; desde niña oí hablar de la explotación de los trabajadores; mi padre era un luchador, un progresista, un mecánico que siempre supo trabajar con las manos, soñaba con que en el país todos tuvieran las mismas oportunidades: recuerdo que mi padrino me llevaba sobre sus hombros a las marchas del 1º de mayo; él, Demetrio Canale, fue una figura dentro de la historia del socialismo en el Friuli y me enorgullece muchísimo ser su ahijada. En Austria, necesitaban mano de obra barata y muchos friulanos pobres fueron allá a trabajar. Mi padre nos llevó a los ocho primero a Klagenfurt, luego a San Ruprecht; allá cumplí nueve años. Regresamos a Udine igual de pobres. Crecimos, aunque no entiendo cómo los niños pueden crecer sin nada adentro, pero así fue. Un hermano murió al nacer, no sé cuándo porque mi madre un día, a la pasada, dijo que se llamaba Ernesto y no volvió a mencionarlo. Entre los jornaleros se hablaba con esperanza de fare l'América, de la California dorada; el oro en el agua brillando en el fondo de los arroyos, naranjas y limones de oro en los árboles, el aire oloroso a azahares, los campos de frutales que bajaban casi hasta llegar al mar. Los que se habían ido escribían cartas fantásticas y enviaban dinero para traer a su familia; tío Corrado entusiasmó a Giuseppe, mi padre, y zarpó con mi hermana mayor, Mercedes. Nos fue llamando uno por uno. Yo salí en 1913; al llegar encontré trabajo en una fábrica textil, una industria más tecnificada que la de Udine. Soy operaria —explica Tina, su voz va haciéndose firme—, puedo manejar una máquina de hilar.

Ninguna reacción en la sala. Sordos, mudos, ciegos. "¿Qué quieren de mí?", se pregunta en seguida, "¿qué sentido tiene este relato?" Sin pensarlo prende otro cigarro.

—Continúe, camarada.

—Tengo muy presente el afán de las fábricas moscovitas por ganar la carrera a los Estados Unidos, los turnos de noche en Vladivostok, en Irkutsk, las cementeras, las ladrilleras, las fundidoras, la mística, el ideal, el deseo de vencer; dentro de veinte años habremos superado a los Estados Unidos; qué digo, dentro de diez; los altos hornos de Pittsburgh resultarán menos modernos que los de Magnitogorsk. El Plan Quinquenal ofrece a todos una vida digna, ¿quién puede pedir más que formar parte del espléndido proyecto, que le da a cualquiera de nuestros pequeños destinos, nuestros destinitos, la posibilidad de sentirse útil?

Sacude la ceniza en el cenicero, hace una pausa.

—En la fábrica de San Francisco el ruido no era estruendoso; a mediodía nuestra comida sana y abundante hizo que me acostumbrara a la carne, a los pasteles de manzana, el helado de vainilla, cosas que nunca probé de niña. Apple pie à la mode, podría haberme alimentado sólo con eso, tanto me gustó. Recuerdo mi asombro ante los cereales.

"Conocí a un americano de origen francés en la Exposición Internacional Pan-Pacífico de San Francisco en 1915. Sentí una gran afinidad con sus aspiraciones; pintaba, hacía poesía, lo noté tímido, muy sensible. Se puso a hablar de Rembrandt, su devoción iba de su boca a la yema de sus dedos. Respondió a mis preguntas sin condescendencia; ese día pensé: 'Hay que casarse con hombres así'. Después del matrimonio dejé la fábrica; cosía en mi casa, fui modista, imprimí batiks, y en ese momento nacieron mis primeras desviaciones; lo que veía en los aparadores se me antojaba, los vestidos, las batas; amé con pasión la suavidad de la seda de los kimonos. Hacía teatro con un grupo de aficionados; una noche llegó a vernos un scout buscador de talentos de Hollywood y me señaló: 'You. You are exactly what we need'. Perdón por decirlo en inglés. Me necesitaban."

Tina se excusa puerilmente:

—A todos nos gusta sentir que hacemos falta.

Mira a la concurrencia; hay que apurarse, quemar etapas, la Stásova sigue con los ojos fijos en sus manos.

—En 1920, aparecí en varias películas; fui mujer de harem, villana, gitana. No busqué el éxito comercial, pero caí ante la provocación. Era electrizante acceder a otro mundo menos plano que el de Los Ángeles; conocer a hombres y mujeres que buscaban salida a la cotidianidad; se refugiaban en la buena música, creencias distintas, esotéricas, la India, el Tíbet, China, puertas a otros mundos, viajes al interior de sí mismos; no me di cuenta de lo trascendental que era la revolución de octubre aunque sí me sentí muy cercana años después a la revolución mexicana. Quise ser distinta a toda costa; todos los bohemios perseguían la originalidad y en la atmósfera del estudio de Robo, perdón, de L'Abrie Richey, mi marido, nuestros amigos bohemios encontraban libertad; decían que nuestra casa era el faro enmedio del desastre de la modernización norteamericana.

Sus palabras rebotan contra los muros de hielo y regresan dándole en plena cara. ¿Qué hacer con sus mejillas ardientes, con sus labios temblorosos? Un cigarro, ni modo, tiene que prender otro cigarro. Cuenta en voz alta esa vida absurda, inútil y frívola atrapada en un espacio lleno de significado.

—Debo decir que en las reuniones en casa del muralista Diego Rivera, cuando viví en México, se fumaba mariguana, yo la fumé, era normal, todos lo hacían. Rivera decía que le daba fuerzas para resistir las largas horas en el andamio.

"¡Dio, mariguana, qué necesidad tenía yo de confesar mariguanadas!" Estoy mal. Para colmo una vocecita canta dentro de su cabeza: "La cucaracha, la cucaracha, ya no quiere caminar, porque no tiene, porque le falta, mariguana que fumar". Necesita darse fuerza pero ¿cómo? A medida que habla, una cantidad de formas bailan frente a sus ojos; se ve con un puñal entre los labios avanzando doblada sobre sí misma en un escenario de Hollywood, los ojos saliéndosele de las órbitas, encarbonados, el pelo cepillado cien veces para mantenerlo electrizado en torno a su cabeza, "haz movimientos felinos", ordenaba el director; recuerda largas sesiones de maquillaje. Al revivirlos relega a esa caterva de bohemios ahora despreciables; no pueden compararse a los rugosos camaradas que amanecen día tras día dispuestos a cumplir con su deber, a diferencia de Margarethe Mather que sigue sus impulsos; de Ramiel McGehee, víctima de sus depresiones; de Johan Hagermeyer y del propio Weston; neuróticos, individualistas, centrados en sí mismos, pero sobre todo porque viven en un país sin historia, donde se fomentan los personalismos.

Hasta el poeta Ricardo Gómez Robelo, que provenía de un país hambriento y se esforzaba por impulsar a los artesanos y a los indígenas rindiéndole culto al pasado de México, no veía más allá de su ombligo y se consumía en deseo. ¡Cuántas veces vio Tina su rostro descompuesto, casi monstruoso! ¡Qué no daría por haber sido desde la adolescencia un soldado de la gloriosa revolución rusa! Siente repugnancia por su vida anterior; su falta de voluntad, su cobardía. ¡Cuántas horas entregadas a la autocontemplación hasta caer en la molicie!

Su relato, sin eco en los jueces, desencadena en ella una fantasmagoría silenciosa; imágenes de Edward, de Julio Antonio, de Xavier, de la capilla de Chapingo, de Diego pintándola lentamente, acariciándola; de los hombres que en la calle la seguían; todos los hombres que había tenido y todos aquellos que había deseado. Sí, había confundido su condición femenina con el narcisismo, el regodeo de su propio cuerpo que fascinó a Edward, fascinándola. Él le había hecho descubrir su sexualidad, sus pezones negros bruscamente contraídos y erectos, y con él caminó siempre impulsiva al borde de la perversión, un pie en lo que ahora consideraba el abismo. Porque era abismal que a él le encantara vestirse de mujer para ir a fiestas, abandonando todo pudor; bésame los pies, a él le gustaba que le succionara cada dedo en el juego de este dedito, this little piggy; en una noche podía vivir todas las edades, reír y balbucear las primeras palabras; para él, cualquier aventura valía el riesgo; pintarrajeado, le pedía que lo llamara muñeca y reclamaba besitos como cerezas, mordisqueándola; y era abismal que a ella la enloqueciera poseerlo, montarlo, despintándole a besos los labios maquillados, ensalivándole el rostro, quitándole la falda que era suya, gritándole su deseo, bajándole sus propias medias, volteándolo en su afán gozoso. ¿No vivían siempre al filo del precipicio infringiendo lo establecido? ¿Cómo había podido asolearse desnuda en una azotea calentándose hasta bajar sudorosa a tomar al hombre, hazme el amor, Edward, ahora mismo, y gemir a pleno día sin avergonzarse de que Elisa en la cocina la escuchara enronquecer? En sus años con Edward lo había seguido complaciente; él tenía el don de meterla cada vez en un nuevo espectáculo que la hacía olvidar el anterior. Amaba la vida y la amaba a ella; sabía dirigir sus pensamientos, los de Tina andaban desparramados, de suerte que ninguno de sus sueños resultaba realizable; en Edward las tristezas eran malas para la salud; él se construía la salud, a jicarazos de agua fría. ¿Entenderían los jueces los baños desnudos en la azotea, los juegos, las carreras, los sexos persiguiéndose, mordiéndose como cachorros, husmeándose, lamiéndose, los agudos estallidos de risa, Brett de trece años, Brett y Chandler lejos de su madre, imantados por la amante, cómplices de su padre? ¡Oh, cuánto afán fogoso el de ella, italiana, cómo pasaba cerca de ellos y les echaba el aliento caliente de su boca de gajos henchidos! ¡Ah!, el olor de la tierra que subía del jardín, el amor caía al suelo, daba el zapotazo, sí, como los zapotes que derramaban líquidos entre sus manos jóvenes, como la guayaba que imbuía de su aroma toda la casa.

Quisiera decirle al camarada fiscal que es la mujer de un solo hombre, que nadie, ninguno la consolará de la muerte de Julio, que ha logrado no morir de la muerte de Julio, y no morir de nada a lo largo de treinta y seis años, y que por ello merece la orden de Lenin, la bandera roja, la medalla al heroísmo, todas las condecoraciones. Sus manos le pertenecen; también este pulso que ahora puede escuchar y que sigue avanzando aunque pretende detenerlo. De saberlo hubiera vivido con más cuidado, pero ahora piensa: estoy viva y soy mujer y regresaré esta noche a mi cuarto a dormir y me levantaré mañana viva, viva porque me he acostumbrado a amar la vida. ¿Qué decirles a todos estos jueces, probablemente avaros de su cuerpo, de su vida? ¿Qué la salvará ante ellos? ¿Su dolor por la muerte de Mella? ¿Cuál es la clave de su redención? Puede imaginarlos codeándose unos a otros. ¿Cuál amor a Mella si la convivencia duró cinco meses? ¿Cuál amor a Guerrero si su vida de mujer es un recuento de promiscuidades? ¡Oh, que la mujer viviera asida a la mano del hombre amado y que éste nunca la soltara, que la cobijara siempre, le diera su buena sombra!

A Weston le parecería intolerable este juicio: "What the hell are you doing? These people are nuts. No one has any right over you. This is against art and creation". Él la protegería de sí misma, la conduciría por la calle entre los hombres que volverían los ojos para verla.

—Ciudadana Modotti, concrete usted su relato; es preferible que responda a nuestras preguntas.

¡Dio! ¿Qué les ha dicho? ¿Pensó en voz alta? ¿Estuvo delirando? Ahora todos, hasta la Stásova, tienen los ojos fijos en ella. Si al menos pudiera comportarse como Vera Figner, Olga Liubatóvich, o Elizaveta Kolválskaya, las mujeres que lucharon contra el zar y decir como Sofía Petróvskaya, la primera ejecutada por un crimen político en Rusia: "No siento pesar por mi destino... he vivido de acuerdo a mis convicciones; no podría actuar de otro modo... lo enfrentaré con calma".

—Sí, camarada fiscal.

—¿Cuándo empezó a participar en las jornadas de solidaridad a favor de Sacco y Vanzetti? —la despertó el Alto Comisario.

—El 23 de agosto de 1927, a medianoche, Sacco y Vanzetti murieron en la silla eléctrica en la cárcel de Charlestown. Yo vivía en México, había participado en mítines en su favor, y el suceso me indignó.

—¿Cuál fue concretamente su labor?

—De propaganda.

—¿Considera su trabajo satisfactorio?

—Insuficiente. Ejecutaron a los italianos.

—¿Tenía contacto con algunos compañeros rusos?

—No. Admiraba y admiro con una total entrega al país socialista, a su vasto y magnífico territorio, al partido de Lenin y de Stalin, a los camaradas jóvenes y ahora estoy orgullosa de vivir y servir a la revolución... y seguir al jefe más grande de todos los tiempos: José Stalin.

—¿Tiene conciencia, camarada, de que su autocrítica se está llevando a puerta cerrada?

—Sí y lo agradezco sobremanera. Sé que se lo debo a la directora del Socorro Rojo Internacional, la camarada Yelena Dimítriyevna Stásova.

—Prosiga usted con su relato, camarada Modotti, háblenos de su expulsión de México.

—¿A partir de qué momento?

—Háblenos de la persecución policiaca en su contra. Sabemos que fue usted acusada de atentar en contra de la vida del recién elegido presidente mexicano. ¿Tuvo usted alguna vez nexos con un grupo terrorista?

—Jamás.

—Aquí en la Unión Soviética, ¿ha tenido relación con terroristas?

—No.

—¿Sabía usted que Vidali tiene antecedentes terroristas?

—¿Toio?

—¿Nunca le habló de los atentados que cometió?

—Sólo me contó que en Trieste, siendo casi un niño, dinamitó un astillero.

— ¿No está al tanto de otros actos de sabotaje?

—No.

— ¿En alguna ocasión ha visto que el camarada Vidali ande armado?

—En México, pero en México todo el mundo anda armado.

—Ahora, ¿no trae un revólver?

—Sí como todos. Y otro que tenemos está en el hotel. ¿Adónde quieren llegar? ¿Qué es lo que buscan de ella?

— ¿Recibe usted cartas procedentes del extranjero?

—De Italia me escriben mi madre, mi hermana, y algunos amigos de Estados Unidos.

— ¿Sólo son cartas familiares?

—Sí.

— ¿No tiene correspondencia con otros militantes?

—No tengo más actividad que la que me ordenan en el partido; en la noche, en mi habitación, preparo la tarea del día siguiente.

— ¿Sostiene usted entrevistas con militantes extranjeros? Usted ha servido al Socorro Rojo en el extranjero.

—En México, y más tarde con Vittorio en París, vimos a militantes de otros países. En Moscú sólo trato a quienes me ordena el partido, a mis compañeros de.trabajo.

—A su juicio ¿qué posibilidad tienen las organizaciones trotskistas de llegar al poder?

— ¿En dónde? ¿Al poder, en dónde?

—Al poder en la Unión Soviética, ciudadana Modotti.

—Supongo que sólo derrotando a la Unión Soviética.

— ¿Le parece esto factible, ciudadana?

—No —en este momento recuerda los ojos amarillos de zorro y el grueso bigote del gran jefe.

— ¿Sabe usted que las organizaciones trotskistas recurren a métodos de lucha ultraterrorista?

—No he tenido contacto con trotskista alguno.

— ¿Está usted segura?

—Sí.

—El compañero Vidali conoce bien los métodos de lucha ultraterrorista. ¿No se lo ha comunicado a usted, ciudadana?

—No.

—Por el momento —el fiscal se vuelve hacia sus compañeros de mesa—, no tengo nada más que preguntar a la camarada Modotti.

—¿Puede usted relatarnos detalladamente su actividad a partir del momento en que pisó tierra alemana, en 1930? —dice con voz menos áspera que la del fiscal, el Alto Comisario.

Tina se contempla de nuevo en las calles negras y lluviosas de Berlín. Recuerda a sus amigos militantes, Smera, Lotte, Chattopodyaya, el hindú. Antes de que Tina conteste, la interrumpe el fiscal:

—¿Está usted consciente de que, ahora, quien defiende a Trotsky se alía a Alemania? ¿Le parece defendible Trotsky, ciudadana Modotti?

—No. Lo considero un tra-i-dor.

Tina prosigue en una voz tan fogosa y tan cargada por la emoción que sus palabras llenan de vida el recinto sin ecos.

—¿Cómo fueron sus primeros meses en el Socorro Rojo? ¿Sabía usted de su responsabilidad?

—Supe bien que el arresto significaba años de cárcel o la muerte, pero daba yo el tipo; "hecha para ese trabajo", especificaron; nadie sospecharía de mí y con un buen pasaporte podría atravesar todas las fronteras, cosa que así sucedió... Los contactos...

—¿Concretamente quiénes eran?

—No lo sé, nunca lo supe, jamás he vuelto a verlos.

—¿Sabía usted que Trotsky se proponía dar un golpe de Estado?

—No.

—¿Nunca habló con camaradas que deseaban ver a Trotsky?

—Nunca.

—¿Está diciendo la verdad estricta?

—Absolutamente. No creo además que ningún camarada hubiera dicho en público que deseaba ponerse en contacto con Trotsky.

—No responda con sutilezas, camarada Modotti, lo único que solicitamos de usted es la verdad estricta. ¿Sabía que para Trotsky la cuestión del sabotaje tenía mucha importancia?

—No.

—¿Supo de órdenes de Trotsky para organizar la actividad terrorista?

—No.

—¿Sabe que ya existe una organización terrorista en la Unión Soviética?

—No. Del único terrorismo del que oí hablar fue el de los sesentas. Zasúlich disparó sobre el general Trépov en una habitación llena de testigos... Ah sí, y también el asesinato del gobernador Járkov, el grupo Tierra y Libertad...

—Está bien, camarada, no necesita usted refrescarnos la memoria en cuanto a historia de Rusia. ¿Sabe usted de los lazos de Trotsky con Japón y con Alemania?

—No.

—¿Qué le parecen las conquistas del plan quinquenal, camarada?

—Me parecen enormes. Los campesinos ricos se han rendido ante la evidencia; las industrias pesadas levantan al país; dentro de algunos años tendremos industria ligera y cosas como las que tiene el resto de Europa.

—¿A qué se refiere concretamente, camarada Modotti?

—Me refiero a pequeñas necesidades.

—¿A cuáles? Precise su idea...

—Estaba pensando en esos utensilios para exprimir las naranjas, pero claro, prefiero que tengamos astilleros a que pueda yo sorber el jugo de una naranja...

Tina quería cachetearse, otra vez su miserable "yo". Hacía tiempo que creía haberlo erradicado; no hay "yo", se repite, sólo "nosotros", la causa por encima de los propios deseos. El partido la necesita, la revolución está en peligro; se da cuenta de ello con este interrogatorio; los verdaderos rusos viven rodeados de enemigos de dentro y de fuera, y ella sale con su urgencia de frutas exóticas, desea que el jugo de una naranja le escurra por la barbilla. ¡Ah, cómo la traiciona el inconsciente! Incluso eso del inconsciente es parte de su subjetivismo; siempre, siempre pensando en ella misma, consigo a cuestas, su miserable "yo" ahorcándola.

En ese preciso instante el fiscal pronuncia el nombre de Vidali.

—¿No cree usted que los resultados de su precipitación son ahora evidentes? El arresto de Vidali en París se debe a defectos de personalidad. ¿Piensa usted que se cuida lo suficiente?

—Desde luego.

—¿Comete Vidali imprudencias visto lo explosivo de su carácter?

—No.

—Voy a repetirle la pregunta. Dentro del engranaje de la acción cotidiana, ¿no comete errores debido a rasgos propios de su carácter, su forma de hablar, su necesidad de hacerse notar?

—No.

—¿No cree usted que le falta una visión de conjunto y como activista olvida los objetivos finales?

—Al contrario. Siempre lo he oído dar orientaciones claras, directrices precisas.

—¿Cree usted que sabe distinguir cuáles son las posibilidades reales de una acción?

—Desde luego.

—¿Cree que Vidali tenía una coherencia orgánica en su forma de dirigir la sección rusa del Socorro Rojo en París?

—Sí, es un gran organizador; todos lo siguen, tienen fe en él.

—¿Fe?

—Confianza, creen en él. Es un jefe nato.

—¿Siente Vidali temor ante los movimientos populares, las huelgas generales y demás?

—No, siempre ha dado prueba de clarividencia política; cree que una huelga mal planeada sólo exaspera a los obreros; dice que las circunstancias de un país son·decisivas para la movilización obrera.

—¿Cree usted que hay fuerzas empeñadas en destruir lo que hemos logrado?

—Ustedes me lo están revelando.

Por primera vez, interviene la Stásova para decirle al fiscal con voz comedida:

—Camarada fiscal, la camarada Modotti está dedicada a las tareas propias del Socorro Rojo; cuidar a los emigrados políticos, recibirlos y mejorar su vida, encontrarles alojamiento, trabajo.

—Así es, pero los actos de sabotaje tienen nexos con el extranjero; los agentes ayudan a los traidores internos. ¿Sabe usted, Yelena Dimítriyevna Stásova, que ha habido sabotajes en las minas de hulla?

—¿Cómo podría ignorarlo?

A Tina empiezan a dolerle los huesos. No es sólo la tensión del interrogatorio, punzante y reiterativo como el sentimiento de su propia culpa.

¡Cuántos reproches se hace Tina!, tantos que ni siquiera oye cuando el Alto Comisario le ordena:

—Eso es todo, camarada Modotti, puede retirarse.

Como no se mueve, repite en voz más alta:

—Camarada, ha terminado el interrogatorio.

Tina levanta del banco su envoltura de huesos y piel como recogiéndose a sí misma y camina, la cabeza gacha, hacia la puerta. En el corredor, le parece que la gente pasa con rapidez a su lado. Ni siquiera puede paladear su sufrimiento. La han vaciado. Lo único presente, lo único cercano es el cansancio ovillado en alguna parte de su vientre que la obliga a caminar encorvada; ella lo protege con todo su cuerpo. Ya no tiene cigarros. En el momento de llegar a la calle, junto con el frío, la golpea en la cara la certeza de que nada de lo que le sucede tiene importancia; ella misma no la tiene, sus ideas viejas de más de diez años sólo han ejercido sobre ella un poder hipnótico, cree por inercia; ahora al revisarlas las desconoce, tiene sólo un deseo: tirarse en su cama.

Al despertar, en la madrugada, pega un grito de sufrimiento; toda la noche, entre sueños, ha oído gritar. Ahora se da cuenta: es ella misma.

A la semana, Tina recibe una noticia: la han subido de jerarquía, ya no es sólo militante, es también de confianza dentro del comité central y, a su modo, un jefe. La Unión Soviética puede ser impredecible.

En sus discursos de hombre libre, Dimitrov dedica párrafos destacados al Socorro Rojo, valorando las actividades de los agentes en Europa. Dimitrov insiste en la necesidad de darles más apoyo a los inmigrantes, ya que los miembros del Socorro Rojo forman parte de los cuadros más distinguidos del partido. Vittorio se alegra de encontrar en las palabras de Dimitrov un eco preciso de las suyas frente al comité de investigación de la Comintern. "Dimitrov me está dando la razón; ha justificado mi trabajo." Se siente mucho más seguro al regresar a Moscú. Ha triunfado en su misión. Sin embargo, Togliatti, a quien encuentra, lo desengaña:

—Es mejor que regreses a España lo más pronto posible.
—¿Qué quieres decir?

Togliatti, sibilino, responde:

—Oficialmente, en España has hecho un buen trabajo.

Vittorio se siente en la picota: su buena fe de militante sigue a discusión. Que haga méritos, allá lejos. Sus críticas legítimas son pretexto para hacerlo aparecer como difamador del Estado soviético. Después de humillarlo con la investigación, viene la angustia de saberse controlado por la GPU. Los compañeros no le dan ni el saludo. La Stásova, en su oficina, tiene el rostro tenso y amarillento, sus manos huesudas se han hecho transparentes. Vittorio le cuenta de Asturias convertida en una pequeña república, el heroísmo de la población, la masacre perpetrada por las tropas marroquíes y los legionarios, los mil quinientos muertos, los treinta mil prisioneros políticos.

Por primera vez en su vida, Vittorio quiere hablar de sí mismo, justificarse ante esta camarada vieja que siempre lo ha estimado y protegido:

—Mira, Yelena, no creo merecer un trato de excepción, sé que miles de comunistas están en mis condiciones; mi fe en el socialismo es la misma y la Unión Soviética es la que encarna al socialismo; no me siento derrotado. Los errores deben atribuirse a las fallas inevitables en una construcción tan compleja y grandiosa como la Unión Soviética, y no a la traición de gente profundamente convencida.

La Stásova levanta los ojos; su expresión ha perdido fuerza, sobre el escritorio se le caen las manos, deprimidas.

—Están contra mí, Vittorio.

El miedo se instala en la pieza.

—No es grave —aclara—, sólo desagradable. Por ahora me envían a descansar.

—¿Adónde?

—Al Cáucaso, a Kislovodsk. Me gustaría que te quedaras en la Unión Soviética, te lo rogaría, pero comprendo que debes irte.

Clavado en su asiento, Vittorio recuerda la advertencia de un compañero: "Han puesto micrófonos en todas partes, hasta en los cuartos del Sojúznaya". Y levanta la voz.

—Nuestra fidelidad al socialismo permanece intacta. Tú más que nadie, Yelena, has combatido en primera línea. ¡Ah, cómo te quería Lenin! Aprietas los dientes y sigues adelante; los jefes van a comprender que la aspereza de la lucha nos impide ver con precisión los contornos, nos equivocamos en los detalles, nunca en el objetivo final. La tensión de los acontecimientos no nos da tiempo para valorar las acciones; todo se juega en unos segundos. Hoy en día, después de lo de Kírov, ninguno de nosotros se atrevería a hacer una crítica en público a la situación en la URSS porque significaría aliarse al enemigo. Más vale morir que ponernos en la mira de América y de las burguesías del mundo. Equivaldría a venderse al fascismo y al nazismo. Sin embargo, entre nosotros podemos decirnos nuestras verdades sin que se nos considere sospechosos o aliados de Trotsky. Tú, Yelena Dimítriyevna Stásova, eres una heroína, la más grande que conozco.

La Stásova sonríe.

—¡Ah diablo de italiano tan adulador! Saldrás de nuevo a España dentro de tres días. Tu compañera te alcanzará más tarde.

En la intimidad de la habitación del Sojúznaya, el único sitio en el que Tina cree que nadie los escucha, le confía a Vittorio:

—Estoy contenta de que nos vayamos.

Vittorio guarda silencio.

—Quiero vivir contigo, Toietto, hacer mi vida contigo.

Guajes
Fotografía de Tina Modotti. Archivo Francisco Luna

1 DE ENERO DE 1935

—Camarada Modotti, deberá ir a España. Usted va a luchar al lado de los camaradas asturianos.

La Stásova se encarga de apagar el brillo en los ojos de Tina.

—No podrá ver a nadie, entienda, a nadie, salvo a su contacto. Vamos a pasar dinero. Irá en avión. El compañero Abrámov le entregará sus documentos.

—¿Cuándo debo salir?

—Mañana, esta misión será más larga que otras; tendrá que llevar sus efectos personales; la situación en España es incierta.

Al despedirse, la Stásova la conmina:

—Cuídese, camarada.

¿Qué se lleva? En el ropero, cuelgan sus dos faldas, la chaqueta negra, tres blusas, el par de zapatos de trabita de verano. A qué poco se ha reducido en los últimos años; es mínimo lo que necesita, qué vergüenza depender de lo superfluo. Tal día en la primavera dejaba de usar la chaqueta, como sus botas, ahora enlodadas; tal día, en el otoño se las ponía de nuevo.

Su único lujo es el montón de fotografías traído de México, muy bien empaquetado; allá en el fondo del ropero; entre otras, quedan la escalera de Tepozotlán, la hoz y la mazorca, las manos del titiritero Louis Vounin. No ha vuelto a mirarlas desde el estudio de Lotte Jacobi en Berlín, cuando ésta le organizó la exposición seis años antes; ahora mismo no es el momento de contemplarlas. ¿A quién confiárselas durante su ausencia? "Puede prolongarse", dijo la Stásova. Los Regent, eso es. Cuidarán de la cámara y del paquete. "Con qué facilidad puedo deshacerme de parte de mi vida; hace seis años las atesoraba."

La atención a España es apasionada desde el 12 de abril de 1931 cuando los candidatos monárquicos fueron derrotados en las elecciones. ¡Magnífica la clase obrera al sur de los Pirineos! El proletariado español sigue el ejemplo ruso, formará el segundo Estado socialista del mundo. Carlos Velo, un jovencito biólogo, le contó a Vittorio que al rey Alfonso XIII no lo habían sacado los obreros sino los estudiantes de clase media con sus huelgas universitarias. El conde de Romanones le aconsejó: "Mejor váyase, su majestad, porque el pueblo no lo quiere", y el rey subió a su Bugatti rojo, el carro más rápido del mundo, y dejó atrás a su familia. Su esposa, la inglesa Victoria Eugenia, y sus hijos, avergonzados, salieron por Hendaya. No hubo toma de la Bastilla; los españoles no se lanzaron contra el palacio real. Los Velázquez y los Goya se salvaron.

Nada conmocionó tanto a los españoles como la revolución popular de los mineros asturianos, hartos de su pésima condición como trabajadores, bajo el gobierno de Lerroux y Gil Robles.

Hace unos meses, el levantamiento de Asturias sacudió a España. Los mineros resisten quince días en Oviedo y en Gijón. La represión es feroz. Un general se destaca y el presidente de la república, Alcalá Zamora, lo llama "el salvador de la nación." El general tiene cuarenta años; su nombre: Francisco Franco.

14 DE ENERO DE 1935

Tina no le teme al bimotor porque no le importa morir. Hace tiempo que se vive a sí misma con indiferencia. Desde que se fue Vittorio, pone un pie delante del otro, sus manos sobre el teclado de la máquina de escribir, sus ojos sobre la página del libro. ¡Qué bueno tener ojos! ¡Qué bueno ver! Se lleva la cuchara con el borsh a la boca y sigue alimentando eso que ahora carga pero que extrañamente se desprende de sí misma. Que haga uso de esas piernas, esos brazos, esa cabeza rellena de sesos y de sangre, que meta su voluntad para tomar el corazón que late y que se lo lleve adonde sea más útil. El partido es el que la echa a andar y cada una de sus células lo obedecen, dispuestas a dar de sí hasta el desgaste final. Que el partido la consuma. "Buen trabajo, camarada", le dicen la Stásova y el Alto Comisario. "Misión cumplida", le sonríen. "Las tareas que le encargamos siempre tienen buen fin." Hasta Abrámov cambió a raíz de las misiones a Rumania, Polonia y Checoslovaquia. "Excelente elemento de enlace." "De nuestros agentes es la única que entiende a la primera." "No crea problemas." "Siempre está dispuesta."

En el avión estira las piernas; qué fuertes, la sostienen bien, sus músculos casi de madera de tanto caminar nunca se rebelan. Su corazón es un servidor leal. Siempre le sucede lo mismo en avión, sentirse bien. El avión sube, pierde altura, vuelve a subir, "las bolsas de aire"; le dieron ventanilla y desde su asiento vigila el buen funcionamiento de una hélice. A diferencia de los demás que en casi todas las circunstancias de la vida se las arreglan para hallar alguna comodidad, Tina, que no la busca, la encuentra cuando vuela. "A lo mejor fui pájaro." Siente un poco de vergüenza por su situación de privilegio. Otros son interrogados por la cheka, los registran, cruzan la frontera, insisten, se empeñan en vivir, cubren las aceras, son un río gris, mientras ella, arrellanada junto al cielo, prende un cigarro.

En el tren, sentada frente a otros, durante todo el día, durante toda la noche se crea un lazo; en el avión, no. Los ojos ven hacia el frente. La gente es aire. El avión aterrizará en París, luego tomará el tren a Burdeos, a Bayona, y buscará transporte a Gethary, un poblado entre Biarritz y St. Jean de Luz, cercano a San Sebastián; su contacto la encontrará en el Alfajarín a las doce. La contraseña: *No encontré llave para esa cerradura,* le parece chistosa. En español. Qué familiar es el español, qué cálido. Su pasaporte es argentino: la porteña Estela Arretche. Abrámov la confina a América Latina. Sólo una vez la hizo alemana, y otra, canadiense. ¿Cómo escogerá Abrámov los países, cómo los nombres? ¿Cuál es su método para falsificar los pasaportes? ¿Quién es en realidad Estela Arretche cuyo rostro, idéntico al suyo, usurpa desde un cuaderno de cartón su fecha de nacimiento, el arco de sus cejas, la estatura que ha alcanzado, su complexión delgada? España resulta extraordinariamente importante para los camaradas; allí está gestándose una lucha de hombres entregados al culto a la revolución de octubre; si es que pueda exportarse una revolución. Toda una capa social sin futuro encontrará una nueva vida. Tina suspira. Una nueva vida. Sus manos se posan sobre sus muslos fuertes. ¡Qué buenos servidores! Muchas de las cosas que le han sucedido se originan en esos muslos. Así como sus ojos han almacenado imágenes, su carne ha devorado los días que la han llevado hasta hoy. Su vida entera la trae puesta.

17 DE ENERO DE 1935

—¿Qué quieren?

Los cuatro hombres hacen que todos los parroquianos del café en Gethary vuelvan la cabeza hacia ella.

—Nos acompaña ahora mismo, señora —la voz le parece brutal.

—¿Quiénes son ustedes?

Uno le muestra rápidamente una mica brillante:

—La policía. Tiene que venir con nosotros.

—¿Por qué?

—Señora, levántese ya. Tome usted su bolso.

Alguien dio el pitazo, pero ¿quién?

Nadie sabe, sólo Abrámov. Tina siente que las piernas le fallan. En el café, el silencio es total.

—¿Y mi maleta? La dejé en la consigna.

—Vamos por ella.

¡Qué odiosos los franceses, tanto o más que los alemanes! Tina alcanza a protestar:

—No sé qué buscan.

—Ya lo sabrá. Tendremos que registrarla.

Echa su silla para atrás e inmediatamente un hombre la toma del brazo. Camina sin ver a los parroquianos, los ojos fijos en la puerta. No la detuvieron ni en la misión de Bucarest que fue tan peligrosa, ni en la de Zagreb cuando el agente Predrag Popa creyó haberla alcanzado, ni en la de Praga en el momento en que cerraron la frontera, ni en ninguna otra misión... Ahora los franceses lo hacen con lujo de exhibicionismo. Cuatro para llevarse a una mujer pequeña como ella.

—¿Adónde me llevan? —pregunta en el Opel negro.

—A la prefectura.

Tres hombres se apretujan en el asiento trasero junto a ella; uno más se sienta al lado del conductor.

—¿Es un secuestro?

—Señora, vamos a la prefectura de policía.

¿Por qué no grita o se le echa encima al chofer tapándole la vista? ¿Por qué no hace algo? Sería completamente inútil. ¿Se proponen torturarla? ¿Resistirá? ¿Van a matarla? Quizá ve la calle por última vez, quizá hoy termine su vida. No tiene nada que decirle a nadie. Ni a Vittorio. A él hubiera querido verlo; mirar su rostro de hombre bueno. A la mamma. A las hermanas. A Weston, poco recordado ya. Edward la sacaría de este mal sueño, no entendería su relación con Vidali. "Un hombre burdo que no entiende el arte." "¿Qué tienes tú que hacer con él?" Muy pronto los franceses tendrán que darse cuenta de que ella no es interesante, que sirve de elemento de enlace, que aún no recoge el dinero —según la Stásova y Abrámov una suma muy, muy considerable—; habría llevado parte en un cinturón especial como en otras misiones y el resto oculto en el forro de su chaqueta negra como en Rumania. Tina abre su bolsa y cuatro pares de ojos convergen en los gestos de su mano; salvo el conductor todos quedan en suspenso. "Creen que estoy armada", piensa.

—¿Puedo fumar?

Uno de los policías le ofrece Gauloises y, con un encendedor apestoso a gasolina, prende el cigarrillo. Tina le da una larguísima chupada. Cuando ha triturado la colilla en el cenicero, el policía le ofrece otro.

—Gracias —se lleva Tina el cigarro a la boca.

—¿Fuma usted mucho?

—Sí.

En la prefectura la hacen pasar de inmediato al despacho del comisario, quien sin levantar los ojos de sus legajos dice:

—¡Ah, la activista! ¡Hágame el favor de tomar asiento! ¿Es

usted la que acostumbra citar a sus contactos en el jardín botánico?

—¿El jardín botánico?

—No es necesario fingir; no se moleste en representar un papel. Sabemos que siempre pregunta ¿por qué? como si acabara de nacer.

Tina, estupefacta por la confusión del comisario, no acierta a responder.

—Como buena bolchevique supongo que nos hará usted esperar.

—¿Esperar?

—Sí, antes de confesar. La paciencia y la ironía son las principales virtudes de los bolcheviques. En esta ocasión tengo curiosidad de ver cómo hace llegar a sus compañeros la noticia. De ahora en adelante, para ustedes están prohibidos los zoológicos, los parques públicos y los jardines con lago artificial.

—No sé de qué me habla...

—Tendrán que establecer nuevos sistemas de encuentro...Vidali...

Tina se sobresalta.

—Ya ve, usted sabe de qué le estoy hablando. Vidali ha sido arrestado. Enea Sormenti también. A ambos los hemos puesto a engordar mientras los reclama su gobierno. En cualquier cárcel francesa se come muy bien. Nuestra red llega hasta Estela. Usted se llama Assunta, en esta misión se llama Estela, la misma que en París era costarricense y se llamaba Julia, ¿verdad? Aunque en la frontera no hay ficheros, también trabajamos en detalle; es el conjunto el que se nos escapa, pero ya ve usted, tampoco lo hacemos mal...

Tina se retrae; debe permanecer alerta, no permitir que la disminuyan. Pide otro cigarro y otro; cuando al final de la noche le pregunta el comisario: "¿Es usted una radical?", responde firme: "Sí, me considero una radical". A su pregunta acerca del terrorismo dice: "En algunos casos me parece necesario para lograr los objetivos". "¿Incluso si la población está de por medio?" Tina repite con rapidez: "Incluso si la población civil está de por medio". "Entonces ¿usted arrojaría una bomba?" "Si me lo pidiera el partido, sí. Una bomba también puede arrojarse sobre la indiferencia de las masas, para lograr que tomen conciencia." "¿Y la muerte, señora Arretche?" "La muerte no sólo proviene de las bombas. La bomba es una forma más de muerte." "¿No tiene miedo?" "Sí, claro, a veces lo tengo. Ahora no."

Después de todo, la angustia, el dolor están en todas partes; ¿por qué no creer que el terrorismo es una forma válida de lucha? ¿Más terrorismo que el que se ejerce contra las poblaciones hambrientas y desamparadas? ¡Ah, no, que no le vengan con cuentos! El día del verdadero socialismo habrá aceite y azúcar para todos.

Tina oye girar la llave en la cerradura y la cadena azotarse contra el barrote, entonces cae como fardo encima de la litera. La celda, menos fétida que la mexicana, tiene un ventanuco. Si al menos llevara en su bolsa uno de los guajes pintados que le regaló al hijo de Eugenio Heilig se sentiría menos sola. A la mañana siguiente le traen un tazón hondo y ancho de café con leche hirviendo y un trozo de pan blanco: "Qué rico desayuno". Tolera bien el encierro. "Me siento bien, me exalta." Su única preocupación es saber dónde se encuentra Vittorio y qué es lo que han descubierto. Cuando le pregunta a la celadora: "Cigarettes?", ésta inquiere: "Voulez-vous que je vous en apporte? Donnez-moi l'argent". Tina saca diez francos de la bolsa de su chaqueta negra.

—¿No podría prestarme algo para leer?

—Tengo en casa algunos libros que leía de niña.

—No importa. Lo que sea.

Durante los quince días que siguen, Tina se hunde en los volúmenes de la Biblioteca Rosa. Los lee muy despacio para que le duren; descubre *Les malheurs de Sophie* y *Le bon petit diable,* los paladea y un día le pregunta a Annie, la celadora, de pelo rubio desteñido y cuello largo, un cuello que tiene el color del oro pálido porque lo cubre una finísima pelusa:

—A usted, de niña, ¿se le hubiera ocurrido pegar dibujos de dos diablos que sacan la lengua sobre cada una de sus nalgas?

—Veo que ya leyó los libros. ¿No le importa a usted ser prisionera?

—No mucho —sonríe Tina—, aquí me tratan bien; usted es buena conmigo, Annie. Lo único que me preocupa es el tiempo, qué es de mis amigos. Perdóneme, pienso en voz alta.

El jueves en que a Annie le toca descanso, entra en la celda el comisario:

—Salga.

Tina no se mueve.

— Está usted libre, salga ahora mismo.

Tina recoge su bolsa, toma la pastilla de jabón que le trajo Annie, la toalla, los dos volúmenes rojos de letras doradas con sus grabados antiguos de niñas buenas que jamás se quitan los calzones y los entrega al comisario: "Son de mi celadora". Al salir mira tras de su hombro. La trataron bien, la comida resultó buena y abundante, el pan caliente una maravilla; tenía que hacer un esfuerzo para no acabárselo de un bocado. Habrá de recordar durante años esta tregua carcelaria de Gethary; sin presiones ni otra responsabilidad que la de comer y dormir.

El comisario le tiende un boleto y su pasaporte.

— A la embajada soviética le debe su libertad, señora, vaya a la estación a tomar el tren y salga hoy mismo de Gethary.

Como lo imaginó, en París hay orden de que regrese a Moscú de inmediato. Pasa la noche en casa de Germaine y Henri Le Bihan. Resulta incomprensible que el Deuxième Bureau, que ha expulsado a Vittorio, no la persiga a ella. En la embajada soviética son herméticos. "Aquí están sus documentos." El cónsul, y ya no Abrámov, la han convertido en ciudadana norteamericana, fotógrafa de profesión, nacida en Madison, Wisconsin, de paso en Francia rumbo a Finlandia para hacer un reportaje; su nombre: Rose Smith. (Curioso, ella narró en Moscú que se había puesto Rose Smith en México la primera vez que la detuvieron; nunca imaginó volver a usar ese nombre.) De Finlandia, Tina regresa a Moscú a recibir la debida amonestación por su fracaso, aunque el fracaso no es total. Abrámov le informa que otro agente pasó el dinero.

Pinche Abrámov.

Después del levantamiento que produjo esperanza, el gobierno español tortura a los acusados en las prisiones, y sin previo juicio, los fusila en los patios de los cuarteles. La crueldad ha sido desatada, la animosidad entre patrones y obreros crece. Los choques contra la policía son sangrientos. A partir de octubre de 1934, cuando se inicia el levantamiento en Asturias, bárbaramente reprimido, Vidali permanece en España, asesorando a los mineros. Tina va y viene de Francia a España. Tina recuerda a los mineros mexicanos, de Pachuca, de Guanajuato. Con Edward bajó a uno de los túneles. Sin casco, sin protección alguna. Enfermos de silicosis, vio a los mexicanos apretujarse lampiños y sudorosos en estrechas galerías. Tiznados dentro de la oscuridad. Llamaban a la plata "el excremento blanco de los dioses". En Asturias, los mineros no se encomendaban a la divina providencia antes de bajar al tiro. Blasfemaban, maldecían a sus patrones, al gobierno, al ejército, a Dios, me cago en la hostia, estallaban, mientras que en México trescientos mil hombres morían de hambre sin una queja. Tenía razón Vittorio, había que acabar con esa infamia y Tina multiplicó gestiones. Asturias fue su lucha.

Lo primero que pregunta en París después de abrazar a Germaine: "¿Hay cartas?" Los Le Bihan reciben su correspondencia. "¡Mercedes! ¡Mamma!", exclama cuando las hay. Germaine, buena como el pan, se alegra tanto como Tina. Si por ella fuera recibiría en el número 8 de la rue Ganne a todos los camaradas a quienes hay que esconder, pero Henri es más realista: "¿Dónde, Germaine?" "Confía en mi inventiva", responde su mujer. Su hijita, Cecile, se encariña con los perseguidos. A Tina, París le parece una ciudad que no cuida a sus pobres. En Moscú hay más compasión por los mineros asturianos que en París. El front populaire ayuda poco.

—¿De qué sirve que tengamos una frontera común? —dice Germaine.

1 DE JUNIO DE 1935

Al VII Congreso de la Internacional Comunista llegan de México Miguel Ángel Velasco, que ya no se apoda Ratón sino Marenko, Hernán Laborde, Serrano para los rusos, y José Revueltas, a quien le urge ir a la Galería Trétiakov. Tina los abraza efusivamente. Preguntan por Vittorio: "No ha de tardar en llegar de España". Tienen una reunión privada con Manuilski para hablar de la situación de México. El ambiente es de fervor. Arriban los heroicos dirigentes de la huelga de Asturias y son el centro de atención. Tina les pregunta por el camarada Vidali, Víctor o Raymond enviado por la Unión Soviética; nada saben, quizá llegue más tarde, no se preocupe camarada, no le pasa nada, ese hombre va a durarle cien años. En los corredores de la Comintern, los delegados comunistas van y vienen agitados; llegaron de Austria, Alemania, Francia, España, México. El viaje triunfal de Dimitrov de Leipzig a Moscú los alentó. En una sala pletórica, los miembros de la Schutzbund aguardan el discurso del héroe. También ellos son héroes. Georgi Dimitrov saluda con un "¡hurra!" empujando el cuerpo hacia adelante como si espoleara a su caballo en el campo de batalla. "¡Hurra!" responden al unísono, de pie frente a sus butacas, "¡hurra!" levantan sus dos brazos listos para emprender el vuelo. En ese instante se gesta la unidad antifascista. Su figura congrega las miradas; "el héroe búlgaro Georgi Dimitrov" lo llaman en las calles de Moscú. Es el orador principal. En su discurso, Dimitrov le dedica el VII Congreso a su camarada Ernst Thaelmann. "Saludamos desde esta tribuna al jefe del proletariado alemán y presidente de honor de nuestro congreso, al camarada Thaelmann". Define al fascismo entre dos ovaciones: "Es la dictadura terrorista declarada de los elementos más reaccionarios, más nacionalistas, más imperialistas del capital financiero. La variedad más reaccionaria del fascismo es el fascismo de tipo alemán". Tina aplaude a rabiar. Le emociona que Dimitrov haya sido de joven tipógrafo como Alfredo López, el maestro de Julio Antonio. Es una coincidencia que la avasalla cada vez que mira la figura fuerte del búlgaro.

Los delegados comentan entre sí:

— Son los propios nazis los que incendiaron el Reichstag porque los beneficiaba en sus elecciones: ellos mismos armaron todo este tinglado, es obra de Goebbels.

— Dimitrov lo ha demostrado, culpó a los nazis, principalmente a Goebbels.

— Polonia, Italia, Hungría, Alemania se hallan en manos de fascistas. De Checoslovaquia puede esperarse poco —dice Berzin.

— Estados Unidos protege a los dictadores tropicales; después de matar a Sandino, en Brasil se teme por la vida del joven líder Luis Carlos Prestes, a manos de Getulio Vargas —confirma el delegado de México, Miguel Ángel Velasco, Marenko.

A pesar del triunfo de Dimitrov, algunos delegados se ven intranquilos. A Tina la preocupa que no haya llegado Vittorio.

La animación en torno al congreso en junio, julio y agosto hace que Tina olvide su fracaso de Gethary. Varios comisarios vienen de España; para la URSS la naciente lucha de los españoles es fascinante; miran a España como a una hija hecha a su imagen y semejanza; bien podría pasar a ser una república más de los Soviets. Muchos oficiales rusos viajan a Madrid fingiendo ser delegados del Socorro Rojo; en realidad prometen armas, asesoría técnica e ideológica y aprovisionamiento, son difíciles los caminos. Se esperan grandes cosas de Vittorio Vidali. Tina con su conocimiento del español es invaluable.

El trabajo para el VII Congreso resulta agobiante, el Socorro Rojo tiene que presentar un informe detallado. La Stásova investigará misiones frustradas: las de Tina, las de Vittorio en Alemania y en París; por lo pronto la oficina técnica no la ha llamado a cuentas.

Como delegado, Vidali tendría que llegar. Tina espera, pasa septiembre, se clausura el congreso, y sigue preguntándose qué será de Vittorio, y de ella sin él. ¿Dónde estará? La Stásova le dice entre dos carreras:

—No te preocupes, si le hubiera sucedido algo grave, seríamos los primeros en saberlo.

—¿No me lo esconderían? —pregunta Tina con espontaneidad.

—No. Tú eres una militante y tienes derecho a estar enterada.

7 DE NOVIEMBRE DE 1935

En el momento en que acaba de colgar su ropa interior a secar junto a la tubería de calefacción del Sojúznaya, la llaman a la administración del hotel. Tina baja con el corazón en la garganta. Vittorio. Pálido, desencajado, considerablemente más delgado, apenas si la abraza. Ella lo hace subir la escalera. Una vez en la soledad de su habitación la abraza largamente y le confía que jamás llegó a la embajada soviética de París una visa a nombre de Charles Duval para viajar a Moscú. El departamento técnico secreto de la Comintern tampoco dio, en París, el nombre de Carlos J. Contreras, que usa Vittorio en recuerdo de sus paseos en México a los dinamos de Contreras, para que le expidiesen su pasaporte: una forma de impedirle asistir al congreso. Por lo tanto viajó a Estocolmo. Allá Alejandra Kolontai le dio visa, aunque no estaba en sus listas de invitados al congreso. ¿Conclusión? La Comintern le está dando trato de enemigo político. ¿Es un sabotaje de Abrámov u obedece a órdenes superiores?

Tina, que en ese momento quisiera correr a refugiarse sobre el regazo de la mamma, se hace fuerte y le repite en italiano algo que Dimitrov le confió al propio Vittorio:

—¿Recuerdas? Cuando se sentía particularmente oprimido, decía:

"Perdida la casa, pierdes cualquier cosa.
Perdido el honor, has perdido mucho.
Perdido el valor, todo se ha perdido.

"Y luego añadía él en voz alta: Sí, así es: valor, valor y siempre valor. Adelante a toda máquina, a pesar de todo."

Vittorio a su vez le confía que a lo largo de sus repetidas misiones a Polonia, a Rumania, a Finlandia se ha percatado de que allá no quieren a la Unión Soviética.

16 DE FEBRERO DE 1936

La represión de los mineros de Asturias hace que las izquierdas se unan y, al final de 1935, los comunistas cambian de táctica y dejan de hacerles la guerra a los socialistas y acusarlos de social-fascistas. El bienio negro —como lo llaman los comunistas— lleva al Frente Popular a ganar las elecciones. El Frente Popular es la unidad de republicanos, comunistas, socialistas y las dos centrales sindicales: la CNT, Confederación Nacional del Trabajo, central anarco-sindicalista, y la UGT, Unión General de Trabajadores, central sindical de inspiración socialista. Los anarquistas entran también sindicalmente a través de la CNT y repiten en las calles, UHP, UHP, uníos hermanos proletarios. Al día siguiente de las elecciones, los campesinos hambrientos ocupan las tierras de los grandes propietarios, las del duque de Alburquerque, las de Alcalá Zamora. En Yeste, cerca de Alicante, la guardia civil impide que los campesinos talen "los árboles de los señores". Los campesinos, con piedras, horquillas y garrotes se enfrentan a los fusiles. Mueren dieciocho. "Dejen el lugar los campesinos, dejen el lugar a la clase obrera." En Oviedo, en Valencia, las cárceles se abren para dejar salir a los obreros presos. También son liberados los mineros. Exigen el pago de su salario y su reincorporación inmediata. Abundan las huelgas, los edificios asaltados, las riñas callejeras, los locales y periódicos allanados, las tiendas saqueadas. Los jóvenes hablan de un gobierno obrero y de un ejército rojo. Ahora si va a ejercerse la dictadura del proletariado. La situación para los pobres durante el bienio negro resultó tan mala que el propio José Antonio Primo de Rivera, líder de la Falange, describió en las Cortes el 23 de julio de 1935 la vida de los campesinos: "Ayer he estado en la provincia de Sevilla: en la provincia de Sevilla hay un pueblo que se llama Vadolatosa; en este sitio salen a las tres de la madrugada las mujeres para recoger los garbanzos; terminan la tarea al mediodía, después de una jornada de nueve horas que no puede prolongarse por razones técnicas, y a estas mujeres se les paga una peseta".

19 DE MARZO DE 1936

España está madura para una conflagración. Las tomas de tierras se multiplican, asesorados por los comunistas, los hombres del campo empiezan a cultivarlo. *La Libertad* publica un telegrama de Manasalbas, provincia de Toledo: "Dos mil hambrientos acaban de apoderarse de la finca El Robledo de la que se apropió Romanones hace veinte años sin dar nada al pueblo". Lo mismo sucede con mil trescientas diecisiete hectáreas de Encinar de la Parra. "No les queda otro recurso que invadir; se están muriendo de hambre." Los trabajadores de ochenta pueblos de Salamanca, ochenta mil campesinos de las provincias de Cáceres y Badajoz, todos se posesionan de las tierras y se ponen a cultivarlas. Los campesinos quieren tierra y el Frente Popular es muy lento, al paso que va tardará un siglo en repartirla.

Los comerciantes, los pequeñoburgueses también tienen miedo; España es un volcán. No hay ya un estado católico y autoritario que cuide sus intereses como lo pretendieron Lerroux y Gil Robles durante el bienio negro. Los monárquicos, los terratenientes, los conservadores esperan que los salve el rey de los cielos y su ejército militar sobre la tierra. Están amenazados la propiedad y el orden establecido, y sobre todo, sus vidas.

Voluntarias en un hospital, Madrid
Archivo particular

JULIO DE 1936

Más allá del sopor, las hileras de olivos se acercan a la carretera. "Los árboles caminan", piensa Tina. Dejar Granada la entristece, su misión de propaganda del partido, la satisfizo plenamente. Simone Téry, buena compañera, la hace reír con sus descripciones. Periodista francesa, anda al acecho de noticias y conoce a medio mundo. "El rostro cómico, rosa y redondo de Vidali con su copetito", "la singular vivacidad, a pesar de su gordura, de José Miaja", "el gesto adusto, severo de José Díaz", el de Vittorio Codovilla, argentino, quien responde al nombre de Medina, Simone Téry no sólo los entrevista, los imita. El que mejor le sale es Togliatti, Ercoli, cuyo aire misterioso arremeda a la perfección. "Ahora vas a ver a uno de los mejores agentes secretos de la Unión Soviética." Simone lo llama la eminencia gris y parpadea como él. "Deberías ser actriz, no periodista", sonríe Tina. Simone, cartesiana, interrumpe a sus entrevistados: "Lo que me dice no es lógico, no puede ser".

Vittorio le envió un mensaje a su mujer a Granada: "En Melilla, la rebelión militar es un hecho. Confío en que no los dejen cruzar desde Marruecos el estrecho de Gibraltar, eso nos dará tiempo de movilizarnos. Francisco Franco, el de la masacre de Asturias, está al mando. Vénganse tú y la francesa por Jaén, entren a la llanada de La Mancha, Ciudad Real, Toledo, Illescas, hasta donde puedan llegar..."

Bajo el sol, las hojitas coriáceas, persistentes, el paisaje, todo parece esperar algo. Hasta el olor es distinto. Hay campos que no tienen olor y éste es uno de ellos. El autobús avanza resoplando, cayendo en baches que hacen saltar a todos, pero ni así dejan de cabecear hombro con hombro, sus bultos entre las piernas, sobre su pecho. Bajo apretados pañuelos que les marcan la frente, los rostros de las mujeres, secos y severos, quemados por el sol, se cierran como las montañas frente al horizonte. En las caras, se aferran los labios, los ojos, como los pueblitos encalados se aferran al paisaje. Qué vieja España, qué caliente el viento que barre las planicies. Hasta el aliento de las mujeres es de hornaza. Una de ellas abre los ojos; mirada dura como sus facciones. A lo lejos estalla una granada. ¿O qué fue esa explosión? La mujer ¿irá a Madrid como ella? El miedo adelgaza los labios hasta convertirlos en una sola línea; aquí todos luchan contra la tierra para sacarle lo que tiene. El motor quiebra la vastedad del paisaje. Dos veces el conductor tiene que detenerse, primero a punto de chocar con un Hispano Suiza manejado por un militar, después con campesinos de camisa negra, guadaña al hombro.

—Qué rápidos se vienen los días en una guerra, todo sucede al mismo tiempo, y luego, sin sentirlo, la muerte.

En Madrid, despierta a Simone, desciende con alivio del autobús, el maletín de todas las misiones en su mano derecha. Simone corre a la sede del partido en Francos Rodríguez. A Tina no le es difícil dar con la calle ni con la casa que Vittorio le anotó. Por algo ha estado antes en Madrid: "Encuentro la casa porque la encuentro". Hay ciertos momentos, ciertos días en que Tina tiene la certeza de lograr cualquier cosa. Es un impulso casi sexual. Más joven pensaba: "¡Qué bien haría el amor ahora!" Pero no se hace el amor a media calle. Se detiene frente a una mansión. "La de los Ganivet es muy grande", recuerda la indicación de Vittorio. Una niña que después Tina sabrá se llama Carmen baja a abrir y desde el balcón alguien le grita como si la conociera desde siempre: "Anda, sube, no tardan en llegar los hombres; falta poco para que nos sentemos a cenar".

La autoridad de Matilde es terminante. Carmen, su hija, la sigue sin chistar.

A partir del momento en que le abren la puerta, los acontecimientos se precipitan; Vittorio la saluda: "Ahora sí, vas a correr mi suerte", y le cuenta que al llegar a la sede del Socorro Rojo disolvió la conferencia nacional del SRI para despachar de urgencia a los delegados a sus respectivas ciudades con la orden de organizar la resistencia; y la tarde misma de su llegada, Pepe Díaz, secretario del partido comunista, lo envió al convento de los salesianos en el barrio de Cuatro Caminos. "Y ¿qué diablos voy a hacer yo en un convento?", protestó Vittorio. "Era convento, lo tomaron los obreros, las Milicias Antifascistas Obreras y Campesinas, las MAOC. Ahora es la comandancia del Quinto Regimiento." Al entrar Vittorio vio el enorme patio lleno de voluntarios que recibían instrucción militar. Enrique Castro Delgado y él han hecho un buen trabajo. Las Compañías de Acero integran a los que han sido soldados y a los comunistas. La Unión Soviética los apoya. Hay fondos. Con Stepanov, el búlgaro, Togliatti, Alfredo y Gerö, en Barcelona pueden estar seguros del triunfo.

Vittorio les hace la crónica de sus últimos días actuando cada episodio. De vez en cuando, durante su relato, llegan a la ventana gritos y disparos de algunos que seguramente están en su entrenamiento, pero a nadie se le ocurre sobresaltarse. La cena y las decisiones se toman en un minuto: Paco Ganivet se va a Somosierra con la columna Galán; Vittorio regresa al cuartel del Quinto Regimiento en la calle Francos Rodríguez, y Matilde y Tina, destinadas al Hospital Obrero, incautado ese día, tendrán que multiplicarse, trabajar las veinticuatro horas: "Allá, hay que organizarlo todo; empezar desde cero".

—¿Qué haremos? —pregunta Matilde Landa, la mujer de Ganivet.

—Ganar —responde con una sonrisa—. Eso es lo que vamos a hacer: ganar.

—Pero Toietto, ¿qué haremos concretamente? —insiste Tina.

—Serán enfermeras. Desde hoy, además, son miembros del Quinto Regimiento, vamos a enseñarles a manejar armas, fusil, pistola, a lanzar granadas. Formarán parte del batallón femenino. Y no me llames Vidali ni Toietto ni Vittorio; aquí soy el comandante Carlos Contreras.

—¿Y Carmen, la niña? —pregunta Tina.

—Hoy mismo se va con su tío que enseña en El Escorial, en las afueras de Madrid; allá no correrá peligro.

Con cuánta celeridad Carlos decide el destino de todos. Después de las lentas horas del viaje la vida de Tina se resuelve en un momento.

—Y tú y yo, ¿dónde vamos a vivir?

—Para verte, iré al hospital y tú vendrás a Francos Rodríguez número cinco, la comandancia del Quinto Regimiento. Por lo pronto vamos allá; más tarde las llevaré al hospital.

Matilde Landa cubre los muebles y cierra las persianas preparando su hermosa casa para una larga ausencia. "Quién sabe si volveremos", toma de la mano a su hija. Tina corre tras Vittorio. Enfermera. Será enfermera. "Enfermera o lo que haga falta." Su corazón late fuerte. Qué libres siente sus pasos sobre la acera. Vive estas horas con todo su ser. Enfermera. Dio. Descubrirá sobre la marcha lo que eso significa.

18 DE JULIO DE 1936

En respuesta al levantamiento, los madrileños se habían lanzado a la calle para apoderarse de edificios, transportes, "ahora es nuestra la estación de Chamartín", perseguir a curas y monjas, detener sospechosos, desfogar su rabia, despojar a tenderos, romper escaparates, catear casas, aterrorizar a quienes antes los oprimieron. "¡Sólo a tiros entienden los curas!" "¡Balazos para los carcas!" Los religiosos corren como conejos y los milicianos dan tiros tras ellos. Ahora sí, se viene la acción. Confiscan las fábricas de gas, las compañías de luz, las industrias textiles, las perfumerías, las cervecerías, las imprentas, los cines, todo, y en todas partes instalan comités de vigilancia, fusil en mano. Los dueños corren empavorecidos, o protestan y les disparan un balazo. ¡Qué revancha la de los pobres! ¡Desquitan su miseria, la ausencia de escuelas, de médicos, los años de abandono!

"Tenemos el triunfo en la mano." La CNT, la UGT, despliegan su propaganda. Varios periódicos murales anuncian en grandes letras rojas siglas de un sinfín de partidos políticos, comités recientemente fundados; dondequiera que hay un muro, encima de vidrios y ventanas, alguien pegó un cartel, Madrid está empapelado.

Los volantes todavía huelen a tinta. Tranvías, autobuses circulan pintarrajeados, en los bancos puede leerse: "Tomado por la CNT". La gente corre por la calle sin ton ni son; con una prisa tremenda pasa al lado de las iglesias quemadas, como si su destrucción fuera lo más natural del mundo, y cuando el ruido de la calle disminuye se oye, apagado por la distancia, el de las ametralladoras. En unas calles hombres y mujeres levantan adoquines para hacer barricadas, trincheras de sacos de arena poco a poco rodean la ciudad.

En el patio del cuartel de Francos Rodríguez reclutan a los hombres, a las mujeres, a quien llegue. El objetivo inmediato es armar al pueblo en cualquier forma y unificar una fuerza: comunistas, socialistas, progresistas, todo aquel que sea antifascista puede enrolarse, aunque no sepa formularlo sino con gritos de "Abajo los carcas". Unos quinientos hombres reciben sus monos azul marino que a Tina le recuerdan su overol mexicano. "Vamos a aprender a cavar trincheras, a hacer barricadas, lo primero es llenar sacos." El problema son las armas. "¡Armas!" "¡Armas!" "¡Armas!" ¿Dónde están? ¿Qué esperan para repartirlas? La lentitud del gobierno republicano resulta desesperante, se ve que Azaña es un señorito, coño, nadie sabe qué hacer, recoño. Se murmura que Azaña dijo que lo de Marruecos no es más que un motín y por lo tanto hay que esperar, ¿no conoce él a los militares? ¿Quiénes de los oficiales le serán fieles a la república? En primer lugar ¿por qué mantuvo en su puesto a todos esos temibles generales que ni por equivocación pueden ser republicanos? Azaña es un iluso, un inepto como lo son todos los que hacen las revoluciones a medias, piensan algunos. ¿Qué, no sabe que la casta militar es reaccionaria por definición y tiene que quitársela de encima?

Muchachos de quince o dieciséis años, rebosantes de ardor revolucionario, marchan. Flanco derecho, ya; flanco izquierdo, ya; media vuelta, ya; descanso, ya. El instructor los hace desfilar en columnas de tres, de cuatro, de cinco, y luego los pone a construir parapetos. No les enseñan ni a cargar un fusil ni a disparar. Ellos, con sus semblantes sonrosados, reclaman un arma.

—La jefatura de policía envió rifles a la Casa del Pueblo.

Los voluntarios se precipitan; corren por la Castellana, la Gran Vía, se arremolinan en la plaza de España; jubilosos, discutidores, hombres y mujeres, obreros y campesinos llegan a ofrecerse a la Casa del Pueblo. "¿Cuándo salimos a combatir?" Quieren pelear. "Armas para la república." Cualquier otro tipo de trabajo es rechazado. "Al frente, al frente, queremos ir al frente." Corean: "Armas, armas, armas, dadnos armas". "Coño, hay armas en el cuartel de la Montaña. ¿Por qué no lo asaltamos?" "Está lleno de oficiales sublevados, nos harán polvo. Los militares nunca están con el pueblo sino con la fuerza." "¡Están con nosotros, toda España está con nosotros; son fieles a la república!" "¿Pero no los conoces? Fascistas traidores, eso es lo que son. Carcas y clero nunca han estado con el pueblo. ¡Pero ahora nosotros somos los más fuertes!"

El entusiasmo en la calle contagia a Tina; los voluntarios con sus monos azules y sus fusiles sin cerrojo, listos para la muerte, muchachos que apuestan el todo por el todo a su juventud, a su deseo de pelear; caqui y azul, los dos colores predominantes en la Gran Vía. "A cualquiera de corbata, seguro que lo fusilan", piensa Tina. Se ven muy críos, parecen pandillas de escolares que ese día han hecho novillos y la gente los anima: "Salud compañero". "Salud." "Camarada", "compañero", todos se dirigen la palabra. "Compañeras." "Ahora todos somos iguales." Es cierto, los soldados discuten al tú por tú con el oficial si no les gusta una orden. La mayoría es obrera. Madrid se ha vuelto una ciudad proletaria, y para ellos se abre una nueva vida. Todos se saludan, se abrazan, comparten cigarros, botas de vino, jamón.

Qué diferencia con París y su gente bien vestida, los camareros displicentes en los cafés, el mundo de las propinas y los escaparates rutilantes. Aquí, en Madrid, ¿dónde se han metido los señoritos, la llamada gente bien? Ya no se ven por la calle niñeras con carritos, sirvientas de uniforme. Quizá sus patrones se las llevaron a sus fincas en el campo, en la Costa Brava, en San Sebastián. Y quizá ellos se disfrazaron de pobres para confundirse con los de a pie. Salvo los gitanos, nadie pide limosna, no hay pordioseros. Tampoco hay carbón. "¿Qué pasará en diciembre cuando caigan las primeras nevadas?", pregunta Tina. "No llegaremos al invierno sin triunfar", asegura el comandante Carlos, "en dos meses ganará la república. El pueblo está con nosotros y donde está el pueblo está el triunfo."

En la acera, la conversación de muchachos de caras enrojecidas es la misma.

—Ya me han dado mi fusil.

—¿Cómo lo habéis conseguido? ¿Tiene cerrojo?

—No, los cerrojos están en el cuartel de la Montaña.

—¿Cuándo os vais al frente?

"Son niños", piensa Tina, "verdaderos niños, no han de tener ni quince años."

—Fascistas maricas, vamos a darles hasta por debajo de la lengua.

—Son niños —alega Tina ante Vittorio—, deberían estar en la escuela. Seguramente ni siquiera saben lo que significa la palabra fascismo.

—Por eso mismo —responde—, para que puedan ir a cualquier escuela y no tengan que decirle a nadie "don" o "señor", para eso van a pelear, y el problema no es que sean niños: el problema es la falta de armas.

—No tienen la menor idea de lo que es la guerra, Carlos, no saben ni en lo que se meten.

—Ya lo aprenderán.

—¿A costa de su vida? ¿Cuánto les pagan?

—Diez pesetas diarias. Y tienen buen pan, buena comida, tanta que muchos se la llevan a su casa y tenemos que sancionarlos por robo.

En Francos Rodríguez, obreros y campesinos dispuestos a salir al frente son los dueños del mundo. El peligro afila los sentidos, aviva las emociones. Gritan: "¡Fascistas hijos de puta!" Es el primer cambio en su vida.

Las noticias de Radio Madrid son muy buenas. En Galicia, la resistencia popular es enorme; del lado de la república está casi toda la zona triguera de Castilla, Levante, parte de Aragón, de Extremadura, Asturias, Andalucía y Cataluña.

Almendras, naranjas, olivos, higos. Andalucía, la del ganado y los viñedos, es republicana. Durante siglos han cultivado la tierra en la misma forma en que lo hicieron sus abuelos y los abuelos de sus abuelos; sacaron agua del pozo, se alumbraron con candelas, cargaron leña para encender el fuego, vivieron su dura vida de labriegos, sus hijos no fueron a la escuela, murieron a la primera epidemia; España cruel y sorda les dio la espalda. Ahora se disponen a reventar con su horquilla al primero que se les oponga. El impulso que se vuelve consigna es acabar con los ricos, los amos; la fiebre revolucionaria los urge a vengarse de los terratenientes y sus criados, los de la Guardia Civil. "¡Vamos a cobrarnos!" Es inmenso su odio, sale a flote desde el momento en que empuñan su arma.

"Ese cacharro es una mierda ¿no veis que no sirve?"

A cada momento, la radio incautada interrumpe su programa acostumbrado para dar mensajes. Cesa la música y se escucha una voz: "Es urgente que los miembros de los sindicatos se presenten en la sede de sus respectivas organizaciones". El llamado anima a los oyentes. Sin pensarlo dos veces, se levantan y azotan la puerta de su casa: "No se os olvide el carnet, lleváoslo", les gritan sus mujeres. Nada mejor puede sucederles que ser reclutados en los sindicatos o en las sedes de los partidos y recibir su arma. La CNT, la UGT congregan a miles para enviarlos a la victoria.

Han llegado fotógrafos y periodistas, de Francia sobre todo, y caminan por la calle con su cámara, se presentan en la CNT. Se quejan de los trenes abarrotados y de su lentitud. "No hay modo de ir a Granada. Allá está la acción." Se quejan de la mala calidad de las carreteras. Se instalan por lo pronto en el hotel Gaylor, en el hotel Florida, y desde allí envían sus noticias. "¡Qué malo es el telégrafo en España! Y el teléfono. No puedo lograr comunicación con *Le Temps*. En ningún país me había sucedido cosa semejante. De veras que España vive en el medievo. ¡Qué impulsivos y qué desordenados son los españoles! ¡Esto es el caos! Yo no perdería mi tiempo en incendiar iglesias, ¿dónde están las autoridades? ¡Qué métodos más burdos!" Los franceses rezongan; fuera de Francia, todo les parece mal.

El comandante Carlos, ronco de arengar a los que se forman en el patio de Francos Rodríguez, afirma: "Gana siempre el mejor ejército, el más disciplinado, el mejor equipado, el que tiene las mejores armas. Nosotros vamos a ser ese ejército gracias a nuestro entrenamiento y al apoyo decidido de la Unión Soviética". Los anarquistas, los anarcosindicalistas no quieren ejército, quieren milicias populares. El militarismo envilece al hombre, lo vuelve un títere. Federica Montseny, de la FAI (Federación Anarquista Ibérica), declara que la revuelta de los militares iniciada en Melilla adelanta la revolución que todos ansían y la colectivización en el campo. ¡Qué bueno porque el país está maduro! ¡A darles, ahora sí, a darles!

Radio Madrid transmite por altavoces en todas las plazas públicas. En Barcelona inundan las calles trabajadores armados que bajan por las Ramblas, el puño en alto. Una tropa montada de guardias civiles se ha unido a la república y la multitud los vitorea. Una ola de violencia recorre España, los españoles convergen en las plazas públicas; por la noche los atrapa una voz de mujer en Radio Madrid que demanda armas para los trabajadores y les dice a las mujeres que peleen con cuchillos, aceite caliente, lo que tengan a su alcance y defiendan su dignidad: "Es mejor morir de pie que vivir de rodillas. No pasarán". "Más vale ser la viuda de un héroe que la mujer de un cobarde." Que ninguno apague la radio; permanezcan con el aparato prendido de día y de noche, Radio Madrid les dirá qué hacer, Radio Madrid es el único camino en medio de la confusión.

Las tropas alzadas se enfrentan a los trabajadores armados cuyas tácticas revolucionarias los dejan confundidos. "Vosotros sois como nosotros. Uníos a nosotros, no sigáis a los oficiales." En algunos casos aceptan y fusilan a sus oficiales; en otros la batalla es feroz. Feroz y heroica. Una ametralladora es silenciada por un obrero que se lanza de cuerpo entero contra ella. Muchos soldados se pasan al lado del pueblo. Después de todo también provienen de familias campesinas; allí entre la multitud puede estar su hermano, su padre. Otros, acostumbrados a obedecer, esperan la orden de su superior. Es lo único que han recibido en la vida: formación militar; la única verdad es la orden. No hay tiempo para deliberar. Hay que obedecer.

Los generales implicados en la conspiración saben del levantamiento en África y esperan; acostumbrados a la disciplina del ejército, no se deciden a actuar por sí mismos, mientras que los españoles de la calle están dispuestos a todo: su furia incontenible se hace sentir desde el instante en que reciben su fusil. La falta de decisión de los oficiales da ventaja a los republicanos.

"¡Fascistas hijos de puta!"

Un mundo de gente se agolpa frente a la puerta de Francos Rodríguez custodiada por un grupo de milicianos. Carlos se abre paso entre los que esperan; el ambiente es de euforia, hablan a gritos: "sígueme, pasa por aquí, sígueme", ordena Carlos. "Al fin, ya llegó el jefe", oye Tina. "Cuando están las cosas así de inquietas, los jefes no lo atienden a uno", dice otra voz. El bullicio es general. Carlos abre la puerta de su oficina. Hasta allá llega la algarabía.

Entre el cúmulo de voces en el cuartel Tina distingue un acento familiar. Son cubanos, reconoce con alegría: "Síganme", les dice a la pasada y los conduce a la oficina del comandante Carlos.

—Ya los conozco, nos han ayudado a Esteban Vega y a mí desde el primer momento en el Socorro Rojo. Trajeron al asturiano Claudio Gutiérrez, jefe de cocineros del hotel Nacional de la Habana que va a responsabilizarse de alimentarnos. Así como luchó contra Machado va a luchar contra Franco.

Por vez primera Tina pone los ojos en María Luisa Lafita y en su esposo Roberto Vizcaíno, en Moisés Raigorodowski, nacido en Odesa y guapo como él sólo, en Policarpo Cardón, en Alberto Sánchez Méndez y Esteban Larrea quienes viven en la casa de huéspedes La Cubana.

—¿Cuando llegaron? ¿Cómo llegaron?

—En mayo de 1935. Antonio Guiteras nos aconsejó que abandonáramos la isla, por la persecución en contra de comunistas y guiteristas. Viajamos sin pasaporte en la bodega del *Órbita*. Inmediatamente, chica, hicimos contacto con la Juventud Socialista Unificada y con la Federación Universitaria Hispano-Americana. Roberto imparte un curso sobre métodos de lucha, acción y sabotaje en el círculo de estudios que fundamos. Claudio Gutiérrez, propietario de la casa, cocina al estilo criollo picadillo y frijoles, y se ha ingeniado para tener ajiaco. Vengan a cenar moros y cristianos a La Cubana. Cigarros, café, todo tenemos.

Al oír las palabras de la mujer que habla con volubilidad

comiéndose la "s" Tina piensa: "Julio, Julio, estás conmigo, tú eres quien me manda a estos compañeros".

Parece conocerlos de toda la vida. Le dan a su lucha un ambiente festivo. Como que llenan el aire de piñas soleadas. La risa de Moisés es contagiosa. Cuentan peripecias de su vida diaria en Cuba, los registros en casa de Calixta Guiteras; rememoran aventuras a los oídos receptivos de Tina, sin saber nada de ella se refieren a Julio y la alimentan. ¿Cómo es posible que la guerra le ofrende esta maravilla? "Chica, aquí en España hay casi mil cubanos luchando al lado de la república." Completan el grupo Enamorado Cuesta, puertorriqueño, y un portugués, Do Santos, experto en métodos de sabotaje. Hablan de la revista del Socorro Rojo:

—Ya verás, chica, la directora de *Ayuda* es María Teresa León, una mujer bella e inteligente, suavecita en su trato, buena compañera. Su esposo es poeta, lo he visto alguna vez, alto y medio engreído.

En el palacio incautado al marqués de Heredia Spíndola, María Teresa León y Rafael Alberti fundan la Alianza de Intelectuales Antifascistas. Se reúnen allí Antonio Machado, que no habla, Ramón Gaya, José María Quiroga Plá, Emilio Prados, José Herrera Petere, Blanca Chacel, María Zambrano, Juan Gil Albert, Concha Méndez, Juan de la Encina, Ramón J. Sender, Luis Buñuel. Max Aub es agente viajero de la bisutería de su padre en Valencia, pero para él relumbran los cafés y sobre todo las palabras intercambiadas sobre las tazas. Dejar su mercancía y encontrar a sus amigos escritores lo es todo. Discuten: la única alternativa en contra del fascismo es la unión y el control de los trabajadores. "Tenemos que instruirlos, luchar a su lado, formar parte de las milicias populares." Luis Cernuda, el más tímido, se cansa de asambleas y, sin aspavientos, toma un fusil, viste un mono azul y sale a Somosierra. Pedro Garfias lleva dieciocho días en la pelea con la columna Mangada y desde allá envía artículos para *Milicia Popular*. Eugenio Ímaz va y viene entre la Alianza de Intelectuales Antifascistas y la redacción de *Milicia Popular*. Ramón J. Sender alega: "Aquí no se hace más que discutir tonterías, lo que hay que hacer es irse al frente", pero antes de fin de año sale en tren a París. Lo mismo Luis Buñuel: "Yo no tengo madera de héroe".

La misma noche de la incautación del hospital, Juan Planelles fue nombrado por el gobierno de la república "Director de Sanidad Militar de Madrid y de todo el ejército republicano"; y el doctor Julio Recatero, su segundo. Incautar el hospital costó trabajo. Las monjas no querían soltarlo. "¡Si hay que abrir a tiros, vamos a hacer fuego!" Esperaron. No hubo respuesta. Los milicianos hicieron saltar los cerrojos a balazos. Cuando entraron, la mayoría había escapado, abandonando a los enfermos.

Desde que Tina llegó al hospital Obrero, el viejo revolucionario Isidoro Acevedo, del Socorro Rojo Internacional, le dijo:

—Debes cambiarte de nombre.

—Está bien, ¿cómo quieres llamarme?

El viejo reflexionó frente al cuaderno de pastas duras en el que registraba a los voluntarios.

—¿María? Es un nombre común y corriente, fácil de recordar.

—María me gusta mucho. En México, les dicen Marías a las pordioseras, las mujeres que están en la calle pidiendo limosna.

—Quedas inscrita con el nombre de María Sánchez. ¿Te parece?

—Sí, Sánchez también es un nombre común en México.

El hospital Obrero le impidió pensar en sí misma. Enorme, el estar casi vacío lo agigantaba. Unos ancianos tuberculosos abandonados por las monjas la veían desde sus camas en las salas 6 y 7.

Antes de partir, las monjas saquearon botiquines, encerraron bajo llave los equipos quirúrgicos y escaparon con las llaves por una puerta trasera. "¡Monjas, hijas del demonio!" Ni Tina, ni María Luisa Lafita, ni Mari Valero, ni siquiera el doctor Nafría, lograron abrir los armarios.

—Me dijo Mari Valero que estos ancianos son lacayos de la aristocracia.

—¿Cómo, María Luisa?

—Sí, lacayos, criados de los aristócratas; fueron sus cocineros, choferes, porteros; cuando ya no les sirvieron, aquí los vinieron a refundir.

—¿Y todos tienen tuberculosis?

—No, no todos, algunos son simplemente vejestorios.

Cuando oyó que alguien llamaba "María" dirigiéndose a ella no le causó ninguna extrañeza y respondió de inmediato. Era el doctor Juan Planelles. María por las escaleras y los corredores de cristal, María en medio del caos de este hospital en organización, María en el quirófano, María frente a los grandes ventanales grises de polvo. Había que lavarlos. Cualquiera sabía que un quirófano tiene que estar impoluto. ¿Dónde los cubos, las bayetas, dónde la farmacia, dónde las camas de repuesto, dónde la ropería y los departamentos de rayos X, dónde, monjas malditas? Ojalá y se pudran. Las salas llevaban números del 1 al 10, cada una con veinticinco camas. ¡Qué descanso ya no ser Tina! En la sala de consejo una fotografía de una monja bigotona y la imagen de San Francisco de Paula adornaban la pared. Matilde al pasar las fue volteando contra la pared al igual que había descolgado crucifijos de los muros de las salas. María Luisa Lafita, enérgica, también quitaba las imágenes piadosas:

—A la basura.

—No van a bastar las camas —advirtió Matilde—, vamos a tener que meter otras; los heridos son más y más, así son las guerras. En la glorieta de Cuatro Caminos vi ambulancias. ¿Dónde van a llevar a nuestros heridos? Menos mal que los ascensores funcionan.

—Voy a buscar jabón y trapos.

—Eso déjalo para otras, María; las chicas sin experiencia pueden empezar con la limpieza.

—Tampoco tengo experiencia y quiero ayudar.

—Oye tú chica, no te pases de abnegada —terció María Luisa— que ya tendrás oportunidad de cansarte.

La farmacia y el departamento de rayos X, el cuarto de curaciones, no se veían barridos ni lavados.

—¡Monjas hijas de perra! —exclamó María Luisa Lafita.

—¡Y pensar que casi todas las solteras de España son monjas!

—¡Qué locura!

—Te aseguro, María, que más de sesenta mil mujeres han hecho votos; a todas les da por eso así como a los hombres les da por ser sacerdotes y frailes.

—Oye ¿y cómo se reproducen los españoles si casi todos son monjes?

—Eso no les preocupa, chica. Hace poco un cura pidió clemencia: "Tengan piedad de mis hijos". Lo mataron los anarquistas de Durruti. ¿Lo has visto, chica? Es muy buen mozo, como dicen aquí.

Por la ventana Matilde descubrió un jardín y en la esquina unas casitas.

—¿Para qué serán?

—Para enfermedades contagiosas.

—Y esto ¿qué es?

Uno de los ancianitos responde tapándose la boca:

—La lavandería eléctrica, la más moderna en Madrid. Allí está el departamento de hidroterapia pero nunca ha sido usado, y éste es el de radiología. Este hospital costó ocho millones, es uno de los más grandes en Europa, mirad el tamaño de sus salas; esta galería lleva a la capilla menor, los costureros y las habitaciones de las monjas rodean la capilla grande y se comunican con ella por un corredor circular.

María Luisa Lafita no pudo evitar un ¡oh! de admiración al entrar en la capilla, grande como una iglesia.

—Válgame, se parece a la de Montserrat en La Habana. Miren, qué lujo, miren nada más estos oros.

—Van a desaparecer —dijo Planelles— vamos a necesitar la capilla para los nuestros.

María se volvió al anciano con simpatía; él se presentó:

—Me llamo Taracena. En el sótano, un pequeño vagón sobre rieles se lleva a los muertos al depósito de cadáveres. La cocina también se encuentra en el edificio central. ¿Queréis verla? El quirófano es tan grande que pueden hacerse tres operaciones al mismo tiempo, ¿ya habéis visto el tamaño de los autoclaves?

A la noche siguiente, Juan Planelles designó a Matilde Landa comisaria política del hospital.

Mari Valero preguntó con desparpajo:

—¿Para qué queremos directora política? En Madrid pululan los comisarios; éste es un hospital.

—Tiene que ejercer vigilancia y control sobre enfermeros y enfermos. Además tendrá a su cargo misiones especiales.

Los ancianitos desde su cama lo miran todo con pavor. Algunos lloran. Las salas van llenándose de nuevas enfermeras, que corren en alpargatas, platican, ríen. La guerra es una fiesta. Tomadas de la mano se disponen a bailar. Las experimentadas no son españolas: las hermanas Blanca y Anita Muller, hijas de un belga; Carla van der Rijs, holandesa, alta, fuerte, siempre dispuesta a la sonrisa ("Ésa es una mujer juiciosa", piensa Tina, "nunca pierde la cabeza"), establece una lista de las necesidades; revisan sala tras sala y se preparan para lo que va a venir. Nieves, una moza de pelo decolorado que Planelles convierte en ayudante en el laboratorio al lado de María Luisa Planelles, su esposa, excelente investigadora, se instala frente al microscopio. El director pone gran énfasis en los análisis clínicos; Angelines y Pedro Dorronsoro toman a su cargo la administración y la oficina de ingreso; María Postigo es la costurera y la responsable de blancos. Encarnita Fuyola se ofrece para la limpieza. "Si no me aceptan, puedo ayudar a llevar mensajes al cuartel; en fin, estoy dispuesta a hacer lo que sea." Las chiquitas tienen las manos tostadas por el sol, los brazos curtidos, son campesinas que trabajan desde el alba para ayudar a sus padres que no cobran ni dos pesetas diarias. Estas salas blancas son para ellas un inmenso recreo. Pilarica Espinasa, Candelaria, Remedios, Lola, Angustias, Inmaculada y Mercedes traen la risa en la boca. Se corretean, todo es motivo de juego. Pilarica Espinasa patina en las salas con una expresión festiva en el rostro. Cuando le indican: "A los enfermos hay que comunicarles ganas de vivir, hacerlos reír", ella empieza a cantar mientras baña con esponja a un ancianito:

Virgen de Begoña
dame otro marido
porque este que tengo
porque este que tengo
no duerme conmigo.

20 DE JULIO DE 1936

El cañoneo despierta a los que aún duermen. Un puñado de hombres y mujeres toman la iniciativa y arrastran un viejo cañón hasta los muros del cuartel de la Montaña. Emplazan otro cerca de la plaza de España apuntando al fuerte y abren el muro. Un grito de triunfo sale de todas las bocas cuando ven ondear una bandera blanca.

La multitud se lanza hacia la puerta, las ametralladoras de los militares la enloquecen de rabia y, pasando por encima de los cuerpos, avanza y entra por las puertas a medio abrir. Algunos oficiales se tiran desde las ventanas sobre los madrileños apostados afuera; otros optan por salvar su honor y suicidarse. El patio del cuartel de la Montaña queda salpicado de heridos; algunos cuerpos cuelgan de los balcones, muchos republicanos también yacen en las calles, se desangran en las aceras. Los madrileños han tomado el cuartel de la Montaña. Acaban de hacerlo y no lo pueden creer. De inmediato reparten los cerrojos de los fusiles.

Esa misma noche oyen de nuevo la voz incendiaria de una mujer por Radio Madrid: "Antifascistas... Españoles patriotas... ¡todos en pie, a defender la república y las conquistas democráticas del pueblo! Los comunistas, los socialistas y anarquistas, los republicanos demócratas, los soldados y las fuerzas fieles a la república, han infligido las primeras derrotas a los facciosos que arrastran por el fango de la traición el honor militar del que tantas veces han alardeado... Pero ¡no pasarán! Os los digo yo, la Pasionaria".

Por la noche, las enfermeras del Hospital Obrero no retozan, los camilleros entregan en sus manos los primeros heridos.

Esta victoria inicial hace que el ejército popular se envalentone. Eufórico, Vittorio le da ánimo a Tina: "Más de la mitad de España está con nosotros. Te lo garantizo. Si con cinco mil malos fusiles y un viejo cañón hemos logrado esta grandiosa victoria ¿te imaginas lo que nos espera? En Carabanchel, en Leganés, en Getafe, también el pueblo se ha lanzado a la calle y ha ganado... Madrid es el corazón de la victoria republicana. España es nuestra".

La ambición del comandante Carlos no tiene límites, la de Líster tampoco. En el Departamento de Guerra les dicen:

—Seréis el Quinto Batallón, ya nombramos cuatro.

—No, seremos el Quinto Regimiento.

—No tenéis suficientes hombres, necesitáis seis mil más.

—En los días que siguen los enlistaremos.

En el exconvento salesiano, agarran de donde sea; viejos, jóvenes, no saben manejar un fusil; lo único que tienen es entusiasmo. Los verdaderos militares, las fuerzas organizadas están casi todos del lado de los rebeldes, el enemigo.

Fundan también la Compañía de Acero, en su mayoría obreros metalúrgicos. Los comunistas Carlos y Líster, imponen una férrea disciplina revolucionaria de guerra.

23 DE JULIO DE 1936

En Extremadura, los requetés de la columna Escagómez, que luchan al lado de Franco, se enfrentan a los hombres y a las mujeres leales a la república. Toman a los republicanos de Badajoz, los meten en la plaza de toros como a animales y los fusilan en masa. Mil por día. Les tiran desde los burladeros. En los tendidos, hay espectadores.

Los corresponsales de *Paris Soir*, el *New York Herald*, *Le Temps*, encuentran cadáveres en el atrio de la catedral y al pie del altar. Las aceras cubiertas de sangre y de gorras. Los que quedan vivos huyen, pero en la frontera portuguesa los rechazan. Los devuelven a Badajoz y allí los asesinan a medida que van regresando. El terror se ha generalizado.

Los oficiales de la república no caben en sí de indignación. Lo que ha sucedido en Badajoz es una masacre.

Lo único bueno de Badajoz es la rabia de los campesinos. Desde ese día no han soltado su fusil, duermen con él, comen con él. "Vamos a acabar con ellos." Desesperados, el terror ha afilado su rabia. Quieren vengar a la hija muerta, al hermano asesinado, al fusilado en la plaza, al cadáver tirado al pie del altar de catedral, a la hermana violada por un moro porque lo primero que hace el enemigo es ensañarse con las mujeres. Queipo de Llano declaró en Radio Sevilla, el 23 de julio: "Las mujeres de los rojos han aprendido que nuestros soldados son hombres verdaderos y no milicianos castrados; dar patadas y rebuznar no llegará a salvarlas"

Franco afirma a un periodista del *News Chronicle* que está dispuesto, si es necesario, "a fusilar a la mitad de España".

El 18 de agosto Queipo de Llano vuelve a decir: "Ochenta por ciento de las familias andaluzas están de luto y no dudaremos en recurrir a medidas más rigurosas".

El coronel Barato asegura a un corresponsal del *Toronto Star*: "Habremos establecido el orden cuando hayamos ejecutado a dos millones de marxistas"

Los nacionales no tienen donde guardar a los prisioneros; deciden matarlos. Ponen en el paredón a mil o mil doscientos republicanos por día.

El ritmo de la guerra se impone, el pulso de la guerra en la muñeca del enfermo, entre el pulgar y los dedos de Tina, sus párpados bajos o sus ojos incendiándole la mirada: ¿qué quieres que haga, qué puedo hacer por ti, compañero, qué más puedo hacer? Sus pies que se apresuran de una sala a otra, sus pies que corren a la calle Francos Rodríguez y regresan confundidos entre los pies del millón de nuevos madrileños. "Dio, ¿por qué hay tanta gente en Madrid? Todos han venido a refugiarse aquí." Pasan coches atiborrados, Fords y Pontiacs que les fueron quitados a sus dueños. Llevan letreros hechos con pintura blanca: "Acudid milicianos al cuartel de Francos Rodríguez" y sus motores zumban por la Gran Vía, Peñalver, Gravina. En la Casa del Pueblo, la Juventud Socialista Unificada anuncia en los muros: "Republicanos, obreros, el ejército del pueblo os necesita, ¡Alistaos en el Quinto Regimiento de Acero!" El metro también está cubierto de carteles. La CNT, el POUM arman al pueblo como pueden; dentro de algunos meses tendrán que recoger el rifle, el revólver, la escopeta del combatiente muerto en la línea de fuego. Ponen a la gente a levantar barricadas en las calles de peligro, en los barrios amenazados; haced una cadena, acarread piedras, levantad adoquines, mujeres, niños, cada uno cargado con piedras; más ancho, más alto, elevadlos más, vamos, haced fuerza. Los del POUM son despiadados, fanáticos en su exigencia, nadie puede fumar ni beber, nadie descansa, deben levantar un parapeto, organizarse por barrios y manzanas. A ver ¿quiénes van a hacerse cargo de la vigilancia antiaérea? ¿Qué mujeres van a lavar la ropa? ¿Quiénes van a la cocina?

"Ya sabes qué hacer en caso de bombardeo; recuerda que en los túneles del metro sólo caben cien mil gentes", advierte Carlos, "y no te preocupes; dentro de poco tendremos defensa antiaérea, la ayuda rusa viene en camino."

A Tina la despierta en la noche el ruido de los balazos.

—Son los "pacos" fascistas, los traidores agazapados en Madrid —la tranquiliza Vittorio—, pronto acabaremos con ellos. Disparan a mansalva desde las azoteas. Los tenemos localizados.

—Qué bueno que van a matarlos. Tendremos más fusiles.

La camarada María se encariña con un anciano de hermosa cabeza blanca. Jamás una queja o una petición. Desde el primer instante Tina lo distinguió por su mirada y porque vio libros en su mesa de noche. Algo en él le recuerda a Kámenev, quizá la delicadeza. Además, su pudor la conmueve. Al sonreír, muestra dientes muy bellos y las facciones que los años han ennoblecido. ¡Qué cabeza espléndida! Cuando se siente bien se levanta y mira durante horas por la ventana, o camina hacia el aparato de radio y pone música clásica. De vez en cuando lo visita una mujer que guarda con él un gran parecido, el mismo porte, la misma elegancia, sólo que ella se ve más triste, más apagada. El anciano nada dice sobre sí mismo y menos de la guerra; la hermana tampoco es comunicativa.

En la mañana María lo encuentra descompuesto:
— ¿Qué le pasa, don Alejandro?
— Han fusilado a un amigo mío.
— ¿A quién?
— A Federico García Lorca. Lo mataron en Granada. Era un poeta.
— Sí, lo sé. Qué barbaridad, cómo lo siento.
— Lo último que dijo fue: "Cómo es posible que con esta luna, yo pierda la vida".

Milicia Popular confirma la noticia. Federico García Lorca, gran poeta de España y del mundo, ha sido asesinado a los treinta y ocho años por los facciosos en Granada.
Él, que sabía dar felicidad.

El comandante Carlos notifica que han llegado al frente dos millones de botellas de cerveza y que no ha vuelto un solo casco.

Los compañeros que trabajan en las fábricas de cerveza se quejan. Estamos en tiempos de guerra y no se pueden reponer los materiales con la misma facilidad que en tiempo de paz.

"Con cada botella de cerveza que rompéis, quitáis la posibilidad de recibir otra llena. Todo lo que en el frente se pueda utilizar, botella, barril, caja, etcétera, no debe ser destruido sino recogido y devuelto a la retaguardia. Así ayudaréis al trabajo de aprovisionamiento."

Mijail Koltsov, redactor en jefe del diario *Pravda*, observa cómo Carlos J. Contreras se multiplica; su presencia optimista se hace sentir casi veinticuatro horas al día. Su figura maciza es muy ágil y se las arregla para estar en los talleres de armas y cartuchos y en la panadería. Se preocupa de la comida y de la escuela: que aprendan a leer y a escribir, carajo, claro que sí, van a tener tiempo de hacerlo en las trincheras, en la Unión Soviética ha dado muy buenos resultados una cartilla de alfabetización y en el frente circulará la cartilla escolar antifascista. "¿Eres tú cerrajero?" Contreras da sus órdenes con alegría, gestos muy fuertes, la voz convincente. "Es el pueblo el que lucha, es del pueblo que surgen las primeras unidades de combate y sus guías son sus dirigentes políticos, sindicales, convertidos en jefes militares." "¿Eres tú zapatero?" Carlos ve a uno encorvado en un rincón del patio remendando una suela, "¿Sí? Pues vamos a poner un taller de zapatería; va a funcionar al lado del de la confección de uniformes".

"Este italiano se quiere lucir para quedar bien con los rusos que lo comisionaron", dice Castro Delgado. "Está haciendo méritos." "Méritos o no, sabe mandar", responde Vicente González, el Campesino. "Aquí manda el comité central del partido comunista", continúa Castro Delgado, "si estás bien con ellos, te harán jefe; si no, no. Este Carlos Contreras aprendió en carne propia que la fuerza del comunismo radica en la disciplina, y él es un organizador nato aunque sea tan brutal y tan mujeriego. En cambio, su mujer, la María esa, ¡qué tristeza tan grande lleva dentro! Y ¡qué dulzura! Esa mujer es un pan. El Contreras ese no se la merece."

—Mira, Castro, hombres como Contreras hacen falta, tienen empuje entre las masas...

Su optimismo arrasa dudas: "A los falangistas no les quedará sino entregarse", insiste Vittorio frente a Tina:

—Vamos a ver, no toda España está con la república.

—En todas partes ondean banderas rojas y rojinegras, miles nos ven con simpatía, salen a la calle a recibirnos, saludan desde las ventanas. No hay pueblo más generoso que el español.

—No te fíes tanto, Toio, me da miedo tu confianza.

—Recuerda que jamás me he dejado ganar. Quizá puedan resistir unas semanas, qué digo, unos días, pero los tenemos cercados por todas partes. La victoria costará muchas vidas, pero es nuestra. Cuando el pueblo condene a los falangistas, recibirán su merecido por traidores a la patria. Rebelarse contra la república se castiga con la muerte.

Al cuartel de Cuatro Caminos llega ropa para el invierno; abrigos, cazadoras, mantas. Los soldados tienen que estar equipados contra el frío, sobre todo aquellos que saldrán a la montaña.

En la calle de Velázquez organizan el batallón alpino.

—En el invierno los amigos y yo acostumbramos esquiar en la sierra de Guadarrama. Por eso quisiéramos formar parte del batallón alpino.

—¿Cómo te llamas?

—Julio Mayo, bueno, Julio Souza, pero somos varios que nos pusimos Mayo por el 1º de mayo. Soy fotógrafo de *Mundo Obrero*. Francisco mi hermano es fotógrafo militar aéreo y Cándido trabaja en *El Heraldo de Madrid* con Díaz Casadiego.

—Pero si tú eres un chaval.

—Tengo dieciocho años cumplidos.

—Tomarán posiciones en lo alto de la sierra de Guadarrama. Del lado de Segovia están las fuerzas franquistas, mirarán para allá. Vamos a defender Ávila.

En el cuartel del Infante Don Juan, en la Moncloa, les entregan un fusil pintado de blanco, corto, naranjero, más cómodo para las descubiertas, y ciento cincuenta cartuchos en cajas de cartón, un chorizo y latas de sardinas. Los llevan en tren hasta El Escorial, de allí a Piquerín; éste es su primer entrenamiento, no hay ejército regular ni disciplina de nada.

A partir de noviembre, Mayito y sus compañeros enfundados en un buen equipo blanco, cazadora, pantalón y capucha, confundidos con la nieve, vigilan desde los cerros Malejo, Marichiva, Montón de Trigo, Hormiguete, Pingón, Siete Picos, Navalucía. Dominan la situación.

Ochocientos hombres equipados y armados ven los avances de las fuerzas franquistas en la Casa de Campo, la Ciudad Universitaria. Por la sierra de Guadarrama, el enemigo no va a pasar, de eso se encargan ellos. Los jóvenes bajan en esquís por la llamada calzada Romana hasta llegar a reportarse a Cuatro Caminos.

A la sierra no sube la política, ni las querellas, ni la retaguardia, ni los pacos, ni la Quinta Columna. Sólo una vez llega un grupo de mujeres a repartir gorras y bufandas y se regresa. De nuevo el silencio. Las fuerzas de infantería se relevan sin ruido. En la noche, desde la lejana altura nevada, Mayito observa hacia abajo las luces de Madrid. El silbido del viento no lo confunde. Los bombardeos en la sierra se ven distintos, se oyen distintos. Envuelto en el frío, Mayito se desliza por el silencio de la blancura hasta su ciudad. Durante el trayecto, sólo árboles nevados y un manto que surcan sus esquís. Aquí no hay guerra. Mayito es un gigante vestido de blanco. La nieve le ha bronceado el rostro.

Lo que más ama Julio Mayo son los cerros de la sierra de Guadarrama. Son suyos. Conoce a la Corona de Siete Picos como a su propio cuerpo.

"Por donde estamos nosotros, la sierra más alta de Guadarrama, el enemigo nunca va a pasar, ni por Buitrago que defiende Paco Galán", asegura Mayito. Recoge su bastimento y se remonta, sus esquís sobre el hombro.

•Hacia el frente•
Fotografía de Robert Capa

11 DE OCTUBRE DE 1936

Cada noche cruzan los Pirineos grupos de voluntarios dispuestos a pelear al lado de la república. Vienen de Checoslovaquia, de Hungría, de Rumania, de Alemania. Los guían campesinos simpatizantes de la república, por los senderos de la montaña. Luigi Longo, el camarada Gallo, se ocupa de ellos.

—Comandante Carlos, necesito aquí a la camarada Modotti. Por los idiomas que habla, es indispensable su presencia para registrar a todos.

—Bene, bene, pero no la llames así, Gallo, ella ahora es María Sánchez. Voy a enviarla a la frontera.

La mayoría entra por Perpiñán; muchos esperan en Pau. Casi ninguno habla español.

Los que saben algo de guerra se presentan con botas, cantimploras, chaquetones, sal y azúcar. Un obrero sorprende agradablemente a Longo: "Sé que hacen falta transportes". Viene en motocicleta. Lo mismo, cuatro albañiles que nunca se separan de su bicicleta. Dos húngaros llevan pistola; un checo binoculares; un yugoslavo, de nombre Predrag, su preciosa sonrisa. Un príncipe de origen polaco remonta los Pirineos en traje Príncipe de Gales con todo y chaleco. Sobre su espalda carga una pesada mochila: latas de paté de foie-gras trufado y otras delicatessen de Fauchon. Longo tiene que aconsejarle meter papel de periódico en sus zapatos de gamuza que se están deshaciendo. "¿No le convendrían unas alpargatas?" Tina lo mira con sorpresa; él le tiende una lata de caviar.

—No, lo conozco de memoria —sonríe—. Además, no acepto regalos. Usted ¿adónde se dirige?

—A Argel, tengo un contacto en el Ritz de Madrid. ¿No sabe usted si un tal Hemingway ha pasado por aquí?

—Ésta no es agencia de turismo. Llene esta forma y pase.

—Permítame que le regale un paquete de Gauloises. Veo que le gusta fumar.

Longo se pregunta: "¿Qué voy a hacer con éstos? A veces el entusiasmo le juega a uno malas pasadas". Llegan como de paseo, mejillas enrojecidas, pechos mal cubiertos, gargantas demasiado jóvenes, y reflexiona: "España tendrá que convertirse en niñera de todos estos meones que sólo aportan su buena voluntad". Han venido en la emoción del instante, respondiendo a un impulso. Longo les pide alguna identificación para ratificar su mayoría de edad. No la tienen.

—No puedes quedarte. Impossibile.

Al ver su desesperación, María interviene:

—¿Saben en tu casa que has venido a España?

—Ya escribiré después avisando a madre.

Preguntan por el frente, ansían un fusil en la mano, y es lo que no hay.

En la Casa del Pueblo, los veteranos de luchas pasadas hacen todo por ganar autoridad. En medio de la algarabía, de pie con dos suéteres, pañuelo y maleta, sus manos sensibles surcadas de venas, manos muy viejas para su edad, una mujer de obvia fortaleza espera acomodo.

—Las mujeres —le dijo Longo a Tina— son militantes comunistas, operarias. Otras huyen de su país. Lo malo es que quieren ir al frente. Tienes que convencerlas que también en las oficinas están peleando la guerra.

Se escuchan gritos entre las filas. Un cubano protesta a grandes voces.

—No, yo no permanezco con la impedimenta; no atravesé el océano para quedarme en la retaguardia.

—Ves —dice Longo—, es casi imposible convencerlos.

Tina mira a la siguiente en la fila, una mujer gorda. Mientras aguarda su turno, se limpia las uñas con la punta de un cuchillo. De su bolsa, asoma un pan francés.

—Mire, compañera, van a necesitarse campamentos de enfermería cerca del frente, a pocos metros de las trincheras. Usted podría responsabilizarse.

—Yo quiero un fusil.

—Por ahora lo que debe querer es disciplina.

La mujer de pronto grita:

—Vine a pelear, quiero morir peleando.

—Aquí no se viene a morir.

—Sí, aquí todos van a morir, créame.

—¿Quién es usted, señora?

—Soy rumana. No tengo familia, vine a pelear.

—Pero ¿quién responde por usted?

—Tuve un hijo, me lo mataron. Vengo a pelear.

Nadie la saca de "vengo a pelear". Luigi Longo le pone un brazo en torno a los hombros y se la lleva aparte. Al rato regresa. La dejó llorando. "Debe estar trastornada", dice María. "Sí, por el sufrimiento."

—Quiero hablar con ella un momento, Gallo.

El rostro hinchado, la mujer sigue llorando. Tina pone su mano sobre el hombro encorvado.

—Sabe, las mujeres podemos ser todo en esta vida, menos víctimas. ¿Cómo se llama usted?

—Sanda Dumitrescu.

—Sanda, rechace usted ser víctima y salga adelante a partir de esa voluntad. Repita: No quiero ser víctima, dígalo todos los días, duérmase pensándolo.

—No quiero ser víctima —murmura entre sollozos—, no quiero serlo pero lo soy.

—No, no lo es, no lo es. Rompa usted sus límites, nadie va a reducirla a su papel de víctima si no lo desempeña, usted va a ser mucho más útil viva que muerta, por eso no puede morir. Al vivir usted le dará vida a su hijo.

—Le daré vida a mi hijo —repite la lección—, vida a mi hijo, vida a mi hijo, vida a mi hijo, vida a mi hijo...

—Venga usted conmigo. Voy a enseñarle su trabajo.

Sanda obedece. Tina recuerda que hace años en México le

dijo a Cuca Barrón, la mujer de Lumbreras, que no se aislara, la lucha no era sólo de Alberto, también suya: "Deja de creer que no tienes poder, Cuca, y empieza a ejercerlo". "Pero ¿qué poder, Tina, si soy huérfana y toda mi vida he estado al servicio de los demás?" "Tú puedes cambiar tus circunstancias", había insistido Tina. Cuca entonces se irritó: "Es mentira, no puedo. Nadie me ha querido nunca, soy pobre, tengo dos hijos y trabajo para criarlos. Ésa es mi realidad, lo demás son cuentos tuyos".

Con su pensamiento vuelto hacia México, Tina se obliga a ser María y sigue apuntando en su block: nombre, edad, nacionalidad, país de origen, religión, empleo anterior, filiación política.

—¿Comunista?

—Soy idealista.

Se han formado en la fila varios hombres que resultan ser judíos, un grupo de albaneses de la academia militar de Turín y dos alemanes.

—¿Su nombre? ¿Su profesión?

—Sam Master. Sastre. Inglés.

—Yo también soy sastre, me llamo Nat Cohen; nos encontrábamos los dos en el sur de Francia para competir en una carrera ciclista cuando nos enteramos. Abandonamos la carrera y aquí nos tiene. Traemos nuestra bicicleta.

—Benjamín Balboa, de Marruecos.

—Nahum Megged, de Palestina.

Proclaman abiertamente:

—He estado en la cárcel, fui prisionero político.

—Soy comunista.

—Soy obrero en una metalúrgica. He participado en sabotajes y huelgas. Me encarcelaron dos veces.

—Soy comunista, eso lo dice todo.

Tina comenta con Luigi Longo a la hora del receso·

—Es enorme la cantidad de judíos que he inscrito.

—Sí, lo sé, han llegado muchos a Barcelona a participar en las Olimpiadas Obreras. Otros huyen de Alemania, la mayoría viene de Polonia, ¿conociste a Alexander Bekier? Es un tipazo. ¿Viste a Emmanuel Mink? De Checoslovaquia, de Hungría, de Austria, de Yugoslavia, de Gran Bretaña se presentan todos los días.

—Van a integrar el contingente más numeroso —se entusiasma Tina.

—Recuerda también, camarada María, que banqueros judíos financiaron la guerra en la que otros murieron: Rothschild, Salomon, Loewe.

Al terminar el descanso Tina sigue apuntando:

—Estoy en contra de la criminal intervención fascista en España —exclama una vieja.

—Señora, vamos a necesitarla en trabajos de enfermería.

—Quiero pelear, soy buena tiradora; donde pongo el ojo, pongo la piedra. Jamás se me ha ido un conejo, una perdiz.

—¿Con qué tira, señora?

—Con piedras o lo que haya.

—No lo dudo; pero ahora, la primera obligación de un soldado es la obediencia.

Siempre la anarquía, se indigna Tina, cada quien quiere gobernarse solo.

—Soy ferrocarrilero.

—Pase, camarada.

—Estoy a la entera disposición del gobierno de la república.

—Soy operaria especializada de la Citroën, en partes finas de transmisión.

—Su ayuda será invaluable para nosotros, compañera.

—Soy costurera y socialista... Mejor dicho socialista y costurera.

—No importa —sonríe Luigi Longo.

—Soy oficinista, no pertenezco ahora a ningún partido aunque estuve en las juventudes comunistas.

—También tenemos necesidad de tus servicios, muchacho.

—He estado al frente de la cocina de un restaurante en Dijon.

—Qué bueno, necesitamos gente en la intendencia.

—No vine hasta acá por otra cacerola. Dadme un fusil.

Mucho afán y ninguna experiencia.

Son tantos los voluntarios que Longo le confía al comandante Carlos que España no está preparada para recibirlos. "Mételos donde sea, ve a ver a Largo Caballero a Madrid; que él lo resuelva."

Tina sugiere:

—¿Por qué no los alojan en el templo?

—¿Qué les vamos a dar de comer?

Tina sigue anotando las razones por las que han llegado a España.

—Moralmente debo participar.

—Según sé, esta lucha es de campesinos hambrientos contra terratenientes. Si no es así me regreso.

—Siempre he creído en los ideales de la república.

—Dadme mi fusil y no preguntéis.

En la primera remesa llegan ciento cincuenta enviados por el gobierno francés.

—¡Ésos no son fusiles, son arcabuces! —se enfurecen varios.

Gallo es experto en detectar a los provocadores, los que más tarde integrarán la Quinta Columna.

—¿Qué estamos esperando? Tenemos que ir al frente de inmediato. Tomemos armas de donde sea.

Su violencia le recuerda a Tina otra violencia, la de Castilblanco. La población mató a cuatro guardias civiles. Les sacaron los ojos, aplastaron sus cráneos, las mujeres bailaron sobre los cadáveres antes de abandonarlos en la calle. Después corrieron a encerrarse en sus casas.

La camarada María ve formarse en la fila a una mujer sumamente delgada y de gruesos anteojos, con una boina en la cabeza. Cuando le pide su nombre responde:

—Simone Weil.

—¿Sus motivos para venir a España?·

—No me gusta la guerra pero siempre me ha parecido que lo más horrible es la situación de los que permanecen en la retaguardia; París es la retaguardia.

Simone Weil no tiene por qué dar tantas explicaciones, pero sin más responde ahora a la segunda pregunta: "He trabajado en la Renault; puedo escribir a máquina si hace falta; conozco a algunos milicianos; traigo una credencial de periodista".

Tina habrá de recordar la gravedad de cada una de sus palabras, la intensidad, el peso que les da.

Meses después, le cuentan que una francesa cegatona y muy torpe metió el pie en un cazo de aceite hirviente y la enviaron de regreso a París, a pesar de sus protestas. Su nombre: Simone Weil. El incidente mueve a risa entre la tropa.

—¡Se imaginan, una intelectual!

Tina la evoca con simpatía. Vittorio le dice:

—Esa francesa es anarquista. Sus lazos son con Julián Gorkin y esa canalla...

—¿Gorkin?

—Sí, el jefe del trotskismo español. Aunque el POUM es muy pequeño (no tiene ni tres mil miembros y casi todos están en Cataluña), hay que vigilarlo. Se oponen al frente popular, se oponen a casi todo, no hablan más que de la tierra; Gorkin y Nin son un verdadero obstáculo, los considero peor que al enemigo.

La palabra "vigilar" aparece continuamente en el léxico de Carlos. También la de "checa".

En Madrid, Carlos va del hotel Gaylor, en la calle Alfonso XIII, a reunirse con los comisarios soviéticos en el palacio de Medinaceli, plaza de Colón número uno, donde se encuentra la checa de la Brigada Motorizada Socialista. Han venido más de dos mil rusos a España; pelean los pilotos y los tanquistas; los otros son técnicos. Las armas tardan en llegar, y muchas veces cuando arriban son del tiempo de la guerra de Crimea: inservibles. La policía secreta de la URSS, la GPU, se instala en todas partes. En la calle de México número seis hay una checa, en el convento de las Damas Apostólicas de Chamartín funciona la Radio Comunista de las Cuarenta Fanegas. Precisamente en el hotel Gaylor donde se encuentra la GPU: hacen falta mujeres intérpretes; hay algunas, pero la ayuda de Tina sería apreciada.

Al mes, el comandante Carlos le advierte a Luigi Longo:

—María no puede quedarse; hay demasiado trabajo en Madrid, hace falta en el hotel Gaylor, en el Obrero, Planelles la reclama. Es más necesaria aquí que allá. Tienes que usar a uno de los propios voluntarios. Los polacos, los húngaros, los checos hablan varios idiomas.

—Todos quieren ir al frente.

—Si no se disciplinan, que regresen a su país; esto no puede ser. Es la anarquía.

—Precisamente, muchos son anarquistas.

Vittorio y Tina le tienen fobia a los anarquistas, pero más aún a los trotskistas.

—En Madrid te necesitan como intérprete.

—Prefiero regresar al Obrero.

Ya para fines de octubre, Albacete es una torre de Babel. Un barco proveniente de Marsella trajo quinientos voluntarios, otros quinientos llegan a Alicante. Albacete, la base militar, no sabe ya ni a qué santo encomendarse. No llegan los camiones de aprovisionamiento. Los alemanes quieren cerveza, los italianos espagueti, los franceses patatas fritas, vino hay y mucho, pero todo lo demás hace falta. Nadie entiende a nadie. Los franceses, los belgas, los ingleses, los alemanes se jactan de su formación de combatientes; estuvieron en la guerra de 1914 y presumen: "Hemos combatido en los Balcanes, en el Marne, en los Alpes, en Libia. Tenemos experiencia, recibimos un entrenamiento; hicimos, al menos, nuestro servicio militar". Desprecian a la gran mayoría que no tiene la menor disciplina e ignora hasta cuál es el cañón de un fusil. Los más calificados, los más políticos son comunistas, los demás tienen diferentes ideologías. "Babel, esto es Babel" dice Longo al caminar entre los campamentos. "Unirlos va a ser mi prueba de fuego. ¿Qué voy a hacer con ellos? ¿Cómo voy a hispanizarlos?" Entre ellos se pelean comunistas contra socialistas, anarquistas contra antimilitaristas (que sin embargo piden su fusil); elegirán a sus oficiales, a sus suboficiales, las medidas se discutirán y tomarán de común acuerdo: cualquier acción tiene que aprobarse y votarse. Los ingleses, los escoceses, los irlandeses, sobre todo, se miran consternados. Ralph Fox, un joven inglés, escribe todas las mañanas en un cuaderno escolar antes de salir a entrenarse en las madrigueras cercanas. "Puedo organizar una comida con lo que tenga a la mano", ofrece. "Lo malo es que no tenemos nada a la mano." Seguramente los voluntarios de cincuenta y tres países incluyendo hindúes, argelinos, árabes, sudafricanos, latinoamericanos, esperaban otra cosa, pero ¿qué puede darles Luigi Longo si no tiene nada? "Paciencia, por el momento, les pido paciencia." Gallo encanece. Lo peor es la falta de armas. ¿Qué va a ofrecerles a estos hombres que Malraux llamará más tarde voluntarios de la libertad? ¿Cómo unir a hombres tan dispares en una sola voluntad?

Radio Salamanca, de los nacionalistas, los trata de aventureros, canallas, piojosos malhechores, borrachos, criminales; las cárceles de Europa han abierto sus puertas para dejar salir toda su podredumbre, su cloaca. Radio Salamanca se ensaña contra la horda del comunismo internacional que vierte sus aguas negras sobre la tierra de España. En cambio, los nacionalistas reciben el apoyo de verdaderos ejércitos rigurosamente entrenados, de la Alemania de Hitler y de la Italia de Mussolini.

Así, por su idioma, se van dividiendo los voluntarios en brigadas, la Thaelmann de los alemanes, la Gastone-Sozzi de los italianos y los suizos. El flujo de hombres y mujeres es cada vez mayor. Nino Nanetti los recluta, Palmiro Togliatti —Alfredo o Ercoli, de la Comintern— y Pietro Nenni los transforman en unidades de ofensiva. Ludwig Renn, el alemán, escribe lo que ve; Gregory Stern toma el nombre de general Kleber; Mata Zelka, el húngaro, el de Paul Lukács. Las brigadas reciben entrenamiento del francés André Marty, un hombre duro, que instruye a la fuerza: "Las tres cosas esenciales para la victoria son la unidad política, líderes militares y disciplina", y les dice que están aquí para matar fascistas no para suicidarse frente a ellos. No cree en el falso heroísmo. "No tendréis condecoraciones o cruces de guerra, vuestras viudas no recibirán pensión. Ateneos a las consecuencias." Entre tanto los ingleses, los irlandeses, los franceses, los voluntarios de América tienen que acostumbrarse a la falta de higiene, a la mala comida, a la incomunicación, pero sobre todo, y es·lo que más les duele, a las armas obsoletas. Las piezas de artillería no sirven. Aunque André Marty advierte: "Los entrenamos para ser buenos soldados y salir a la acción bien equipados y con buenos fusiles; se avecina una guerra, no una masacre", la verdad es que las armas no sirven y las pésimas condiciones de vida siguen igual.

La causa: esto es bueno para la causa, esto es malo para la causa. Ya no hay civiles en España, todos llevan uniformes. Las gorras, las botas, los zapatos pueden ser distintos, pero todos quieren que se les identifique como milicianos.

Circulan los porrones de vino y los extranjeros se distinguen porque no saben recibir el chorro y por más que abren la boca, el vino les cae en la cara, en el pelo, y los demás ríen.

Cuando Tina regresa en tren a Madrid, al bajar en la estación de Chamartín va corriendo al cuartel de Francos Rodríguez.

Vittorio ha salido a París con Matilde Landa.

¿Quién es ésta que ahora se apoya contra el muro? ¿Quién soy yo aquí clavada escuchando que Vittorio se ha ido con otra? Una inmensa opresión la paraliza, el ardor en su pecho se transforma en una aguda punzada. También el brazo izquierdo le punza, imposible moverlo, duele, duele tanto como su costado. "Soy una mujer inmune", se repite. Pero no es cierto. Los celos desplazan un lugar en su corazón; sus latidos son puñetazos sonoros, nada los amortigua. Cálmate, camarada María, calma, calma, ¿no que eras tan independiente de espíritu como él? Súbitamente se le aparece Edward, todo el color se ha ido de su rostro. Y yo que me burlaba de sus ataques de celos. Tina los descubre por primera vez y sabe que no hay antídoto contra semejante mal.

Sus pasos trastabillantes camino al hospital Obrero son de anciana. O de ebria.

—Oye, parecemos una posesión rusa, Madrid está lleno de rubios deslavados. A mí no me gusta así la gente, tan sin color.

—¿Qué te pasa, chica? —se enoja María Luisa Lafita con Mari Valero—. Estamos viviendo una revolución de gran alcance, esto ya nadie lo puede parar. ¿Qué daríamos por tener una revolución como la rusa?

—Yo sigo pensando que son muchos rusos.

Estas dos discuten siempre.

La Pasionaria las arenga: "Sed las heroínas de esta lucha gloriosa por la libertad del pueblo y la independencia de España." "Las mujeres debemos exigir valor a nuestros maridos."

Las madrileñas responden: "Si los hombres no defienden Madrid, lo defenderemos nosotras mismas. Moriremos antes que caer en manos de los moros. ¡Madrid no será nunca del fascismo!"

Pepe Díaz viaja por España enardeciendo a los hombres y a las mujeres que se agrupan en torno suyo. Jesús Hernández, Pietro Nenni y André Marty hacen lo mismo frente a las brigadas internacionales. "Las trincheras que surcan la tierra de España son las trincheras de la libertad de Europa."

La rusificación es natural. En octubre, se celebra el aniversario de la revolución rusa y en los cines madrileños se exhiben *El acorazado Potiomkin, El asalto al Palacio de Invierno, Lenin en octubre.*

El Genil, un afluente del río Guadalquivir, rompe en dos un pueblo; la parte rica a la derecha, la pobre a la izquierda. Los de la derecha llaman al otro lado del río Genil, el izquierdo, Rusia. "¿Te vas a Rusia?" Allá están la UGT, la CNT, los jornaleros y los combatientes más aguerridos. Al niño de nueve años, Federico Álvarez, le dice su primo:

—¿Sabes qué? Tu papá es ruso.

Federico corre a confesarse:

—Padre, mi papá es ruso.

—¡Pero qué va a ser ruso, hijo mío, claro que no es ruso, quiérele mucho, quiérele mucho, yo casé a tu padre y a tu madre, no te digo más, quiere a tus padres, quiere a tus padres!

Don Vicente, el confesor, abraza al niño.

Los muros de Madrid, cubiertos de propaganda prosoviética, hacen que la España republicana aguarde la llegada de los Chatos, los Moscas, los Katiushkas, los Ratas, los Natashas, aviones prometidos de la Unión Soviética. Cuando Águeda Serna Morales, Mura —como la llaman— los ve en el cielo dibujar con humo la hoz y el martillo, no cabe en sí de la dicha, "¡Ay, ya tenemos aviación, ya tenemos quien nos ayude, ya no estamos solos!"

—¡No sabes lo bien que se ve cuando están ametrallándose arriba!

—Muchachas, entrad, entrad, es peligroso.

—No importa que nos maten, ya llegaron los rusos, nos ayudan los rusos, nos mandaron aviación.

Mura se pone un pañuelo\floreado en la cabeza y amarra las dos puntas bajo su mentón: |

—Qué bonita, pareces rusa.

—¡Qué bueno, me encantaría ser rusa! Es que yo desde jovencita he sido rebelde y no creo que Rusia me vaya a desilusionar jamás.

Lo que no saben sus compañeros es que la joven Mura está aprendiendo a dinamitar puentes. Después del primer bombardeo, cuando vio que los Junkers y los trimotores escogían las entradas del metro, los barrios populares y las colas de gente en espera de pan y leche para masacrarlos, decidió unirse a un grupo en la sierra que recibiría un entrenamiento especial guerrillero. La movilizaron para Extremadura. Más tarde la encontrará Ernest Hemingway y será el modelo de *María*, en la novela *Por quién doblan las campanas*.

Tina lee:

> Se le vio caminando entre fusiles
> por una calle larga
> salir al campo frío
> aún con estrellas de la madrugada.
> Mataron a Federico
> cuando la luz asomaba.
> El pelotón de verdugos
> no osó mirarle a la cara.
> Todos cerraron los ojos,
> rezaron: ¡ni Dios te salva!
> Muerto cayó Federico
> —sangre en la frente y plomo
> en las entrañas—.
> Que fue en Granada el crimen
> sabed —¡pobre Granada!—, ¡en su Granada!

A Tina se le humedecen los ojos, no por Federico, por don Alejandro que murió. ¡Cuánto desea conocer a Antonio Machado, qué poeta maravilloso!

•Bombazo en Madrid•
Archivo particular

—Matilde tuvo que salir en misión especial —le informa el doctor Planelles—; ha venido de voluntaria Mary Bingham de Urquidi, enfermera de profesión.

El grupo entero se afana en poner a Tina al corriente. El cirujano Manolo Fernández del Riesgo interviene.

—Es una enfermera altamente calificada, del hospital Monte Sinaí de Nueva York. Habla muy bien el español.

—Es inglesa.

—Es mexicana casada con diplomático mexicano, Víctor Urquidi.

—Si viene de una embajada, es una carca —grita Mari Valero.

—Hay que desconfiar de los carcas —apoya María Luisa Lafita.

—Necesitamos una instrumentista —insiste Fernández del Riesgo—. Esta mujer es de las pocas preparadas, ya demostró que conoce a fondo el movimiento de un quirófano.

—Es una señorita.

—Señorita, señorita, pero se puso en cuatro patas a limpiar manchas de sangre. No podemos desdeñar personas con esa preparación.

—¿Y la Quinta Columna? —arremete de nuevo Mari Valero.

—Necesitamos de planta a una instrumentista como la señora Urquidi.

—Está bien, está bien, que venga mañana a verme —concluye la discusión Planelles, quien retiene a Tina:

—Siéntese, compañera.

Planelles también ha estado en la Unión Soviética. Sueña con una España modelada sobre Rusia. Lo que les hace falta es disciplina, entrenamiento, salir del atraso de siglos. Y si lo han logrado en Rusia con los mujiks, ignorantes y borrachos, con más razón con los tercos, los violentos campesinos de España. Recuperar España para ellos, entregarles sus tierras, hoy en manos de los grandes, apropiarse de los surcos, darles escuela, hacerlos dueños de sus fábricas y de sus industrias, desarrollar un sentido de la propia dignidad, acabar con los curas que tanto los han aplastado, el clero al servicio de los terratenientes, los monarcas ineptos, semimbéciles, pobre España, pobre España.

Habla con fervor. Juan Planelles se prodiga incansable, presente de día y de noche; vigila la evolución de un herido en la madrugada; brinda cuidados intensivos en el llamado pabellón de urgencias. Tiene fama de brusco pero a Tina le gusta su franqueza, su gesto adusto, su barba cerrada. Planelles es catalán, un poco más alto que Carlos, de tórax ancho como él, una mirada muy penetrante, más que la de Carlos; "los ojos de Planelles lo traspasan a uno", comentó Matilde, pero en los ojos de Carlos hay una alegría, un entusiasmo que no tienen los de Planelles.

5 DE NOVIEMBRE DE 1936

Mary Urquidi en el quirófano se quema el brazo en la flama de un esterilizador de gas. Con su bandeja de instrumentos permanece de pie junto al médico durante más de dos horas. Su ceño fruncido y sudoroso muestra dolor pero ni un quejido escapa tras su tapabocas. Sólo cuando termina la operación va a cambiar su ropa quemada y a revisar su brazo; se unta pasta dentífrica. Sigue hasta las tres de la mañana esterilizando instrumentos en el autoclave y es la primera en levantarse.

—Retiro todo lo que pude haber dicho contra ella —comenta Mari Valero.

—La Urquidi está entrenando a las nuevas, se sabe hacer escuchar.

A los quince días, convertida en jefa de enfermeras, Mary Urquidi llama a Tina:

—¿Podrías asistirnos en el quirófano? Una de nuestras especialistas necesita descanso.

Tina oye que el doctor Nafría le reclama a alguien:

—Éste no es lugar para histerias. O se controla o le damos su puesto a otra.

La enfermera se aleja, la cabeza entre las manos:

—No te preocupes —corre Mary tras de la muchacha—, el doctor Nafría está agotado por el trabajo.

Sin más, la abraza.

—¿La conoce? —pregunta Tina.

—No, pero ¿qué más da? Hay que darle fuerzas también a ella. El doctor Nafría lleva nueve horas en el quirófano.

Aparece Nafría y alcanza a la enfermera regañada.

—Perdóneme, yo también estoy cansado.

El doctor se lava las manos tallándoselas con rabia, luego las tiende a Tina para que le ayude a deslizar los guantes de hule. Lo oye murmurar.

—Los traen medio muertos y quieren que los resucite. No puedo hacer milagros.

Con la línea del frente cada vez más cercana, los heridos son numerosos.

—Para colmo, las reservas de medicamentos y desinfectantes están acabándose. Sólo nos queda pedirles a las beatas que recen.

—A lo mejor, todos debemos rezar —responde Mary Urquidi.

A la larga este tipo de comentarios se volverán en su contra. Mientras Nafría inyecta al herido, Mary corre a los autoclaves a sacar el instrumental. El médico anestesista toma la máscara Ombredán con su globo de metal de bordes ahulados y la coloca sobre el rostro del herido. Mide cuidadosamente cuatro onzas de éter, suficiente para dos horas. "Aspira... Exhala, inhala, lentamente, lentamente, uno... dos... para adentro, cada vez más despacio." Tina de pronto siente terror mientras el herido va perdiendo la conciencia.

El cuerpo inanimado flota a la deriva, sin ancla, sin perspectiva, sin más espacio que esta mesa de operación, a la merced de los fantasmas que lo rodean. Julio Antonio, solo en el quirófano, en manos de los que alteran los cuerpos. Tina no osa levantar la vista de ese cuerpo, su angustia la asfixia. "Me voy a ir con él, me quiero ir con él." El caos de 1929 se instala entre ella y el cuerpo. De golpe regresa todo el antiguo sufrimiento, le cae adentro como un bloque de cemento. "No puedo contigo", quiere decirle a la Tina de 1929. Es inútil; ya está adentro, baja gota a gota emponzoñada como el plasma en la vena del herido. Nafría retira el vendaje hecho en el campo de batalla; va deshojando la pierna, quitándole capas de gasa, y aparecen las heridas. Lo mismo hace en el brazo, en el abdomen. Sólo al final remueve el vendaje de la cabeza que él mismo apretó cuando vio al herido entrar en camilla. Dio resultado; gracias a ese símil de torniquete la hemorragia ha cedido.

Nafría actúa rápida, enérgicamente. Cubre el abdomen con una solución jabonosa. "El jabón es el mejor desinfectante, jabón, jabón, para cualquier herida, tengan siempre jabón a la mano, no hay nada mejor que el jabón." Después estira su mano. Mary le pone en la palma un escalpelo. Nafría traza una larga línea a lo ancho del abdomen. Un pequeño hilo de sangre fresca aparece. Incisiones tan largas como ésta no se acostumbran en la práctica quirúrgica normal porque dejan grandes cicatrices, pero en Madrid no se piensa sino en salvar la vida.

Una vez dentro, con cautela, Nafría explora el tejido roto. Mary pone un instrumento tras otro en las manos del cirujano. Tina la admira, qué segura. Su corazón va hacia Nafría, quien tijeretea y afianza, corta y cose. Sus manos vuelan, se adelantan a cualquier hemorragia. Cuando ha terminado, su voz cálida tras el tapabocas anuncia:

—El daño no es irreparable.

El alivio de Tina es tan evidente que Nafría la mira. Mary Urquidi señala la cabeza del herido y quita un vendaje que aún cuelga. Nafría observa la herida. Es muy honda. Siempre examina detenidamente las heridas antes de repararlas. El cuero cabelludo desgarrado; el hueso expuesto, astillado.

—Escalpelo.

Tina mira compasiva al muchacho. Su rostro hermoso quedará marcado de por vida; si se recupera tardará meses en el hospital. La aterroriza la bandeja con el equipo: un taladro, un martillo quirúrgico, un cincel, un formón, una abrazadera, un buril, los instrumentos de un escultor de miniaturas; ve también unas tijeras largas, fórceps delicados, varias pinzas de punta curvada y una especie de sierra diminuta. Nafría empieza a cortar la membrana que cubre el cerebro. Inyecta un anestésico, la herida burbujea.

—Irrigación.

Cada vez que dice irrigación, Mary Urquidi le tiende una gruesa jeringa y con el líquido limpia y deja a la vista el campo de operación. No hay sangre fresca en torno a la herida. Corta muy lentamente y a cada momento lava su mano enguantada en una solución antiséptica; los guantes de hule parecen dar mayor sensibilidad a los dedos; una mesa de aluminio montada sobre un alto tripié sostiene un riñón. Levanta una esquinita y con cuidado infinito hace resbalar la punta de las tijeras en el borde. El cerebro queda expuesto.

—Tiene buen color. No va a haber problema. Irrigación.

Mary pasa de nuevo la jeringa. Suavemente, Nafría lava el cerebro; al mismo tiempo con un catéter de hule saca las minúsculas partículas de hueso en el tejido. Una y otra vez quita algo invisible al ojo de Tina. Pasan veinte minutos antes de que se sienta seguro de haber removido la última astilla. Media hora más tarde, todos los puntos han sido sellados.

Mary le entrega las gasas empapadas en solución antiséptica y Nafría se vuelve hacia el anestesista que hace una señal aquiescente: el herido resiste.

—Hilo, aguja.

Pone la tapa craneana, esta vez la aguja es pequeña y curva. El médico cose un diminuto fragmento del cuero cabelludo anudando la puntada; cada nudo sale perfectamente limpio, qué bien hace las cosas. Pide una aguja nueva y Tina siente que su cuerpo se cubre de sudor. Después de cada nudito, inspecciona si podrá romperse, busca cualquier señal de jaloneo. Quince minutos más tarde concluye; la última sutura está en su lugar. Finalmente la única prueba de que el joven ha estado sometido a una operación cerebral es una delgada línea rosa que se curva alrededor de su cabeza. Muy pronto Nafría cubre con un vendaje esa cicatriz rosada.

—Ya está.

Sacude sus manos y se las tiende a Tina para que le quite los guantes. "Ésta es la última de hoy", dice terminante. Camina hacia su oficina y se sienta a escribir los casos del día. Tina lo sigue y pregunta:

—¿Quedará bien?

—No podemos saberlo, hay que esperar.

—Pero ¿tiene esperanza, doctor?

—Mientras hay vida, hay esperanza. Por favor vaya a descansar, él va a estar en recuperación muchas horas.

—Perdóneme doctor, pero ¿qué puede pasarle en caso de que no salga bien la operación?

—Puede quedar paralizado, ciego o tener un defecto permanente en el habla.

Al salir, Tina vuelve los ojos al quirófano y encuentra la mirada de Mary Urquidi de pie junto al cirujano en turno; al verla, Tina entiende y se queda.

Por encima de su taza de té, porque a diferencia de las otras Mary Urquidi no toma café, Tina la escucha decir:

—Los médicos aquí son excelentes, pero si yo los dejara, operarían tal como llegan de la calle.

—You are very competent, María —le dice Mary.

—¿Por qué me hablas en inglés?

—Me dijeron que eres americana.

—Sí, lo soy.

—Sin embargo tienes un leve acento en inglés, yo diría que italiano.

—Viví muchos años en Brooklyn, será por eso.

—¿Por qué viniste a trabajar a este hospital, María?

—Porque soy comunista. ¿Y tú?

—Dios me libre. Soy enfermera.

Tina le echa una mirada negra y añade:

—Por lo visto en este hospital caben todos los credos.

—Y se admite a toda la gente —concluye Mary Urquidi.

Esta mujer fina y educada la somete a interrogatorio como sólo lo hacen los aristócratas, el poder es simplemente un atributo de su personalidad; creen tener derecho a todo porque les es natural adueñarse de todo. Sin más, Mary cambia la conversación y le cuenta de un joven de apenas veintitrés años que llegó con el estómago reventado; el doctor Bolea le sacó los intestinos agujereados, los lavó a grandes aguas y volvió a meterlos en la cavidad abdominal. Suturó y ahora el corazón del herido palpita uniformemente. Salvó a otro de dieciséis años, y a ése hubo que trepanarlo. "Espléndido cirujano, espléndido", comenta Mary Urquidi. "Quienes no están a la altura son la mayoría de los enfermos. Ayer en la tarde, se enteraron de que, en la sala 9, un herido era del campo contrario, un pobre nacionalista, y si no llego a tiempo, lo tiran por la ventana. ¿Te imaginas? A mí que no me vengan a contar que los republicanos son magnánimos, son igual de crueles que los nacionales. O peores. Son españoles. ¿O no se han dado cuenta que ésta es una guerra fratricida en que el hermano mata al hermano?"

¿Por qué le dice a María eso? ¿Para enfurecerla? ¿Para probarla?

Quien ha sufrido un cambio singular es Matilde Landa. O quizá Tina simplemente no puede asociarla con la madre de familia que conoció a su llegada. Cuando las demás no aceptaron las largas batas estorbosas de las monjas porque traen mala suerte, Matilde aseveró que a ella no le importaba. Recogió su pelo partido por una raya enmedio en un apretado moño. Delgada y pequeña, su paso en el corredor semeja el de una religiosa. Mary Urquidi empezó a llamarla la monja laica. "El individualismo y el fascismo coinciden", dice Matilde Landa y las urge a abandonar una serie de realidades muy pequeñitas, burguesitas. A Mari Valero la critica por su coquetería; humilló a Tina cuando ésta, enojada, contó que olvidó su peine en el baño y al regresar por él, ya no lo encontró. "¿Quién es tan miserable como para robar un peine?" Matilde la exhibió: "¿Qué puede importar tu peine, por favor, tu peinecito, María, frente a la revolución y la guerra? A ver, ¿de qué te sirve tu libertad si la gastas en fumar todos los cigarros que te da la gana?"

En su forma de hablar se hace palpable su vida interior. Además de comisaria política, en unas cuantas semanas se vuelve ayudante indispensable del doctor Planelles, quien la consulta para todo. Su rostro sereno, su boca entreabierta en una perenne sonrisa, sus dientes fuertes y sanos inspiran confianza. Resulta natural decir: "Hay que consultárselo a Matilde". Su voz suave, siempre pareja, tranquiliza a todos. Cuando Vittorio viene al hospital de sangre, le dice a Tina:

, — Paso a saludar a Matilde Landa.

6 DE NOVIEMBRE DE 1936

Hace dos días empezaron los bombardeos sistemáticos a Madrid. Madrid arde destechada. Los aviones nacionalistas vuelan bajo y ven a los madrileños correr por la calle. Franco declaró que jamás atacaría a la población civil. Mujeres, niños y ancianos buscan refugio entre los inmuebles derruidos.

Miguel Martínez, que según Koltsov es un oficial soviético y según otros es un general mexicano que participó en la revolución, da orden de sacar de la cárcel Modelo a los prisioneros nacionalistas más importantes. Ese mismo día, seiscientos hombres caen asesinados en la carretera de Arganda. Dos días más tarde, otros cuatrocientos oficiales mueren en la misma forma.

Madrid resiste, los madrileños son heroicos. Los dinamiteros asturianos andan en todas partes y lanzan sus cartuchos desde la Casa de Campo contra los nacionales.

10 DE NOVIEMBRE DE 1936

Es costumbre en el hospital Obrero oír todas las tardes las noticias de Unión Radio. Los encamados permanecen atentos. La voz del locutor es la de un amigo; oírla significa recobrar la confianza, las enfermeras aguardan la hora de las noticias como un regalo. "Vamos a oír a Augusto." ¡Cuánto aliento en su voz! Nunca pasa nada y si pasa no importa. Augusto Fernández no hace sino leer el parte de guerra, pero lo dice en tal forma que las noticias más desoladoras no bajan el ánimo.

"Nuestras fuerzas resisten valientemente, conservan sus posiciones en toda la línea."

"La moral de nuestras fuerzas es excelente." "El enemigo ha salido duramente quebrantado."

Afuera pueden resonar las descargas de la fusilería o el pespuntear de las ametralladoras; Tina, Matilde, Mari Valero, María Luisa Lafita, se acercan al aparato para oír la voz de

Augusto. Sólo Mary Urquidi trajina allá en el quirófano vigilando el hervor de sus agujas mientras enrolla vendas ayudada por una de reciente ingreso.

—Ya después me contarán, yo si me siento me duermo.

—Por favor, Mary, ven a oír esto, francamente a mí me alienta más que el doctor Planelles —ríe Mari Valero.

Los enfermos que pueden caminar también se congregan frente al receptor; Augusto es un personaje en la vida de cada quien; corren rumores en el hospital pero el de la voz final es Augusto. Si Augusto lo dice, entonces es cierto, si él no lo comenta, nada ha pasado; el reventonazo de los cañones pegado a los muros del hospital no los haría cambiar de opinión: Augusto ha dicho que la línea enemiga está lejos, por lo tanto han ganado un día más; los rostros se distienden. Augusto ha dicho que todo iba bien y, por lo tanto, nada puede sucederles.

—¿De qué sirve tener un gran laboratorio sin banco de sangre? Lo único que veo desde que llegué son heridos que mueren por falta de sangre.

María Luisa Planelles es una apasionada; puede quedarse durante horas frente a su microscopio analizando bacterias. Al indicar los medicamentos para combatir la infección ha salvado muchas vidas.

—Es desesperante —insiste Mary Urquidi—. Hace meses visité el hospital Santa Adela y el doctor Elósegui me enseñó su banco de sangre y de plasma. Hasta me mostró un recorte de periódico de México acerca de unos experimentos en el hospital Juárez que consisten en utilizar sangre de muertos recientes. Seguramente en ese hospital de Santa Adela hay sangre.

—El doctor Elósegui era fascista, lo mataron y destruyeron su laboratorio —deja caer María Luisa Planelles con voz de hielo.

—¡Qué cosa tan horrible! ¿Lo mataron? ¿Cómo es posible matar a un hombre que podría salvar tantas vidas? ¡Qué vandalismo destruir un banco de sangre!

—Tranquilízate, mujer —le dice Mari Valero.

—¿Cómo puedes pedirme que me tranquilice? De veras me parece inicuo haber matado al doctor Elósegui, una vergüenza, una barbaridad.

—¡Cállate, mujer! —se violenta Mari Valero—. ¿No ves que pueden oírte?

Cada vez es más tensa la atmósfera en el hospital, tensa por las carencias y porque políticamente los bandos se han radicalizado.

—Sin sangre no se puede hacer nada —insiste Mary Urquidi en voz más baja.

—En Barcelona, el doctor Durán Jordà ha montado un banco de sangre y está enseñando a otros a almacenar sangre para los distintos frentes...

—Pero ése no es de los nuestros ¿o sí? El nuestro es Josep Trueta; su teoría es que el médico cirujano debe correr al lado del herido.

—Durán Jordà es director de transfusión sanguínea de la Generalitat.

—Ah bueno, entonces es de los nuestros —concluye Mari Valero—. De todos modos, ahora, con los chatos y con las Brigadas Internacionales, estamos del otro lado.

—¿Qué chatos?

—Nuestros aviones, mujer. ¿No has visto en el cielo a nuestros cazas? Son los de la república y vuelan a una velocidad vertiginosa; son nuestros aviones de combate.

Al día siguiente el doctor Planelles manda llamar a Tina y a María Luisa Lafita. La Pasionaria va a internarse por una afección hepática de muchos años. "Necesito la mayor discreción." Tres horas más tarde, Mary Urquidi siente una corriente de emoción por los pasillos del hospital. Mari Valero le murmura al oído:

—Va a internarse la Pasionaria, me lo dijo María Luisa Lafita pero nadie debe saberlo.

—En unos momentos llega la Pasionaria —sonríe Flor Cernuda.

—¿Cómo lo sabes?

—Lo saben hasta las paredes.

Tina entra al despacho de Planelles:

—¿Para qué me pidió discreción? Todos lo saben.

Matilde Landa prepara la habitación; saca los mejores blancos de los claustros, una manta nueva.

Cuando entra la Pasionaria, Matilde Landa, Tina y María

Luisa Lafita la conducen a su cuarto; ya Planelles le dio la bienvenida a nombre de todo el hospital Obrero. Tina la observa. Le impresiona sobre todo la forma en que dice "mujer" o "hija" con una entonación cálida. A todas las llama "hijas mías", al doctor Planelles "hijo mío", también Taracena es su hijo. Durante unos días en los corredores resuena el "hijos míos" e "hijas mías" que la Pasionaria reparte. Es la misma voz escuchada en la radio, ahora al alcance de su mano. "La hoz y el martillo le dan un gesto adusto que no tiene de cerca", comenta Mary Urquidi; "eso no quita que para mí sea una exaltada." Enfermeras y camilleros se ofrecen para atenderla, su presencia refuerza los ánimos. Mary Urquidi discute con la italiana de la recepción, quien lanza un escupitajo cada vez que pronuncia el nombre de Mussolini. "Si no perteneces a ningún partido, ¿por qué no aprovechas que está aquí la Pasionaria para afiliarte?", reta a la jefa de enfermeras.

—Porque no quiero afiliarme a partido alguno.

—Mujer, al partido comunista.

—Mucho menos al comunista.

—Entonces ¿qué estás haciendo aquí?

—Vine a ofrecer mis servicios profesionales como enfermera.

—Si fuera un hospital de fascistas ¿también estarías prestándoles tus servicios?

—También.

Mari Valero y María Luisa Lafita la miran con odio. Mary Urquidi reitera:

—No quiero pertenecer a ningún partido.

Sólo cuando Mary asevera que es anticlerical y que su religión es la de servir a la humanidad de la mejor manera posible, bajan los ánimos en su contra.

La Pasionaria vuelve político todo lo que toca. Un simple cuarto de hospital revitaliza más que cualquier célula. Con tal de ver a la Pasionaria las enfermeras disputan frente a su puerta. Ojalá y volviera los ojos hacia cada una de ellas.

—La veo un poco gorda.

—No, al contrario, se ha desmejorado.

—Como muchas españolas, es una mujer robusta. Si no lo fuera no aguantaría. Anda para acá y para allá arengando a las tropas.

—¿Era muy católica, verdad? Dicen que vendió sardinas de

pueblo en pueblo, que fue pobrísima, casó con un minero: Ruiz, asturiano, y como sus tres hijas murieron siendo niñas, entonces la rabia la hizo revolucionaria —informa Pilarica.

—¿Quién te ha contado todo eso? —inquiere Tina altiva.

—Todo el mundo lo sabe.

—¿Quién es todo el mundo?

—Me lo dijo Andrés Nin.

—Y ¿cómo es que tú conoces a Andrés Nin?

—Lo vi en un café; me acerqué a él porque me dijeron quién era. Me habían contado que era muy tímido; pues conmigo nada, ¡un encanto!

—Ah, sí, y ¿por qué contigo? —continúa Tina cada vez más irritada.

—No lo sé.

—No lo sabes, pero habló contigo.

—A lo mejor llevaba muchos días sin hablar y por eso... Volviendo a la Pasionaria es algo así como una monja laica. ¿No os habéis preguntado por qué vestirá siempre de negro? Le pregunté a Nin qué significaba "la Pasionaria" y me dijo que la flor de la pasión.

—Mira tú nada más, y tú ¿qué haces hablando con trotskistas? —se violenta Tina.

—Nin es fino, sensible.

—¿Que no sabes que fue secretario de Trotsky? —grita Tina fuera de sí.

—Y también la Pasionaria es sensible —continúa absorta Pilarica—, sensible y fanática; todos la escuchan como si fuera el sumo pontífice, a lo mejor creen que es una santa.

—¿Cómo va a creer un republicano en la santidad, mujer?

—Una santa revolucionaria, una segunda Juana de Arco, una mujer dispuesta a todo con tal de salvar a su país... A mí siempre me han dado miedo los fanáticos; viéndolo bien, me das miedo tú, María, cuando me lanzas esas miradas negras, sombrías...

—Tú eres una plaga, Pilarica —ríe María Luisa Lafita—. Dinos a ver, ¿cómo cargaba la Pasionaria sus sardinas? ¿Una canasta en cada brazo?

—En una tabla sobre su cabeza, por eso la tiene plana; caminó siempre muy erguida, todas sus sardinas bien acomoditas. Su marido, el asturiano, es uno de los fundadores del partido comunista en el norte.

—Pero ¿quién te da a ti esa información? —la voz de Tina suena peligrosa.

—Todos, cualquiera, Nin. La Pasionaria es un personaje de tragedia ¿no les parece?

—Una santa —dice Flor Cernuda con veneración.

—La Pasionaria no es ninguna santa; en todas partes impone a su amante, Francisco Antón, y Ruiz ni se las huele. Al Antón lo hace hablar en público, es muy majo.

Cuando después de cuatro días de tratamiento el doctor Juan Planelles la da de alta, Mary Urquidi descansa:

—¡Qué bueno que ya se fue!

11 DE NOVIEMBRE DE 1936

Una sacudida estremece al hospital Obrero; se multiplican carreras en los pasillos, puertas azotadas, gritos al aire. "¡Están bombardeando de nuevo!" "¿Hay alguien en la sala de operaciones?" La voz autorizada del doctor Planelles anuncia por el megáfono: "Antes que nada, debemos evacuar a los enfermos". Algunos corren despavoridos, escapan por los pasillos rumbo a la puerta. ¿De dónde sacaron fuerzas? Van desnudos. A la primera bomba sigue otra y otra; cada una cimbra el edificio. "Daos prisa." Abruptamente el bombardeo cesa. Tina escucha lamentos y corre a la sala 7. Encuentra a un anciano de pelo blanco y nariz aguileña agarrándose la cabeza, pero no es él quien gime, sino su vecino, el gordito, caído al piso envuelto en una sábana.

—Os vamos a sacar de aquí, no os preocupéis; ahora mismo vienen los camilleros para bajaros al refugio.

Pone su brazo sobre el hombro del anciano:

—No tardan.

Juan Planelles la vio de pie junto a la cama. Seguro vendrá por ella. Tina no va a dejar al viejo. De pronto se hace un silencio y en medio del pavor escucha una risotada procaz, vulgar, que proviene del piso de las mujeres.

—¿Qué pasa? —grita mientras baja la escalera.

Acurrucada, inmóvil, haciéndose lo más pequeña posible en medio de la cama, los ojos enormemente abiertos, pálida como una muerta, la mocita, la paciente más joven del Obrero. Desde que la encamaron en el Obrero tiene alucinaciones y en la noche grita hasta que, exhausta, baja de la cama bañada en sudor, con la mirada perdida, su cabeza colgada como la de un pollo y trastabillea mientras avanza por el pasillo: a...ma... ma...ma... Tina la abraza y vuelve a meterla a la cama.

Internada a los pocos días de que se inició la guerra, proveniente de Melilla, la mocita de nombre Angustias no reconoce a Tina.

Un hombre se aleja por el corredor sujetándose el pantalón. ¿Es él quien ha reído? Se dispone a alcanzarlo cuando otra sacudida la detiene.

Un bombardeo, a las cuatro de la tarde, a plena luz del día, ¿cuándo se había visto? El propio Juan Planelles carga en vilo a uno de los enfermos y regresa para sacar a un segundo. Repite esta operación seis o siete veces hasta que finaliza dándoles el brazo a quienes pueden mantenerse de pie. Tina queda sola al lado del paciente de la cabeza blanca.

—El bombardeo no va a seguir, los nuestros les apuntan. Esos que oís son nuestros cañones.

El ruido se hace ensordecedor, ahora el griterío es mayúsculo, Tina sale al pasillo y detiene por el brazo a Pilarica que corre espantada. "Antes que en tu pellejo piensa en los demás." La joven intenta soltarse:

—Vente al segundo piso, ayuda.

—Déjame María, suéltame, te digo.

Como no cede, la golpea en el vientre y de un tirón libera su brazo.

Tina da dos pasos hacia la ventana buscando la respiración. El pánico ha trastornado a Pilarica; en realidad es una buena enfermera. Tina trae metido el ruido de los disparos en los oídos. Ha visto a muchos salir a la calle, fusil en mano, vociferando: "¡Viva la república!" Los jóvenes corren entre las balas tirándose pecho a tierra tras algún kiosco de periódicos para luego gritar, hacia una casa de persianas cerradas, apuntándole: "¡Abajo los carcas y el clero!", "¡Fascistas traidores!" Ha visto a los soldados rodar muertos, los ha recogido desangrándose, ¿por qué le impresiona tanto Angustias, la mocita? María Luisa Lafita se lo advirtió: "No establezcas relaciones personales, chica, si lo haces no vas a poder". Tina suele detenerse en su recorrido matutino con la bandeja de las medicinas para cada enfermo. La Lafita se pregunta qué tendrá María para lograr esta comunicación. "¿Por qué no tuviste hijos?", inquiere.

—¡Qué bueno que no, qué bueno! Después de lo que he visto aquí, no dan ganas de tener hijos. Con un hijo jamás hubiera podido trabajar en el Obrero. Ya ven a Matilde Landa, ahora separada de su hija Carmen, cómo corre a verla cada vez que puede y cómo le duele la separación.

Matilde Landa adelgaza a ojos vistas. Su obligación es intervenir en todos los conflictos del hospital, los políticos, los económicos, los del abastecimiento. Su tarea no se limita a atender a los enfermos sino que recluta enfermeras, busca víveres, es la primera en enterarse de las malas noticias, de ella es la responsabilidad política del hospital. Ejercer el mando es ganar en sufrimiento. Ha visto a combatientes caer en el campo de batalla. Como si fuera basura, el montón es recogido y aventado a un carro. Ella sigue viendo la sangre. Ahora que sube corriendo la escalera, en vez de imágenes de su hija Carmen, cuya carita invoca en vano, se le aparecen los muertos, las ambulancias llenas de heridos por metralla, la espalda reventada por una bala expansiva, el tórax expuesto de tal manera que todos pueden ver el ritmo cardiaco, la inhalación y exhalación del pulmón bueno, el sangrado del otro.

Su indignación contra las balas expansivas no tiene límites. El doctor Manolo Bolea pone en su lugar las costillas rotas, los músculos de la espalda en tiras, y al final comenta lavándose las manos:

—Toda guerra es una carnicería.

Mary Urquidi va y viene de la embajada de México al hospital en espera de una llamada; cada vez es mayor su inquietud por su esposo Víctor y sus hijos. Salieron a San Sebastián dos meses antes y Mary los imagina en París, o en Suiza o en Inglaterra. La embajada de México guarece a refugiados que no se atreven a abrir siquiera las persianas, no vayan a recibir un tiro.

—Aquí hay demasiados rusos. Se meten hasta en la sopa —dice Mary Urquidi.

14 DE NOVIEMBRE DE 1936

Buenaventura Durruti y los tres mil quinientos hombres de su columna llegan del frente de Aragón y la multitud los recibe. Durruti defiende la Casa de Campo frente a la Ciudad Universitaria, el sitio de mayor peligro.

Muere Durruti en la Ciudad Universitaria. Era el más querido, el más carismático. En su funeral hay grandes manifestaciones de unidad antifascista. Madrid resiste para el asombro del mundo y el despecho de los nacionalistas.

—Acaba de decirme Planelles que se va Mary Bingham de Urquidi a encontrarse con su familia —informa Mari Valero—. Está tratando de conseguir un salvoconducto para Francia. Planelles dice que debemos buscar quien la reemplace en el quirófano; para colmo no funcionan dos de los autoclaves. Pero eso le preocupa menos a Planelles que perder a la inglesa.

—Tampoco se la vivía aquí, a cada momento salía a su embajada —comenta María.

—Sí, pero volvía, ahora se va.

—Ha entrenado a varias. Asunción es buenísima y María Luisa Lafita también tiene mucha sangre fría —contemporiza María—. Y Flor Cernuda, ¿qué pero le pones a Flor Cernuda?

Es increíble, Madrid sigue siendo noctámbulo. Nadie duerme. Los cafés de la Gran Vía, la calle de Alcalá, la Puerta del Sol están llenos a reventar a pesar de los bombardeos. Los parroquianos se gritan de una mesa a otra. Pietro Nenni va con Malraux y Florence, su mujer, Rafael Alberti y María Teresa León, José Bergamín, Koltsov, Soria, Corpus Barga, a hablar de la revolución en torno a una manzanilla. Parece una fiesta. Todo el mundo anda en la calle. Nenni comenta: "Miren, en las esquinas se venden billetes de las tómbolas para los hospitales de campaña". Los automóviles con la bandera roja se abren paso a bocinazos entre la multitud. Una noche, el comandante Carlos pasa al hospital Obrero y les dice a María y a Matilde:

—¿No queréis que tomemos una copa de vino en la Gran Vía?

Planelles llama a una reunión de emergencia:

—Tenemos que tomar decisiones inmediatas; la más apremiante, la más impostergable, es la de la cocina; no tenemos quien se haga cargo de la cocina.

Todos guardan silencio.

—El hospital está lleno a reventar y no tenemos quien supervise la cocina.

—Yo me ofrezco.

Juan Planelles clava en Tina sus ojos y esa sola mirada la gratifica:

—¿Está segura, compañera María? Es más pesada la cocina que la enfermería.

—Si me aceptan, estoy dispuesta.

—Es una enorme responsabilidad, compañera María.

"Si me aceptan", dijo, como si no fueran a aceptarla. Tina se pasa de modesta. Matilde Landa interviene:

—María es una gran compañera con una magnífica actitud; podría estar al frente de cualquiera de las salas, la 7, la 9.

—El cubano Claudio Gutiérrez nos deja por razones de salud. Si la compañera María desea encargarse de las cocinas, y esto es lo que nos hace falta, no nos queda más que agradecérselo —interviene el doctor Julio Recatero.

Cuando termina la junta, Juan Planelles retiene a Tina.

—Siéntate, compañera María. ¿Quieres seguir durmiendo en la enfermería o prefieres las piezas cercanas a la cocina y la intendencia?

—Cerca de la cocina.

Planelles hace un gesto de satisfacción. María sí que tiene el espíritu que hace falta. Al despedirse conserva su mano en la suya:

—Si todos fueran como tú, compañera María, seguro, ganamos la guerra mañana.

—Vamos a ganarla —sonríe Tina.

Los primeros días no son pesados; todavía hay comida. Tina vigila un cocido parecido al que Matilde les ofreció el primer día en su casa, con garbanzos, patatas, que no papas, zanahorias, repollo, judías y no ejotes como en México, carne de res y de cordero.

Hay fruta, legumbres, costales de patatas, y los médicos, intendentes, enfermeras, tienen derecho a porrones de vino. Es increíble la energía que da un vaso de vino. Ya desde Francia, Tina se ha acostumbrado al vino como agua de uso, y en el hospital, el doctor Martínez Riesgo asevera que es "medicinal". "Lo necesitamos para darnos fuerza." "Les conviene a los convalecientes." El catalán Planelles no bebe, pero es casi el único abstemio. Duro consigo mismo, María descubrirá más tarde que también puede ser implacable. Exige a los demás lo que se exige a sí mismo. Para ayudarla en la cocina, revolotean dos mocitos, Sebastián y Cirilo, y tres casi niñas: Miguelina, Marta y Nuri. Tina añora a Claudio Gutiérrez. La cocina es muy grande, el equipo de primera, las cacerolas de buen tamaño, no falta ni un cucharón, ni un cernidor, ni una sartén, vaya, ni un cuchillo; las monjas, por lo visto, no se privaban de nada.

De vez en cuando, médicos y enfermeras bajan a la cocina a tomar café que la camarada María les sirve con gusto. "Prefiero cocinar a ver gente sufrir", les dice. La tragedia se evapora entre las marmitas. Nadie habla de enfermedades.

Cuando puede dejar de guardia a Sebastián, Tina sube a ayudar a las salas. Los heridos la llaman porque sabe escucharlos. Le cuentan de sus hijos, de su mujer, pero sobre todo del último día en el campo de batalla: "Estaba yo cargando mi rifle cuando oí que dos hombres me gritaban; se me encasquilló el arma y por dos segundos perdidos me dieron en la pierna, aquí. Me fui rodando cuesta abajo hasta que me detuvo una roca; allí pude encogerme, venían tras de mí, al galope, oí muy claro los caballos, saqué de mi cinturón una granada. Alcancé a ver vivos a los canallas, buscándome, esperando a que yo apareciera. Lo que no entenderé nunca es por qué estaban vivos si yo estaba seguro de que les lancé la granada. Me quedé quieto. Pasé una noche terrible, los oídos llenos de toda clase de ruidos. Pensaba: 'Tengo que dormir, si duermo se me quita esta sed espantosa'. Nunca lo logré. Cuando amaneció me dije que iba a levantarme pero no pude, seguramente al rodar cuesta abajo me rompí algo; tenía el pantalón empapado en sangre. La única forma de salir era arrastrarme y seguir rodando y entonces vi la granada en mi mano, ya no tenía nada de fuerza. Voy a morir, pensé, y no me dio miedo. Ya no tenía poder ni para sentir miedo".

¿Quién lo había traído al hospital de sangre? Seguramente otro anónimo, de esos que sólo dicen: "Está malherido" y se regresan a la trinchera. En alguna ocasión, una campesina llevó abrazado a un miliciano vendado por ella con trapos; en otra, la ambulancia encontró al herido a la mitad de la carretera. Por poco y lo remata.

—Si supiera, María, lo mucho que apetezco una sardina. Una sardinita así de pequeñita, ¿no habrá en la cocina?

—Mientras tenga temperatura no, pero apenas lo autorice Nafría yo le consigo la sardina.

—Si me la da, le prometo que le pelo las papas, como usted las llama.

La temperatura nunca baja. Se llevan al hombre en una caja de pino.

Tina nota que se le hinchan las piernas, pero le molestan menos que el vapor de los peroles. "Es bueno para el cutis", le dice Mari Valero, "lo hidrata. Todas nos vamos a arrugar antes que tú. ¿No te has fijado que las cocineras no se arrugan?" Andar todo el día con la ropa pegada al cuerpo, sudorosa, la debilita hasta la somnolencia. Varias veces al limpiarse la cara piensa: "A lo mejor lo que pasa es que estoy llorando de desesperación". Los pies, dos esponjas pesadas de agua, no le responden. Al contrario, los arrastra como cosa muerta y lo peor es que la muerte le va subiendo de los tobillos a las rodillas. "Ya no tengo tobillos." Arrastrando las piernas, como si caminara contra la corriente, empujando cada una frente a sí misma, la emprende por el corredor hacia el baño. "Voy a quitarme las medias. Impiden la circulación." Al doblar el corredor de pronto ve a Vittorio. No está solo, y una mujer de blanco ríe con él. Vittorio la abraza o quizá sólo le ha echado el brazo alrededor de la cintura y ahora la hace subir la escalera a toda velocidad. Tina se detiene sólo para verlos correr hacia la salida. A la fuerza, sus pies son dos cadáveres, se acerca a la ventana. Salen a la calle, pero ahora Vittorio no la abraza, caminan el uno junto al otro en el frío. Tina, el corazón revuelto, lastimándola en cada costilla, "se me va a romper, no son sólo las piernas, es también el corazón", los mira alejarse, mira cómo suben a un Studebaker. "Es que van al frente como todos los días." Matilde Landa es la responsable política, la organizadora, la que siempre corre al lado del enfermo, al quirófano, al frente, al lado de Vittorio-Enea-Carlos-Raymond, Matilde la jefa, su amiga Matilde, la monja laica a quien ella admira, la que da lecciones de aguante, la más preparada, Matilde y Vittorio. Tina no puede reprimir un lamento que le viene desde lo más hondo de las entrañas, ronco, gutural, "Toietto, es el cansancio, no pasa nada, a lo mejor el tuyo es sólo un gesto de camaradería, de hermano a hermana, estoy loca". Tina regresa a la cocina, abre la puerta, se le viene encima el vaho caliente que le moja las sienes, la nuca, el vapor de los peroles, por primera vez en dos semanas llenos de papas, una fiesta, papas de verdad, para molerlas en un puré y blanquearlas con leche. Tina empuja sus piernas hacia la estufa, aparta la neblina dando brazadas, se le ocurre que en cualquier momento verá aparecer el mascarón de proa del buque fantasma.

Vittorio y ella se ven poco; él anda de frente en frente en su Studebaker. "Frente." En México le llaman segundo frente a la querida. ¿Y ella, Tina, qué es? Dos veces fue ella al cuartel de Francos Rodríguez sin encontrarlo. La cocina deteriora su salud, "con razón nadie se ofreció" y sólo una vez Vittorio comenta: "Te veo muy cansada. ¿Qué pasa con tus tobillos?" Las consideraciones personales no tienen cabida en la vida de un miliciano.

Planelles le aconseja que descanse las piernas en alto. Al día siguiente sube a las salas; de pie, ayuda a Nuri a cortar tiras de gasa, cambia las camas con Milagros y con María Luisa Lafita hasta que, en la noche, Matilde Landa ordena:

—No tienes necesidad de subir en tus horas libres; veo tus piernas muy mal, no exageres.

—La que no debe exagerar eres tú. No puedo tirarme en la cama sabiendo que hay trabajo arriba.

—Así, pronto no vas a servir para nada.

Esa misma noche, Matilde saca a María de la cocina.

—Deja de apilar la vajilla. Déjale eso a Cirilo. Ahora tú estás hospitalizada. A la cama.

Tina avanza penosamente, callada.

—Esto lo va a saber Carlos cuando regrese del frente con el segundo batallón de Talavera. Está con Líster.

—Chinga tu madre, Matilde.
—¿Qué?
—Que estás mejor informada que yo.

Es bueno encontrarse en una alcoba alejada de las calderas, entre las sábanas blancas de una cama hospitalaria. Por la ventana, puede ver la nieve.

La camarada Lafita se ofrece para atenderla. Diez días, Tina permanece encamada hasta que las piernas regresan a su tamaño normal. María Luisa Lafita habla mucho de Cuba, su infancia en el campo, la zafra, los días en la universidad.

—¿Cómo es que sabes tirar?

María Luisa responde con orgullo:

—Chica, desde los siete años, mi padre me enseñó, primero como deporte aunque nunca le di a una paloma siquiera y después como defensa porque él se ausentaba durante muchos días de la casa, y decía que mi madre y yo teníamos que protegernos. De chica montaba a caballo y me metía por guardarrayas de caña, que son muy peligrosas porque la caña crece altísima y entre las hileras puede esconderse un hombre. "El mundo que te va a tocar vivir es difícil, no tienes hermanos", dijo mi padre. En la guarnición en Cuba me hicieron pruebas entre cinco mil compañeros y quedé enlistada como el número diez de todos los tiradores.

Tina la pone a conversar sobre las calles de La Habana, y de allí pasa a Mella. "¡Huy, Mella! ¡Dejó a la pobre de Sarita Pascual compuesta y sin novio!"

Sin mayor explicación vuelve a su tema favorito: la balacera.

—Tú tienes que saber tirar, María.

La vida bajo las bombas
Archivo particular

12 DE DICIEMBRE DE 1936

A la semana de su propia convalecencia, Tina se hace cargo de la sala 9. Los enfermos empiezan a doblarse en convulsiones. Todo el hospital, hasta María Luisa Planelles que dejó su laboratorio, corre de sala en sala sin poder darse abasto; los heridos, diarreicos, vomitan su alma, desvaídos como la muerte que ya se instala en sus cuerpos.

En dos días el hospital de sangre tiene cien bajas. Después de las autopsias, María Luisa Planelles se encarga de los análisis. El doctor Planelles cita a una junta de urgencia a las jefas de piso. María Luisa, su mujer, comunica:

—Es muerte por cianuro. En las vísceras encontré cianuro.

Planelles inquiere:

—¿Vieron algún movimiento extraño en la cocina?

—Nadie ajeno a la cocina ha entrado. El abastecimiento se lleva a cabo en la forma de siempre. Los de la entrega son nuestros mismos compañeros.

—Nunca debí dejar el puesto —se culpa Tina—; dormía al lado, permanecía atenta las veinticuatro horas del día o casi. Soy responsable, soy responsable...

—Compañera —interviene Juan Planelles—, somos muchos los

• 477 •

que vigilamos y no vimos nada anormal. La vida diaria siguió su curso.

—¡Quien lo hizo merece la muerte! —grita María Luisa Lafita fuera de sí.

—Os hago responsables —dice sombrío Planelles— de descubrir al autor del crimen. O a la autora. Obviamente, la persona que lo cometió está al servicio de los fascistas.

—¿Cómo puede alguien ensañarse contra los heridos? —deplora María Luisa Lafita.

—Es una forma de sabotaje, sembrar el pánico, desanimar. Los exhorto a la mayor vigilancia, por lo pronto debe aumentarse el personal en la cocina, gente de fiar.

—Regreso a la cocina —exclama Tina.

—Por favor, camarada, no queremos una muerte más.

—No es que desconfíe —aventura María Luisa Lafita— pero ¿no podría ejercerse mayor vigilancia sobre Amalia?

Amalia canta por las noches y todos los convalecientes se reúnen a escucharla. Alegra al más desanimado, como castañuela va de una sala a otra, brindando su voz: "¡Qué buena cara tiene! Ahora sí que va a poder bailar por soleares conmigo."

—¿Amalia? —pregunta Planelles— ¿Por qué Amalia? Anima a los enfermos mejor que nadie.

—No sé, es mi instinto.

—¿Amalia? —respinga a su vez María Luisa Planelles—, no lo creo.

—Es una acusación muy grave la suya, camarada Lafita —continúa Planelles.

Esa noche Planelles busca en el archivo los papeles de Amalia. Alguien los ha sustraído o dentro del desorden de los inicios, nadie se preocupó por consignar su ingreso. Tina Modotti, llamada María, perseguida política; María Luisa Lafita, activista en Cuba; Mari Valero, recitadora y actriz; Flor Cernuda, activista; Encarnita Fuyola, mujer de la limpieza, recomendada por Carlos Contreras. Pilar Espinasa, filósofa, encuentra expedientes de todos menos de Amalia.

Ocho días más tarde le es requisada a Amalia una cajita. El análisis no deja lugar a dudas: cianuro. En el despacho de Planelles, Amalia afirma que ha recibido el polvo pero que nunca supo que era cianuro y menos quién lo envía. Ni siquiera intenta defenderse. Guarda un silencio desesperado. Esa misma noche, el alto mando en consejo sumarísimo decide fusilarla. Orden del comisario político, Carlos Contreras. "El fusilamiento tendrá lugar en el patio central del hospital Obrero, a las seis de la madrugada."

Todo el personal del hospital y los encamados que logran levantarse se asoman tras de los ventanales.

Amalia no llora. El jefe del pelotón le advierte con voz respetuosa que le da la última oportunidad de declarar quiénes la enviaron al hospital Obrero y quién le entregó el cianuro en la puerta.

Amalia abre entonces la boca para pedir un sacerdote.

—Nunca daré un solo nombre. Antes de morir quiero afirmarles que lucharé hasta la última gota de mi sangre para erradicar de España la peste del comunismo, responsable de la muerte de sacerdotes y monjas.

A las seis con tres minutos se forma el pelotón de fusilamiento.

Durante mucho tiempo se habla del caso de Amalia.

—Yo no habría podido ajusticiarla —asegura Mari Valero.

—Esa mujer era una hiena. Asesinó a heridos de guerra.

—Cuando conversamos al principio, la sentí un poco loca, desconfié, por eso la acusé.

—Sí, la guerra lo enloquece a uno —interviene Pilarica—, ¿no recordáis lo que nos contó Mary Urquidi de la mujer esa a quien vio cerrarle los ojos a su hijo, en la sala 7, besarlo y tomar su fusil, sí, sí, al muerto por hemorragia? "Mataron a mi hijo, a mi marido, no me queda nadie. Voy al frente a matar fascistas y a que me maten a mí también."

—¿Y María Dolores Castillo? ¿Recordáis a María Dolores, la chica granadina? Abandonó el hospital cuando mataron a su hermano. Se oyeron tiros, salimos a la ventana, vimos gente que corría en la calle, y de pronto cayó un cuerpo, el teniente Castillo, el que fundó la primera milicia clandestina antifascista obrero-campesina. ¿Os acordáis cómo salió a la calle María Dolores? Recogió el fusil de su hermano y gritó: "Ahora voy yo".

Desde entonces, no hemos vuelto a verla.

María Luisa Lafita insiste:

—Yo me habría sentido con el valor suficiente para fusilar a Amalia.

—¿Tú habrías disparado?

—Si me lo piden, la mato.

—¿Por qué sospechaste de ella, María Luisa? —pregunta Mari Valero.

—Porque era demasiado buena para ser verdad.

Por cada piedra de la Ciudad Universitaria un moro sitia Madrid. Los mandó el alzado general Mola. Madrid también está lleno de falangistas que fingen no serlo o se esconden en sus casas esperando a que lleguen los nacionales. Entretanto trabajan para Mola en la Quinta Columna. En la noche disparan contra los guardias republicanos con unas pistolas que hacen un ruido seco que apenas se distingue, pac, de botella que se destapa, pac.

Al día siguiente, hay cuerpos tendidos en la calle.

Nadie sabe nada.

A esos asesinos invisibles los llaman los pacos.

En diciembre, Vittorio ve a Tina —siempre discreta— entrar a su despacho; estruja un papel con la mano.

—¿Podrías acompañarme?

En el cuarto, nota su rostro estrujado también.

—¿Pasa algo?

Le tiende el papel sin decir palabra.

Vittorio lee. Es de Mercedes. Murió la mamma.

—Pensar que yo estaba aquí y mi madre, sola, sin sus hijos, tantos años sola, sin sus hijos, mi madre sola, los hijos en distintas partes del mundo, lejos, todos, Ben en América, Yolanda también, dispersos, Gioconda con su bambino, sólo Mercedes.

—No estuvo sola, Mercedes la acompañó.

—Llevaba todos estos días de muerta y yo aquí viva, comiendo, durmiendo, oyendo radio, escribiéndole cartas, viva, viva, sin presentirlo; ella ya había muerto y yo no lo sabía.

Tina solloza:

—Tres meses, hace tres meses; durante tres meses no sospeché nada, ¿comprendes? Trabajé, hice la guerra, viví, comí, dormí, hice el amor contigo, me bañé, reí y ella estaba muerta, mi madre muerta. ¿Tú sabes lo que es eso?

Repite, repite: "Murió hace tres meses". Repite.

Vittorio la abraza un largo rato; sus lágrimas le mojan la camisa, el hombro, sigue apretándola contra su pecho hasta que una voz llama a la puerta:

—¿Comandante Carlos?

—Stai qui, torno subito.

Tina entra en el vacío. No volveré a verla. El pensamiento es tan brutal que la tira de bruces en el suelo. Mamma. Necesito volver a fijar la vista en tu solidez. Mamma. El dolor encaja sus colmillos en su vientre. Mamma. Estoy aquí. Sola. Sola con el papel en la mano. Mamma. Estás enterrada hace tres meses. Bajo tierra. La tierra en tu cara. No puedo con ese solo pensamiento.

El dolor le golpea la caja del pecho, las costillas, el vientre; bate como las olas contra su tórax. Baja a sus piernas. Cabalga. Zumba en sus oídos. Relampaguea en sus ojos. No es verdad; no ha sucedido. Me echo para atrás tres meses, por lo tanto voy a verla.

¿Y los que vio morir? Caían, se quedaban en la tierra, allí recibían su muerte. Rápido. En el Obrero, en sus camas, ponía la mano compasiva sobre sus párpados. Rápido. Matilde pasaba: "Cambia las sábanas, rápido, allí viene otro". Hacía la cama a bruscos impulsos, sin pensar, la alisaba, le daba golpecitos a la almohada para acoger esa nueva cabeza. A las volandas, la muerte, a las volandas. Qué prisa tiene la muerte. No había tiempo para pensar. No eran sus muertos. No había ni tiempo de quererlos. Sólo al anciano de la cabeza blanca, don Alejandro.

Una voz de mujer grita: "¿Vas a la compra?" "Éste es el mundo en el que vivo", se repite Tina, la camarada María. "Ésta es la guerra en que tengo que seguir." "¿Para qué llenan sus estómagos si voy a ir a recogerlos reventados en el campo de batalla?" "Voy a levantar sus tripas y sus sesos, sus sesos que se les salen por la nuca, aunque el instinto natural es protegerse la cabeza con las manos y los genitales doblándose en dos; voy a recoger esta chorreante masa encefálica, esos ojos apretados por el pánico, esa mandíbula trabada, esas células que todavía hierven de miedo, la boca a punto del grito; voy a lamer su sangre sobre la tierra, voy a..." Tina siente sus piernas de palo; quisiera levantarse, no puede, algo que la inmoviliza va subiendo, algo que la ancla al suelo, un maremágnum que la congestiona y lastra. Recuerda que en las vísceras de Julio Antonio se encontraron garbanzos entre los restos de comida, garbanzos, sí, garbanzos... Cuando Vittorio sube de nuevo, la halla dormida en el piso. La venció el sueño, qué bueno. La cara henchida de lágrimas, cansada, vieja, acabada; ni traza de la Tina de Berlín, elegante en su traje sastre bien cortado; ni polvo de la Tina seductora de México. Su pelo no brilla, sus ojos tampoco; hace mucho que no relumbran sus dientes en una sonrisa, y si acaso sonríe se le ven amarillos por la nicotina, poveretta, piensa, poveretta, pobre mujer.

La mira dormir, su boca entreabierta, las amargas líneas que caen a pico de la nariz a la comisura de los labios, hundiendo la piel. Despierta, y vuelve a llorar; el llanto la asfixia. El golpe ha sido inesperado, a traición, a ella la ha sacado del tiempo. Las hijas que aman a sus madres nunca creen que van a morir.

—Al menos acuéstate en la cama.

—No, no, para qué. Todos estos meses los viví pensando que la vería; la veía en mi corazón, guisando, riendo, abrazándome. Me traicionó, nunca más podré tomarla en mis brazos.

—¿Quieres quedarte conmigo?

—No, me espera Planelles.

—Vas a ir en ese estado.

—Estoy de guardia.

—Recuerda que viajo mañana a Valencia para preparar la salida del gobierno. Falta poco para que todo el gobierno deje Madrid. Debes irte también.

—No, me quedo contigo, no quiero vivir separada de ti, aunque te vea tan poco. No quiero ir a Valencia.

—Bene, bene.

23 DE DICIEMBRE DE 1936

Seis mil italianos desembarcan en Cádiz para enrolarse en las filas de los enemigos de la república. Vittorio le cuenta con fiereza a Tina que los republicanos bombardearon Badajoz y Mérida. Al regreso de su misión, la tristeza de la camarada María empeora. Su estado alarma.

—Te estás destruyendo a ti misma. Deberías hablar con Planelles. Necesitas reposo.

—¿Reposo? ¿Cuando todos se están muriendo? Es lo que menos falta me hace —responde hiriente—. Sólo me calmo atendiendo a los demás, entonces olvido un poco que la mamma ya no vive.

Hace una semana que no se oyen balazos y no se reanudarán sino pasada la noche del Año Nuevo. Hasta en la guerra, es época de Navidad. Muchos sagrados corazones pueden estar de cabeza, muchos santos degollados en el atrio de la iglesia, lo cierto es que mal que bien se festeja la Navidad. Madrid se ve triste, sus calles vaciadas por el frío, los pabellones en construcción de la Ciudad Universitaria aislados, las nubes bajas y hoscas, la tierra machucada por los combates encarnizados entre los republicanos y los moros al servicio del ejército nacional. La resistencia republicana ha sido sobrecogedora; los milicianos, con justa razón, deben sentirse orgullosos.

31 DE DICIEMBRE DE 1936

En la comandancia del Quinto Regimiento, Matilde, Cruz Díaz, Flor Cernuda, Encarnita, María Luisa Lafita, Mari Valero y María cuelgan guirnaldas de papel de colores para celebrar la victoria y los frentes tranquilos. En un muro dibujan: "Bienvenido 1937".

El salón de la comandancia adquiere una atmósfera casera, íntima; la compañera María ofrece:

—Puedo preparar un ponche caliente, con vino y fruta.

—No tenemos fruta, María —informa Mari Valero.

—Algo hemos de encontrar. Voy a preguntar en la cocina. Hicimos conservas Flor Cernuda y yo en verano, ¿verdad Flor?

—Sí —responde—, yo misma las herví.

Cuando sale Tina, María Luisa Lafita regaña a Mari Valero:

—No seas bruta, chica, es la primera vez que la veo animada ¿qué ganas con aguarle la fiesta, chica?

Pilarica Espinasa recorta papel con cara triste.

—Y ¿a ti que te pasa, chica? —pregunta María Luisa.

—Me estoy acordando de Buenaventura Durruti, tan guapo él, tan valiente.

—Olvídalo —se irrita María Luisa—: dejad que los muertos entierren a los muertos.

Mari Valero, en cambio, la abraza:

—A mí también me gustaba Durruti, pero no lo digas en voz alta porque aquí no lo quieren.

Llegan Líster, Pepe Díaz, Dolores Ibarruri y Francisco Antón, Antonio Mije con su cara redonda de pan blanco, Pietro Nenni, Modesto, la italiana Teresa Noce, conocida como Estela, Luigi Longo, Gallo. Matilde abre la puerta y vocea el nombre:

—Enrique Líster.

—Alberto Sánchez, chicas, Albertico Sánchez.

—Pedro Vizcaíno.

Pedro desenterró una gramola de manivela y la trae en brazos. El cubano Alberto Sánchez, la cara enrojecida por el frío, Vizcaíno y María Luisa Lafita, aún impresionados por la muerte de Pablo de la Torriente Brau en Majadahonda el 19 de diciembre, hacen un esfuerzo por sonreír. Tina, al enterarse de la noticia sólo acertó a pensar: "tan joven, era amigo de Julio, un buen amigo de Julio", y María Luisa Lafita sentenció: "Si Mella hubiera vivido estaría aquí con Pablo y hubiera muerto como él, combatiendo". Cuentan que Pablo enterró su carnet en la nieve.

—Apenas funcione el aparatico que trajo Pedro, vamos a bailar tú y yo, María Luisa.

—Sí, chico, claro.

Pepe Díaz saca a Dolores Ibarruri; baila unos compases con una sonrisa en los labios. Todos palmean en torno a ella; en realidad su vestido oscuro la embellece, qué maja, "¡guapa!" grita Vittorio, Francisco Antón la toma del brazo, cortando a Pepe Díaz. Vittorio toma a Tina del brazo:

—No sé bailar pasodobles, Toio —dice con inquietud.

—No te preocupes, tú sígueme.

—No voy a poder.

Vittorio tiene ganas de recordarle sus parrandas en México y llamarla mosquita muerta, pero se muerde la lengua. No es el momento.

—Vamos a hacerlo muy despacio, tú déjate guiar.

Baila meciéndose, siempre el mismo paso, la cabeza agachada. Vittorio bromea:

—Órale, órale, "no sea ranchera", como dicen en México. Ves, no es tan difícil. Ahora levanta la cabeza y vamos a hacerlo más aprisa.

—No, no, por favor no.

La alienta:

—Lo haces muy bien, una caminadita, ándale.

—Sólo me muevo para no hacerte quedar mal.

Qué raro, Tina lo dice en serio. La guerra la hace perder seguridad o ¿qué es lo que le sucede? De veras, no baila, y esto no es creíble en vista de todas las fiestas que se amontonan en su pasado, sus años en Los Ángeles, una serpentina de colores. A Vittorio se le antoja preguntarle: "¿Acaso no bailabas con los otros?" pero la expresión en sus ojos lo detiene. Por vez primera se da cuenta de que a Tina se le ha hecho un rostro de tragedia.

Un empujón de Pepe Díaz, quien ahora baila con María Luisa Lafita, lo descontrola. Como buena cubana, María Luisa mueve las caderas y "olé y olé" le grita Luigi Longo, palmeando en el aire como los bailarines en el tablado. Corea Antonio Mije; Enrique Líster mira sonriente a la concurrencia. Por encima de las voces, del ponche y de la risa, Líster irónico pregunta a Tina:

—Oye ¿eso que bailáis los dos es azteca?

—No —responde Tina—, es una zandunga. Se baila en el sur de México, entre los juchitecos, bajo las palmeras, cerca del mar. Por eso es lento, por el calor. Ven, Enrique, acompáñame a tomar una gaseosa para que te cuente la maravilla que es el sur de México.

Desde el centro de la pieza, bajo la campana de papel de colores, Carlos llama a Matilde Landa.

—Ven, vamos a seguir los dos.

Tina se pregunta por qué no vendría Paco Ganivet, dónde estarán él y Carmen, su hija; Matilde se ha vuelto hermética, no habla jamás de su vida personal.

Pepe Díaz interrumpe para bailar con Matilde. Vittorio le hace entonces una seña a su mujer: "Vámonos".

—Falta muy poco para que den las doce —dice Tina, un relámpago de angustia en sus ojos—. Esperémonos a los abrazos.

"¿Y ahora qué le pasa?", piensa Vittorio con fastidio.

Antes, cuando se encontraban en su pieza, en el piso alto del cuartel de Francos Rodríguez, Vittorio se entregaba a ella: "la muerte se vence con el amor, vamos a hacerlo, verás, la derrotaremos", pero Tina ya no respondía. Desde París había cambiado. O no quería exorcizar a la muerte.

Esta última noche del año, Vittorio se acuesta tras de ella, Tina sobre la cama, tirada de cara a la pared:

—No Toietto, no puedo.

Entonces él susurra:

—A lo mejor no volvemos a vernos.

Tina se vuelve hacia él con una violencia inusitada, una expresión de pánico a lo largo de sus rasgos y responde a su abrazo, lastimándolo, colgada de su cuerpo como un ancla. Sus labios súbitamente se hinchan; tiembla asida a él.

Después él la arropa como a una recién nacida:

—Ahora duerme, necesito bajar a la comandancia por noticias; vuelvo de inmediato.

Recoge su pistola. Jamás la deja.

Cuando Tina despierta, han transcurrido varias horas. Su hombre no está a su lado. Se viste rápidamente y al aventurarse por la escalera que es exterior ve por la ventana de la planta baja que Vittorio habla con Luigi Longo, ambos ensimismados. Un discreto rasguño en la ventana; sólo Vittorio vuelve la cabeza:

—Sube de nuevo, ya terminamos, ahora te alcanzo.

Cuando entra a la recámara la encuentra sentada en una silla. Sin más la toma entre sus brazos y la lleva a la cama. La desviste con prisa lanzando sus alpargatas al otro lado del cuarto y vuelve a tomarla con la misma ardorosa devoción.

Ya no es lo mismo.

Los encuentros en la comandancia se hacen cada vez más raros. Vittorio se la vive en el campo de batalla; Tina en el hospital.

Como comisario político, Vittorio tiene una sorprendente movilidad; viaja a París, a Londres e incluso en territorio ocupado.

Avanza la contrarrevolución.

Miguel de Unamuno muere en Salamanca.

La Pasionaria insistió en fundar batallones de mujeres; dos para empezar. Las mujeres iban al patio de Francos Rodríguez para recibir instrucción. "Somos el batallón femenino del Quinto Regimiento." Con sus vestidos, algunas con su mono azul, otras con batita, el pelo sobre los hombros, distraían a los voluntarios en su entrenamiento. José Díaz escogió a la que se veía mejor para carteles de propaganda y difusión en la prensa: *La perfecta miliciana*. Su efigie en las carreteras, en las esquinas, en los sindicatos, en los muros, invitaba a otras españolas. En el cuartel, la presencia de las mujeres hizo que los soldados empezaran a perder el sueño, a buscar algún hotelito en las calles vecinas.

— No va a funcionar, Dolores — le dijo Enrique Castro Delgado.

— Es orden del buró político del partido, orden de arriba.

— Es un error, sólo va a causar problemas.

— Debe acabarse con la idea de que la mujer no puede pelear en el frente. La mujer es igual al hombre.

— No lo es, Dolores, gracias a Dios.

Enrique Castro Delgado le entregó a Dolores Ibarruri los partes médicos: "De doscientas milicianas reconocidas, el setenta por ciento padece enfermedades venéreas. Son informes médicos; se trata de una enfermedad".

— De todas maneras las mujeres saldrán al frente — desafió la Pasionaria.

— Sí, como enfermeras, como auxiliares, no como soldados. Las mujeres no pueden ser movilizadas. Soy responsable de la salud física de mis soldados.

Enrique Castro Delgado, contra la voluntad de la Pasionaria, inició la disolución de las unidades femeninas.

— La mujer va a ser empleada ampliamente en todas las faenas, en los talleres, en las fábricas frente a las máquinas, en la siembra y en la cosecha, incluso en el campo de batalla como combatiente voluntaria, pero no va a haber brigadas femeninas. ¡Mira el resultado! Al contrario, mis hombres no duermen y luego se dejan matar.

En todos los mítines, Dolores Ibarruri hablaba de la tradición heroica de las mujeres españolas, que sabían luchar y morir junto a sus hombres. Las sacaba de su casa, les pedía que enviaran a sus maridos, hijas e hijos al frente. Les ponía como ejemplo a las rusas. Quería militarizarlas a toda costa, enseñarles a disparar las armas. "Que ninguna se vea obligada, como una miliciana a quien yo vi, a arrojar el fusil por no saber manejarlo."

En Madrid, junto a Dolores Ibarruri trabajaban Irene Falcón, Carmen Meana, Emilia Elías, Agripina Álvarez y Amalia Figuera en un comité femenil para congregar mujeres y alistarlas en el ejército. Todas rechazaron a Enrique Castro Delgado, discriminador de la mujer, salvo esa alma de Dios que era Encarnita Fuyola.

—Puedo ayudar en lo que sea; lo que quiero es servir.

—Nos están discriminando, Encarnita.

—No sé lo que quiere decir esa palabra: dis-cri-mi-nando... Pero díganme quién es ese hijeputa para...

—¡Las mujeres españolas prefieren la muerte a la vergüenza de la dominación fascista!, repítelo Fuyola.

—Coño, a mí enséñenme algo más sencillito, algo así como ¡cabrón!, eso sí puedo decirlo, puñeta.

Tina sale con el Servicio Sanitario a recoger heridos. Alberto Sánchez, Esteban Larrea fungen como camilleros, y quien los cubre es María Luisa Lafita.

—Mientras recogen, yo los protejo porque el enemigo concentra el tiro en donde sabe que ha caído el herido.

María Luisa Lafita indica que hay que recoger primero a los jefes, no porque lo sean sino porque llevan encima documentos que le sirven al enemigo.

Aunque Tina tomó la instrucción en Francos Rodríguez, tira mal y no le gusta. María Luisa se ofrece a enseñarle. "Si tú sabes tirar, el enemigo lo sabe. La bala le pica. Él sabe que sabes."

A María Luisa le emociona salir al campo de batalla con las ambulancias y lo hace junto a Roberto Vizcaíno, su esposo, al que llama de un solo golpe "Vizcaíno". En cambio, Tina corre bajo las balas a recoger a los caídos en la línea de fuego. Una vez, María Luisa la empujó al suelo porque se puso de pie en la trinchera. "Chica, sirves de blanco, te van a clavar y expones a todo el mundo." María Luisa, rabiosa, permaneció junto a ella escudándola, dispare y dispare, y Tina se dio cuenta entonces por qué los compañeros de Sanidad pedían que la "compañera Lafita" los acompañara; en la línea de fuego, en pleno combate, se distinguía entre los demás por su iniciativa y sobre todo por su puntería; sabía defender al compañero. María Luisa, en cambio, disgustada con Tina le gritó: "¡Oye tú, chica, actúas como si no te importase la muerte. Sé más cuidadosa, si no por ti, por el Obrero. Francamente, prefiero salir con Encarnita Fuyola".

Juan Planelles ordena que ningún herido se deje en el campo de batalla; hay que ir por él bajo el fuego, rescatarlo de cualquier forma, por más grave que sea su estado. Salvo María Luisa y Vizcaíno nadie tiene suficiente técnica. En una ocasión, Tina toma el fusil y dispara para cubrir a Esteban que recoge un cuerpo. Tina siente que los oídos le estallan a cada tiro. No puede siquiera discernir el rumbo que llevan sus disparos, tan ensordecedor le resulta su ruido. "Apúrate, Esteban, tráelo ya", y Esteban llega con el herido al hombro y es el último, ahora sí es el último, no espera, aquél junto al árbol aún respira, cúbreme María, cúbreme y corre de nuevo. En la noche regresan al hospital. Cuando el reporte dice cuatrocientas bajas, los jefes comentan: "¡Vaya, ha sido una escaramuza!"

—El enemigo siempre achica sus bajas; nosotros somos honestos, decimos exactamente las nuestras —afirma Roberto Vizcaíno.

¿Así es que uno se puede morir así como si nada, simplemente cayendo en el campo de batalla?

En la falda nevada de la sierra de Guadarrama, en zona republicana, hay un convento hospital lleno de niños, cuidado por religiosas. Varias veces, los jefes republicanos que desde un puesto al pie de la sierra dirigían maniobras y estrategias les dijeron:

—Deberíais salir.

—Estamos bien, nos sentimos protegidas.

—Vamos a tener que obligarlas. Allá no están a salvo.

En una colina cercana las monjas vieron soldados con la bandera republicana. Un segundo después empezaron a ametrallar el hospital.

Las monjas sacan al patio a todos los niños para que los soldados vean cuál es su población, pero siguen recibiendo ráfagas de ametralladoras de calibre cincuenta y balas dun dun.

—Somos mujeres y niños —gritan.

Avisan por radio a la Cruz Roja, no hay respuesta. "Los que nos tiran son nacionales que se apropiaron de una bandera republicana."

Para allá sale un convoy del hospital Obrero: María, Matilde, Encarnita Fuyola, Flor Cernuda, María Luisa Lafita y las más jóvenes.

Al llegar, María, Matilde y Flor Cernuda se arrastran por el enorme patio para sacar, también arrastrándolos, a los niños aún vivos, bañados en sangre.

Repiten la operación. Salvan a pocas criaturas. María Luisa Lafita, loca de rabia, intenta disparar hacia donde estuvieron los soldados. "Hay que responder."

—No camarada, no tiene caso.

Encarnita Fuyola y Flor Cernuda lloran. Lafita permanece al acecho, su rostro tras la mira de su fusil. En la guerra, por una convención internacional, camilleros y enfermeras no portan armas pero a María Luisa no le importa. Siempre dispara.

—A mi herido no me lo matan. Van a regresar —dice María Luisa—, van a regresar, siempre lo hacen.

—Camarada, se dieron muy bien cuenta que acabaron con todo.

Tina no puede creer lo que ven sus ojos; nadie es capaz de disparar contra niños y mucho menos de utilizar una bala dun dun.

Las mujeres se afanan en torno a algunos niños. María exhausta hace un torniquete. Matilde, como siempre, es la más eficaz.

El rescate a cargo de las camaradas merece una especial felicitación del Quinto Regimiento.

Matilde le dice a María:

—¿De qué nos felicitan si la mayoría murió? Durante esa monstruosidad, nunca, ni un solo segundo dejé de pensar en mi hija Carmen.

En el hospital Obrero, el sufrimiento de los niños sobrevivientes causa una conmoción. Varios heridos ofrecen donar su piel para injertos. Ofrecen su comida, se privan de dulces o golosinas traídas de su casa. "Esta manzana, dádsela a un niño". Más tarde, cuando algunos entran en convalecencia son enviados a casas cercanas a Madrid, pero los víveres empiezan a escasear; Planelles gestiona que los envíen a Rusia: la única forma, según él, de mantenerlos vivos.

La niña Carmen Ganivet, hija de Paco y de Matilde Landa, sale a Rusia con muchos otros niños.

María Luisa Lafita siempre está viendo hacia las altas sierras, hacia el cielo. Duerme apuntándole a un avión. Mira por la ventana del hospital a ver si viene un avión. Cuando el avión es detectado entre dos reflectores y empiezan a tirarle, ella va por su fusil también. "Es de los de ellos." Ellos, los criminales, los que disparan a los niños, los que echan bombas a la hora en que hombres y mujeres salen del trabajo.

Si el avión empieza a caer cada vez más rápido, ladeándose, una señal de humo en el cielo, María Luisa Lafita grita:

—Le dimos.

Grita de gusto.

—Le dimos.

Aunque ella le haya dado solo en su imaginación, levanta los brazos al aire, con todo y fusil.

"Como si participara en un partido de futbol", piensa Tina.

También en el campo de batalla, María Luisa tiene ese espíritu. Pelea. Tiene que ganar. Darles. Pescarlos. Atraparlos a tiros. La Lafita prolonga su mirada en un disparo.

—Acabo de rematarlos.

Roberto Vizcaíno se ufana de que su mujer sea una extraordinaria tiradora.

—Les dio a muchos de ellos.

¡Qué gusto!, dicen los ojos fuertes de María Luisa. Qué orgullo la precisión de esos ojos que dan en el blanco.

Tina fuma, siempre fuma en los momentos de mayor tensión. En cambio, Mari Valero masticaría un chicle para calmar sus ansias. María Luisa apunta y dispara.

En el hospital Obrero, no hay tarde ni noche de descanso. Sólo la encargada de la ropería oye la radio y luego difunde las noticias. Algunas enfermeras han tenido que irse: Mary Urquidi, Pilarica a cuyo hermano mataron; y no hay reemplazos. Los heridos podrían morir y a Tina le asombra que, aun cuando lo han perdido todo, conservan una apasionada voluntad de vivir. Incluso los que han perdido un brazo, una pierna, intentan caminar una y otra vez; si se caen se levantan como niños y tercamente ponen un pie y luego la muleta e intentan de nuevo. Llaman a María para que vea su progreso. "Me afeité con la izquierda", "no tiré una cucharada de sopa", "puedo bajar la escalera sin ayuda, venga, compañera María, venga, déjeme enseñarle". Han sufrido el mayor de los sufrimientos, un cascote de metralla o una bala encajada en uno de sus miembros, y se los han amputado y sin embargo en el corredor practican la vida.

¿Amaré yo la vida hasta ese grado?, se pregunta Tina. Cuánta fuerza almacenada en el hombre. Ese muchacho con los labios partidos, ennegrecidos por la fiebre, Miguel, está dispuesto a todo, se agarra a la vida. "¿Verdad que estoy mejor?" pregunta tiritando. Matilde se lo asegura también y, sin embargo, ningún antídoto contra esa fiebre logrará salvarlo.

•Brigadas Internacionales en la Casa de Campo de Madrid•
Fotografía de Robert Capa

Con Líster y Campesino
Con Galán y con Modesto
Con el comandante Carlos
No hay miliciano con miedo.

2 DE ENERO DE 1937

T —he one you have to get is Contreras —le indican a Norman Bethune en Madrid los corresponsales extranjeros.

Cada vez más, los asuntos se centralizan en el comandante Carlos Contreras, comisario político, quien no se da abasto y corre a inspeccionar un frente y otro para arengar a los hombres. Sus exhortaciones en *Milicia Popular*, su presencia entre los milicianos levantan la moral. "A los del Quinto Regimiento se les reconoce porque van cantando." Carlos Contreras festeja las coplas, bromea; promueve coplas para burlarse de las victorias del enemigo y romanceros y estribillos para después de la batalla. Todo con tal de animar a sus hombres. Dice que la poesía es sensibilizadora:

Con las bombas que tiran

los aviones
se hacen las madrileñas
tirabuzones.

Grita convencido como José Hernández: "¡Madrid será la tumba del fascismo!"
Desbordante, conduce al heroísmo. Visita los cuarteles del Quinto Regimiento en Alcalá de Henares, en Guadalajara, en Valencia, en Almería, en Málaga, en Murcia, en todas las ciudades de la España republicana. Orgulloso de que del Quinto Regimiento salgan los mejores jefes militares, no se cansa de relatar la noche en que se formó; con los obreros del Sindicato Metalúrgico de Madrid.

El 18 de julio
en el patio de un convento
el Partido Comunista
fundó el Quinto Regimiento.

El Quinto Regimiento cuenta ahora con tres cuerpos de ejército: ciento veinte mil milicianos. Con sus arengas, Carlos estrecha la relación entre obreros y campesinos, impulsa la resistencia de los intelectuales y se enorgullece del Batallón del Talento: Machado, Alberti, León Felipe, Miguel Hernández, Bergamín, Petere, Pedro Garfias el cordobés, son sus amigos, lo visitan en Francos Rodríguez y Carlos les pide poemas, dibujos, carátulas para *Milicia Popular*. "Vayan al frente a recitar poemas a los milicianos, antes de la batalla." "Redacten volantes que podamos repartir, intenten infiltrarse en el campo enemigo a hacer propaganda, funden comités, hagan películas, sobre todo, defiendan Madrid." "Escriban cartas a intelectuales pidiéndoles su apoyo, atraviesen las fronteras, recurran a otros pueblos." "Enseñen a leer y a escribir a los milicianos." Contreras insiste en la alfabetización. Cuando se fatiga demasiado, le pide a Emilio, su chofer, también exhausto, que estacione el carro en un recoveco a salvo de los bombarderos y ambos duermen; Emilio, la cabeza sobre el volante, Carlos recostado en el asiento trasero.
Por fin, Bethune lo conoce a través del general Kléber, comandante de la Decimoséptima Brigada Internacional, el más

popular de los generales de la revolución hasta que Vicente Rojo se encela y lo destituye, aunque Kléber sea responsable de la defensa de la Casa de Campo. Entre los jefes, hay mucho espíritu de competencia.

Así como Vidali escogió el nombre de Contreras, el rumano Manfred Lázar Stern tomó el del revolucionario francés: Kléber. Bethune habrá de descubrir que Walter también es un seudónimo: del oficial extranjero más competente, el polaco Karol Swierczewski, que combatió en el frente de Andalucía y dirigió la ofensiva republicana en La Granja y en Segovia; el Campesino es Valentín González, el más joven, el temerario; y Zalca era Lukács, al que todos extrañan, joven general húngaro muerto durante un bombardeo en la batalla de Huesca.

"If you want things done, get Comandante Carlos", la advertencia resuena en los oídos de Bethune al estrechar la mano de un torito, más bien bajo, de hombros poderosos, pequeños ojos marrones de mirada aguda, expresión abierta en su cara ancha de campesino tosco bajo la boina vasca. A nadie se le ocurriría pensar que es italiano.

—Lo siento, el único momento libre que tengo es el trayecto entre Madrid y Albacete —advierte tajante Contreras.

—Lo acompañamos a Albacete.

Esa noche, el apagón en Madrid es total; Contreras lleva cubiertos los faros de su automóvil; la oscuridad no permite ver el pavimento destrozado por las bombas: "Ésta no es una ciudad sitiada, es un campo de batalla", advierte Contreras. Enormes golpes de luz blanca desgarran la noche. El cañoneo los sacude; Contreras sigue impávido, acostumbrado, pero Norman Bethune, Henning Sorensen, Thomas Worsley y Ted Allan de diecinueve años, quien vino con él de Toronto, se tapan los oídos; hasta los adoquines tiemblan.

En el resplandor naranja de una granada que explota, el chofer arrima el coche a la acera y lo detiene:

—Hay que esperar un momento, dígame doctor Bethune, qué necesitan...

—Planelies está tan ocupado que no puede atender mis requerimientos.

—Podemos arrancar, Emilio —ordena Contreras.

—En adelante ya no habrá necesidad de tanta cautela— especifica Emilio.

Enfilan hacia la Casa de Campo. El parque del palacio de Oriente llega directamente hasta las trincheras.

—Estamos a pocos metros del frente —señala Contreras—, hoy el bombardeo enemigo comenzó a las cuatro de la tarde: sus aviones buscan los distritos más poblados y tiran precisamente en el momento en que la población va camino a su trabajo, cuando saben que las calles están llenas de mujeres y niños.

—Según los comunicados de Burgos, los generales traidores a la república están salvando a España del bolchevismo —dice Bethune—; pero, por lo visto, para salvarla destruyen Madrid y a los madrileños.

Contreras ve al médico canadiense con simpatía.

—¿Qué impresión tiene de Madrid?

—La ciudad lucha por su vida. Defender Madrid equivale a comer y a dormir.

Un zumbido en el aire les hace levantar la cabeza. De nuevo arriman el coche a una acera.

—¡Corran, tenemos que resguardarnos! —grita Contreras— ¡Síganme!

Los conduce a un refugio. Cuando termina el bombardeo, se oye la voz de Emilio:

—Los aviones son alemanes, de milagro no le dieron a la Telefónica.

—El asedio a Madrid no tiene fin. Bueno, díganme, ¿qué quieren de mí? Conversaremos camino a Albacete...

Se siente bien dentro de su piel, entre sus milicianos, satisfecho de ser quien es: el comandante Carlos a quien todos buscan porque saben de su eficacia. "Éste es uno de los hombres que se mueven en la guerra como pez en el agua", piensa Bethune.

Contreras se explaya con el canadiense, le habla de las medidas tomadas por Líster y por él: "Tienen que saber cuál es la situación política de España para entender lo que pasa con esta guerra".

Desde el arribo de Norman Bethune de Canadá, el periodista holandés Henning Sorensen se convierte en su guía junto con Thomas Worsley. En caso necesario, los dos podrían actuar como conductores de ambulancia; así se presentaron ante Contreras.

—Estamos aquí desde los primeros días de diciembre y no hemos logrado hacer nada. Todas las guerras significan desorden, pero Madrid, Barcelona, son el caos.

—No es así —gruñe Contreras—, lo que sucede es que no supieron a quien dirigirse.

—Ofrecieron enviarnos al frente, pero nadie cumple lo que propone.

Contreras experimenta mayor rabia contra Largo Caballero; lo llama, "el hombre más odiado de España". Por culpa de derrotistas como él, en noviembre, el gobierno tuvo que replegarse a Valencia. Grupos aislados toman iniciativas absurdas. La UGT no desea un mando único y se resiste a todas las demandas; en Aragón, el ejército opera solo. Algunos batallones anarquistas sólo obedecen la orden de su comandante.

—Es indispensable un mando único para derrotar las unidades mecanizadas de los fascistas —le confía Contreras a Bethune.

—Creo que hay más espíritu en Madrid que en Valencia o Barcelona —comenta Bethune.

—Hay más espíritu en donde se lucha más desesperadamente. Claro, el partido comunista es más fuerte en Madrid. El coño de su madre Largo Caballero no lucha y se mueve hacia la derecha.

—Entonces ¿no tiene confianza en el gobierno, comandante?

—El gobierno es un hijo de puta, pero los generales del pueblo y sus soldados no lo son.

—¿Cree que el Frente Popular está amenazado?

—No, si nos organizamos para una guerra prolongada. Alemania e Italia usan a España como un campo de prueba para sus nuevas armas.

—Lo mismo se dice de la Unión Soviética... Y ¿qué es lo que yo puedo hacer por España?

—Uno, ser cirujano, dos, establecer una unidad médica canadiense y trabajar en las ciudades o en el frente como lo hace el hospital Americano. Tres, inspeccionar el frente y decirme qué es lo que más se necesita. Lo respaldaré. Piénselo y véame si requiere ayuda... Y ahora —concluye bruscamente—, desde aquí ustedes regresan a Madrid en el auto que viene detrás. Utilícenlo para visitar los frentes.

Norman Bethune y sus colegas viajan por la España republicana. Los médicos entrevistados coinciden: el problema número uno es la sangre. Si los heridos acaso llegan al hospital, no sobreviven a la cirugía, debilitados por la pérdida de sangre.

El terreno plano y descubierto de Castilla, por ejemplo, es un blanco ideal para el piloto menos experimentado. Allí puede cazarse una lagartija de tan despejado. Los camilleros recorren kilómetros expuestos al ataque enemigo. Caminan en el vacío. Los heridos se desangran. "¡Virgen del Pilar, nunca vamos a salir de ésta!" "¡Ampáranos!" Muy comecuras, pero para lo duro, invocan a la virgen.

Entre tanto, bajo la lona de la tienda de campaña, los médicos hablan con sus enfermeras a gritos, el cloroformo, jeringa por favor, hervid esto, un torniquete, véndale la cabeza sin taparle las orejas, rápido, date prisa, coño, está hecho pedazos, lávale bien el pecho, ¿cómo es que ya no hay alcohol? Matilde, necesitamos más tapabocas, Cruz, bombéale te digo, bombéale duro, cómo va el pulso, joder qué mierda es ésta, otra vez bala expansiva, deberían prohibirlas, esto no es de hombres es de animales, a ése de allá, vamos a empezar con él, que lo levantes del suelo te digo, ese mismo, Cruz, súbelo aquí, Cruz, vamos a atender a aquel que tiene cara de dolor, ¿que por qué éste? Porque el sufrimiento es señal de vida. En cambio aquel con su palidez, mira sus mejillas hundidas, esos ojos semicerrados, la cara transparente, tendrá dieciséis años y ya se vació de vida con tanta sangre perdida. En los puestos de socorro, los médicos emplean alcanfor, insulina, suero antitetánico, antigangrenoso, lavan las heridas con agua y jabón. Nosotros damos los primeros auxilios, aquí no podemos hacer más, necesitaríamos sala radiográfica, este chico no llega al hospital.

El muchacho, los ojos muy hundidos dentro de sus cuencas, parpadea de vez en cuando, demostrándoles que sigue vivo. Date prisa, carajo, dónde están los camilleros, si no llegan, me lo llevo cargando.

Otro problema es pasar sangre en el frente, tan cerca como sea posible del campo de batalla. Convencido de que esto disminuirá las muertes, Bethune propone llevarla a los puestos de socorro en una unidad móvil.

— ¿Cómo conservar la sangre fresca?

— Con citrato de sodio.

De vuelta en Madrid, el escritor Egon Erwin Kisch escucha a Bethune proponerle al comandante Carlos las transfusiones de sangre en la trinchera:

— Si podéis hacerlo, estaréis escribiendo un capítulo en la historia médica.

— Hay que comprar equipo, instrumental.

— ¿Con qué dinero?

— Puedo solicitar de Canadá el envío de fondos.

— ¿Cuando podéis poner en marcha vuestro plan?

— Tan pronto como regrese de París y Londres.

Una hora más tarde Bethune envía un telegrama a Toronto: "Necesito aparatos esterilizadores, juegos de instrumentos, microscopios. Tengo muchas ideas nuevas. Envíen todo el dinero posible."

Con el giro de diez mil dólares del Comité Canadiense de Ayuda a España, Bethune viaja a París a comprar equipo. Da conferencias. Condena a Francia, a Inglaterra y a Norteamérica por no venderle armas a la España republicana. "Ateneos a las consecuencias. La de España es una guerra a favor de la democracia."

En su cuarto del hotel des Saints Pères, en París, la historia de la sangre que desde su niñez lo fascina se le viene encima en libros, revistas, tesis, consultas. Bethune toma notas, hace nuevas hipótesis. Lo mismo en Londres. Virulento, ataca al gobierno de Gran Bretaña. Entre la concurrencia, Hazen Sise se entusiasma. "Me ofrezco de voluntario, soy investigador y esto voy a hacerlo con pasión."

6 DE FEBRERO DE 1937

Bethune regresa a Madrid con Hazen Sise y una camioneta cargada de provisiones médicas.

Contreras con una sonrisa de oreja a oreja y engolando la voz anuncia a Bethune:

— El Socorro Rojo, consciente de su importancia para la medicina mundial, le ha destinado un cuartel especial a la unidad de transfusión sanguínea. Vamos a ver a don Isidoro Acevedo al Socorro Rojo.

Un palacio de once habitaciones, antes ocupado por la legación de Alemania, en la avenida Príncipe de Vergara, una de las calles más lujosas de Madrid, se ofrece a los ojos de Bethune y su brigada. El viejo Isidoro Acevedo comenta sin ironía:

—Aquí no seréis molestados por las bombas. Franco es muy cuidadoso con las propiedades de los ricos.

Reservan tres habitaciones para dormir, las demás se destinan a laboratorio. Dos jóvenes médicos españoles, dos técnicos de laboratorio, tres enfermeras, un cocinero y un ama de llaves, un oficinista y un portero forman el resto del equipo. Don Isidoro Acevedo asegura a Bethune:

—Os garantizaremos todos los donadores de sangre que requiráis.

Durante tres días, la prensa y la radio piden donadores.

Bethune escucha el anuncio en la radio. Allí está él en su gran laboratorio, en medio de su utillaje sin estrenar, las botellas que esperan el plasma, el cuarto de transfusiones equipado con sus tres camas, todo en orden, ¿y si mañana sólo se presentan unos cuantos vagabundos? Es fácil hacer planes grandiosos en papel pero sin el elemento humano, todo fracasa. Mira hacia la calle oscura. Cuando, por fin, a las cinco de la mañana decide acostarse, el doctor López lo llama:

—Comandante Bethune, asómese por favor.

Más de dos mil personas llenan la avenida. Hombres, mujeres, jóvenes, viejos, civiles y soldados, trabajadores de ropa maltratada y amas de casa con abrigo y sombrero esperan.

Durante un instante, Bethune observa las caras vueltas hacia el balcón. Da órdenes rápidas, las puertas se abren y entran los primeros donadores.

Bethune y su equipo registran nombres, hacen pruebas de malaria y de sífilis, determinan tipos de sangre, O negativo, A positivo, AB, A negativo, llenan botellas. El doctor López tiene que llamar al Socorro Rojo para que envíen militantes a mantener fluido el tránsito. Vacían las hieleras de la cocina para dar lugar al plasma.

Desde el balcón, el doctor López anuncia que no se aceptarán por ahora más donaciones. La multitud protesta:

— ¿Por qué? Coño, joder.

López intenta explicar, por encima de la gritería, que no hay recipientes ni espacio.

—Hombre, camarada, por favor, tenéis que aceptar nuestra sangre. Mirad que nuestros hombres la necesitan ahora mismo.

—¿Qué hacemos? No se marchan ni van a marcharse —consulta a Bethune.

—Haced que los mecanógrafos los registren. Haremos tantas pruebas de sangre como podamos el día de hoy, y les explicaremos que en unos cuantos días más los llamaremos a donar.

Las primeras transfusiones son para los heridos en Ciudad Universitaria. Bethune envía un telegrama al Comité de Ayuda a España en Toronto:

"Excelente respuesta del pueblo de Madrid. Las primeras transfusiones en el frente anoche fueron un éxito. Saludos de todos."

Cuando Bethune preguntó quién podría ser su ayudante en el frente de batalla, Tina levantó la mano y Matilde dio su visto bueno:

—María es de primera, no tiene miedo.

Matilde era la responsable política. Lo que más importaba era eso: que un comisario garantizara su confianza en el voluntario.

—Are you sure you want to come?

—Yes, I'm sure —respondió María tranquilamente.

—I must tell you my last man was killed by a stray bullet.

—I know, everyone in the hospital knows.

—Are you strong enough to stand it?

—I am.

—Can you keep your mind when you face danger?

—Yes.

—All right. Remember this: the tanks are always quicker than you are. Beware of the tanks.

Tina veía los tanques. Cuando el viento soplaba levantando el polvo, bajo el silbido cada vez más agudo de los proyectiles, los tanques bajaban torpemente amenazadores. Algún miliciano creía poder atravesarse y el tanque cobraba velocidad, no era ya nada torpe: unía a su potencia una rapidez inaudita, ya estaba encima, terrible, gigantesco, como dinosaurio mecánico, las fauces rodantes de su cadena a los dos lados de su boca devastadora. La visión de los tanques acercándose, girando pesadamente, arrollando lo que tenían enfrente perseguía a Tina hasta en sueños.

Bethune no parece tener edad, ni joven ni viejo, ni alto, ni bajo, un hombre del montón; su rostro fuerte, coronado por una espesa mata de pelo entrecano, da confianza. "Comandante" lo llaman como a Carlos Contreras, "comandante" porque sobre las bolsas de su mono azul marino resaltan las insignias del ejército republicano, y una hoja de arce canadiense sobre cada hombro.

La guerra cambia el aspecto de la tierra, tiñe también el cielo. María Sánchez, la enfermera, recuerda sus largos paseos a pie con Edward, Galván y los Teixidor a la hora del crepúsculo; envuelta en esos violetas, rojos y dorados sentía que caminaba en el cielo y veía a la tierra desde lo alto, verde y amarilla, su forma inesperada y a la vez armónica, su bonanza. El calor del cielo, su abrazo intensamente azul que la cubría toda, Weston en la azotea atento al paso de las nubes y, en la noche, de repente la luna que subía por encima de los volcanes redonda y tan cercana que parecía de utilería, y se antojaba descolgarla y llevársela bajo el brazo.

9 DE FEBRERO DE 1937

Bethune y su equipo reciben la orden de ir a Málaga recién bombardeada. A contracorriente, se topan con el éxodo hacia Almería, una ciudad encalada y blanca en la costa de Andalucía. Los nacionalistas tomaron Málaga ayer y los malagueños escapan por la única salida que les dejaron, la carretera de la costa hacia Almería. Son miles de hombres y mujeres a pie. Miles. Almería está muy lejos. A muy buen paso tardarán por lo menos seis días en llegar. Algunos llevan caballos, burros, mulas cargados de objetos. Los ancianos y los niños van a pie como los demás. Algunos perros corren entre la multitud. Balan unos cuantos borregos, unas cabras. Se escucha el batir de alas de una gallina. En la noche hace frío. Los zapatos se van gastando.

El paisaje también está en guerra. Tina levanta la vista al acecho de los bombarderos. No vuelve a haber para ella una noche estrellada. Abajo, las extensiones ocres son llanuras para la caza del enemigo, nada puede ser hermoso si al final de cada valle hay un tanque; el cañoneo atronador desgaja los montes, pone la tierra a temblar, la atraviesa, a coletazos, saca de sus casas a los habitantes, humillándolos, rastreándolos, arriándolos como a insectos fuera, fuera, váyanse, lárguense. España ya no es para ellos, búsquense otra tierra, y Tina los ve desde la camioneta.

Evacuaron Málaga en unas cuantas horas, sus barrios densamente poblados bombardeados sin cesar; la única salvación: alcanzar la carretera a Almería.

Bethune toma entonces la decisión. "¡Media vuelta!" Abre la portezuela y llama a un grupo de ancianos y niños:

—Suban.

Almería está a más de doscientos kilómetros de distancia. Nadie parece saber tampoco dónde está el frente. Bethune comenta: "Un joven fuerte y sano puede caminar de cuarenta a cincuenta kilómetros al día. La jornada que estas mujeres, niños y ancianos tienen que enfrentar les tomará de cinco a seis días con sus noches, si lo logran".

Bethune se golpea la rodilla. "No habrá comida en los pueblos que atraviesen —si es que hay pueblos—, ni transporte alguno, ni trenes, ni autobuses, nada; o caminan o se mueren. Tienen que caminar."

Desde la ventanilla, Tina los mira. Tropiezan doblados sobre sí mismos en su marcha forzada que después se habrá de recordar como la más terrible evacuación de una ciudad en los tiempos modernos, más terrible aún que la salida de Barcelona, cuando el enemigo ya no les tiraba desde el aire.

—¡Al frente! ¡Al frente!

¿Cuál frente? ¿dónde están peleando?

Poco después le advierten a Bethune que no viaje más lejos porque nadie sabe dónde se encuentra la línea de fuego, pero todos están seguros de que el pueblo de Motril ha caído. Tina ve la procesión volverse cada vez más densa y lastimera. Miles de niños van descalzos, cubiertos con una sola prenda, acostados sobre el hombro o la espalda de su madre o colgados de su brazo.

A ochenta y cinco kilómetros de Almería, asaltan la camioneta.

—Los fascistas vienen detrás de nosotros.

Una multitud de madres y abuelos levantan en brazos hacia la camioneta a sus hijos, sus caritas congestionadas por la falta de sueño.

—Piedad, camaradas, por el amor de Dios....

Apretados en un río forzado de hombres, mujeres y niños, mulas, burros y cabras, gritan los nombres de sus parientes perdidos en la multitud. ¿Cómo pueden los médicos escoger entre este niño muriéndose de disentería y esta madre que los mira con su hijo recién nacido contra su pecho? A su lado una anciana incapaz de dar un paso más, sus pies sangrantes, dice:

—Por favor, camaradas, yo aquí espero, pero este niño...

Muchos ancianos han renunciado a seguir y yacen al borde de la carretera.

—Vete tú, vete tú...

El dolor de la separación resulta más cruel por la valentía de los padres, los abuelos, las madres, los esposos.

Por primera vez desde el comienzo de la guerra, Tina prueba algo olvidado desde su infancia: el hambre.

Al llegar a Almería, no encuentran ningún alimento.

Duermen en la calle principal acunándose los unos a los otros, incapaces de dar un paso más.

Durante cuarenta y ocho horas, Thomas Allan se mantiene al volante mientras Bethune permanece a un lado del camino juntando al grupo siguiente para transportarlo. Lívidos por la falta de sueño, Tina y Thomas Allan pierden el sentido del tiempo, a pura ida y vuelta, una y otra vez, tantas que ya no saben si van o vienen y los embarga la angustia por los que se han quedado atrás. Trabajan conscientes de que cada viaje puede ser el último. En Almería, Allan se presenta en la casa de gobierno para exigir gasolina, camiones, carretas, cualquier cosa con ruedas que acelere la evacuación.

—En Almería no queda nada, ni una carretilla, señor. El gobernador y todas las autoridades civiles huyeron. Los delincuentes de las prisiones han saqueado las tiendas. No hay gas, ni agua, ni energía eléctrica.

Un gran silencio se ha posesionado de los caminantes. Cuando la camioneta desciende de la sierra a Almería, decenas de miles de refugiados se dispersan formando un espantado hormiguero sobre las colinas, la playa. Algunos se meten al mar. Por fin han llegado.

En uno de los viajes, unas naranjas aparecen milagrosamente al borde del camino. Ted Allan le tiende una a Tina. A pesar del horror en torno a ella sube el deseo de hundir los dientes en la pulpa. El sabor de esa naranja Tina no lo olvidará.

El comandante Carlos, Matilde Landa y Mari Valero encabezan un convoy. Tras ellos vienen María Luisa Lafita, Inmaculada Álvarez, Encarnación Fuyola, Flor Cernuda.

Vittorio abraza a Tina, saluda efusivamente al joven Adolfo Sánchez Vázquez que caminó hasta que se le ampollaron los pies cargando un niño sobre la espalda y otro en brazos. La familia no lo suelta. "Si te vas, se mueren mis hijos", ruega la madre. "Tina ¿no viste a Adolfo?" "Sí, cómo no verlo, pero la emergencia no me permitió ni hacerme presente." El comandante dicta un telegrama a Largo Caballero: "Envíen rápido medicinas, víveres, tren y soldados. Espero respuesta." "La carretera impracticable, imposible atravesar entre la multitud", es la respuesta.

Más tarde habrá de relatar Mari Valero: "Parecía un éxodo como del Antiguo Testamento, la gente vino hacia nosotros, un río de gente avanzando tambaleante tirando de sus burros por esa carreterita sobre las rocas al borde del mar que da vueltas y más vueltas, y los niños, los niños... creo que eran por lo menos cinco mil niños".

Esa misma noche, el comandante Carlos toma el relevo. Organiza una transmisión de radio para calmar a la población. Les pide que sigan siendo valientes, que van a llegar refuerzos, que pronto comerán, que al final vendrá el triunfo, los alienta con la sola fortaleza de su voz, les asegura: "Vamos a salvarnos juntos".

No puede terminar su discurso por el atronador zumbido de los aviones. Escucha a corta distancia el alarido de una mujer: "Quieren acabar con Almería". Muchos edificios se derrumban en medio del polvo, los gritos se vuelven insoportables. Los aviones alemanes bombardean el centro mismo de Almería. Diez grandes bombas. El objetivo de los fascistas no es el buque de guerra republicano anclado en la bahía, sino la población, quieren exterminar a los ciento cincuenta mil hombres, mujeres y niños que antes han tiroteado en Málaga.

"¡Le tiran a la gente!" grita Bethune incrédulo. Hazen Sise corre hacia una fila de hombres y de mujeres que se han puesto en cola para que les den una taza de leche condensada, la única comida que podía repartir el Comité Provincial. "¡Tiraos al suelo, pecho a tierra, pecho a tierra!", grita. Y como no reaccionan, se les echa encima: "Al suelo, al suelo, es un bombardeo". Bethune levanta del pavimento a tres niños muertos. La gente se revuelve, inclinada sobre los cuerpos, sacudiéndolos. "Hay más de cincuenta muertos y el doble de heridos", notifica Thomas Worsley; Bethune no cabe en sí de indignación. ¿Qué crimen han cometido estos civiles desarmados para ser masacrados en esa forma? Una llamarada de odio quema los ojos de Tina. ¿No sabe el gran doctor Norman Bethune lo que les sucede a los pueblos republicanos capturados por los fascistas? Optar por la república los convierte en criminales, por eso los matan desde el aire.

Bethune alcanza a ver un bombardero deslizándose suavemente en la luz de la luna; puede darse el lujo de bombardear con toda calma, las ráfagas ocasionales del fuego antiaéreo encienden el cielo como inofensivos juegos pirotécnicos. Llamaradas surgen de los edificios alcanzados por bombas incendiarias. La multitud huye, cae, se arrastra, desaparece en los cráteres dejados por las bombas.

Thomas Allan se abre camino gritando "médico, médico" pero su voz se pierde en medio de los aullidos de las sirenas, las explosiones y los quejidos de perros y burros heridos por la metralla.

El bombardeo cesa. Los edificios en llamas iluminan las caras de hombres y mujeres en estado de shock. A Tina le duelen los oídos, quisiera no tener ojos. ¡Dio, cuántos niños solos! Algunas niñas mayores se hacen cargo de sus hermanitos, pero casi todos corren buscando a su madre.

En medio del infierno, Tina se ocupa de ellos; trata de reunirlos con sus padres. "¿Cómo te llamas?" Busca entre los grupos. Se mueve sin cesar. Los niños la miran sin comprender lo que ha pasado. "Ahora mismo te traigo leche." "Vente, ayúdame, vamos por un colchón para que duermas." La siguen, a los cinco minutos no quieren soltarla. Allá anda Tina con sus niños pegados.

Bethune organiza, infatigable. Él y el comandante Carlos no pierden un segundo en atender heridos, su sangre fría ejerce una influencia benéfica. Toda la noche, y todo el día, trabajan sin descanso. Carlos no ha logrado comunicarse con el exterior.

Tina asiste a Bethune en silencio entre los cuerpos tirados. Mientras el médico se afana, enmedio de la quietud de una casa derrumbada, escucha un· llanto, corre hacia el sitio de donde sale y encuentra a una niña de unos tres años que gime bajo un montón de vigas. Llama a Bethune y entre ambos mueven las vigas y Bethune la saca. La lleva en brazos a una ambulancia.

—Va a salir adelante pero sería mejor para ella si muriese.

—¿Por qué?

—¿No vio sus ojos? ¿No vio lo que reflejaban? Un trauma así daña de por vida.

—No vi nada, no vi nada, esta niña va a salvarse, tiene que salvarse.

—Su cuerpo sí, su mente no.

En el centro de la ciudad, un círculo silencioso de hombres y mujeres rodea un enorme cráter dejado por una bomba. Dentro del cráter hay tubos retorcidos, restos de ropa, y la masa aplastada de lo que alguna vez fueron seres humanos.

14 de febrero de 1937: Las tropas nacionales han cruzado el Jarama y tomado Pingarrón. Los republicanos vuelven a atacar en el Jarama y en las afueras de Madrid, con el general Miaja al mando. En la guerra aérea, vencen los republicanos. En Campozuelos, Oviedo y León, avanza una brigada internacional que se encamina al frente de la Marañosa. *18 de febrero de 1937*: Los republicanos logran desalojar a los nacionales en Pingarrón, pero al día siguiente los nacionales lanzan a los moros y ellos recuperan el Pingarrón. *22 de febrero de 1937*: Las Brigadas Internacionales combaten en el frente de Motril. En las calles de Oviedo, en Pingarrón, la lucha es tremenda, cruenta, casi cuerpo a cuerpo. Mueren muchísimos internacionales. La situación de los republicanos es muy grave.

28 DE FEBRERO DE 1937

Al regresar Tina a Madrid, es tan grande su agotamiento que algo debe transparentarse en su semblante. La misma Matilde le dice:

— Perdimos, ha terminado la batalla del Jarama. Descansa, no te dediques por ahora a los enfermos. Vete al Auxilio Femenino de Barcelona a dirigir a las voluntarias. Allá verás a Cruz Díaz, también está Dolores Piera. Los republicanos están furiosos contra el gobierno.

4 DE MARZO DE 1937

En Barcelona, en el cuarto que ellas mismas calientan con su presencia, María oye la voz alegre de Eladia Lozano.

— Listos los paquetes.

María se inclina sobre la rubia Eladia. Las más jóvenes envuelven presurosas en cajas de cartón los pequeños tesoros; cada una tiene su soldado ahijado a quien le envía paquetes al frente con la regularidad que la guerra permite.

— Me falta la carta.

María examina la caja de cartón; Eladia ha arrinconado un paquete de cigarrillos Nacionales, unas gillettes para afeitar, una pastillita de jabón y otro jabón de mano más corriente para lavar la ropa.

— ¿Creéis que consigamos chocolates o dulces?

— Creo que hoy sí vamos a tener dulces — sonríe Tina — o si no, un poco de azúcar. Para eso sería bueno hacer unos saquitos que cupieran en la parte superior de cada caja.

— ¡Ay sí, qué buena idea! ¿En qué cortamos los saquitos, María?

— Voy a conseguirles telas que no sirvan, alguna sábana vieja descosida; he visto varias en el hospital.

— ¿No habrá peligro de infección, verdad?

María le sonríe a Eladia. Tan joven y ya preocupada por las infecciones.

— No, no hay que temer.

—Mujer —le grita Eladia a Inmaculada—, mujer, ven acá, en cada paquete vamos a añadir azúcar.

Eladia, de escasamente dieciséis años, ágil, garbosa, alegre a pesar de todo, resulta para Tina un rayo de sol. Tiene ganas de decírselo: "Eres mi rayito de sol". Alguna vez también ella fue así, una joven dinámica que suscitaba sonrisas, despertaba la simpatía de todos. Guerra o no guerra, Eladia ama la vida, la ve bonita, quiere vivirla tal como le ha tocado, los muchachos la enamoran, atraídos por su vitalidad. Las jóvenes madrinas revolotean en torno a los paquetes; todas se ilusionan, románticas, con su ahijado, le piden una fotografía en la trinchera, o mejor, una de credencial, ovaladita, lo que sea, a cambio esconden la suya dentro del sobre acompañado de letras cariñosas. Algunas no tienen un ahijado sino tres, en distintos frentes y les escriben contándoles lo que hacen y sobre todo recomendándoles que se cuiden para poder conocerse el día de la victoria, que no habrá de tardar, que ya viene. El día menos pensado, se acaba la guerra.

Ninguna medicina más poderosa para Tina, que la presencia luminosa de Eladia, su risa, el hecho de que cante al hacer los paquetes.

¿Qué pasaría si una bomba cayera encima del Socorro Rojo y viera a Eladia con los ojos mirando al cielo fijamente, su pelo ensangrentado? Los pensamientos morbosos la asedian por la noche; en el día, la felicidad de Eladia lo borra todo.

7 DE MARZO DE 1937

El Auxilio Femenino de Barcelona da una fiesta a un grupo de marinos norteamericanos que jugándose la vida para romper el bloqueo han ido a llevar comida. A Eladia le sorprende escuchar a María hablar inglés con ellos, pero más le impresiona oírla desenvolverse en francés, italiano y hasta ruso en la fiesta para los Internacionales; se desenvuelve a la perfección como intérprete de unos y otros.

—María ¿cómo es que hablas tantos idiomas? ¿Dónde los aprendiste? ¿Has viajado mucho?

Con una sonrisa, Tina desvía la conversación. Se siente bien entre la algarabía de las chicas; después de los del frente, esos días le vienen como un respiro. Cruz Díaz, además, ¡qué buena compañera! Departir con Dolores Piera, ¡qué privilegio! ¡Qué rápido se rehace el cuerpo humano, qué poquito necesita para arrancar de nuevo. A Tina, por ejemplo, le basta escuchar las voces vitales de las chicas para olvidar la guerra, los heridos, las hileras de camas, los muertos. Por un momento piensa que no habrá bombardeos, ni nuevas remesas de soldados, ni oirá lo más atroz para ella: el quejido de los niños ya sin fuerza.

Ríe de la ilusión de las muchachas. "Te apuesto a que el mío tiene ojos verdes." "Y el mío, rizos." "El mío es moreno, andaluz, cuando regrese va a pedir mi mano." Eladia tejió una larga bufanda color marrón y busca alguna caja en que pueda caber. "Quiero que vaya bien presentada." "Confórmate con que le llegue." Margarita le hace prometer: "Enséñame a tejer un chaleco; una bufanda no, porque puede tropezarse con ella al caminar o ahorcarse, pero un chaleco resulta útil ahora que empieza el frío". "Óyeme, una retirada no es una derrota, técnicamente es sólo un repliegue." Flor Cernuda conoce al dedillo cuáles son las provincias de los republicanos, cuáles las de Franco, memoriza las noticias de la radio; inclina su cabeza contra la bocina para escuchar mejor mientras las demás compañeras la rodean, apretujándose en un cerco ansioso y apremiante. Tal parece que la continuación de la vida depende de esta pequeña radio. Un día en que la hija de Jerónimo Galipienzo llega con aire de misterio la rodean en esa misma forma: "Curiosas", les grita sonriente, "os lo voy a enseñar para que os muráis de envidia". Trae una barrita de chocolate para meterla en la caja de su ahijado. Hasta que una noche sienten a toda Barcelona estremecida por el reventar de las bombas; sin aviso alguno, sin dar tiempo a que se refugien en los sótanos, empiezan a caer. No caen de una en una sino en avalancha, como si quisieran borrar a Barcelona entera.

En el paseo de San Juan esquina con Córcega, Tina se topa con Gerda Taro. Siempre sonriente, le dice:

—María, vamos a las Ramblas, te invito un café.

Tina está por negarse.

—Te hará bien, ven.

—¿Y tu compañero?

—¿Bob? Se quedó en París, pero ya lo nuestro acabó; él es

un frívolo. ¿Sabes lo que lee? ¿Balzac, Proust, Goethe? No, qué va. Puras novelas de misterio. A mí me interesan hombres más intelectuales. Mi pasión ahora ya no es Capa, es la fotografía. En el café frente al Liceo, Gerda sigue abriéndole su corazón. Tina piensa: "¡Qué impúdica!" pero la escucha con curiosidad.

—Fíjate, quiere todo en común, y firma las fotografías que ambos tomamos: Robert Capa. No me da crédito. O sólo muy de vez en cuando. Se apropia de todo lo mío. En los periódicos y revistas, *Vu, Regards, The Illustrated London News, Berliner Illustrierte*, cuando a él le dan crédito, porque no siempre se lo dan, a mí jamás, jamás, jamás, y estoy harta porque trabajo igual o más que él y soy tan buena o superior a él. Aunque él es muy bueno para captar expresiones, gestos, esto lo reconozco. ¿Te acuerdas de sus primeras fotos en España? ¿Conoces el barrio de Vallecas? ¿Viste qué sórdida la pobreza de los que duermen en el metro? Es terrible, todos viven en la calle, todos muriéndose de hambre. Bob les sacó fotos cuando vino a España por primera vez.

Tina vio en el frente a Robert Capa y Gerda Taro pasarse el día entero con la cara tras el lente, primero de una Eyemo con la que filman al unísono, luego, él con su Leica, ella con una cámara de cajón, Rolleiflex. "¡Qué bella pareja!", pensó, "él moreno, ella, el pelo corto como una llamarada." Los vio trabajar hombro con hombro durante días enteros, olvidados del peligro. Ahora, Gerda dice que no son pareja.

—Ni loca me casaría yo. Quiero mi independencia, quiero un nombre para mí; no quiero ser la sombra de Capa, la propiedad de Capa. Voy a ser más respetada, más famosa y más conocida que él, ya verás. Hago amigos con más facilidad que él; es a mí a quien buscan, soy yo la que les importo. Todos los batallones me invitan a comer, Thaelman, Edgar André, Lincoln. Bob siempre está compitiendo conmigo. Estoy harta de ser su segundo. La relación entre el hombre y la mujer será siempre una relación de poder; por eso no me casaré jamás. Y menos con Bob. Oye, ¿tú conoces a Gisèle Freund?

—No, pero sé quién es.

—Es formidable, formidable, una gran fotógrafa, una mujer generosa de su tiempo, de sus conocimientos. ¿Y a Germaine Krull, la conoces? Es la mujer de Joris Ivens, tomó fotos de fábricas, tuberías, fresadoras, esas cosas. Es buena para la arquitectura, la industria, buena fotógrafa, digo. ¿No la conoces? Oye, ¿conseguiste una visa para Rusia? Quiero ir, pero también me interesa China, ¡ah, no tienes idea de cómo me fascina China! Iría allá corriendo. ¿Te cae bien el suizo Frank Borkenau? ¡Ay María, deberías haber visto la figura de Haile Selassie en Ginebra frente a la Liga de las Naciones! Si alguien parece una mosca en la sopa, es él. ¿Te imaginas tener a semejante emperador? Pobres etiopes. La primera vez que vine aquí a Barcelona, retraté cantidad de cristos bocabajo, sagrados corazones de cabeza y vírgenes degolladas. Oye, me encantaría enseñarte mis fotos, intuyo que tienes muy buen ojo. Oye, ¿no te parece que hay muchas divisiones en la milicia? He visto que se envidian, se meten zancadillas, ¿tú no lo has notado?

Gerda habla sin parar y salta de un tema al otro como niña entusiasmada. Su alegría es contagiosa. El café sabe mal, ha de ser chicoria, pero la conversación es cálida. Tina se pregunta: "¿Por qué habría yo de juzgarla con tanta severidad? Corre los mismos riesgos que corremos todos. A su edad, ¿cómo era yo? Quería triunfar. Que formaran filas y anduvieran tras de mí. Ahora estoy en declive pero también, como ella, conocí el cenit. Weston nunca se apropió de mis fotos, jamás las confundió, jamás me negó el crédito. También yo quise exponer, que me conocieran. Su ambición es más violenta que la mía, más abierta; la mía fue solapada, pero latió dentro de mí. Ahora, ya no ambiciono nada, creo. Algo dentro de mí se ha vuelto tenebroso y se me escapa. No sé qué es. Quizá odio".

En Barcelona se cruzan los convoyes. Si son combatientes, cantan con voz fuerte; si son hombres y mujeres que huyen, van en silencio. Lo que más temen las muchachas es que les echen a los moros que Franco trae de África. Hasta Eladia le dijo:

—Prefiero toda la vida un anarquista catalán de esos cochinos de pañuelo negro y rojo.

—Ésos son unos matones. Indisciplinados, locos, no saben detener a los franquistas —alega Tina.

—Siempre han luchado por España —replica Eladia.

—¡Visca la revolució social! —grita un catalán.

—¡Viva la militarización! Camarada, lo primero es derrotar a los sublevados.

—Lo que necesita España es la revolución social.

— ¡No hay revolución social sin victoria militar!

— Al hacer la revolución, derrotamos al enemigo, las dos cosas van juntas. ¡Viva la revolución social!

— Primero hay que ganar la guerra, vencer a Franco. Urgen profundos cambios sociales, camaradas, todos lo sabemos, pero no lo vamos a lograr si no les ganamos a los nacionalistas. Se los digo yo, como comunista.

— ¡Milicianos sí, soldados no!

La Confederación Nacional del Trabajo y el Partido Obrero de Unificación Marxista, trotskista, quieren la revolución social ante todo, y el partido comunista quiere el combate organizado: ganar la guerra iniciada en Melilla por los nacionales. Barcelona por un lado; Madrid por el otro. Pepe Díaz se enardece: "Los enemigos del pueblo son los fascistas, los trotskistas, los incontrolables. El trotskismo no es un partido político, es una banda de elementos contrarrevolucionarios".

Eladia insiste en la pureza de los milicianos anarquistas, en los formidables batallones anarquistas.

— ¿Sabes cómo van al frente, Eladia? En metro. Combaten unas horitas y luego inquieren: ¿Quién se va a ir a comer?" "Pedro, Gabriel y Felipe." Toman el tranvía y van a su casa a que les sirva su mujer. Si a Pedro le duele la cabeza, no regresa. Si a medio combate, estando en la línea de fuego, a Gabriel se le ocurre que su mujer puede estar preocupada porque le hayan dado un tiro, va a su casa a avisarle: "Mujer, no me han dado un tiro". ¿A eso le llamas pureza? Yo a eso le llamo...

— Ingenuidad, Tina — la interrumpe Eladia —, ingenuidad.

3 DE MAYO DE 1937

En Barcelona, los trotskistas, los anarquistas, el POUM y la FAI deciden iniciar la revolución social y tomar el poder. En las calles, comunistas y trotskistas levantan barricadas y se disparan los unos a los otros, por un lado la Generalitat y por el otro el POUM y la FAI. El ruido es infernal. En el interior de los edificios se tiran a la cara. Los anarquistas no quieren tomar el poder sino anular todo el poder.

De Valencia y por mar, entran en Barcelona doce mil soldados enviados por Juan Negrín, ministro de hacienda. No encuentran resistencia.

Los comunistas han derrotado la tesis anarquista de la "revolución para ganar la guerra", en contra de su "ganar la guerra para hacer la revolución".

Muere de un tiro Antonio Sesé, dirigente de la UGT-PSU. Nadie sabe quién disparó.

El poder de los anarcosindicalistas en Cataluña ha sido liquidado.

Vittorio y Tina se felicitan: "Insensatos, son unos traidores", exclama él.

"¿Qué hacen en el gobierno Federica Montseny y Juan García Oliver si no creen en el poder? Para un anarquista el poder es siempre una opresión. Esto es cosa de locos. Creyeron que por fin iban a instaurar la anarquía en Barcelona, en realidad son una banda de forajidos", concluye Tina.

En las comunidades libertarias anarquistas se canjeaba el dinero por cupones o vales; según el tamaño de la familia era el número de cupones para pan, azúcar, aceite, leche, patatas. En Alcora, en Castro los habitantes se surtían en las tiendas del pueblo. El maldito dinero quedó suprimido. Puros cartoncitos. No pagaban ni alquileres, ni electricidad. En Magdalena de Pulpis desterraron el café y el tabaco. En Azuara, cerraron el café, "institución frívola". "Un anarquista no debe hacer nada que perjudique su salud y menos si cuesta dinero." Los anarquistas ya no iban a los burdeles. "El que compra un beso se pone a la altura de la mujer que lo vende. Por esto el anarquista no ha de comprar besos, ha de merecerlos..." El pueblo de Graus se declaró libre de miseria y esclavitud. En Membrilla, Albalate de Cinca, Alcoriza, Mas de las Matas, Oliete, Calanda, Segorbe, la iglesia se convirtió en una granja, un almacén de víveres. Los campesinos organizaron escuelas, viveros, jardines botánicos, centros de salud, protección a los ancianos, medidas de higiene. Se bañaron. Desaparecieron sus barbas hirsutas porque el barbero los afeitaba dos veces a la semana por el solo gusto de ver sus mejillas lisas.

Los colectivistas resultaron puritanos. En Grau subió el nivel de vida en forma asombrosa. Talleres de artesanía, alpargatería, avicultura, transportes, todo colectivizado. ¡No hubo desempleo! En este mundo ideal soñado por Bakunin, los pequeños propietarios tuvieron que alinearse, no porque renunciaran a sus tierras sino porque no tenían cómo ni con qué cultivarlas, ni máquinas ni transportes.

Este cuadro idílico no fue comprendido por el partido comunista. José Díaz defendió al pequeño propietario, al comerciante. "Lanzarse a tales ensayos es absurdo y equivale a volverse cómplice del enemigo." Muchas mujeres cuyas sortijas y cacerolas habían sido confiscadas suspiraron de alivio. Otras que gustosas habían dado todo consideraron a los comunistas asquerosos materialistas y algo mucho peor que el enemigo: traidores.

II Congreso de Intelectuales. Valencia
Fotografía de Gerda Taro

27 DE JUNIO DE 1937

—Camarada Modotti, tienes que viajar a Barcelona a recibir a los delegados al congreso de escritores y llevarlos a Valencia.

— Preferiría seguir en el Obrero.

— Es orden del partido por tu conocimiento de idiomas. Muchos desearían estar en tu lugar. La camarada Mari Valero solicitó acompañarlos. Ya salió a Barcelona.

— Entonces no necesito ir yo.

— Al contrario, es indispensable.

Tina viaja en un tren nocturno atestado de guardias civiles y de campesinos, las ventanillas cerradas. Intenta dormir erguida en su asiento como ha visto a otros. Llueve. Seguro en el frente a los combatientes se les mojan los cigarros. Tina escucha que un hombre exclama: "Joder, cómo me apetece un chinchón". En voz más baja le dice a otro: "En Vizcaya hicieron prisioneros a más de catorce mil".

1 DE JULIO DE 1937

En Barcelona, el hotel Majestic aloja a muchos delegados al

Congreso por la Libertad de la Cultura que ha de inaugurarse en Valencia. Los transportes van repletos, los vacacionistas pululan cara al sol, en las playas, en las aceras, en las ramblas, en los cafés. Los bañistas ahuyentan cualquier temor. La gente vive una vida normal. Bebe y baila.

Una mujer canosa de rostro trágico se acerca a Juan de la Cabada.

—Juanito.

Él sonríe porque España lo tiene conmovido y lo único que puede aportar es su sonrisa. Está a punto de seguir adelante, María Luisa Vera del brazo. La mujer insiste:

—Juanito.

—Perdóneme, ¿es usted de Campeche?

—Soy Tina, Tina Modotti.

—Ah, pues de veras, si te pareces. Qué buena sorpresa.

—Me enviaron para atender a todos. Cualquier cosa que necesites, por favor pídemela.

Cuando se despiden, Juan le dice a María Luisa Vera:

—Era la mujer más atractiva de México en los veintes, la más bella.

—Camina con mucha gracia —alega María Luisa.

—Pero no con la misma. ¡Irreconocible!

La sigue con los ojos, sombra de sí misma dentro de su ropa negra, sus sienes blancas, una expresión amarga altera sus rasgos antes risueños. Sólo su forma de caminar permanece. Y Juan siente una gran pena. La guerra cansa, la guerra acaba. Él mismo, a sus veintinueve años, ha envejecido desde que llegó a España.

André Champson se queja:

—Señora, nos levantan a las seis de la mañana y nos hacen esperar tres horas en el vestíbulo. ¿Cuándo salimos a Valencia?

—Tenemos escasez de transportes; estamos esperándolos.

A los europeos la impuntualidad les parece una majadería; a los latinoamericanos, les importa un comino.

—Así es siempre —concilia el poeta Stephen Spender—, nos acorralan antes de cualquier movimiento.

—Es por la guerra —justifica Ralph Bates.

—No, no es por la guerra —mete su cuchara Mari Valero—,

es el carácter español. Es mejor que os acostumbréis. Veréis que en todas partes perdéis dos o tres horas.

—O las ganáis —sonríe Ludwig Renn.

Alexei Tolstoi, aprovecha la demora para correr con su cámara a la calle, y retrasarlos: "¿Dónde está el camarada Alexei Tolstoi?" Regresa rojo, sudoroso, empujando su gordura, encantado con lo que ha visto. Los mexicanos avisan:

—Vamos a dar una vuelta, ahorita venimos.

El "ahorita" mexicano se prolonga hasta media mañana.

Dos gordos se codean entre los delegados, uno es Tolstoi y el otro Silvestre Revueltas, quien suspira: "Pobre gordura mía, ¡cómo la estoy maltratando!" A diferencia de Tolstoi, es hosco y solitario.

• De los dos gordos, el fascinante es Silvestre.

Tina y Revueltas caminan hacia las ramblas. ¿Trajiste cigarros de México? ¿Cómo está el Pajarito? ¿Qué pasa con el partido? Cuéntame de Luz Ardizana, del Ratón, de Laborde. A Concha Michel la vi en Moscú. Oye, ¿nos mandará México más armas? Siqueiros visita continuamente el cuartel de Francos Rodríguez.

—Vi a Siqueiros en Pozos Blancos. ¿Qué razón me das de Contreras?

—En marzo hizo polvo a los camisas negras. En el frente de Guadalajara con un altoparlante llamó a sus compatriotas por encima de las trincheras. "Tutti siamo italiani, tutti siamo italiani". Peleó la batalla a gritos. "Compañeros italianos ¿por qué han venido a asesinar a sus hermanos? Tomen sus armas y únanse a nosotros." Los italianos preguntaban por los rusos, el enemigo ruso. "¿Cuáles rusos?" "A nosotros nos mandaron a matar rusos y rojos." "Pues nosotros somos garibaldinos republicanos." Por poco y pierde la voz pero los convenció, aunque no siempre nos va tan bien... ¿Supiste lo de Guernica? —Tina inclina la cabeza, parece rezar—. Ese día de mercado cientos de campesinos se apretujaban frente a los puestos. A las cuatro de la tarde, las campanas de todas las iglesias sonaron, señal de alerta. La población corrió a los refugios. Escucharon seis explosiones muy fuertes; eran bombas incendiarias y bombas explosivas de media tonelada. A las ocho de la noche, una gigantesca tea podía verse a veinte kilómetros a la redonda; Guernica era un montón de escombros con un saldo de mil seiscientos muertos y novecientos heridos. Sólo los dos fresnos de la Casa de Juntas permanecían en pie.

— ¿Lo hicieron los alemanes, verdad?

— Fue obra de Hitler y de su Legión Cóndor, Silvestre.

— Ha escandalizado al mundo pero también es un escándalo la desaparición de Nin.

Andreu Nin, dirigente del POUM (Partido Obrero de Unificación Marxista), antiestalinista vehemente, desapareció hace diez días. Nadie sabe de su paradero. ¿Dónde está Nin? El argentino Vittorio Codovilla afirmó que los rusos lo interrogaban; había sido arrestado por la GPU. Los fusilamientos de trotskistas iniciados en la Unión Soviética se prolongan en España. El POUM alega que la policía rusa no tiene derecho a detener e interrogar a españoles pero los rusos no sólo envían armas sino agentes secretos que actúan impunemente. Sus casas no son simples dormitorios ni oficinas; en el sótano de Alcalá de Henares, donde nació Cervantes, a veinte kilómetros de Madrid, suceden cosas extrañas. ¿Dónde está Nin? Los comunistas lo acusaban de fascista y contestaban: ¿Dónde está Nin? En Salamanca o en Berlín.

Tina intuye que Vittorio sabe la respuesta, pero no se lo dice a Revueltas. En cambio sí le advierte:

— Es mejor que no trates con trotskistas. Díselo a Elena Garro y a Octavio Paz.

— Me encantaría hacer el recorrido a Valencia con André Malraux — implora Mari Valero.

— A mí me toca viajar con él en el Rolls estacionado allá, puedo ayudarla a lograr su propósito — ofrece Stephen Spender.

— Me gustaría subir en avión; pero claro, si no queda más remedio, me conformo con ir a su lado en automóvil.

Malraux, con sus ojos de un verde penetrante, un mechón sobre el rostro pálido, las manos en los bolsillos del saco de tweed, su desgarbada forma de caminar y su constante sorber de mocos, no parece muy respetable. Jefe de la escuadrilla de aviones franceses *Espagne*, Malraux y trece pilotos más dependen de Ignacio Hidalgo de Cisneros. Más que volar (los rumores dicen que es un mal piloto pero un excelente propagandista) espera la publicación de su novela *L'Espoir* escrita también en España. Max Aub lo acompaña.

—Está lleno de tics nerviosos —señala risueño el holandés Jef Last.

—A mí qué me importa. Es el más célebre de todos los invitados, desde que publicó *La condition humaine*. Su nerviosismo lo hace más atractivo. Me encanta la forma en que fuma y el abandono con que lleva la gabardina sobre un hombro.

—Para mí es un héroe y pienso en él con emoción —interviene Spender—. Sus actividades políticas llenan en él una necesidad esencial. Venga conmigo, voy a presentárselo y podrá viajar con nosotros.

—Acción, es necesaria la acción. Escoger es actuar —repite la Valero remedando a Malraux.

Por la ventanilla del automóvil que los lleva a Valencia, se meten los paisajes inmensos y desolados. El escritor francés habla sin cesar:

—Vea usted —se dirige a Spender—, es definitiva la influencia del ambiente en el vocabulario del poeta. Colóquelo en un ambiente sencillo de campo, buey, mujer y montaña, y la imagen recurrente en su poesía será la tierra.

—Con esa teoría, los poemas salidos del campo de batalla serán bombas de nitroglicerina. ¿Es cierto que los ingleses hacen poesía en medio de los bombardeos? —interrumpe Mari.

—Sí, y por eso no mueren —responde Spender.

Muchos jóvenes ingleses llenan las hojas de su cuaderno; Julian Bell, John Cornford, Jason Gurney, Louis Macniece, Miles Tomalin, Christopher St. John Sprigg, Charlotte Haldane, Rosamond Lehmann, Winifred Bates, Victoria Ackland, Nan Green, quien vivía en Bloomsbury. Con su escritura conjuran el rugido de las bombas y si para ellos el español es chino le dicen en letras al pueblo español que lo aman. Lo que escriben se lo aprenden de memoria, sin saber que más tarde será parte de su cuerpo.

En Valencia, cada quien se une a su delegación; André Malraux, Claude Avelline y André Champson a la francesa; Stephen Spender a la inglesa, que encabeza Ralph Bates en uniforme militar. Vino del frente hace una semana, "I'm on leave". Este encuentro de simpatizantes en plena guerra y en medio de los bombardeos impresiona a todos.

En la única sala en pie de la alcaldía derruida, los delegados alargan sus conversaciones en francés, en alemán, en inglés, en español. Paradójicamente, el cansancio, la inquietud los hace más receptivos; nerviosos, desvelados, la fatiga ha roto sus mecanismos de defensa. Tina va de grupo en grupo comunicando entre sí a los que no se entienden.

4 DE JULIO DE 1937

En el vestíbulo de la alcaldía valenciana, Juan Negrín inaugura el Segundo Congreso de la Asociación Internacional de Escritores por la Defensa de la Cultura. El primero fue en París, en 1935, convocado por Henri Barbusse y Romain Rolland. Las revistas españolas *Cruz y Raya* de José Bergamín, *Tensor* de Ramón J. Sender y *Nueva Cultura* de José Renau le dieron mucha importancia e insistieron en que el segundo se celebrara en España. En Valencia, la Unión de Escritores y Artistas Proletarios editaba la revista *Nueva Cultura*, y en Madrid la Asociación de Escritores y Artistas Revolucionarios publicaba *Octubre*. Heroicamente, *Nueva Cultura* había sacado un número extra contra el peligro fascista y la persecución de los artistas e intelectuales alemanes.

En junio de 1936, en Londres, autores de la talla moral de Henri Barbusse, Romain Rolland, Thomas Mann, Selma Lagerloff, Máximo Gorki y Aldous Huxley crearon la AIEDC (Asociación Internacional de Escritores para la Defensa de la Cultura). Ante ellos, José Bergamín reiteró su invitación.

Todos habían pensado que España cancelaría su congreso, pero los organizadores Pepe Bergamín, Emilio Prados, Juan Gil Albert y su revista *Hora de España*, Serrano Plaja, Pablo Neruda y otros insistieron en que más que nunca debía celebrarse en Madrid o en Valencia; su presencia en España sería un apoyo esencial para la república. Los delegados accedieron y ahora sus anfitriones hacían lo inimaginable para procurar que no padecieran la guerra. "Hemos pedido a los Junkers que no bombardeen", sonreían. Los milagros se multiplicaban; la Unión de Cocineros y Meseros proveía una comida abundante y un equipo de jóvenes se había responsabilizado de la traducción simultánea y escrita de los discursos. "La que hicieron al alemán es estupenda", felicitó Ludwig Renn a los muchachos y uno de ellos repuso como si fuera lo más natural del mundo:

—Trabajamos toda la noche.

En la alcadía de Valencia, se leen en letras de oro los nombres de los muertos: Federico García Lorca, Ramón del Valle-Inclán, Ralph Fox y el general Lukács, nombre de guerra del húngaro Mateo Zalca muerto hace escasos meses, y cuyo comisario político fue el escritor alemán Gustav Regler.

Los agujeros en la escalera de mármol se rellenaron con cemento. Nicolás Guillén, de Cuba, dijo que los peldaños eran muelas tapadas. Se fue bailando por ellos, al son de un invisible tambor. Cada vez que Nicolás encuentra una mesa, no falla, tamborilea con sus nudillos, sóngoro, cosongo, sus motivos del son: "Quiero enamorar, quiero conquistar una españolita, bongo, cosongo, quiero yo las españolas, bongo, bongo, bomboncito, cuando yo vine a este mundo, nadie me estaba esperando". Juan Marinello sonríe. María Luisa Lafita, sin Pedro Vizcaíno, ríe de felicidad al ver a sus compatriotas. Es éste un verano tórrido. El calor excesivo aumenta por la luz de los reflectores. Los delegados extranjeros intentan hablar español; Ralph Bates, emocionado por el discurso de Julio Álvarez del Vayo, martillea con su puño cada frase. Julio Álvarez del Vayo, el rostro ancho, rojo, amable, se deja abrazar. Se felicitan todos. Muchos se felicitan a sí mismos. "¡Qué bien habló Marinello!" "¡Álvarez del Vayo es sobresaliente!" "¡Nadie mejor que Pepe Bergamín!" "¿Te fijaste cómo metió la pata Mancisidor?" "Y Neruda, no me digas." César Vallejo le huye a Pablo Neruda. María Luisa Vera persigue a Vallejo. Admira su poesía.

—Otros gobiernos en tiempo de guerra habrían dudado antes de ofrecer hospitalidad a más de ochenta consumidores de energía, luz eléctrica, agua, alimentos, petróleo, espacio en los hoteles y vehículos para trasladarlos, y sin embargo España nos abre los brazos —agradece Anna Seghers.

—¿Ya viste la decoración floral en el vestíbulo, exquisita en cada uno de sus detalles? Oculta las fisuras en los muros, los agujeros en el techo. No todas las ventanas tienen vidrios, pero las que sí, brillan de limpias. Los muchachos barrieron, trapearon, pulieron —señala Mari Valero a André Malraux.

Sentada en su butaca, Tina no despega sus ojos del orador en turno y reacciona ante cada palabra. A los demás delegados les sucede algo semejante; la guerra los reclama y responden afiebrados. Los que vienen de las Américas son más emotivos que los europeos. "Vamos a pelear; deberíamos estar en las trincheras ¿Qué hacemos aquí? Queremos pelear. ¡Qué martirio permanecer sentados escuchando discursos!" A España la traen en el corazón. Saludan con el puño en alto con más frecuencia de lo que lo hacen los españoles, hablan con los paseantes en la calle, abrazan perturbados a ancianos, mujeres y niños; su fervor no tiene límites, ésta es su lucha también, por eso han venido. "Yo me quedo, mano, yo me quedo." Se identifican con esta nueva España. "¿Mexicanos?" La sonrisa española es inmediata. "¿Mexicanos?" El rostro se ilumina. Alguno informa: "Mi primer rifle era mexicano. Ahora tengo uno mejor". Al músico Silvestre Revueltas le piden: "Quédate aquí, no te vayas, necesitamos gente como tú, creadora, quédate". Su corazón oprimido se derrite, teme llorar.

Juan de la Cabada busca entre sus papeles e interroga en voz baja a Elena Garro:
— ¿No viste en qué libro lo metí? ¿Qué hago yo sin pasaporte? Ayúdame ¿no? Oye, busca el maldito pasaporte.
— ¿No lo dejarías en el *Britannic*?

Tina se la pasa localizando a unos y a otros, checando sus listas, preguntando: "¿No le hace falta nada? ¿Puedo ayudarle en algo? ¿Descansó? ¿Ya fue al correo? ¿Encontró su veliz?" Muchos llegaron por Barcelona; a otros se les espera de un momento a otro. Cada quien se vino como pudo en los trenes atestados. Quienes compraron su billete a último momento no alcanzaron lugar. Todavía hay gente en Port Bou, puerto catalán en la frontera. José Mancisidor y Silvestre Revueltas estuvieron a punto de enrolarse en Pozos Blancos a la brigada del coronel Juan B. Gómez, amigo de Mancisidor. Envidian a cualquiera vestido de militar, ¡qué suerte la de Siqueiros! Como hablan el idioma y son simpáticos, varios mexicanos y chilenos se hospedan en casas españolas: por ejemplo José Mancisidor, que vive en la de Arturo Serrano Plaja. José Chávez Morado piensa prolongar su estancia un largo tiempo; María Luisa Vera también. Algunos viajarán después a

París y a la Unión Soviética. Entre tanto va a recibirlos en audiencia especial el general José Miaja. A él le harán una sola petición: salir al frente. Les parece una cobardía permanecer sentados haciéndose pendejos oyendo pinches discursitos: "un fusil, queremos un fusil, ahora mismo". El muchachito Octavio Paz se ofrece como comisario político. Discuten en la mesa de café posibles estrategias porque la guerra en España se siente y no se siente. La vida continúa: la gente trabaja, se disciplina, se encierra a aprender; las escuelas, las panaderías, el teatro, la sinfónica siguen repartiendo pan y cultura. A las cuatro de la tarde en los restaurantes ya no hay comida pero al que llega a tiempo le toca su sopa, su pan, su carne — porque hay carne para las visitas —, ensalada, postre y vino, todo el vino que quieran, de ése sí hay mucho. Silvestre Revueltas exclama: "Ésta es una guerra organizada, basta de exaltaciones, si van a entrarle, éntrenle en serio; si no va en serio, regrésense, nada de a medios chiles, la revolución mexicana es una revuelta al lado de las batallas que aquí se libran".

Los delegados de las Américas alborotan a más no poder y arman escándalo. A la hora que toman la palabra lo hacen con una simpatía sin igual por el pueblo español y su causa. Los hispanoamericanos hablan muy bien; son dramáticos, conmueven, la gente los escucha con un contento infantil; ojalá y no pararan nunca de contar ese cuento que los embelesa y termina en una salva de aplausos.

Anna Seghers insiste — los intelectuales siempre tienen una idea fija— en la postura cultural de la España republicana: "Aunque los maten, los escritores y los poetas españoles siguen adelante". "Sí", gruñe Nicolás Guillén, "aunque los maten a ellos y a sus invitados."

Alexei Tolstoi ataca a Trotsky desde la tribuna.

— Qué bien, estupendo discurso — aprueba Tina.

— Tolstoi — opina Spender — está corriendo detrás de un tren que ya se le fue.

— ¿Qué? — se enoja Tina.

— El conde Tolstoi es un hombre inmensamente próspero, inmensamente rico; sus tierras están sembradas de mujiks y aunque lo bendigan porque es un buen terrateniente, haga lo que haga no pertenece al nuevo orden.

Spender, muy abierto, comunica a los demás sus sentimientos: José Bergamín es la estrella indiscutible del congreso.

—Claro, es el presidente.

—Como tal ha hecho uno de sus paradójicos, cuidadosos y sinceros discursos.

—¿Se puede ser paradójico y sincero a la vez? —inquiere Mari Valero.

—Como Pepe Bergamín, sí, porque nunca se entromete. Es tan delicado que resulta casi invisible —dice Spender.

—Además es católico.

—Miren ese candil, chicos, cómo centellea, háganme el favor, véanlo bien —pide el cubano Félix Pita Rodríguez a María Zambrano y a Juan Gil Albert.

Bajo el candil, un grupo de jóvenes compositores da un concierto; tocan sus propias obras. Silvestre Revueltas los insta a interpretar su "Homenaje a García Lorca". Él puede dirigirlos. Ya Manolo Altolaguirre anduvo loco con los preparativos de *Mariana Pineda* en el teatro Principal, en el primer homenaje "internacional" al poeta de Granada. El vestuario y el decorado de Víctor María Cortezo resultaron muy buenos, pero los jóvenes actores se cohibieron frente a tantos intelectuales. Finalmente, su timidez aumentó su gracia.

—¿Por qué no apoyas a Silvestre Revueltas con su homenaje a García Lorca? —reclama Juan de la Cabada a Pepe Bergamín. Pepe, melancólico, dice que sí, siempre dice que sí aunque piense lo contrario.

Un soldado del frente, con su fusil todavía al hombro, se descubre respetuoso ante los intelectuales mostrando su pelo sudadísimo y apelmazado, las botas viejas de lodo, la vergüenza por hablar en público:

—En nombre de mis compañeros vengo a decirles unas cuantas palabras: Estamos defendiendo la causa legítima de la república; es la causa de la justicia. La defenderemos con valentía y con toda la fuerza que tenemos. Buscamos la paz y la cultura para nuestra felicidad y la de nuestros hijos. Esto es todo, ¡salud, camaradas!

Sus palabras torpes dichas con gravedad se reflejan en los semblantes.

—¿Qué estamos haciendo aquí en vez de pelear en la trinchera como él? ¿Qué esperamos para irnos al frente?

Entre los delegados, muchos vienen del frente y son escuchados con respeto. Un hermoso joven de veintiún años, Adolfo Sánchez Vázquez, recoge las hojas mecanografiadas con los saludos al pueblo español de los delegados. Cada firma lo emociona: Louis Aragon, Corpus Barga, Ramón J. Sender, Tristan Tzara. Pepe Bergamín lo presenta: "Es el director de la revista *Ahora*". Varios ingleses, entre ellos Cyril Connolly, Eric Blair (en realidad, George Orwell), ya tomaron las armas al igual que Ralph Fox y John Cornford, muertos en la batalla. Connolly y Orwell nada tienen que ver con el sentimentalismo; más bien, son críticos de la guerra de España y de sus propias ilusiones.

—Ojalá que a los delegados de veintiséis países los unifique un lenguaje internacional muy convincente: el del cañón —enfatiza Champson.

—Si me aceptan como comisario político, no regreso a México —propone José Mancisidor.

—Muy posiblemente, el soldado que acaba de hablarnos no sabe leer ni escribir —comenta Sylvia Townsend—, yo me sumaría con gusto a la campaña educativa.

—Las escuelas están atiborradas de milicianos españoles —informa Stephen Spender— y los maestros enseñan a leer hasta en las trincheras.

Desde el frente ha llegado una petición de los milicianos para que los escritores reunidos en Valencia les envíen una partida de libros. El llamado los electriza. "En España", explica Tina, "sucede lo mismo que en Rusia: en cada ciudad se instalan librerías portátiles y el deseo de información proviene incluso de los pueblos más retirados."

Gran cantidad de estudiantes universitarios, muchachas de fábricas e incluso milicianos que presumen las banderas capturadas en Brunete, vienen a escuchar y a abordar a algún escritor, sobre todo a los latinoamericanos porque hablan español. Vicente Huidobro recupera su confianza en sí mismo. César Vallejo, Pablo Neruda y su mujer Delia del Carril, la Hormiga, ofrecen colaborar en *Hora de España* y otras revistas. Juan de la Cabada promete un cuento. Elena Garro se sienta tras de la puerta del cuarto de hotel y no lo deja salir. "Hasta que no pongas el manuscrito en mis manos para que yo se lo entregue a Pepe Bergamín, no das un paso en la calle." Carlos Pellicer visita iglesias. Mientras Vicente Huidobro y Pablo Neruda no se hablan, Félix Pita Rodríguez y Nicolás Guillén andan cubanamente del brazo. José Chávez Morado y Silvestre Revueltas, el uno alto y flaco, gordo y pequeño el otro, viajaron en el *Britannic* desde Nueva York y ahora se sientan en la misma mesa. "Dios los hace y ellos se juntan", le comenta Juan de la Cabada a Elena Garro, quien ríe a plenos dientes. A los delegados los estremece la presencia de los soldados que vienen del frente, cubiertos de polvo, estragados y sin embargo dispuestos a volver a irse. "Muchísimas gracias por apoyarnos, camaradas, salud", se despiden.

—¡Qué fastidio da ese gruñón de Champson con sus sermones! Antes que seguirlo oyendo, prefiero visitar iglesias con Pellicer —dice en voz baja Mari Valero a Tina.

—Cállate, dices puras estupideces —se indigna Tina—. ¿Que no sabes del soldado iletrado que le escribió su primera carta a su mujer y le dijo: "Me siento más feliz cada día que pasa desde que llegué aquí porque en las trincheras he aprendido todo lo que no pude aprender allá en el pueblo"? ¿No sabes lo del compañero que pegó en los muros de los edificios de Ciudad Universitaria un letrero mal escrito que decía: "Camaradas, no toquen ustedes estos instrumentos, sirven a la causa de la ciencia"? Los milicianos, a riesgo de su propia vida, salvaron obras de arte del palacio incendiado del duque de Alba. Esos milicianos defienden la civilización, una civilización que ellos veneran sin haber probado jamás sus frutos.

Los congresistas hablan mucho de la salvación de las obras de arte. Acusan a los anarquistas y a los republicanos de haber quemado iglesias, pero según María Teresa León desde los primeros días las obras de arte se guardaron en sótanos y bodegas. "Lo sabremos Rafael y yo que participamos en el rescate." La Junta del Tesoro Artístico en Madrid ha catalogado con mucho cuidado los objetos y esto emociona a Spender. También Julián Zugazagoitia cuenta cómo unos labradores rescataron tres Grecos admirables de Illescas; en cambio los nacionalistas lo bombardean todo y quieren culpar al pueblo republicano y a sus dirigentes, "campesinos ignorantes". La barbarie está del lado de la república, repiten, del lado del pueblo oscurantista y retrasado. "¡Y yo digo que no hay más barbarie que la de los nacionalistas!", grita María Teresa León.

—Un jovencito de nombre Pepe Amor y Vázquez me preguntó en la calle, al verme salir del congreso: "Usted que es literata ¿no me haría el gran favor de escribir una carta a mi familia?" —cuenta Sylvia Townsend.

—John Dos Passos visitó España en lo más espeso de la guerra y buscó a su amigo Pepe Robles.

—Nuestros camaradas Emilio Prados y Gustav Regler yacen heridos en el hospital. A Koestler lo arrestaron en Málaga. Y aquí, en medio de las sirenas que anuncian bombardeos, Jean Richard Bloch, Ilya Ehrenburg, Egon Erwin Kisch, Nordahl Grieg, Huidobro y Vallejo denuncian atrocidades.

Los escritores Karl Bredel y Erich Weinert comunican que apenas termine el congreso regresarán a su brigada.

Después de consequir dinero en Nueva York para la filmación de *The Spanish Earth*, con Lillian Hellman y Archibald Mc Leish, y entregárselo en Madrid al director holandés Joris Ivens, John Dos Passos se dedicó a buscar a José Robles quien enseñaba literatura española en la Universidad Johns Hopkins en Baltimore; arrestado a fines de 1936, había sido ejecutado por los comunistas. Su familia en cambio culpaba a los anarquistas. Según los republicanos, Robles era un espía fascista. Hemingway, amigo de los jefes republicanos y por lo tanto de los comunistas, le aconsejó a Dos Passos que ya no investigara. Furioso, Dos Passos fue a Valencia a pedir la intervención de la embajada norteamericana en el asesinato. Álvarez del Vayo, en Valencia, le dijo que los anarquistas eran incontrolables. También el hijo de Robles, miliciano en las filas republicanas, capturado en pleno combate, había desaparecido. Dos Passos asqueado se prometió desenmascarar la guerra civil en Nueva York y rompió con Hemingway y con la película. Dos Passos habló con Arturo Barea que le contó que en España no sabían pelear; los centinelas bailaban jota aragonesa en vez de permanecer en su puesto; los soldados dejaban el frente e iban a pasar el domingo a casa. Reprodujo la conversación de dos soldados, uno republicano y el otro fascista, a través de la línea de fuego. "¡Qué váis a comer —decía el republicano—, patatas 'viudas' y gracias!" "Eso vosotros, que las vais a pasar negras.

Aquí no falta nada. Pásate con nosotros y verás." El republicano se indignó y le mentó la madre: "Cállate, muerto de hambre" —concluyó el fascista. "¿Muerto de hambre?" repuso el republicano, "para que veas que nos sobra comida, ahí te va un salchichón", y sin más le lanzó una granada de mano que desató el tiroteo generalizado. Dos Passos estaba harto de tanta muerte estúpida, de la guerra, de la presencia rusa en España, del fanatismo, de Stalin, de Trotsky que también había mandado a miles a la muerte y de las páginas histéricas de la revista *New Masses* y su neurosis generalizada. Quería desenmascarar el terror ruso. Nada peor podía sucederle a España que la introducción de los métodos de la GPU que corrompían a cualquier cuerpo político.

Los delegados de la Unión Soviética tienen un solo objetivo: condenar a André Gide y su libro crítico: *Retour de l'URSS*. Ilya Ehrenburg lo considera un atentado y va de grupo en grupo buscando apoyo. La delegación argentina ya aceptó secundarlos.

—¿Yo? —responde Jef Last— ¿quieren mi opinión? Me parece que aquí venimos a hablar de España, no de Rusia, irrelevante en este momento.

—¿Irrelevante?

—Miren, resulta muy claro que su objetivo principal como delegación es conseguir del congreso una moción en contra de André Gide. A Rafael Alberti y a María Teresa León les dijeron desde hace un mes que querían condenar a Gide. A mí me parece absurdo que el congreso pretenda juzgar a un libro que la mayoría de los asistentes desconocen.

—Basta con que los rusos lo conozcan y lo condenen. Quien quiera que niegue la revolución rusa en este momento es un traidor —interviene Champson.

—La única crítica que podría yo hacer —replica Jef Last— es que el libro de Gide es inoportuno; pero esto podría yo decírselo en persona; Gide es mi amigo y es un hombre de una gran honestidad. Así como la política de la URSS lo entusiasmó, ahora lo decepciona. Eugene Dabit y yo viajamos con él, vimos sus reacciones, las compartimos. Lo que escribió lo hizo con un enorme dolor.

—¿Usted lo hubiera escrito?

—No. Sin embargo puedo preguntarle ahora mismo a la delegación rusa por qué a los nombres de Mussam y de Ossietzky no añadieron el de los perseguidos en la Unión Soviética, Tarassov, Mandelstam, Bezuniensky, Gronsky, Tretiakov.

—Sería más inteligente condenar a la Alemania de Adolfo Hitler y a la Italia de Benito Mussolini; el verdadero peligro para la cultura está en esas naciones — apoya Arturo Serrano Plaja. Todos los delegados alemanes han manifestado su repulsión y su miedo por el triunfo arrollador de Hitler y del nacionalsocialismo.

—Gide ha sido un promotor de la cruzada antifascista, no lo olviden. Presidió el primer Congreso Internacional para la Defensa de la Cultura, en junio de 1935 —insiste Jef Last secundado por André Malraux.

—Con mayor razón, es un traidor a la causa.

A pesar del sentimiento de Jef Last, André Gide es condenado por Pepe Bergamín. Los delegados lo secundan. "¡Qué bueno!", piensa Tina, "libros como ése sólo logran debilitar a las democracias antifascistas."

—Yo creo que esa mujer trae mala suerte —dice Elena Garro cuando se acerca Tina Modotti.

—¿Por qué dices eso?

—Basta verla, mira la expresión en su rostro.

Hace mucho que Tina rebasó su nivel de agotamiento y en sus ojos se lee una fiereza que antes no tenían. No así su cuerpo adelgazado y quebradizo. Gerda Taro, su Rolleiflex al hombro, la irrita y la atrae. Bonita, los hombres la enamoran. Lo mismo a la Valero. "¿Habré olvidado que soy mujer?", se pregunta Tina. Mari Valero, junto a ella, hace un gran contraste: se pinta los labios con dos trazos expertos de la mano, luego los junta, smack y sonríe. Su boca rojo *Tangee* es una declaración de vida. Pajarea, vuelve la cabeza para todos lados con curiosidad, especialmente hacia los franceses. Malraux, el orador en turno, la enloquece. "¡Qué guapo, cómo me gusta! ¿Tú crees que me haga caso?" "Pinches franchutes", Tina tiene apestado a André Gide.

Desde el 4 de julio llegó Gerda Taro, corresponsal de *Ce soir*. Vive en la Alianza de Intelectuales Antifascistas Españoles con

María Teresa León y Rafael Alberti, sus amigos. "Desde luego ningún periodista burgués hará un reportaje sobre el encuentro a pesar de que lo apoye un científico del calibre de Haldane", dice. Cuando el congreso lleva cinco días Gerda exclama estirándose: "¿Qué hago aquí si a mí lo que me gusta es la acción?" Decide salir al frente. Otros corresponsales extranjeros la acompañan: Claud Cockburn, el comunista inglés que escribe para *The Worker*; Egon Erwin Kisch, el checo-alemán que es ya muy influyente, quizá el redactor más famoso, y Ted Allan, el comisario político de Norman Bethune, enamorado de Gerda.

Al verla, veintiséis años, cortejada, dinámica, bromista, la risa en la boca, Tina se recuerda en México, sus pretendientes, el esquelético Gómez Robelo, el doctor Matthias, Federico Marín, Pepe Quintanilla, todos tras de sus huellas, besando el suelo que ella ha pisado. Weston, blanco de celos, entreabre una puerta y la sorprende en brazos de Xavier Guerrero. ¡Pobrecita Gerda, tan cerca del mundo y de sus vanidades! Le parece mejor ser humano Robert Capa y mejores sus fotos de gente sufriente a la que él miró con respeto.

Robert Capa y Gerda Taro fotografían la guerra de España y si su simpatía es para los republicanos, a cada momento regresan a París para hablar con sus editores de *Ce soir*, que dirige Louis Aragon, de *Regards*, de *Vu*, pedirles crédito, exigir primera plana y quién sabe cuántas cosas más. Para ellos, todo es aventura. A Capa y a ella lo que les apasiona es lo que puedan obtener de la guerra. Mil veces mejor el alto, flaco y callado Herbert Matthews, del *New York Times*, el más serio y el más exacto en sus reportajes. El escritor Ernest Hemingway es amigo de Vittorio; John Dos Passos también lo fue. Para Tina, "Hem" es el típico macho: toros, guerra, alcohol, mujeres, cacería. Sefton Demer, del *Daily Express* de Londres, rompe las sillas en las que se sienta con su gordura. Vittorio le dijo a su mujer: "Son fotógrafos como tú ¿por qué no los tratas?" Tina querría responderle que Gerda le recuerda demasiado lo que ella alguna vez pretendió ser: centro de atención, heroína, codiciada, mujer de acción, casi aventurera.

A las cuatro de la mañana, las sirenas de alerta sacan a los congresistas de la cama. El cielo enrojece de explosiones. Tina siente cierta satisfacción de que los intelectuales experimenten en carne propia los rigores de la guerra. En Barcelona querían ir a la playa a ver gachupincitas. Merecen un buen susto. El gordo Revueltas no, ése es un militante, pero el común denominador es el del individualismo.

En el sótano del hotel, a Tina le asombra el comentario de Spender mientras transcurre el bombardeo:

—Los rifles producen un sonido placentero y hueco como el de los corchos cuando los sacan. Yo creí que iba a ser más terrible.

—Es que tú no estás en el frente —responde Frank Tinsley, el corresponsal de Reuter, quien comparte su habitación.

—Sí que lo estoy.

—Seguro bebieron demasiado en la cena y todavía les dura el efecto —interviene Max Aub.

—Tu acento verdaderamente masacra el español —le dice Arturo Serrano Plaja a Alejo Carpentier, a quien de inmediato defiende Juan Marinello. Fernswoorth, el corresponsal de *The Times*, invita a Spender a que lo acompañe al hospital en busca de alguna noticia.

—¿Nos pueden volver a bombardear?

—Claro que sí. Éste fue un Heinkel III.

—Estás equivocado, era un Dw 371.

—¿Como va a ser un Dw 371? Ésos son de los nuestros.

—Entonces ha de ser uno de esos armatostes por los cuales Hidalgo de Cisneros le firmó un pagaré de cien millones de dólares a Rusia.

—¡Coño, basta de bromas! Era un Heinkel 51.

Los bombardeos se escuchan ahogados. "Es que están lejos." "Sí, lo suficientemente lejos para que no corramos", confía Max Aub.

—Vamos a descorchar una botella de buen vino, nos la merecemos —dice Alejo Carpentier con su detestable "r" francesa.

A las diez de la mañana la caravana de coches sale de Valencia a Madrid. Exhaustos por la desvelada y las emociones, los delegados se echan entre pecho y espalda cantidades muy respetables de vino. Mari Valero sigue desvaneciéndose por los escritores. Tina se retrae: "No cabe duda, he cambiado, no acepto que los que viven de sus ideas quieran ir a nadar, rían y beban, y su desconocimiento político llegue al grado de tratar con anarquistas. ¿No se han dado cuenta de que son saboteadores? ¡Increíble!"

—Qué ineficaz nuestra oratoria; cualquier cosa que digamos, hasta lo más valioso significa poco al lado del combate en el frente —declara José Mancisidor.

Tina lo ve con simpatía. Muchos delegados levantan sus ojos a ver el cielo cada vez que lo desgarra el sonido de los aeroplanos, pero no han visto la muerte de frente. ¿Por qué Juan Negrín no los manda un rato a las trincheras? No basta con que oigan el tam tam de la artillería proveniente del frente. En la noche, Madrid se ilumina súbitamente con el resplandor rojo de las granadas. Los escritores ven hacia arriba como si se tratara de un fuego de artificio. ¡Qué pronto se han acostumbrado!

Ahí está André Champson, pálido y furioso, porque los delegados no sienten lo que él. El deber de un escritor es atormentarse. Ninguno está inquieto. "Yo, yo soy responsable." "Si a uno de los delegados lo mata un obús de Franco, la prensa mundial gritará que los rojos lo han asesinado."

Después de la cena de rigor, los españoles cantan flamenco, las mujeres y los hombres bailan palmeando y Rafael Alberti, escultural, en overol azul, masiva su figura, dice una copla en contra de Franco.

Tina recuerda que el primero que le habló de García Lorca fue el anciano de la cabeza blanca en el Obrero.

—Yo me quedo con Antonio Machado.

—Y yo con León Felipe —dice Mari Valero.

—¿Ya vieron qué teatral es Pellicer? Creí que todos los mexicanos eran tímidos —comenta la Lafita.

—De tan tímidos resultan teatrales.

—Es muy majo ese Pellicer —afirma Mari Valero jacarandosa y vehemente.

A las dos de la mañana comienza otro bombardeo. No sonó la sirena. Alberti, de pie sobre una silla, recomienda serenidad; ya no hay tiempo de bajar al sótano. Al terminar, van del hotel a la Puerta del Sol y ven cómo arden los pisos altos del Ministerio del Interior. Regresan indignados porque los nacionalistas tiran bombas a la población.

La voz de Tina, siempre tan suave, adquiere tintes coléricos cuando Carlos Pellicer le dice que los anarquistas son los primeros en colectivizar la tierra y transformar a los hombres. "¡Qué bárbaro, qué confusión la tuya, Carlitos! Tú que rezas a diario, ¿no has visto la destrucción de las iglesias?"

Mari Valero escucha en el congreso las palabras de su amigo Jan Ciolek, que había sobrevivido a los bombardeos alemanes sobre Ciudad Universitaria. "Casi todos los proyectiles le dieron a la compañía polaca. Éramos veinte. Algunos quedaron irreconocibles, bultos sangrientos que temblaban. En la horqueta de un árbol, un chaval quedó empalado, vivo y quejándose, y cuando los camilleros lo tocaron dio un grito agudísimo y una maraña roja y azul de intestinos colgó de su vientre. Trataron de levantar a otro hombre: se dobló como un trapo viejo. Su columna vertebral había sido cortada en dos. Yo los ayudaba, mis brazos estaban empapados en sangre. No me atrevía a pensar, porque me habría vuelto loco. Vi a un muchacho, no mayor de los dieciséis, tirado, sonriéndole al cielo azul, como si recordara un chiste, la parte de arriba de su cabeza cercenada como cuando uno abre un huevo".

A partir de ese momento, a Mari Valero se le va toda la alegría.

—Me has echado a perder mi congreso.

—Ya me había dado cuenta que aquí no reflexionan en la guerra.

A los delegados les entusiasma la calle y la generosidad española. Niños y mujeres campesinos montados en burros, que Alexei Tolstoi fotografía, les ofrecen pasar a tomar limonada y pedazos de pan con trocitos de chorizo, hasta tortilla a la española les regalan. Algunos niños cantan y bailan taconeando en la acera. No hay hombres en los pueblos; todos se han ido a la guerra o al campo. Se van en la mañana y algunos vienen en la noche. Les es natural regresar, dejar el frente e ir a dormir a casa aunque los oficiales se cansen de amenazarlos.

Las mujeres salen de casa a enseñarles a los visitantes fotografías de sus hijos en el frente, sacan una silla a la acera y se acomodan junto a la puerta a mirar a los más pequeños bailar. A ratos lloran. "¿Cual será su destino?" Decae el sol y, al atardecer, José Mancisidor las consuela muy bellamente: "¡No entiendo cómo habla tan bien si a mí me parece tonto!", exclama Juan de la Cabada. "Llévese la mitad del embutido", le ruega una madre a Mancisidor, que se niega.

22 DE JULIO DE 1937

Rafael Alberti publica en la revista *Mono Azul:*

Anarquistas, ugetistas,
socialistas, comunistas
nos ha llegado la hora
de abrazarnos como hermanos
y decir todos a una:
todos somos proletarios
y como tales que somos
no debemos separarnos.

26 DE JULIO DE 1937

—Sabes María, en el hospital de campo de los americanos cercano al Escorial internaron a la pequeña rubia, esa fotógrafa que siempre te andaba buscando.
—¿Gerda Taro?
—Sí. La arrolló en el frente de Brunete uno de nuestros tanques. Embistió el carro en el que iban ella y Ted Allan, con el general Walter. Allan quedó malherido, dicen que jamás volverá a caminar como antes. Walter salió ileso. A ella la iban a operar, pero murió antes.

"¿Por qué no fui yo?" Es el primer pensamiento de Tina. Luego siente coraje. Gerda fue inconsciente, descuidada a más no poder. Se lo buscó, siempre retándose a sí misma a campo abierto, buscando la acción, sin pensar en el peligro.

A los olivos les habían cortado las ramas para cubrir los tanques. Un tanque cubierto de ramas, ¿no era un poco un olivar andando?

María jamás les dijo que era fotógrafa. Pero le atrajo siempre ver cómo Capa y ella planeaban las tomas. Por la forma en que se llevó el lente a los ojos, un día Gerda exclamó: "Estoy

segura de que sacarías buenas fotos. María, vente conmigo".
María le devolvió el aparato:

—Hago más falta en el hospital.

Sus cabellos rojo veneciano, flameantes, podían verse desde lejos. Una tarde, a la hora de escuchar el zumbido de los aviones, confesó:

—María, tengo miedo.

A pesar del miedo, o quizá por él, Gerda era una cabecita de cerillo en la trinchera, un duende inquieto, una amapola al sol. En las Brigadas Internacionales, los alemanes, los polacos, los checos, los voluntarios de los Balcanes y de Europa Central la invitaban a compartir su pitanza y a conversar con ellos. Abrían sus cantimploras y le ofrecían un trago. Salud compañera. A los soldados les encantaba ver a lo lejos su cabello notable, refulgente al sol como el oro de los altares.

— Ponte la boina, te van a tirar desde arriba —le gritaban.

—¿Tú crees, María, que con ver mis fotografías podrían decir que las tomó una mujer?

—No creo; son simplemente buenas, tan buenas como las de Bob, las de Chim, las de Karmen. Creo, Gerda, que eres demasiado temeraria, expones tu vida.

—¿Y tú no, María? ¿Quién no se expone a morir en Madrid? He visto a tanta gente buena morir, que me siento culpable de estar viva.

Tina fue con Mari Valero a la capilla ardiente en el palacio del marqués de Bella Espina, sede de la Alianza de los Escritores Antifascistas. Rafael Alberti y María Teresa León le organizaron un homenaje. Tina pensó mucho en Gerda pero también en sí misma. De haber seguido con la fotografía podría estar en este mismo momento en su lugar. Nadie podía localizar a Bob Capa en París. Louis Aragon recogería el ataúd en la frontera. Desde la desaparición de su madre, Tina, fulminada por la noticia, la revivía en cada nueva muerte. Y eso que estaba ya acostumbrada a la muerte. Bob Capa también la enfrentaba todos los días. Incluso lo escuchó decir una tarde, a la hora del café: "Gerda y yo nos reímos de la muerte".

Ahora Gerda, en su féretro de plomo, rodeada de coronas y de ramos de flores, miraba a Tina desde su retrato enmarcado con un listón negro, sus ojos traviesos, su juventud sofocada por el perfume de muchos nardos embriagantes, azucenas, el calor de los que desfilaban en torno a la caja que le recordó a Tina cómo, en menos de cuarenta y ocho horas, los cadáveres que yacían en el suelo en Jijorna comenzaron a apestar y a envenenar la atmósfera. "Éste es mi destino", pensó Tina, "el destino de todos nosotros, el de Toio también, el de Negrín, el de Indalecio Prieto con sus ojos saltones y su gordura, el de la Pasionaria y su vestido negro, su moño de ébano, su voz vibrante y sus palabras magnéticas que van derecho al corazón y sin embargo no vencen a la muerte."

Gerda Taro consiguió lo que había ambicionado: fama. La llamaban heroína, la primera mujer corresponsal de guerra muerta en acción, la Juana de Arco del periodismo gráfico. Reconstruían su vida en periódicos y revistas: *Ce Soir, Life, Regards...*

Ella no podía verlo, qué ironía, había vuelto al estado de materia inerte. Su victoria personal era una derrota. ¿Acaso Gerda no se había exterminado a sí misma?

•Despedida de las Brigadas Internacionales•
Fotografía de Robert Capa

31 DE OCTUBRE DE 1938

Oscura la mañana, las brigadas internacionales llegaron a Barcelona. El Reichstag y el congreso de los Estados Unidos, insistieron en su salida. Abandonan España por órdenes de las Naciones Unidas. Ahora desfilan por última vez frente a sus comandantes. Deben irse. Algunos tienen boinas negras, la mayoría chaquetas de esquiador en las que han vivido en los últimos meses. Los muros aún conservan un slogan en diversos idiomas: "Proletarios de todos los países, uníos".

Es muy distinta su partida de su arribo a Albacete. Entonces los brigadistas leyeron la carta abierta de José Díaz: "No se trata sólo de la liberación de España sino de un problema común a toda la humanidad progresista". Ahora se van curtidos, fogueados, inmortales, unidos para siempre a combatientes de muchos países que ofrecieron su vida. "Salud." "Salud." Douglas Russell, un pescador de Gales, recuerda a Ken Newman. Cuando se acercó a él su pecho manaba sangre.

—Te dieron feo.

—Sí. ¿Tienes un pañuelo?

Douglas se lo dio y Ken lo acomodó en el hueco sangriento. Preguntó:

—¿Tienes un cigarro?

—Ahora lo consigo.

Después de darle unas cuantas chupadas, Ken dijo: "¿Lo hicimos bien, no? El mío no ha sido un mal trabajo, ¿verdad? Creo que de un modo o de otro, vamos a ganar".

Echó el humo entre sus labios temblorosos y murmuró:

—Bueno, ahi nos vemos.

Murió.

En tierra española, entre los surcos, han quedado doscientos mil cuerpos. Cien mil son de los voluntarios. A los que cayeron en el campo de batalla, podrán encontrarlos más tarde sus parientes; tienen una lápida con su nombre. Los fusilados van a dar a la fosa común.

"Hablabais lenguas diferentes, pero os comprendíamos. Podéis marcharos con la cabeza en alto. Vosotros sois la historia. Vosotros sois la leyenda. No os olvidaremos y, cuando el olivo de la paz vuelva a cubrirse de hojas junto a los laureles victoriosos de la república española, ¡volved! Y vosotras, mujeres de España, cuando hayan pasado los años y las heridas de la guerra ya estén cicatrizadas, cuando el recuerdo de los días de angustia y de sangre se haya esfumado en un presente de libertad, amor y bienestar, cuando los rencores se hayan muerto y todos los españoles, sin distinción, sepan del orgullo de vivir en un país libre —entonces, hablad a vuestros hijos. Habladles de las Brigadas Internacionales. Decidles cómo estos hombres, a través de océanos y montañas, cruzando fronteras, llegaron a nuestro país para defender la libertad. Abandonaron todo: su patria, su pueblo, sus casas, sus bienes, padres, madres, esposas, hijos y hermanos, para venir a nosotros y decirnos: Aquí estamos. Vuestra causa, la causa de España, es la nuestra. Hoy, muchos entre ellos, millares de ellos, permanecen aquí, con la tierra española por sudario, y todos los españoles los recordaremos."

"¡Vivan los héroes!" "¡Vivan las Brigadas Internacionales!" "¡Viva la república!" Los españoles cantan *La Internacional*; los que se despiden la cantan en su idioma con los ojos empañados. "No tengo más país que España —dice un brigadista—, ¿a qué me voy? ¿adónde voy?" Muchos dejan atrás a su novia. "Voy a regresar por ti, te lo juro." La calle es una alfombra de pétalos y en los ojos hay agua. Los tanques no son ya amenazadores, los cubren las flores.

Las muchachas rompen las filas y corren a abrazarlos, a besarlos en ambas mejillas tendiéndoles apretados ramos de flores. Muchas de ellas, festivas, traen puesto su traje regional; los fotógrafos Robert Capa, David Seymour (Chim), Karmen se deslizan de un grupo a otro sacando instantáneas. La gente llora, algunos soldados llevan en hombros a un niño que agita la mano, otros se apoyan en muletas, sonríen bajo su cabeza vendada. Todos dejan a amigos enterrados en tierra española, caminan con gallardía a pesar de sus heridas. Pasa la Brigada Lincoln; de treinta y dos mil americanos regresan quince mil, de los dos mil ingleses sólo quedan quinientos. Con la Lincoln, desfila el mexicano Antonio Pujol que participó en las batallas de Belchite, Brunete, el Jarama. Dibujó y grabó varias portadas de la revista de su brigada. Sus comisarios políticos fueron los escritores John Gates y Arnold Reed. Los contingentes canadienses tienen pérdidas muy altas y los mexicanos, los cubanos y los latinoamericanos también han sufrido bajas. Escandinavos, alemanes, austriacos, holandeses de la Brigada Thaelmann; polacos, húngaros, checos, yugoslavos de la Dombrowsky, franceses de la Edgar André. Un ¡Viva! resuena de calle a calle, un ¡Viva! que responde a las palabras de despedida de Merino, y de los oficiales que pasan revista: Valledor, Luigi Longo, Gallo, Sastre, Ludwig Renn.

—Es toda la revolución la que se va —dirá Malraux.

Regresan a sus países de origen. El contingente americano de la Brigada Lincoln sale de la ciudad catalana de Ripoll a Bourg-Madame, luego a los puertos de Francia, Le Havre o Cherburgo o Marsella.

Junto a Tina, Mari Valero comienza a llorar:

—¿Qué te sucede? —le pasa el brazo encima de los hombros. El comandante Carlos se acerca a las dos mujeres.

—Cálmate, Mari.

—Es que ahora nos quedamos solos. Perdónenme, chavales, en un momento se me quita, María... Chamberlain es un hipócrita el dizque socialista Leon Blum es otro...

—¡Adiós!

—¡Salud!

—¡Adiós, miliciano!

—Mira a la Pasionaria, Mari; debemos ser como ella. No llora.

—No quiero ser como la Pasionaria, me da miedo.

A cambio del rostro derretido de la Valero, Tina tiene una rigidez amarga; una arruga profunda le marca la frente.

—Non é giusto, Toio, no es justo que termine de esta manera. Durante casi tres años, los hemos visto combatir y ahora se van mutilados y heridos.

—Se van cubiertos de flores; dejan en España a su segunda familia, hermanos, hermanas, sobrinos; algún día regresarán a comprobar que las caritas de los niños están limpias y bien alimentadas.

—No hay alegría, sólo tristeza ¿no la ves en sus ojos?

—La guerra continúa, aún podemos vencer.

—No. Éste es el fin. Además, ¿por qué los obligan a irse? Equiparar a los invasores fascistas italianos y alemanes con los voluntarios del ejército popular es una infamia. Ante los ojos del mundo, no significan lo mismo.

—Claro que no. No seas derrotista. Aún podemos vencer, te digo. Además no se van hoy mismo. Va a haber muchas fiestas, muchas despedidas. Algunos se quedarán.

Tina lo mira con una sonrisa triste y deja de abrazar a la Valero:

—Tú, siempre optimista.

—Dentro de poco tendrá lugar el congreso del Socorro Rojo. Vendrán delegaciones no sólo de ciudades y poblados, sino de Francia, de Inglaterra; tenemos simpatizantes en el mundo entero. ¡Vas a ver todo lo que significa el mes de noviembre!

—Y ¿qué les vamos a dar de comer? —pregunta Mari Valero con su voz aniñada por las lágrimas—. Sólo hay carne para los hoteles a los que llegan los extranjeros.

—La zona del Levante se comprometió a aprovisionarnos. Va a asistir mucha gente del frente que va a salir de las trincheras por unos días. ¡Va a ser un gran congreso de masas! Vas a ver cuánta unión hay entre el frente y la retaguardia.

Vittorio no se deja abatir: es más, exagera su optimismo. La atmósfera en torno a él estimula.

Tina le preguntó: "¿Cómo le haces para ser así? Yo pienso siempre en los muertos." "También yo pienso en ellos", respondió, "pero me dedico a los vivos."

La Valero levanta la cara:

—Voy a salir con Encarnita Fuyola a Madrid; me gustaría asistir al congreso, ayudarlos. Lo siento de veras...

—En Madrid, tienes que ser muy fuerte, bombardean a cualquier hora. Que vean que puedes ser eficaz, que te tengan confianza.

—Sí, María, sí, te lo prometo; además a mí los bombardeos me parecen peores en el campo; prefiero la ciudad.

—Te buscaremos en el Socorro Rojo de Barcelona, Mari —la despide Vittorio.

—Estaré esperándolos.

Herbert Matthews, del *New York Times*, se acerca a saludarlos. Quiere informes sobre el congreso. Es un buen hombre este Matthews, un gran periodista. ¿Tiene sentido este congreso cuando ya no hay en España ni Brigadas Internacionales y la derrota es un hecho?

Vittorio lo niega. "No, Matthews, no es el final, la derrota no es inminente." En realidad ni Vittorio cree en lo que dice. Unos días más tarde sale de nuevo en misión a París con la encomienda de organizar el éxodo. Antes, en varias ocasiones viajó a pedir armas, ahora pide posada.

Cuando regresa, Tina le dice que le han encargado ir a Valencia, pero como la carretera ha sido tomada viajará en barco.

—¿En barco?

—Sí, en una pequeña embarcación, un vaporetto, un bote, lo que sea. Somos ocho los que zarpamos. Navegaremos de noche.

—Ma tu sei matta. Toda esa costa está vigilada por el enemigo. Van a caer en sus manos, si no se ahogan primero.

—Me he comprometido, Vittorio. Me llamó el Socorro Rojo. No voy a abandonar a los compañeros. Va a embarcarse también Encarnita Fuyola que llegó de Barcelona. Llevamos material de enfermería indispensable al Socorro Rojo y tenemos que entregar ejemplares de *Ayuda*.

Vittorio no logra disuadir a Tina. A la noche siguiente, parte con Encarnita Fuyola inconsciente del peligro. Tina sabe que el riesgo es enorme, pero no se lo dice a Encarna. En la noche, el ruido del mar amenaza. No hay luna. ¡Qué bueno! Navegan en la oscuridad de la noche. El frío cala hasta los huesos. Milagrosamente esquivan el control de las lanchas falangistas. La tinta negra del mar rodea la pequeña barca. "No os preocupéis. Pronto llegaremos..." El marinero no puede terminar porque en ese momento el motor se para en seco. El silencio de los compañeros es atroz. "No hay más remedio que atracar en territorio enemigo". Tina mira el cielo; en realidad es una caverna mohosa que emite vagidos guturales. Encarnita toma su mano. Suda frío. Flotan a la deriva. El sonido del agua contra la barca es lúgubre. Pasa una eternidad. "Imposible retroceder", dice el marinero; "imposible avanzar." Tina quisiera retirar su mano de la de Encarna. Está tranquila, ningún miedo la hace transpirar; al contrario, piensa que quizá ha llegado el plazo y Julio Antonio la aguarda en el fondo del agua. De pronto, el motor averiado crepita, tose, recupera algo de fuerza, surca el agua, lenta, muy lentamente. Tina suelta la mano helada de Encarnita, y así, a estertores, el motor los lleva, asfixiándose, a su destino. Tina, implacable, desafía a la Fuyola:

—A trabajar.

1 DE NOVIEMBRE DE 1938

El Congreso Nacional de Solidaridad se celebra en plena guerra, en medio del estrépito de las ametralladoras.

Los representantes llegan del campo hambriento, de las ciudades semidestruidas. Arriban a Madrid mil doscientos delegados de toda España, comunistas, socialistas, anarquistas empeñados en demostrar a los amigos de Francia, de Inglaterra, de Holanda, de Polonia que subsiste la resistencia popular. A pesar de la mala situación, en las sesiones el ambiente es de esperanza. Tina, Matilde Landa, María Luisa Lafita, Pedro Vizcaíno, atienden optimistas a los delegados valerosos que intentan ponerle buena cara a los bombardeos.

La última noche del congreso en la sede del Socorro Rojo Internacional, la aviación y la artillería enemigas se ensañan con Madrid. Las sesiones no se interrumpen. Los milicianos quieren demostrar a toda costa que Madrid no está perdida.

Esa noche, Contreras convoca en privado a algunos delegados. Lo acompaña Melchiore Vanni, viejo amigo de Tina, quien dirigía en París —con el nombre de Bonnet—, el Comité Internacional de Ayuda a España. Una bomba cae exactamente sobre la mesa frente a la cual están sentados.

Agnès Dumay y Sara Cornejo mueren de inmediato. Agnès

Dumay era la presidenta del Comité Mundial de Mujeres contra la Guerra y el Fascismo, y la joven Sara, una voluntaria. Melchiore Vanni resulta gravemente herido. Antes de perder el conocimiento, Vittorio siente que una avalancha de vidrios y de escombros se le viene encima y un dolor punzante le atraviesa el costado derecho.

Tina —en ese momento en el hospital Obrero— corre al Socorro Rojo Internacional, y ve que del sótano, rodeado de gente y de ambulancias, sacan cuerpos. "Son muchos muertos." En medio de la confusión, no encuentra el del comandante Carlos ni el de Melchiore Vanni y entre los espectadores nadie sabe dar razón de ellos. "¿Ya sacaron a todos los del sótano?" "Fueron Heinkels y Capronis." "No, fueron Messerschmits, yo puedo reconocer su zumbido, me es muy familiar." "Yo vi a uno explotar en el cielo; le dimos, seguro le dimos." "Ellos nos dieron a nosotros, mira nada más cómo estamos." "¿Ya no hay nadie en el sótano?" No hay respuesta.

Tina se echa a andar, el corazón punzándole. Recorre los centros de salud. En las camillas identifica cadáveres; cada vez que levanta la sábana se sofoca aterrada ante la posibilidad de que aparezca el rostro de Vittorio. "Más de cinco mil", murmuran en los corredores. Mamma mia, haz que lo encuentre. Si no lo encuentro en Madrid, voy a buscarlo en los hospitales de campaña; que no muera, haz que no muera, por favor, que no muera, es lo único que me queda.

Cuando despierta de la anestesia, Vittorio ve a Tina, dormida a sus pies, la cabeza apoyada sobre la cama.

—¿Qué me pasó? No siento nada.

—El último día del congreso, hubo un tremendo bombardeo nocturno.

—¿De artillería?

—Aéreo y de artillería. Perdiste el conocimiento durante la explosión, quedaste sepultado con vidrios en la cabeza y en todo el cuerpo, pedazos de concreto y de madera encajados en la piel.

—¿Dónde estamos?

—En una clínica, en las afueras de Madrid.

—Y ¿por qué tengo vendado el brazo?

—Tienes el brazo roto y el pulgar arrancado de cuajo. Estás vivo, Toietto, muchos murieron. Durante toda la noche caminé en el caos de Madrid devastado hasta encontrarte entre los heridos.

—Si sólo me falta el pulgar puedo levantarme. No voy a quedarme aquí por un pinche dedo.

—No, Toio, hasta que te den de alta.

Tina hace una pausa:

—Perdiste tu pulgar, será necesaria alguna terapia. ¿Cómo vas a firmar, sostener la pluma?

—¡Válgame Dios!, ¿tu preocupación es cómo voy a escribir? Pues como siempre. Con los pies.

Por la mañana, se presentan los médicos y se detienen alrededor de su cama. "Venimos a ver cómo despierta el héroe del Quinto Regimiento", le dicen con alegría:

—¿Cómo estás, Carlos? —pregunta el médico en jefe.

—Muy bien.

—¿Eh? ¿De veras "muy bien"?

—No, no es verdad, a la hora de la operación sentí que me cortaron el dedo y casi se llevan mi brazo derecho; eso lo supe porque ustedes me dieron muy poco cloroformo. También sé que mi brazo nunca quedará igual, jamás lo levantaré como antes; por lo tanto ya no podré disparar, tendré que hacerlo con el izquierdo.

—Desgraciadamente es verdad, la cantidad de vidrios y escombros que te cayeron encima troncharon los nervios.

Al verlo estable, Tina se dedica a Melchiore Vanni, mucho más gravemente herido, y a algunos de los delegados —cinco murieron.

—El bombardeo fue terrible, más de mil quinientos muertos, y no hubo quien contara los heridos; los hospitales ya no tenían cupo.

En la tarde, María no deja su puesto en la sala 9 del hospital Obrero y vuelve en la noche a instalarse al pie de la cama de Vittorio. En la madrugada, después de comprobar su mejoría, sale corriendo al Obrero. Camina por una ciudad mutilada, como Vittorio. Las barricadas impiden el tránsito, muchas casas, cortadas a la mitad —sus entrañas expuestas, las varillas como un corset reventado—, echan fuera sus vigas y ladrillos sobre la banqueta.

Un nuevo bombardeo sacude Madrid y todos se vuelven locos intentando ganar la calle. Los enfermos se arrancan las agujas; ya sin vendajes aparecen desnudos en el corredor y los enfermeros corren tras de ellos para retenerlos.

Los médicos se detienen en la puerta del comandante y esperan su reacción y desde su cama Contreras les devuelve la mirada:

—Carlos, están bombardeando.

—Bueno.

—Con artillería.

—Bueno.

—Con los aviones.

—Bueno.

—Varias casas aquí alrededor se han desplomado.

—Bueno.

—Es posible que en la clínica también caiga una bomba.

—Bueno.

Cuando pasa el bombardeo uno de los médicos solicita:

—Ahora debes explicarnos cómo hiciste para no correr como un conejo.

—Miren, tuve un miedo espantoso; mis piernas se sacudían bajo las sábanas y creí que ustedes se daban cuenta; sentí unas ganas locas de levantarme o tirarme por la escalera o la ventana, pero ustedes estaban mirándome y pensé: "Bueno, están dando cañonazos en todos los lugares de la ciudad, pero aquí no ha caído una bomba todavía; si cayera, ya sería nuestro, mi destino, y no creo en el destino ni en el fatalismo: creerlo sería la destrucción de todas mis teorías, de todas mis ideas porque yo soy un materialista, no un idealista; soy un positivista, no un místico, no un metafísico; no creo en el destino, por lo tanto aquí no van a caer bombas". Reloj en mano conté treinta segundos, un minuto, dos minutos, tres minutos, hombre, esto no puede durar todo el día. Y haciendo el cálculo, mis piernas fueron tranquilizándose, y ustedes se quedaron mirándome y con un palmo de narices.

—¿Cómo es posible que tengas ese control?

—También vosotros lo tenéis; os quedasteis viéndome desde la puerta. En el campo de batalla cuando viene un bombardeo de aviación o de artillería o los dos al mismo tiempo, la gente comienza a correr y ustedes saben que lo mejor es parapetarse.

En un bombardeo aéreo, si uno no alcanza a bajar a un refugio, no vale la pena correr. Yo me pongo a caminar, ida y vuelta, y los soldados comentan: "Si el comandante Carlos está aquí de pie, mirándonos, ¿cómo podemos echarnos a correr?"

—Bravo, comandante.

Mijail Koltzov, corresponsal de *Pravda* en España, muy inquieto por él, ha preguntado varias veces; Hemingway, Ilya Ehrenburg, José Herrera Petere. "Eres muy popular entre los escritores", le cuenta Tina. Alberti y María Teresa León pasaron al Obrero por noticias, así como la redacción en pleno de *Milicia Popular*. Adolfo Sánchez Vázquez y el joven camarógrafo Roman Karmen, así como su amigo el fotógrafo Chim quieren verlo. Constancia de la Mora ha informado a su esposo Ignacio Hidalgo de Cisneros, jefe del Ejército del Aire.

Tina aún no se atreve a enterarlo de lo mal que se encuentra Melchiore Vanni, y cuando pregunta por él se limita a decir: "Recuperándose". Tampoco le dice que las dos delegadas han muerto. Se lo dirá cuando salga del hospital.

Vittorio, en cambio, le cuenta a Tina un sueño. Cuántas veces creyó morir cuando lo rozaban las balas:

—Ahora voy a morir... a ver qué digo... Hay gente que piensa toda la vida en lo que va a decir en el momento de su muerte.

—¿Lo dices por Mella y sus últimas palabras: "Muero por la revolución"?

—No, lo digo porque no he preparado nada para el instante en que muera. Desde el momento en que vivo en peligro de morir, y sé que hay mucha gente que quiere mi pellejo; cualquier tarde, cualquier noche, en la calle, pueden darme un tiro. Por lo tanto, no pienso en nada porque a lo mejor no tengo la oportunidad de decir mi frase célebre a la hora de la muerte. Mira, he estado en todos los frentes, en todas las batallas, hasta en dos batallas el mismo día. Vi a centenares morir cerca de mí; nunca pensé en lo que diría cuando a mí me tocara pero, después de la anestesia, tuve una discusión con un señor que también era yo detrás de una reja, y el otro Vittorio me dijo:

—Oye hombre, tú que has peleado tanto en tu vida, ahora

que probablemente vas a morir, ¿crees tú haber luchado por la verdad?

Lo miré y le dije:

—Sí, creo que he luchado y lucho por la verdad.

—Claro que has luchado por la verdad —dice Tina y le da una serie de palmadas en la mano como a un niño.

Se dispone a protestar, a decirle: "No me des por mi lado, ¿qué te pasa? Hace tiempo que no podemos hablar los dos", al observarla más de cerca, la ve envejecida, distante. "Qué raro, a esta mujer no la conozco", se dice a sí mismo. "Qué inaccesible es para mí." Cae en la cuenta de que ella jamás le hace confidencias. ¿Qué sé de ella? No tienen oportunidad de estar juntos salvo en las ocasiones en que coinciden y observan espantados el campo después de la batalla, y es sólo para hacer el recuento de las pérdidas, como en Málaga y en Almería.

En este último año de 1938, María ha permanecido la mayor parte del tiempo en el Socorro Rojo, en Valencia, en el Marqués de Montornez, y su trayecto se reduce a ir del Socorro Rojo hasta su casa en la calle del Conde de Carlez.

Carlos hace una que otra aparición esporádica en Valencia:

"Come, te ves muy delgada."

"No tomes las cosas tan a pecho."

"David Alfaro Siqueiros dijo que iba a caerte uno de estos días."

"Encontré a Margarita Nelken. Me preguntó cómo estabas."

"Te manda saludar Matilde."

"¿Estás segura de que no estás forzando tu naturaleza?"

"No te cuidas, cuídate."

María le cuenta a Carlos que a todos los soldados les hace falta dormir. "Ésa es la peor enfermedad, la falta de sueño. Aquí llegan y se me duermen mientras les hablo. También el frío es terrible, pero más la falta de sueño." Nada le dice de su propia angustia, de la confusión, de la rabia experimentada ante ese muchacho que hace unos días llegó con una enorme tajada en el brazo.

Mientras lavaba la herida a grandes talladas de agua jabonosa antes de echar el desinfectante, le preguntó de golpe al muchacho:

—¿Te la hiciste tú mismo, verdad?

El otro no supo qué responder.

Se inutilizan a sí mismos cada día en mayor número; cada vez más abandonan el frente, regresan a su casa, sin decir agua va. Se equivocan. Caminan hacia atrás en territorio enemigo. Hartos. Dos años de guerra son muchos. Quieren su casa, su mujer y sus hijos. Ya no pueden más. David Alfaro Siqueiros le contó de un pobre hombre, un "pelado", así lo llamó, que creyendo haber caído en campo enemigo empezó a dar todas las posiciones del ejército de la república. Se rieron de él sus propios compañeros. "¿Conque ibas a delatarnos?" Lo fusilaron. Pobre diablo. Se están matando todos entre todos.

A las dos semanas, dan de alta al comandante Carlos en Madrid, María lo acompaña a Albacete: allá está Mari Valero con la Fuyola, las dos vienen de Barcelona al hospital Americano para recoger instrumental y equipo que hace falta allá. También están los Vizcaíno, Matilde Landa, Mari Valero. A la hora de la comida, María para alegrar a Carlos, les habla de Toboso, el de la Dulcinea del Quijote, por el cual acaban de pasar. Ninguno ha leído el Quijote; María Luisa Lafita sí, pero en una edición abreviada.

Finalmente, aunque tratan de evitarlo, el tema de la guerra se impone. "Vamos para abajo", dice la Valero que nunca se mide, "ahora sí llevamos todas las de perder. A ver qué hace Rusia por nosotros, a ver cómo nos salva. Ahora sí, muchos compañeros se han desperdigado. Esos pobres chicos ya no saben cómo salir de la trampa." Alentados por Matilde Landa, los Vizcaíno se proponen quedarse en la zona de Alicante peleando hasta poder salir a Cuba. Albacete, Valencia, Cartagena aún dan la pelea. Mari Valero y tres enfermeras más quieren dirigirse a Cataluña.

Carlos y María salen en avión a Barcelona. A la media hora del despegue tienen que regresar a la base porque la radio no funciona. Después de varias horas en tierra logran despegar de nuevo, pero durante el viaje los Fiat enemigos los persiguen. Finalmente, aterrizan en los alrededores de Barcelona bajo un bombardeo furioso, en un campo inundado y sin indicaciones. La tripulación elogia el comportamiento de Tina, quien sonríe como antes, una inocente, joven sonrisa.

En Barcelona, Contreras retoma su trabajo en la Comisión político-militar; María en el Socorro Rojo. Contreras se presenta en el cuartel. Un turbante de gasa ciñe su cabeza; el brazo derecho ha sido enyesado desde el hombro hasta la mano y se sostiene frente a él, tieso, como en el saludo fascista. Cuando Dolores Ibarruri y Enrique Líster lo ven entrar, su brazo precediéndolo, no logran contener la risa.

—¿Estás ofendido?

Ignacio Hidalgo de Cisneros le comunica que en el Ejército Popular, ahora, además de armamento, faltan víveres.

—¿No comen?

—Día tras día lo único que comemos son las píldoras del doctor Negrín, como llaman a las lentejas.

Por la noche es casi imposible caminar; sin embargo en Barcelona los habitantes salen a riesgo de caer en el cráter de alguna bomba en las calles sin luz. Dos millones y medio de personas caminan a oscuras buscando qué comer: hacen cola, pasan de boca en boca rumores de que llegarán cargamentos de víveres y serán desembarcados aquí o allá, en tal o cual bodega, en tal o cual fábrica. Como nadie tiene nada, la vida se ha simplificado; están unidos por las mismas necesidades: el hambre, el miedo, el rumor de que en tal tienda de abarrotes han escondido verdadero café porque el brebaje que les sirven en las Ramblas es sólo una agua oscurecida, y el vermut que dizque ponen en su mesa sabe a vino degradado. Los días y las noches son claros, nítidos, perfectos para los bombardeos que se suceden uno tras otro. Cada vez que oyen el zumbido de un motor, los parroquianos levantan la vista y corren a los refugios; después del bombardeo vuelven a sentarse a la misma mesa. Pasa una hora, dos, sorben su naranjada y cuando escuchan el motor de un avión, desaparecen de nuevo, y los que no, simplemente se quedan viendo el cielo. "Mira qué claro está, qué catástrofe, no vamos a estar tranquilos esta noche." Se venden ramos de flores todavía frescas y lozanas a pesar de la estación del año. "Los compran para florear la tumba de sus muertos", explica una muchachita. Los barceloneses permanecen fuera hasta muy tarde en la noche, en espera del sonido de las sirenas. En realidad, salir a la calle es una forma de paliar su miedo.

Después de su victoria en el Ebro, en noviembre de 1937,

los franquistas han desencadenado una nueva ofensiva. La campaña del Ebro ¡qué desastre para los republicanos! En los cafés todos son generales de división y discurren durante horas las tácticas que debieron seguirse y cómo se hubiera ganado la batalla.

María fuma un *Caldo*.
—Fuma demasiado, compañera.
—Fumar me tranquiliza.
—Va a ahogarse en humo, compañera.
—Es mi manera de celebrar el Año Nuevo.
Ahora sí, nadie festeja el Año Nuevo como en 1936, ni hay tregua para la Navidad. Franco la niega. ¿Dónde andarán María Luisa Lafita y Roberto Vizcaíno y su tocadiscos de hace dos años? El 23 de diciembre, Franco lanzó el ataque a Cataluña. La caída de Tarragona sonó como el doblar de una campana. El 31 de diciembre, los franquistas empiezan a marchar sobre Barcelona.
—Es inminente. Van a ocupar Barcelona, Carlos.
—No seas derrotista. Los nuestros todavía dan la pelea —responde Carlos.
—Ojalá y tengas razón, pero los milagros en la guerra ocurren raramente.
—Al contrario, ocurren todos los días. Bueno, pero ¿por qué estás afectada?
—Porque Machado está muy mal. Todo el tiempo repite: "Ah, si sólo tuviera unos cuantos años menos". Dice que sólo puede combatir con la pluma, la derrota la padece en carne propia. ¿Supiste de la carta que le escribió a María Luisa Carnelli, defendiendo a Rusia? Dijo que el ruso era un pueblo gigantesco que honra a la especie humana.
Las fuerzas de Franco avanzan al norte y al este. Barcelona, sometida a bombardeos de aviones que despegan de las Islas Baleares, cada ataque más intenso que el anterior; en ciertos días, veinte bombardeos la sacuden; en menos de veinticuatro horas mueren miles de hombres y mujeres. La fuerza aérea italiana se ha propuesto acabar con Barcelona y con otras ciudades industriales catalanas; los nacionales usan los puertos de

las Baleares; la república no tiene puertos, los franceses se los han negado.

Carlos viaja a la zona centro-sur; los sectores de Extremadura y de Córdoba combaten bien, sus operaciones incluso son ofensivas. Matilde Landa es optimista. En la zona centro-sur, setecientos cincuenta mil hombres, cien aviones de caza y bombarderos pelean como leones.

—Aunque nuestras esperanzas se hayan reducido, todavía puede darnos una buena sorpresa la zona centro-sur... Visité a Matilde, a las dos Marías, la Valero y la Lafita y las vi muy animadas.

En Madrid, en cambio, el ambiente es de capitulación. Ninguno piensa ya en combatir. ¡Ningún espíritu de lucha en el estado mayor del general Miaja!

El comandante Carlos escucha a un joven rubio decir en mal español.

—Todo esto es culpa de los comunistas.

Se refrena para no darle un bofetón.

—Éste es el último invierno de la república —dice otro muchacho.

—¿Tú eres de las brigadas?

—Sí —sacude el otro la cabeza tristemente.

Carlos tiene ganas de decirle que su derrotismo es asquerosamente reaccionario, que por actitudes como la suya están perdiendo la guerra, pero se limita a preguntarle si pertenece al partido.

—No —responde el joven desgarbado echándole una rápida mirada—, es decir, no realmente, no estoy inscrito... —una ráfaga de temor le atraviesa los ojos.

Por lo visto el derrotismo de las cúpulas militares y gubernamentales se ha propagado a la infantería.

—Joder —exclama Contreras—, las quintacolumnas franquistas operan cada vez más al descubierto. El partido comunista es uno de los pocos que no se dejan sumergir en el marasmo.

El joven no abre la boca. Emilio, el chofer, lo palmea en la espalda:

—Chaval, todavía hay esperanza reducida pero tenemos que confiar en ella.

Sigue dándole en la espalda hasta que el otro, molesto, se zafa. Contreras capta la irritación en su mirada. ¿O será desprecio?

El otro anticomunista al que poco falta para que Carlos golpee con su único brazo libre, lo mira desafiante. De seguro lo ha reconocido. Carlos piensa:

—No estoy entre mis hombres. Éstos no son de los míos.

¿Dónde están los suyos? ¿En qué campo, muertos de frío? ¿En qué carretera? ¿Dónde María? ¿Habrán llegado a buen puerto? El brazo que no le duele empieza a punzarle.

Al regreso, en el automóvil, Barcelona parece muerta. Disparos aislados rompen el silencio y la oscuridad de las calles sin vida. En el Socorro Rojo, ahora sí no contradice a María:

—Barcelona agoniza. Todos se van, ya no hay nadie. Tengo que llevar a Francia a Melchiore Vanni, si no lo van a agarrar así como está: sus heridas no han cicatrizado. También tiene que pasar la frontera Isidoro Acevedo; no es posible aguantar más. Por favor, tú haz algo por Antonio Machado.

Por medio del Socorro Rojo, Tina organiza el traslado. Melchiore Vanni, muy débil, viajará envuelto en un gran abrigo caqui. Pasará como hijo del viejo Isidoro Acevedo. Él y Tina alegarán que es indispensable internarlo por tuberculosis en un hospital en la falda de los Pirineos, en Francia. Todos los inspectores le hacen el vacío a un tuberculoso. Es un buen recurso.

En Barcelona, cercada por las fuerzas falangistas, Contreras busca a Antonio Machado y a su familia. Maldito brazo que lo ha hecho perder días preciosos. Encuentra la casa abandonada, desierta, atrancada, vacía en una Barcelona también vacía.

Al parecer se han ido también las autoridades. El gobierno catalán así como el español, retirados en Figueras, desmoralizados, ven partir por el norte de Cataluña a cientos de miles de refugiados rumbo a Francia, donde no sospechan que serán puestos en campos de concentración.

Los pasos de Contreras y los de Emilio resuenan en la calle, las ventanas ciegas, ni una sòla luz en las esquinas, ni una sola voz en la oscuridad.

—Se han ido hasta los perros —comenta Emilio.

El comandante piensa en aquel hombre indefenso, extraviado en el río de muchedumbres desesperadas, en fuga. Imagina a Machado viejo, triste, apoyado en un bastón, abandonando Barcelona. Por el camino nevado, con un frío atroz, los viejos van dejando de tramo en tramo sus pertenencias, bultos de ropa, hasta que se deshacen de las cosas más personales; todo lo que significa su pasado, su vida. Cuando no pueden más, se dejan a sí mismos.

A veces los recogen, a veces los demás tienen que seguir adelante.

Para no morir.

Vidali está triste, en Barcelona se descubrió hace quince días una red de espionaje de Franco. Los republicanos dictaron doscientas penas de muerte a doscientos traidores.

•Adiós a las armas en la frontera francesa•
Fotografía de Chim Seymour

Pocos compañeros vigilan la sede del partido. En un cuarto, a la luz de una vela, Palmiro Togliatti estudia un mapa. Levanta la cabeza cuando entra Vidali y le pregunta:

—¿Qué haces aquí?¿Por qué no te has ido?

—Porque Barcelona debe ser defendida.

Al ver el brazo vendado de Vidali comienza a reír y su risa contagia a otros, entre ellos Pedro Fernández Checa, secretario de organización del Quinto Regimiento.

—Qué ridículo estás. Nunca he visto un brazo enyesado en esa forma. Con esa aspa blanca, nos vas a delatar a todos.

Cuando se calman, Vittorio pregunta:

—¿Tiene sentido defender Barcelona?

—Estoy convencido de que no todo se ha perdido —dice Checa—. Muchos internacionales se han quedado. Todavía contamos con batallones capaces de detener a los franquistas. Hay que defendernos hasta el fin.

—Pero si ya la artillería enemiga hace temblar toda la ciudad.

—Carrillo organiza la defensa.

—Estás exponiéndote, Palmiro, eres indispensable al partido.

—¿Y tú? ¿Qué haces tú, Vidali, que todavía no te has ido?

—¿No sabes nada de Machado?

—Lo sacaron unos compañeros... El doctor Puche, creo. Deberías unirte a Longo y a Marty para guiar a lo que resta de las formaciones nacionales e internacionales.

—Tú haces muchísima falta al movimiento —se une Pedro Checa a Vidali—, deberías partir, Alfredo.

Togliatti yergue la cabeza, y en un arranque de orgullo, nombra a la Comintern:

—Yo soy el representante de la Internacional Comunista.

El honor del internacionalismo comunista no puede estar en mejores manos, piensa Vittorio.

No hay ninguna compasión para los hombres que caen en manos de los franquistas. Son sumariamente ejecutados. A los internacionalistas se les trata peor que a los comunistas españoles; han intervenido en los asuntos domésticos de España, han pretendido adueñarse de un país que no les pertenece, son invasores. Palmiro Togliatti, Ercoli, pez gordo de la república, corre peligro. Lo mismo Nenni, Longo, Vidali, Marty, los jefazos.

—Van a caer entre hoy y mañana Montsonís y Marcovau, ya los nacionales ocuparon Vall-llebrera, Alentorn y otras poblaciones.

Ya Togliatti no es Ercoli, ni Vidali es Contreras. Regresan a ellos mismos. Perdida la guerra, no son ni comandantes, ni héroes, ni hombres al servicio de una causa.

Todo se derrumba. Muchos miembros del gobierno, entre ellos el presidente Azaña, huyen.

—Hay que ser realistas.

Vittorio mira encolerizado a Pedro Checa. A la mejor ser realista es darse por vencido, entregar las armas.

Vittorio y Tina giran desesperados. Atienden a los últimos habitantes, los que no quieren irse o los que no tienen conciencia del peligro, niños, ancianos, mujeres. Giran los dos, Vidali en sus asuntos, Tina, un pañuelo en la cabeza como las españolas, a veces un niño en los brazos, acarrea colchones, endereza sillas en carretas, ayuda a los últimos, venda, asiste a los más débiles, envolviéndoles el torso con papel periódico. "Debéis ir lo más preparados posible." "No, no podéis atravesar con alpargatas." Consigue botas entre la impedimenta que dejaron los hombres y las mujeres de las Brigadas Internacionales. "No importa que le aprieten, don Cipriano; cualquier cosa es mejor a que se le hielen los pies." Discute las cosas más nimias: llévense el aceite de olivo, es más importante que el tabaco. Da consejos, recoge las gallinas, los perros, acomoda al gato en la canasta, tapa la jaula del canario. Ni él, Vittorio, ni ella, Tina, pueden salir, hasta no ver a su gente en la carretera. "Échele candado a la puerta y déme la llave", recomienda un anciano como si fuera a volver, "hay que dejar la casa atrancada, que no entre ninguno." Tina cumple y cuando se lo piden, tira la llave en el pozo.

—No sé cómo puede hacerse menos inhumana la marcha de medio millón de prófugos de Cataluña. Huyen del enemigo, pero sobre todo, huyen de la desesperación.

A la que Vittorio siente más desesperada es a Tina. Vittorio va y viene con Emilio, de Figueras a Gerona, de Gerona a Barcelona; Tina carga enseres, organiza mudanzas, hace inventarios. Todo el día, parte de la noche se mantiene en contacto con la angustia de los que huyen.

—¿Cómo quieres que me calme? Los medios del Socorro Rojo son cada vez más reducidos. No tengo ni vendas; los estoy acorazando con papel periódico. No hay nada, nada con que protegerlos. No puedo darles víveres. Si no los matan, ¿cómo van a sobrevivir? Primero evacuamos Valencia, ahora Barcelona, y ¿ahora qué? ¿Ahora qué?

Las carretas de bueyes cargadas hasta arriba, los campesinos llevan en brazos a sus hijos. No giran las ruedas, ¡coño!, o apenas, dentro de la tierra enlodada. Los caminos vecinales nunca son buenos, brechas apenas, para las cabras. Las mujeres y los hombres y los críos levantan los ojos al cielo. ¡Qué lentitud! La derrota es lenta, lenta. No hay que dejarse morir, hay que caminar, seguir adelante. Cuando los niños se sientan o van a descansar al pastito de la cuneta, se oye una voz rabiosa: "Seguid, seguid, seguid. No os detengáis." ¿Adónde van? "¿Adónde váis?" Que a Gerona, que a Figueras, que a la bahía de Rosas, que a Port Bou, que a Francia, que a la salvación. "¿Por qué os detenéis?" Los ancianos no pueden más. Quieren acostarse en la cuneta. "Dejadme, es mi tierra." La hilera es larga. Tras las carretas de bueyes, algunos buicks, unos fords. "Nos estamos quedando sin gasolina. ¿Cuántos kilómetros faltan? ¿Dónde vamos a cargar gasolina? Baja el cristal de tu lado, bájalo." Todos se entorpecen el paso, los coches a los bueyes, los ancianos a los más jóvenes, los niños en las piernas de su madre, el cordero en manos de la mayorcita, "pesa demasiado", el radio desvencijando el hombro de la quinceañera, "te dije que no lo trajeras". Un cartel pegado a un árbol dice: "Negrín, nos hemos cansado de resistir". No se ha despintado con la lluvia. Otro pregunta: "Negrín, qué has hecho con Nin".

El cielo gris se tiende sobre la tierra enlodada. De pronto un silbido lo raya:

—¡Los aviones!

Corren al borde de la carretera; se acuestan como les han dicho, los brazos cubriéndose la nuca, hasta los viejos levantan sus pobres brazos, se doblan, hechos bolita; los bueyes, los coches, los enseres yacen a medio camino. "Todos vamos a morir en esta ratonera", dice un anciano.

Los aviones bombardean a la población que huye.

Desaparecen.

El cielo vuelve a quedar gris.

—¿Quién va a evacuar a los heridos, comandante Líster?

—Yo.

—Son quince mil y el gobierno de Francia sólo ha autorizado tres mil.

Vittorio encuentra de nuevo a Togliatti en Gerona:

—La situación es mala pero no catastrófica. Aún podemos defendernos. Acompáñame al castillo de Figueras a una asamblea de las Cortes Republicanas elegidas por el pueblo. Allá estarán Negrín, Lamoneda, otros.

—Será la última —responde Vidali.

Pocos presentes, Negrín pronuncia nobles palabras en un silencio de luto. "La España republicana", dice, "no se rendirá nunca." Su proyecto de buscar una base de negociación para poner fin a las hostilidades se fue al agua. En su sesión, las Cortes emiten tres principios, que los ganadores tendrán que cumplir. Primero, exigen la independencia de España respecto a cualquier nación extranjera, cualquiera que ésta sea; segundo, el derecho del pueblo español de escoger su destino por medio de un referéndum, y tercero que al fin de la guerra no sigan ni represalias ni persecuciones.

Es la última vez que los diputados votan en territorio español. Saludan al ejército de mar, tierra y aire. Afirman su confianza en el porvenir glorioso de España, su patria. Dicen que han sido arrollados, no vencidos. Quieren ser libres, quieren una España republicana e independiente. Condenan a la Gestapo.

20 DE ENERO DE 1939

—Quiero ir a la zona de Alicante, es la única donde siguen peleando —insiste Vittorio frente a Togliatti.

—Lo más importante es ayudar a los que se van.

Togliatti lo llama aparte:

—El gobierno de Franco en Burgos es implacable; sólo unos cuantos resisten en Madrid y en algunas zonas. Cuando estés bien y yo haya organizado la resistencia, te llamaré a Madrid, te lo prometo.

En el caos atroz del éxodo de centenares de miles de personas asustadas y exhaustas, Togliatti parece el único que a pesar de conocer la realidad conserva la calma.

Togliatti le ordena a Vidali pasar a Francia y ayudar en el camino a los que escapan.

Después de Figueras, continuamente bombardeada, dejan Gerona unas horas antes de que los franquistas la ocupen. Vittorio y Emilio buscan a Tina, no la encuentran y al preguntar por ella les dice una vieja:

—¡Ah, la que fuma! Me insistió en que me fuera. Salió con los del Socorro Rojo y con esa guapota que siempre ríe.

—¿No viene usted con nosotros, señora?

—Yo muero en mi tierra, señor.

26 DE ENERO DE 1939

Franco entra en Barcelona.

El éxodo de quinientos mil refugiados desde Cataluña es

alucinante: frío, lluvia, nieve, falta de provisiones, bombardeos despiadados. Miles de civiles rumbo a la frontera avanzan a tropezones, defendidos por divisiones del ejército de la república a costa de sacrificios enormes.

—¿Por qué no se van? —pregunta Vittorio a dos jóvenes, obviamente extranjeros.

—Queremos compartir hasta lo último la suerte de un pueblo que merecía un destino muy diferente.

Vittorio los reconoce. Son los mismos cuyas respuestas tanto le disgustaron en Madrid.

—¿Cómo te llamas, muchacho? —le pregunta al más desgarbado:

—Spender.

—Yo no me voy Carlos, no salgo de España. Me quedo a luchar.

—¿Y Carmen?

—Está bien en Rusia. La iré a buscar cuando ganemos.

—¿Y Paco?

—No sé. Paco hará lo que él quiera.

—Matilde, estás mal, no estás en tus cabales. Debes seguir viva por tu hija, tienes una obligación con esa niña: vivir.

—María y tú no son españoles, por eso no entienden.

Matilde Landa se violenta. Lo mira con odio.

—La guerra va a continuar. El triángulo Madrid, Alicante, Valencia aún está en manos de la República. No necesitamos a los que han decidido pasarse a Francia. Sois unos cobardes. Yo me quedo con Barceló y Ascanio o me voy con Galán a Cartagena.

—Lo que sucede es que estás desesperada y quieres inmolarte.

Matilde desquiciada da un paso al frente, extiende la mano a punto de golpearlo. Vittorio quisiera tomarla entre sus brazos.

—Pobre Matilde, pobrecita.

Ahora sí se le echa encima.

—No me pobrees, pobres de ti y de la María que sois unos taimados, unos...

Vittorio ya no la escucha; se ha dado la media vuelta. Se repite una vez:

—Poveretta, poveretta donna, poveretta...

4 DE FEBRERO DE 1939

Los llamados cuatro presidentes cruzan la frontera, el de la república, Manuel Azaña, el de las cortes, Diego Martínez Barrio, el de Euzkadi, Aguirre, y el de Cataluña, Luis Companys.

6 DE FEBRERO DE 1939

Los nacionales ocupan Figueras.

Franco ha ganado la guerra. En Burgos, no escucha las propuestas de Negrín. Exigen una rendición incondicional. Los jefes ya se guarecieron en Francia, ¡qué jefes! Azaña, Aguirre, Companys y Martínez Barrio entraron a Francia dejando a su gente atrás. ¡Coño!

Jefes así, no merecen sino desprecio, ironiza Franco. ¿Cómo se atreven tipos de esa calaña a hablar de libertades del pueblo español?

7 DE FEBRERO DE 1939

Juan Negrín, presidente del gobierno, cruza la frontera con el general Vicente Rojo.

8 DE FEBRERO DE 1939

Tina, cuyo pasaporte muestra que pocos días antes estuvo en Francia, no tiene problema para pasar la frontera. Le contó a Vittorio que ríos humanos bajaban de las montañas y se acercaban a la frontera creyendo que encontrarían la amistad de los franceses; había fe en los rostros.

Francia protesta. Quinientos mil españoles han remontado los Pirineos para dejarse caer en los puestos fronterizos de la gendarmería de Francia. Los gendarmes ven las enormes colas de soldados, mujeres, niños, mutilados, e intentan legalizar el éxodo.

—Vos papiers.

Vittorio ve a Marty y a Longo de pie, junto a una bandera, y frente a una pirámide de fusiles y pistolas que los republicanos avientan a medida que van pasando. Despiden a cada uno estrechándole la mano por última vez. Vittorio permanece en tierra española con Emilio; sobre la tierra que dentro de poco será del enemigo. Emilio trata de adivinar los pensamientos de su comandante. En todos los frentes han hecho la guerra, resistieron juntos en medio de la desesperación total, peleándole al enemigo cada palmo de tierra, salvando lo salvable hasta venir a dar a la pila de fusiles que aumenta a medida que cruzan los republicanos la frontera.

Los milicianos desfilan por última vez frente a su Estado Mayor, marchan con la cabeza alta a pesar del cansancio, el uniforme sucio de sangre y lodo, muchos con muletas, vendajes en la cabeza, brazos en cabestrillo, heridas mal vendadas o a punto de deshacerse. Su semblante, sin embargo, orgulloso; ya todo está perdido, a cantar, amigos. Sonríen, el corazón les pesa; sonríen, el corazón va haciéndoseles liviano; sonríen, vuelven a entonar la misma canción:

Mañana dejo mi casa,
dejo los bueyes y el pueblo.
¡Salud! ¿Adónde vas, dime?
—Voy al Quinto Regimiento.

Caminar sin agua, a pie.
Monte arriba, campo abierto.
Voces de gloria y de triunfo.
—Soy del Quinto Regimiento.

Con el quinto, quinto, quinto,
con el Quinto Regimiento
con el comandante Carlos
no hay miliciano con miedo.

Vittorio no se decide a cruzar aquella línea. Permanece en el auto, al lado de Emilio, sin hablar, viendo tras la ventanilla gélida cómo pasan los demás. En su cabeza, las imágenes se suceden como la cinta de una película, la niña muerta sobre el vientre de su madre, el joven soldado sonriéndole al cielo, Juan Negrín en su despacho, su mirada de desesperación. Y ellos, el comandante y su ordenanza Emilio, juntos a todas horas durante la interminable tragedia.

Vittorio y Emilio se despiden con un abrazo. El comandante Carlos, comisario político del glorioso Quinto Regimiento, pasa la frontera en un estado miserable; barbas sin cortar, sucio, hambriento. Ahora él es quien camina inmerso en un silencio terrible, el lodo se pega a sus zapatos. A lo lejos, alguna explosión, algún grito apagado.

Muy tensos, Longo y Marty estrechan la mano a cada voluntario que frente a ellos arroja su arma a tierra. Vittorio, el yeso empapado, resquebrajado en partes, el brazo colgando como piltrafa, las heridas reabiertas, arroja la pistola en el enorme montón, y se va sin volver la cabeza.

Cada hombre es cateado por los gendarmes franceses. Los apuran: "Allez, allez". Les preguntan: oigan, qué llevan en sus bolsas, no esconden otra arma, han estado en el hospital, ninguna infección, qué falta de higiene; los esculcan, los obligan a abrir mochilas y costales, vaciar su contenido al suelo. "Allez, allons-y, faites vite." Vuelven a cachearlos. Sus pertenencias ruedan expuestas, indefensas en la carretera nevada y cubierta de creolina. Al abrir un envoltorio el gendarme lo tira al suelo:

—Qu'est-ce que c'est que cette merde-là?

—Es tierra de España.

—Allons-y, allez, allez, le suivant.

El general Francisco Durán es el último en pasar. En el momento en que despide a sus soldados, con la voz resquebrajada por la emoción, los mira sonreír.

Su yegua, abierta de patas, está orinándose.

Vicente Rojo, jefe del Estado Mayor, es muy parco. Pálido, tenaz, parece seminarista. Su aspiración es vivir en el anonimato y está condenado a dar órdenes porque sabe darlas. Es el estratega de la guerra de España. Frente a sus ojos, los ríos, las colinas y los cerros, las sierras y las hondonadas se vuelven planes de destrucción: trincheras, puntos de ataque, repliegues, pasos para sus tropas, sus destacamentos, columnas, brigadas, regimientos, divisiones, racionamiento de fuerzas. La tierra de

España es este mapa clavado de alfileres, donde él tiene que mover a sus hombres. La tierra de España reventada, aterida, no es para Rojo un lugar sino su cuerpo. Vive los barrancos que pueden volverse trampas, los senderos hormigueantes, los árboles y los bosques que en la noche se prenden y amanecen negros, convertidos en ceniza. Vive a la gente que mañana morirá. ¿Qué verá Rojo a la hora del amanecer, con sus anteojos de larga vista, al fondo de la carretera? ¿Los evacuados, los coches, las carretas, el lodo, las subidas y las bajadas en lontananza, el frío, la nieve, los temores de su infancia? Desde hace diez días, su angustia no ceja.

Hay que seguir ¿verdad?, seguir siempre.

Si la guerra de España duró tres años es gracias al partido comunista y a Vicente Rojo. "Hemos hecho una guerra digna porque logramos hacer un ejército popular gracias al partido comunista."

"Fuimos torpes, crueles, pero también heroicos, generosos, valientes, sacrificados."

Puente de los Franceses
Puente de los Franceses
Puente de los Franceses,
mamita mía,
qué bien resistes,
qué bien resistes.

Los nacionales no pudieron pasar el Manzanares porque los republicanos tenían tomado el Puente de los Franceses.

Un campesino, al ver el río de españoles, grita:
—C'est bien fait pour eux. Sales rouges.
Otros corean:
—Sales rouges.

En la frontera, los vascos esperan a los vascos.

Negrín, Rojo y Zugazagoitia llegan a la Junquera. Es el límite con Francia. El presidente Negrín aguarda en silencio.

Cuando una de las autoridades francesas le comunica que los periodistas y fotógrafos han sido alejados, Negrín y sus compañeros pasan a pie la frontera ante un pelotón que presenta armas. Al ver a Rojo, el agregado militar de la embajada de Francia en España se cuadra.

Argelès-sur-mer
St.-Cyprien
La Lozère
Las Haras
Aude
Agde
St.-Étienne
Le Vernet
Gurs
Barcères
Sept Fonts
Bram
Arles-sur-Tech
Château de Collioure
La Reynarde
Château de Montgrand
Le Perthus
Hérault
Haute-Garonne, Mazères
Le Boulou
Prats de Molló
St.-Laurent-de-Cerdans
La Tour de Carol
Bourg-Madame
Barcarès
Mont-Louis

En Hérault concentran a la mayoría de los catalanes.

Emilio Prados no quiere sentarse sobre la arena. Cuida su gran abrigo negro. Dos de los mayores campos de concentración, St.-Cyprien y Argelès están sobre la arena. Cuatrocientos mil refugiados han sido arrojados detrás del alambrado de púas clavado en la playa. No es que los guardias sean deliberadamente crueles, lo terrible es la confusión, la improvisación. No hay una sola comodidad. Si los españoles no construyen sus propias barracas tendrán la arena como lecho, porque es en la arena donde duermen envueltos en una manta de abandono, hacen sus necesidades, colocan sus pocas pertenencias. La arena es ahora su única tierra. Caminan sobre ella, sobre ella se sientan, comen arena, la arena centellea en sus cabellos, en la arena se acuestan, su rostro contra la arena, sus manos cubiertas de arena; los enceguece esta arena lodosa, negra, triste, de las playas del Mediterráneo. Ni un árbol, ni una mata, sólo estos rostros, estos párpados, estos hombros, estos cuellos vencidos por el peso de la arena.

En St.-Cyprien muchos se han descalzado; Emilio Prados no, aunque no aguanta los pies. Muchos se lavan en el agua salada, y regresan tiritando bajo el cielo gris. Prados no se quita el abrigo. En el horizonte vigila la aparición de un barco, una lancha, cualquier cosa, una balsa; pero los ojos le lloran por el reflejo metálico del manto de plomo derretido que otros llaman mar.

—Niño, no le tires arena a tu hermano, lo vas a dejar ciego.

Los niños todavía tienen fuerza para correr en la playa pero no meten los pies al agua helada.

En esta arena ha venido a terminar la guerra.

México propuso recibir ochenta mil familias. Todos esperan en los campos de concentración de Francia. Además ofreció darles la nacionalidad mexicana.

El *Mexique* zarpa con tres mil refugiados a bordo. Susana y Fernando Gamboa velan el mar de cabezas sobre el mar salado y gris.

De Sète y Marsella, los barcos navegan por el estrecho de Gibraltar, y desembocan en el océano.

El solitario Atlántico.

•Campos de concentración en Francia•
Archivo particular

10 DE FEBRERO DE 1939

En la frontera, Marthe Huysmans, una periodista belga, hija del vicepresidente del Senado de su país, hace entrar a Vittorio en un automóvil de Servicio de Prensa. Recorren calles repletas de senegaleses que Francia tiene a su servicio.

—Antes que nada, Vidali, voy a llevarte al hotel a arreglar ese brazo y a que te asees.

—Necesito ir al consulado español, allí me cité con mi mujer.

—Apestas, vamos al hotel.

En el Grand Hotel de Perpiñán, Herbert Matthews, el corresponsal del *New York Times*, y Gustav Regler le confirman lo que teme: Francia e Inglaterra van a reconocer al gobierno de Franco, sólo Alicante, Valencia y Madrid resisten. En Perpiñán, hormigueante de gente, no hay gobierno ni comando militar, nada salvo franceses y españoles derrotados. "Vas a ver qué crisis. ¿Dónde están los jefes? Por lo pronto, aquí todos son unos abandonados." Regler dice que los cuáqueros han enviado carros con leche y cocoa hasta las montañas, donde muchas mujeres y niños ya no pueden poner un pie delante de otro.

"Una mujer descubrió, en el momento en que pasaba junto

a nosotros, que el niño en sus brazos había muerto. Lo cubrió con su delantal, lo apretó todavía más en su regazo, y siguió andando.

"Aquí en la frontera, Vidali, reciben a las tropas republicanas como si fueran malhechores. En la noche, patrullan las calles. Los nuestros llegan confiados a Perpiñán, no saben lo que les espera. Tienen fe en el Front Populaire. Matthews y yo los vemos llegar con sus rifles al hombro; todavía pisan suelo español; tiran sus rifles y ya no son nada. Ayer, junto a nosotros, una francesa de edad, representante de la Liga de los Derechos Humanos, lloró sin cesar. Era amiga de Agnés Dumay.

"Cuando el primer español puso su fusil en el suelo, nuestro oficial de enlace desvió la vista. Un francés insistió en preguntarle a un soldado qué llevaba en su bolsa y le exigió que la abriera, entonces Matthews perdió el control y le gritó:

"—¿No sabe usted que los españoles no mienten?

"Fragmentos de intimidad se esparcieron en el suelo. El soldado español nos veía con el rostro vacío de sangre por la sorpresa, mientras los generales franceses y el prefecto fumaban. Matthews, con un ademán que no voy a olvidar, se inclinó sobre la fosa y recogió las cosas del español; le dijo al miliciano:

"—Lo siento.

"—No hay de qué —dijo el otro y le sonrió.

"En ese momento el prefecto dio orden de que los trataran mejor."

—Regler —interrumpe Vidali—, no puedo más, no aguanto tu relato. Estoy mal. Tengo que encontrar a María.

—Seguro María está por aquí, si no en el consulado, en la Casa del Pueblo; a la que no hemos visto para nada es a la madrileña.

—¿A la Valero? —sonríe Vittorio—. No se preocupen. ¿No han visto a Anna Louise Strong, la del *Moscow News*?

A Vittorio lo golpea la indiferencia en el aire: a los franceses no parece importarles la condición de los vencidos. Al contrario, su mirada es despectiva. Los tratan como a ganado, ningún ofrecimiento de ayuda. Marthe Huysmans se despide.

Tina y Vittorio se encuentran en la Casa del Pueblo. Tina lo mira inquieta. Su estado es miserable, aunque no más que el de muchos soldados. Los recibe un francés tan agresivo que Vittorio se indigna y terminan en el secretariado del partido comunista francés. Salen a medianoche, con el riesgo de caer en manos de la policía que patrulla las calles.

El resto de la noche la pasan sin dormir, con Ignacio Hidalgo de Cisneros, Constancia de la Mora, el buenazo de Juan Modesto, Benigno Morilla, Luis Cabo Giorla, Manso, Antonio Cordón y Rosa su mujer, Juan Vicens y Del Val. De inmediato, empiezan las discusiones, las voces alteradas se enciman.

—Negrín busca una paz humanitaria con Franco, como si Franco se hubiera transformado de golpe en hombre de diálogo.

—Es inconcebible que Azaña haya dimitido, sin preocuparse por la suerte de combatientes y militantes —dice Hidalgo de Cisneros.

—Prieto será valiente pero es intelectualmente cobarde.

—Convencido de que íbamos a perder la guerra, se ha dedicado a convencer a otros. Hizo mucho daño a la república española. Su política de guerra fue un desastre, porque como te digo, tiene mentalidad de capitulador. Con razón Negrín nunca lo tragó —apoya Antonio Cordón.

—¡Qué vergüenza! ¡Negrín quiere hablar con Franco y a ése sólo cabe matarlo.

—La derrota es una enfermedad, un veneno; sedimenta, se acumula. Termina por contaminar el organismo más sano; van a venir tiempos de odio —dice con voz triste Hidalgo de Cisneros.

—Me he defendido siempre de ese tóxico horrible; no vamos a caer ahora presos del sentimiento de derrota —replica Vidali.

—Pero perdimos —lo fulmina Constancia de la Mora.

—Hemos vivido a España como una página heroica contra el fascismo —concilia Cordón—. Para mí, representa la experiencia más importante y decisiva de mi vida.

—A una página siempre la sigue otra. El enfrentamiento entre proletariado y burguesía no puede limitarse a un solo capítulo —continúa Vittorio como si hablara para sí.

—La existencia de un hombre es larga —murmura Del Val.

—Cuando aventé mi pistola antes de cruzar la frontera francesa, ayer 9 de febrero de 1939, recordé que no había cumplido treinta y nueve años y que mis primeras batallas políticas se remontaban a más de veinte años atrás. Enfermo, herido, en estos novecientos días de guerra lo di todo. Como ustedes, camaradas, estoy cansado, pero no vencido; a mi lado tengo una mujer valiente, fuerte: recomenzaré, en otra parte del mundo, con otras tareas.

—Ahora se trata del destino de todo un pueblo, Carlos, no sólo del tuyo; tú no hablas sino de ti mismo.

Vittorio se violenta contra Luis Cabo Giorla.

—Estoy entre amigos, si no, no lo haría. Todos nos sentimos preocupados por nuestro futuro, digámoslo o no. Al hablar del mío, hablo del nuestro.

—Yo voy a América —anuncia Constancia—; nos vamos Ignacio y yo. Es lo único que podemos hacer por el momento. Pronto regresaremos a Madrid.

Se confortan con una botella de coñac que, al reconocerlo, un oficial le dio a Hidalgo de Cisneros. Intentan hasta sonreír y ver más allá de la catástrofe. "Por el regreso", brindan.

En un rincón, Tina apenas respira. Lo único que dijo en la mesa fue: "Mira, cubiertos". Acarició la servilleta blanca y tomó el cuchillo y el tenedor en su mano, y repitió: "Cubiertos". Vittorio ahora le pregunta:

—¿Qué piensas tú, Tina?

—Hemos perdido. Si de mí dependiera, regresaría a España. Si esto es imposible, vámonos a Italia, por favor. Vamos a pedir trabajo allá. Togliatti, Nenni nos ayudarán. Regresemos a nuestra patria.

—Tu sei matta!

—Por lo menos, Melchiore Vanni quedó en una buena clínica e Isidoro Acevedo en casa de François y Germaine Le Bihan.

—¿Y la Valero?

—Posiblemente ande en Francia, los cubanos regresarán juntos a su patria. Se quedan Pablo de la Torriente, muerto en Majadahonda, Alberto Sánchez, y tantos otros.

Tina emite frases breves, concretas. Sus ojos hablan siempre más que su boca. Expresan una infinita tristeza. Hizo la guerra desde el primero hasta el último día, y hoy la persiguen las voces: "María, un vendaje", "María, no encuentro a mi hijo", "María, organízame el paso de la frontera con mis hijos, que no nos maten", "María, ampáranos, no nos olvides, no dejes que caigamos en manos del enemigo".

Una noche entera de discusiones, recriminaciones, críticas

en las que aflora el amargo sabor de la derrota inmerecida. Tina escucha ensimismada, recogida. Vittorio sabe que sobre su corazón pesa la tragedia.

Cuando un poco de luz azul comienza a penetrar en el cuarto desordenado, los refugiados se duermen sentados: Constancia recargada en el hombro de Hidalgo de Cisneros; Rosa en el de Antonio Cordón, su marido; la cabeza bamboleante o sobre la mesa, en medio de las sobras de la cena y las botellas vacías; Modesto, Benigno, Giorla, Manso, Vicens y del Val. Tina permanece sola y Vittorio junto a Giorla, en la mesa, donde el sueño ganó la discusión.

En la mañana, los amigos se despiden, más tristes, más ojerosos. Logran tomar un baño. Vittorio se rasura y los amigos se juntan para darle un calzón, una camisa, un par de zapatos, un traje, todo fuera de medida, más el sombrero que le queda muy chico y es indispensable para cubrir las heridas de su cabeza.

Tina y Vittorio salen a París en tren, en tercera.

—Me siento ridículo con estos pantalones tan largos.

—¿A quién diablos puede importarle?

14 DE FEBRERO DE 1939

En la sede del Socorro Rojo Internacional en París, encuentran a muchos con la misma sensación de pérdida. ¿Dónde vivir? ¿Cómo instalarse? Marcel Villard, el buen amigo, con el cual habían organizado la campaña para la salvación de Dimitrov en 1933, les ofrece un cuarto en su casa.

Al día siguiente, ya trabajan para ayudar a otros refugiados.

Un camarada francés toma la palabra.

—Los refugiados españoles deben entender que perdieron la guerra, y que no pueden tener pretensiones.

Tina, estupefacta exclama:

—¿Cómo puedes decir eso? La guerra contra el nazismo la han perdido también ustedes y la derrota del pueblo español es la derrota de todo el antifascismo, de la democracia mundial. ¿Qué tiene que ver tu discurso con la ayuda a los refugiados?

El orador se da cuenta de que los oyentes comparten la indignación de Tina y guarda silencio.

El choque sufrido por Tina en la primera reunión del Comité de Ayuda a los Refugiados es grande y habrá de marcar toda su estancia en Francia.

Desde el 28 de enero han pasado a Francia ciento setenta mil mujeres y niños, sesenta mil hombres y diez mil heridos.

16 DE FEBRERO DE 1939

Apenas ve a Vittorio, André Marty, vicepresidente del Socorro Rojo, le dice que lo espera un comunicado de "la vieille".

La Stásova ordena que por el momento permanezcan en París y esperen la llegada de Tom Bell, compañero inglés de la Comintern.

—Creo que todavía puedo ser útil en Madrid.

—En tu estado, no.

Ese día Vittorio come con Vittorio Codovilla y camina con él durante horas a lo largo del Sena discutiendo cómo podía haberse organizado la defensa de Barcelona, cómo la de Madrid.

—Era imposible.

—Era totalmente factible, Vidali.

Julio Álvarez del Vayo, ministro del exterior de Negrín, llega al despacho de André Marty y habla de la renuncia de Azaña y la opinión de los militares, entre ellos el general Vicente Rojo. Rehúsan volver a Madrid, consideran la guerra terminada con la derrota. Regresar a España es un acto de demencia. En un momento de la conversación, Álvarez del Vayo cuenta que el doctor José Puche llevó a Antonio Machado, junto con los Xirau, a Francia. Entonces, el poeta estaba enfermo y al pasar la frontera se había resfriado. Vivía ahora en Collioure.

—Tina me encargó ir por él mientras ella sacaba a Vanni y a Isidoro Acevedo; llegué a su casa, pero ya no lo encontré.

—El doctor Puche se preocupó por él.

—¡Qué barbaridad, cómo es posible que un hombre de su edad haya cruzado la frontera a pie!

—Salió con Joaquín y Pilar Xirau, su madre, su hermano José y la mujer de éste y otros cuarenta españoles. Pasaron a Francia en ambulancia; pero cerca de la frontera los dejaron a medio camino. No tenían nada, ni maletas, ni mantas, ni documentos, nada. Mujeres, niños, ancianos, la madre de Machado de ochenta y ocho años, todos bajo la lluvia, una lluvia fuertísima. Caminaron empapados, transidos de frío, congelados. Desde el 29 de enero está en Collioure, en un hotel de nombre Bougnol Quintana.

Tina viaja a Collioure y regresa llorando. Don Antonio y su vieja madre se encuentran muy mal. Francia los maltrató, el paso de la frontera ha sido atroz. Todavía a principios de febrero y a pesar de su enfriamiento, don Antonio pudo caminar sobre el acantilado de Collioure, pueblito de pescadores a veinticinco kilómetros de la frontera española, tan cerca que su madre dijo que era como estar todavía allá. Después ya no salieron del hotel, ni él, ni su madre, y ahora, su hermano José, desorientado, no sabía a quién recurrir. ¿Cómo ayudarlos? Al poeta ya no se le podía transportar, estaba muriéndose.

— ¿Qué hacemos, Toio?
— ¿Contra lo inevitable?

Aunque exhaustos y con la moral hecha pedazos, Vittorio y Tina se unen al Secours Populaire, organismo francés de solidaridad, ligado al Socorro Rojo. Las instrucciones de Moscú: dar apoyo moral, material, orientación jurídica a los refugiados españoles e internacionales.

El primer caso que Tina trata es el de Machado. Insiste y vuelve a insistir. Deben hacer algo por él, que las autoridades francesas intervengan. Se trata de un gran poeta, de veras, un gran poeta español. Los franceses alzan los ojos al cielo. En Collioure, el único que sabe quién es Antonio Machado es un empleado del hotel, Jacques Baills, quien ofrece su ayuda.

Nadie pone atención a la muerte de Machado; Julián Zugazagoitia pronuncia la oración fúnebre frente al féretro amparado por la bandera republicana.

—Çes pauvres espagnols, c'est pour ça qu'ils ont perdu la guerre, ils sont tous poètes.

A la muerte del poeta sigue la de su madre. Semanas más

tarde, con la ayuda de Tina en el Secours Populaire, el hermano José y su esposa viajan a Chile con otros refugiados.

A Tina, la muerte de Antonio Machado le hace más amarga la derrota, "era mi amigo, éramos amigos". Tina pide a Giuseppe di Vittorio, combatiente en España con el nombre de Nicoletti, y al jefe del Centro Extranjero del partido comunista italiano, Giuseppe Berti, Jacopo, regresar a Italia. "Sé vivir en la ilegalidad, quiero ser agente." La disuaden. "Lo pides porque estás desesperada. Allá te encarcelarán de inmediato."
También Vittorio tiene el problema de definir su futuro. Despedazado, comido por las liendres, ardida la piel por un escozor inclemente, sus heridas no cicatrizan; trata de tomarle gusto a la vida aunque Tina repite una y otra vez que quiere regresar a Italia. "Tu sei matta, non é possibile, Tina, non é possibile." Viven momentos muy duros que la desesperación de Tina empeora.

27 DE FEBRERO DE 1939

Una vez más, Yelena Stásova, desde Moscú, les indica el camino.

Tom Bell, portador del mensaje de la Stásova, les ofrece ir a la Unión Soviética y descansar seis meses en Crimea, que bien podrían transformarse en una larga permanencia en Siberia, según Bell. O bien, salir a los Estados Unidos para organizar la ayuda a trescientos mil españoles e internacionales. El discreto y explícito consejo de Stásova es escoger América:
—A mí me han expulsado de los Estados Unidos. Volver a entrar ilegalmente implica la deportación a Italia... Entre tanto, sería otra vez la clandestinidad. Tina y yo nunca hemos hecho vida normal.
—Recuerde, camarada: la vida privada no existe.
Vittorio sale pesadamente de la oficina. Álvarez del Vayo le pregunta:
—Y ¿tú qué vas a hacer, Carlos?
—Partir a América, como me lo ordenan.
—¿Y Togliatti?
—No te preocupes, tomará el último vuelo que salga de España. Se las sabe todas.

• 574 •

Julio Álvarez del Vayo venera la Unión Soviética.

—Al que combatió en España lo tratan como a un héroe en la URSS; a los luchadores, el Soviet Supremo les otorgará una estrella militar. A raíz de la batalla de Guadalajara, fuistéis propuestos tú y Luigi Longo para la Orden de la Bandera Roja, André Marty para la Orden de Lenin. Creo que deberías ir a Moscú...

Vittorio regresa a casa de los Villard, hace su maleta, saldrá a Cherburgo a tomar el barco; Tina se queda a ayudar a Melchiore Vanni y a acompañar a Isidoro Acevedo, a punto de viajar a la URSS.

—Al menos eso quiero hacerlo bien —le dice sombríamente.

¿Estará pensando de nuevo en Machado? ¿Por qué se culpabiliza de todo? ¿O lo culpa a él? Vittorio no quiere averiguarlo.

—Otro barco zarpa dentro de cuatro días, te esperaré en Nueva York.

Ambos se miran desolados.

A pesar de las heridas que aún supuran, le quitan el yeso y puede mover el brazo con más o menos soltura. Ha perdido mucho pelo. En Cherburgo hace más frío que en París; el agua gris le pesa a Vittorio tanto como su alma.

La travesía lo descansa, aunque sigue sintiendo comezón en todo el cuerpo. De día la tolera; en la noche se saca sangre. "Como perro", piensa, "me rasco como perro."

Vittorio se impresiona al saber por otro republicano viajero que Galán se sublevó en Cartagena y que el 8, 9 y 10 de marzo los anarquistas, los casadistas y los comunistas se destrozaron entre sí. Los comunistas fusilaron a los coroneles Pérez Gazzolo, Fernando Urbano y Otero Ferrer. Casado fusiló a Barceló, a Conesa, a Mesón. ¿Qué habrá sido de Matilde Landa? Siguen las rebeliones, una nueva guerra civil dentro de la guerra civil. Negrín regresó a Alicante a proseguirla y salió finalmente desde Albateras, donde la situación es atroz. Inglaterra prometió sacar a los republicanos pero no envió suficientes barcos. Muy pocos pudieron subir a bordo. Los que se quedaron se suicidaron en los muelles. Ha sido una tragedia espantosa.

Con Negrín, volaron en un avión enviado de Inglaterra la Pasionaria, Antón, Togliatti y Miaja. Fueron los últimos en salir.

El refugiado Alfonso Simón Pelegrín se consuela diciendo que la republicana es una retirada honrosa. Un mes y medio antes de que terminara verdaderamente la guerra, ya que cincuenta divisiones republicanas seguían luchando en Valencia, en Alicante, en Madrid, a lo largo del mes de marzo, Suiza, Inglaterra, Egipto y Francia reconocen el gobierno de Franco y la bandera roja y gualda es izada en las embajadas.

23 DE MARZO DE 1939

Al entrar en la bahía, vuelve a ver los rascacielos, y el perfil altivo de la estatua de la libertad. En su primer desembarco, llegó a Nueva York ilegalmente con un veliz de cartón, zapatos demasiado pequeños, un solo traje y ningún amigo. Ahora tiene camaradas y, como lo indica su pasaporte, es un legalísimo profesor de historia nacido en La Coruña.

Desde un hotelito en el muelle, hace contacto con sus amigos los dirigentes comunistas Earl Browder y William Z. Foster.

Vidali vive sólo para recibir noticias de España. Lo primero que hace es prender la radio.

29 DE MARZO DE 1939

Más de cien mil soldados republicanos se entregan. En los aeropuertos de los nacionales toman tierra cuarenta y dos aviones republicanos. Se rinden. Unas horas antes, los nacionales entraron en Cuenca, Guadalajara, Ciudad Real, Albacete y Jaén. Dos días después entran en Almería, Murcia y Cartagena.

1 DE ABRIL DE 1939

Francisco Franco y Bahamonde declara que ha terminado la guerra.

2 DE ABRIL DE 1939

Vidali establece su cuartel general en casa de su vieja amiga Rose Baron:

—Aquí está también Constancia escribiendo una novela en casa de Jay Allen; leí unos capítulos, se llama *Doble esplendor*, y me parece que su relato es pálido al lado de los horrores que me han contado.

—¿Es bueno el libro, Rose?

—Excelente. Los capítulos que he leído me gustan mucho. Seguramente se publicará en varios idiomas porque hay gran interés en la guerra de España.

—No de parte de tu gobierno. Ya se dispone a darle la razón a Franco. Julio Álvarez del Vayo me pidió ponerme en contacto con norteamericanos progresistas. ¿A quién conoces tú en Washington?

—Huy, en Washington, Giner de los Ríos es amigo de Besteiro. Julián Besteiro por cierto es el único que se quedó en España, los adalides corrieron. Las noticias de España serán cada vez peores, Vidali, los republicanos no han logrado nada; sólo se disponen a sobrevivir malheridos y desilusionados.

—¿Y los de la Brigada Lincoln?

—Hacen cantidad de actividades de propaganda; no se dan por vencidos.

—Son pocos, Rose, los españoles que quieren venir a los Estados Unidos, por el idioma. "A mí no se me da el inglés", repiten. Prefieren México o Argentina o Chile o cualquier país de habla hispana. Muchos desean quedarse en Francia para estar cerca de España.

—Están equivocados. En París no han logrado hacer una sola manifestación a favor de la república y aquí en Nueva York se está organizando una marcha para exigir al gobierno una actitud firme en contra de Franco. Te aconsejo que vayas.

Earl Browder y William Foster van con él.

—Toma precauciones. Aquí hay muchos trotskistas, muchos anarquistas también.

Ensombrerado, enchamarrado, con una bufanda que le tapa el rostro, Vittorio ve a mucha gente marchar y lanzar consignas. Agitan banderas y portan carteles con lemas de la España republicana. Reconoce a varios compañeros, a James Yates, a Joe Drill, a Charles Barr con su ojo tapado. Cuando ve a los veteranos de la Brigada Lincoln en formación militar, encabezados por el mismo comandante Milton Woolf, y los escucha entonar canciones de guerra, se da cuenta de que está llorando. Allá, al otro lado del océano, Madrid vive las últimas horas de su tragedia; aquí en Nueva York, cantan y vitorean al ejército de la república, que les ha enseñado los peligros del fascismo.

Como sus heridas no cicatrizan, Stachel, un viejo compañero comunista, lo lleva a ver a un buen médico de nombre Barski, el mismo de la guerra de España.

— Lo que tienes es sarna y para curar tus heridas necesitas un tratamiento largo.

A las heridas, se añade la sarna. Para empeorar su estado de ánimo, Tina no llega. ¿La habrá contagiado? Yolanda Magrini, la hermanita Yole, viajó de Los Ángeles al puerto y también la espera con ansia.

— ¿Por qué no te la trajiste? — pregunta Earl Browder.

— Nunca hemos viajado juntos, por precaución.

Una mañana se presenta William Foster.

— El *Queen Mary* atracó, vi a tu mujer pero le negaron el permiso de entrada.

— ¡Todo estaba en regla!

— Alguien dio el pitazo. No la dejan bajar.

Yole Modotti, ahora Magrini, está indignada, da de paraguazos en el aire, haciéndose notar. "Déjenme al menos subir al barco. Yo soy ciudadana norteamericana."

No la autorizan y se va enojada, sin despedirse de Vidali.

Vittorio imagina el miedo de Tina, lo que significa para ella no poder bajar.

— Desde que las tropas franquistas entraron a Madrid, las autoridades de migración norteamericanas controlan la entrada de refugiados españoles y sólo otorgan permiso a personalidades — le informa Earl Browder —. No quieren ponerse a mal con Franco.

4 DE ABRIL DE 1939

El *Queen Mary* llega a Nueva York. Tina, que espera con otros refugiados españoles, comprende que algo va mal mucho antes que los demás. Su pasaporte número 23922 de Barcelona, a nombre de Carmen Ruiz Sánchez, profesora, es válido para todo el mundo salvo Alemania, Hungría, Austria, Italia y Portugal. También está en orden su visa del consulado norteamericano que le permite desembarcar en Nueva York. Al final de la tarde, les comunican que no pueden poner pie en América.

—Los han destinado a México.

Tina se pone a temblar.

—Yo no puedo ir a México.

—Quedan detenidos en tierra hasta su traslado a otra nave.

Nadie los interroga. Ningún equipo sanitario sube a verlos, no hay inspección médica. Tina se encierra en su camarote.

—Camarada, camarada, venga a cubierta a ver el cielo.

Si no fuera Ignacio Úzquiza el que la llama, Tina no abriría su puerta.

Caminar por cubierta le hace bien pero no así las palabras de Ignacio Úzquiza:

—Piense en los demás. He sabido por Edmundo Domínguez, quien fue comisario inspector del Ejército del Centro, que llegaron a Orán el 28 y 29 de marzo cuatro mil republicanos. Encerrados en el *Lezardrieux* y en barcos más pequeños como el *Steambrook* y el *African Trader*, salieron desde Valencia, de Santa Pola, de Benidorm, Almería, Cartagena, Villajoyosa; viven en condiciones terribles. Anclados dentro del agua sucia, los barcos son tendederos de ropa, vecindades, cocinas, techumbres, cagaderos. Como los refugiados no caben, duermen de pie, repegados los unos a los otros, bajo la lluvia. Francia no ha dado permiso de que bajen a tierra.

—Qué gran vergüenza.

—¿Sabe lo peor, camarada Modotti? Cuarenta y cinco republicanos se suicidaron en el muelle de Valencia.

—Dio.

Tina corre a su camarote.

Por medio de William Foster, recibe un mensaje de Vittorio. En vista de la negativa de los yanquis, Vittorio se adelanta a México para recibirla; que no se preocupe, las cosas van bien, no hay razón alguna para que se desmoralice. Por un momento, Vittorio piensa subir furtivamente a bordo, pero William Foster lo disuade: "Ya no tienes edad para ser polizón." Earl e Irene Browder, su mujer, tienen contactos; su gente la protegerá.

En tierra, tanto Vittorio como Browder y Foster suspiran de alivio cuando la nave leva anclas rumbo a Veracruz.

—Ahora, Vidali, sales en avión a la ciudad de México. Tu pasaje lo paga el partido comunista.

El barco de Tina llegará a Veracruz el 19 de abril, es una carrera contra el tiempo: si no lo ve en el muelle mexicano va a sentirse mal. Hay que avisar a los del partido en México, a Rafael Carrillo, a Hernán Laborde, a quien encuentre, para que compañeros de confianza vayan a recibirla. Al describirla siente que se le cierra la garganta.

—Es seguro que lleve una chaqueta negra y un sombrero negro, muy modestos ambos, la vista siempre baja, casi sin equipaje, de estatura más bien pequeña.

Nadie debe enterarse de que María o Carmen Ruiz Sánchez, de nacionalidad española, doctora, profesora o lo que sea, es la presunta autora del frustrado asesinato, hace nueve años, del entonces presidente de México, Pascual Ortiz Rubio.

Nadie se dio cuenta de que la española Carmen Ruiz Sánchez, de ojos muy hundidos, tez ajada y manos temblorosas, era la Tina Modotti expulsada en enero de 1930. Al contrario, cuando un inspector la vio tambalearse, le gritó a un secretario:

—Ayúdala, hombre, ¿que no ves que es una persona de edad?

•Flor de manita•
Fotografía de Tina Modotti

—Niño ven acá, niño, acábate las picadas, ¿no? bueno, pues vete a jugar pero donde yo te vea. Si te alejas, va a venir a comerte un tiburón.

En Veracruz se come, se compra, se vende, se desperdicia la comida y el tiempo. En los portales de arcadas blancas donde Tina desayuna, alguna noche hace mil años cantaron para ella los jaraneros.

De la caña dulce,
de la caña brava,
dame tu boquita
para yo besarla.

Ha vuelto a otro México o ella ya no es la misma. El agente de migración le selló el pasaporte sin fijarse siquiera en la fotografía. De balde, tanta angustia. Los batientes del hotel Diligencias no se abren para ella, los vendedores de lotería ni se le acercan, tan de luto la ven. Percibe la pasividad de los compañeros del partido, apenas cree que lo sean. Prefiere tomar el próximo tren a México. Una punzada entre sus pechos la corta en dos. En la plaza, frente a la Parroquia pregunta a sus acompañantes del partido, buscando su simpatía:

—¿Me permiten sentarme aquí un momento, compañeros?

Siempre le gustaron las bancas del zócalo. Alguna vez, Weston y ella se propusieron donar una al municipio, pero nunca tuvieron el dinero. Ve las calles, el muelle blanco allá, y los niños que vienen a ofrecer su vendimia marítima, viva o muerta. Pececitos, joyeros ataúdes de conchitas, espejos enmarcados en caracolas, peines de carey, esa mínima mercancía que se alterna con la de los dulceros que en una tabla colgada al cuello brindan tamarindos agridulces.

A Tina ni siquiera la endulzan los fotógrafos de cubeta, su tripié y su cajón al hombro. Nadie le ofrece:

—¿Le sacamos una foto, güerita?

Pequeñas olas de mar vienen desde el horizonte a quebrarse contra el malecón después de golpear como un rebaño apelotonado la piedra muda y blanca del Castillo de San Juan de Ulúa.

Ajenos a su turbación, los camaradas esperan aletargados. Son comunistas de carnet, no de lucha.

—Ya han de querer librarse de mí; es que no soy buena compañía.

Recuerda el entusiasmo con que la rodeaban en los mercados, el gusto que le daba sentarse sobre aquellos muritos mexicanos calientes al sol. En México las piedras son calientes; recuerda el metate, el molcajete, el comal de barro; las piedras acogen al sol, lo guardan en su interior toda la noche y lo devuelven al día siguiente.

Aquí estoy con los ojos de la mente vueltos hacia España como si no pudiera permitir que la luz de México irradiara en mis pupilas.

A lo mejor me siento tan mal porque no trabajo. Apenas vuelva al trabajo, cambiará mi estado de ánimo.

Quizá los compañeros se impacientan. Son simpáticos, de algún modo hay que corresponderles.

Cuando vuelve la cabeza hacia ellos, alcanza a oír que uno murmura:

—Déjala hombre ¿no ves que la gente mayor busca el sol?

Cae sobre ella la vasta noche mexicana; había olvidado su inmensidad, su vaho ardiente, su rumor de cien mil grillos, las flores comiéndose la tierra; tampoco las recordaba tan rojas y amarillas. Gritos lejanos, el estallido de algún cohete, una corneta en la madrugada.

En el tren, también la atemoriza la precipitación ruidosa de sierras y de montes. "Soy una anciana de cuarenta años." Los mismos vendedores que fascinaron a Weston levantan de ventanilla en ventanilla gardenias, tamales envueltos en hojas de plátano, piloncillo, tortas de queso de puerco, alacranes hechos con vainilla, canciones. ¡Qué país desmesurado! Esto formó parte de mí, pero ya no lo traigo adentro.

22 DE ABRIL DE 1939

Al llegar el tren a la estación de Buenavista, recuerda a Lola Álvarez Bravo tendiéndole a su hijo, a Manuel transparente y tenaz, a la Luz Ardizana de 1930. ¿Qué será de ellos? No desea volver a verlos. Ni siquiera a Luz. Que nadie encuentre a María Ruiz Sánchez. Se acrecienta su miedo, tenaza que no la suelta desde que embarcó. Que nadie venga por ella, no vaya a ocurrírsele a Vittorio traer un acompañante; que la dejen tranquila, tiene derecho a un poco de paz, o ¿es que jamás tendrán ella y Vittorio un momento de descanso? Dio, dio, dio.

La figura corpulenta y cuadrada de Vidali la recibe, agitándose, y Tina se encoge, no en sus brazos sino bajo su idea fija. Él también quiere atraparme.

En Tina se instala el fardo nebuloso y negro de la autopersecución.

Tina no se deja llevar, Vittorio sonríe de oreja a oreja.

—Nos ha dado alojamiento una pareja maravillosa: los Díaz de Cossío. Vas a ver, son gente que se ocupa de los refugiados, no te imaginas con qué desprendimiento... Él es un noble catalán... Encabeza el comité de bienvenida a los refugiados y los trata como a príncipes.

Es grande el entusiasmo de Vittorio por los Díaz de Cossío; poco o nada le pregunta a Tina sobre Francia o su doble travesía.

Cuando llegan a la casa en el sur de la ciudad, Martín e Isabel, su mujer, la abrazan. Hay comprensión, mucha perspicacia en su mirada. Tina se ha desacostumbrado al refinamiento, y siente gusto por el ramo de alhelíes y pinceles en un florero, el mantel bordado en la mesa; las sábanas de la cama, rematadas con encaje, la sumergen en un mundo perdido hace años.

—Seguramente querrá bañarse, descansar, lo que desee, todo está preparado.

Colgado en el baño, Tina ve un kimono idéntico al negro con el que años antes había posado para Weston. "Todo se va, todo vuelve", piensa. Lo devuelve a Isabel diciéndole que no le hace falta. Ya no usa batas de casa. Nada que signifique ocio tiene lugar en su vida. Disciplinada, sin la menor compasión por sí misma, subordina sus deseos a su objetivo principal: la lucha. Su cuerpo, su voluntad están sometidos al partido.

Isabel milita en el partido. Sin embargo tiene vida propia y el tiempo le alcanza para todo. Díaz de Cossío es en efecto un hidalgo, pero la que atrae a Tina es Isabel, que todo lo vuelve ligero, familiar, y hace reír sin proponérselo. Hija de diplomático, habla varios idiomas y tiene mundo. Díaz de Cossío podría ser su padre: él goza de cada una de sus ocurrencias. Isabel va y viene por la casa a toda prisa y de repente canta alegre. Como a Vittorio y a Tina también les gusta cantar, una tarde Isabel los llama: "¡Van a ver lo cursis que son las canciones mexicanas!" Se pinta una boquita de corazón, se pone un moño en la cabeza, unas calcetas blancas, y meciéndose entona:

A la orilla de un palmar

Isabel saca de un jarrón unas ramas secas y las sacude sobre su cabeza:

yo vide una joven bella,
su boquita de coral,

Isabel para una trompa de puerquito:

sus ojitos dos estrellas.

Bizquea, parpadea:

Al pasar le pregunté
que quién estaba con ella
y me contestó llorando:
"Sola vivo en el palmar.
Soy huerfanita, aaaaaaay,

Adelgaza la voz y finge modosa:

No tengo padre ni madre,
Ni un amigo aaaaaaaaay,
que me venga a consolar.
Solita paso las noches
a la orilla del palmar
y solita voy y vengo

Entra y sale, entra y sale de la cocina al comedor:

como las olas del mar".

La puerta que divide el comedor de la cocina va y viene en su mano derecha; imita el oleaje. Columpia el plumero-palmar en la cara de Vittorio y Tina que se doblan de risa.

Isabel revive en Tina el gusto por la vida. "Vamos a podar los geranios de la terraza, vente." Pero no es sólo eso. Isabel da la mayor parte de su tiempo al partido comunista y sobre todo al comité de recepción de los exiliados de España y otros países.

—¿No te parece simpática?

—Mucho, pero si ella no fuera militante, no estaría en su casa.

A Tina el dolor la ha vuelto intransigente. La subleva que México le haya dado asilo a Trotsky y más aún que Diego y Frida le hayan puesto casa. Después de tanta muerte, no puede aceptar traiciones como la de Diego o complacencias como la de Cárdenas. La incompetencia la saca de quicio. Incluso las anécdotas acerca de la tontería de otros en vez de hacerle gracia la irritan. Isabel nunca hace un ademán torpe; nunca una palabra fuera de lugar. Tina la observa en una reunión del partido y nota que se desenvuelve con la misma espontaneidad. "Esto no va a servir", exclama. Sus análisis son objetivos. Mientras otras callan, a Isabel nada la detiene. "Claro que sí se puede", afirma con su voz parecida a la de las copas de cristal de su casa.

A Isabel le preocupa la salud de Tina; muy pálida, parece agotada, en el último aliento, y le asombra que un hombre tan extrovertido como Vittorio tenga a una compañera casi muda. "¡Qué distinta a él que piensa en voz alta!"

Tina vive en zozobra bajo el temor de ser reconocida. Su regreso a México ha sido un reencuentro con imágenes que creía sepultadas. En la noche, las derrotas de España le revuelven el estómago, la sirena de una ambulancia la saca de la cama. Vittorio ronca. En el día, cada persona que entra, cada llamada telefónica la altera. También en España sus nervios estaban mal, pero amanecía a una tarea útil. En México, vive una espera de trampas. México es traicionero, rapaz. Con su falda negra, su blusa blanca, cubierta por su eterna chaqueta, se sienta en un lugar de sombra. Que no me noten, que no me pregunten nada. Su aislamiento tiene un fondo herido e hiriente. Siente crecer su dureza, pero de no ser dura ¿habría aguantado lo de España? La tierra de México es dura, seca, capaz también de quebrar.

Tina va contándole a Vittorio sus últimos días en Francia. Tuvo que huir de la casa de los Villard; la catearon al día siguiente de su partida. Vivió entonces con los Joliot-Curie. Melchiore Vanni murió; ella acompañó a Isidoro Acevedo a la Gare St. Lazare, lo puso en el tren de Moscú. En el andén, él dijo tendiéndole los dos brazos: "Hasta siempre, Tina".

Germaine lloró: "Quién sabe si volvamos a vernos; así es la vida de los comunistas". Tina preguntó en el Secours Populaire por Flor Cernuda, y ni sus luces, ninguna noticia de los demás. El pensamiento más doloroso es para Matilde Landa y para Carmen su hija, en Moscú como muchos niños de España.

—Tenemos que ligarnos al Comité de Ayuda a los Refugiados en Estados Unidos —se da cuerda, ojerosa y tensa—, no hay tiempo que perder y tú estás muy relajado, Toio.

—Tina, el gobierno de México va a darte la residencia. ¿De qué servirías presa en los Estados Unidos?

—Si se enteran de que estoy aquí, me expulsan.

—Los compañeros del partido nos van a ayudar, ten confianza.

—No podemos quedarnos en México perdiendo el tiempo cuando en Estados Unidos organizan colectas y ayudan a quinientos mil refugiados. Nos espera la International Labor Defense.

—Tina, no te vas a ir mañana, ¿verdad? Tenemos que esperar aviso de Browder.

—Tengo prisa, desde niña he tenido prisa, no puedo vivir sin mi prisa.

—Te estamos consiguiendo papeles con Joe Freeman, ten paciencia.

Tina no muestra su impaciencia; al contrario, entre más tensa, más contenidos sus movimientos. Y más amenazante.

Su identidad es una obsesión. Con voz hiriente remacha una y otra vez. Vittorio contemporiza pero escapa a la calle. Para él, México es un ancho patio al sol, una plaza abierta a todos los vientos. Hace contactos, toma cafés en Lady Baltimore y en Sanborn's, es mujeriego. En la medida en que él se abre, Tina se confina, intransigente. "En México, las cosas son así", alega Vittorio, "o ¿ya se te ha olvidado? Debes adaptarte. Aunque despacito, las cosas caminan."

Las horas en común no los unen. Tina se guarda todo. Abre los ojos en la mañana y zas, el reproche. Vittorio piensa: "Ha encallecido, se avinagra". Si antes subía corriendo al cuarto, entre dos bombardeos, para hacer el amor, ahora Tina lo deprime. Isabel, en cambio, lo inquieta.

1 DE MAYO DE 1939

Las calles de la ciudad hierven de obreros de overol; la peculiar cachucha de los ferrocarrileros; mujeres que sostienen pancartas, sus demandas escritas en grandes letras rojas y negras; cartoneras, hilanderas, mantas en un brazo y niños cogidos de sus enaguas en la gran manifestación de los sindicatos. Tina recupera por un momento el entusiasmo ante tal despliegue de voluntades. Cuando Vidali y ella desfilan entre los refugiados españoles, el puño en alto frente al presidente Lázaro Cárdenas, Tina le dice a Carmen Salot, esposa de Martínez Cartón, su amiga: "Esto me hacía falta". Su gran manta da las gracias al presidente Cárdenas por recibir a los soldados de la república española. Es un momento grave, solemne. Al verlos, las vallas de espectadores prorrumpen en aplausos.

—En lugar de aplaudir, deberíamos guardar silencio en homenaje a lo que han sufrido —dice alguien.

A Tina se le empañan los ojos.

—En México, hay el mismo vigor pero más conciencia social que hace diez años —enfatiza Vittorio—. Mira las chinas poblanas —le señala.

En el balcón presidencial, Cárdenas parece un ídolo. En otros balcones y ventanas de palacio ondean banderas y mantas rojas amarradas a los barandales. Tina mira desfilar a las tehuanas y se le viene al corazón todo Oaxaca. Constancia de la Mora e Ignacio Hidalgo de Cisneros van a la cabeza, los Azcárate, Patricio y Cruz Díaz, los Martínez Cartón, Juan Rejano, Emilio Prados, Diego de Mesa, el tímido y espiritual Francisco Pina, José Ignacio Mantecón y Concha su mujer, Antonio Cordón, un centenar de españoles que responden a las aclamaciones de la multitud alzando el puño bajo el cielo extraordinariamente azul. Su sombrero de campana de fieltro negro protege a Tina del sol. Aquí en medio de la muchedumbre nadie la localizará, nada como la multitud para perderse, nada como la multitud para sentirse parte. "¡Paletas!", "De limón, la nieve", "Aguas frescas", los mexicanos no pierden oportunidad de vender. Tina ve en la manifestación a varias luchadoras. Aunque la trataron muy de cerca no la reconocen: Adelina Zendejas, Concha Michel, Aurora Reyes, la primera mujer muralista, Consuelo Uranga, la de Valentín Campa, Cuca Barrón, la de Alberto Lumbreras, Gachita Amador, Esther Chapa, ¿qué le pasó? ¡cómo ha engordado!, la aguerrida Benita Galeana, Teresita Proenza, la secretaria de Diego Rivera, ¿qué hace allí? y Elena Vázquez Gómez. La fiel Luz Ardizana, ella sí, caería en sus brazos, pero no aparece por ningún lado. Nadie le presta atención, puede levantar la voz y el puño con la mayor impunidad.

Días más tarde, su anonimato se afianzará más aún.

A la casa de los Díaz de Cossío, llega a comer Adelina Zendejas. Cuando Isabel le descubre la identidad de Vidali, se abrazan a grandes voces. ¡Cuántas luchas compartidas, todo un pasado en común! Isabel le presenta a María quien le da la impresión de que algo horrible le ha sucedido. Su manera sencilla y elegante de moverse le parece familiar. "Está decaí-da", advierte Isabel. Durante la comida Vittorio habla por cuatro.

Después de comer, Martín, Isabel y Adelina van al cine.

Mientras Díaz de Cossío compra los boletos, Isabel le pregunta a Adelina:

—Oye, ¿María no te recordó a nadie?

—Ella no es española, ¿verdad?

—No. ¿Te das?... Es Tina Modotti...

—¿María es Tina? ¿Ésa fue la mujer de Julio Antonio Mella? ¡Qué horror! Está toda dada a la tristeza.

—No le digas a nadie que la viste.

Adelina se hace cruces.

—Es muy callada, casi no se le oye —continúa Isabel.

—Antes todos se le aventaban. Y ¿cómo entró si la expulsaron?

—Un pasaporte con el nombre cambiado. Quizá tú, a través de tu amistad con el presidente Cárdenas o con el secretario García Téllez, puedas ayudarla a legalizar su situación.

El silencio de Tina se ha acentuado. No siente necesidad de comunicarse. Con oír, basta. Las cosas que le dan tristeza se las guarda y las cosas que le dan placer no siente deseos de decírselas a nadie; una cortina movida por el viento, un baño de viento en el balcón de la casa de los Cossío, la risa de un niño entre los árboles. Se ve a sí misma con mucha distancia. Su rostro bien esculpido ya no le pertenece. Al mirar a alguna mujer piensa: "¿De ésta se enamoraría Vittorio? ¿De ésta me enamoraría yo?" Sólo quiere conservar su silencio, vivir enmedio de este silencio y procurar que no se le meta una sola imagen, ni un niño muerto, ni una zanja abierta, ni un solo militante reteniendo sus tripas con las manos. Tina se ha estilizado hasta desaparecer, se ha convertido en una mujer inexistente, sin senos, sin caderas, vestida siempre de oscuro. A Adelina la ve con extrañeza. ¡Qué fogosa!

17 DE MAYO DE 1939

Adelina Zendejas se apasiona por el caso a tal grado que se los lleva a vivir a su casa. "Ni modo que se queden para siempre en casa de los Cossío ¿verdad? He dado refugio a muchas personas, estoy acostumbrada; por mí no se preocupen, al contrario, va a ser una gran alegría esconderlos."

—No quiero permanecer en México, Adelina, quiero trabajar en Estados Unidos, allá soy útil.

La convivencia con Tina resulta peculiar. Tina flota a través de las habitaciones, esforzándose por no molestar a nadie. Es útil en la casa y a la vez reservada, con una pasividad tensa. Cuando Adelina llega de la calle, encuentra la mesa puesta, y siempre la adorna algún detalle. Alaba a su sirvienta:

—No, si fue la señora María.

Su trato delicado contrasta con Vidali, ruidoso, extrovertido, mal hablado en español y en italiano. Las mujeres escuchan la palabra "cabrón" y dicen: "Llegó Vidali".

—¿Quieres que le avise a Luz que estás aquí?

—Todavía no, por favor.

No quiere reanudar nada. Un revolucionario va hacia adelante, un revolucionario no pierde tiempo en el pasado.

Adelina no sabe ya qué darle a su huésped cuya delgadez la alarma: a lo mejor estás a punto del escorbuto, ¿no se te hicieron escaras en las mejillas? ¡Qué suerte no tener que cuidar tu figura, así, delgadita, y yo mira nada más, huelo la sopa y me crece la panza. Lo que no me gusta nadita es tu color. Puede uno ver a través tuyo, Tina.

Eso es. La buena gente de Mary Dougherty podría prestarle su pasaporte. Bastaría con cambiar la foto. En Nueva York, Martha Dodd la recibiría en su casa.

—Adelina, ¿cómo localizo a Mary Dougherty?

—Búscala en Mixcoac, en la casa de Katherine Ann Porter o si no en Cuernavaca.

Claro que Mary Louis Dougherty le prestará su pasaporte, claro que no tiene inconveniente. Todos los cuáqueros son buenas personas y Mary Dougherty está dedicada a sindicalizar a los demás. Y Tina es parte de los demás.

A diferencia de su mujer, Vittorio se adapta, frecuenta a los del partido, hace proyectos; muy amigo de Enrique Ramírez y Ramírez, coincide en todo con sus ideas. Rafael Carrillo, Alejandro Carrillo Marcor, el tímido Ricardo Cortés Tamayo, Rodolfo Dorantes, Víctor Manuel Villaseñor, Andrés Salgado, Pepe Alvarado y el otro Pepe, Revueltas, el chiquito Efraín Huerta, giran en torno al periódico *El Popular*, en el que Vittorio colabora con análisis semanarios de la situación internacional.

Vittorio escribe en la revista de la Liga Antimperialista de las Américas y lleva un diario a mano. Pone la pluma entre el índice y el medio y antes de dormir apunta lo que hizo y lo que le quedó para mañana. Como se cansa pronto, escribe mucho menos que en el hotel Sojúznaya, en Moscú, cuando Tina, recostada a su lado, fumaba el último cigarro del día.

El cerebro intelectual tras *El Popular* es un caudillo joven: Vicente Lombardo Toledano. Después de una entrevista, Vittorio comprende por qué ejerce tal influencia sobre la recién fundada CTM. Tiene carisma, en su boca las palabras seducen. De inmediato nace una mutua simpatía. Coincide con sus proyectos: la Universidad Obrera, la educación ante todo; educar es lo único que puede salvar a un país, educar es enseñarles a defenderse y a protestar para que se respete la ley que nadie cumple. Pasa tardes enteras con Lombardo. Con sus amigos mexicanos, Vidali va a El Chufas o a La Giralda. Beben mucho; Vittorio no tanto, a él le gusta el buen vino. Sus amigos beben tequila, aguardiente y cervezas para la cruda.

En el partido comunista español, el ambiente está envenenado. Vittorio lo elude. La tarea en la Alianza Giuseppe Garibaldi es la más cercana a su corazón. Ríe. Sale. Dice que tal y cual muchacha es bonita. A diferencia de Tina, rebosa simpatía y buen humor.

Lo único que Tina desea es que le confíen misiones como lo hizo la Stásova.

Vittorio va, viene; actos rápidos que se adelantan a los acontecimientos. Su forma de llegar antes a todo, de adivinar los motivos de otros, ahora la irrita. "Ya no me deslumbra su astucia." Le sorprende que Vittorio siga tan groseramente vivo.

3 DE JUNIO DE 1939

En una vieja Remington, Tina recibe el dictado de Vittorio para *El Popular*. La Alianza Giuseppe Garibaldi le encargó la traducción del libro de E. Varga sobre el imperialismo. Traduce del italiano escritos de Lenin desconocidos en México y algunas memorias de los congresos del partido de la Unión Soviética. Más tarde irá a revisar su traducción con uno de los secretarios de la embajada rusa donde trabaja Constancia de la Mora. En uno de los muros cuelga una foto que ella tomó y le regaló a Alejandro Makar hace más de diez años. La mira con curiosidad; a esa Tina, no la reconoce.

A Makar, México no sólo lo expulsó cuando el atentado a Ortiz Rubio sino que la policía asaltó la embajada, rompió los archivos y se robó las maletas del embajador cuando iban a subirlas al barco en Veracruz.

En Correo Mayor, Traven la ve y viene hacia ella; Tina lo aleja con la mano. "Yo te llamaré después", suplica.

Miguel Covarrubias se hace cruces:

—Era Tina, estoy segurísimo, por su modito de caminar, y fingió no saber quién era yo.

—Claro que es Tina —confirma Juan de la Cabada—, pero ya en Valencia la vi muy fregada, la pobre.

Lo mismo le sucede a Baltasar Dromundo. Ella va en un taxi. Dromundo la mira dudoso; ella oculta la cara. Ahora Dromundo está seguro: "Es ella".

Tina no quiere ver a nadie, si acaso al fotógrafo jovencito para que le enseñe lo que ha hecho en estos años.

Manuel Álvarez Bravo oye que tocan a su puerta.

La abre y ¡allí está Tina! ¡Qué buena sorpresa! Sus ojos escrutadores se llenan de alegría. Manuel le enseña en un lugar de honor la fotografía *Flor de manita* que ella le regaló en 1929.

—Siempre la tendré conmigo, Tina; donde quiera que yo vaya, irá conmigo.

Manuel ni siquiera aventura un: "¿Cómo te fue?" Tiene esa virtud. Sin ataduras, no habla de su persona, no cuenta de Lola o de su hijo; para Tina, es un descanso. Este hombre no pesa. Es un papel de china en blanco. Manuel le muestra tomas de magueyes heridos, fotos: el cuarto para las doce, la montaña negra y la nube blanca; los límites para el paisaje, retrato de lo eterno.

—Tina... a ti te gusta la Graflex, tengo una a tu disposición. También mi cuarto oscuro.

—No, Manuel, ya no.

En su voz, hay desamparo.

No tener papeles, no tener país, no tener hijos, no tener familia. En París, en una de aquellas íntimas caminatas que ella gozaba más que caminar por un bosque, Vittorio la interrumpió en medio de algo que para ella era lo más íntimo. Se golpeó el pecho con la mano y le dijo vulgar: "¡Mira esa muchacha, qué mango!, ¿eh Tina?", y le dio un codazo como a su mejor cuate.

Y ella ¿quién era? ¿Qué hacía a su lado?

En México sobrevino su muerte sexual. Vittorio no se enteró. Los hombres no se enteran de esa muerte.

Muchos refugiados de España habitan en las calles de Donceles, Victoria, López, Independencia. Otros, como Cernuda, viven en el edificio Ermita. León Felipe, en la plaza Río de Janeiro; Diego de Mesa y su madre en El Buen Tono. A Diego y a doña Carmen les gusta invitar amigos. Doña Carmen cuenta anécdotas de Valle-Inclán, de Unamuno, de García Lorca, y las hermanas Kostakowsky, Olga y Lya, escuchan, flanqueadas por José Chávez Morado y Luis Cardoza y Aragón. Hay diversas peñas; la de los médicos en torno al doctor Puche, la de Pascual del Roncal, la de Isaac Costero, la de los poetas. Diego de Mesa quisiera invitar a Tina con Victoria Kent, pero los "intelectuales" la intimidan, salvo Luis Cernuda y José Moreno Villa tan callados como ella. "Creo que ya no quiero estar con hombres de talento." Las respuestas ácidas de José Renau la asustan, en cambio Arturo Souto la tranquiliza. Vittorio a lo más que ha llegado es a leer a Alberti; de allí en fuera no entiende a casi nadie.

29 DE JUNIO DE 1939

Faustino Mayo, el menor de su familia, llega a bordo del *Sinaia* con mil quinientos combatientes y ve el muelle jarocho lleno a reventar. La alegría estalla en un baile floreado y el ministro de gobernación, Ignacio García Tellez, saca a bailar a las españolitas refugiadas. Lo mismo hacen Lombardo Toledano, Fernando Benítez y Fernando Casas Alemán. Pedro Garfías, Juan Rejano y los Urrusti, con su recién nacida Lucinda, escuchan a Lázaro Cárdenas decir que su presencia hace más grande a la nación mexicana. Pedro Garfias escribe:

Pueblo libre de México:
como en otro tiempo por la mar salada,
te va un río español de sangre roja,
de generosa sangre desbordada;
pero eres tú esta vez quien nos conquista
y para siempre.

Hace dos años, en junio de 1937, cuatrocientos cuarenta y dos niños desembarcados del *Mexique* se deslumbraron. Creyeron estar de vacaciones. En el muelle les dieron regalos, frutas, flores; los abrazaron. Quince mil personas los aplaudieron. En la estación Colonia, ante los niños llegados de España, el general Cárdenas proclamó la hospitalidad mexicana y saludó de mano a cada uno; doña Amalia les pintó un beso y una multitud de treinta mil personas los aclamó. Cuando terminaron los festejos, los niños fueron enviados a un caserón derruido en Morelia. El gobierno de México no estaba preparado para alojarlos. A las pocas semanas, en la Escuela Industrial España-México, no hubo quien atendiera a los más pequeños y los mayorcitos resultaron intratables. Blasfeman, retan a sus maestros y, a diferencia de los niños mexicanos, son insumisos. Morelia recoleta se escandalizó. Cuando algunas familias ofrecieron adopciones, el director de la escuela, Roberto Reyes Pérez, se opuso: "Los refugiados no son católicos".

Sin vigilancia, los "niños de Morelia" pasan hambre, juegan a la guerra en las calles, se descalabran, se cagan en Dios, son promiscuos. Morelia no sabe qué hacer.

El niño Francisco Nebot Satorres, de doce años, regresó a la escuela. La puerta estaba cerrada; subió por una barda, se agarró de los cables y murió electrocutado. Con pocos días de diferencia, la niña de diez años Tárcila García Sorrulla murió de pleuresía y Luis Dáder García de siete años, aplastado por una pared. A Rafael Lauría Vicente lo machucó un camión.

Muchas muertes. Los niños preguntan por sus familiares. ¿Vendrán por ellos? México los abandona, la muerte no.

•Ciudad de México, desfile del 1º de mayo•
Fotografía Hermanos Mayo

23 DE AGOSTO DE 1939

Los periódicos de México dan la noticia. Se firma el pacto germano-soviético.

Tina permanece todo el día pegada a la radio. Espera que la noticia sea rectificada. No prueba bocado. "Si como, vomito." Vittorio intenta hacerla entrar en razón.'

— Está confirmada, Tina, serénate.

— Si eso es cierto, prefiero morir.

Al día siguiente, los periódicos corroboran la información.

— No entiendo, no entiendo nada.

El Popular sigue llamando a Stalin el campeón de la paz y de la independencia de los pueblos.

— Quiero romper mi carnet. Muchos harán lo mismo.

— No lo creas; analiza los acontecimientos con serenidad, ve la situación mundial...

Tina grita fuera de sí:

— No me vengas con tu dialéctica, esto es una traiciooooón, la traición a todo por lo que luchamos.

— Habrá debates, Tina. Espera, vamos a ver qué razones nos dan. Yo también estoy estupefacto pero no voy a perder la cabeza... Tranquilízate.

— ¿Y los muertos? ¿Y a los familiares de los muertos quién va a tranquilizarlos? Tú sabes cómo amo y admiro a la Unión Soviética, sabes cómo reverencio a Stalin; está bien todo lo que dices, Toio, pero alianza con Hitler ¡nunca!

Trotskistas, anarquistas, anarcosindicalistas se indignan y se disponen a la agresión: "Comunistas canallas, cabrones, hijos de puta, merecen la muerte".

—A ver, comunistas, expliquen la maroma de su papá Stalin, ¿cómo justifican este viraje de ciento ochenta grados?

—A Austria, Checoslovaquia: les seguirán Polonia y los Balcanes, van a ver.

El Popular, Bandera Roja, La Voz justifican el pacto. Alaban a José Stalin. Lo proclaman visionario.

— No podemos desacreditar a la Unión Soviética. Es lo único que tenemos —explica Vittorio a Tina.

1 de septiembre de 1939, Alemania invade Polonia. *3 de septiembre de 1939*, Inglaterra y Francia envían un ultimátum y al no tener respuesta le declaran la guerra a Alemania. *Le Temps* afirma: "Un pacto Hitler-Stalin, en vísperas del día en que Hitler puede desencadenar la guerra mundial, es anormal. Nuestra rectitud de espíritu nunca nos permitirá aceptarlo, mucho menos podremos considerarlo meritorio y glorioso".

4 DE SEPTIEMBRE DE 1939

En torno a los aparatos de radio de la ciudad de México se congregan alarmados los adultos. Hernán Laborde, Valentín Campa y Rafael Carrillo viajan a Nueva York para tratar con Earl Browder el problema de la guerra y el que más les concierne: el de Trotsky. Su presencia en México es una amenaza, el peligro debe conjurarse.

—Tina se siente muy mal —le comenta Frijolillo a Ramírez y Ramírez—. No tolera el pacto entre la Unión Soviética y la Alemania nazi. Otros refugiados están muy desconcertados, pero ella está fuera de sí, le parece una traición. Ella tan controlada, le ha salido de dentro una rabia desconocida.

—Es idealista, no sabe de política.

—Vittorio no ha de pasarla muy bien con ella, se ve mal de salud, Enrique.

—Ésas son cosas personales. Se pierde demasiada energía en líos de faldas.

9 DE SEPTIEMBRE DE 1939

Tina se postra. No entiende que "era la mejor solución", "que la Unión Soviética no tenía otra". No va a las reuniones de análisis que siempre terminan en pleito. Inflexible, desconfía. Se precipita sobre los periódicos, vive con la radio encendida; a México llegan tarde las noticias. Vittorio trae en las noches *El Popular*, y Tina lee un artículo que califica el pacto de golpe magistral.

27 DE SEPTIEMBRE DE 1939

En México, algunos refugiados dicen que la guerra puede serles favorable. La industria espera beneficios seguros. Tina va de decepción en decepción. Encontró a Frances Toor, vecina y casi hermana en años anteriores, quien la enteró de que Anita Brenner colaboró en la venida de Trotsky, pero lo que la sacó de quicio fue que la Paca dijera:

—Qué pena la destrucción de obras de arte que hicieron los milicianos de la república. El palacio del duque de Alba encerraba tesoros invaluables, patrimonio del mundo entero.

—Estás mal informada, el palacio fue incendiado y destruido por la aviación fascista; los milicianos republicanos, al contrario, montamos guardia y custodiamos el tesoro nacional. A la Cibeles le hicimos una funda cubierta-andamiaje-escudo contra la agresión. Toda la guerra estuvo protegida de las bombas de Franco.

La Paca insistió.

—No Paca, no, el gobierno de la república puso a salvo las obras de arte.

Frances habló entonces de quema de santos, incendio de iglesias medievales, estatuas rotas, cristos orinados, vírgenes de cabeza, pilas de bautismo derribadas, pillaje, profanaciones, barbarie, hasta que de plano le preguntó a Tina por qué se había metido con esa horrible gente: los republicanos españoles.

—No tienes idea de lo que dices. Si hay un pueblo valiente,

culto, generoso, desprendido, ése es el español. Y tu mayor desgracia es que morirás sin haberlo conocido.

"Jamás volveré a verla." Evita a Baltasar Dromundo a quien le dio en otro tiempo fotografías. Una, en diciembre de 1929, para explicar que no podía corresponderle:

"Baltasar: ninguna palabra podría indicar mejor que la expresión de esta cara la tristeza y la pena que siento en no poder dar vida a todas las maravillosas posibilidades que entreveo y que existen ya en germen, y que sólo esperan el 'fuego sagrado' que debería proceder de mí pero que al buscarlo encontré apagado. Si me permites emplear la palabra derrota en este caso, te diré que la derrotada me siento yo por no tener más que ofrecer y por 'no tener más fuerzas para la ternura'. Y tengo que admitir esto, yo, que siempre he dado tanto de mí, he dado todo de mí con esa exaltación que transforma la dádiva en la más grande voluptuosidad para el que da. He aquí por qué me gustó tanto y repito aquí: ¡Fraternidad espiritual de hoy y de siempre!"

Hoy no suscribiría este recado, porque Baltasar, cuya cojera Tina compadece, se pasó del lado del gobierno, y aunque Cárdenas, a todas luces un hombre honorable, lucha por darles tierra a los campesinos y trabajo a los obreros, el partido comunista mexicano tiene mucho que criticarle. La avergüenza la compasión que sintió por Baltasar, ¿no fue Lotte Jacobi quien le aconsejó nunca arrepentirse de nada?

Sólo los que siguen militando pueden ser sus amigos: los Revueltas, Juanito de la Cabada, Frijolillo, el Ratón Velasco; para los otros no tiene tiempo ni ganas. Además, su decisión no es unilateral. Otros viejos amigos a quienes encontró la trataron con frialdad, o de plano mal.

—Ya no son los mismos; odian a Rusia y a los comunistas; se han aburguesado; mejor perderlos bien que encontrarlos mal. ¡Qué necios, qué cerrados! ¿Cómo es posible que gente culta padezca tantos prejuicios?

No va a la esquina de Juárez y San Juan de Letrán a visitar a Monna y Felipe Teixidor. Siempre fueron más amigos de Weston. No hay mayor razón para terminar con una amistad que la razón política. Imposible adaptarse a la vida de México. Quiere viajar lo más pronto posible a los Estados Unidos.

"Aquí no soy útil."

No le teme a la muerte, al contrario, tiene con la muerte una relación creadora; a lo que no se adapta es al cambio de México. La gente en la calle se saluda sin alegría, si es que se saluda. Antes en Tacubaya resonaban los buenos días, buenos días, buenos días, buenas tardes le dé Dios, las palabras reían en los muros o se las llevaban las enaguas cantarinas, los flecos del rebozo, el ala del sombrero de soyate. La risa la traían los mexicanos por todos lados. ¿Se habrá atorado la revolución? ¡Qué impulso le dio a Tina, la revolución! Recuerda el fervor con el que intentó el símbolo: las cananas, la hoz, el sombrero, mejor no, mejor la mazorca, la hoz, las carrilleras, otra vez el sombrero, qué plástica es la hoz, unos guaraches, el sombrero, sí, el sombrero y la escopeta, el rebozo materno y el recién nacido con su gorrita de holanes. Las imágenes de México han cambiado. Tina no ve fiereza en los ojos. Antes cuando un grupo de campesinos llegaba a la ciudad, la gente en la calle les abría paso por respeto o miedo, ahora sólo ve a un mexicano vestido de manta y sarape acuclillado en un rincón buscando escapar de los rayos del sol.

¿Dónde están las escuelas de arte al aire libre de Ramos Martínez? ¿Dónde las misiones culturales? ¿Dónde Vasconcelos? Del muralismo ya nadie habla. Entonces el arte era un acontecimiento colectivo; desde el momento en que los paseantes se detenían en la Secretaría de Educación a ver los murales, éstos les pertenecían. ¿Para qué querían llevarse un cuadro a su casa si los muros eran suyos? Allí en el muro la figura de su abuela indígena los acogía, les mostraba su linaje heroico, los reconciliaba con su pasado. Frente a los enormes espacios podían dormir si se les daba la gana, custodiados por Cuauhtémoc, Hidalgo, Zapata y los héroes de la revolución mexicana, la historia de la humanidad en su sangre y en su respiración.

En la ciudad entonces se oían rebuznos, silbidos de arriero y kikirikís de gallos, lo único que subsiste son los perros callejeros. Ahora Tina nota en muchos mexicanos un afán de propietario y no vuelve a sentir el vértigo de hace diez años cuando tenía que reponerse bajo el gran portón y los altos techos de El Buen Retiro de la erupción de emociones que la coloreaban por dentro. "Creo que una bugambilia me está creciendo en las entrañas". Y no era sólo ella la deslumbrada, a

Weston también le maravilló México, a B. Traven, a Jean Charlot, a Leo Matthias que escribía un libro, a Alfons Goldsmith. Discutían durante horas la fascinación que el país ejercía; México les enseñaba a vivir.

Vivir una mañana, vivir una tarde, ésa es la nueva vida, separarla en dos, ya pasé la mañana, ahora, a pasar la tarde, tratar de vivirla bien y llegar a la noche. Dormir y al día siguiente, la vida es de nuevo la mañana, a las cuatro se volverá tarde y vendrá la noche. Todavía estallan los cohetes en el aire llenándolo de magulladuras, pero los Ay, ay, ay en las cantinas se oyen adoloridos. En las calles, ahora hay más automóviles que gente. Nacen industrias, monopolios, se duplican las tiendas. México quiere parecerse a Dallas, Texas como lo dice Siqueiros, gran amigo de ambos. Vittorio lo visita con frecuencia. Políticamente, coinciden siempre. A Tina le parece muy fanfarrón.

—Se me hace que la gente bebe más que hace diez años.

—Igual —responde Vittorio—. Es que tú te desacostumbraste, por la guerra. Óyeme, ¿por qué te compraste tantas cajetillas de cigarros?

—Para que no me falten.

—Te noto muy nerviosa, muy irritable.

—Creo que a los mexicanos se les ha olvidado la revolución, ya no buscan un mundo mejor.

—Claro que sí, mira lo que está haciendo Cárdenas.

—Cárdenas le dio asilo a Trotsky, es lo único que me consta. No me gusta la nueva realidad mexicana.

Me ha sostenido la perseverancia, un sufrimiento moral. Viajar ha sido mi vida, el viajero no piensa nunca en un regreso.

Irse, además, le evitará ver a Vittorio enamorar mujeres. Tampoco quiere combatir la vejez. Viajar, es necesario viajar hasta el viaje final. Quiero vivir mi muerte, no volar en mil pedazos, como los republicanos en el campo de batalla; que la muerte no me sorprenda, yo la encontraré bella; no quiero que me priven del tránsito de la vida a la muerte. Preferiría que sucediera en Udine, allá aguarda Tullio Cósolo, el niño de Gioconda; desearía ver su carita, el único varón de las Modotti, estériles todas. Viajar, viajar. ¿Había adquirido algún hábito burgués? Todos se los había roto el viaje. "No hay que dejar pruebas, ni una sola pista", le aconsejaron en el Socorro Rojo

Internacional. En San Francisco, Benvenuto era un extraordinario militante. Con él se sentiría menos exiliada. Viajarían. Pero ¿con qué papeles? ¿Con qué visa de entrada?

Aguarda. En alguna reunión de camaradas, se afana en atenderlos, ver que a nadie le falte café; pero no suelta prenda y es fácil advertir que analiza profundamente lo que oye antes de dar una opinión. Si el ambiente se pone agradable, en su cara persiste la tristeza. Una tarde, Adelina la jala a un rincón: "Tina, ven acá, despepita, ¿extrañas tu vida de luchadora o ya olvidaste la paciencia?" "Es la guerra." Adelina insistió: "Yo creo que es la sombra de Julio Antonio; esa carga te pesa más en México". "No, pero tu casa me ha hecho revivir muchas cosas."

Pasar por Abraham González para ir a la esquina de Enrico Martínez y la avenida Morelos es camino obligado a casa de Adelina Zendejas.

A los pocos días, Tina le avisa:

— Nos vamos a cambiar, Adelina.

Se instalan en un departamento de la colonia Tabacalera. Vittorio sale desde temprano y Tina se queda a leer sin descanso; el haber llegado tarde al partido la obliga a reponer el tiempo. Todo lo que es teoría quiere abarcarlo. Come cualquier cosa. Tiene prisa; desde niña, desde adolescente, toda la vida esta sensación de tiempo perdido, siempre con el afán de forzar el futuro metiéndolo en el presente. Para la noche, prepara una cena frugal si es que llega Vittorio. Vidali le huye a esta Tina acre, opaca, depresiva. "No hablemos de España, Tina, por favor, no quiero volver sobre esto. Estás haciendo lo mismo que en Berlín pero peor. ¿No te das cuenta? Sal a la calle, reanuda tus amistades, tantas que tenías." Justamente es lo que Tina no quiere hacer. Cuando ve a Margarita Nelken se siente correspondida, ella sí contesta a sus preguntas. Más preparada por haber estado en las Cortes, en tres legislaturas, Margarita es severa con los demás. En Tina hay una intransigencia que antes no afloraba. "Una buena militante socialista debe sobreponerse a la desgracia, pero no debe olvidar nunca los sucesos para sacar de ellos su experiencia", dice la Nelken. "Tú y yo escogimos una vida muy dura, no le tuvimos miedo a sufrir", la conforta. Con ella vuelve a examinar el pasado, quiere saber por qué sucedió esto, por qué lo otro, dónde fallamos. "Fueron los anarquistas." Tina no comprende por qué el presidente Cárdenas asiló a Trotsky, y coincide con Lombardo Toledano en llamarlo "viejo traidor". En el periódico *La Voz*, órgano del partido comunista mexicano, y en *El Popular*, atacan a Trotsky, lo tildan de antiproletario, antimexicano, antinacionalista. Cárdenas se ha echado un alacrán al seno, ese chivo es capaz de intrigar contra él, traicionarlo como a Stalin y a Lenin. Carlos Sánchez Cárdenas le ha contado que probablemente es Trotsky quien ha inspirado el levantamiento del general Saturnino Cedillo en San Luis Potosí.

Desde que Trotsky llegó, México está revuelto; se infiltran simuladores que hacen profesión de refugiados políticos, de eso viven. Trotsky penetra en todas partes. Cárdenas lo tolera. Su presencia no va a traerle nada bueno a México.

"Por nada del mundo volvería a ver a Diego y Frida, esos dos payasos que lo han albergado, chaqueteros, exhibicionistas, nada disfrutan más que la publicidad."

1 DE OCTUBRE DE 1939

En los cafés de Bolívar, de Isabel la Católica, de Cinco de Mayo, crecen las diferencias, se amargan los rencores nacidos aquella noche de botellas vacías en Perpiñán.

Las hermanas Margarita Nelken y Carmen Nelken de Bartolozzi, Magda Donato en el escenario, no se hablan. En México, los criterios siguen siendo irreconciliables. Se atacan igual que en España, pero no se matan.

Y México ya no les abre los brazos. Salvo el presidente Cárdenas y su gabinete, el pueblo los llama rojos. Los ataques de la prensa, ligada a Estados Unidos, se multiplican.

"No nos importa la república y bastante hemos hecho con recibir a tanto extranjero. ¿Otra vez la Colonia o qué?"

Los meseros no están acostumbrados a sus gritos, a sus discusiones estentóreas e interminables, a su modo tan golpeado de tratarse. Dicen que van a volver pronto a España, diario lo repiten, y nada que se largan. Cuando la cajera les pide que no griten, responden a gritos que no están gritando, que qué le pasa a ella que oye de más. Presumen sin cesar, todos han sido capitanes o coroneles en la guerra; multiplican por diez sus talentos; si en España fueron albañiles, en México se convierten en arquitectos.

Tina viaja en tren a Nueva York con el pasaporte de Mary Dougherty para ver si Vittorio y ella se integran al Comité de Ayuda a Refugiados Políticos, más activo en Estados Unidos que en México. Es importante que Vittorio trabaje con el International Labor Defense y con el partido comunista americano.

Earl Browder y William Z. Foster la reciben. Después de un análisis de las circunstancias, el comité encargado del caso concluye que es peligrosa la entrada ilegal de Vidali. Algunos españoles viajan a los Estados Unidos para atender asuntos de la república y del Comité de Ayuda a los Refugiados; Constancia de la Mora, entre otros. A Adelina no le llama la atención la ausencia de Tina, pero le sorprende que Margarita Nelken comente:

—Quizá el Socorro Rojo Internacional la llame a Europa. Ella fue dirigente, cumplió más misiones que Vittorio.

—Quién la viera tan apagada, tan calladita, con semejantes responsabilidades.

—Tina siempre ha corrido riesgos. Hasta es audaz, diría yo. Calla sus cosas, pero sacó a muchos refugiados, a muchos presos políticos; les conseguía pasaje, dinero, pasaporte, los hacía gente libre.

Tina vive en Nueva York en casa de Martha Dodd. No intenta comunicarse con su hermana Yolanda a Los Ángeles; Benvenuto, en cambio, sí la ve a través del propio partido. Hablan mucho. Tina insiste: "Quiero vivir aquí, contigo". "No es posible, sorella, tienes que someterte a la orden del partido que sabe más. Aquí, tu vida peligra." Estoica, obedece y toma el máximo de precauciones. Martha Dodd la deja muy sola. Tiene gran cantidad de compromisos sociales y ella y su marido salen todas las noches.

"Te veo muy cansada, hermana, debes tener algo orgánico", le dice Benvenuto. La mira con gravedad. Benvenuto es crítico de Vidali. "Lo que no entiendo es cómo pudiste pasar de Mella a Vidali. Vidali es la cara opuesta de Mella; es hombre de aparato, un ejecutor de órdenes, su personalidad no existe, existe la causa. Vidali jamás hubiera hecho la tontería de caminar por la calle después de saber que unos matones habían venido por él a México. Mella es Danton y Vidali es Robespierre, el hombre secreto, el de los comités clandestinos, las juntas en los sótanos, los mensajes cifrados. ¿A qué fue Vidali a México, en los veintes, sorella, a qué? A radicalizar, a apretar el partido comunista mexicano, a imponérsele, a no dejarlo actuar por sí mismo. Hoy mismo, hombres como Vidali están desfasados; la nueva línea de la Internacional Comunista es la de la amistad entre la Unión Soviética y los Estados Unidos. Vidali la combatiría."

En la noche, Tina, en la lujosa recámara de Martha Dodd, tiene una pesadilla en la que la pieza huele a orines, a sudor, a éter, hiede. En el hospital Obrero, sentada al lado de la cama, Tina espera. Escucha la respiración dispareja del herido. De su garganta sale un estertor bajito. Por momentos, su respiración se vuelve apacible; luego se entrecorta sin aviso. Desde su asiento Tina puede ver su pecho abombarse, ahuecarse. Sería mejor dormir, pero no, aguarda a que el estertor se fortalezca, la señal del fin. Entonces le tomará la mano, apenas una presión en sus dedos para que él sepa que está allí. Qué mal huele el enfermo. Ya no tiene caso cambiarlo. Ha abierto grande la boca, buscando el aire, el paladar expuesto. Muere.

Matilde pasa.

—Necesitamos la cama, María —dice enérgica.

Tina va hacia la ventana; la abre.

—¿Qué haces, mujer?

—Es para que pueda irse.

Tina se revuelve en su propia cama. Se le viene encima el rostro del muerto. Es Heinz Aldrecht quien abre los ojos, cierra la boca, la ve y le espeta: "Tina, eres capaz de cualquier cosa, de anestesiar la mitad de tu conciencia". Tina llora. "Tú, tú eres una pequeñoburguesa bohemia a quien se le ha ido amortiguando su sentido artístico." "Te crees un personaje", sonríe su boca sin dientes, "pero eres un personaje de tragedia menor." La opresión sube en el pecho de Tina y la asfixia, el dolor quiere salírsele, rompe huesos diminutos como los que vio en el paladar del muerto.

Tina despierta, debatiéndose, bañada en sudor. No puede gritar. Toda la noche, se la pasa sentada junto a la ventana contando su respiración, uno, dos, uno, dos. Su pecho es un fuelle como el de Aldrecht en la pesadilla; también ella, desesperada, busca el aire, hasta que ve las primeras luces.de la aurora sobre los rascacielos de Nueva York.

Constancia de la Mora insistió en México: "Tú que sabes tan buen inglés, ayúdame". Cumple el encargo y le corrige la traducción de *Doble esplendor*. Considera revolucionario divulgar lo que realmente sucedió en España.

Martha Dodd es extraña. A Tina la atrae que sea pro-comunista y le repele que sea millonaria. Lo que más le interesa es recibir disidentes, cultivarlos. Washington la tiene en la mira pero hasta ahora no ha podido comprobarle nexos con los comunistas.

En Nueva York a Tina le enoja la tibieza; todos son anticomunistas, pero no quieren saber más allá de lo que leen. Tina no puede correr ningún riesgo, ha dicho Browder, no se le vaya a ocurrir visitar los muelles o aparecerse en la sede del partido. Para Vidali no hay futuro en los Estados Unidos. Franco no sólo tiene seguidores en Nueva York sino en la ciudad de México, donde se han refugiado casi todos los amigos.

En la imprenta alguien la llama: "María" y no hace caso, hasta que Fernández Colino la toca en el brazo:

—Nos conocimos en el hospital Obrero, ¿te acuerdas, María? Soy Manolo.

En cuatro semanas corrigen las galeras. Manolo nunca la ve sonreír. Hace su trabajo, amable y dulce. Ambas cabezas se unen sobre las páginas, se acercan, pero Tina elude la comunicación. No dice ni qué va a hacer ni qué ha hecho, ni siquiera con quién o dónde vive. Manolo deduce que debe ser en el departamento de Martha Dodd, simpatizante, por el autobús que toma al salir.

De ascendencia cubana, Manolo menciona varias veces a Mella. Tina no se da por aludida. Un disimulo impecable. Lo mismo respecto de su familia, o de Carlos Contreras a quien Manolo trató en el Socorro Rojo. Callar es para ella una segunda naturaleza; no hablar de sí misma ni de su gente, una forma de protección.

Al regresar Tina de Nueva York, Vittorio y ella se cambian a un cuarto grande que es recámara, sala y cocina.

Tina y Vittorio compran una cama en abonos en López Montes y Mestas, utensilios para la cocina y una mesa.

En la avenida del Ejido, en tres edificios igualitos, 25, 27 y 29, viven muchos refugiados, españoles y de otros países. Las rentas bajas los congregan. En una velada, una chaparrita de cara muy bella, activa en política, ocurrente, alma de muchas reuniones, enamorada de Stalin, se acerca a Vittorio:

—Mi nombre es Ninfa Santos. Somos vecinos en la avenida del Ejido. Calixta Guiteras me alquila por cinco pesos al mes su cuarto de sirvienta. Almuerzo por cincuenta centavos un pollo completo con pico y uñas, en un café de chinos; no creo que sea pollo, sino águila o quién sabe qué animal; son unas piernotas como las tuyas.

—Ah, tú sí que dominas la economía doméstica. Y ¿a qué te dedicas?

—Trabajo con Adolfo López Mateos, un político guapetón, que fue vasconcelista y en la noche suelo reunirme con él y con su hermana mayor Esperanza, traductora de Traven. ¿No quieres ir a platicar con nosotros? La pasa uno bastante bien.

Da gusto ver a Ninfa moverse sobre sus tacones.

Un día, Vittorio la ve pasar y se la señala a Tina.

—Mira qué simpática; va con su alcancía a las tiendas de la Merced, recoge dinero entre los gachupines y los árabes para los niños de la república; desde hace meses se ocupa de los refugiados españoles.

En otra ocasión, la encuentra caminando entre Germán y Armando List Arzubide, ella chiquitita en medio de dos palmeras reales, y se la presenta a Tina.

—Ay, ojalá que hoy no hable Gilberto Bosques. El otro día lo estaba oyendo en Bellas Artes, me dio hambre y dije: Bueno, voy a comer algo al Café de Tacuba, y salí. Comí algo, regresé a Bellas Artes y Gilberto no acababa. ¡Tú crees! Cuatro horas duró su discurso.

A Tina le cae en gracia, sobre todo porque Adelina Zendejas soltó que en una reunión en que alguien habló mal de Stalin, Ninfa se encerró en el baño a llorar: "Stalin es nuestro papá, nuestro Dios". Cada vez que atacan a Stalin, Ninfa llora inconsolable.

Desde que se instaló en México, los comunistas desataron una campaña de prensa contra Trotsky en *El Popular*, en *Bandera Roja*. ¿Qué hace en México? ¿Por qué lo ensucia con su presencia? ¿Por qué engañó el pintor Rivera a Cárdenas urgiéndolo a que le dieran asilo en México, si su único asilo posible es el infierno? ¡Qué gran vergüenza para México! Antitrotskistas furibundos salen gritando desde la avenida del Ejido rumbo a Bellas Artes; Lombardo Toledano, Siqueiros, los Arenal, Hernán Laborde, Valentín Campa, Silvestre Revueltas y su hermano José, Dionisio Encinas, Miguel Aroche Parra, Alberto Lumbreras, Concha Michel el puño en alto, Aurora Reyes, el partido en pleno pide con marchas la expulsión de Trotsky.

Vittorio oye a Ninfa Santos:

—Ojalá y hubieras estado el año pasado, no tienes idea de cómo se llenó de gente la marcha; llevamos una jaula y adentro metimos a un Trotsky de cartón igualito a los judas de viernes santo; íbamos todos tras de la jaula echándole cáscaras al monigote y coreando una marcha que compuso Silvestre Revueltas, música y letra:

Frente a frente, nuestras filas
al combate van resueltas,
con gritos de duelo y protesta.
Frente a frente, convencidas,
a la dura lucha sin tregua final.

Ya se acerca incontenible
fuerte y fiero el avance
de los leales contra todos
los fascistas y ladrones
del proletario mundial.

Mussolini, Franco,
Hitler y pandilla:
¡Mueran, mueran, mueran!

Ya se estira, ya se encoge,

ya se jala de la piocha,
El clown con las barbas de chivo,
Ya se para, ya se sienta
Ya no piensa más que en su Cuarta senil.

Ya entre ruido y alharaca
se debate, conjurados de petate.
¡Ah qué bolas tienes!
¡Con ellas te entretienes!
¡Triki, triki, triki!

"Cuando terminó el mitin le prendimos un cohete al judas y voló por los aires. Durante mucho tiempo seguimos cantando la porra de Silvestre."

De seguro, Trotsky trataría de intervenir en la política de México, como lo hizo en Francia, durante la guerra de España y en todas partes. Él no deja de meterse en lo que no. En cada país tiene sus fanáticos, mucho más fanáticos que los de Stalin en el resto del mundo. El asilo político es para Trotsky una forma de intervención; no respeta nada. Su fortaleza en Coyoacán, primero la Casa Azul de los Kahlo, luego en la calle Viena, vigilada día y noche por guardaespaldas norteamericanos, policías mexicanos, cuicos de uniforme y pistola fajada, le cuesta mucho al gobierno de México.

De España llegan noticias terribles. Franco persigue a los republicanos españoles en Francia, los saca de los campos de concentración y los regresa para fusilarlos después de un juicio sumarísimo. En realidad, con juicio o sin juicio están condenados de antemano. En noviembre de 39 sentencian a muerte a Julián Zugazagoitia y lo ejecutan el 9. Muere con gran entereza frente al piquete de fusilamiento. ¡Qué hombre admirable! Tina se pregunta qué habrá sido del locutor que tanto los alentaba: Augusto Fernández.

20 DE MARZO DE 1940

Tina y Vittorio son parcos en el comer. En ocasiones especiales, Tina prepara pasta asciutta, toda una fiesta.

Un jueves, Vittorio llega muy tarde a comer:

—Cierra los ojos, te traigo una sorpresa.

—¿No vas a comer ya? Has de estar muerto de hambre.

—Primero la sorpresa. No abras los ojos.

—Hay alguien contigo, ¿verdad?

—¡María, María, soy yo, María!

Eladia Lozano es un rayo de sol. Tina se precipita en sus brazos.

—La encontré en el partido comunista español.

—Cuéntanos de ti, Eladia, cuéntanos.

—Estuve once meses en un campo de concentración; acabo de llegar con mi madre. Vivo casi en la misma calle que vosotros.

—¿Cómo está María Dolores? ¿Sigues con el mismo novio?

Tina, transformada por la alegría, la asalta a preguntas sin dejar de besarla una y otra vez. Vittorio observa la alegría de Tina con sorpresa.

Tina escribió una carta a Ignacio García Téllez y aún no obtiene respuesta.

—Es una suerte que Nacho sea secretario de Gobernación —dice Adelina Zendejas quien le ayuda a redactar:

"Su secretario particular me informa", escribe Tina, "que yo no he sido deportada por un decreto presidencial sino por un acto administrativo, y si entendí bien, esto facilita la solución de mi caso. Pero ya me encuentro desde hace algunos meses en México, en la situación anormal que usted conoce, sin un documento oficial que legalice mi estadía y me permita moverme libremente y buscar un trabajo... Sé muy bien que, de hecho, usted ya me brinda la hospitalidad de su país; su gesto generoso es para mí de un valor inapreciable y motivo de profunda gratitud; pero usted es el único que puede resolver oficialmente mi caso..."

Eladia visita a María con frecuencia. Se sientan frente a la ventana; a María le gustan los atardeceres. "El cielo de México es único ¿no te parece, Eladia?" Eladia tiene una forma de platicar tan entusiasta que mezcla el campo de concentración, la buena cocina francesa, los piojos, el mar, la campiña andaluza, el castillo de Montjuich en Barcelona, la sarna y los bombardeos. El conejo del recuerdo salta de un tema al otro. "Fíjate María, nunca bajé a un refugio; mi padre tenía herida una pierna, mi madre no se movía de su lado, entonces yo tampoco. Te imaginas, vivíamos cerca de los depósitos de gasolina que eran blanco de los bombardeos. Nuestra casa temblaba por las baterías antiaéreas. Mi madre muy serena, ya la conoces, muy controlada, decía que gritar es de mala educación; las vecinas la buscaban para serenarse."

Eladia corre por la pradera, corre conejo: "Mi padre llamaba a las lentejas las once mil vírgenes. 'Si están riquísimas', consolaba a mi madre. Murió de hambre, murió de pena, murió de ver que traían muerto a un niño conocido desde su nacimiento. Un hermano mío hacía el servicio militar en Zaragoza y quedó en la zona franquista".

Por la noche, Eladia repite a su madre lo que María le ha contado: su familia era terriblemente pobre y no probó en su infancia más que polenta, "que es lo más humilde que se puede pensar porque ni a pasta llega", en su pueblo, pobrecito, Udine, había un noble con castillo y como era de criterio progresista mandó a su hija a la escuela pública y la niña se hizo muy amiga de María y la invitó a comer. La sentaron a la mesa con toda la parafernalia de casa de noble, criados sirviendo y toda la cosa. Después, de vuelta a su casa su madre le dijo a María:

—Tú tienes que corresponder invitándola a venir aquí.

—No mamá, a nuestra casa, no.

—Si es amiga tuya, le gustará tu casa, esté como esté.

La niña aceptó y comió la polenta, feliz. Fueron amigas, hasta que María salió a los trece años a los Estados Unidos. Para tomar el barco le asestaron un sombrerito que tenía un listón, flores, cerezas; todo, como frutero de dictador.

Los domingos son remansos para Tina-María. Eladia es el lado bueno de la guerra. Sus experiencias siempre terminan bien; gracias a ella, Tina reemplaza recuerdos atroces por otros menos aviesos. Eladia, por ejemplo, perdona a los franceses.

"En realidad a Francia se le metió medio millón de personas en unos cuantos días, ¿verdad? Los franceses recibieron todas las armas, los republicanos pasaron hasta con cañones con tal de no dejárselos a Franco, y como los refugiados en la estación de tren empezaron a cagar en el andén, y donde fuera, me mortificaba mucho y mitad en catalán mitad en francés le ofrecí disculpas a un guardia fronterizo.

"—No es el momento de finezas, hija mía, no tenga vergüenza, en la guerra del 14 hicimos cosas peores que cagar en un andén.

"Esperábamos, comíamos, vaciábamos nuestro estómago en el campo. Así transcurría la vida. Los domingos venían los franceses a vernos tras las alambradas. No llegaban con mala intención pero nos hacían sentir monos enjaulados.

"En el centro de Francia, en La Lozère, concentraron a muchas mujeres y niños en un campo. El jefe, un oficial joven, nos trató con deferencia. Contrató a un cocinero que habían echado de todos los hoteles porque en el desayuno se bebía un litro de vino. Eso lo inspiraba, nos daba delicias tales que era una pena tenerlas que comer en plato de aluminio de cuartel. Despidieron al oficial caballeroso y al cocinero borracho y la situación pasó de magnífica a desastrosa."

Tina ríe divertida, sin comprender cómo el tema de un campo de concentración puede hacerla reír, pero Eladia es una conversadora de primera. Eladia pasa la tarde del domingo con ella —la mar de a gusto, afirma—, porque María es una oyente agradecida. Eladia contempla su relato en sus ojos, en sus labios gruesos y expresivos; toda ella fina de alma, pendiente de cada una de sus palabras.

"Un día, un señor de edad y otro joven me llamaron en francés a través de las alambradas. El señor casi lloraba. Pensé: ésta es otra clase de gente; gente noble que tiene pena por lo que nos está pasando: 'Disculpen', me acerqué, 'parece que preguntan por alguien que sepa francés. Yo no lo hablo muy bien pero lo entiendo'.

"Me dijeron que eran profesores y sentían una vergüenza enorme de que el gobierno francés nos hubiera puesto en campos cercados en lugar de habilitar otro tipo de viviendas. A título personal, querían ayudar. 'Por favor', rogaban que les dijera lo que necesitábamos. 'Falta mucha leche para los niños.'

"Les encargué sellos de correo para escribirle a un periódico de París que publicaba peticiones: 'Mi esposo es el señor fulano de tal, pertenecía a tal batallón o tal división, ¿saben ustedes dónde está?' Contestaban: 'En Agde parece que alguien responde a sus señas, allá se encuentra la mayoría de la brigada Dombrowski'. El periódico se llamaba *España Combatiente*, lo publicaba Petere."

Eladia le hace la crónica de su empleo en EDIAPSA, la primera Librería de Cristal levantada en México. "Giménez Siles, el dueño, es amable conmigo. Hasta me regala libros y me ha ofrecido dirigir una colección para niños."

Con un ahorrito, María Dolores compra tela y confecciona dos camisas a la medida para Carlos. Tiene cuello de toro y brazos más cortos en proporción al cuello. "Cóseme más", le dice Carlos a María Dolores; "cuéntame más", María a Eladia.

"En la barraca, una de mis obligaciones era leer novelas en francés, traídas por los dos profesores, y contárselas por capítulos en español; los presos me veían paseando y gritaban: 'Anda, no seas vaga, dentro está tu madre cosiendo'.

"Con sellos que trajeron ese día los profesores para toda la barraca, pudimos enviar solicitudes, a través de José Ignacio Mantecón en París, para viajar a Chile.

"Después de dos eternidades, el cartero gritó: Eladia Lozano.

"Abrí la carta; leí: 'Ambassade du Mexique'.

"Salimos mamá y yo y varios más a Le Havre con Susana y Fernando Gamboa. Siendo funcionarios de la embajada, tuvieron la elegancia de alojarse con nosotros en el mismo hotel modesto. A Susana le dio una gripe tremenda, se quedó en su habitación y nos mandó un recado al grupo de las chiquillas: 'Ay, vénganse a hacerme compañía, no sean chocantes'.

"Fuimos a su recámara. Ella fumaba en la cama. 'Vamos a contar películas'.

"Le narramos una de James Cagney, que estuvo con los republicanos, y como nosotras pronunciábamos james, le hizo una gracia, una gracia, allá estábamos rodeándola y ella tapadita hasta aquí cuando dijo: 'Ay, necesito un pañuelo'.

"Y se levanta de la cama y nosotras nos quisimos morir porque nunca habíamos visto una mujer totalmente desnuda. En la barraca, nos desvestíamos a escondidas, dentro del camastro, con precauciones, y para Susana Gamboa estar desnuda era la cosa más natural del mundo. Agarró su pañuelo y volvió a meterse en la cama y nosotras cohibidísimas, bueno, una barbaridad. Era una mujer bellísima, una estatua, modelo de pintores; el rostro un poco irregular, muy llamativo, pero su figura espléndida.

"Estuvimos muchos días juntos en Le Havre sin poder salir

del hotelito porque llovía a cántaros. Una mañana, abordé a Gamboa:

"—¿Puedo hacerle una pregunta?

"—Cómo no, estoy para servirle.

"¡Ay, ese señor era un sol, un pan!

"—¿Por qué en la correspondencia de la embajada, antes de la firma del embajador, aparece el letrerito *Sufragio efectivo, no reelección*?

"—Ah muy buena pregunta, me encanta que tenga esa curiosidad.

"Me contó de don Porfirio, de los treinta años de dictadura, del presidente Madero; tan despacito, tan despacito que cuando me lo acabó de contar Susana ya no tenía gripe.

"Por fin nos embarcaron. Viajamos con un convoy inglés que llevaba delante de nosotros dos barcos de esos que detectan las minas y cuando llegamos a Nueva York la oficialidad nos avisó que durante todo el trayecto nos había perseguido el destructor alemán *Deutschland*. La travesía duró del 24 de diciembre hasta el 10 de enero."

Cuando María tiene trabajo el sábado y llega Eladia de visita, le pide:

—Por favor, Eladia, acompaña a Carlos al cine.

Van al Bucareli; por treinta centavos ven hasta tres películas.

—¿Tú no quieres venir?

—Sólo me interesan los noticieros y puedo escucharlos por radio.

Cuando responde así, María envejece.

Si Tina se reconcentra en la relación con Eladia y estrecha aún más sus lazos con la tragedia española, Vittorio forma parte del grupo de *El Popular* capitaneado por el hijo de un zapatero, Enrique Ramírez y Ramírez, que Vicente Lombardo Toledano considera una promesa. En la sede del diario *El Popular*, en la calle Basilio Badillo, se reúnen comunistas y vasconcelistas que van del paseo de la Reforma, donde está el partido comunista, cercano a El Ángel, al barrio estudiantil de la preparatoria y de leyes en San Ildefonso, a la plaza Garibaldi, a la rinconada de Santa Cecilia. Se echan sus cervezas en la cantina y comen muchas veces en Las Delicias en la calle República de

El Salvador. El Pajarito Revueltas goza con la canción: "Yo ya me voy al puerto donde se halla la barca de oro que habrá de conducirme..." y "La cárcel de Cananea está situada en una mesa..." A esta canción le hacen mucho caso los aficionados a la cantina, al periodismo y a la literatura, porque les parece normal que por un sí o por un no los encierren en la cárcel de El Carmen. Todo el día caminan por calles del centro Luis Mondragón y Enrique Ramírez y Ramírez, los buenos cuates de cantina y de esperanzas. A veces se les une Manuel Moreno Sánchez. Al Pajarito Revueltas, un día, por sentarse en la acera de la calle y quitarse los zapatos para aliviar sus pies cansados, se lo lleva la policía, acusándolo de encontrarle un carrujo de mariguana que le metieron en el bolsillo. Pepe Revueltas ya ha estado en las islas Marías. Hay que sacarlo pronto. A Vittorio le sorprende que entren y salgan de la cárcel un día sí y otro también, y que lo hagan como corderitos que van al matadero; sólo corren cuando ven que se aproxima "la julia", una camioneta cerrada que hace razzias deteniendo a cualquiera, sorteándolos de entre los paseantes. "A ver, pa dentro, tú, tú y tú." A Vittorio le asombra que no protesten:

—¿Por qué se dejan?

—Así es la justicia en México.

—Pero ¿por qué son pasivos?

—No tiene caso; de todos modos nos friegan. Si no hacemos ruido, los amigos se mueven afuera y nos sacan al día siguiente.

Luis Mondragón, que tiene en *El Popular* la fuente de Judiciales, saca al Pajarito Revueltas a las veinticuatro horas.

—Tienes que aprender cómo se hacen las cosas aquí en México, Vittorio. Las órdenes de libertad se consiguen así, bajita la mano, entre cuates.

—¿Por qué se hacen ustedes menos? ¡Son muy inteligentes!

Sólo gritan cuando están juntos. Frente al poder, guardan un respetuoso silencio. El poder es el presidente de la república, el poder es la revolución institucionalizada, el poder es la Unión Soviética. No aspiran a ese poder pero se inclinan ante él.

"El señor presidente", dicen.

"La revolución mexicana", dicen.

No le ven ninguna fisura.

En el balneario de Cointzio, Michoacán, se ahoga el niño refugiado Vicente Fuentes García, alias El Sapito, de diez años. Su maestra Amelia Camberos lo llora, era un niño muy necesitado de amor. La Casa de Galicia, el Orfeó Catalá, el Club España, la Beneficencia Española, el Centro Asturiano, el Casino Español, las damas del Ropero Español, las monjas, las madres trinitarias, el orfanatorio del Divino Pastor de Mixcoac; todos ofrecen intervenir para encargarse de los niños. Pero las peticiones de la colonia española no son atendidas, podría tratarse de hogares franquistas.

Tina habla mucho de los niños españoles con Carmen Salot. "Si de mí dependiera, cuidaría a uno mientras encontramos a sus padres, pero no me siento bien, sabes, siento una opresión aquí", y le señala el lugar del corazón.

•*Trotsky en Coyoacán*•
Fotografía de Manuel Álvarez Bravo

Tina acostumbra ir a Correo Mayor a poner cartas a Yole, a Benvenuto, a Martha Dodd, a Mercedes. Al regreso camina dulcemente bajo los fresnos de la Alameda, le encantan las dos iglesias compañeras de viaje que parecen ir en tren la una sentada frente a la otra, la Santa Veracruz que alberga un San Antonio al que las mujeres le piden marido. Una mujer sola viene hacia ella, muy pintada, escotada, la falda muy corta, el pelo casi al ras: "Tina ¿no me reconoces? soy Nahui".

¡Nahui!

Tina mira los inmensos ojos verdes. En diez años, Nahui ha cambiado.

—¡Qué vieja te ves, Tina!

Ríen.

—Llegué hace poco. Estuve en la guerra de España, Nahui. ¿Y tú?

—Yo libro mi propia guerra. Vente a mi casa a Puente de Alvarado. Ven.

Al pasar por la fuente central exclama:

—No sabes qué locas estan las hermanas Campobello, Nellie y Gloriecita; se meten a bañar en esta fuente... Voy a enseñarte lo que pinto y lo que escribo, te va a encantar, y te voy a dar un té que hago para rejuvenecer y una loción, mira qué ajada tu cara, qué mal estás.

En su casa, llena de gatos callejeros que la siguen maullando, Nahui se sienta a platicar con ella en la cama, le habla del sol que la defiende, la acompaña. "Me hace mis cariños."

—¿Y el Dr. Atl?

—Huy, ni lo menciones porque me hierve la rabia; te juro que me salen truenos por los ojos, lo mandé al carajo hace mucho; después he tenido hombres de a de veras, experiencias vibrantes, mil veces mejores que con ese viejo loco explotador de los demás que impedía mi evolución. Es un difunto, por mí lo hubiera agarrado a tiros. Fíjate, tuve un cantante de ópera, italiano, un director de cine, un caricaturista, un...

Le enseña a Tina una serie de pinturas infantiles, inocentes, un entierro "que se lo estoy pintando a Raoulito Fournier", una plaza de toros vista desde arriba, un autorretrato de una angelita rubia de ojos desmesurados viendo hacia otras galaxias. En todos los cuadros hay talento, intuición, originalidad, y como ella lo escribe "loca sed, sed insaciable, sed de esos mundos nuevos que voy creando sin cesar".

—Sabes, todos me quieren destruir pero no pueden contra mi resplandor.

Tina le pregunta por Lupe:

—¿No la has visto? ¡Huy, está loca! Le fue muy mal con el loco de Jorge Cuesta.

¡Qué extraña Nahui que juzga con el criterio con el que la juzgan y llama "locos" a los demás! Locas Lupe Marín y la Rivas Cacho a la que tachaban de loca hace veinte años, loca Antonieta Rivas Mercado, locas las Campobello, la de Martín Luis Guzmán y la de Orozco, loca la gringa Alma Reed, loca María Asúnsolo. Tina se deshoja; le aterrorizan los juicios de los mexicanos que hablan de las mujeres con palabras crudas, cruda su carne, cruda su realidad, crudo su sexo insaciable que desordena su vida y las expone, crudos sus pezones, crudas sus manos que no logran retener al hombre verdadero, locas las del partido comunista. ¿No dijo Andrés Henestrosa que ellas habían confundido la palabra camarada con la palabra cama? Tina regresa a su casa hecha un San Sebastián, asaetada, su cadera, una balanza encarnada, su corazón un escudo desangrado. En México se desprecia a las mujeres, se les consume, se les desecha, se les estigmatiza, se les cuelga para siempre al árbol patriarcal y allí se les ahorca. Se bambolean durante años con la lengua de fuera, el sexo al aire. Ella misma ¿pudo defenderse en 1929? La sociedad mexicana declaró que se avergonzaba de ella, la Modotti, lúbrica, descarada, procaz, indecente, extranjera, perniciosa. Por eso, no quiere que la vean, la reconozcan, la manoseen. Hay que ser como las mujeres bonitas que retrató en los veintes, sigilosas páginas en blanco, inéditas, gente bien que nunca dio que hablar. Nahui le dijo que había envejecido, bendita vejez, bendita travesía que está por terminar.

25 DE MAYO DE 1940

Vittorio pasea por la Alameda; es demasiado temprano para acudir a un acto en el teatro Hidalgo. En cierto momento, se da cuenta de que unos policías lo observan: uno tras un tronco; otro, tras un matorral. Cuatro hombres le cierran el paso. Comprende que no puede escapar, detenido antes de que le pongan la mano encima.

— ¿Es usted Carlos Contreras?

— Sí, señor.

— ¿Qué placas tiene su automóvil?

— No tengo automóvil.

— Me da el número de su cuenta bancaria.

— No tengo dinero en el banco.

— ¿Dónde habita usted?

— No le voy a decir dónde vivo.

— Muy bien, entonces vamos a decírselo nosotros. Por lo pronto, tiene que seguirnos.

— ¿Tienen orden de detención?

— Para alguien como usted, no.

— Bene, sin orden de detención no voy a ir con ustedes...

Uno de los agentes le encañona una pistola en el costado:

—Ésta es la orden. No vaya a resistirse porque usaremos la fuerza —otro también saca su pistola y la encaja en sus costillas.

—Bene, así por la buena, los acompaño.

Avanzada la noche, en la jefatura de policía, lo sacan de su celda para conducirlo a la oficina de Miguel Zeta Martínez.

—¿Usted es el refugiado español Carlos Contreras o es usted el italiano Enea Sormenti?

Vittorio no usa el segundo nombre desde hace mucho. Ahora reaparece. Mala señal.

Introducen a la pieza a doce chicos detenidos el día anterior en una manifestación falangista.

—Jóvenes filonazistas —les señala a Vittorio—: ¿Conocen a este hombre? ¿Lo identifican como su dirigente?

—No sabemos quién es.

Vittorio reconoce a un muchacho Isla García que trabajó con él en 1927, en las juventudes comunistas. Listo el muchacho, tanto que Vidali le había prestado una atención amistosa. Ahora, es el jefe de un movimiento conservador de acción católica.

Miguel Zeta Martínez trata bien a los chicos falangistas y ordena a la policía:

—Salen todos menos éste —señala a Vidali.

—¿Yo? ¿Por qué? —pregunta Vittorio.

—Porque es usted extranjero.

—Y ¿qué tiene que ver que sea extranjero?

—Señor Vidali, en su expediente consta que usted es un agente de la GPU y un espía de Japón, trabaja para la Gestapo por cuenta de los servicios secretos ingleses, franceses y españoles.

—¡Hi, hi, hi, hi! —suelta la risa Isla García que va saliendo— ni que fuera Mandrake. Espía de los japoneses, de los rusos, de los americanos, de los españoles, ¡hi, hi, hi!

Isla García se detiene frente al general Miguel Zeta Martínez:

—Usted no tiene derecho de hablar de esta manera de un amigo mío.

—¿Ah sí? ¿Y por qué?

—Porque a este amigo lo conozco desde el 27 y es un hombre cabal, honrado, muy leal, lo que no es usted.

Zeta Martínez se pone colorado. Vittorio empieza a reírse, el militar se enfada:

—¿De quién cree que está riéndose, pendejo?

—De usted, que se deja insultar por Isla García.

—Usted se va para adentro a ver si allá también ríe, y tú, jovencito, te me largas en este mismo momento si no quieres que te entambe a ti también.

Por la noche, ya dormido, dos agentes lo maniatan para subirlo a una julia:

—¿Me llevan a paseo?

En España, durante la guerra civil, dar el paseo significaba pegar un tiro.

No hay respuesta.

—Tengo derecho a saber dónde me conducen.

Los agentes ni lo miran siquiera.

—Bueno, ni modo, bene, bene —bromea Vittorio.

Lo transportan fuera de la ciudad, muy lejos, al menos así le parece el trayecto en la julia al Pocito, cerca de la Villa de Guadalupe. El Pocito es el cuartel de la montada, la cárcel provisional en la que encierran a los presuntos delincuentes, lugar siniestro y muy temido.

—¿Puedo hacer una llamada telefónica?

—Sólo que la autorice el comandante.

Su vida depende del jefe de la unidad, el comandante Jesús Galindo. Prohibido leer, escribir, hablar con los carceleros, ya no se diga solicitar una llamada telefónica. ¿Quién se ha creído? Lo meten en la peor celda que haya conocido en su larga vida, rica en calabozos desde los primeros en Trieste, cuando apenas era un niño, hasta los de París, Berlín, Nueva York.

Es una especie de hueco fétido, sin ventana, sin mirilla, piso de tierra, paredes húmedas. Ni un banco, ni una cubeta, ni un camastro. Le dan hojas de papel periódico para cubrirse y acostarse en el piso, un bolillo y un poco de agua. Come cada dos días, en medio de sus excrementos. Trata de repegarse a los muros para defecar, arrinconarse lo más posible, pero cuando no es la humedad de sus propios orines, los ratones suben a su cuerpo. Si se acuesta, la cabeza da contra el muro. Piensa ansiosamente en Tina, se atormenta por la ausencia de noticias. Seguro que ella y los compañeros del partido han denunciado ya su desaparición y empezado a buscarlo. Los de *El Popular* deben andar en gestiones para liberarlo. Sólo esa idea le da fuerzas y lo mantiene vivo.

Una minúscula fisura en la puerta por la que se filtra un hilo de luz, le permite imaginar lo que puede ser la colina de enfrente.

Vittorio se impone no ceder psicológicamente, mantener su cerebro ocupado. Inmerso en la oscuridad escribe mentalmente, revisa sus recuerdos, compone poemas y canciones, las canta en voz alta; primero se echa todas las de la guerra de España, luego repite las rancheras que les enseñó a los milicianos del Quinto Regimiento: "¿Ya oíste al loco ese? Está cantando *La Adelita*". No quiere dejarse destruir como persona ni perder la noción del tiempo. De ser posible haría algún ejercicio pero al primer intento pisa sus excrementos. Por más que pretendió arrinconarlos, la celda resulta demasiado pequeña.

Durante más de veinticinco días, Vittorio no tiene el menor contacto con el exterior.

Todas las mañanas habla consigo mismo, en voz alta. Se da la hora, las noticias, los anuncios y luego de los preparativos necesarios para empezar a vivir después del sueño, entre cómico y pomposo anuncia: "De Sonora a Yucatán usan sombreros Tardán, los jabones Jardines de California, la crema Madame Simón, la de Almendras del Doctor Ibáñez". Su voz no pierde tensión; al contrario, a medida que pasa una hora se vuelve más elocuente. Excava en sus recuerdos de infancia y recita en italiano endecasílabos de Dante, las tablas de multiplicación; de allí pasa a Alessandro Manzoni, el novelista, a Antonio Machado, a Pablo Neruda, a Rafael Alberti. Los recita en voz fuerte:

— Caminante, no hay camino
se hace camino al andar.

— ¿Qué le pasa, loco?
— Quiero seguir sintiéndome hombre.

Recita tantas veces a Machado que los celadores se lo aprenden.

Recuerda a Vaillant-Couturier y sigue hablando solo.

— El comunismo no es sólo el futuro sino la juventud del mundo.

Recita a Martí:

— Con los pobres de este mundo,

quiero yo mi suerte echar...

Intenta ejercitar sobre todo su brazo derecho. Cierra y abre los dedos de la mano sin pulgar.

Se repite: "Soy un hombre sano, soy un hombre robusto".

—Cállate loco, ya nos tienes asoleados.

Sin embargo, algo queda.

Cuando Vidali sufre, la guerra de España se vuelve un recuerdo punzante:

—...Filósofos nutridos de sopa de convento
contemplan, impasibles, el ancho firmamento;
y si les llega en sueños, como un rumor distante
clamor de mercaderes del muelle de Levante,
no acudirán siquiera a preguntar ¿qué pasa?
Y ya la guerra ha abierto las puertas de su casa.
Castilla miserable, ayer dominadora,
envuelta en sus harapos, desprecia cuanto ignora...

Vocea a Alberti que lo pone de buen humor:

—Tu marido, mi barquera,
tu marido.

Que no vas a poder tú
sin tu marido.

Llevo una pena tan grande,
que no váis a poder tú
ni tu marido.

Algún día oye pasos leves y rápidos en el techo, y aguza la oreja. Debe ser alguien liviano. Pero ¿qué muchachito se aventuraría allá arriba? ¿Alguien logró escaparse? ¿Qué otros detenidos están con él? Son tan suaves los pasos que también podrían ser de gente de afuera que lo estuviera buscando. De nuevo se hace el silencio.

Largos días de silencio, largos días de soledad, noches en que se duerme contra el muro en posición fetal, rogándole a todos los santos no moverse en la noche ni hacer movimientos bruscos para no embarrarse. Al día siguiente, lo primero que hace es obligarse a cantar a voz en cuello; única forma de regresar a la vida.

De pronto, lo sacan a empellones de la celda.

— ¿Me van a matar? — pregunta.

Sucio, hediondo, barbudo, la luz le golpea los ojos con una violencia insoportable. Sufre para sostenerse de pie.

— ¿Puedo asearme un poco?

— Allá adentro hay una pila. Pero no ensucie el agua de los caballos.

En un cuarto semioscuro lo aguardan dos hombres, uno mexicano y el otro una especie de gigante rubio enviado de Washington por cuenta del servicio secreto americano. Debe someterse a su interrogatorio. Vidali reconoce al mexicano de civil, era hijo del exsenador y firmante de la Constitución de 1917, Luis Monzón. Vittorio fue su amigo durante su primera estancia en México, cuando Luis recibió su carnet del partido comunista. El norteamericano empieza en inglés: nombre, edad, número de pasaporte, su paso ilegal por los Estados Unidos en 1939, y termina por amenazarlo con largos años de cárcel.

— Gozo del derecho de asilo del gobierno mexicano.

— Pero nuestro poder es muy grande, Sormenti.

— Lo sé, probablemente es a ustedes, a los del FBI, a quienes les debo mi estancia aquí.

— Probablemente — repite displicente el gringo.

— ¿Quiénes les ayudan? ¿Diego Rivera, secretario de la Cuarta Internacional, que del comunismo chaqueteó al trotskismo?

El gringo desganado, ni siquiera se molesta en abrir la boca. Vittorio entonces pierde la paciencia:

— Basta, estoy en territorio mexicano y me niego a responder a una sola pregunta más.

El agente norteamericano sale a hablar con unos policías. El jefe de la policía, general José Manuel Núñez, el magistrado René Carrancá y Trujillo, juez de primera instancia de Coyoacán, toma su turno. Confrontan a Vidali una y otra vez.

René Carrancá y Trujillo se desespera:

— Nada podemos probarle.

Sin embargo, las investigaciones continúan. Hasta que no confiese. El joven Monzón, desorientado, mira a Vittorio con aire de disculpa.

—Debe ser difícil ser parte de la secreta y conservar el espíritu democrático de tu padre, si es que lo conservas. ¿Conoces a alguien en Lecumberri, joven Monzón?

—Claro, allá tengo mis cuates.

—¿Vigilantes?

—Claro, ni modo que presos; no soy ratero. Vigilantes y autoridades. Puedo ver a quien sea.

—¿Podrías hacerle llegar un mensaje a David Alfaro Siqueiros?

—Puedo verlo en persona; lo conozco muy bien, lo encerraron en la noche del 24 al 25 de mayo por el asalto a Trotsky. También están presos muchos mineros de Jalisco y varios refugiados españoles.

—Oiga, Siqueiros, a su amigo Carlos Contreras lo tienen en el Pocito y corre peligro, me pidió que se lo dijera.

Desde la cárcel, Siqueiros pide por teléfono una entrevista con el candidato a la presidencia Manuel Ávila Camacho. A cualquier otra persona, el procedimiento podrá parecerle absurdo, pero los mexicanos saben que la política mexicana es ilógica. Siqueiros es llevado ante él.

Ávila Camacho reconoce de inmediato al joven teniente revolucionario en el alborotado David Alfaro. Lo abraza afectuosamente. Hacen recuerdos del tiempo en que Manuel era capitán y David teniente en la división de Mineros. Siqueiros, adicto a la oratoria y a lo efectista, denuncia:

—Tiene usted preso en el Pocito al Comandante Carlos Contreras, antifascista y héroe del Quinto Regimiento.

Ávila Camacho guarda silencio.

—Seguramente conoce usted las proezas militares del Quinto Regimiento en la defensa de Madrid, mi general. Pues bien, insisto: en el cuartel de la montada, en el Pocito, tiene usted encerrado al comandante del Quinto Regimiento, Carlos Contreras, soldado leal de la república; se portó muy bien con nosotros los mexicanos durante toda la guerra; es más, siempre nos favoreció. Gracias a él se cantaban en el Quinto Regimiento los corridos mexicanos, *La Cucaracha, Valentina, Cuatro milpas*, las mismas que cantábamos usted y yo durante la revolución, allá en Jalisco. Este hombre que México tiene encerrado es el gran combatiente Carlos Contreras. ¿Cómo es posible que usted lo tenga en la cárcel, mi general?

—Ah sí, he sabido de telegramas de Centroamérica y de América del Sur que preguntan: "¿Dónde está Carlos Contreras?" Es el partido comunista el que promueve esta campaña.

—Al rato van a llegarle telegramas de Estados Unidos y de Europa; se trata de un caso internacional. Va usted a tener a los ojos del mundo encima.

—No veo cómo podamos escapar a esos ojos si están fijos en nosotros desde el intento de asesinato de Trotsky que en mala hora se le ocurrió, Siqueiros.

—Lo que nos ha perjudicado es la presencia de ese monstruo traidor, mi general. Yo sólo quería rescatar el honor de los comunistas mexicanos.

—Bueno, pues vuelva usted a su celda y ya veremos qué se hace con su comandante.

Al salir Siqueiros, Ávila Camacho decide:

—Saquen inmediatamente al italiano del Pocito.

Siqueiros, muy satisfecho, regresa a la cárcel como salió, discretamente.

Al día siguiente, René Carrancá y Trujillo declara que no hay cargos, hasta futuras averiguaciones, contra el comunista italiano.

Libre bajo palabra, Vidali es conducido a la secretaría de Gobernación por dos policías. Lo esperan compañeros del partido y de *El Popular*, Tere Pomar, Rafael y María Luisa Carrillo, Isabel Carbajal, con quien le permiten hablar unos segundos.

—¿Cómo está Tina?

—No te preocupes; apenas te vea se pondrá mejor.

—El señor candidato está dispuesto a recibirlo —le dice el atildado Adolfo Ruiz Cortines, secretario particular de Ávila Camacho.

—Bueno, voy a verlo.

—No sea bárbaro, no puede verlo así como viene.

—Si quiere verme ahora como estoy, va bene; si no, quiero ir a mi casa.

—Vaya usted a su casa, yo lo citaré para la entrevista.

Al subir los cinco pisos y entrar en su casita, ve inmediatamente que Tina ha sufrido mucho; demasiado. Parece una muerta. Espantadísima, demacrada, con la misma expresión trágica de los últimos días de la guerra de España, ni siquiera tiene fuerza para abrazarlo. Durante un mes no salió a la calle.

Isabel Carbajal le llevó fruta y verduras pero apenas si las probó. Tronándose los dedos, Tina aguardó, con los ojos fijos en la puerta.

Isabel le cuenta a Vidali que ella y el compañero Trejo fueron hasta la Villa a buscarlo. De los techos de una vecindad brincaron a los del Pocito y sigilosamente se asomaron a cada uno de los calabozos. Vittorio estaba en el único que no alcanzaron a ver.

—Los pasos de conejo en el techo eran los tuyos —le dice Vittorio conmovido—, debí adivinarlo.

Apenas supo la noticia de la desaparición del Comandante Carlos, la guapa Eladia subió las escaleras corriendo hasta llegar al castillo de la calle de Doctor Balmis:

—María, los amigos hemos pasado un susto horroroso, estamos contigo en lo que necesites. ¿En qué puedo ayudarte?

Tina, descompuesta, le comunicó:

—Quemé muchos papeles. Rompí las fotos que te tomé y también los negativos, tuve que hacerlo para no comprometerte por si la policía llegaba a venir.

Ignacio García Téllez ayuda a Vittorio a legalizar sus papeles.

—No es tarea fácil. ¿Cómo se llama usted, por fin? En su expediente figura Vittorio Vidali nacido en Odesa, el ciudadano austriaco Vidali, el peruano Jacobo Hurwitz o Sender nacido en Lima, el profesor de historia Carlos J. Contreras, originario de La Coruña, España y el señor Raymond, parisiense.

—Mi verdadero nombre es Vittorio Vidali.

—¿Qué le parece a usted, entonces, que quememos el resto del expediente? Así resolvemos las cosas.

Después de dieciocho años, recobra finalmente su personalidad: Vittorio Vidali oriundo de Muggia, un pueblito italiano desconocido, trepado sobre una montaña que da al Adriático. Tina también recupera su identidad.

En su casita en la azotea, al no ver mejoría en Tina, Vittorio le pregunta si no sería oportuno que hiciera cita con un médico. Tina responde un "sí" desganado y no vuelven a tratar el tema.

Vidali, sano y salvo, se sumerge en sus quehaceres. Lo buscan mucho: una consulta, una entrevista, una recomendación, alguna conferencia, una junta de *El Popular*, otra de la Alianza Giuseppe Garibaldi, la tercera, la de los exiliados de la guerra de España. Vittorio acumula compromisos y apenas si le alcanza el día. Lo más grato, sus largas conversaciones con el joven Vicente Lombardo Toledano. "¡Qué brillante!" Será porque es de ascendencia italiana, será por su clarividencia, pero a Vittorio lo estimula ese diálogo. Ramírez y Ramírez también es inteligente, pero menos. Todos los de *El Popular*, desde Ramírez para abajo, tienen tendencia a apocarse, salvo Rodolfo Dorantes, el grandote, pero ése sólo da voces en la cantina a la hora de las copas que todos ingieren en forma desorbitada. Hablan de política y de mujeres. Tina en cambio sólo asiste a las reuniones de la Alianza Giuseppe Garibaldi y los domingos va al campo con Vittorio, Constancia de la Mora e Ignacio Hidalgo de Cisneros, Cruz y Patricio Azcárate, Mario Montagnana y Ana María, José Ignacio y Conchita Mantecón. Eso sí le gusta, en esos paseos Vittorio la ve sonreír.

1 DE JULIO DE 1940

En la ciudad de México, el clima político está al rojo vivo. Las repercusiones del asalto a la casa de Trotsky por un comando armado con ametralladoras Thompson, en la noche del 24 de mayo de 1940 ya son internacionales. La GPU cruzó el océano. ¿Quién había armado el complot? Siqueiros, sus dos cuñados los hermanos Luis y Leopoldo Arenal, Antonio Pujol, Rosendo Gómez Lorenzo, quién sabe cuántos más, entre ellos varios republicanos españoles asilados en México. Siqueiros, escondido en Jalisco entre sus amigos mineros, sólo fue capturado cuando el coronel Leandro Sánchez Salazar lo abrazó en forma espectacular.

De nuevo, los mismos periódicos embisten contra Trotsky. Enrique Ramírez y Ramírez, segundo de abordo de Lombardo Toledano en la Confederación de Trabajadores de México, acusa a Trotsky de haber fabricado un autoatentado para culpar de terrorismo a los comunistas mexicanos. Según *El Popular*, Trotsky conduce una guerra de nervios contra México. "El atentado es un chantaje internacional."

En su declaración preliminar, Siqueiros llama a Trotsky "delator profesional" y lo insulta. Se trata de un golpe montado para desprestigiar a luchadores mexicanos, ellos sí, verdaderos comunistas y no farsantes como Lev Davidóvich Bronstein. Según él, el atentado es una farsa.

El 25 de junio, al mes del intento de asesinato, el cuerpo de Robert Sheldon Harte fue encontrado en una casa de campo de Siqueiros, según lo indican las pruebas. Sheldon Harte, guardaespaldas de Trotsky —traidor— abrió la puerta a los asaltantes.

Siqueiros recibe visitas, pinta en la cárcel, tiene una celda sólo para él, atiende a periodistas que publican artículos sobre él. Después de todo es un hombre de la revolución mexicana. "No la paso mal, soy un preso distinguido", asegura. Dos meses más tarde, gracias a gestiones de Pablo Neruda, sale de prisión exiliado a Chile; allá pintará un mural.

Tina no le cuenta a Vittorio que el médico recomienda salir de la ciudad. ¿Cómo cambiar su modo de vida? ¿Con qué irían a vivir fuera? Vittorio llega tarde en las noches: muchas veces es él quien da el "tírese" de *El Popular,* y recibe entre sus manos el primer ejemplar oloroso a tinta. Entusiasmado con el periódico, sigue siendo un activista de tiempo completo. Lombardo Toledano le corona su día de trabajo.

El 20 de agosto de 1940, Trotsky recibe en su mesa de trabajo un golpe mortal asestado a traición por Frank Jacson o Ramón Mercader o Jacques Mornard, quien lo asalta por detrás, encajándole un piolet en la cabeza.

Afuera esperan a Jacson-Mornard-Mercader, su madre Caridad Mercader y Naum Iakovlevich Eitingon, enviado especial de Moscú para organizar el asesinato de Trotsky.

El viejo bolchevique resiste. Expira el día 21 de agosto en el hospital, sin haber recuperado el conocimiento.

¿Por qué un piolet?

Después del monstruoso asesinato crece el sentimiento anticomunista y antisoviético.

El costo político del asesinato de Trotsky es enorme.

Vidali es parte de la conjura.

Vidali lo niega.

Tina, agente de la GPU, es compañera de Vidali, por lo tanto es responsable.

Mornard declara que usó un piolet o zapapicos porque lo sabe manejar.

Vidali y Tina pasan mal el resto del año.

El coronel Leandro A. Sánchez Salazar recoge testimonios acusadores. Le pregunta a Jacson-Mornard, Ramón Mercader:

—¿No pensó usted que Trotsky era un anciano indefenso y que usted obraba con toda cobardía?

—Yo no pensaba en nada.

—¿Inmediatamente después de asestarle el golpe qué hizo él?

—Dio un salto también como si se hubiera vuelto loco y gritó también como un loco. Un grito que recordaré toda la vida.

11 DE SEPTIEMBRE DE 1940

Natalia Sedova le escribe al presidente Cárdenas:

"...Desgraciadamente no pudo mi marido conocerle en lo personal. Nuestra vida, a pesar de ello, estuvo ligada a usted por los lazos de su generosa disposición y de su ayuda en nuestros días difíciles, que tan frecuentes fueron. En Noruega, nos hallábamos bajo la amenaza inminente de morir, y ni un solo país del mundo se atrevió a ayudar al desterrado. La excepción vino del legendario México, con su pueblo generoso, comprensivo e independiente. Usted prolongó la vida de León Trotsky por cuarenta y tres meses. Llevo en el corazón mi gratitud por esos cuarenta y tres meses. No sólo yo, sino centenares de miles de luchadores puros, que pugnan por la revolución de la humanidad."

Concha Michel pone en manos de Tina un librito: *Dos antagonismos fundamentales*, el del hombre y la mujer. Tina lo hojea y lee cómo la organización masculina esclaviza a la mujer al igual que al trabajador y cómo la rebaja en cada instancia. Lee: "A las antiguas hetairas (prostitutas hechas por el hombre) se les permitía cierta cultura en arte y ciencia, para que sus atractivos fueran mayores para el hombre y así pudieran proporcionarle mayor placer. A la mujer madre se le negaba toda cultura." De pronto sus ojos se anegan y le sube desde lo hondo un llanto profundo y vasto que cae sobre el libro, sobre Concha, sobre sí misma, un llanto enorme que viene de muy lejos y no tiene por qué acabar jamás, y enmedio de las lágrimas pide disculpas al vacío, a quien no la oye ni la ha oído jamás. "Perdón, perdón, no sé qué me pasó." ¿Es ella la hetaira a la que se le permitió cierta cultura? Le duelen las compañeras enroladas por el partido, usadas, vapuleadas, burladas. Los hombres no tienen por ellas verdadera simpatía, no conocen la "potencialidad de amor en alto grado"; si no ¿cómo explicar que ninguno se haya preocupado por enseñarle a Benita Galeana a leer y escribir? Tina recuerda a Concha Michel en Rusia, cantando, su hijo junto a ella, conmoviendo a los oyentes por su corta edad, su sombrero galoneado y por sus "Ay, ay, ay", con voz tipluda. Concha tañe la guitarra maravillosamente pulida, sensual, ardiente bajo el alto techo del palacio deshabitado en Moscú. En México, Tina vio la figura de Concha empequeñecerse en los polvosos caminos que recorría, su hijo de la mano, su guitarra abrazada. "Mi guitarra es la prolongación de mi cuerpo", le dijo Concha una vez. ¿Quién toma en cuenta a la Michel? ¿Y a ella, Tina, quién la recordará?

¡Cómo ha madurado Concha y qué reflexiva se ha vuelto! ¿O ya lo era? Lo más probable es que nadie lo haya notado. En su libro, Concha habla de la evolución de Darwin y del constante movimiento de renovación. Cita a Engels en el Anti-Dühring: "Cualquier ser organizado es en todo instante el mismo y no el mismo; cada instante, células de su cuerpo mueren y otras se forman. Después de un tiempo más o menos largo la sustancia de ese cuerpo ha sido enteramente renovada, remplazada por otros átomos, de tal manera que todo ser organizado es constantemente el mismo y sin embargo otro".

Tina ha perdido células. Nada queda de la mujer arrolladora que tomaba decisiones, partía plaza, desechaba enamorados. Sin embargo, otras células nacen para dar vida, transformar, reanudar, producir. "¡Gracias Concha, gracias!"

En Mesones, se le acerca un joven alto, de hombros anchos; la saluda, le pregunta si no necesita nada.

—Nada, gracias.

—La admiro mucho, no sólo la admiro, me emociona lo que usted es.

Tina se sonroja pero no le pregunta su nombre. ¡Qué perceptivo! Le hacía falta su saco porque le caló el frío de noviembre y un momento después fue a descolgarlo del perchero. El joven la alcanzó de inmediato:

—¿Por qué no me lo dijo? Ya ve, se lo hubiera traído pero, su soberbia le impidió pedírmelo —sonríe una sonrisa inteligente bajo su bigote.

Tina permite que él la ayude y estira su brazo dentro de la manga de la chaqueta. Él toma la mano que sale, la guarda entre sus dos manos y la besa.

Algo de él le llega muy profundo a Tina. Su solicitud, el afecto en los ojos. Pregunta al Ratón Velasco:

—¿Quién es ese joven?

—Es uno nuevo, escribe, creo, se llama José Alvarado.

El último día de 1940 Pablo Neruda levanta su copa y les dice a los amigos que él y Delia han reunido:

—Está llegando para todos ustedes, compañeros y amigos, el día del regreso a vuestra tierra.

Brindan.

A Tina se le iluminan los ojos.

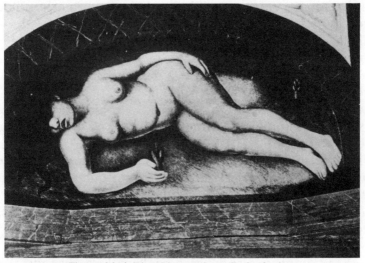

•Tina modelo de Diego Rivera en la capilla de Chapingo•
Archivo particular

3 DE ENERO DE 1941

¿En qué clase de bestia va a convertirse la vida? Cruz Díaz Azcárate vino a contarle de los treinta años de reclusión dictados a Cipriano Mera, jefe del IV cuerpo del ejército republicano, hecho prisionero en Casablanca. "Los franquistas han capturado a cien mil personas y las van fusilando; el gobierno de Vichy, nada solidario, permite que se denuncie a los republicanos y hasta allá van a buscarlos. También en Valencia, en Barcelona, en Madrid los españoles se delatan entre sí —denuncias anónimas porque Franco dijo que cualquiera tiene el deber de desenmascarar a un rojo—. De inmediato, al rojo lo envían al paredón de fusilamiento."

La palabra "depuración" está en todas las bocas, comenta Cruz.

"En Francia, la Gestapo detiene, tortura, entrega, envía a campos de concentración. Luis Companys, presidente de la Generalitat refugiado en La Baule, en la provincia de la Vendée, fue encontrado por el comisario Urraca Pastor. El jefe vasco José Antonio de Aguirre, escondido en un convento en Bélgica, corrió con mejor suerte. Los alemanes no han querido entregar a Francisco Largo Caballero, en cambio sí entregaron a

Julián Peyró, el anarquista. A Luis Companys lo trasladaron a Barcelona.

"En la madrugada del 15 de octubre de 1939, Luis Companys fue sacado de su celda vestido de traje y corbata. El presidente pidió descalzarse.

"—¿Para qué?

"—Quiero pisar la tierra de Cataluña.

"Lentamente se sentó sobre una piedra. Frente a los fosos de Montjuich se quitó los zapatos, los calcetines.

"El piquete de soldados, fusil al hombro, esperó la orden.

"—¡Matáis a un hombre! —gritó Companys unos segundos antes de la descarga."

Cruz calla y Tina y ella guardan silencio. A Cruz, le escurren las lágrimas.

3 DE MARZO DE 1941

Vittorio nunca ve a Tina mejor que cuando regresa de su viaje a Michoacán, Tlaxcala, Puebla y Veracruz. Constancia de la Mora prepara un nuevo libro, esta vez sobre México, el entrañable. Como no puede dejar su puesto en la embajada rusa le ruega a Tina que acompañe a un fotógrafo norteamericano y a su mujer, de nombre Condax.

"¿No tomaste fotografías?", pregunta Vittorio. "No", responde Tina, "pero le ayudé a John Condax que no habla ni jota de español e hice los contactos, las reservaciones de hotel, la plática con la gente. Él llevaba una Graflex. Me dio un gusto enorme ver Morelia suspendida entre el cielo y la tierra serena como antes. Son tan nobles sus palacios que parece que van a elevarse." Tina no le comenta a Vittorio que recuperó la emoción de sus viajes con Edward, al ver sobre Pátzcuaro las grandes libélulas con sus redes aladas bogar a ras del agua mansa del lago. El paisaje mexicano era más bello aún de lo que recordaba. Sobreponer paisajes luminosos, piedras de sol, pirules, ahuehuetes, hombres y mujeres dulcemente inermes a los recuerdos de la guerra de España era un bálsamo.

—¡Qué bueno! ¿Vas a revelar tus fotografías?

—No Vittorio, no tomé fotografías, acabo de decírtelo.

Hace tiempo que Vittorio no escucha a Tina.

—Bene, bene, qué bueno que estás mejor de salud.

—Tú también te ves bien.

—Sí, me sienta México, me encanta *El Popular*.

Tina tampoco le dice que en cierta forma ha descansado de él, de lo que él y ella significan juntos y de lo que él y ella representan ya el uno para el otro, el saber que no hay poder humano que le impida a Vittorio fijarse en otra mujer. Las mujeres le gustan tanto que alguna vez, en la Unión Soviética, describió con detalles chuscos cómo tenía que bañarse con agua helada en los viajes para calmar su deseo porque sin esa ducha habría salido como bala por las calles de la ciudad a buscar una hembra. "El partido controla hasta mis erecciones", dijo mostrando su ancha sonrisa de conquistador, "pero yo practico la abstinencia como San Antonio, y me cuesta más que a él."

Además de Eladia, la visitan Cruz y desde luego Constancia, ahora dedicada a escribir el libro que ensalzará a México. Pablo O'Higgins hace prudentes, tímidas visitas. "Pasé por aquí y toqué para ver si te veía." De los Estados Unidos vienen personas con mensajes y, un domingo, María le pide a Eladia que la acompañe a la calle de París número 7 a la pensión de la señora Arenal donde suele llegar gente sin recursos de Estados Unidos y del interior de la república. "Aquí vienen los pobrecitos", dice la señora Arenal que sin embargo les cobra. La casa, en un tiempo, la atendió una huérfana al servicio de la señora Arenal, Cuca Barrón, hoy esposa de Lumbreras.

Es posible que venga a México René d'Harnoncourt. Tina quisiera verlo. Fue un buen compañero de viaje en tiempo de Edward y sus dibujos del pueblo mexicano, hechos a vuelapluma, eran tan finos como sus comentarios. Más tarde, cuando d'Harnoncourt se dedicó a decorar la casa de los Morrow en Cuernavaca, bajó en su estimación.

Tina ve a los Sánchez Vázquez, a Juan Rejano, a José Herrera Petere. Los tres llegaron en el *Sinaia*; dormían amontonados en la bodega y todavía tuvieron el arrojo para reír. Reían de Juan Rejano que asomado a la escotilla abría la boca: "Pero ¿cómo es posible que haya tanta agua, y que no se acabe?" ¡Ah, los jóvenes! Aurora se vino en el *Mexique*; suerte que le tocó ese barco y no el pequeño *Ipanema*, del que todos se quejan.

Adolfo había estado en la onceava división, después en el Quinto Cuerpo del Ejército y en el Comisariado Político con Líster. Santiago Álvarez era el comisario político. Cuando Carlos Contreras iba al frente, lo invitaba a comer; un gourmet y buen bebedor, a Adolfo le sorprendía que en plena guerra pudiera disfrutar de la vida.

—Tina, vamos a comer con Sánchez Vázquez y la Nena. Se van a Morelia. No pongas esa cara, seguro regresan. Sánchez Vázquez va a ser profesor de filosofía.

Una tarde, Eladia habla de sus enamorados: Santiago Álvarez, Enrique Líster. "Me perseguían a sol y a sombra." Tina ríe porque la guapa Eladia se extasía ahora con el conde Frola, un antifascista que asiste a todas las reuniones de la Alianza Giuseppe Garibaldi. "Te has fijado María, cómo besa la mano inclinándose de cuerpo entero. No cabe duda, tener un título es seña de buena educación." Eladia le pregunta a Tina a boca de jarro:

—María ¿tú tuviste novio antes de Carlos?

Tina se sonroja:

—Sí, pero no merece la pena; ya se lo conté a Carlos.

Las excursiones, las comidas al aire libre con los Mantecón, Eladia y su novio y a veces María Dolores su madre, Constancia e Ignacio Hidalgo de Cisneros, Pedro y Rosa Martínez Cartón, Cruz Díaz a quien Tina abre de vez en cuando su corazón, poco a poco aminoran su tristeza. Vuelve a los paseos conocidos: Xochimilco, las pirámides, sus bien amados magueyes. Un día, Vittorio nota que en su rostro ya bronceado resplandece una sonrisa y que en sus ojos hay vivacidad.

Al caminar, Tina mete su brazo bajo el de su compañero y le dice:

—Comencemos una vida nuestra. Podemos dejar atrás los fantasmas.

Carlos explica una vez más a Eladia que su apellido lo tomó de los dinamos de Contreras. "Los dinamos, por si no lo sabes, son fuente de energía."

En su casa, María descuelga de un clavo en la pared un sombrero de paja. Sobre la mesa, conserva un pocillo de barro con algunas florecitas modestas, margaritas, pinceles:

—Ven, ven, ponte el sombrero —le dice María a Eladia—, quiero ver cómo te sienta.

La mira con cariño.

—Nos lo vamos a llevar el próximo domingo porque te voy a tomar una serie de fotos.

Vittorio le dice:

—Sabes Eladia, María es muy buena fotógrafa.

La pregunta de Eladia acerca de los novios resuena en su cabeza. Muchos novios. Los recuerda menos que la sutilidad de sus sentimientos por cada uno, el amor compasivo que siempre sintió por Pepe Quintanilla, el amor-odio por Vittorio, la inmensa admiración por Edward, cómo la atrajo. No buscaba saber lo que hacía Weston en California aunque se enteraba sin quererlo. Cada uno le había dado un sonido nuevo, un tiempo distinto, su espíritu, su estatura, cada uno había caminado sobre las olas hacia ella; ella, su cabeza sobre el pecho en turno. No quiso saber cuál sería el porvenir, ese desconocimiento era su forma de libertad, ¡qué libertad abrazarlo, hacer que hundiera en su vientre el tamaño de su pene! Ellos querían seducirla para siempre, hacían proyectos, ella no, "te quiero para mí", decían; en ella, ningún deseo de exclusividad. Así como de niña en Udine no le enseñaron a creer en dogma alguno, así Tina no escogía para sí. Retener, poseer, creer que se es para poseer le era tan ajeno como la economía doméstica y, hasta la fecha, no se daba cuenta que su forma de irse los enloquecía; seguramente lo mismo les sucedía a los hombres, cada amante era un nuevo descubrimiento de sí mismos a través de la estrechura de su vagina, la intuición tras de su frente, el atroz o brutal o soberbio misterio en sus ojos, la inconmensurable maravilla del cerebro humano posado allí sobre la almohada. Eladia, audaz, hermosa, coqueta, se enteraría muy pronto de la complejidad del encuentro amoroso; a ella también la seguían los hombres, pero ojalá y en ella jamás anidara un muerto, ningún Julio Antonio latiendo en su corazón, abriéndolo, rajándolo.

Tina y Vittorio deciden también cambiar de casa. Caminan largamente por las calles buscándola, en Romita, en Bucareli, en Victoria. En la avenida Héroes vive Galipienzo. A veces José Ignacio Mantecón los lleva a ver algún departamento. Los amigos interrogan: "Por fin ¿cuándo es la mudanza?" En la colonia

Roma, en la Juárez, las casas son demasiado caras; en las otras, no se encuentra nada. En el centro, en las calles de López, Independencia, Revillagigedo viven los españoles más pobres: Emilio el chofer, Mura, Encarnita Fuyola, Benigno Morilla, muchos otros. Tina se mudaría al centro de buena gana porque le gusta el bullicio del mercado de La Merced, el olor del café molido en la esquina de Ayuntamiento y López, la vecindad de la iglesia de El Buen Tono, pero no hay un solo "pisito" libre. En Ignacio Mariscal tampoco, y tampoco en la calle de Gardenia, muy agradable por su olor a tabaco.

15 DE MARZO DE 1941

Tina pasa frente al Tupinamba. A las once de la mañana, lleno de refugiados, la algarabía, el golpe de las fichas de dominó sobre los mármoles de las mesas, las órdenes a los meseros se escuchan desde media cuadra. Los vendedores de lotería agotan allí, uno a uno, los cachitos del esperado. Los españoles ganan a gritos las batallas que perdieron en la guerra. A medio día, para variar, se van al Fornos a hacer lo mismo. Tres palabras se escuchan: "Cuando muera Franco..."

19 DE MARZO DE 1941

Tina vuelve electrizada:
—Encontré una casa.
En la colonia de los Doctores, en el número 137 de doctor Balmis, exactamente frente a la entrada principal del hospital General, Tina sube con agilidad los pisos seguida por Vittorio. En la azotea aparece lo imprevisible: una especie de casita de pan de jengibre con dos pequeñas ventanas como ojos, una puertita, y un techo confeccionado en algún material muy corriente, entre lámina y cartón deshilachado que podría ser el cabello. En la pieza principal, sólo cabe una cama; en la otra hay lugar para una mesa, una silla y una persona; en la cocina, sólo el fregadero y media persona. El que coma debe hacerlo de pie y en soledad.
Desconcertado Vittorio observa:
—Pero esto es el nido de Blanca Nieves y un enano...
—Es que la verdadera casa no es ésta; mira al frente.

Desde la terraza se ven los volcanes cubiertos de nieve, cintilando bajo el sol. Protegida por un muro muy bajo, la terraza los conduce a las montañas que parecen estar llamándolos. Desde ese mirador se ve México entero en toda su belleza, el valle y las montañas; la azotea comunica por la escalera a los pisos inferiores, pero nadie sube a tender su ropa porque cada quien lo hace en su casa.

—Entonces ¿qué dices?· También tenemos un baño, aunque tan chiquito que casi no se ve. Todo lo que necesitamos está aquí arriba; la bóveda de estrellas, el rey sol, los hermanos volcanes nuestros guardianes, los servicios pajareros y volátiles de golondrinas y gorriones, la terraza espiritual, el panorama, las nubes a nuestro antojo. La renta es tan baja que podemos pagarla nosotros.

—Ma... é molto piccolo.

Ve tanta ilusión en el rostro de su mujer que el "no" se paraliza en sus labios.

—Me parece que vamos a vivir en un castillo encantado. Ni Chapultepec ni Montjuich podrían compararse a este palacio.

En pocos días, los habitantes del castillo encantado aumentan. Tina, aficionada a lo perdido, encuentra en un bulto movedizo en la puerta del edificio una perrita blanca. Tan pronto llega Suzi, se presenta en la ventana una gatita a la que llama Kitty. Están completos.

En la terraza descubren una planta ritual y religiosa llamada Corona de Cristo; espinas como para coronar a Cristo que dan flores rojas, gotas de sangre. Recuerda a México y a España a la vez. La abandonó el inquilino anterior que huyó sin pagar la renta.

Cuando llueve, el castillo es una caja de resonancia; el techo gotea en la recámara y en la cocina. En la terraza, en un rincón, una pequeña enramada de geranios trepadores los oculta de los edificios más altos y cuando resplandece el sol pueden asolearse desnudos; a Tina le encanta. La terraza les sirve de paseo, de mirador, de encuentro amoroso, de luz de luna; desde allí admiran la gran ciudad alumbrada por luciérnagas y escuchan los sonidos de la calle subir como una música de adoquines y organilleros.

En la madrugada, los volcanes nítidos, con las cimas eternamente blanqueadas, comparten su café. A Tina le hacen bien.

Sus problemas se empequeñecen ante su grandeza. A fin de cuentas ¿quién es ella para sufrir tanto? En medio de la blancura de la nieve Tina es minúscula. El volcán y la volcana le hablan, le dicen que no permita que la guerra de España le pudra la vida. Son como personas. El Popo y el Ixta no siempre van a estar allí para cumplirle los antojos. Allá en las cumbres se ven las nubes de Weston. En México las nubes viajan muy rápido. Dejan el cielo limpio y barrido. Recuerda que en el invierno de los Pirineos, la nieve le dolía en las manos; pero la nieve mexicana no es helada, acoge misericordiosa.

Los amigos que van a verlos se asombran de su elección: "Ma, qué vivienda es ésta", dice Mario Montagnana. "¿Se creen águilas?" "Se les va a caer el cielo encima", exclama Hidalgo de Cisneros, el aviador. Los juzgan un poco locos. Admiten, sin embargo, que el suyo es un mirador envidiable y que ese cielo y esas montañas merecen algún sacrificio.

Después de una riña inicial, los otros dos habitantes encuentran una convivencia decorosa. Kitty desaparece en la noche después de lanzarle un "miau" a Tina; regresa sucia y arañada de amor. Se acuesta en la caja de Suzi, entrecierra los ojos y duerme hasta reanudar su aventura nocturna. Ni un solo pretendiente sube hasta la azotea: Suzi los ahuyenta. La casa es sagrada. Suzi permanece soltera hasta que cede a las insinuaciones de un perro que se asoma desde el techo de la casa vecina. A los dos meses, Vittorio y Tina conviven con dos hembras encinta, tranquilizadas por su próximo alumbramiento. Paren unos cachorritos blancos y negros y unas gatitas grises y rojas que sus amos y señores reparten entre sus amigos. Eladia viene a ver a los gatitos y se encanta. Tina se encanta con Eladia.

Cuando los amigos caen a la hora de comer llevan consigo su bistec o pan o queso. Brindan con abundantes vasos de agua. Vittorio sugiere añadir vinagre, "como en mi infancia". Nadie es entusiasta de la mezcla. El vino cuesta demasiado y sólo en ocasiones extraordinarias lo descorchan. Vittorio dice entonces: "Pero si esto es vinagre".

Para Eladia, la nueva casa resulta peor que la del monumento a la Revolución. En realidad, son cuartos de servicio. En un pasillo diminuto está el canapé duro —la camita turca la llaman—, en el que María después de subir las escaleras se deja caer y, a veces, se quita los zapatos. A María se le hinchan los pies. Las habitaciones son muy chicas; en un rincón, el retrete y una ducha muy primitiva que moja toda la casa.

Carlos y María viven con la modestia de los franciscanos. Es conmovedor ver cómo María se esfuerza por su casa. Entre sus compras del mercado nunca faltan las flores, aunque sean las más humildes.

Su mobiliario se compone de una mesita y dos sillas, compradas en el mercado de la Lagunilla. María pretende suavizar el famoso canapé terriblemente duro, con una manta que al parecer ella misma cosió. Todo es extremadamente pobre. Cuando Eladia los visita, siempre la invitan a comer.

"Yo era muy joven y a esa edad se da uno cuenta de las cosas poco a poco. Pasaron meses antes de que me preguntara si lo que ingería no era la cena de ella o de Carlos. A partir de entonces, sólo acepté un café, servido por María en unos pocillos de barro."

Tina se ocupa de la cocina. Vittorio mantiene en orden la terraza y el lavadero; barre, lava los trastes y, cuando tiene tiempo, talla con escobeta y a grandes aguas los tres pequeños cuartos de la vivienda. Tina hace la cama y guisa. Va al mandado y sube con la bolsa pesada de jitomates, papas y otras verduras.

Sola con él, Tina parece estar bien. En la noche espera escribiendo a máquina a que regrese Vidali de la sala de redacción de *El Popular*. Asiste a reuniones del Comité Manos Fuera de Nicaragua. Se lleva trabajo a la casa, mucho trabajo.

Una mañana Constancia de la Mora sube a decirle:

—Tengo dos semanas de vacaciones en la embajada soviética, ¿por qué no vamos tú y yo a pasear por la república?

—Sí, ¿por qué no?

A Vittorio le parece una magnífica idea. También a él, Tina le pesa con su actitud aislada, casi depresiva. A menudo repite que siente mucho no estar en Nueva York, donde trabajaría más. Ahora sí, su vida entera es la lucha. La mujer pasional, completa, normal en todo sentido que Vittorio conoció se ha convertido en una espartana política. No le importa sino la lucha, el partido, la lucha, la Unión Soviética, las noticias de la guerra, la lucha, la lucha, la lucha, la Unión Soviética. Los comunistas tienen la vista fija en la Unión Soviética.

Connie de la Mora le confía a Vittorio:

—Tu mujer no está bien, a cada rato le falta el aire. No le conviene subir tantas escaleras. Que deje de trabajar. Esta vez, no le sentó el viaje.

Vittorio va con Tina en camión a Texcoco, a visitar la capilla pintada por Diego Rivera en la Escuela de Agricultura de Chapingo. Cuando entran, Tina finge volver la vista, pero espía su reacción. En los muros aparece retratada dos veces; una, desnuda y acostada con su rostro escondido por su cabello, una planta en la palma de la mano, representando la germinación; y otra, desnuda también, saliendo de las raíces y del tronco de un árbol, sus pechos al aire.

Aunque comprende poco o nada de arte, Vittorio mira absorto aquella bóveda de colores donde su mujer protege en el hueco de su mano una matita recién nacida. Viéndolo tan encantado, Tina comienza a reír quedito y Vittorio le pregunta por qué.

—Esperaba una explosión de celos.

—¿Estás decepcionada?

—No... ma... un poco.

Lo que más tranquiliza a Tina es que la prensa parece haberla olvidado por completo.

4 DE MAYO DE 1941

Los refugiados españoles construyen su nueva vida. Félix Candela, que Vittorio conoce bien porque estuvieron juntos durante la guerra, diseña casas; los que antes fueron linotipistas, prensistas, cajistas, fundan editoriales; muchos pensadores entran como maestros a la universidad. José Gaos, Eduardo Nicol, Wenceslao Roces, el canónigo José María Gallegos Rocafull; sus clases son muy comentadas. Adolfo Sánchez Vázquez también aspira a ser maestro universitario y a dedicarse a la filosofía. Concha Méndez, Manolo Altolaguirre y Luis Cernuda comparten la misma casa en el pueblo de Coyoacán. Todo el mundo se acomoda: panaderías, tiendas de abarrotes, ferreterías, pequeñas industrias, centros regionales donde mantienen sus tradiciones. Comen espacio. Vittorio discute con los miembros del partido comunista español: "Oigan, conozco México desde 1927, y les aseguro que aquí odian a Hernán Cortés. No pueden llegar aquí con ideas de dominio".

Stalin declaró que el partido comunista español, después del ruso, era el partido más bolchevique del mundo, y eso a los españoles se les metió en la cabeza, ser muy bolcheviques. Vittorio también tiene problemas con el partido comunista mexicano, sobre todo con su nuevo secretario, Dionisio Encinas, un obrero de la Laguna, que no pierde oportunidad de tacharlo de "extranjero".

—Oye Dionisio, ¿por qué no escribes en tu puerta que yo soy un extranjero? Así te comprenderán mejor los compañeros.

—Hemos decidido tu expulsión.

—No me han renovado el carnet, no soy miembro del partido. No pueden expulsarme.

Sin embargo podrían atraer la atención de las autoridades sobre Vidali y hasta expulsarlo del país.

Tina recuerda una carta de Carmen que Matilde Landa, su madre, le enseñó en Madrid. Una niña española en un internado ruso, estatua de hielo, esculpida en sus propias lágrimas. Tina comentó en voz alta, a punto del llanto: "Hay que ir por ella". Matilde sólo respondió, brusca y tajante:

—Tiene que acostumbrarse. Todos estamos sufriendo.

El día en que los niños españoles salieron a la Unión Soviética no ha podido borrársele de la memoria. Con sus abrigos, sus bufandas, agitaban la mano o una banderita de la república. Algunos hacían grandes esfuerzos por no llorar; otros reían. Irse a la Unión Soviética era como viajar al paraíso: les habían dicho que la pasarían muy bien; no padecerían las privaciones soportadas hasta ahora con tanto valor y, en menos de seis meses, cuando rusos y españoles juntos ganaran la guerra, regresarían victoriosos a reunirse con sus padres. Entre tanto, viajarían, conocerían a la gloriosa Rusia, harían muñecos de nieve, las cartas irían y vendrían.

Muchos niños alegaron que preferían quedarse con sus padres, incluso sin comer. Los padres respondieron: "No saben lo que dicen, tienen que irse, es la única solución".

Los niños alineados de dos en dos daban la espalda; uno que otro volvía la cabeza para echar la última mirada. Una última mirada sobre las nucas frágiles de los críos, y, luego, sentados en el tren, sus ojos tras la ventanilla. En el andén, ante los rieles estúpidamente vacíos, las madres y los padres dieron libre curso a su desamparo. ¡Qué desolación la de ese día, a pesar de que todos trataron de poner buena cara! No había nada peor que eso: la separación de padres e hijos. Era como la muerte.

Más tarde Matilde, la inflexible, le confió:

—María, no sé qué pensar ni qué hacer. Escribo a una dirección y me responden que ya no está. Creo que se pierden muchas cartas.

Otros padres también se alarmaron:

—No tenemos noticias, no sabemos a quién dirigirnos. Parece que se los llevaron a la orilla del mar, no sé qué mar, no tenemos la dirección.

—Están muy bien. En la Unión Soviética tratan a los niños como reyes.

—Me lo han asegurado, pero necesito saber.

Perdida la guerra, vino el éxodo; la tierra se cubrió de luto. Ahora, entre los niños de Morelia, ¿quiénes recuerdan a su padre, a su madre? ¿Quiénes conservan alguna vieja fotografía con las esquinas dobladas? ¿Quiénes son verdaderamente huérfanos? ¡Cuántos se han perdido en el camino! El horror de la guerra de España no cesa. Incluso en México, Vittorio por ejemplo no estima al novio de Eladia, porque su equipo de radiotransmisión no estuvo a la altura en la batalla del Ebro, y Eladia deja de asistir a los días de campo.

—Es que Curto no se siente bien con el comandante. Por eso no puedo.

—Oye Toietto, ¿qué habrá sido de Matilde?

—No sé.

Vittorio sí sabe, pero no se lo cuenta. Matilde murió en Granada, en la jefatura de policía; cayó en 1939, como tantísimos de los que se quedaron. Franco estuvo ocho meses matando republicanos antes de que empezara la guerra mundial. Lo que realmente nadie sabe es si Matilde se suicidó al tirarse del edificio o si la aventaron. Conociéndola, es posible que se haya quitado la vida antes que entregarse al enemigo.

—Pienso mucho en la niña Carmen, quisiera ocuparme de los niños españoles refugiados en México.

—Bene, bene, Adelina Zendejas sabe cómo.

A veces, Tina tiene corazonadas que inquietan a Vittorio.

Desde que Manuel Ávila Camacho subió al poder, la gran prensa habla continuamente del "milagro mexicano". Es un slogan así como el de "gobierno de la revolución". Los refugiados contribuyen a la industrialización del país: Cruz Azul, el cemento; Altos Hornos; la Sociedad Mexicana de Crédito Industrial. La Mexicana de Malta hace que las pulquerías se conviertan en cervecerías. Gracias a la guerra, el México de la revolución se encamina al capitalismo. México acumula reservas en dólares.

Tina se sorprende:

—Los políticos son los mismos. A Portes Gil lo conocí en los treintas y sigue en el poder. Mucho "milagro mexicano" pero los campesinos se van de braceros a los Estados Unidos. Eso no lo vi yo en los veintes, al menos no tanto.

El entusiasmo no cesa. Europeos y norteamericanos invierten en el país. Los dirigentes dicen: "Hay que crear la riqueza y después repartirla".

Hasta ahora parece que se la reparten entre ellos.

•...tal vez tu corazón oye crecer la rosa...•
Fotografía de Tina Modotti

31 DE DICIEMBRE DE 1941

—Un brindis por los aliados —propone Cruz levantando su copa de sidra de Huejotzingo.

—No, no, por el ejército rojo —exige Constancia de la Mora.

—Por Stalin, por Stalin, por Stalin —pide Eladia. Y brindan por la salud de Stalin.

—El ataque japonés a Pearl Harbor no ayuda a Hitler, la guerra está cambiando su curso —comenta Adolfo Sánchez Vázquez, quien vino de Morelia con Aurora.

Tina, más alegre que de costumbre, se la pasa junto a Ana María Montagnana. En casa de Pablo y Delia, la Hormiga, además de los españoles hay exiliados latinoamericanos, italianos, franceses, suizos, alemanes, polacos, rumanos, checos. A las doce de la noche, entonan *La Internacional*. Después se abrazan.

Es terrible vivir en un país y tener el corazón y el cerebro en otro. El destino de Vittorio y Tina, como el de muchos refugiados, está ligado al de la Unión Soviética. Desde la segunda mitad de noviembre, siguen con pasión los acontecimientos; cada batalla es decisiva para los soviéticos, para los aliados. El 1 de diciembre de 1941, Hitler ordenó a sus tropas tomar Moscú y ocupar el Kremlin. Un batallón alemán logró distinguir la bandera roja ondeando sobre el Kremlin. En previsión de la entrada del enemigo, el tesoro artístico, los archivos de los museos y de los institutos de arte, ciencias y humanidades fueron trasladados a las repúblicas orientales. Sacaron los caballos de Bizancio del frontispicio del Bolshoi y vaciaron los arcones de los zares. Desde su refugio subterráneo de mármol rojo, en la estación Mayakovsky del metro de Moscú, Stalin ordenó el ataque. El ejército rojo resistió durante quince días la ofensiva nazi, a treinta y cinco grados bajo cero. Los cinco primeros días de diciembre costaron a los alemanes ciento cincuenta mil muertos. La batalla terminó con la retirada nazi. Tina lo festejó como ahora que levanta su copa por el año nuevo: 1942.

—¡Por la victoria de los aliados!
—¡Viva el ejército rojo!
—¡Ponemos toda nuestra confianza en la Unión Soviética!
—¡Viva la república!
—¡El día de la derrota alemana termina la guerra!
—¡Abajo los alemanes y los japoneses, abajo sus submarinos!
—¡A la memoria de Lenin!

Tina piensa que los soldados rusos estarán en ese momento brindando en torno a fogatas en la Plaza Roja, a pesar del frío. Los vientos invernales serán de fiesta. Las tropas beberán su borsch humeante y lo acompañarán con vodka. ¡Qué nostalgia! Cantarán, cantaban siempre. La música era parte de su ser; la llevaban dentro. Ojalá pudiera escucharlos del otro lado del mundo, en México, donde a coro cantan *La Internacional* tomados de la mano.

Gracias, gracias, ha sido una velada inolvidable, ¡qué espléndido 31 de diciembre! ¡felicidades! Entre abrazos y buenos deseos fueron despidiéndose: Simone Tery, feliz año, Anna Seghers, Pablo O'Higgins y Leopoldo Méndez, el rubio y el moreno. Leopoldo insiste: "Me tengo que ir, me esperan en mi casa", cosa que no le preocupa al soltero O'Higgins.

Brazo con brazo, Vittorio y Tina caminan por la calle; Simone Tery los acompaña.

—Vamos a ver los primeros rayos de sol desde el paseo de la Reforma —sugiere Vittorio.

—Sí, es mágico descubrir cómo se filtran a través de los fresnos y van sacando de la oscuridad las calzadas, las flores, las bancas.

—El castillo de Chapultepec allá trepado en su colina se parece al de Trieste —sonríe Vittorio.

Simone Tery toma aire, camina de prisa moviendo los brazos.

Al cruzar el paseo de la Reforma rumbo a doctor Balmis, Tina ve a un hombre tirado en la banqueta.

—Es un borracho —dice Vittorio.

—Al rato, él mismo irá a su casa —confía Simone.

Tina se acerca. El hombre no parece borracho y sí muy enfermo.

—Tenemos que hacer algo, Simone, tenemos que llamar a la Cruz Roja.

—Sólo recogemos a heridos en la vía pública —le contestan.

Vittorio y Simone siguen a Tina al hospital General frente a su casa.

—No hay quien vaya por él.

—El hombre no se mantiene en pie; está demasiado débil.

—Tráigalo usted, si quiere. De todos modos, el nuestro no es un hospital de urgencias; vaya a la Cruz Verde.

Tina llama al hospital de Jesús.

—En estas fechas, no tenemos cama.

—Se lo ruego. Va a morir de frío.

Tina telefonea a varios hospitales, hasta que decide llevarlo ella misma a la Cruz Verde. Ya viéndolo, allá lo aceptarán.

Simone Tery se despide, enrojecida por el ejercicio. "Empecé el año caminando, todo el año voy a caminar", vaticina. Vittorio acompaña a Tina. Por fin, logran internar al enfermo. Y a las seis de la mañana se acuestan; Tina contenta de haber salvado la vida a un anciano; Vittorio, de estar en la cama.

4 DE ENERO DE 1942

"Van cuatro noches que hablas del mar entre sueños. '¿Dónde está el mar?', dices en voz alta. Tienes hambre de mar. Vamos a Veracruz." Tina sonríe: "No te preocupes, el mar lo traigo

adentro. Sus olas llegan hasta nuestro castillo. Lo oigo respirar
allá abajo".

Los primeros días de enero son de mucha actividad. Tina pre-
para, con la ayuda de Eladia embarazada, "ojalá y sea mujer",
el reparto de juguetes para los niños españoles refugiados en
México.
— ¿Qué van a traerme los Reyes Magos? — preguntó uno de
ellos.
— Una fiesta.
Tina llama a Adelina Zendejas para invitarla:
— No puedo, tengo mucho quehacer. Pero nos vemos después... Te invito un café pasado mañana.
— Te vas a perder una fiesta muy emotiva.
Tina y Vittorio le han prometido al arquitecto de la Bau-
haus, Hannes Meyer, ir a su departamento en Villalongín número 46 la noche de Reyes. En la estancia, Hannes Meyer
montó una exposición de sus diseños tipográficos, maquetas,
proyectos y cuadros. La noche, límpida y un poco fría, cubre
el cielo de estrellas, iluminadas por una luna clara. En casa de
los Meyer, Vittorio y Tina saludan a sus amigos. Ana María y
Mario Montagnana, el coronel del ejército español Patricio Azcárate y Cruz Díaz, su mujer.
En el grupito que forman Vittorio y Patricio Azcárate, los
Meyer y un joven vecino, el pintor Ignacio Aguirre, hablan del
Quinteto opus 57 de Dimitri Shostakóvich. "El arte no va hacia
el futuro ni es profético, el arte decide el futuro", dice Hannes. Tina se distrae constantemente pero aguza el oído cuando
escucha la palabra "tanques". Platican de los fosos antitanques
de los soviéticos; "no hay posibilidad de que salgan de esa
trampa". Cuando mencionan a Simón Timoshenko, un genio
de la estrategia militar, Cruz Díaz regaña a Tina: "No te aban-

dones. Desde que llegaste a México tienes angustia en la cara, estás maltratándote. Ve al doctor. Estás en los huesos. Te acompaño, te quiero como a una hermana. Es criminal que te hagas tanto daño a ti misma".

Tina, la vista fija en la punta de sus zapatos, no responde. Quisiera decirle que ha hecho todo por olvidar la guerra. Ninguno de los compañeros del partido toma ya la derrota de la república como una tragedia. Hasta los refugiados se adaptan. Ella sigue sin entender. Ya ni siquiera desea volver a Italia.

Oye la palabra "amor" y vuelve a distraerse. Vittorio dice: "Todas las esposas son iguales, pero cada amante es diferente". A Tina le da tristeza. La voz alentadora y cálida de Hannes Meyer la saca de su ensimismamiento. "Vamos a planear un viaje, regresaremos muy pronto a Madrid, iremos a Génova, a Udine, más libres que golondrinas, sin pasaporte, ya no tendrán poder Franco ni Mussolini ni Hitler; no habrá fascismo en el mundo."

Hannes Meyer la estimula, la hace creer en el futuro.

Vittorio se despide. En *El Popular* lo esperan para cabecear la plana de internacionales con el director.

—Me voy —Vittorio besa a Tina en la mejilla—, nos vemos en la casa.

—Tú también deberías escribir, Tina —le dice Cruz—; mira qué bien le sienta a Vittorio.

—Me cuesta mucho trabajo; tacho y vuelvo a tachar, investigo mucho, nunca estoy segura de nada y vuelvo a cotejar.

—Te ves pálida.

—Me cayó de golpe el cansancio de los días de fin de año.

—Pero si estabas tan bien en casa de los Neruda, el 31.

—Es la edad —sonríe Tina.

—Ni que fueras Matusalén, por favor, recobra tus ímpetus.

A medianoche, Tina se despide. "Hasta luego", abraza a Cruz; "¿No quieres llevarte un poco de rosca de reyes?", ofrece Hannes.

—No gracias —estrecha su mano—. Hasta luego —al grupo de invitados—. Hasta luego, —repite en la puerta con una sonrisa. El joven Nacho Aguirre la escolta.

—Bajo contigo. Alcancé a oír cuando le dijiste a Cruz que te sentías muy cansada.

—No te preocupes, es pasajero.

—¿Podrás ir sola? ¿No quieres que te acompañe? —insiste Nacho.

Vittorio va a pie a *El Popular*. Al entrar al edificio, escucha el sonido de muchos teclados de máquinas Remington. ¡La pura vida! Los reporteros escriben contra el tiempo y del tiempo. En la dirección, Enrique Ramírez y Ramírez pone cabezas; Rodolfo Dorantes parece su guardaespaldas. Ricardo Cortés Tamayo retrata a la ciudad, y José Revueltas trae artículos cuando no está en la cárcel. Pepe Alvarado es original. "Alvarado, fumas tanto como Tina." Rafael Carrillo, el más ponderado, revisa su editorial. La redacción entera de *El Popular* gira en torno a Lombardo Toledano.

Vittorio se siente bien con los hermanos Mayo. Se conocen desde la sublevación de Asturias en el 34; Francisco fue corresponsal de guerra y, durante esos años, él y Vittorio se vieron continuamente. Con sus hermanos Julio, Cándido y Faustino, se dedica a la fotografía de prensa. Los cuatro son dinámicos. Su profesión los absorbe; entran por su lente los indígenas, los sembradíos de henequén, las ruinas arqueológicas, los campos petroleros. Vittorio viajaría con ellos, pero ¿y Tina? Una vez que hablaban de Leicas de 35 milímetros, de filtros ámbar, Tina cambió la conversación.

El café con los Mayo es una delicia. Vittorio regresa a su "castillo" pasada la media noche, vigorizado.

6 DE ENERO DE 1942

Vittorio la espera leyendo. Cuando suena el timbre se da cuenta de que es más de la una y baja la escalera. A Tina se le habrán olvidado las llaves. Dos señores le dan las buenas noches y preguntan por el marido de la señora Tina Modotti.

—Yo soy, ¿dónde está la señora?

—¿Quiere usted que nosotros nos ocupemos?

—¿Le pasó algo?

—Falleció.

—Un momento. ¿De qué me están hablando?

—Su esposa, Tina Modotti, murió en un libre en la acera de

aquí enfrente. El taxista la llevó a la Cruz Verde. Nosotros trabajamos en pompas fúnebres y estamos a sus órdenes.

Vidali se va con ellos a la Cruz Verde.

Sobre una mesa, en un cuarto mal iluminado, yace Tina, vestida como la dejó en casa de los Meyer, con su falda negra y la chaqueta de tantos viajes, su blusa blanca, su peinado de raya en medio y su carita.

Sin apuraciones.

Todavía tiene color.

Vittorio piensa que así debió ser su cara a los veinte años. La boca semiabierta deja ver sus dientes; sus manos suaves, alargadas sobre el vientre, esperan que alguno se acerque a acariciarlas.

—¿La reconoce?

—Sí.

—¿Es su señora?

—Sí.

—Necesitamos dos que testifiquen.

Vittorio obedece las indicaciones de los empleados de la funeraria. Responde un cuestionario en original y tres copias, y al seguir la línea punteada de las respuestas, quisiera preguntarle: "Tina, ¿qué enfermedades padeciste de niña?", y entonces, se da cuenta de que Tina verdaderamente ha muerto.

—¿Es todo? —pregunta a los empleados.

—Por ahora sí.

Vittorio la besa y sale. Agobiado, busca a su amigo Pedro Martínez Cartón, quien va a las cuatro de la mañana con Isabel Carbajal a reconocer a Tina.

Cuando un libre se detuvo, en la esquina de Insurgentes y la calle de Villalongín, Tina dio su dirección de doctor Balmis y el chofer preguntó:

—¿Dónde mero?

—Frente al hospital General.

—Bueno, la llevo.

Nacho Aguirre y Hannes Meyer que habían bajado tras ella la escucharon decir mientras se recargaba en el asiento trasero:

—Hasta luego.

En el taxi, Tina sintió que ondeaba como río. A lo mejor morir es separarse de todo con facilidad, dejarse ir, dormir, flotar, fluir, abandonarse a un curso desconocido hacia un destino también desconocido.

El cuerpo de Julio, embarcación sobre el agua, vino hacia ella. "Julio, no mueras, te amo tanto." Su sexo anticipaba a Julio. Julio y el mar que a ella la envolvió desde entonces. Era bueno irse así, engullida por el agua. No dolía. No duele morir. ¿Por qué lloro si no duele? El agua era Julio, el agua era descanso, el agua era infinita como los reflejos del sol en el Danubio aquella tarde de misión en Budapest, los oros del Danubio la doraban a ella. Olvidó el peligro del viaje para pensar que el mundo era esplendente y los ojos se le mojaron de gratitud.

Una nueva Tina la observa, la acompaña, es dulce, más tierna que la Tina de los últimos años; la aconseja con suavidad: "Déjate ir, suéltate, así, tú solita, no hagas esfuerzo, vete con la corriente". ¿Se me reventarán los pulmones? No hay sensación de asfixia, no hay por qué debatirse. Sobre el agua ondea la bufanda de seda que le dio su madrina en Udine, su único lujo. Tina alarga la mano y la toma con sus dedos adoloridos de doce horas diarias ante el telar de la filanda: "¿No quieren comprármela? Es lo más bello que tengo", ofrece. La bufanda desaparece. A cambio del dinero, habrá pan, jamón, aceite en la mesa frente a su madre y sus hermanos. Mirará la sorpresa de su madre y sus hermanos cuando se sienten a comer. Entra José Guadalupe Rodríguez del comité central del partido; la anima con acento norteño: "Ándile compañera, tome la palabra". La bienamada Yelena Stásova encaja sobre su cabeza el horrible sombrero de fieltro de las cuatro estaciones y corre a la calle. Tina quiere alcanzarla. Una serie de manos se lo impiden. Se prenden de su falda negra. Un pan, un vendaje, un pato, un cómodo, un vaso de agua, dame, dame, el niño tiene la mitad del rostro quemado, le mana sangre, pide, los enfermos siguen exigiendo, los camilleros, en una trinchera iodosa, recójalo compañera, no lo deje pudrir, déme la mano, quiero morir viendo a una mujer bonita, toda la vida el olor de los muertos, toda la vida la fetidez de la guerra, su hedor a orines, a excremento, a vómito, los heridos, los muertos, su sangre sobre sus manos, su sangre sobre su falda, comienzan a volar letras en el aire, un papelito se le mete en la boca, se repega a su paladar. "Yo estoy más allá del bien y del mal", rio una vez a la cara de Vittorio. "¿Ah sí? Con razón decían tus amigos en México que eras una puta cara". Me estoy yendo en pedacitos. Hojas, gritos, no hiciste copia, ¿dónde está la traducción?, cumple, se deshojan los recetarios, el vapor la envuelve, le impide moverse, vapor de peroles que hierven, no puede explicar qué le duele, es un dolor intolerable, de una horrible intensidad, no cesa, cada segundo más insufrible, alma mía ¿dónde estás? sosténme, un zumbido la atraviesa, ensordece.

Echó atrás la cabeza. Vio el cielo, negro y estrellado, entrar por la ventanilla y caerle encima. Qué mareo. Qué cosas raras pienso. O vivo. O muero. Compañera, muéstreme sus documentos. ¿Es usted la de la foto? ¿Dice que ha envejecido? Firme de nuevo, para cotejar las firmas. Tenemos cerradas las fronteras. El mar en cambio es vasto y libre. "¿Tú nunca has entrado desnuda al mar?" Es la voz de Nahui Olin. "¿No conoces la innombrable felicidad del océano?" Nahui le hace sentir que le han usurpado el mundo. El mar, el cielo no fueron para ella. Los barcos se despeñan horizonte abajo. Negrura total, abismo, agua mala. Las estrellas enloquecen, una avalancha de luces sobre sus ojos. Siente ganas de vomitar, las reprime pero algo debió salir porque intenta limpiarse el mentón. El brazo derecho no responde, el izquierdo le punza; la clavícula, una sierra. De nuevo abre los ojos y la luz de las estrellas la obliga a cerrarlos. Disminuye la opresión en el costado izquierdo. Qué fácil es morir, piensa, me voy, me estoy yendo. Mamma, llamó, quiso decirle que seguía una vía láctea, mamma. Las estrellas le estaban llenando el vientre, chisporroteaban, enjambre de luciérnagas en espera de Julio, qué buena muerte, ¿te acuerdas, Julio? Intentó verlo cuando una última estrella le cerró los ojos.

El taxi se detuvo frente a la puerta del hospital General:
—Servida, señora.
El chofer oyó que la mujer se quejaba quedito, abrió la puerta trasera del coche y la rozó:
—Señora, ya llegamos.
Al verla inmóvil, entró corriendo a la guardia del hospital y

señaló su taxi. Después de insistir, lo siguieron dos practicantes.

—Se te hizo tarde, mano, ya se murió, llévala a la Verde. Allí la entregas.

Un reportero de nota roja presencia el momento en que abren la bolsa de la difunta. Sin polvera, ni siquiera un peine, sólo un pañuelo arrugado, un billete de a peso, unas llaves, una fotografía de ovalito de un joven con el pelo crespo y una credencial en la que leen el nombre: Tina Modotti Mondini. Doctor Balmis 137.

Sobre la plancha de mármol, Isabel la encuentra mejor de lo que jamás la ha visto, como que ha alcanzado la paz.

Tendrán que hacerle la autopsia.

A las seis de la mañana, Concha Michel llama a Adelina.

—Oye, si quieres ver por última vez a Tina Modotti vete a la Cruz Verde de inmediato.

Adelina detiene un taxi a señas desesperadas.

Tina está en la misma mesa donde trece años antes vio a Julio Antonio Mella. Totalmente desnuda, su cuerpo hermosísimo más joven que su rostro, los labios a punto de sonreír.

Vidali, abatido, toca a la puerta de Hidalgo de Cisneros. A él y a Constancia les cuenta lo ocurrido y se desploma. Elude enfrentar la muerte de su compañera. Agacha su nuca de toro.

—Quédate aquí. Te vamos a dar un cuarto.

Tina es velada en una funeraria de pobres frente al hospital Juárez. Igual que trece años antes, los periodistas desatan una campaña en su contra, instigada esta vez, según Vittorio y sus compañeros, por los trotskistas españoles en México.

—No salgas, Vittorio. Quieren culparte. Tienen la oportunidad de calumniar a los comunistas en la persona de una mujer respetada por nosotros, y se nos van a echar encima.

8 DE ENERO DE 1942

Eladia Lozano ve la cara de María en la *Extra* y lee a pie de foto: "La Magdalena comunista". Corre a casa de Cruz. María adoraba a Cruz. "Pero si yo la vi hace muy poco, íbamos a encontrarnos la semana que entra", llora Cruz incrédula. Las dos buscan a Concha Mantecón.

—Entonces, ¿no se llamaba María? ¿Tú has visto lo que dicen los periódicos?

—Son calumnias, no las leas.

Pero Eladia lee. María fue mujer de Mella, vivió con Xavier Guerrero, fue acusada del atentado contra Pascual Ortiz Rubio. La misteriosa "Mata Hari del Comintern" llevó siempre una vida licenciosa, había posado desnuda para Weston y para Diego Rivera, amante de ambos.

—No leas una línea más, te va a hacer daño.

A Eladia se le abre un precipicio.

En *El Universal*, aparece la noticia: "Tina Modotti, muy conocida en México como lideresa comunista y por haber sonado mucho su nombre cuando hace años fue asesinado su amante, Julio Antonio Mella, también de tendencias radicales, falleció en la madrugada de anteayer en forma repentina.

"Vivía Tina Modotti en la casa número 137 de las calles del doctor Balmis, al parecer en compañía de Carlos Jiménez Contreras, y por las averiguaciones hasta ahora practicadas parece que comenzó a sentirse indispuesta con agudos dolores de vientre. Tomó un auto de alquiler para dirigirse al hospital General, que se encuentra cerca de su casa, en solicitud de auxilios médicos, pero en el camino falleció.

"Como esta muerte no deja de ser sospechosa por la forma en que ocurrió, la autopsia vendrá a definir la causa del deceso, pues pudiera ser que hubiese sido envenenada por manos criminales, o bien que se deba a un mero accidente. La averiguación correspondiente ha quedado a cargo de la procuraduría del Distrito Federal."

La Prensa dice: "Su amante, cuyo verdadero nombre es Carlos Sormenti, es un agente fanático de la GPU y tiene gran responsabilidad".

Muchos se preguntan por qué ha desaparecido el amante de Tina Modotti, Carlos J. Contreras, y lo culpan. Corre el rumor de que Vidali, siendo asesino, bien pudo envenenar a su compañera "porque sabía demasiado". Tina siempre llevó una "vida misteriosa" y prueba de que Vidali u otros son los envenenadores es el hecho de que ella le dio al chofer la dirección del hospital General. Pero ¿quién si vive en la proximidad de un edificio público no da el edificio como referencia?"

Los ataques son aún más directos: "La muerte de Tina Modotti tiene todo el tipo del asesinato eliminatorio de los comunistas".

"Veteranos de la guerra de España que no le temen a la GPU señalan a Sormenti-Vidali-Contreras como responsable de muchos asesinatos políticos, siendo indudable que él tomó parte en el crimen que se perpetró contra el revolucionario Ignacio Reiss, en Suiza, y contra Andrés Nin, en España. Es un hombre terrible, nativo de las provincias de Trieste, que antes pertenecían a Austria y hoy son de Italia. Es antiguo miembro de la juventud comunista y fundador de la Internacional Roja. Durante un tiempo estuvo en la prisión por sus actividades políticas, más tarde salió a Suiza y a diversos países de Europa y después vino a América aparentemente como miembro del Socorro Rojo Internacional, ocultando su verdadera calidad de agente de la GPU."

—No salgas, Vittorio, no debes exponerte, es una campaña trotskista.

Vittorio no ha dejado de torturarse. "Siempre la hice vivir en el riesgo, nunca se sintió segura de nada, ni de mí." Solloza como un niño. "Sabes Pedro, con lo que no puedo es con los remordimientos, no los aguanto." "Vittorio, somos hombres, no somos santos." "Si al menos la hubiera atendido. Ni siquiera respondía yo a su simple: ¿Cómo te fue? Nunca dejó de vivir bajo tensión, nunca, poveretta. Si hubiera yo insistido en que nos fuéramos a Cuernavaca, a cualquier sitio a nivel del mar, ahora estaría viva, pero la sola idea de salir de la ciudad me enchinaba el cuero, y dejé que Tina siguiera en la altura, en el filo de la navaja, su corazón... Una tarde me dijo que su corazón era un zapato viejo, que había que tirarlo al bote de la basura... Rio: '¿Te imaginas, Toio, encontrar un corazón en el bote de la basura?' No le hice caso, no la oía, no la veía, no le prestaba atención. ¡Cuántas veces la llamé vecchia, vecchia dentro de mí! Era demasiado sensible para no comprender que me irritaba. No me di cuenta que estaba tan enferma, si no trato de hacer lo que los demás, mantenerla, sistematizarme, en vez de correr a la calle. Nunca se quejó, jamás un reproche. ¡Esto es lo que no aguanto, Pedro, que no levantara la voz!"

Los amigos no saben cómo consolar a Vittorio. Nunca ha querido a un ser humano como ahora. "Tina", repite, "Tina." "Tina." "Tina", invoca. Llora.

Benigno Morilla, su ayudante en el Quinto Regimiento, le pide, consternado: "Comandante, no llore en esa forma".

Postrado, Vittorio insiste en lo mismo; levantando hacia sus amigos la voz entrecortada, los ojos empañados, busca la absolución.

Los periódicos recalientan el "caso Mella", el líder comunista asesinado del brazo de su amante italiana, en 1929.

"Fue expulsada en 1930, acusada de conspiración e intento de asesinar a Pascual Ortiz Rubio. En su casa se reunían los que complotaron el asesinato, pero la expulsión de la italiana perniciosa se debió tanto a su actividad política como a su conducta personal licenciosa.

"Además, su primer esposo falleció de una muerte inexplicable viajando con ella en un coche-cama entre San Francisco y Los Ángeles. Murió porque sabía demasiado."

En el periódico *La Prensa* se asegura que Tina tenía un pasaporte italiano y que esto sólo fue posible gracias a la intervención personal de Mussolini. "Al salir de México, en 1930, viajó primero a Francia, después a la Italia fascista y, pasando por Alemania, a la URSS."

El autor del artículo presenta la imagen de una mujer depravada y peligrosa, mezclada en numerosos asesinatos. También la considera espía al servicio de los fascistas italianos.

En todos los periódicos se pone en duda una posible enfermedad del corazón. ¡Qué corazón ni qué nada! A Tina "la rojizante" la envenenaron otros iguales a ella. La autopsia no estuvo bien hecha o la ciencia mexicana no está al día o las dos cosas. El veneno fue casi instantáneo; no deja huellas en el cuerpo. Vittorio Vidali, o Enea Sormenti, ese terrorista al servicio de Stalin, lo sabe mejor que nadie. ¿Acaso no es él el autor intelectual del asesinato de Trotsky? ¿No pudo, entonces, asesinarla a ella también?

—No salgas, te digo, ni te asomes a la calle, entiéndeme Vittorio.

—¿Y la casa? ¿Y los animales?

—Puede ir Isabel a darles de comer, no te preocupes.

—No quiero aparecer como un cobarde.

—Si sales, pueden matarte, no lo hagas.

—¿Quieres traerme *El Popular*?

Después de la muerte de Tina, Benvenuto Modotti, a través de un periódico italo-americano, quiso tomar partido ante los rumores acerca del deceso "misterioso e inexplicable" de su hermana.

"Soy hermano de Tina Modotti. Mi hermana participó en la guerra de España y logró salvarse. Vino dos meses a Estados Unidos; quiso quedarse pero el gobierno no le dio el permiso. Una noche —no lo olvidaré nunca—, se despidió con un adiós. ¿Por qué dices adiós —pregunté—, en vez de hasta la vista? Y me contestó: 'Imposible, ya estoy muerta, allá en México no podré vivir'. Se sabía gravemente enferma del corazón y de esta enfermedad ha muerto. Quien dice otra cosa es un mentiroso. Sólo digo la verdad acerca de mi hermana. No comparto las opiniones políticas de Vidali, pero la verdad acerca de la muerte de mi hermana es la que he dicho aquí..."

Pablo Neruda escribe un poema que envía a los periódicos y que para su sorpresa, aparece en todos.

Las honras fúnebres de Tina son presididas por doña Leocadia Prestes, Simone Tery, Pablo Neruda, y toman la palabra Mario Montagnana y Enrique Ramírez y Ramírez a nombre del partido comunista mexicano.

El joven director de *El Popular* dice:

"Yo solamente quiero, en nombre de mi partido, decir de ella lo que sé que a ella le hubiera causado más alegría: decir que ella cumplió a satisfacción la más alta de las ambiciones de todos los comunistas del mundo; la ambición de que al regresar a la tierra el cadáver de los comunistas sea cubierto con la bandera de la Internacional Comunista.

"...Porque Tina fue, desde el año 1927 hasta el último día de su vida, hasta el último momento en que su corazón latió, miembro de nuestro partido, ella es, para nosotros, mexicana ad honorem, con el pleno derecho de ser parte de la historia de la revolución mexicana..."

Vittorio no va al sepelio.

Entierran a Tina en el panteón de Dolores. Los camaradas no reunieron suficiente dinero para tercera clase, o siquiera la cuarta. Está en la sección más pobre. Quinta clase, sección cinco, fila veintiocho. Una tumba estrecha, apenas una raya en la tierra. Leopoldo Méndez prometió grabar su perfil para ponerlo sobre la lápida en que también se grabará el poema de Pablo Neruda que sirve de protesta y en cierto modo exonera a Vidali, acusado de asesinarla.

Tina Modotti, hermana, no duermes, no, no duermes,
tal vez tu corazón oye crecer la rosa
de ayer, la última rosa de ayer, la nueva rosa.
Descansa dulcemente, hermana.
[...]
La nueva rosa es tuya, la nueva tierra es tuya:
te has puesto un nuevo traje de semilla profunda
y tu suave silencio se llena de raíces.
No dormirás en vano, hermana.

¿Oyes un paso, un paso lleno de pasos, algo
grande desde la estepa, desde el Don, desde el frío?
¿Oyes un paso firme de soldado en la nieve?
Hermana son tus pasos.
[...]

El Popular publica protestas por la indigna campaña desencadenada contra Tina. Se manifiestan en su favor organizaciones obreras, ligas campesinas, agrupaciones de refugiados.

Los textileros de Puebla dan el nombre de Tina a un nuevo telar; los tipógrafos de la ciudad de México a un linotipo; grupos de militantes toman su nombre para secciones del partido y de la Liga Antimperialista.

Vittorio sube a la casita que llamaban "nuestro castillo". Lo acompañan Benigno Morilla y Cruz Díaz, la gran amiga de Tina. Encuentran la casa limpia, en orden, como si Tina los aguardara. Por lo visto, Isabel Carbajal ha estado pendiente. Vittorio le entrega a Cruz todas las cosas de Tina, y Cruz advierte: "Lo más mono voy a dárselo a Eladia". A Morilla, a punto de casarse, Vittorio le regala el canapé duro, utensilios y trastes de cocina. Buscan a la gatita. Kitty se ha ido. Vittorio resuelve con Benigno Morilla el futuro de Suzi, la perra, que no ha abandonado la casa y los mira lastimera:

— ¿No quieres llevártela? Es muy limpia, una buena perrita.

Echa una última mirada a la terraza: la recorre como la primera vez, cuando Tina esperaba a que dijera sí, Tina, sí me gusta, sí, vamos a quedarnos aquí; la única vez que la vio ilusionada en su segunda estancia en México.

Abre grandes los ojos para abarcar a lo lejos la ciudad circular bajo el sol, los picos nevados de los volcanes, blancos sobre azul. La vida continúa. Todo sigue igual. La azotea sobre la cual resuenan sus pisadas es muy dura, resistente. El mundo es duro. Se resiste. Nada lo cambia. Toma una de las flores rojas de la espinosa planta Corona de Cristo y la guarda en la palma de su mano. Vittorio aprieta las espinas. Y la flor.

Cruz y Benigno esperan. "¿Nos vamos?" Bajan de prisa los escalones de cemento y, en la calle, Vittorio cierra la puerta.

AGRADECIMIENTOS

Si Gabriel Figueroa no me hubiera pedido un guión para una película sobre Tina Modotti, este libro no existiría. La película no se filmó jamás pero, como había yo entrevistado a Vittorio Vidali en Trieste, a Fernando Gamboa, a Gabriel Fernández Ledesma, a Adelina Zendejas, a Gilberto Bosques y a muchos otros, seguí adelante transformando el fallido guión cinematográfico en una novela. Fueron invaluables los *Daybooks* de Edward Weston que deberían traducirse al español. *El Machete*, fuente de información, como *El Universal Ilustrado* y los grandes diarios de los veintes, *Excélsior* y *El Universal*. Para la guerra de España leí a Gerald Brenan, Burnett Bollotten, Raymond Carr, Gabriel Jackson, Hugh Thomas, Pierre Broué y Émile Temime, Pierre Vilar, Constancia de la Mora, *Milicia Popular*, Dolores Ibarruri, y a quién sabe cuántos más. Me fascinaron Stephen Spender, George Orwell, Cyril Connolly, John Dos Passos, Julian Bell, Arthur Koestler, Ralph Fox, John Cornford y los nobles libros de testimonio *Blood of Spain, Prisoners of a Good Fight, The Lincoln Brigade*. *La Plaza del Diamante*, de Mercé Rodoreda, enseña más sobre la guerra que muchos de los que se lo proponen. Las actas y los informes del Comité Central del partido comunista de la URSS, los planes quinquenales y discursos de Stalin, me los receté en un libro de pastas gastadas y hojas muy leídas de Federico Álvarez: *Cuestiones de leninismo*, de J. Stalin. *Los procesos de Moscú*, de Pierre Broué, me heló la sangre. De Trotsky leí *Mi vida* y la biografía de Isaac Deutscher, pero nada resultó tan conmovedor como *With Trotsky in Exile. From Prinkipo to Coyoacán*, de Jean van Heijenoort, regalo de Francisco Toledo. Me dolió que Van Heijenoort se hubiera suicidado.

Tina Modotti pasó a formar parte de mi vida familiar de los últimos diez años. Siempre con ella a cuestas viajé, leí, estudié, comí, atribulé a los demás. Atravesar el océano para llegar a Trieste a entrevistar a Vittorio Vidali resultó enriquecedor. En el aeropuerto, al bajar la escalinata del avión proveniente de Milán, escuché que los pasajeros decían: "Ecco il senatore", "Ecco Vidali". Finalmente se acercó un señor de boina vasca y bastón que me dijo en su español italianizado, haciendo alusión a la primera investigadora de Tina, Mildred Constantine: "Io aspettaba una donna con la cara lunga y el culo cuadrado e arriva una donna con il viso redondo y el culo redondo". Diez días duró la entrevista y al final, sobre un vaso de grappa, Vidali habría de advertirme: "Si tú no haces el libro rápido, lo voy a hacer yo". Así fue. Publicó *Storia di donna*, que en México editó la Universidad de Puebla, así como su autobiografía *Comandante Carlos*. El mío iba para largo y ahora resulta triste que él no pueda leerlo ni tampoco Laura Weiss, una de las mujeres más entusiastas que haya yo conocido. Lo doloroso en esta novela es comprobar que han muerto muchos informantes: Francisco Bolea, Baltasar Dromundo, Fernando Gamboa, Juan de la Cabada, Manuel Fernández Colino, Gabriel Fernández Ledesma, Raoul Fournier, Pablo O'Higgins, Ninfa Santos, hombres y mujeres que dieron su voz, su tiempo y su vida a una causa.

Al libro de Tina Modotti le debo no sólo diez años sino el haber investigado, leído, escrito, tirado, eliminado un sinfín de papeles. Asimismo pude conversar y entrevistar una y otra vez a hombres y mujeres que en México, en Italia, en España, en Francia, en Alemania, en Estados Unidos me contaron no sólo de Tina sino de su propia vida. Su generosidad fue inmensa, su paciencia también. Agradezco a Marisa López Santibáñez, que corrigió los primeros borradores, Juan Antonio Ascencio, que no dejó pasar ni una sola imprecisión, mi bienamado Carlos Monsiváis, quien leyó con gran atención y cariño estas páginas, Federico Álvarez, Amy Conger, Sarah M. Lowe, Cynthia Steele, Rafael Alberti, Martha E. Ackelsberg, Jorge Aguilar Mora, Ignacio Aguirre, Susana Alexander, Martha Altisent, Eliseo Altunaga, Lola Álvarez Bravo, Manuel Álvarez Bravo, Carolina Amor de Fournier, Angélica Arenal de Siqueiros, *Bambi:* Ana Cecilia Treviño, Christiane Barckhauser-Canale, Miguel Barnet, Carmen Barreda, Cuca Barrón de Lumbreras, León Bataille, Alberto Beltrán, Susan Bergholz, Carlos e Iris Blanco Aguinaga, José Joaquín Blanco, Francisco Bolea, Gilberto Bosques, Valentín Campa, Miguel Capistrán, Isabel Carbajal, Luis Cardoza y Aragón, Isabel Castillo, Vita Castro, Nell Cattonar, Flor Cernuda, Rafael Carrillo, Fernando Chávez de la Lama, José Chávez Morado, Bell y Paul Chevigny, Sara Cordero de Quintanilla, Mildred Constantine, Bruno Cósolo, Tullio Cósolo, Ricardo Cortés Tamayo, Bartolomeu Costa Amic, Rafael Costero, Mireya Cueto, Susan Dever, Teresa del Conde, Beatriz de la Fuente, Juan de la Cabada, Luciana de Cabarga, Yolanda Domínguez, Max Diamant, Heinz Dietrich, Baltasar Dromundo, George Eisenwein, Isabel Fernández, Manuel Fernández Colino, Gabriel Fernández Ledesma, Virgilio Fernández del Real, Rosario Ferré, Gabriel Figueroa, Raoul Fournier Villada, Gisele Freund, Rossana Fuentes, Encarnita Fuyola, Benita Galeana, Rafael Galván, Rafael Gaona, Fernando Gamboa, Manuel García, Anthony Geist, Zunilda Gertel, Margaret Gibson, Adolfo Gilly, Montserrat Gispert, Alejandro Gómez Arias, Ángel González, Miguel González Gerth, Mónica Gutiérrez Quintanilla, Emmanuel Haro Poniatowski, Felipe Haro Poniatowski, Paula Haro Poniatowski, Andrés Henestrosa, Cerri Higgins, Hugo Hiriart, Margaret Hooks, Fayad Jamís, Rauda Jamís, Beth Jorgensen, John King, Claudia Kolker, Lya Kostakowsky de Cardoza y Aragón, María Luisa Lafita, Germaine Le Bihan, Vicente Leñero, Adriana Lombardo Toledano, Eladia Lozano de los Ríos, Germán List Arzubide, Carmen Lugo, Francisco Luna, Rosa Elena Luján de Traven, Alberto Lumbreras, Alicia Maawad, Yolanda Magrini, Guadalupe Marín, Federica Martin, David Martín del Campo, Arnoldo Martínez Verdugo, Irene Matthews, Julio Mayo, Faustino Mayo, Carlos Mérida, Diego de Mesa, Eugenia Meyer, Agustín Monsreal, Humberto Musacchio, *Mura*: Águeda Serna Morales, María Nadotti, Guillermo Navarro, Berta Navarro, Rosa Nissan, María O'Higgins, Pablo O'Higgins, Ángel Olivo Solís, Dolores Olmedo, Carlos y María Orozco Romero, Leonor Ortiz Monasterio, Raúl Ortiz y Ortiz, José Emilio Pacheco, Máximo Pacheco, Sarah Pascual, Irma Pérez Guereña, Meg Pepeu, Nadia Piemonte, Fausto Pomar, Tere Pomar de Carrillo, Sara Poot Herrera, José Prats, Teresa Proenza, Luis Quintanilla hijo, Lulú Quintanilla, Enrique Quintero, Víctor Hugo Rascón, Bob y Mildred Reed, Guadalupe Rivera Marín, Laura Rosetti, Concha Ruiz Funes, Antonio Saborit, Nina Scott, Adolfo Sánchez Vázquez, José Sánchez, Ninfa Santos, Susan C. Schaffer, Arjent J. van der Sluis, Juan Soriano, Luis Suárez, Lika Steiner, Alfonso Taracena, Monna Teixidor, Raquel Tibol, Ricardo Toffoletti, Francisco Toledo, Elena Torres, Alicia Trueba, Tara Vayda, Elena Vázquez Gómez, Miguel Ángel Velasco, Carlos Velo, Carlos Vidali Carbajal, Vittorio Vidali, Paloma Villegas, Roberto Vizcaíno, Vlady, Renata von Hanffstengel, Laura Weiss, Raymond L. Williams, Ella Wolfe, Ramón Xirau, Hedwig Yampolsky, Mariana Yampolsky, Gabriel Zaid, Martha Zamora, Carlos Zapata Vela, Concepción Zea, Adelina Zendejas, Marielena Zelaya de Kolker, Eraclio Zepeda, Julián Zugazagoitia.

Varias instituciones me dieron acceso a sus archivos: CEMOS, Archivo General de la Nación, Biblioteca Nacional, Hemeroteca Nacional, Universidad Obrera, Archivo de la Secretaría de Relaciones Exteriores, Museo de Arte Moderno, Biblioteca del Real Club España en México, Archivo del Partido Comunista de Trieste, Comuna di Udine, Fotografía Modotti, Udine, Instituto Friuliano per la Storia del Movimento di Liberazione in Italia, Hemeroteca Nacional en España, Hoover Institute, Stanford, California, Eastman Kodak, Rochester, Galería Edward Weston, Carmel, California, Archivo Dwight Morrow en Amherst, Massachusetts, Archivo Elizabeth Morrow en la Universidad Smith, Massachusetts, Museo de Arte de Smith, Massachusetts, Biblioteca de Austin, Texas, Red and Black Books, Seattle, Washington, Madrid.

Tinísima está indisolublemente ligada a todos, vivos y muertos, archivos, universidades e instituciones.

Tinísima

se terminó de imprimir
el 9 de mayo de 2013 en
en Programas Educativos, S.A. de C.V.
Calz. Chabacano 65-A, 06850 México, D.F.